Anne Cuneo

Le trajet
d'une rivière

*La vie et les aventures
parfois secrètes de Francis Tregian,
gentilhomme et musicien*

Denoël

Anne Cuneo est née à Paris et vit à Zurich où elle est journaliste à la télévision suisse. Elle a publié des récits, des essais, plusieurs romans, et une douzaine de ses pièces de théâtre ont été jouées un peu partout en Europe.

Elle a reçu le Prix des Libraires 1995 pour *Le trajet d'une rivière*.

« Ce que notre raison nous conseille de plus vraisemblable, c'est généralement à chacun d'obéir aux lois de son pays... Et par là que veut-elle dire, sinon que notre devoir n'a d'autre règle que fortuite ?... Que nous dira donc en cette nécessité que la philosophie ? Que nous suivons les lois de notre pays ? c'est-à-dire cette mer flottante des opinions d'un peuple ou d'un Prince, qui me peindront la justice d'autant de couleurs et la réformeront d'autant de visages qu'il y aura en eux de changements de passion ? Je ne peux pas avoir le jugement si flexible. Quelle bonté est-ce, que je voyais hier en crédit et demain plus, et que le trajet d'une rivière fait crime ? »

Michel de Montaigne
Essais
Livre II, chapitre XII
(Apologie de Raymond Sebond)

Remarques liminaires

Pour un Anglais, Cornwall (que les Français traduisent par « Les Cornouailles ») ne peut être que singulier. « Le Petit Pays », comme le nomment affectueusement ses habitants, est une entité qui ne saurait être exprimée au pluriel. J'adopte par conséquent « La Cornouaille », consciente que c'est « faux », mais combien plus juste.

En celte, « Cornouaille » se dit Kern, et « Habitant de Cornouaille » Kernov. J'ai emprunté aux Bretons leur adjectif kernévote, qu'on trouve entre autres dans le Larousse en six volumes, édition 1929.

Un « récusant » était quelqu'un qui refusait de faire acte de présence à l'Église anglicane (il se récusait). Par extension, le terme a longtemps été appliqué aux catholiques anglais, les plus nombreux des récusants.

La transcription Monteverdi constitue une erreur, en dépit du fait qu'il a parfois signé Monteverdi. Francis Tregian et ses contemporains l'orthographient invariablement Monteverde. Je fais comme eux. Le grand musicien s'appelait Claudio Monte Verde ou Monteverde.

Le tennis existait en Angleterre dès 1580, et s'appelait tennis.

Toutes les épigraphes sont des paroles chantées sur des musiques copiées par Francis Tregian dans l'un ou l'autre de ses manuscrits.

Toutes les traductions de l'anglais, du néerlandais et de l'italien sont de l'auteur.

LIVRE PREMIER

Le chemin de Walsingham

*As ye came from the Holy Land
of Walsingham
Met you not with my true love
by the way as you came?
How should I know your true love
that have met many a one.
As I came from the Holy Land,
that have come, that have gone.*

«Walsingham»
Ballade populaire

En revenant de la Sainte Terre
de Walsingham,
Chemin revenant as-tu rencontré
mon bien-aimé?
Comment reconnaître ton aimé
il y en avait tant,
Sur le chemin de la Sainte Terre,
qui s'en venaient, qui s'en allaient.

I

Cantai un tempo, e
Se fu dolce il canto,
Questo mi tacerò
Ch'altri il sentiva.

Pietro Bembo/Monteverde
«Secondo Libro
dei Madrigali»

Il fut un temps où je chantais
Et ce chant-là fut doux, mais
Celui-ci, je le tairai
Car d'autres l'entendraient.

Étrangement, j'ai pensé à l'Angleterre ce matin même.

Le jour point tôt en cette saison, et il fait très beau. J'ai été réveillé par une agitation inaccoutumée au poulailler. Un renard peut-être? Je suis descendu aussi vite que mes jambes me le permettent. J'ai traversé la cour. Ni la servante ni Madeleine Dallinges n'étaient encore levées, et dans l'âtre la braise n'était qu'un point rougeoyant.

Pas de renard.

J'allais retourner me coucher lorsque j'ai remarqué le ciel. D'un bleu transparent qu'on ne voit que rarement dans ces contrées, ponctué de nuages laiteux épars comme ceux qui se forment à la fin de la nuit, dans mon pays, le long de la côte. Par beau temps, ils disparaissent en cours de journée, absorbés par la chaleur ou charriés par les vents.

La terre sentait la rosée, un rossignol chantait, et derrière la crête du Jura, la rougeur du matin annonçait que cette journée aussi serait radieuse.

Pendant un instant, j'ai été transporté dans la campagne telle qu'elle était à l'époque où j'étais enfant, autour du manoir de Wolvedon. Pour un peu, j'aurais senti les embruns et entendu le clapotis des vagues.

Le pas de Jaquotte, la servante, m'a ramené à l'instant présent. Elle est entrée dans la cuisine, s'est affairée autour du feu. Madame Dallinges est descendue à son tour. Je lui ai offert d'aller puiser l'eau, comme d'habitude, et comme d'habitude elle a refusé.

Je n'ai plus repensé à Wolvedon, ensuite, il ne m'est resté qu'un vague à l'âme, plaisant et flou. Je n'ai pas — surtout pas — pris cela pour un pressentiment.

Après les matines, je me suis mis à mes travaux, et ils m'ont absorbé, comme toujours, jusqu'à l'angélus de midi.

Depuis bientôt un quart de siècle que je vis ici, je vais, à cette heure-là, me promener, une croûte de pain et parfois un livre dans la poche, jusqu'à la Croisée des chemins. Je m'installe sous le grand tilleul, sur un banc que j'ai moi-même construit. Je peux y passer des heures, et, surtout à cette saison, je ne m'en prive pas. Lorsque l'on me demande ce que je vais faire à la Croisée, je dis parfois que j'y vais pour prier. Et en effet, il y a une croix sur le chemin, à quelque distance du tilleul. Mais en réalité, je me contente de laisser vagabonder mes pensées, et s'il m'arrive de m'adresser à Dieu, c'est pour ainsi dire d'homme à homme, en termes amicaux. Lorsqu'ils vont vers le lac, les gens préfèrent prendre le chemin des Paysans, qui descend plus vite, et qui est plus large. Mais pour rentrer, la pente est plus douce de ce côté-ci, c'est connu. Il faut faire le détour par Morges, mais surtout si on est chargé, cela vaut la peine. De temps à autre je vois passer des cavaliers, des voitures, des gens à pied. Ils viennent des villages des alentours, de Lausanne ou de Genève ; ils rentrent à Echallens, vont à Yverdon ou à Payerne — à Berne même. Plus rarement, ils voyagent en sens inverse. Ce sont des visages parfois inconnus, mais le plus souvent familiers.

J'ai entendu venir les marcheurs de ce matin de loin. Ils arrivaient d'Yverdon, ils étaient deux, en grande discussion, et avançaient d'un bon pas. Je n'ai pas, d'abord, distingué leurs paroles. Mais ce qu'ils disaient m'a soudain frappé comme une flèche en plein cœur : ils parlaient anglais.

Mon premier réflexe — après tant d'années ! — a été la panique. M'avaient-ils vu ? Où me cacher ? J'ai réussi à me raisonner : tout le monde m'a oublié, depuis le temps. Si cela se trouvait, les deux hommes qui approchaient d'un pas alerte et dont je percevais déjà le visage rond et l'œil pétillant étaient nés après mon... ma... ma... disons ma disparition.

Et d'ailleurs, qui reconnaîtrait le Francis d'autrefois sous ma barbe et mes vêtements frustes ?

Avant qu'ils n'arrivent à ma hauteur, j'avais repris mes esprits. Pour me protéger, il n'y avait qu'une solution : il ne fallait pas qu'ils s'aperçoivent que j'entends l'anglais.

À Echallens tout le monde est persuadé que, le jour lointain où Benoît Dallinges m'a ramené dans sa charrette, je rentrais au pays après avoir perdu toute ma famille dans une épidémie de peste. Ici, il était le seul à savoir d'où je viens réellement, et pourquoi. Je dois dire que ce matin, ce n'était pas facile, de ne pas entendre l'anglais.

Les deux voyageurs s'appelaient l'un John et l'autre Thomas. Thomas (que de souvenirs liés à ce nom) est un marin qui vient de Cornouaille, je le reconnais à l'accent et à l'allure. Si je disais trois mots en anglais, il repérerait probablement en moi un compatriote. Son compagnon et lui vont à Gênes. Je n'ai pas bien compris pour quelle raison ils font la route à pied — ils ne parlent qu'un français primitif, glané sans doute en chemin. J'ai tenté de leur poser des questions sans me trahir, et ils ont essayé d'y répondre avec leur vocabulaire limité. Au bout d'un instant ils sont retournés à leur dispute sans se soucier de moi.

Et là, j'ai compris que — ma plume a peine à formuler la chose tant elle est incroyable — l'Angleterre a aboli la monarchie, et que Charles — le ROI Charles! — a été arrêté.

John et Thomas sont l'un anglican, l'autre puritain. Cela ne les empêche pas d'être amis. Ils ont accepté d'aller à Gênes pour le compte d'un armateur anglais. Ils ont passé par la route du sel, Vallorbe, vont à Lausanne, puis ils se dirigeront vers le Piémont. Leurs points de vue sur les causes de la guerre civile divergent, mais sur les événements ils sont unanimes: le roi ne règne plus, l'Angleterre est une sorte de république appelée Commonwealth, le pouvoir est à la Chambre des communes, les Lords ne font que suivre et on parle même de les abolir. L'Église anglicane est persécutée par les puritains, ou l'inverse, il m'a été impossible de comprendre vraiment ce qui se disait, de mettre une étiquette sur tous les noms. À la tête de l'État il y a un certain Oliver Cromwell — un descendant de l'autre, de celui qui était un grand ami de mon aïeul John, sans doute. J'ai cru comprendre que Cromwell aurait révoqué les lois contre les récusants (c'est ainsi qu'on appelle ceux d'entre nous qui sont restés catholiques). Mais j'ai peut-être mal compris, j'ai peut-être pris mes désirs pour des réalités.

J'aimerais bien revoir ces compatriotes, les faire parler. Je leur ai demandé — oh, pas directement — s'ils resteraient quelque temps dans notre coin de terre. Ils ne pensaient pas.

J'ai dû faire un effort surhumain pour ne pas les presser de questions. Comment fonctionne ce Commonwealth ? Que se passe-t-il dans l'armée ? Dans la flotte ? Dans l'Église ?

Lorsque je suis rentré, après leur départ, Madeleine Dallinges m'a demandé si j'étais malade.

« Juste un peu incommodé, ce n'est rien », ai-je répondu pour avoir la paix.

Je suis monté, et me voici à ma table.

Lorsqu'il m'a recueilli au bord de la route, à moitié mort, dévoré de fièvre, Dallinges m'a entendu délirer en anglais.

« D'où viens-tu ? m'a-t-il demandé lorsque j'ai été en état de parler.

— De... de Vénétie.

— Comment t'appelles-tu ?

— Pietro Ricordi. »

Il n'a pas fait de commentaire. Mais il a sans doute vu que je ne lui disais pas la vérité, je n'ai jamais fait un très bon menteur.

« Es-tu catholique ou protestant ? »

J'ai hésité à répondre. Et si cet inconnu était un fanatique de l'autre bord ? Mais il était tout en rondeurs, avec de tranquilles yeux gris, mon instinct me soufflait que c'était un homme pondéré.

«Catholique, ai-je articulé.

— Bon, dans ce cas-là, je t'emmène chez moi. J'habite Echallens, un peu en dehors du bourg. Nous aussi sommes catholiques. Dans nos campagnes, ce n'est pas comme à Genève. Si tu te contentes d'aller à la messe et de prier tranquillement, personne ne t'ennuie. Je ne dis pas qu'il n'y a pas de fanatiques. Il y en a. Il y a deux ou trois ans, on a même failli avoir une guerre ouverte entre Berne et Fribourg, mais grâces en soient rendues à Dieu, cela s'est calmé. On n'y regarde pas de si près. Moi, je trouve absurde qu'on s'entre-tue pour la religion alors que nous sommes tous de bons chrétiens, pieux et croyants. Ces bagarres sans fin pour savoir si la table du culte serait en pierre ou en bois, si on la placerait plutôt ici que là... Et le curé qui au beau milieu d'un enterrement protestant raconte à la famille éplorée que tous ceux de la religion réformée seraient damnés de toute façon... Et le pasteur qui court se plaindre à Berne pour un oui ou pour un non... Parfois, on dirait des enfants sans entendement. Si encore on était des sans-Dieu, je comprendrais...»

Il m'a jeté un coup d'œil, comme s'il avait soudain réalisé qu'il valait mieux ne pas confier ses pensées les plus intimes à un inconnu qui aurait pu être un espion. Mais je n'avais sans doute pas plus la tête d'un espion qu'il n'avait celle d'un fanatique.

«Si tu avais été protestant, a-t-il encore dit, je t'aurais confié à un de mes cousins, qui est réformé. Lui et moi, de temps en temps, on discute de religion, mais on ne se bagarre pas. On se fréquente, on se croise à l'église...

— Comment faites-vous, pour vous croiser à l'église?

— C'est que vois-tu, dans les villages du bailliage d'Echallens, on n'en a qu'une. Le dimanche,
ce sont d'abord les catholiques qui y vont pour la
messe, et ensuite les protestants pour le *presche*.»

Il m'a semblé, en entendant cette voix placide
parler d'une seule église pour catholiques et
réformés comme si cela allait de soi, être arrivé à
bon port. Je me laisse aller, m'endors, profondément. Je suis en sécurité.

Nous voyageons longtemps avant qu'il ne me
pose une nouvelle question:

«Quelle est ta profession?

— J'ai été homme de cour, marchand, j'ai fait
la guerre. Et j'ai fait de la musique.

— Quel genre de musique?

— Je joue de l'orgue et du virginal.

— Je n'ai jamais entendu parler du virginal.

— En Angleterre, on appelle ainsi les instruments à clavier, l'épinette, le muselaar, le clavecin. Ce sont des instruments très populaires. J'ai
aussi appris à les fabriquer.

— Tu saurais remettre un orgue en état?

— Je crois.

— Bien entendu tu sais lire et écrire?

— Oui.

— Alors voilà une bonne raison de t'emmener
à Echallens. Je t'engage pour réparer notre orgue.
Histoire de faire enrager les protestants, hé, hé…
Tu sais copier de la musique?»

Un instant, j'ai la sensation qu'il lit dans mon
passé.

«Parfaitement, ai-je fini par admettre. J'ai toujours copié mes partitions préférées.

— Alors, à Echallens, il y aura du travail pour
toi. Et maintenant, avant que je ne t'emmène
chez moi, que je ne t'accueille en frère sous le

toit où vivent ma femme et mes enfants, je veux savoir ce que tu crains, ce que tu fuis. Et je veux la vérité. Tu ne t'appelles pas Pietro Ricordi, tu n'es pas italien. »

Il perçoit mon hésitation.

« Je te jure devant Dieu que je ne répéterai rien à personne. Même pas à ma famille. »

Cet homme m'a recueilli, m'a fait confiance, il s'occupe de moi sans chercher à savoir qui je suis — par simple générosité. Je n'ai plus hésité.

« Je m'appelle Francis Tregian. Je suis anglais. Je me suis évadé de prison. Je ne suis pas un criminel, je n'ai ni tué ni volé. Au contraire, le volé, ce serait plutôt moi. Mon seul tort a été d'être le fils de mon père, et catholique. On me croit mort, et si ceux à qui j'ai voulu échapper savaient que je vis, ils essaieraient peut-être de me tuer. Mais j'ai envie de vivre. En paix. Loin des guerres et des querelles. »

Je lui ai tout raconté.

À part quelques claquements de langue aux moments les plus tendus, il n'a pas commenté.

« Tu parles parfaitement le français, a-t-il constaté en guise de conclusion.

— Oui. C'est un don, je crois. L'oreille musicale. Aux Pays-Bas personne n'entend que je ne suis pas néerlandais, à Reims que je ne suis pas rémois, en Italie que je ne suis pas italien.

— Parfait. On ne parle plus de l'Angleterre, et tant qu'à faire, tu ne sais pas l'anglais. Prends un nom de chez nous et garde ton prénom. Je connais des Tréhan à Rances. Tu pourrais t'appeler François Tréhan.

— Non, cela ressemble trop à mon véritable nom.

— C'est vrai. Alors, tu pourrais être François

Cousin, un lointain parent qui a vécu en Italie.
Ma femme est une Cousin.

— Cousin, cela existe aussi en Angleterre.

— Voyez-vous cela. En tout cas, dans le pays,
on trouve sûrement plus de Cousin que de Dallinges. Raison de plus pour que tu portes ce nom-
là. D'accord ? »

Dans l'immédiat, il n'y a pas d'autre choix.

C'est allé tout seul. À force de me voir travailler à l'église, au greffe, de me rencontrer chez
les Dallinges, d'être venus à la Croisée pour se
confier, pour demander conseil, pour se faire lire
ou écrire des lettres confidentielles, les gens
ont oublié qu'il y avait une époque où je n'étais
pas des leurs. Les enfants Dallinges m'ont appelé
oncle François dès le premier jour, et maintenant leurs enfants m'appellent grand-père.
J'occupe une vaste chambre sous le toit de la
tonnellerie Dallinges. J'y ai mon écritoire et un
établi pour réparer — ou fabriquer — les instruments, que les gens m'amènent de loin.

Dallinges m'a offert trois petits volumes dodus
qu'il a trouvés à Lausanne, où son commerce
l'amenait parfois : les *Essais* de Michel de Montaigne. Il m'a semblé retrouver un ami. Très vite
j'ai parlé français avec l'accent du terroir. J'ai
appris le patois. Pour toute la contrée, je suis François Cousin, facteur d'instruments et scribe, originaire de Grandson. C'est ainsi que m'ont enregistré
tant ces Messieurs de Berne que ceux de Fribourg.
C'est sous ce nom-là que Dallinges m'a présenté au
curé, au pasteur, aux paroissiens de la contrée.

Il ne m'a jamais reparlé de mon passé, mais
périodiquement il revenait à la charge :

« François, tu devrais écrire ton histoire. Peu
de gens ont eu une vie comme la tienne

— Pour qui veux-tu que j'écrive?

— Pour la postérité. Pour moi. Pour toi-même.»
J'ai haussé les épaules.

«Cela n'intéresserait personne. Et puis je ne sais pas écrire.»

Il n'a pas insisté, mais un jour où il avait dû aller à Lausanne, il en était revenu avec une rame de papier.

«Pour toi. Pour tes Mémoires», a-t-il dit.

Il y a des années de cela.

J'ai toujours gardé ce papier. Jusqu'à ce matin, je n'ai jamais vraiment songé à l'utiliser.

Mais ces deux Anglais... Mais ce ciel transparent de Cornouaille...

J'étais prêt, l'histoire mûrit sans doute en moi depuis la première fois où Dallinges m'a suggéré de l'écrire.

Je suis confronté à deux difficultés. D'abord, je n'ai jamais su m'exprimer par moi-même: pour me définir, j'ai toujours eu besoin des mots, de la musique des autres. Et puis, je ne sais plus dans quelle langue écrire. Il y a bien un quart de siècle que je n'ai plus pratiqué l'anglais, et même lorsque je m'adresse à Dieu, c'est en italien ou en français.

Mais je me dis que la cohorte de mes amis, de mes complices disparus, se tient auprès de moi, lit par-dessus mon épaule. C'est pour nous que j'écris. Et pour nous, français, latin, italien, néerlandais, anglais — quelle différence?

II

In Peascod time when hound to horn
Gives ear till buck be killed
And little lads with pipes of corn
Sit keeping beasts afield.

«Peascod Time»
Ballade populaire

À la saison des pois lorsque la meute aux cors
Prête l'oreille jusqu'à la mise à mort
Les pipeaux de paille des garçonnets
Tiennent les bêtes féroces en respect.

Le vent me décoiffe, le soleil m'éblouit, je mords un épi oublié, ce qui me fait penser que le souvenir se place entre la moisson et les regains, vers la fin août, ou le début septembre.

«Viens, Francis, viens!»

C'est la voix de Jane, ma nourrice. Jane aux cheveux roux d'automne et aux yeux bleus comme des lacs. Elle me parle. Je l'entends, mais je ne la vois pas.

«Lève-toi, paresseux, viens ici.»

Je me roule sur les tiges tronquées qui me piquent le dos, puis les genoux et les mains. Je me dis : je veux marcher. Un blanc dans ma mémoire, et puis je titube parmi les sillons, le vent me caresse le visage et tire la jupe de Jane, elle est debout, le sourire ravi, les bras tendus :

«C'est magnifique, Francis. Continue. Non, ne t'arrête pas, viens, viens…»

Je suis émerveillé. Je marche. J'avance par mes propres moyens. J'avance un pied, puis un autre, et je suis toujours debout.

«Un dernier effort, mon petit, encore un pas, encore un...»

Je finis dans les bras de Jane comme un navire entre au port. Elle sent le pain qui sort du four, le ciel, la terre chaude et le lait dont elle me nourrit.

Elle me couvre de baisers:

«Bravo, Master Francis, bien joué!»

À l'horizon (mon horizon) les toits de Golden Mill, le lieu-dit Moulin de Golden où il n'y a plus de moulin depuis longtemps, se découpent sur le ciel. Golden, c'est le nom que tout le monde donne au manoir de Wolvedon — tout le monde sauf mon père. Dans ce manoir, je le sais, vivent ma mère, ma sœur Mary. Mon père est le plus souvent ailleurs, à Londres ou à Lanherne, des lieux inconnus qui ne signifient pour moi, à l'époque, que «loin».

Je me dis qu'aucun de mes souvenirs n'est plus ancien que celui du champ de blé.

Je suis né, à ce qu'on m'a dit, dans la quinzième année du règne d'Élisabeth. Si c'est exact, j'ai dû voir le jour en hiver, à la rigueur au début du printemps, puisque pour marcher il faut, me semble-t-il, avoir au moins dix-huit mois.

Vers Noël de cette année-là, je commençais à parler et j'avais un nouveau frère, Adrian. On est venu me chercher pour la cérémonie du baptême. Nous sommes allés en grande pompe jusqu'à l'église de Probus. J'ai des souvenirs flous de cette journée. Mon père est à Londres, c'est ma mère qui organise la cérémonie et une réception avec de la musique et des danses. Je reçois une première taloche parce que, ne l'ayant jamais vue, je ne la reconnais pas, et une seconde pour m'être mis à pleurer devant ma grand-mère Anne, une

grande dame qui vit à Lanherne. Il y a beaucoup
de monde. Les adultes vont à table dans la salle
d'apparat, et nous les petits repartons avec nos
nourrices. À mon grand soulagement, Adrian a
été placé chez une nourrice autre que la mienne.

Ma mère avait tout juste vingt ans. Elle était
petite, blanche de teint et noire de cheveux, avec
de grands yeux noisette. Elle dirigeait la maison et les domaines. Elle supervisait la tonte, la
filature, le tissage, la couture, s'occupait des
malades, accouchait les paysannes, sortait, recevait — les dames des terres environnantes
faisaient comme elle. Elle était nerveuse, impa-
tiente, distante, il ne s'agissait pas d'attirer
intempestivement son attention. Elle avait des
soucis constants — les nuages s'accumulaient
(déjà) à l'horizon.

Mon père était un homme de vingt-sept ou
vingt-huit ans. Je n'ai de lui que des souvenirs
intermittents. Il ne m'appelle que Master Francis, sourit rarement, me tient de longs discours
sur la vraie foi et sur mes responsabilités. Pour
que je retienne ses leçons, il me fouette ou me
fait fouetter.

Du plus loin qu'il m'en souvienne, ce qui
m'impressionne le plus, c'est son regard. Il a des
yeux très bleus, enfoncés et comme constamment
en deuil. Mais si vivaces qu'ils retiennent immédiatement l'attention. Et des boucles d'un roux
aussi flamboyant que sa barbiche et sa moustache. Dans mes pensées d'enfant, je le trouve
très beau, et j'apprendrai plus tard qu'il a provoqué des passions.

Le bien de Wolvedon avait été amené en dot
par mon arrière-grand-mère, Jane Wolvedon,
lorsqu'elle s'était mariée avec John Tregian, pen-

dant le règne du roi Henri VIII. Notre patronyme signifie, me dit-on, «terre de géants». Plus prosaïquement, je crois aujourd'hui qu'il se traduit par «le domaine de John», mais lorsque j'étais enfant l'autre sens était unanimement admis. C'est peut-être à cause de notre taille. Chez les Tregian, les hommes dépassent tous les six pieds, les femmes sont plus grandes que la moyenne, et la carrure du vieux John a dû être si imposante qu'on en parlait encore un demi-siècle après sa mort.

Les images que j'ai de Wolvedon à ce temps-là tendent à se confondre. Des ciels gris anthracite où roulent des nuages poussés par un vent rageur. Des éclaircies et le soleil soudain éblouissant. Des paysans qui labourent et des mineurs qui rentrent, au crépuscule — les jeunes en chantant, les plus anciens en pouffant. Je vois un retour en pleine nuit, sous le châle de Jane qui me serre contre elle, presque en courant, le souffle court. D'où venions-nous? Je ne le sais plus. Je me revois, trempé jusqu'aux os, Jane m'a déposé devant le feu de la cuisine et a couru chercher des vêtements secs.

J'ignore comment j'en suis arrivé à avoir la sensation constante d'être menacé. Peut-être était-ce que dans la maison de mon père on chuchotait beaucoup dans les coins.

Cuthbert, l'homme par qui le danger s'est concrétisé, n'apparaît pas dans ma mémoire comme quelqu'un d'inquiétant. Un homme doux, affable, toujours en mouvement, qui exerçait, on me l'avait dit, l'activité d'intendant des domaines. Il partait souvent administrer quelque propriété lointaine. Il me tenait, lui aussi, de grands discours sur la vraie foi, me bénissait avant de s'en aller.

Je ne saurais dire si je suis, jusqu'à ma troisième année, jamais allé à la messe. Raisonnablement je dis : c'est certain. Mais je ne m'en souviens pas. Peut-être les gestes et les murmures de Cuthbert étaient-ils des messes ?

Ma vie intellectuelle a commencé tôt. Jane m'a raconté plus d'une fois le miracle — tout à coup j'ai su lire. C'est peut-être dans ce domaine-là que j'ai le plus de souvenirs. Je suis fasciné par les gens qui écrivent, ou qui lisent. Cuthbert, mon père, son valet Phillips. Jane qui consulte fréquemment son livre de prières. Ma grand-mère Catherine Tregian, la veuve de mon grand-père John (duquel je n'ai qu'une image floue, car il est mort lorsque j'étais tout petit). Elle vit au manoir neuf, et c'est elle qui, pendant toute une journée, m'explique patiemment les lettres à partir d'un syllabaire qui a appartenu à son fils, mon père. La pièce est nette dans mon esprit, tapissée de tentures précieuses. Nous sommes sans doute dans le salon particulier de Madame Catherine, comme nous l'appelons tous. C'est une Arundell, sa famille est la plus riche et la plus puissante de la région. Je me revois sur ses genoux. Le syllabaire est une mince feuille de quatre ou cinq inches sur six ou sept, maintenue dans un cadre solide, avec un manche qu'on tient comme celui d'un miroir. Dans le haut s'inscrit l'alphabet, au-dessous diverses combinaisons de lettres et enfin, dans la moitié inférieure, le *Pater*.

« Et celui-là, madame, c'est quoi ?

— Un *p*, Francis. Je suis fatiguée, va-t'en.

— Oui, madame. Juste encore ce signe-là.

— C'est un *t*, mon petit, et maintenant cela suffit. Descends.

— Oui, madame. Juste cette lettre-là, alors.

— Cet enfant est aussi têtu que son père. Cette lettre-là, je t'ai déjà dit son nom, c'est à toi de la connaître.

— Un... *a*?

— Oui, un *a*. Et maintenant, Francis, descends de mes genoux et laisse-moi. »

Je descends, il est impossible d'ignorer la menace dans sa voix. Je vais jusqu'à la porte. Mais l'envie est plus forte que la peur. Je reviens.

« Madame?

— Quoi encore?

— Vous ne voudriez pas m'apprendre à écrire mon nom?

— Master Francis, j'ai dit non, c'est non. Regarde-toi. Tu ne sais pratiquement pas marcher, et tu devrais apprendre à parler correctement, avant de vouloir écrire.

— Oui, Grand-Mère. Mais c'est juste pour essayer. »

Elle cède. Elle finit toujours par céder. Elle passe son temps à dire: « qui aime bien châtie bien » et à recommander qu'on me corrige, mais elle-même n'en fait rien pour une raison que je découvrirai plus tard: je l'amuse.

Pour le petit garçon que j'étais, le manoir de Golden était un lieu immense. J'avais peur des ombres qui s'allongeaient dans les chambres, sombres à toutes les heures du jour. Je préférais traverser la cour et aller à la cuisine de l'ancien manoir, où il y avait toujours quelqu'un.

Golden est constitué par deux manoirs. Il y a le manoir neuf, construit par mon arrière-grand-père, dans lequel vivaient mes parents, ma grand-mère Catherine et leurs serviteurs personnels. Le manoir neuf est situé au sud du chemin qui va de Golden Mill à Probus, les bâtiments bordent de trois côtés la cour centrale, ouverte sur l'allée. Le manoir vieux date, je crois, de trois ou quatre siècles ; il est au nord du chemin, décalé par rapport à la nouvelle maison, adossé à un champ surélevé que les paysans appellent le Camp romain. On dit dans le pays qu'autrefois le manoir vieux a été un couvent. C'est une demeure haute, rébarbative, avec peu de fenêtres ; elle domine une série de bâtiments utilitaires disposés en carré autour d'une cour fermée, résidu d'une époque où il fallait se défendre contre les bêtes féroces, les pirates et les brigands et où, par conséquent, les seigneurs fortifiaient leurs habitations. Aujourd'hui, l'ancien manoir de Golden sert de ferme, d'entrepôt, d'habitation pour de nombreux serviteurs. La grande salle d'autrefois est devenue la cuisine du domaine.

C'est un va-et-vient constant de valets, de servantes, de paysans, de pages et de demoiselles de la chambre. Un vrai capharnaüm. Il me semble que tous ces gens-là parlent à la fois, crient à la fois, courent dans tous les sens.

La seule personne qui se détache, c'est *Old Thomas*, le vieux Thomas. Le sourire édenté, le cheveu blanc et rare, il ne se déplace (lentement) qu'avec un bâton. On chuchote qu'il a quatre-vingts ans, qu'il était l'intendant de mon arrière-grand-mère Jane, qu'il était déjà dans la maison lorsque Jane Wolvedon l'a amenée en dot à John Tregian, avant la construction du nouveau manoir. On dit aussi, lorsqu'il n'est pas là, qu'il était amoureux fou de Jane Wolvedon. Les ragots ne disent pas si Jane Wolvedon partageait cet amour.

Lorsque j'étais enfant, Old Thomas passait le plus clair de son temps au coin de l'âtre, j'étais persuadé qu'il y dormait. Il connaissait les domaines dans le moindre détail et lorsque les difficultés semblaient insolubles, on le consultait. Même mon père condescendait, ici et là, à quérir son opinion.

Chez Old Thomas tout était vieux, hors la voix. Il avait une voix profonde, sûre. C'était un familier des esprits, bons et mauvais, qui battaient la campagne. Et Dieu sait si la campagne kernévote abonde en esprits de toutes les sortes et de toutes les tailles. De sa voix marquée par l'accent celte, sa langue maternelle dont il m'a appris les rudiments, il me parlait de Trebegean.

« Il avait des bras si longs qu'il suffisait qu'il les tende pour enlever les hommes des bateaux qui passaient. Et il se nourrissait tous les jours de chair fraîche. Ah! Combien d'enfants n'a-t-il pas avalés, tout crus. On ne sait comment il a fini par mourir. Tenez, ils ont trouvé son squelette il n'y a pas si longtemps. »

Une fois lancé sur le thème des monstres, Old Thomas était intarissable. Il me parlait de John of Gaunt, qui avait laissé sur la colline de Carn Brea, près de Redruth, des traces de son passage : les rochers qu'on y voit s'appellent le Cercueil, la Roue, la Tête, la Main du géant, et même le Berceau du géant. À en croire Thomas, la Cornouaille fourmille de géants. Le nom même de notre pays est lié à eux.

« On dit que Cornouaille vient de Corineus, qui avait reçu notre terre en récompense de Brutus de Troynovant (c'était le nom de Londres à ce temps-là), pour avoir battu le géant Gogmarol après une âpre lutte au corps à corps sur les hauteurs de Plymouth. Ah, quelle bagarre! Vous auriez dû voir cela», s'exclame-t-il comme si l'événement datait de la Foire de l'an dernier.

Il me regarde, satisfait. J'en profite pour le lancer sur un des thèmes que je préfère.

«Thomas, parlez-moi de Cormoran.

— Cormoran? C'est lui qui a bâti St. Michael's Mount. Nous autres, nous appelons le Mont *carreg-luz-en-kuz*, en celte cela signifie "la pierre blanche dans la forêt". Et à mi-chemin entre le manoir et la terre ferme, il y a un gros rocher, on le nomme le Rocher-de-la-Chapelle mais il n'y a plus de chapelle, elle a été écrasée sous la masse. C'est la femme de Cormoran qui l'a laissé tomber. Son mari lui avait ordonné de bâtir un manoir en pierres blanches, mais il fallait aller loin pour les trouver, alors elle s'est dit que le bon roc verdâtre de chez nous ferait l'affaire. Mais Cormoran ne l'entendait pas de cet œil-là, et quand il a découvert le subterfuge, il a donné un grand coup de pied dans le postérieur de sa femme, eh! eh!… et elle en a été si saisie qu'elle a trébuché, la courroie de son tablier de cuir s'est cassée et elle a laissé tomber le rocher qu'elle tenait.

— Mais Cormoran a fini par être battu? Tué?

— Oui, Master Francis. Par Jack, un vaillant garçon comme vous. Jack vivait près de Lands' End. À ce temps-là, Cormoran était déchaîné. Il volait le bétail des paysans. Il attachait les vaches à sa ceinture, et chargeait les gros bœufs sur ses épaules. Ensuite, il rentrait dans son château de St. Michael's Mount et dévorait tout. C'est alors que le roi Arthur a offert une récompense à celui qui le tuerait. Jack a bien réfléchi, et il a eu une idée. Il a creusé un grand trou sur terre ferme, juste en face de St. Michael's Mount. Il l'a recouvert de branches et de paille. Après quoi il a sonné du cor, et le géant qui ne supportait pas qu'on approche de son château s'est précipité pour le tuer, mais dans sa hâte il n'a pas vu la trappe, et il y est tombé, la tête la première. Alors Jack lui a donné un grand coup de hache, et puis il a rempli le trou à toute vitesse pour le cas où le géant ne serait pas tout à fait mort ou aurait le pouvoir magique de revivre.

— Il a reçu une récompense ?

— Bien entendu. Une magnifique épée et une ceinture brodée avec une inscription en lettres d'or :

Voici le Kernévote vaillant
Qui a tué le géant Cormoran. »

« Depuis ce temps-là, lorsqu'on parle de lui, on ne l'appelle que Jack le tueur de géants. Un simple petit gars de Lands' End ! Il est célèbre jusqu'au-delà des mers. »

J'avalais ces histoires comme du petit-lait. Je rêvais d'être un jour aussi héroïque que Jack. Francis le tueur de géants, voilà un beau titre de gloire.

J'ai appris l'alphabet presque sans m'en apercevoir, et le calcul sans m'en rendre compte. Assimiler le latin et le grec, que l'on parlait autour de moi, c'était aussi naturel que d'absorber les légendes celtes de Thomas.

Lorsque je suis revenu de nourrice, la nouveauté la plus bouleversante a été les coups : chacun se croyait autorisé à m'assommer, et mes parents ignoraient la chose ou n'y trouvaient, plus probablement, rien à redire. Mais un jour où une des demoiselles de la chambre avait voulu m'assener une claque, j'ai découvert que j'avais un moyen de suspendre les foudres ; je l'avais regardée, tout simplement. En s'éloignant à reculons et en se signant, elle avait murmuré :

« Les yeux du diable. »

Elle n'était pas la seule à le penser, et pour un peu ils m'auraient accusé d'être l'envoyé de Belzébuth ou de Cormoran.

Old Thomas détenait, bien entendu, l'explication. À l'en croire, mes yeux me venaient en droite ligne de Jane Wolvedon.

« C'était elle la rouquine, Jane. Les Tregian avaient les cheveux noirs. Ils avaient les yeux bleus, mais pas comme Jane. La première fois que je vous ai vu, ça m'a secoué, j'vous jure. Je ne croyais pas que je reverrais jamais ce regard-là. Je me suis dit qu'il s'était perdu. Mais non, vous avez les yeux de Jane Wolvedon

— Et ma sœur Mary ?

— Non, ni votre sœur Mary ni votre petit frère. Juste vous.

— Comment était-elle, Jane ? Jolie ?

— Elle était toute la beauté du monde. Les cheveux comme le cuivre, la peau très blanche, toute petite — eh oui, elle a fait quatre enfants sans effort apparent, tous bien bâtis, et elle était minuscule. Le cinquième, il est vrai, l'a tuée. Ses yeux étaient la première chose qu'on voyait. On a dit que c'étaient des yeux de sorcière comme certains imbéciles disent aujourd'hui que vous avez les yeux du diable. Mais elle était si bonne, si gaie, toujours prête à aider les pauvres ; on a oublié de se méfier. On l'aimait. »

Pour la première fois depuis que je l'écoute

raconter, j'entends un frémissement dans sa voix.

«Vous l'aimiez beaucoup, Thomas? je hasarde, incertain.

— Plus que cela.» Il se parle à lui-même. «J'ai maudit mon sort de ne pas m'avoir fait naître riche comme John Tregian. J'étais un beau jeune homme. J'ai du bien, mon père était marchand. Mais le père de Jane était gentilhomme, et un gentilhomme ne donne sa fille qu'à un autre gentilhomme. Au lieu de devenir son mari, je suis devenu son intendant.

— Et Jane?»

Un long silence. J'ai dû dépasser les bornes.

«Vous ne direz rien?»

Sa voix est toujours voilée. Je le fixe, car j'ai remarqué que mon regard a aussi le pouvoir de calmer.

«Non, je le jure par la Vierge.

— Nous n'en avons jamais parlé à personne, cela aurait été inutile. Elle avait été promise à John Tregian au berceau, et on les a mariés lorsqu'elle n'était qu'une fillette. Elle voulait que nous fuissions à Londres. Ou en France. À ce temps-là, nous étions tous de la même religion. Moi, j'aurais pris ce risque. Mais Jane était une demoiselle, nous aurions eu son père, son fiancé, les soldats du roi, toute la contrée à nos trousses. Je l'aimais trop pour affronter les aléas d'une vie de pauvreté. Mais je lui appartenais corps et âme, je ne me suis jamais marié. Cela m'aurait paru un sacrilège. Depuis qu'elle est morte, je suis veuf.»

Un très long silence. Thomas finit par sourire de tout son visage.

«N'empêche que je connais, moi, le secret de votre regard. Il vous vient des piskies.

— Des piskies ?

— Les piskies, ce sont les esprits d'une race éteinte dont on pense qu'elle a vécu, aux temps immémoriaux, dans l'extrême ouest de la Cornouaille, là où l'on a longtemps cru que le monde finissait, et c'est pour cela qu'on l'avait nommé Lands' End, la fin des terres. Ils sont petits et le plus souvent bienfaisants. Il paraît que lorsqu'ils meurent, les nouveau-nés deviennent piskies, avant de se transformer en *muryans*. »

Les muryans ce sont, en celte, certaines fourmis dodues que l'on voit en été.

« Et les yeux de Jane Wolvedon, alors ?

— Vous savez que les piskies confectionnent des lotions enchantées. On s'en frotte le corps, et cela confère des pouvoirs magiques. Si on en reçoit une goutte dans les yeux, on voit le pays des fées. Un soir, la mère de Jane Wolvedon, prénommée Cecilia, a entendu frapper à la porte. Elle est allée ouvrir et a vu un tout petit homme assis sur un grand cheval. "Ma femme va accoucher, elle a besoin d'aide", a-t-il dit. Ton aïeule a bien vu que c'était un pisky, mais elle n'a rien dit, elle est montée en croupe et ils sont partis. Le voyage était à la fois long et rapide, par des chemins inconnus, dans la nuit noire. Quand ils sont arrivés, Cecilia a aidé à l'accouchement et a sauvé le nourrisson, une fillette. Après, elle l'a lavée avec un savon magique qu'on lui a donné. Et un peu de ce savon a giclé dans ses yeux. Et le pays des fées lui a été révélé. Elle n'était pas dans la chaumière qu'elle avait cru voir en entrant, mais dans un magnifique château. Le pisky qui était venu la chercher a remarqué qu'elle voyait les choses invisibles. Vous savez que lorsqu'on découvre accidentellement le pays des piskies et qu'ils s'en aperçoivent, ils vous crèvent les yeux.

— Alors la maman de votre Jane...

— Non, pas la maman de ma Jane. Elle a dit· "Je n'en parlerai jamais à personne, je vous jure, mais laissez-moi mes yeux, j'attends mon premier enfant, j'aimerais le voir." Le papa pisky était très reconnaissant à la maman de Jane d'avoir sauvé le nouveau-né pisky. "Je vais faire une exception pour toi, à une condition : c'est que tu ne cherches plus jamais à voir le pays des fées. — Je te le promets. — Mais j'aimerais tout de même te faire un cadeau, a dit le papa pisky. Toi aussi, tu vas accoucher d'une fille. Appelle-la Jane, comme la nôtre. Tu verras qu'elle aura des yeux magiques, des yeux qui auront le pouvoir de convaincre, de calmer, de sauver. Apprends-lui à ne pas en abuser." Et il l'a ramenée sur son grand cheval. Lorsqu'elle s'est retrouvée devant chez elle, il lui a encore dit : "Si ta fille Jane est une femme vertueuse, comme toi, elle aussi recevra un cadeau : elle pourra transmettre ses yeux magiques une fois toutes les trois générations." Et voilà pourquoi ma Jane avait ces yeux extra·ordinaires. Je ne sais pas pourquoi elle vous a choisi, vous, pour vous en faire cadeau. Il ne faut pas chercher la raison de ces choses-là. Prenez·en bien soin et usez-en à bon escient. Lorsque les fées vous touchent du doigt, elles vous donnent une force qu'il faut savoir mettre à profit pour soi-même et les autres. C'est le seul moyen de leur dire merci. »

III

The hunt ys up, the hunt ys up,
Loe! it is allmost daye;
For Christ our Kyng is gone a huntyng,
And browght his deare to baye .

«The Hunt's up»
Ballade populaire

La chasse est ouverte, la chasse est ouverte,
Voyez! le jour point déjà;
Par le Christ, notre roi est allé chasser,
Et son cerf est aux abois...

J'ai beau me dire que je n'écris pour personne sinon pour des fantômes, je me mens. Car pendant que j'affûte ma plume, un visage bien réel surgit, toujours le même : David.

Je ne suis pas compagnon menuisier. Mais comme personne dans la région ne sait construire les instruments, on m'a toléré, à condition que je ne me mêle pas de fabriquer des tables, des chaises, des armoires ou des lits. David, lui, a commencé par apprendre la menuiserie à Oron, il y a fait trois ou quatre ans. Et puis l'atelier où il travaillait a brûlé, et l'incendie a emporté son maître menuisier.

Les Dallinges ont insisté pour que je parachève sa formation.

«Il ne veut aller chez personne d'autre. Il a appris à faire des meubles. Ce qu'il veut, c'est fabriquer des instruments. Il ne rêve que de cela, et c'est un peu à cause de vous, alors maintenant, prenez-le.»

Je l'ai pris, il y a quelques années de cela

Actuellement, il est facteur et organiste à Bâle. Il y a longtemps que je ne l'ai vu, il me manque.

Les personnes que j'ai aimées, profondément et avec constance, se comptent, dans ma vie, sur les doigts de la main. David en est.

Je l'ai trouvé un matin, devant la porte de la ferme, enveloppé dans un chiffon. Il devait être né pendant la nuit. Comme d'habitude, j'étais le premier levé. Il m'a regardé de ses yeux bleus aveugles, et m'a serré convulsivement le doigt qu'il a porté à sa petite bouche comme un sein. J'ai été conquis tout de suite. J'ai attendu au coin du feu que Madeleine Dallinges se lève.

« Doux Jésus, mais qu'est-ce que c'est ?

— Vous le voyez bien. Un enfant. J'aimerais vous demander une grande faveur : que vous l'éleviez avec les vôtres. »

Son dernier-né avait à peine un an, en ce temps-là, elle l'allaitait encore.

Benoît Dallinges était arrivé sur ces entrefaites.

« Alors, Cousin, vous nous avez fait un marmot ? avait-il dit en riant fort.

— J'en ai peut-être fait plus d'un, au fil des ans. Je viens de décider que celui-ci les représenterait tous. C'est mon fils David. Mais si vous ne voulez pas qu'il vive ici, je...

— Madeleine, est-ce qu'on en est à un près ? » a demandé Benoît avec un sourire.

Elle a haussé une épaule :

« Là où il y en a pour six il y en a pour sept, plus on est de fous plus on s'amuse, alors... »

Le nourrisson n'avait, jusque-là, pas émis le moindre son. À cet instant, il a commencé à crier.

« Allons, passez-moi l'enfant, il a surtout besoin qu'on lui donne le sein et qu'on le lave. Et qu'on le baptise. Vous pourriez aller prévenir monsieur le curé, pendant que je m'occupe de votre David. De notre David. »

Nous ne lui avons jamais rien dit, sa naissance est restée un mystère. Ni le curé ni le pasteur n'avaient eu connaissance d'une fille enceinte, ils s'étaient, tous les deux, informés dans la région.

« Prenez-le comme un des vôtres, a conseillé le curé aux Dallinges. Ce sera plus simple pour tout le monde. Cousin, vous serez le parrain. »

Ainsi fut fait, et David est devenu un Dallinges, semblable aux autres sauf pour la musique. Dieu la lui a donnée comme il m'a donné les yeux de Jane Wolvedon : sans raison et à pleines mains. À part Claudio Monteverde, William Byrd, et peut-être Thomas Morley, je n'ai connu personne avec une oreille comme la sienne.

C'est à Old Thomas que je dois l'histoire de ma famille. Personne ne prêtait attention à Thomas. On lui demandait des renseignements comme on consultait un registre, parce qu'il était là. Il était tacitement entendu qu'il avait réponse à tout, mais cela ne lui valait ni reconnaissance ni respect. Il avait une maison, des serviteurs. Je ne le savais pas et, à ce temps-là, je l'aurais d'autant moins imaginé que je le voyais écosser les pois, chercher les cailloux entre les graines de céréales, plumer la volaille.

Avec Old Thomas il fallait tendre l'oreille pour percevoir, dans le flot du discours, les nuances. Je me suis demandé hier toute la journée, par exemple, s'il était papiste ou réformé. Je ne lui ai jamais posé la question : à l'époque, les distinctions religieuses étaient, pour ma petite tête, incompréhensibles — conformant, récusant,

papiste, réformé, puritain, des termes qui revenaient comme des formules incantatoires, mais
sur lesquels (en ma présence du moins) on ne
s'attardait pas.

Il m'a fallu tout un temps pour me rendre
compte que Thomas ne tenait pas mon père en
très haute estime. Au moment où nous avons
quitté Golden j'avais même décidé qu'il désapprouvait formellement la tournure qu'avaient
prise les choses.

Un des indices de sa désapprobation est la violente antipathie qu'il portait à Cuthbert, que mon
père vénérait et entourait de soins tout particuliers.

«Votre père qui fréquente la Cour et bat la campagne devrait savoir mieux que moi qu'il joue
avec le feu. Il y va de notre avenir à tous. Sans
compter que pendant que Cuthbert fait le missionnaire, personne n'administre les domaines.
Un maître qui s'occupe de son âme devrait avoir
un intendant d'autant plus âpre aux affaires.

— Qu'est-ce que mon père devrait savoir?

— Votre père a quitté l'Angleterre à une époque
où tout le monde allait à l'église un peu comme il
voulait. On s'arrangeait toujours. Moi qui vous
parle, je n'ai jamais vu de grande différence. Un
jour ils ont décrété à Londres qu'on ne prierait
plus en latin. Toute la contrée s'est révoltée, mais
finalement les gens se sont pliés. On a tout juste
eu le temps de se faire à l'anglais avec le roi
Édouard qu'il a fallu revenir au latin avec la reine
Mary. Et Élisabeth n'était pas plus tôt montée sur
le trône qu'on s'est remis à prier en anglais. Pareil
pour les Rameaux le dimanche avant Pâques,
pour les images de la Vierge et ainsi de suite. Une
chatte n'y aurait pas retrouvé ses petits. Mais

enfin, toute cette confusion avait un bon côté : avec un peu de doigté, on se tirait toujours des flûtes. Il y en avait pour tous les goûts. Et là-dessus le nouveau pape s'en est mêlé. Il croyait qu'on n'attendait que lui pour tous redevenir catholiques. Qu'il suffisait d'une proclamation.

— Quelle proclamation ?

— Il a excommunié la reine, a interdit aux catholiques de lui obéir et d'aller à l'église anglicane. Il s'est imaginé que tout le pays allait aussitôt se soulever. Je ne sais pas qui l'a conseillé. Parce que au contraire, beaucoup de fidèles sujets se sont méfiés. Voilà qu'on leur demandait de désobéir à leur reine, à la détentrice d'un droit qui vient de Dieu. Mais votre père n'a pas vraiment suivi les événements ; quand tout cela est arrivé, il était en voyage.

— Où ça ?

— Les circonstances étant ce qu'elles sont, je préférerais ne jamais l'avoir su.

— Mais vous le savez ?

— Pas officiellement.

— Dites-le-moi, messire Thomas ! Je ne le raconterai à personne.

— Il était à Douai, chez les papistes. Mais si vous le répétez, votre père pourrait courir un danger de plus.

— Mais pourquoi court-il des dangers ?

— Si on vous donne une gifle, qu'est-ce que vous faites ? »

Des gifles, on m'en donne passablement, et je n'ai qu'un droit : me taire. Mais enfin, on a déjà commencé à m'inculquer les devoirs d'un gentilhomme. Je connais la réponse qu'on attend de moi :

« Je la rends.

— Et par quel miracle notre Élisabeth se comporterait-elle autrement? Elle a été excommuniée, mise au ban du monde catholique, déclarée ennemie, elle riposte. Les catholiques anglais deviennent ses ennemis. Ce pape inconscient a acculé ses propres ouailles dos au mur : elles n'ont plus le choix qu'entre la persécution et l'excommunication. Beaucoup ont compris tout de suite, et un tiens valant mieux que deux tu l'auras, ils ont choisi l'Église anglicane. Du moment qu'on est chrétien et qu'on prie, c'est ce qui compte, se sont-ils dit. D'autres sont restés catholiques mais en toute discrétion. Mais votre père a hérité l'arrogance de son grand-père Arundell qui pouvait, lui, se permettre d'être arrogant.

— Thomas... ?

— Quoi donc?

— Vous ne me parlez pas du danger que court mon père.

— Le danger que court votre père porte un nom : Cuthbert.

— Mais POURQUOI?

— Jurez de ne rien dire.

— Je le jure. Sur mon âme.

— Cuthbert Mayne est un prêtre papiste, envoyé depuis les Flandres, où ça fourmille de catholiques anglais qui complotent avec l'Espagne contre Élisabeth.

— Je ne vois toujours pas en quoi cela met mon père en danger.

— Il est interdit de recevoir les prêtres entrés illégalement dans le royaume. Il est interdit de faciliter leur travail.

— Quel travail?

— Ramener les Anglais au catholicisme, rétablir le pouvoir du pape. Oh! vous devriez entendre les beaux discours du pauvre Cuthbert. Je crois qu'il ne comprend pas lui-même le rôle qu'on lui fait jouer. Il se sent l'envoyé de Dieu, il court la campagne pour dire la messe, distribuer les sacrements, convertir. C'est de l'inconscience. Surtout depuis que le nouveau shérif du comté est Richard Grenville, qui ne porte pas votre père dans son cœur. Il est impossible qu'il ne soit pas, un jour ou l'autre, informé de tout.

— Et mon père?

— Votre père pense que son devoir de catholique passe avant ses obligations envers sa reine, sa famille, ses domaines. Élisabeth a décrété que celui qui hébergerait les prêtres venus clandestinement de l'étranger serait un traître, et les traîtres sont soumis au statut de *praemunire*. On vous a déjà appris ce que c'est?

— Non.

— Cela signifie que tous vos biens sont saisis, et que vous êtes emprisonné à vie, ou banni. Ou pendu.»

L'angoisse me saisit.

«C'est mon père qui risque tout cela?

— Oui, votre père. Et le plus tragique, c'est que le vieil intendant de la famille en soit conscient, dit-il en se frappant la poitrine, alors que le premier intéressé fait comme si tout cela ne le regardait pas.»

Je parle beaucoup de Thomas, mais il ne faudrait pas en déduire que c'est avec lui que je passe mes journées. Au contraire. Thomas est mon unique source de renseignements. Mais pour venir le voir, je dois déployer toutes sortes de ruses. Je suis censé rester au manoir neuf, avec les pages, et l'un d'entre eux, Robert, est plus spécialement chargé de s'occuper de moi.

Ces pages et ces demoiselles ne sont pas des serviteurs : ce sont quelques fils et filles des familles de la région qu'on envoie dans des familles équivalentes à la leur pour y recevoir une éducation dont on estime qu'elle sera mieux impartie hors de la maison paternelle. Robert est un des Courtenay alliés comme nous aux Arundell. Il apprend l'escrime, le latin et le grec, la bienséance et le service, la philosophie et la musique. Il m'enseigne à me tenir, à faire mes prières, il me fait la lecture. Il joue merveilleusement du luth, et de l'écouter cela me plonge dans un état de bonheur qui confine à la transe. Il m'aime bien.

« Avec Francis, on peut dormir sur ses deux oreilles. Il sait presque lire, il sait presque écrire, il ne faut jamais lui dire les choses deux fois et il ne fait pas de sottises. »

Il emploie les loisirs que lui donne ma sagesse à jouer passionnément aux dés. Cela est strictement interdit. Si mon père l'apprenait, il le ferait fouetter. Je ne dis rien. C'est par ce biais-là que j'arrive à me glisser, une heure par jour peut-être, jusqu'à Thomas. Robert le sait, mais il ne dit rien non plus. Entre Robert et moi, le chantage est mutuel. Nous n'en parlons jamais. Entre gentilshommes, cela ne se fait pas.

Ce tran-tran va être interrompu brusquement par les événements qui changeront irrémédiablement le cours de ma vie.

Mon père était à Londres, à la Cour. On murmurait à Golden qu'il était en très bons termes avec la reine. Après les récits de Thomas, je me disais que c'était bon signe. Peut-être qu'en le voyant, la reine s'apercevrait que, tout catholique qu'il fût, il n'en était pas moins de ses amis.

On disait qu'il ne reviendrait pas avant l'été. Mais nous étions encore en plein hiver lorsqu'une nuit j'ai été réveillé par un grand bruit. Le maître de céans arrivait de Londres. La confusion était telle dans la maison que j'ai quitté ma chambre, et suis allé occuper un de mes postes d'observation préférés: la petite chambre aménagée dans la cheminée de la grande salle. On peut y entrer par une porte camouflée dans la chambre voisine. On ne parlait jamais de cette chambrette, mais toute la famille en connaissait l'existence. Ma sœur Mary, qui avait dans les sept ans, est entrée à son tour sur la pointe des pieds, un doigt sur les lèvres.

D'abord on a servi le souper à mon père. Puis ma mère a renvoyé tout le monde, a fermé les portes, et est allée s'asseoir. Je la voyais par une petite ouverture pratiquée dans le manteau de la cheminée et masquée, à l'extérieur, par une sculpture. Je ne voyais pas mon père, mais je l'entendais parfaitement.

«Alors? a dit ma mère, d'une voix peu amène.

— Madame, ne prenez pas les choses sur ce ton-là.

— Monsieur, je préfère que vous ne me donniez pas de conseil quant au ton que je suis censée prendre. Que s'est-il passé? La reine vous a chassé?

— Non. Je suis parti.»

Le visage de ma mère est livide.

«Comment, parti?

— Il s'est produit... Je ne m'attendais pas à ce que...

— Pour que vous ne trouviez plus vos mots, monsieur, vous généralement si disert, il faut que cela soit terrible! J'écoute.

— Je faisais ma cour, comme tout le monde...

— Vous avez voulu convertir la reine!

— Madame!

— Bon, bon, j'écoute, mais alors allez-y, je vous en prie. Vous faisiez votre cour...

— Je faisais ma cour comme les autres. J'allais à Greys Inn lorsqu'il le fallait, je jouais aux échecs le matin, aux cartes l'après-midi, je faisais de l'escrime, du tennis, j'allais même au théâtre. Je fréquentais un cercle littéraire. En un mot comme en cent, je ne me distinguais en rien; je n'ai en aucun cas tenté de convertir la reine. Mon devoir religieux, j'allais l'accomplir dans les quartiers les plus pauvres, et je vous assure que Sa Majesté n'en savait strictement rien.

— Mais alors?

— Vous a-t-on déjà parlé, madame, de la manière dont la reine traite les gentilshommes qui lui plaisent?

— On dit qu'elle les couvre de faveurs et qu'elle se les attache. En tout bien tout honneur.

— Oui, on dit cela. Et on dit aussi que Sa Majesté se contente de relations intellectuelles, mais ce sont des on-dit, et personnellement, je n'en sais rien.

— Et alors?

— Alors, la reine m'a remarqué, et je lui ai plu.

— Seigneur!

— Elle m'a fait venir dans ses appartements, il n'y avait que trois ou quatre dames d'honneur, et elle m'a proposé de me conférer le titre de vicomte. Ainsi, j'aurais été shérif du comté et aurais pu faire fructifier mes affaires.

— Et vous avez refusé?!

— Ma chère Mary...» Sa voix s'étrangle. «Elle voulait me faire vicomte pour me garder auprès d'elle. J'aurais été un favori. Comment auriez-vous pris la nouvelle que votre mari, un catholique fervent, était l'intime de la fille d'Anne Boleyn ? »

Si des regards pouvaient tuer, mon père serait tombé mort. Elle n'a rien dit, cependant, et mon père a continué, une légère irritation dans la voix.

« Je lui ai dit que j'appréciais l'honneur qui m'était fait, mais le poids de la noblesse était trop lourd pour mes épaules. Je ne pouvais pas l'accepter. Je ne le méritais pas, il serait considéré comme du favoritisme. »

Un long silence pendant lequel, à juger par les bruits, mon père se sert à boire. Ma mère est figée sur sa chaise comme une statue. Elle ne boit ni ne mange.

« Je pensais que Sa Majesté prendrait mon refus très mal, mais pas du tout. "Raisonnons, m'a-t-elle dit. Qu'est-ce que cela peut vous faire, si l'on dit que vous êtes vicomte par favoritisme ? L'essentiel est que vous le soyez. — Majesté, je ne suis pas digne de tant d'honneur. — Mais alors, que faites-vous à la Cour, si ce n'est pour faire avancer vos affaires ? — Je fais avancer mes affaires, mais elles ne sont pas de nature terrestre. — Ah bon ? De quelle nature sont-elles, alors ? — Elles sont de nature spirituelle, Majesté. — Voyez cela. Expliquez-moi, que je comprenne. — Majesté, je suis catholique..." »

Cette fois, ma mère bondit sur sa chaise.

« Quoi ? Vous le lui avez dit en autant de mots ?

— Mais madame, c'est vrai !

— C'est vrai, c'est vrai... Bien sûr que c'est vrai. Mais pourquoi faut-il que nous allions nous en vanter à tous les coins de rue comme si nous voulions attirer sur nous le malheur ? Ce n'est pas le moment...

— Madame, premièrement c'est toujours le moment de Dieu. Et ensuite je n'étais pas au coin d'une rue, mais dans les appartements de la reine d'Angleterre.

— Mais enfin, Francis, savez-vous ce que le pape nous a ordonné de penser d'elle ? Que c'est une bâtarde, une usurpatrice, la fille d'une sorcière ! Et vous allez refuser d'être anobli par elle en donnant comme raison que vous êtes catholique ? Vous l'avez mortellement offensée.

— Absolument pas, madame. Elle a été charmante. Elle m'a demandé ce que j'attendais d'elle, et je lui ai dit : "Que vous nous facilitiez la libre pratique de notre culte, Madame." Elle m'a dit qu'elle allait y réfléchir et m'a renvoyé avec une tape amicale sur la joue, avec un grand sourire.

— Et vous êtes revenu.

— Pas du tout. L'épisode que je vous raconte s'est déroulé le mois dernier.

— Mais alors ?

— Il y a quelques jours il s'est produit un autre événement. C'était le soir tard. J'étais déjà couché lorsqu'on est venu frapper à ma porte. Phillips a ouvert, et sur le seuil il y avait une demoiselle d'honneur avec un message de la reine : je devais me rendre séance tenante auprès de Sa Majesté, qui désirait m'entretenir d'affaires urgentes. Et pour faire bon poids, elle a encore dit que j'avais conquis Élisabeth, et qu'il fallait battre le fer pendant qu'il était chaud. Ce sont ses propres paroles. Je ne pouvais pas aller chez la reine à une heure pareille de la nuit, pour des raisons auxquelles je préfère ne pas penser. Je suis votre mari et je n'avais aucune intention de m'attacher à une autre, fût-elle ma souveraine.

— Je vous en suis très reconnaissante. »

Le sarcasme dans la voix de ma mère est perceptible même pour une oreille d'enfant. Mon père continue comme si elle n'avait rien dit.

« J'ai prié la demoiselle d'honneur de m'excuser auprès de Sa Majesté, j'étais malade. Elle s'en est allée, et j'ai voulu dormir. Mais au bout de quelques instants, c'est la reine elle-même qui est arrivée à mon chevet, pour s'enquérir de ma santé. Sauf qu'au lieu de me demander comment j'allais, elle m'a prié, instamment prié, d'accepter le titre de vicomte. Il a fallu que je réitère tous mes arguments. Je suis tombé à ses genoux, j'ai exprimé toute ma gratitude, je lui ai répété que j'étais indigne, que tout ce que je possédais était à ses pieds — tout excepté ma conscience. »

Cette fois, le visage de ma mère est pourpre de rage. Elle a fait un mouvement, mais mon père est sans doute absorbé par son récit, car il continue presque aussitôt, d'une voix un peu altérée.

« Je dois dire que là, elle s'est fâchée. Elle m'a traité d'imbécile, de couard, de traître. Pour qui je me prenais donc, elle était ma reine, et ainsi de suite. Elle m'a demandé une dernière fois d'accepter le titre de vicomte, mais je ne pouvais pas. Cela aurait été trahir ma religion. Et elle s'en est allée. Je n'ai pas perdu de temps. Je me suis levé et j'ai donné les ordres nécessaires pour un départ rapide. Elle est si capricieuse qu'elle aurait pu me faire arrêter sur l'heure. Nous sommes partis ventre à terre, et me voici.

— Je me souviens de notre enfance, Francis. Du page qui vous disait : "Francis, si tu ne me laisses pas passer, je te donne une gifle à t'aplatir contre le mur." Et vous ne bougiez pas. Et il vous donnait la gifle, elle vous renversait, vous vous releviez et vous remettiez exactement au même endroit. Et il vous en donnait une seconde. Il a fallu qu'on s'interpose pour qu'il ne vous tue pas, tant vous l'aviez exaspéré. Mais en ce temps-là, c'était un jeu. Aujourd'hui, il n'y a plus personne pour s'interposer entre votre souveraine et vous. Et nous.

— Il y a Dieu. Et j'ai ma conscience pour moi. »

Elle hausse une épaule et lui lance un regard apitoyé.

« Allons ! allons nous coucher, finit-elle par dire.

— Je vais prendre quelques dispositions », dit mon père.

On entend le bruit de sa chaise, puis celui de la porte. Ma pauvre mère tombe à genoux et se met à prier. Nous partons aussi silencieusement que nous étions venus.

« Que crois-tu qu'il va arriver, maintenant ? ai-je demandé.

— Quelque chose de terrible, sans doute. J'ai entendu les demoiselles dire que Cuthbert pourrait être arrêté. Si notre père a déplu à la reine, on l'arrêtera peut-être aussi. »

Ma sœur Mary, que je voyais rarement, m'a toujours frappé par sa perspicacité. Elle savait juger des situations d'un coup d'œil. Si elle avait été un homme, elle aurait pu faire un grand diplomate. Ce qu'elle a prévu est arrivé.

Pas immédiatement. Il a fallu attendre jusqu'à l'été.

Par un dimanche après-midi de juin, on a entendu un grand bruit à la porte. Si grand que toute la maisonnée s'est précipitée aux fenêtres.

Entre les deux manoirs il y avait une troupe en armes, précédée par quelques hommes vêtus d'un habit d'apparat : les juges de paix. Celui qui dirigeait cette expédition était Sir Richard Grenville, le nouveau shérif de Cornouaille, un grand gaillard aux allures de soldat, celui dont Thomas disait qu'il n'aimait guère mon père. J'étais tout tremblant sur mes genoux.

« Ouvrez, au nom de la reine », a crié Grenville.

Mon père est sorti et s'est avancé.

« Bonsoir, Sir Richard. Que me vaut cette visite en force ?

— Nous cherchons un fugitif, John Bourne, et on nous a dit qu'il avait trouvé refuge chez vous.

— Vous faites erreur, nous ne connaissons aucun Bourne, il n'y a personne de ce nom dans la maison.

— Je demande à voir.

— Vous n'allez tout de même pas forcer ma porte à cette heure tardive. Ma parole doit vous suffire.

— Votre parole ! Ne me faites pas rire !

— Sir Richard ! Vous n'avez pas le droit.

— J'ai un mandat de perquisition et la présence des juges prouve la légalité de notre démarche. Foin de phrases », a dit Grenville.

Il s'est dressé sur ses éperons, a fait un grand signe à sa troupe, et ils ont forcé l'entrée.

Il n'y avait pas de Bourne, l'homme était ailleurs, il avait probablement déjà quitté l'Angleterre, et je soupçonne Grenville, qui avait l'âme d'un pirate, et qui avait pris les Tregian et les Arundell en grippe, de l'avoir parfaitement su. Les soldats se sont répandus dans toute la maison. On nous avait ordonné de faire comme si de rien n'était, mais il fallait que je voie. Ils ont fouillé partout, mon père protestant, Grenville encourageant de la voix.

«C'est un outrage, disait mon père.

— Si vous n'avez rien à vous reprocher, c'est une formalité, les juges de paix sont là pour constater que justice, et justice seule, est faite.»

Finalement, ils sont arrivés à la porte du petit jardin. Ce petit jardin était un peu isolé au coin nord de la maison et avait toujours eu quelque chose de mystérieux.

Ils ont frappé. La porte s'est ouverte, et Cuthbert a paru. Il a rougi, a ouvert la bouche, mais avant qu'il ait pu dire un mot, il a été saisi au collet.

«Et qui peux-tu bien être?

— Je suis un homme.»

Jusque-là, tout était plutôt formel. Mais tout à coup, j'ai compris: Sir Richard avait attendu le moment où il trouverait Cuthbert, et il savait qu'il le trouverait.

«Un homme! Que portes-tu donc sous ce pourpoint? Une cotte de mailles?»

Dans un geste brusque il a ouvert le pourpoint, et dans l'échancrure, on a vu un pendentif.

«Un agnus-dei!» s'est exclamé un des soldats.

L'agnus-dei est une image sacrée bénite par le pape ou un évêque catholique, formellement interdite en Angleterre, où elle est considérée comme une relique de la superstition dont on avait voulu se débarrasser en même temps que de la religion romaine.

Là-dessus, ils s'étaient mis à fouiller la chambre, le jardin, le pavillon de Cuthbert, et ils avaient trouvé ses vêtements sacerdotaux, ses images pieuses et, comble de l'horreur, une bulle papale — la possession d'une bulle entraînait, depuis 1571, la peine de mort.

La confusion a atteint un paroxysme. Des serviteurs, des métayers qui se trouvaient là ont essayé de s'interposer. Mais Sir Richard a ordonné à ses soldats de tirer si quelqu'un les dérangeait dans leur travail. Ils ont fini par arrêter plusieurs de nos serviteurs, deux des métayers, ils ont arrêté Cuthbert, ils ont arrêté mon père. Ils leur ont attaché les mains dans le dos et les ont emmenés. Lorsque le dernier nuage de poussière a disparu au tournant de Ridgeway, la route des Crêtes vers Launceston, il ne faisait pas encore nuit. Nous étions comme hébétés. Un rouge-gorge a chanté dans le soir d'été, un autre lui a répondu. Je me suis glissé jusqu'à ma mère. Elle avait la tête de quelqu'un qu'on vient de frapper à mort. J'aurais voulu lui prendre la main, mais je n'ai pas osé.

«Avec les compliments de Sa Majesté», a-t-elle fini par murmurer d'une voix rauque.

Cela nous a ramenés à la réalité.

«John! Peter! a crié Madame Catherine.

— Oui, madame.

— Préparez-moi des chevaux, je vais à Lanherne.»

Personne ne lui demande ce qu'elle va y faire: c'est là que vivent son frère, sa famille, c'est là qu'elle a elle-même été élevée; elle va probablement tenter une démarche, faire jouer ses relations pour libérer au moins mon père.

Je me glisse à la cuisine.

Thomas est assis très droit, les yeux fermés.

«Ils sont partis? demande-t-il sans bouger.

— Oui.»

Il ouvre les yeux, qu'il a noirs et vifs.

Je dois être très pâle. Mes genoux plient sous moi. J'ai cent questions à poser, mais rien ne vient. Il me tend une main. Je fais un pas et je tombe, contre lui, la tête sur son genou. Je voudrais retenir mes pleurs, mais c'est impossible. Il pose une main légère sur mes boucles.

Nous deux mis à part, la cuisine est vide, c'est exceptionnel.

«Pleure, dit Thomas, purge ton chagrin.»

Et après un long silence il commente :

«Ton père a cru servir Dieu, mais il n'a fait que tenter le diable.»

IV

J'étais très joyeux, à tous agréable,
Je chantais, je dansais, je jouais au bal...
Et en plus de tout cela à l'époque je jouais
Bien mieux de la harpe qu'aujourd'hui je ne le fais.

J'ai presque honte de l'écrire : les deux années qui ont suivi ont été les pires dans la vie de mon père — elles comptent parmi les meilleures de la mienne.

Ce n'est pas que je me sois désintéressé de son sort. Au contraire, je pensais à lui sans cesse, et nous parlions de lui souvent — je crois bien, d'ailleurs, qu'il était au centre des discussions dans tout le duché.

Mais, avec l'insouciance de l'enfance, il y avait des circonstances où je l'oubliais. Dans la maison, on était si occupé de lui qu'on se souciait fort peu de moi. Il y avait moins d'argent : pour que mon père sorte de prison en juin, il avait fallu payer une caution de deux mille livres — une somme énorme, de quoi faire vivre une bonne centaine de personnes à leur aise pendant longtemps. Et puis cette libération n'a été que très provisoire. Un peu plus de deux mois, pendant lesquels je ne l'ai pratiquement jamais vu. Ou il priait, ou il recevait, ou il battait la campagne, à la recherche de soutiens, j'imagine. Il était sombre et absent. Il est reparti pour les Assises, qui avaient lieu en septembre à Launceston. La famille n'a pas pour autant récupéré les deux mille livres. Et il n'a plus recouvré la liberté.

Je n'ai rien vu de ce qui s'est passé au tribunal, mais j'en ai entendu parler à satiété : tous ceux qui avaient fait partie du cercle de Cuthbert ont été condamnés. Amendes, privation de liberté, séquestre de biens (le fameux *praemunire*), on n'a pas fait de détail. Mon père et le frère cadet de ma grand-mère Catherine, John Arundell (ce grand-oncle n'était guère plus âgé que mon père, de huit à dix ans peut-être, et avait épousé en secondes noces Anne Stourton, mon autre grand-mère), ont dû comparaître à Londres, où ils ont été transportés. John Arundell a été condamné à une forte amende et relâché, avec interdiction de retourner à Lanherne cependant. Mais pour ne pas le lâcher tout à fait, on a gardé son neveu et beau-fils, mon père. C'est en tout cas l'explication qu'on donnait du côté de Golden.

À Londres, mon père a été enfermé dans la prison de Marshalsea, pour une durée indéterminée, au secret. Et pendant ce temps l'entourage de la reine mettait tout en œuvre pour faire main basse sur nos propriétés : la reine en promettait l'usufruit à ses fidèles pour faire pression sur les Tregian, sur les Arundell et sur tous les catholiques que le duché comptait encore.

Nous étions toujours à Golden, mais nous ne savions pas pour combien de temps. Nous avions réduit le train. Il n'y avait plus de pages, les précepteurs destinés à faire notre éducation étaient partis avec eux, et l'instituteur qui aurait dû m'enseigner les rudiments était en prison.

Pendant quelques mois, personne ne s'est réellement soucié de moi. Ma grand-mère Catherine faisait des apparitions, mais le plus souvent elle était chez quelque parent, et ma mère était occupée à prendre des décisions pour les domaines ou absente. À partir de septembre, elle a été plus souvent à Launceston ou à Londres qu'à Golden. Elle tenait à être près de mon père. Ma mère, une Stourton, était la petite-fille du comte de Derby. On disait qu'elle bombardait tout le monde, jusqu'à la reine, de requêtes et de suppliques.

Et c'est ainsi que, livré à moi-même comme je l'étais, je suis parti à la découverte.

Je vis dans plusieurs mondes, séparés les uns des autres.

Dans l'un de ces mondes, il y a la tristesse des appartements du manoir neuf, le plus souvent déserts. À l'intérieur de cette tristesse il y a un phare : la bibliothèque de mon père. Depuis qu'il n'est plus là, personne n'y va plus, et j'emprunte fréquemment des livres qui, souvent, me dépassent. Cela ne m'empêche pas de m'y plonger. J'aime lire.

L'intimité de la cuisine constitue un autre monde. Old Thomas est plus que jamais ma gazette, car personne d'autre dans la maison ne se serait soucié de me donner la moindre explication.

Un vieil homme débonnaire m'apprend le latin, la géométrie, la rhétorique, la religion. Il loge au bas de la pente, à Golden Mill, où je me rends lorsque ses rhumatismes le clouent à sa chaise et l'empêchent de monter jusqu'à nous. Un prêtre, je suppose. Il est si peu profilé dans mes souvenirs que j'ai oublié jusqu'à son nom. Et à côté de cela, il y a le monde extérieur, que je découvre peu à peu.

Un jour, des mineurs m'emmènent avec eux dans une mine d'étain proche de chez nous et m'expliquent dans le détail comment ils extraient le métal. Ils me racontent qu'il n'y a pas si longtemps, on trouvait de l'étain dans les cours d'eau, il n'y avait qu'à se baisser. Mais que maintenant, il faut aller le chercher dans le ventre de la terre.

«Notre étain, m'ont-ils dit, sert à faire des gobelets qui voyagent jusqu'au bout du monde.»

Golden est à deux milles de Tregony. Si on cherche Tregony sur la carte, on a la sensation que c'est une localité de campagne. Rien de plus faux. C'est un port, situé tout au fond de l'estuaire de Truro, au bord de la rivière Fal, un cours d'eau assez large et profond pour permettre aux navires venus de la mer, et même d'outre-mer, de remonter jusqu'à l'intérieur des terres pour décharger leur cargaison.

Au-delà du pont de Tregony, il y avait, lorsque j'étais enfant, une crique moins profonde, où des embarcations plus petites pouvaient arriver jusqu'à Golden Mill (c'est-à-dire pratiquement à notre porte).

À Tregony il y avait encore, à l'époque, de grands entrepôts pour les marchandises en attente — marchandises que le comté importait et marchandises qu'il exportait.

À Golden Mill aussi, sur nos terres, il y avait des entrepôts, disposés en fer à cheval au bord du fleuve. On venait des environs apporter l'étain qui partait dans le vaste monde et chercher ce qu'on nous amenait, depuis Londres, Southampton ou, qui sait? les Amériques.

Il était aisé, en un jour, d'aller de Golden à Tregony par voie d'eau, et d'en revenir. J'ai fait le trajet plusieurs fois. C'est là que j'ai eu mon premier contact direct avec la musique. Chez nous on jouait, on chantait, on dansait même. Mais ces réjouissances étaient réservées aux adultes, et lorsqu'elles avaient lieu on nous éloignait, pour que nous ne dérangions pas les invités.

Il faisait froid. L'automne avait dénudé les branches. Je sortais de chez l'instituteur et m'étais attardé à regarder de près une embarcation inconnue. Ce n'était pas une de celles qui faisaient la navette, mais la barque d'un trois-mâts qui commerçait avec les Amériques, le *Jésus*.

Un homme jeune, grand et roux a sauté à terre. Fait étonnant pour un marin, il était rasé de près et n'avait même pas de moustache. Nous avons fait connaissance à quai.

«Bonjour! Avec des yeux pareils, tu es sans doute un Tregian, a-t-il dit.

— Oui, je suis Francis.

— Moi, je suis William Courtenay. Nous sommes un peu cousins. Est-ce que ta mère est chez elle?

— Non. Mais ma grand-mère Catherine est rentrée hier.

— Va pour Madame Catherine. Il y a longtemps que je ne l'ai vue. Tu m'accompagnes?»

Il est resté enfermé avec elle des heures, et il n'y a pas eu moyen d'écouter aux portes. Quand il est ressorti il avait l'air soucieux; je lui ai néanmoins demandé à voir son bateau.

«Mais mon bateau est en aval de Tregony.

— Je suis allé souvent à Tregony. Madame Catherine, s'il vous plaît, permettez-moi de l'accompagner, j'aimerais tant monter sur un bateau qui navigue sur l'océan.

— Mais...

— Je vous en prie, madame! Je sais ma fable d'Ésope en latin, je vais vous la réciter, et si je me trompe, vous pouvez m'interdire de partir.»

Madame Catherine s'est mise à rire et a dit à William Courtenay:

«Cet enfant est un petit monstre. Il savait déjà lire en naissant.

— Ce n'est pas vrai! C'est vous-même qui...

— Je vous ai déjà dit, Master Francis, qu'on n'interrompt pas les grandes personnes. Il savait aussi compter et parler latin.

— Je dois envoyer un homme près d'ici demain avant le crépuscule, dit William. Il peut ramener Francis.»

Et ainsi je suis parti avec la petite embarcation, et j'ai pu monter sur le trois-mâts, qui est descendu jusqu'à l'estuaire.

«Si vous aviez dit à Madame Catherine que vous ne restiez pas à Tregony, jamais elle ne m'aurait autorisé...

— Mon cher Francis, apprenez que s'il est répréhensible de mentir, il est parfois inutile, lorsqu'on veut quelque chose, de dire toute la vérité. L'essentiel est de ne jamais remplacer une vérité malcommode par un mensonge. Mais il faut savoir faire preuve d'une subtilité de renard. Vous aviez envie de venir sur le *Jésus*, n'est-ce pas?

— Oh oui!

— J'ai dit ce qu'il fallait pour avoir le plaisir de vous recevoir.

— Merci, messire William.

— Dites-moi, ce texte latin, vous le savez vraiment?»

Je me suis campé sur mes jambes, ai mis les mains dans le dos, et j'y suis allé d'une traite:

«*Le Lion et la Souris, ou Il ne faut jamais oublier que l'on a souvent besoin d'un plus petit que soi.*

Frigida sopito blanditur sylva leoni ;
Cursitat hinc murum ludere prompta cohors.
Pressus mure leo, murem rapit : ille precatur,
Iste preces librat : supplicat ira preci.
Haec tamen ante movet animo : Quid mure perempto
Laudis emes ? summum vincere parva pudet...»

Et ainsi de suite. Lorsque j'ai fini, il éclate d'un grand rire.

«Allez, Master Francis, vous êtes vraiment un phénomène.»

Pour la première fois de ma vie, j'ai droit à un souper à la table d'hôte. On me sert, et William me parle d'égal à égal.

«Est-ce qu'on vous a déjà dit, Francis, que Golden a un passé glorieux ?

— Oui, on m'a dit que mon grand-père, mon arrière-grand-père...

— Non, ce n'est pas d'eux que je parle, mais de gens qui ont vécu très longtemps avant eux. On dit que Wolvedon, c'est peut-être la Voliba romaine.

— Voliba ?

— Vous voyez le fossé le long de la route entre le manoir et Golden Mill ?

— Oui, le Warren, la garenne. Là où l'on garde le gibier.

— C'est la douve de la forteresse romaine qui se trouvait à cet endroit il y a très très longtemps.

— C'est pour cela que le champ s'appelle le Camp romain ?

— Oui, c'est la Voliba qu'on voit sur les cartes de Ptolémée et dont il parle dans sa Géographie.

Post quos maxime ad occasum Domnonii inquibus oppida Voliba...

— Devrais-je savoir qui est Ptolémée ? »

Il rit de ma question prudente.

« Je ne dirai à personne que vous me l'avez demandé. Ptolémée est le plus grand savant de l'Antiquité. Il a découvert le système du monde. Mais à l'époque où Ptolémée a formulé ses théories de l'Univers, on pensait que la Terre était plate et que l'Univers évoluait autour d'elle. Personnellement », il baisse la voix, « je crois plutôt, avec beaucoup de navigateurs, que c'est la Terre qui tourne dans un Univers qui ne bouge que très lentement. Mais l'homme qui a écrit cela, un grand savant lui aussi, dérange Rome, où l'on continue à penser avec Ptolémée que c'est l'Univers qui tourne autour de la Terre.

— Et pourquoi croyez-vous que la Terre tourne ?

— Parce que lorsqu'on voyage loin et longtemps, c'est évident, même pour un bon catholique comme moi. À mon regret, c'est une théorie que l'Église romaine bannit, en Espagne ou en Italie vous allez droit au bûcher, si vous dites cela.

— Vous pouvez m'expliquer...

— Non, pas ce soir. Et je vous déconseille de demander des explications chez vous. Mes théories sont mal vues, il vaut mieux les garder pour soi.

— Mais pourquoi ?

— Parce que les théories de Copernic sont aussi malcommodes pour Rome que la Réforme. Vous comprenez que si quelqu'un vient vous raconter que vous n'êtes pas le centre du monde, mais un simple point dans l'Univers, pas central du tout...

— Je comprends. C'est comme lorsqu'on joue à cache-cache et que les petits pensent qu'il suffit de fermer les yeux pour qu'on ne les voie plus.»

Il éclate d'un si grand rire qu'il s'étrangle.

«Exac-te-ment!» finit-il par dire.

Et puis, sans transition:

«Vous savez jouer du luth?

— Non, à l'époque où il y en avait un chez les pages, j'avais de trop petites mains.

— Et du virginal?»

Il montre du doigt le clavier posé sur une table. Il y en a un tout pareil dans la chambre de mon père, qui en jouait parfois, mais ne m'a jamais laissé approcher.

«Non, je ne sais pas en jouer non plus, mais j'aimerais apprendre.

— Venez.»

Il s'installe devant l'instrument et me conseille de m'asseoir sous la table, pour mieux entendre.

Je ne sais si je me souviendrais de notre discussion sur la forme de l'Univers s'il ne me l'avait répétée des années plus tard. Mais je garde un souvenir précis de l'instant où il commence à jouer.

Ut bé ut ré mi ut bé, la sol ut bé ut ré mi do fa...

J'entends la mélodie de *The Short Measure of my Lady Wynkfylds Rownde* comme si j'y étais. La musique pleut littéralement sur moi, m'enveloppe, me parle, c'est comme retrouver la chaleur de Jane, l'odeur du pain et celle du lait.

«Alors, Francis, vous vous êtes endormi?»

J'ai levé les yeux et il a dû lire mon sentiment dans mon regard.

«Vous aimeriez apprendre ce rondeau?»

Je fais oui de la tête, il m'est impossible de parler.

«Venez», il me tend la main, «asseyez-vous là, à côté de moi, je vais vous montrer.»

Il me semble que nous avons passé la nuit à ce virginal. Depuis ce jour-là, j'ai joué le rondeau de la mystérieuse Lady Wynkfyld des milliers de fois. Toujours de mémoire. Et chaque fois cette cabine, le balancement nonchalant du trois-mâts, la voix de William, l'odeur de l'océan mêlée à celle du poisson séché et du bois humide, tout resurgit aussitôt et me remplit de ce bonheur que j'ai ressenti, ce soir-là, pour la première fois.

La condamnation de Cuthbert a été confirmée. Il allait être mis à mort sur la place publique, à Launceston, et la date était fixée: à la Saint-André, un jour de marché. Il s'agissait de frapper les imaginations. Mon père, toujours emprisonné à Londres, n'a pas été condamné à mort avec lui.

«Dans ce cas-là, estime Old Thomas, on ne le tuera pas. On espère qu'à force de faire pression sur lui, il va se conformer. Mais il ne se conformera pas. Il est têtu comme une mule. Je le connais bien. Il avait un page, lorsqu'il était petit...

— Je sais. Il le battait pour qu'il s'en aille, mais mon père revenait toujours.

— Ils ont libéré John Arundell, enfin ils l'ont mis aux arrêts à Londres mais ce n'est plus la prison, parce qu'il a des amis trop haut placés, et en plus la reine ne lui en veut pas personnellement. Ils se concentrent sur votre père. Il a beaucoup de partisans aussi, remarquez, mais maintenant que Sir George Carey est aussi de la partie...»

Je n'avais jamais entendu ce nom-là.

«C'est un parent de la reine. Si votre père

persiste, ils vont confisquer toutes vos terres et
c'est à Carey qu'en reviendra l'usufruit. Il serait
vain de dire à votre père qu'en s'entêtant comme
il le fait il vous spolie, vous prive de votre avenir
et gaspille aux quatre vents le travail et la peine
de vos ancêtres. On m'a raconté qu'il aurait pu
sauver Cuthbert en allant une seule fois à l'église
réformée, mais qu'il a répondu : "Je ne veux
pas faire courir à mon âme le danger d'aller en
enfer pour empêcher cet homme d'entrer au
paradis." »

C'était la première fois qu'on mettait à mort un
prêtre, et depuis que la date de l'exécution de
Cuthbert était fixée, on ne parlait de rien d'autre.

Deux des métayers ont tenu à faire le voyage
pour aller le voir mourir. À cheval, si les chemins
sont secs, aller à Launceston est l'affaire de trois
ou quatre heures.

« Je n'ai jamais eu de sympathie particulière
pour Cuthbert », a marmonné Thomas le soir de
ce sombre jour de novembre lorsqu'ils sont rentrés, pleins du récit de leur aventure, « mais je ne
souhaite à personne de finir comme lui. C'était
un homme droit et honnête, le plus grand naïf
qu'il m'ait été donné de connaître. »

J'étais rempli de tristesse, de peurs indéfinies.
Je suis sorti et j'ai vagabondé jusqu'à la route des
Crêtes. Dans le crépuscule j'ai vu deux hommes
arriver au grand galop. L'un portait un sac en
croupe, et l'autre une oriflamme noire.

Ils se sont arrêtés un instant au carrefour, pour
se consulter, à quelques pas de moi. Ils pensaient
que pour aller à Tregony il fallait tourner à
droite, sur la route qui, en fait, mène à Probus.
J'ai voulu les détromper, j'ai fait un pas. À cet
instant un des paysans a surgi, m'a littéralement

soulevé de terre et porté jusqu'au vieux manoir.
Avant que j'aie eu le temps de placer un mot,
nous nous sommes retrouvés à la cuisine. J'ai
explosé.

«Mais qu'est-ce qu'il y a? Qu'est-ce qu'il vous
prend?

— Vous savez qui étaient ces hommes, Master
Francis?

— Évidemment que je le sais. Des cavaliers
égarés.

— Mais pas n'importe quels cavaliers. Ce sont
les envoyés du shérif, les aides du bourreau.
Vous avez vu le sac en croupe du plus grand?

— Oui.

— C'était un des quartiers du corps de Cuthbert Mayne, qu'ils amènent à Tregony, et qu'ils
vont empaler près du pont, pour que sa mort
serve de leçon.»

J'ai été saisi d'un tremblement incontrôlable.
Ce sac... De l'avoir vu, c'était presque pire que
d'avoir assisté à son exécution. Et d'entendre
raconter cette mort...

«Lorsqu'ils ont commencé à le dépecer, il
vivait encore, on a vu son cœur palpiter.

— Et son sang a giclé partout. J'étais si près
que j'en ai même reçu des gouttes. Là, regardez, là...»

Dans ma petite tête, je voyais mon père mourir
de la même manière — et après mon père ce
serait mon tour, moi aussi j'étais catholique, moi
aussi...

«Et ils ont séparé sa tête du tronc, et ils l'ont
mise sur une pique, à la grille du château, à un
endroit bien passant, pour que tout le monde la
voie...

— Et il avait un œil crevé.

— Non, non, je ne veux pas, arrêtez!»

Le cri a jailli malgré moi, c'est insupportable, cette tête au bout d'une pique c'est la mienne, tout à l'heure, demain.

Je n'aurais jamais cru qu'Old Thomas puisse se déplacer avec une telle alacrité. Il est à côté de moi avant que je n'aie le temps de m'enfuir, il me pose une main ferme sur l'épaule:

«Vous deux, allez raconter vos histoires ailleurs. Et vous, Master Francis, venez près de moi.»

J'aurais voulu pleurer mais les larmes, cette fois, ne jaillissent pas. Je revois Cuthbert, son visage fin, ses doux yeux gris, un homme si évidemment inoffensif. Où est la frontière? Si la reine en veut à mon père mais fait tuer Cuthbert, il n'y a pas de raison que ce ne soit pas moi le prochain, avant mon pauvre père.

«Master Francis, dit Thomas d'une voix de velours, allez faire le tour de la maison, sans courir, respirez profondément, et en passant buvez un gobelet d'eau. Vous reviendrez ensuite me voir.»

J'obtempère.

«Mon enfant, attaque-t-il lorsque je suis de retour, je vais sans doute vous surprendre en vous disant que tout ce qui arrive n'est pas dirigé contre vous personnellement, ni même contre votre père.

— Mais...

— Ils cherchaient un bouc émissaire, ils l'ont trouvé. Il fallait que ce fût quelqu'un d'arrogant, de riche, et de pas trop haut placé. Votre père a littéralement tendu la joue. C'est un catholique fervent et inébranlable au mauvais moment, au mauvais lieu, et je dirais même de la mauvaise manière.

— Mais... Il n'y a pas plusieurs manières d'être catholique... je croyais...

— On peut proclamer sa foi en tout temps et en tout lieu ou la pratiquer avec fidélité, tact et doigté. Ce qui arrive aujourd'hui ne serait jamais arrivé à votre grand-père, qui au moment de la révolte de 1549 était du côté des insurgés catholiques, mais s'est bien gardé de trop s'exposer, et encore moins à votre arrière-grand-père. On peut être catholique de tout cœur sans pour autant être fanatique. Voyez votre grand-oncle John Arundell. Il a des ennuis, c'est sûr, mais il est déjà sorti de prison. Tandis que votre père s'est livré, à flanc découvert, à ses ennemis. D'abord il les a contrariés...

— Je croyais qu'il n'avait contrarié que la reine.

— Votre père est un homme admirable, Francis, dont vous devez être fier. Il est tout d'une pièce. Il dit ce qu'il pense, quoi qu'il arrive. Et il estime que lorsqu'il a le droit pour lui il est autorisé à le proclamer. Par conséquent, il a contrarié beaucoup de monde. Savoir obtenir ce qu'on veut sans faire de concessions majeures en ayant l'air de céder sur des points en fait mineurs, cela porte un nom — c'est l'art de la diplomatie, dont votre père ignore jusqu'aux rudiments. Il a toujours été ainsi, dès sa plus tendre enfance : il y a moi, il y a l'Éternité, je ne dois de comptes qu'à ma conscience et à Dieu — passé cela, le déluge. Et Cuthbert était pareil. »

Il poursuit, pour lui-même, à mi-voix :

« Mourir pour sa foi, c'est très beau, et j'admire ceux qui, comme Cuthbert, ont le courage de leurs opinions jusqu'à cette dernière extrémité. Mais je n'arrive pas à croire que le Dieu de miséricorde veuille qu'on préfère mourir plutôt que de chercher à survivre, après tout c'est pour assurer Son royaume ici-bas que tous ces gens travaillent avec tant d'acharnement. Mourir, c'est fuir.»

Son regard se perd dans les flammes, et il marmonne plus qu'il ne parle.

«Vous a-t-on parlé de William Allen?

— Oui, c'est un nom que j'ai entendu prononcer, mais je n'ai jamais compris qui c'était. Quelqu'un d'important pour Cuthbert et pour mon père.

— William Allen était professeur à Oxford. C'est un prêtre papiste. Il a fui l'Angleterre et s'est installé à Douai, qui est en Flandres, en territoire espagnol. L'Université de Douai a été fondée il y a une dizaine d'années pour la défense du catholicisme contre la Réforme. Et Allen a ouvert, à l'intérieur de cette université, un collège anglais. Je tiens tous ces renseignements de Cuthbert lui-même. Beaucoup de catholiques anglais vont à Douai. Tous n'entrent pas dans les ordres, il y a aussi une école laïque, mais on y forme des prêtres ou plutôt des missionnaires qui, une fois ordonnés, reviennent dans l'absurde espoir de convertir, ou reconvertir, au catholicisme des gens importants.

— Pourquoi ceux-là seulement? Et les autres?

— Les autres suivront, d'après eux. L'essentiel est de préparer le terrain pour qu'il puisse y avoir un roi catholique, ou plutôt une reine, Mary Stuart, l'actuelle reine d'Écosse. La reine Élisabeth n'est pas opposée aux catholiques parce qu'ils sont catholiques — sinon, pourquoi aurait-elle voulu l'amitié de votre père, en admettant que cette histoire soit vraie? Son charme certain ne suffirait pas, croyez-moi, à une Élisabeth Tudor.

— Alors, pourquoi leur en veut-elle ?

— Parce que beaucoup d'entre eux ont choisi de ne pas la reconnaître et de comploter pour la supprimer. »

Les émotions de ce soir-là ont été suivies d'une année sans événements marquants. Les drames se succèdent pour mon père, mais loin de Golden, à Londres puis à Launceston. Les gens modestes, même réformés, disent que Francis Tregian est la victime d'un complot, que l'on s'est attaqué à lui parce que, si on nous compare aux familles nobles de la région, nous sommes des parvenus. On raconte les prévarications du shérif, des juges. On dit avec indignation que mon père a été condamné contre la volonté du tribunal.

Thomas n'est presque plus au coin du feu : il a repris son travail d'intendant. Il a engagé deux hommes jeunes qui battent la campagne pour lui. Depuis ce qui a été la chambre de Cuthbert, il gouverne — et tout le monde marche à la baguette sans même qu'il doive lever la voix.

Mon frère Adrian est revenu de nourrice. Mais il est maladif, et ma mère étant absente, la nourrice l'a repris aussitôt. Dans un coin de la bibliothèque paternelle, j'ai trouvé un livre de Ptolémée. Il ne parle pas de géographie, mais de musique, de même qu'un livre d'Aristote, *La Poétique*, qui me semble également traiter de musique. Malheureusement, je n'y comprends rien. Je demande des explications à mon maître, mais il se récuse.

«Vous êtes trop jeune, et je suis trop ignorant en la matière.»

La seule chose importante dont je n'ai pas encore parlé, c'est mon rapport avec Jane. Lorsque je repense à Jane, il me semble que de la première à la dernière fois où je l'ai vue, elle n'a pas changé. Peut-être les piskies, qui m'ont fait cadeau d'un regard exceptionnel, m'ont-ils donné aussi la faculté de voir ceux que j'aime avec des yeux de fée.

Je me rends compte aujourd'hui que lorsqu'elle a été ma nourrice, elle était à peine sortie de l'enfance. Sa mère l'avait mariée à onze ans, à un marin qui lui avait aussitôt fait un enfant puis était parti en mer. On n'a plus revu son bateau. L'enfant est mort en naissant, et c'est moi qui ai bu son lait, qui ai reçu l'affection de sa mère.

Peu à peu, j'ai remarqué que Jane ressemblait à mon père. J'en ai fait la remarque à Old Thomas.

«Ce sont des choses qui arrivent, m'a-t-il répondu avec un sourire entendu et le ton de quelqu'un qui ne dit pas tout.

— Quelles choses?

— Les gens se ressemblent, mais on ne sait pas pourquoi.

— Mais vous, vous savez pourquoi Jane ressemble à mon père, je le vois.

— Master Francis, votre curiosité vous perdra.

— La curiosité est la vertu des savants, c'est vous qui me l'avez dit.

— Parfaitement. Mais je crois que vous êtes trop jeune pour que je vous raconte...

— Je sais toute la messe en latin. Voudriez-vous me dire que Jane est ma... enfin un peu ma sœur?

— Mon cher Francis! Votre père n'a que vingt-huit ans, il aurait été un peu jeune... D'où tenez-vous de telles idées?

— Alors», je m'approche de son oreille, «elle est la fille de mon grand-père John Tregian?

— Personne n'en est certain.

— Mais elle a presque les yeux des piskies. Et les cheveux roux.

— C'est vrai. Et votre grand-père lui a fait une rente de vingt livres. Mais si Madame Catherine nous entendait... Elle a toujours fait comme si elle ne savait rien.

— Cela m'est égal de qui elle est la fille. Je l'aime. Quand je serai grand, je l'épouserai.»

Il y est allé d'un rire homérique.

«Je vous conseille de ne pas lui faire de proposition de ce genre-là! Cela pourrait la contrarier.

— Je sais. J'attendrai d'être tout à fait grand.»

Cet hiver-là, je suis retourné voir Jane. Une fois, puis deux, puis aussi souvent que mes leçons, qui duraient presque tous les jours du matin tôt à la tombée de la nuit, me le permettaient. Elle me faisait des gâteaux, elle se promenait avec moi dans les champs, m'expliquait les oiseaux, la végétation. C'est elle qui m'a appris à reconnaître les signes avant-coureurs du mauvais temps. Elle était d'une dévotion exemplaire et était restée attachée au rite romain. Elle savait le latin, qu'elle avait appris avec le frère de sa mère, un prêtre. Plus d'une fois, je lui ai amené des livres auxquels je ne comprenais rien, et elle me les a expliqués.

C'est d'elle, aussi, que j'ai appris d'innombrables vieux airs dont j'ai, le plus souvent, perdu, ou jamais retenu les paroles, mais dont je garde encore les mélodies, que je joue parfois sur mon virginal.

«Vous allez bientôt partir, m'a-t-elle dit un jour, le regard triste. Je n'aurai plus personne à aimer.

— Vous pourriez venir avec nous.

— Master Francis! Je ne peux pas vivre sous le même toit que Madame Catherine. Je vous expliquerai un jour pourquoi. Elle était très contrariée que je sois votre nourrice, c'est votre gr... votre père qui y a tenu.

— Je sais pourquoi. En fait, vous êtes un peu ma tante.

— Francis, je vous interdis... Un gentilhomme ne pense pas ces choses-là.

— Bon. Je n'en parlerai plus. Mais je ne suis petit que provisoirement, souvenez-vous-en.»

La plus belle image qui me reste, c'est celle de Jane, enveloppée de son manteau, sur le point le plus haut du Camp romain (le vénérable fort de Ptolémée n'étant plus qu'un champ rond, un peu bombé, d'où dépassent quelques pans de mur), sa main faisant écran devant ses yeux:

«Grimpez vite, messire Francis, vite. Voilà le grain qui arrive.»

Le vent gonfle sa jupe, lui plaque les cheveux contre le visage. Je grimpe, elle m'empoigne le bras, les yeux toujours fixés à l'horizon:

«Regardez, là, la lutte des géants.»

Devant nous, de gros nuages gris tourbillonnent furieusement au-dessus des embarcations qui se pressent dans la Fal devant les entrepôts de Golden Mill.

«Master Francis, vous allez sans doute quitter Golden, je crois qu'il n'y a pas d'espoir que votre père sauve ses terres pour vous. Alors regardez bien votre royaume. Gravez-le en vous. Si un jour vous vous retrouvez, pèlerin sans feu ni lieu, loin d'ici, pauvre et malheureux, vous aurez le pouvoir de fermer les yeux et de revoir la rivière, la campagne, comme elles étaient hier, comme elles sont aujourd'hui, comme elles seront demain. Les géants se battent dans le ciel, mais le vent les emporte. La terre, elle, sera toujours là. Votre terre, où que vous soyez. »

Je me serre contre sa cuisse, pose la tête contre sa hanche, son parfum m'enveloppe, et — les yeux grands ouverts — je fais comme elle dit.

V

Go from my window, love, go;
Go from my window my dear;
The wind and the rain
Will drive you back again:
You cannot be lodged here.

« Goe from my window »
Ballade populaire

Éloigne-toi de ma fenêtre, mon amour, va ;
Éloigne-toi de ma fenêtre mon chéri ;
Le vent et la pluie
Te feront revenir :
Tu ne peux pas loger ici.

La cassure est venue d'un seul coup. Nous l'avons attendue si longtemps que bien des gens avaient cessé d'y croire, j'en suis persuadé. On avait fini par se convaincre qu'un miracle se produirait. Que la sentence de *praemunire* ne serait pas passée. Toutes nos relations, tous nos parents jusqu'aux plus éloignés s'étaient mis en quatre. Sir Edmund Tremayne, un ami qui avait embrassé la religion réformée, avait tenté de discuter avec mon père.

À ce stade-là, le seul miracle possible eût été que mon père abjurât. Après tant d'humiliations, de souffrances et de résistance, ce n'était tout simplement pas pensable.

C'est arrivé un soir d'avril 1579.

La sentence de *praemunire* avait été prononcée ce matin-là, et toutes nos terres étaient attribuées à George Carey, juge de paix de Cornouaille et petit-cousin de la reine.

Il n'a pas perdu de temps. Il s'est mis en route

depuis Launceston, est arrivé à Golden à la tombée de la nuit avec une troupe de soldats et nous a donné une heure pour partir.

Ma mère n'avait rien prévu. Elle était à Golden depuis plusieurs semaines, mais nous ne l'avions guère vue. À un moment donné, pendant l'année précédente, mon père avait eu le droit de passer du donjon de Launceston (où il se trouvait de nouveau depuis un certain temps) à une cellule. Il était toujours tenu à l'écart de tout, mais ma mère avait pu lui rendre visite, et ils en avaient profité pour faire un enfant.

Au moment où la sentence de *praemunire* a été passée, la naissance était si proche qu'il y avait toujours, sur le foyer de la cuisine, un grand chaudron d'eau chaude pour parer à toute éventualité.

Ce soir-là, nous étions déjà couchés. Quelques semaines auparavant mon frère Adrian était revenu de chez sa nourrice, et nous dormions dans la même chambre. Carey n'y est pas allé par quatre chemins. Je ne lui en ai jamais voulu de nous prendre nos biens. C'était dans l'ordre des choses — à la guerre comme à la guerre. Mais je n'ai jamais pu lui pardonner d'avoir poussé sur les routes boueuses de cette fin d'hiver, en pleine nuit, une pauvre femme sur le point d'accoucher et trois petits enfants. Nous n'avons eu le droit d'emporter que ce que nous avions sur le dos.

Depuis des mois, Thomas me préparait à la cruauté prévisible de ce départ.

«Lorsque cela arrivera, ce sera une surprise même si on vous avait prévenu du jour et de l'heure, m'a-t-il assuré. Il faut vous dire dès maintenant : je veux revenir et je reviendrai, et cela fera moins mal parce que ce ne sera pas un adieu mais un au revoir.

— Et vous, Thomas, que ferez-vous ?

— Moi ? Je ne bougerai pas. Je serai ici ou dans ma propre maison. J'attendrai votre retour. Vous avez été ma raison de vivre depuis quelques années...

— Moi ?

— Oui, vous. Je n'ai pas échangé cinquante phrases avec votre père, lorsqu'il était enfant, et ce n'était pas seulement parce que je travaillais encore dur et que je n'avais pas autant de temps. C'était une question d'affinité. D'ailleurs actuellement je travaille presque autant qu'à l'époque. Vous, vous êtes différent, je l'ai vu tout de suite. Vous avez les yeux de Jane Wolvedon, et aussi son intelligence et son courage. Bref, lorsque votre départ sera imminent, venez me dire au revoir. »

Dans la confusion générale, je me glisse, déjà enveloppé dans mon balandran, jusqu'aux cuisines presque désertes. Dans la maison, tout le monde pleure, et la cuisine du vieux manoir ne fait pas exception, Thomas mis à part. L'œil sec, il fixe la porte. Il m'attend.

« Vous ne pleurez pas, Master Francis ?

— N... non. »

Mes yeux, à vrai dire, sont quelque peu embués à l'idée que je le quitte, que je quitte mon monde.

« Vous vous souvenez de notre pacte ?

— Oui. Je compte sur vous, Thomas, vous m'attendrez ?

— Oui. Avec l'aide de Dieu. Vous ne tarderez pas trop. Dix ans tout au plus...

— Dix ans !

— Mais oui, ils vont sans doute vous envoyer à

Douai, et lorsque vous reviendrez, vous serez un jeune homme.

— Comment savez-vous qu'ils m'enverront à Douai?

— Ils l'ont dit.

— Comment ferai-je pour être au courant des choses, sans vous...?

— Oh, vous grandissez, et vous avez l'oreille fine. Apprenez à être un peu renard et vous n'aurez bientôt plus besoin de moi.

— Thomas?

— Oui, mon petit?»

Rien à faire, les larmes coulent, je ne le vois guère mais je m'arrange pour le regarder.

«Au... revoir, messire T... Thomas.

— C'est cela, au revoir, Master Francis. Je vous attends. Dieu vous bénisse.»

Il se lève. Je me jette contre lui et nous restons un instant ainsi, en silence. Il relâche son étreinte, je fais un pas en arrière. Dans la lueur dorée de l'âtre nos regards se croisent. Nous n'avons plus rien à nous dire. Je tourne les talons et sors.

Dans la nuit, une voix de femme crie mon nom.

«Je suis là.»

On me prend par le bras sans ménagement.

«Si j'avais le temps, dit entre deux sanglots la voix dans le noir, je vous fouetterais.»

On me soulève et me place dans un des doubles paniers qui servent généralement au transport des pierres, placés sur la croupe d'un poney. Dans l'autre panier il y a Mary, Adrian endormi dans les bras.

Quelqu'un tient un lumignon. J'entrevois ma sœur.

«Nous serons pauvres et malheureux, Francis.

— Sans doute. Savez-vous où nous allons ?

— Chez notre grand-mère Anne et notre grand-oncle John Arundell.

— À Lanherne ?

— Non, à Londres. J'ai entendu Mère dire qu'en Cornouaille nous serions en danger, et que même nous les enfants étions menacés. La condamnation de notre père est le résultat d'un complot. Il suffirait qu'il meure...

— Que se passerait-il ?

— Vous seriez l'héritier. Mais de la peine de *praemunire*, on n'hérite pas. Nos biens vous reviendraient aussitôt — sauf bien sûr si vous mouriez aussi.

— Mais il y a Adrian, et vous, et l'enfant à naître. »

Elle me regarde dans la lueur mouvante du lumignon. Je comprends son message silencieux : on pourrait nous tuer tous.

Autour de nous on geint, on crie, on menace. Un fin crachin se met de la partie. On a préparé une charrette pour ma mère, un cheval pour Madame Catherine qui attend sous le porche, enveloppée dans sa cape, l'œil fixe, ne voyant personne.

Ma mère sort, soutenue par deux femmes. Elle est énorme. Son visage est pâle et tiré, mais elle ne témoigne d'aucune émotion :

« Puisqu'il faut partir, ne tardons pas, dit-elle de sa voix habituelle. Les enfants sont embarqués ?

— Oui, madame.

— Madame Catherine ?

— Je suis prête. »

Notre pitoyable cortège est sur le point de s'ébranler lorsqu'un pas léger approche en courant du poney, qui est un peu à l'écart. Une ombre surgit, me met un bras autour du cou et dépose un baiser sur ma joue. De l'autre main, je le sens, elle glisse entre mes genoux repliés un paquet. Une voix tremblante que je reconnais (une des filles de cuisine) me murmure à l'oreille :

« Messire Thomas vous fait dire de bien garder la vaisselle de Jane Wolvedon et ses bijoux. » Sa voix s'étrangle. « Dieu vous bénisse, Master Francis, nous ne vous oublierons pas. »

Elle se fond dans l'ombre de la haie ; son passage m'aurait paru irréel, n'était-ce le paquet pressé contre mon estomac. Je constaterai plus tard qu'il contient un bol, un gobelet, une cuillère en argent aux armes de Wolvedon (argent à chevrons, trois têtes de loup armées pourpre), une chaîne avec une médaille de sainte Crida et une bague ornée d'une pierre d'un bleu clair et intense dans laquelle ont été finement gravées les armoiries des Tregian (argent sur champ denchetté sable, trois geais or). De vicissitude en vicissitude, j'ai fini par tout perdre sauf la bague avec sa pierre d'azur. Aujourd'hui, c'est le seul souvenir tangible de la Cornouaille et de ma vie de gentilhomme.

Une fois que nous sommes sur Ridgeway, à bonne distance de Golden, les soldats de Carey nous abandonnent à notre sort. La petite troupe est constituée de ma grand-mère et de son cheval, de la charrette où sont ma mère et Bosgrave, une jeune cousine qui lui sert de dame de compagnie, d'une haridelle que chevauche Phillips, le valet personnel de mon père qui vient d'être libéré de la prison où il a passé deux ans, et de notre poney que Phillips prend en charge.

Deux craintes nous habitent : que nous nous embourbions, et que ma mère accouche en pleine campagne.

« Nous évitons Launceston », me dit Phillips lorsque je lui demande où nous allons.

Phillips est un homme jeune, carré, énergique ; ses yeux rieurs, son épaisse tignasse blonde et son visage avenant le font paraître de perpétuelle bonne humeur. Je trouve cela rassurant. Il me parle comme à un adulte.

« Il vaut mieux ne pas courir de risque inutile, là-bas il pourrait y avoir des gens qui vous cherchent noise. Pour l'instant, nous allons à St. Austell. Ensuite, on verra. »

Jusqu'à St. Austell, il y a à peine quatre lieues, l'affaire de deux heures à cheval par route sèche. Mais cette nuit-là, la boue, la qualité de nos montures, l'état de ma mère, l'émotion, tout nous ralentit à l'extrême. Par mesure de prudence nous voyageons dans un chemin creux, connu seulement des gens de la contrée. Notre cortège avance au pas, et lorsque l'aube point, St. Austell n'est toujours pas visible derrière le rideau de pluie.

Je suis transi, mais je ne le sens pas. Mes nerfs sont tendus comme des cordes de luth. Je m'assoupis sans jamais m'endormir vraiment, je serre convulsivement mon paquet — et si, ni vu ni connu, on nous assassinait ?

Je suis tiré de ma torpeur par un grand bruit. Dans le petit jour morose, le clocher de St. Austell est enfin en vue. Un cavalier, manteau au vent, arrive à bride abattue en face de nous. Il tire si brusquement sur ses rênes en nous voyant que son cheval fait une embardée, sans le désarçonner cependant. Phillips, Mary et moi exha-

lons ensemble un cri de surprise en reconnaissant soudain Jane. Elle est en selle comme un
homme, les jupes retroussées, hagarde, échevelée. Elle glisse à terre d'un mouvement sec et se
jette à genoux devant Madame Catherine, qui la
regarde du haut de sa monture.

«Il faut vous arrêter à St. Austell, vous cacher,
attendre quelques jours, dit-elle pantelante, j'ai
entendu les hommes de George Carey dire qu'ils
auraient mieux fait de tous vous tuer, j'ai volé un
cheval et je me suis mise à votre recherche. J'ai
cru que je ne vous trouverais plus, ou que j'arri-
verais trop tard. Pardonnez-moi, madame, je...»

Les larmes l'empêchent de continuer. Madame
Catherine descend de selle, la relève, l'embrasse.

«Merci, Jane, dit-elle. Vous avez été très cou-
rageuse.

— Gardez-moi, madame, s'il vous plaît. Ils
cassaient tout, à Golden, lorsque je suis partie,
j'aurais eu peur de rester dans ma maison. Ils
seraient arrivés chez moi aussi, d'une heure à
l'autre, et en plus je leur ai pris un cheval...

— Phillips!

— Oui, madame.

— Renvoyez le cheval, je vous prie, ne nous
attirons pas d'ennuis inutiles. Et vous, Jane, allez
auprès des enfants.»

Il suffit d'une tape amicale sur la croupe pour
que le cheval reparte au galop, sans se faire prier.
Jane se précipite vers notre poney, serre d'abord
contre elle la main que lui tendent Mary et
Adrian, puis vient me prendre la tête, m'embrasser. Je lui tends ma main libre. Elle la serre en me
regardant. Dans ses yeux, il y a tant d'amour que
je cesse d'avoir froid et faim. Elle est là. Elle a
bravé le destin.

Nous attendons quelques jours à St. Austell. Personne ne vient à notre poursuite. L'enfant, quant à lui, tarde à naître. L'angoisse, la menace diffuse sont omniprésentes. Finalement, ma mère décide de continuer le voyage. Une tentative de rejoindre Londres par mer échoue. Nous attendons en vain, toute une nuit, à Black Head, au bout de la baie. La tempête fait rage. Le bateau ne vient pas, ou s'il vient il ne peut pas accoster. Nous reprenons la route. Le temps s'est mis au beau, les chemins sont secs. Mary et moi marchons parfois, car nos paniers sont malcommodes. Jane s'occupe de nous. Je suis si heureux qu'elle soit là que tous les inconforts du voyage deviennent secondaires.

Nous quittons la Cornouaille et passons dans le Devon. Ici, nous voyageons sur des routes fréquentées. Nous restons sur le qui-vive, mais je crois que nous éprouvons tous un certain soulagement de ne plus être à la merci de la soldatesque de messires Grenville et Carey.

La seule image qui me reste de cette partie du voyage, c'est la profusion d'ajoncs dans la campagne, les bords de la route sont recouverts de leurs fleurs dorées.

Nous voyageons depuis trois jours et sommes dans la région de Salisbury lorsque ma mère dit, d'une voix étranglée :

« Je crois que c'est pour bientôt. »

Phillips pousse son cheval et revient quelque temps après, le visage anxieux :

« J'ai trouvé une maison où l'on vous attend, mais c'est à une bonne lieue.

— Allons, ce n'est pas encore imminent. »

Et ma pauvre mère, le visage pâle et bouffi, serre les dents, pendant que nous avançons du plus vite que nous pouvons. Dans la charrette, Jane essuie la sueur de son front, pendant que Bosgrave lui masse les épaules. Lorsque nous arrivons enfin à la maison que Phillips a trouvée — une grande ferme — on se précipite à notre rencontre.

Le visage de ma mère est crispé de douleur.

«Je ne peux plus bouger», murmure-t-elle.

On fait une litière avec des couvertures, et une nuée de femmes la transportent à l'intérieur. Dehors, il ne reste que nous, les enfants, qu'on a oubliés. Nous faisons les cent pas, et le petit Adrian nous chante un vieil air. D'une voix blanche à peine plus haute qu'un murmure, il nous parle de tempêtes, d'ivresses, de passions et de meurtres. Phillips finit par sortir. Mon visage est sans doute tendu, car il vient me mettre une main sur l'épaule.

«Tout ira bien, Master Francis, tout ira bien, vous verrez.»

On vient nous chercher. La naissance est allée très vite, et une heure à peine après notre arrivée, ma mère a accouché d'une fille, Margaret.

Nous attendons qu'elle se relève de couches. Une fois le délai réglementaire passé, nous nous remettons en route. C'est à moi qu'on confie le nourrisson car, dit ma mère :

«Ainsi vous serez deux par panier, le poids sera mieux réparti.»

Je me prends pour cette petite sœur d'une affection toute particulière. Un lien très fort nous unira, et j'ai toujours pensé qu'il s'était forgé dans ce panier.

Lorsque nous arrivons à Londres, nous sommes en mai.

Nous allons tout droit à la maison de mon

grand-père Stourton, à Clerkenwell : nous y retrouvons Sir John Arundell et sa femme, ma grand-mère Anne, ainsi que leur famille.

J'ai une image de cette arrivée. Je tends le nourrisson à Jane puis, pour la dernière fois, je m'extirpe de mon panier, le cœur lourd. Que va-t-il advenir de nous ? Je lève les yeux et mon regard croise celui du maître de céans, le grand Arundell en personne. Je l'ai vu une fois, chez nous, lors d'une fête, et il ne m'a, à l'époque, pas prêté la moindre attention.

Maintenant, il m'observe attentivement. Cheveux de jais, nez aquilin, yeux gris, allure de condottiere — il a la même tête qu'autrefois, comme si rien n'était arrivé. Lorsque nos regards se croisent il sourit, avance d'un pas et s'exclame :

« Alors, Master Francis, vous nous avez amené votre latin ? » et il me tend la main. Une marque de respect à laquelle je ne suis pas habitué de la part des adultes. Je serre la sienne gravement et réponds :

« J'espère, Sir, que le voyage ne l'aura pas trop chiffonné. »

Il éclate d'un rire sonore.

« Venez vous rafraîchir, on examinera cela tout à l'heure. »

J'entre dans la grande maison d'un pas léger : le monde ne va peut-être pas s'écrouler.

En quelques jours j'ai oublié Golden. Il ne me manque que Thomas. Mais Londres est un endroit merveilleux.

Ce qui m'enchante tout particulièrement, ce sont les contrastes. À Golden, le silence n'était troué que par des voix humaines, des beuglements d'animaux, le grincement occasionnel d'une charrette, le marteau du maréchal-ferrant, la hache du bûcheron. Par instants, dans les pauses, on entendait jusque dans le jardin du manoir le clapotis de l'eau contre l'embarcadère de Golden Mill ou le chant d'un marinier. Une abeille qui passait constituait une distraction. Londres n'est qu'un bruit perpétuel, dont l'écho arrive jusqu'à Clerkenwell, pourtant situé à bonne distance des portes de la ville.

Sir John se prend d'affection pour moi. Du temps où je ne le connaissais pas, je pensais à lui comme à un grand-père, mais ici c'est impossible. C'est un homme dans la force de l'âge, alerte et vif. Pour moi, il devient un second père.

Il me prend en croupe et m'emmène parcourir la grande ville. Nous faisons le tour des grands marchés : celui de Cheapside, le plus grand de Londres, où il faut aller tôt pour être bien servi. Il ouvre le matin à six heures au son d'une cloche ; ou celui de Leadenhall où, à en croire l'intendant de Sir John, on trouve la meilleure volaille, le cuir le plus fin, les plus belles étoffes et les ustensiles de cuisine les plus solides et les mieux faits. Ou le marché au poisson, à Fish Street Hill et à Billingsgate, au bord du fleuve, dont on sent l'odeur à une demi-lieue et qui n'est qu'un va-et-vient de mariniers chargés des produits de la pêche.

C'est une cacophonie énorme, les marchands crient leurs prix et vantent leur marchandise à qui mieux mieux, d'une voix de stentor, par-dessus le tonnerre des chars qui passent, du bétail qui beugle, du petit peuple qui se querelle, rit, chante, discute. Couverts ou découverts, les véhicules roulent à grande allure, sans se préoccuper le moins du monde des piétons ; c'est, dans une bonne humeur pimentée d'imprécations, un sauve-qui-peut constant. Notre petite troupe à cheval — Sir John, son valet, son intendant et moi — est régulièrement forcée de s'aplatir contre les façades des maisons, et nous nous retrouvons couverts de la tête aux pieds de poussière ou de boue.

Il n'est pas rare qu'une collision bloque une rue, et il faut des heures pour débrouiller le bois cassé, les attelages entremêlés et la ferraille, pour tenter de sauver les chevaux. Et même lorsqu'on n'en arrive pas à l'accident, on assiste souvent, en attendant patiemment de pouvoir passer, aux prises de bec entre deux charretiers, debout sur leur siège, rênes en main, couvrant d'insultes leurs vis-à-vis qui ont l'outrecuidance de ne pas leur céder une préséance à laquelle, par définition, ils ont droit. Leurs chevaux participent à l'altercation à leur manière, piaffent, hennissent, s'ébrouent dans des envols de crinières.

Dans les rues, les étals et les boutiques regorgent de marchandises empilées, apprentis et servantes profitent de ces arrêts forcés pour sortir en courant et ajouter leur musique à la cacophonie générale :

« Épingles, jarretières, gants espagnols, rubans de soie !

— Les beaux crabes ! Voyez mes crabes !

— La bonne affaire, ici la bonne affaire !

— Vous achetez, monsieur ?

— Fermes les poires, achetez mes poires !

— Belles chaussures !

— Fraises, manchettes, vertugadins !

— Voyez la qualité, mon bon seigneur !

— Charbon, petit charbon, charbon de bois, fini le froid !

— Encre d'écritoire, elle coule mon encre!»

Un jour, nous allons sur le parvis de l'église de Saint-Paul où se tiennent les marchands de livres. Surprise: nous n'y trouvons pas le recueillement que l'on associe à la lecture.

Les boutiques sont parées d'enseignes hautes en couleur qui m'enchantent: ce ne sont que navires et ondines, visages nègres et mitres d'évêque, féroces dragons et têtes de Sarrasin. Quant aux boutiquiers, ils ont les mêmes voix de stentor qu'à Cheapside ou Leadenhall. On se croirait à la criée aux légumes, sauf qu'ici le latin se mêle à l'anglais.

«Que vous faut-il, mon bon seigneur?

— *Le Miroir des Magistrats*! Nouvelle édition, illustrée!

— Il vient de sortir de presse, jamais publié auparavant!

— Achetez ma carte du Nouveau Monde!

— Chroniques et sermons!

— Venez, venez, voyez mon livre! Pour déjouer les pièges et les dangers de la mer!

— Lisez mon *Courtisan*. Avec gravures. Tout sur la bienséance.»

Il en va de même au Royal Exchange entre Cornhill et Threadneedle Street. C'est là que se rencontrent pour discuter de leurs affaires les marchands du monde entier. Au premier étage, il y a une rangée de boutiques. On y trouve des apothicaires, des armuriers, des libraires, des joailliers, des merciers, des marchands de tissu — et tout le monde vante qui un habit à la mode, qui une potion d'amour, qui une coiffe ou un parfum de musc, qui des brosses à barbe ou des clochettes, qui de fines lames de Tolède, ou des doublures, ou des bourses... j'oublie.

L'endroit que je trouve le plus amusant, ce sont les alentours de l'Exchange. On y rencontre une mosaïque faite de vendeuses de fruits, de ramoneurs, de colporteurs, d'apprentis contant fleurette à des servantes, de commis qui vont et viennent à pas pressés, tout cela dans un grand bruit où se mêlent en une gigantesque chorale les charretiers qui passent comme le tonnerre et dont souvent on entend les chants par-dessus le fracas, les cris sortis des jardins de taverne, les marteaux des maréchaux-ferrants et des charpentiers, le han-han des forges, l'aboiement des chiens et le rire de tous ceux qui, comme moi, éprouvent dans cette monumentale symphonie un plaisir sans bornes.

Nous trouvons toujours, malgré cela, l'occasion de discuter.

«Mon père s'est occupé de votre grand-père, lorsqu'il est resté orphelin et qu'il n'était qu'un enfant, me dit Sir John un jour. Moi, je m'occupe de vous. Mettons que ce soit une tradition. Votre père est en prison pour nous tous. En attendant qu'il en sorte, je vais faire de mon mieux pour le remplacer.»

Un soir, par hasard, je l'entends expliquer à sa femme, ma grand-mère Anne, qui lui reproche de me gâter et de ne pas être sévère, qu'on m'a par trop délaissé depuis que les ennuis des Tregian ont commencé :

«Le jeune Francis est un gentilhomme. Il faut qu'il fasse honneur au sang royal qui coule dans ses veines et à la remarquable intelligence qu'il a reçue en partage.»

Sur le moment, cela m'a beaucoup impressionné — j'en étais aux piskies, moi, personne ne m'avait jamais parlé de sang royal. Pourtant, il était déjà trop tard pour faire de moi un royal gentilhomme. Le sang bleu que je porte indubitablement en moi — je suis le cousin d'au moins deux princes, ma lignée remonte tout droit à Guillaume le Conquérant — a été, en ma personne, absolument gaspillé.

Ce n'est pas faute d'éducation.

À Golden j'avais beaucoup lu, parlé le latin comme une sorte de jeu, mais à part cela j'avais appris peu de chose. Ma musique s'était limitée au rondeau de Lady Wynkfyld. Je ne savais pas tenir un poignard, et si je parcourais sans peine de longues distances à cheval, agrippé à la crinière et sans selle à la manière des enfants des fermes, j'ignorais tout de l'équitation, les poneys et les chevaux que j'avais enfourchés n'étaient que des rosses de labour et n'avaient rien de commun avec les superbes bêtes des écuries de Clerkenwell. Chez nous, les chevaux de race avaient disparu à l'arrestation de mon père.

Sir John a remédié à tout cela. En quelques jours j'avais un maître de musique, un maître d'équitation, un maître d'escrime, un maître de géométrie et un savant maître de latin et de grec qui m'apprenait à longueur de journée à écrire et à maîtriser doctement les classiques. J'apprenais la rhétorique : les huit parties du discours, sujet, prédicat, attribut, accidents et ainsi de suite. Bientôt, je ne parlais pratiquement plus que latin. Même avec Sir John, Jane, Lady Anne et Madame Catherine, il était de plus en plus rare que les échanges se fissent en langue vulgaire. Mary et moi avions atteint l'âge où il est interdit à un enfant de parler anglais dans le cercle familial.

Je travaillais de l'aube au crépuscule, six jours

par semaine, tout m'intéressait. Bientôt, je me suis inscrit dans une routine à l'intérieur de laquelle, comme à Golden, je me suis créé mon espace propre.

Je ne voyais Jane que rarement, car il s'était produit un véritable miracle : Madame Catherine s'était entichée d'elle. Plus personne, à part moi, ne se souvenait qu'elle avait un jour été ma nourrice. Avec le *praemunire*, elle avait perdu ses vingt livres de rente. Madame Catherine, qui se battait par tous les moyens pour récupérer les revenus des terres qu'elle avait amenées aux Tregian en dot et dont elle estimait qu'elles auraient dû être exclues de la saisie punitive, lui promettait de les lui rendre. En attendant, elle l'avait promue demoiselle de compagnie et elles s'en trouvaient bien, l'une comme l'autre.

Je m'étais attendu à ce que nous vivions une vie de pauvreté absolue, mais tel n'était pas le cas. Il fallait limiter les dépenses, certes, mais pas (pas encore) au point de se priver.

« Vos terres situées hors de Cornouaille n'ont pas été saisies, m'a expliqué un jour Madame Catherine. Elles ne sont pas nombreuses et rapportent peu, mais elles vont servir à vous faire vivre, et à protéger votre père, à le libérer peut-être. Ou du moins à lui procurer une prison plus confortable. »

Lorsque nous sommes arrivés à Londres, mon père était toujours à Launceston, au fond du donjon avec les prisonniers de droit commun, et une fois ses enfants en sécurité, ma mère avait voulu y retourner. Mais elle avait souffert de son accouchement et du voyage, et Lady Anne l'avait obligée à rester.

« Déployons plutôt nos efforts pour que votre

mari sorte de ce terrible donjon, soit amené à Londres. »

Cela s'est produit au mois d'août. Mais si sur le plan du confort le progrès était considérable, mon père n'en était pas moins au secret. Seule sa femme avait le droit de le voir, et elle passait avec lui tout le temps possible. Avant Noël, elle portait déjà un nouvel enfant.

Le bruit avait couru plusieurs fois qu'il allait s'évader et partir pour l'Espagne, mais cela n'est resté qu'un bruit. Je ne suis même pas certain qu'il fût fondé. Je l'avais recueilli à ma nouvelle source de renseignements : les écuries.

Fort de mon expérience, j'avais commencé par approcher le valet le plus vieux. Mais finalement c'est Giuliano qui est devenu mon ami, un Italien de dix-huit ou dix-neuf ans, d'une agilité étourdissante, exubérant et toujours de bonne humeur, que Sir John avait recueilli à Lanherne quelques années auparavant.

Sir John avait offert de disperser sa maisonnée de Cornouaille pour faire preuve de bonne volonté — car s'il était farouchement catholique, il n'en était pas moins un ferme partisan d'Élisabeth. J'avais tant entendu dire par ma mère que c'était une bâtarde et une usurpatrice que je me suis étonné de cette fidélité. Je m'en suis ouvert à Sir John au cours d'une de nos excursions dans la Cité — en latin, comme il se doit.

« Mon cher Francis, m'a-t-il dit, nous sommes catholiques et là-dessus nous ne transigerons pas. Mais nous ne sommes pas pour autant des idiots. Je suis, quant à moi, suffisamment patriote, et suffisamment sensé, pour comprendre ce qu'Élisabeth

tente de faire par-delà les persécutions religieuses.
Il ne m'a pas échappé que pendant le règne de la
feue reine Mary, nous autres catholiques avons eu
beaucoup de droits et avons par conséquent fait
avancer tant nos affaires personnelles que celles
de la papauté. Je n'en ai pas moins toujours pensé
qu'en tant que nation, nous faisions une erreur.
La reine Mary, avec son zèle religieux, a ramené
l'Angleterre au rang d'une puissance de troisième
ordre, à la traîne de l'Espagne. Le roi Philippe,
pendant les quelques années où il a été l'époux de
notre reine, a pu espérer mettre la main sur le
pays. Mais si nous voulons être une grande nation,
nous DEVONS échapper à l'Espagne. Malheureusement, beaucoup de catholiques confondent l'intérêt de leur âme et celui de leur pays.»

Il me regarde un instant, pensif, et ajoute en
langue vulgaire :

«Ne vous y méprenez pas, Francis. En ce
moment Élisabeth ne veut pas de moi, elle se
méfie. Mais je ne lui en tiens pas rigueur. Elle est
entourée de requins qui profitent de la situation
pour faire main basse sur nos richesses. Nonobs-
tant cela, si elle me le demandait, je n'hésiterais
pas à donner ma vie pour elle.»

N'y a-t-il pas un discours sous-entendu dans
cette déclaration d'intention? Avec une audace
qui m'effraie, j'ose demander :

«Est-ce que mon père…?

— Ton père est un homme admirable, Francis.
Tout d'une pièce. Lorsqu'il a pris une décision il
est inébranlable, on peut compter sur lui. Tu lui
dois le plus grand respect.»

Le ton est sans appel.

Pour la première fois, je me demande ce que
Sir John pense réellement de mon père.

L'organisation de la maison de Clerkenwell est telle que nous les garçons ne croisons les femmes que rarement. J'échange avec Jane quelques mots, quelques sourires. Elle doit avoir, à ce moment-là, dix-huit ou dix-neuf ans, elle est d'une beauté bouleversante. Par Giuliano, je sais qu'elle a des soupirants à la douzaine, et aussi qu'elle les ignore tous, à ma grande satisfaction.

Mary a insisté pour assister aux cours du professeur de rhétorique et, à force de ténacité, a fini, au milieu des rires et des haussements d'épaules, par obtenir gain de cause. Elle réussit parfaitement. Mais nous n'avons pas le temps de discuter, et à peine ces cours terminés elle retourne à sa tapisserie et moi à mon escrime, ou à mon équitation.

Le nouveau venu dans ma vie est mon frère Adrian. Il est fluet, pâle, avec d'immenses yeux gris clair. On a tendance à l'oublier parce qu'il parle peu, mais lorsqu'il finit par faire une remarque, il étonne.

Il s'assoit à côté de moi pendant que je mets à jour mes carnets de vocabulaire, d'expressions latines, d'exercices. Je lui tends les pages humides d'encre et il les asperge gravement de sable qu'il va souffler par la fenêtre. Au bout d'un certain temps, il se met à chercher les mots dont j'ai besoin pour un des innombrables thèmes latins que je hais, mais qui sont censés me donner une plus grande intimité avec la langue. Et un beau jour, il commence à faire des phrases latines et à discourir dans la langue de Cicéron.

Il dégage une telle paix que lorsqu'il n'est pas là il finit par me manquer. C'est comme s'il se promenait dans une bulle à l'intérieur de laquelle il n'y a pas de place pour le doute. Ce n'est pas une certitude arrogante, mais une tranquille assurance qui m'attire d'autant plus que je suis, moi, tiraillé par des doutes de toute sorte.

Cette vie relativement tranquille a duré environ un an.

Rétrospectivement, je m'aperçois que je parle peu de ma mère et encore moins de mon père. J'avoue que dans mon enfance, ce ne sont guère que des comparses. Mon père, dont j'entends beaucoup parler dans des termes fort contradictoires, est un inconnu. La dernière fois que je l'ai vu j'avais trois ou quatre ans. Quant à ma mère, elle est toujours ailleurs, ne revient que pour accoucher puis repart, la situation de mon père exigeant d'elle des démarches incessantes. Cette année-là n'a pas fait exception. Elle est restée confinée quelques semaines, a accouché de mon frère Charles et puis, sitôt après ses relevailles, elle l'a mis en nourrice et a disparu. Elle passe le plus clair de son temps à la Fleet, la dernière prison en date où l'on a mis mon père, d'abord avec les prisonniers de droit commun, puis avec d'autres récusants. Maintenant, elle se bat pour qu'il obtienne un des appartements que la Fleet réserve aux gentilshommes catholiques. Elle agit avec d'autant plus d'énergie que mon père est malade des privations et du manque de propreté de Launceston : elle a fini par s'adresser à la reine elle-même. On dit qu'elle a des chances d'obtenir gain de cause, la reine et son premier ministre William Cecil étant désormais persuadés que rien n'intimiderait Tregian, qu'il est irrécupérable.

C'est dans la vingt-cinquième ou la vingt-sixième année du règne (les dates n'ont jamais été mon fort) que se place le changement qui va bouleverser nos vies.

VI

Through the Royal Exchange as I walked
where gallants in satin did shine :
At midst of the day they parted away
at several places to dine.
The gentry went to the King's Head,
the nobles went unto the Crown :
The knights unto the Golden Fleece
and the plowman to the Clown...

« La Ballade des Tavernes »
Ballade populaire

J'ai passé par le Royal Exchange
Où les galants en satin paradaient :
À midi ils se sont séparés
Et en divers lieux ils vont dîner.
Les gentilshommes vont à la Tête-du-Roi
Quant aux nobles ils vont à la Couronne :
Les chevaliers à la Toison-d'Or
Et les laboureurs au Clown...

À Clerkenwell nous vivions à vingt ou trente, adultes, visiteurs, enfants Stourton, Arundell et Tregian, sans compter les domestiques. Sir John avait peut-être dispersé sa maisonnée de Lanherne, mais il n'avait pas changé, et sa porte restait ouverte à tous les catholiques en détresse, même lorsqu'ils n'étaient pas, comme nous, de la famille. Clerkenwell est devenu le centre que Lanherne avait cessé d'être. Et pour cette raison même, cela ne pouvait pas durer.

À un moment donné, la reine avait serré la vis aux catholiques : la confrontation avec l'Espagne n'était plus qu'une affaire de temps, les prêtres comme Cuthbert ne cessaient d'entrer dans le pays et officiaient sans discontinuer. Lorsqu'ils étaient pris ils étaient condamnés et souvent mis à mort, mais cela ne les décourageait pas. J'en ai moi-même rencontré un qui avait été arrêté, emprisonné à Marshalsea, mais qui en fait passait ses journées dans Londres, à dire des messes et à distribuer les sacrements. Il ne revenait en prison que pour dormir, y dire la messe, confesser, donner la communion aux prisonniers, et le lendemain dès l'aube il retournait en ville. Je ne sais s'il avait obtenu cette faveur en soudoyant les geôliers ou parce qu'il était tombé sur des gardiens qui sympathisaient avec les catholiques. À l'époque, je ne saisissais pas ce genre de nuances, je n'ai pas posé la question. Tout cela n'avait d'ailleurs pas empêché ce prêtre d'être jugé, condamné, et de se retrouver à la Tour de Londres, d'où il n'était plus sorti.

À la maison, la messe était quotidienne, biquotidienne même pour d'autres que moi.

Je ne doute pas une seconde que les sbires du premier ministre, William Cecil Lord Burghley, et ceux de Lord Walsingham, son limier en chef, étaient parfaitement au courant de tout ce qui se faisait et disait à Clerkenwell. Il est impossible qu'il n'y ait pas eu parmi les serviteurs un espion infiltré — mon expérience ultérieure me permet de l'affirmer presque catégoriquement.

De Clerkenwell, le ou les mouchards pouvaient rapporter que Sir John ne fermait pas sa porte aux prêtres, mais que Lady Anne, elle, manquait quelque peu d'enthousiasme pour la charité chrétienne illimitée de son époux.

«J'admets, disait-elle, que nous recevions un prêtre, deux à la rigueur, pour entendre la messe. Mais je ne vois pas pourquoi nous serions le point de ralliement de tous les missionnaires qui arrivent du continent et viennent vivre à nos crochets. »

Lorsqu'on ne fréquentait pas l'Église anglicane, on était soumis à l'amende, une amende salée qui, malgré les interdictions de Rome, a poussé beaucoup de catholiques, pourtant fidèles à la religion de leurs ancêtres, à fréquenter les églises d'État. Ne pas faire acte de présence était un luxe hors de portée : Sir John payait vingt livres par lune, c'est-à-dire deux cent soixante livres par an. Pour un artisan, vingt livres, c'était un excellent salaire annuel.

Les difficultés matérielles qui en résultaient et la personnalité même de Sir John, si intransigeant sur sa religion, mais si ouvert sur la transformation que subissait l'Angleterre, ont eu pour moi une conséquence inattendue, et dans une certaine mesure inouïe.

Si j'avais vécu en temps normal j'aurais, jusqu'à douze ou treize ans, reçu mon instruction chez moi, ou dans une autre famille où je serais devenu page, avant d'être envoyé à Oxford pour y parfaire mon éducation et y obtenir un doctorat. C'était le cours des choses pour un jeune gentilhomme bien né. Mais voilà, dans la deuxième moitié du siècle dernier, lorsqu'on venait d'une famille catholique on était MAL né, quelle que fût la lignée dont on était issu. Mon éducation de gentilhomme a par conséquent suivi un cours sinueux. Je m'en félicite aujourd'hui, mais à l'époque cela a provoqué bien des soupirs et des grincements de dents jusque dans la prison de mon père, et Adrian et moi avons assisté un soir (sans être ni invités ni décelés) à une discussion orageuse entre Sir John et ma mère. Écouter aux portes était le seul moyen, pour nous, d'apprendre certaines choses.

«Je préfère que les garçons soient de parfaits ignorants plutôt que de les voir aller chez de tels professeurs», crie ma mère.

Lorsqu'elle parle avec Sir John ma mère s'énerve toujours. Il est le deuxième mari de sa mère, celui qui a remplacé son propre père, Lord Charles Stourton, condamné à mort et exécuté lorsqu'elle était enfant. Ce grand-père que je n'ai pas connu était, paraît-il, un homme vigoureux, toujours actif, très querelleur. Il était en bagarre avec ses voisins pour une question territoriale, et il avait fini par les assassiner, avec l'aide de quatre de ses hommes. Il a été pendu — avec les honneurs et la corde de soie dus à un gentilhomme. Ma mère, à ce que disaient les serviteurs qui avaient accompagné Lady Anne et les six enfants Stourton dans le nouveau mariage, avait adoré ce père, lui avait voué un amour sans partage.

Pour revenir à la dispute dont Adrian et moi sommes les témoins en chemise, pieds nus, cachés dans une niche derrière la tapisserie, ce qui préoccupe ma mère — et surtout mon père dont elle se fait le porte-parole — c'est le salut de notre âme, et non le problème concret de notre éducation. Mais avec Sir John, elle se défend mal.

Sir John est, à l'opposé de feu Sir Charles, un homme calme, pondéré, qui considère les choses avec bon sens. S'emporter au point de tuer un homme, très peu pour lui. Je sais qu'il était une fine lame parce que je l'ai vu au gymnase, et qu'il m'a enseigné de redoutables bottes. S'il en a jamais fait usage, c'est sans doute avec un calme parfait et une politesse exquise.

Il a des amis protestants et ne mesure pas tout à l'aune de la religion. Cela heurte ma mère. Obscurément, elle voit dans sa tolérance une trahison. Elle exprime cela par une irritation qui perce jusque dans sa voix, qui se fait soudain sur-aiguë.

Jusque-là, nous avons profité des précepteurs de mes cousins et de mes oncles, Edward et Charles Stourton fils. Mais maintenant Charles est sur le point de partir pour Reims (où le Collège anglais de Douai s'est transporté à la suite d'une des vicissitudes des guerres de religion).

Sir John considère que l'occasion est propice pour nous envoyer à l'école avec d'autres enfants. Il a même entrepris des démarches et a trouvé une école prête à nous accepter, celle des Marchands Tailleurs. Pour obtenir qu'on ferme les yeux sur notre origine, Sir John a dû faire un don généreux.

«Richard Mulcaster, le proviseur, est un homme exceptionnel, le meilleur maître que l'on puisse trouver dans tout Londres, dans toute l'Angleterre peut-être. Son ouverture d'esprit est aussi grande que son savoir.

— C'est un protestant. Un traître.

— C'est peut-être un protestant, mais c'est aussi un homme de bon sens. En les lui envoyant, nous sommes certains que les enfants recevront une excellente éducation. C'est une chance pour eux.

— Il va les faire conformer. Ce ne seront plus de bons catholiques.

— Il reçoit de nombreux enfants juifs, et il n'a jamais forcé aucun d'eux à se convertir. Il ne fera rien de pareil avec les nôtres, il m'a donné sa parole.

— La parole d'un protestant...

— Richard Mulcaster est un homme honnête, je le connais de longue date et malgré nos désaccords et nos nombreuses disputes jamais je ne l'ai vu manquer de loyauté. »

Ils ont continué sur ce ton-là assez longtemps encore, et Sir John a fini par exploser :

« Ma chère Mary, vous parlez comme si vos fils étaient des imbéciles malléables à volonté. Mais ce sont des garçons exceptionnels...», dans la pénombre Adrian et moi échangeons un regard d'appréciation mutuelle, sourcil haut levé, «... d'une perception supérieure à la moyenne. Nous leur expliquerons la situation, et ils en tireront le meilleur parti. En attendant l'ascension au trône d'un roi ou d'une reine catholique, nous vivons ici, maintenant. Cela ne sert à rien de les isoler. Pour combattre efficacement un ennemi, il faut le connaître. Le jour où on instituera sur le continent une école catholique pour les enfants de leur âge, nous les y enverrons. En attendant, je m'en vais expliquer cela à votre époux moi-même. »

Et sur cette phrase sans réplique, il s'est retiré, bientôt suivi de ma mère, qui est partie en soupirant.

Nous sommes sortis de notre cachette et dans la lueur vacillante du chandelier nous nous sommes inclinés tour à tour, traînant jusqu'au sol un chapeau imaginaire :

« Très honoré de faire la connaissance d'un esprit aussi perceptif, monseigneur.

— Tout l'honneur est pour moi, messire, la rencontre d'un génie non malléable me ravit. »

Et sans autre commentaire nous sommes, avec mille précautions, retournés nous coucher.

Sir John a gagné. Et pendant que mon pauvre père croupissait à la Fleet, j'ai vécu les deux autres années inoubliables de ma jeunesse.

L'école de grammaire des Marchands Tailleurs était sans doute, lorsque j'étais enfant, la plus célèbre de Londres grâce à son proviseur, Richard Mulcaster. Cet homme extraordinaire avait, à cette époque, une cinquantaine d'années, et dirigeait l'école depuis sa fondation, une vingtaine d'années auparavant. C'était une des nombreuses institutions créées par les confréries pour soustraire les enfants à la rue où, à en croire les récits, on les trouvait souvent, illettrés et ignorants, avant la grande action qui avait présidé à l'ouverture de nombreuses écoles du même genre à travers tout le pays.

Nous allions en classe tous les matins à six heures, généralement accompagnés par Giuliano. Nous en repartions à cinq heures de l'après-midi. Nous travaillions avec le maître de langues anciennes jusqu'à onze heures. À onze heures nous mangions, et les cours reprenaient à une heure. Giuliano venait nous chercher à cinq heures. Pendant la période où les journées sont très courtes, nous venions pour sept heures avec notre bougie, afin d'éclairer nos travaux en fin d'après-midi, à la nuit tombante.

Nous étions dans les deux cent cinquante élèves, tous externes, et le statut de l'école spécifiait expressément qu'on y instruirait des enfants venus de tous les horizons. La condition pour être admis était de savoir lire et écrire parfaitement, de connaître le catéchisme en anglais et en latin. L'école n'était pas gratuite, et tout modeste qu'il fût, l'écolage suffisait à en exclure les enfants des familles les plus démunies. On nous promettait qu'en sortant nous parlerions parfai-

tement latin, grec et hébreu, que nous serions
instruits en littérature et bonnes manières.

Je commence par être désorienté. Heureusement Adrian est avec moi. À première vue, il
semble beaucoup plus jeune, car il est aussi petit
et fluet que je suis grand et bien bâti. Mais la différence entre nous n'excède pas deux ans. Au
moment où nous entrons aux Marchands Tailleurs, nous étudions les mêmes matières depuis
un certain temps déjà. Nous sommes devenus
inséparables.

C'est la fin de l'été, et nous arrivons tôt, avant
que la cloche de l'école ne sonne l'heure. Par la
suite je m'habituerai au trajet et il finira par me
paraître court, mais ce jour-là, c'est un voyage
interminable — il me semble que nous traversons
la moitié de Londres. L'école est située dans une
maison qui a appartenu au duc de Buckingham,
appelée le manoir de la Rose, une tour trapue,
tout en hauteur, qui imite une forteresse normande. Nombreuses sont les familles qui, en ce
premier jour, tiennent à arriver tôt. C'est une agitation de parents, d'enfants aussi apeurés que
nous de se retrouver dans une si grande masse de
monde, loin de chez eux. L'air est rempli de murmures et strié de sanglots, pendant qu'en arrière-
fond les boutiquiers de Candlewick Street toute
proche commencent déjà à offrir leur marchandise aux chalands. Leurs voix sont comme un
contrepoint au brouhaha de la cour.

Lorsque la cloche tinte à l'église de Saint
Lawrence Poultney voisine, Richard Mulcaster
sort par la grande porte, entouré des autres
maîtres. Il frappe dans ses mains et le silence
est instantané, la cloche seule remplit l'espace
sonore.

Je sais pour l'avoir entendu l'année suivante qu'il prononce un discours de bienvenue aux anciens et aux soixante nouveaux que nous sommes, mais sur le moment je n'entends rien et ne retiens rien.

Les maîtres circulent parmi nous et nous séparent.

«Les nouveaux par ici.

— Ici la deuxième classe.

— Les avancés, s'il vous plaît.»

Nous nous retrouvons en plusieurs rangs. Comme on nous a mis par taille, je suis tout derrière, et Adrian tout devant. Lui non plus n'entend rien, terrifié à l'idée de ne pas m'avoir pour le protéger.

Une fois les parents et les accompagnants partis, on nous fait entrer en silence.

La salle de classe est immense, entourée de bancs. On nous avait raconté que dans les classes il y avait une chaire pour le professeur, et des bancs alignés les uns derrière les autres. Ici, pas de chaire, et les bancs sont disposés en carré, laissant un grand espace vide au centre.

Chacun de nous est muni d'une boîte dans laquelle il y a du papier, des plumes, un taille-plumes, un crayon, une ardoise, un sablier, une bougie. Pour éviter les catastrophes, l'école fournit l'encre et la colle.

Nos maîtres sont au nombre de deux. Il y a Robert Wyddosox, qui attaque aussitôt en contrôlant nos connaissances de latin. C'est à lui que nous devrons de connaître cette langue à la perfection, car il la parle avec aisance. Nous lui devrons également de connaître à la perfection notre anglais, jusque-là fort négligé, tout l'effort s'étant porté sur le latin.

Le grand Richard Mulcaster, notre autre enseignant, a toujours professé le principe que la langue maternelle est aussi essentielle que la langue latine. Il nous enseigne le grec et l'hébreu. Mais de temps en temps il contrôle notre anglais et gare si notre style manque d'élégance.

En cette première journée, Mulcaster fait le tour des classes pour tenir à chaque groupe d'élèves un petit discours. Il nous a gardés pour la fin. Nous sommes les nouveaux, il a davantage de choses à nous dire.

En classe, nous sommes aussi rangés par taille. Mais cette fois je me retrouve à côté de mon frère, puisqu'il est le plus petit, moi le plus grand, et que les bancs sont en carré.

«Les extrêmes se touchent», a constaté Adrian entre les dents, un sourire au fond des yeux.

La porte s'ouvre et Mulcaster entre.

«Messieurs, levez-vous», commande Wyddosox.

Nous nous levons.

Mulcaster vient au centre et, lentement, fait le tour de la salle. Il s'arrête devant chacun de nous, nous transperce du regard, longuement, j'ai l'impression qu'il nous imprime dans sa mémoire. Il ne fait aucun commentaire à notre propos. D'ailleurs personne à l'école n'en fera jamais, ni à notre sujet, ni au sujet de la religion catholique en général.

«Messieurs, dit-il en anglais une fois qu'il a fini ce premier tour d'inspection, vous avez remarqué que dans cette salle, les sièges sont tous à la même hauteur, et que celui du maître n'est pas au-dessus du vôtre. Cela signifie un certain nombre de choses, dont j'aimerais vous entretenir. Tout d'abord, un homme ne se distingue pas en s'asseyant à deux pieds au-dessus du sol, mais

par l'élévation de son esprit. Vos professeurs
sont des érudits; c'est leur savoir qui vous donnera bientôt la sensation qu'ils sont supérieurs.
Et si un jour vous parvenez à leur hauteur, ils
s'en réjouiront. Ainsi, vous le voyez, le lieu
surélevé où ils se tiennent est vaste, et peut
accueillir tout un chacun. Cela crée pour vous
l'obligation de chercher à y trouver votre place.
Le but de toute éducation est d'aider la nature à
se développer jusqu'à atteindre la perfection, et
cette perfection n'est pas la même pour chacun.
L'un de vous excellera dans la langue latine,
l'autre peut-être dans l'exercice de la musique.
L'essentiel est de reconnaître ses dons, et d'y
travailler jusqu'à ce qu'ils atteignent leurs sommets. C'est là le devoir et la responsabilité de
chacun de vous. Dans cette école, l'enseignement n'est pas imparti d'en haut par un homme
immobile. L'instruction est transmise, chez nous,
de manière péripatétique. Nous nous déplaçons
parmi nos élèves. Et notre but est qu'ils se promènent, un jour, parmi nous.»

Comme pour donner du poids à ses affirma-
tions, il arpente longuement l'espace vide, sans
un mot.

«Je ne doute pas, finit-il par dire, que vos
jeunes têtes soient pleines de latin, de prières et
de sagesse. Loin de moi l'idée de mettre en doute
ce que vous avez appris. Mais ce matin, je vous
parle en langue vulgaire, car il est quelques principes importants que j'aimerais établir, et je veux
être certain d'être compris.»

Il respire profondément, comme un dormeur
qui se réveille.

«Ceux qui traitent des sciences mathématiques
sont dans l'obligation de faire des démonstra-

tions exactes, inévitables, et d'arriver à des conclusions irréfutables qu'il est sinon impossible, du moins difficile de discuter. Il n'en va pas de même pour ce qui est des sciences morales ou politiques. Ici, nous avons affaire aux hommes dans toute leur complexité, et il faut prendre en compte une infinie variété de particularités. Si les vérités d'un mathématicien sont à l'abri du débat, celles du moraliste doivent être abordées avec la plus grande prudence, sans jamais oublier les circonstances particulières à chaque cas. »

Il embrasse la classe immobile d'un seul regard de ses yeux noirs et reprend d'une voix plus forte, en scandant les mots.

« Il ne suffit pas que Platon loue une chose, qu'Aristote l'approuve, que Cicéron la recommande, que Quintilien en ait eu vent, pour que nous l'adoptions. Notre pays les honore, mais il se pourrait qu'il ne puisse faire usage de ce qu'ils disent parce que cela ne correspond pas aux circonstances. Que dire de ceux qui se prévalent de l'autorité de ces auteurs sans tenir compte du contexte dans lequel ils se sont exprimés ? Harrington ! »

Harrington se lève.

« Qu'est-ce que j'ai dit ? »

Silence.

« Est-ce que vous avez compris ce que j'ai dit, Harrington ? »

Harrington avale et finit par dire :

« Oui, monsieur.

— Alors dites-moi ce que vous avez compris. Je ne vous demande pas de me répéter verbatim.

— Vous avez dit, monsieur, que... que... que nous devons prendre en considération les circonstances pour exprimer des vérités qui ne tiennent pas des mathématiques.

— Que dit Stowe de cela?»

Stowe se lève.

«Je dis que c'est juste, et qu'il faut considérer le contexte pour citer un auteur.

— Et pourquoi faut-il considérer le contexte, Arundell?»

Une hésitation, puis Adrian et moi comprenons le subterfuge de Mulcaster. Il y a des Arundell des deux côtés de la barrière religieuse, tandis que les Tregian sont tous catholiques. Nous nous levons d'un bloc.

«C'est vrai, dit-il avec un minuscule sourire en nous voyant debout, que nous avons deux Arundell. Dorénavant, nous vous appellerons Adrian et Francis. Monsieur Francis, asseyez-vous.»

Ayant réglé avec une élégance souveraine le problème de notre identité (en s'en tenant à la lettre de la loi il n'aurait pas le droit de nous admettre à l'école), il s'adresse à mon frère.

«Pourquoi donc, monsieur Adrian, faut-il tenir compte du contexte?

— Parce que sinon, monsieur, on risque de faire dire à un auteur autre chose que ce qu'il a voulu dire.

— Et quelle leçon tirez-vous de cela, messieurs?»

Stowe et Adrian sont tous deux debout. Ils se regardent. Et c'est Adrian qui finit par dire:

«Vous nous avez incités, monsieur, à penser par nous-mêmes.»

Et Stowe complète:

«Platon n'a pas raison uniquement parce qu'il est Platon.

— Excellent, messieurs! Vous pouvez vous asseoir. Et maintenant, ouvrez vos pupitres.»

Nous nous exécutons.

«Sortez la tablette que vous y trouvez. Elle porte gravée la prière que vous direz tous les matins, tous les midis et tous les soirs avant de rentrer chez vous. Rappelez-vous que vous êtes égaux devant Dieu, quels que soient votre rang et votre situation, que vous devez honorer le Seigneur en travaillant avec assiduité et en développant votre intelligence. Nous allons dire la prière ensemble. Je veux entendre tout le monde.»

Et pour la première fois de leur vie, les frères Tregian entonnent le *Pater* protestant. Nous sommes préparés. On nous a fait la leçon à satiété, et appris la réserve mentale. La différence entre les prières des deux religions — je le constate — n'est pas bouleversante.

L'autre sensation est constituée par les leçons de musique. L'école des Marchands Tailleurs, unique en cela dans tout Londres, instruit ses élèves quotidiennement dans l'art musical. De plus, elle a prévu que nous puissions suivre des cours particuliers. On nous libère le mardi après-midi à condition que nous travaillions notre virtuosité, et nous sommes autorisés à faire de la musique tous les jours à la pause de midi. L'école recommande un répétiteur qui vit à proximité. Nous allons chez lui à quelques-uns, sous escorte. Il s'appelle Thomas Morley, et au bout de quelques jours s'il nous demandait de plonger tout vêtus dans la Tamise, je crois que ceux d'entre nous qui suivent son enseignement le feraient sans hésiter.

Dans une petite salle, il y a un luth, un virginal et quelques violes. Morley nous enseigne le chant, et par ce biais nous apprend la théorie de la musique. Il fait continuellement des jeux de mots, et au début, lorsque nous faisons mine de rire, il nous regarde si sévèrement que nous avons peur de l'offenser. Mais nous finissons par remarquer que ce regard sévère est lui-même une plaisanterie. Là où Morley est intraitable et devient vraiment méchant, c'est lorsque nous chantons faux ou que, par exemple, nous nous permettons — au bout d'une longue explication — d'appeler diatonique la gamme chromatique.

«Un de ces jours, dit-il en latin sur un ton sarcastique, vous allez me confondre *chromatica et grammatica*.»

Sa première leçon aussi, je l'entends encore comme si elle datait d'hier.

«Une clef est un signe placé au début d'une portée; elle sert à montrer la hauteur de chaque note placée sur la même portée qu'elle ou dans les espaces qui sont entre les lignes, et si on ne place pas une clef sur chaque ligne et dans chaque espace, c'est pour ne pas vous compliquer l'existence, qui est déjà bien assez difficile, n'est-ce pas monsieur Howe, vous m'avez l'air un peu perdu est-ce que je me trompe? Je disais donc que pour ne pas compliquer inutilement les choses, et aussi pour épargner du travail au copiste, on considère qu'ayant indiqué une clef, les autres peuvent en être déduites. Vous me suivez, monsieur Francis?

— Oui, monsieur.

— Parfait. Il existe sept tons, A, B, C, D, E, F, G. Mais pour chanter, on n'en emploie que quatre.»

Il nous en fait la démonstration avec la voix et le luth. Pas à pas, il nous initie aux complexités de l'interprétation et de la composition.

Pour nous faire comprendre la musique, il nous enseigne, sans que nous nous en rendions compte, les rudiments des mathématiques.

«Qu'est-ce qu'une proportion? En musique, nous ne considérons pas les nombres par eux-mêmes, mais en tant que signes qui indiquent l'altération de nos notes dans le temps. Nous pouvons avoir soit une proportion d'égalité, soit une proportion d'inégalité. Une proportion d'égalité, c'est la comparaison de deux quantités égales, tout le monde m'a compris, même vous, monsieur Howe?

— Parfaitement, monsieur.

— Vous m'en voyez ravi. Une proportion d'inégalité, écoutez-moi bien, monsieur Francis, et vous aussi, monsieur Howe, et je ne conseille pas à messieurs Adrian et Harrington de bayer aux corneilles, car je leur ferais danser une pavane qui serait vite douloureuse, ah ah!, je disais donc une proportion d'inégalité. Nous avons une proportion d'inégalité lorsque l'on compare deux choses de quantité inégale; une inégalité peut être plus ou moins importante. La proportion de plus grande inégalité, c'est lorsque le nombre le plus grand est placé au-dessus, et comparé à un nombre plus petit. En musique, cela signifie toujours une diminution. La proportion inverse, c'est quand le petit nombre est situé au-dessus et qu'il est comparé à un nombre plus grand, ce qui, en musique, monsieur Adrian, signifie...

— Augmentation, monsieur?

— Augmentation, excellente déduction. Naturellement, en musique on pourrait avoir un nombre infini de proportions, mais pour l'usage le plus courant on n'en a retenu que cinq : *Dupla*, *Tripla*, *Quadrupla*, *Sesquialtera* et *Sesquitertia*. »

Après de telles explications théoriques, dans lesquelles nous nous perdions généralement, il nous faisait des démonstrations si limpides que le lendemain, lorsque nous répétions la leçon de la veille, nous nous étonnions qu'elle nous eût jamais causé de la difficulté.

Quant au mardi après-midi, Adrian et moi l'employions à l'apprentissage du luth et du virginal, et notre maître était un des musiciens de la chapelle royale, grand ami de Sir John : William Byrd.

La réputation de William Byrd n'a pas encore atteint le bailliage d'Echallens. J'en joue souvent, mais comme je ne suis pas censé être anglais, je n'ai jamais prononcé son nom, et le grand enthousiasme des Vaudois pour les fifres et les tambours ne laisse qu'une place modeste aux instruments à clavier. Cela tient sans doute à ce que la Réforme a réussi à détruire presque toutes les grandes orgues. Celles que je fabrique sont petites et mobiles, et les gens qui viennent me les commander le font avec discrétion. Ils sont le plus souvent catholiques. Le virginal, que mes clients appellent l'épinette à François, est un peu plus répandu, mais par la force des choses, il reste l'apanage d'une minorité. Ce n'est pas à Echallens, ni même à Lausanne, qu'on trouverait une épinette chez le barbier comme à Londres, ou à St. Austell.

Je ne sais pas comment parler de William Byrd autrement que par superlatifs. Avec Claudio Monteverde, c'est le plus grand musicien qu'il m'ait été donné de rencontrer. Sa musique exprime la perfection de l'univers. John Bull jouait de l'orgue et du virginal avec une maîtrise étourdissante, ce qui n'était pas le cas de Byrd. Il lui manquait l'agilité de Bull. Mais personne ne s'en apercevait parce qu'il mettait tant de raffinement dans ses compositions et dans son jeu que cela effaçait tout le reste. Byrd était catholique et ne s'en est jamais caché. Mais sa musique l'a protégé, et Élisabeth, une virtuose, jouait du Byrd avec passion. Elle n'a jamais permis qu'on le moleste.

Avec nous, il était la bonté même.

«Vous avez des doigts d'organiste, tous les deux», nous a-t-il dit le premier mardi de ce mémorable septembre où nous découvrions tant de choses merveilleuses. «Montrez-moi ce que vous savez faire.»

Nous sommes allés au virginal, l'un après l'autre nous avons joué le rondeau de Lady Wynkfyld, nous en avons ri. Byrd connaissait bien Thomas Morley, qui avait été son élève.

«Ce garçon est un puits de science; la théorie, c'est son domaine. C'est un excellent compositeur, et il ira loin.»

Adrian et moi savions à peine où donner de la tête. Nous trouvions tout cela si passionnant que nous travaillions comme des diables. Si nous prenions de l'exercice, c'est que Madame Catherine et Lady Anne, appuyées par l'autorité de Sir John, nous l'imposaient. Sir John veillait par ailleurs à ce que nous suivions assidûment les leçons d'escrime et de lutte que nous donnait Giuliano.

C'est au cours de ces deux années que j'ai fait la connaissance de Giles Farnaby.

Sa famille avait longtemps vécu à Truro, et son

grand-père avait servi tant les Arundell que les
Tregian avant de venir vivre à Londres où les Farnaby exerçaient la profession de maîtres menuisiers. Des liens avaient subsisté, et lorsque Sir
John a eu besoin d'un menuisier à Clerkenwell, il
a fait appel aux Farnaby. Le père de Giles, Thomas, est venu faire ces travaux accompagné de
son jeune fils. J'ai une image : Thomas Farnaby
rabote une planche, dans une chambre où Adrian
et moi discutons de notre leçon de musique, et
soudain Giles discute avec nous. Est-ce la première fois que nous nous voyons ? Est-ce avant ou
après que nous ne jouions tous les trois devant la
famille ? Est-ce avant ou après que nous ne chantions au mariage d'une cousine ? Est-ce avant ou
après qu'il ne me confie :

« Je vais être forcé de faire un apprentissage
de menuisier pour obéir à mon père, mais je ne
veux qu'une chose : être musicien. Une fois que
j'aurai fini mon apprentissage, j'abandonnerai la
menuiserie.

— Vous pourrez fabriquer des instruments,
lorsque vous serez menuisier. Vous en avez de la
chance ! »

Il est resté cloué sur place comme frappé par
la foudre, m'a regardé d'un air presque idiot.

« Je me demande pourquoi je n'ai pas eu cette
excellente idée moi-même », a-t-il fini par dire.

Nous nous sommes serré solennellement la
main : notre amitié était scellée. Giles était mon
aîné de plusieurs années, mais cela n'a pas
compté.

Notre musique n'était sans doute pas irréprochable, mais nous avons fini par constituer un
ensemble (un *consort*, comme on dit en Angleterre) qui accompagnait les cérémonies et diver-

tissait la maisonnée. Ma sœur Mary chantait avec nous, au début. Au bout d'un certain temps elle a été envoyée dans le Lancashire pour y être demoiselle d'honneur, et notre petit groupe a déploré la perte de sa belle voix. Jane a tenté de la remplacer, mais Jane, qui avait tant de vertus, n'avait pas d'oreille, et chantait atrocement faux. Au milieu des rires, nous avons fini par renoncer à faire d'elle une musicienne. Quant à ma sœur Margaret, elle était encore trop petite.

Ma mère vivait pratiquement en prison. Elle n'est revenue avec nous qu'une fois, pendant quelques semaines, pour accoucher d'une fille.

Nous n'étions pas autorisés à voir notre père, et il était devenu pour moi une figure lointaine.

On disait que je lui ressemblais d'étonnante façon.

« Il me semble revoir mon fils », répétait volontiers Madame Catherine. Et sa fille, ma tante Élisabeth, qui était venue lui rendre visite, était presque tombée de saisissement.

« On ne fait pas une ressemblance pareille ! » s'était-elle exclamée une fois revenue de sa surprise.

Ils s'accordaient tous pour dire que la ressemblance n'était que physique. Mon père avait été un garçon remuant, extrême, enclin à des colères violentes ; il avait fallu le forcer à étudier, le punir souvent, le mater, disait Madame Catherine. À dix ans, il avait braqué sur la religion le même allant, le même entêtement, la même violence, qu'il avait mis à tout le reste.

J'étais différent. Je cachais déjà mes passions — l'étude, la musique, mon affection pour Jane, pour Giles, pour Adrian — presque d'instinct. Il me semblait que de trop les étaler, cela m'aurait rendu vulnérable.

L'envie de me corriger corporellement avait passé à tout le monde sauf à messire Richard Mulcaster, le seul être que mes yeux aient laissé insensible. Un regard appuyé suffisait à décourager même ma mère. Par ailleurs, je ne prêtais guère le flanc aux punitions. Je priais lorsqu'il le fallait, j'étais bien élevé et correct, j'étudiais avec assiduité. Je parlais latin à la maison et j'avais, sans même qu'on me le demande, pris en charge mon jeune et faible frère.

VII

The leaves be green, the nuts be browne
They hang so high they will not come down.
Browning Madame, Browning Madame,
So merrily we sing Browning Madame.
The fairest flower in a garden greene
Is in my love's breast full comely seene
And with all others compare she can
Therefore now let us sing Browning Madame.

«The Leaves be green»
Ballade populaire

Vertes sont les feuilles, brunes sont les noix
Elles sont tout là-haut et ne tombent pas.
À la brune Madame, à la brune Madame,
Chantons gaiement : À la brune Madame.
La fleur la plus belle dans le vert jardin
Mon amour la porte gracieuse sur le sein
Parmi tant de beautés elle tient son rang
À la brune Madame, chantons donc gaiement.

L'évocation de ces deux années de plénitude me fait presque mal. Et pourtant, maintenant que l'écluse de la mémoire est ouverte, les images ne cessent d'émerger.

Les trajets entre Clerkenwell et Candlewick (prononcé *Canning*) Street...

En été, nous nous levons vers quatre heures, faisons notre toilette et allons à la messe. Un peu après cinq heures, nous quittons la maison. À six heures nous sommes installés à l'école pour y faire nos devoirs. La classe commence à sept heures. Giuliano emmène nos chevaux dans une écurie voisine et, sauf le mardi, vient nous reprendre à cinq heures. En hiver nous partons un peu plus tard et rentrons parfois un peu plus tôt.

En sortant de la maison, nous laissons à notre gauche les sources et les puits : Clerkenwell signifie « le puits aux clercs », et il y en a d'autres à proximité. On dit que l'eau de ces sources-là est la plus pure de Londres. Autrefois, il y avait eu plusieurs couvents, de moines et de nonnes. Ils avaient été supprimés par le roi Henri. Du prieuré il ne restait que la chapelle, devenue anglicane, du couvent des nonnes il ne restait qu'un mur auquel étaient adossées de petites maisons sans doute construites plus tard, avec les pierres de la démolition. La porte du couvent de Saint-Jean-de-Jérusalem, une imposante fortification, demeure, intacte. Elle a été transformée, et c'est là que travaille le maître de cérémonies de la reine. Lorsqu'on longe comme nous le faisons Saint John's Street, on voit encore bien les ruines. Vingt ans plus tard, elles auront pratiquement disparu, et aujourd'hui elles ne persistent sans doute que dans le souvenir de vieillards comme moi. Il ne reste que des noms, Saint-John, Saint-James, Charter House — des parures vides.

Si nous prenons par Saint John's Street, nous longeons le cimetière du Pardon. Il avait été ouvert lors d'une grande épidémie de peste ; on disait que cinquante mille corps y étaient ensevelis. Adrian et moi avons toujours un pincement au cœur lorsque nous passons par là après le coucher du soleil, et si nous rentrons tard, nous nous arrangeons pour prendre une rue parallèle appelée Turnmill Street, rue du Moulin-à-Vent — le moulin est au bout de la rue, et au moment de la récolte les processions de mulets, les voix, les cris et les chants, ainsi que l'odeur de la farine qui domine toutes les autres, donnent à Turnmill Street comme un air de fête.

Nous traversons Smithfield, avec indifférence au début. Mais un jour où il avait fallu nous arrêter parce qu'un de nos chevaux avait perdu un fer, un vieil homme nous a raconté que la reine Mary la Catholique y avait fait brûler la plupart des trois cents hérétiques (lisez « anglicans ») de son court règne.

« Vieux et jeunes, hommes et femmes, enfants même, je les ai vus sur les fagots de bois, priant à haute voix pendant que les flammes leur léchaient les mains, le visage. La plupart du temps ils mouraient vite, suffoqués par la fumée. Parfois les flammes étaient éteintes par le vent et ils étaient là, agonisants, mais ils priaient toujours. Ils avaient Dieu avec eux. »

Cela me remplit d'horreur et de tristesse d'entendre raconter, pour la première fois aussi clairement, que « notre » reine aussi a réglé ses affaires par des exécutions capitales. Depuis ce récit, je repense à ces condamnés chaque fois que je passe à Smithfield, et dans le même temps, je repense à Cuthbert tel que je le vois dans mes souvenirs, avec son visage pointu et ses yeux gris. Pourquoi faut-il que des gens meurent pour avoir cru en Dieu d'une autre manière que leurs voisins ?

Nous prenons à droite dans Long Lane que nous longeons avant d'arriver à un croisement. Devant nous il y a The Barbican, qui va vers Cripplegate. À notre droite il y a Aldersgate Street, qui mène tout droit au Mur de Londres. La rue est bordée de boutiques de toute sorte, et elle est fréquentée surtout le matin, lorsque les charrettes se pressent toutes ensemble à l'entrée de la ville ; au moment où nous passons, les retardataires ont hâte d'arriver sur les marchés, ouverts souvent dès avant l'aube. Tout ce monde attend à la poterne qui donne son nom à la rue: Aldersgate.

Sur le nom d'Aldersgate, une des plus anciennes portes de Londres, les opinions divergent: on nous a assuré qu'il venait de elder, une des formes anglaises de «vieux». Mais on nous a également affirmé qu'elle le devait aux sureaux qui y poussent en abondance — et en anglais «sureau» se dit elder.

Une fois qu'on a passé la poterne, on a, sur la droite, la grande maison d'un imprimeur. Nous avons fini par lui rendre visite, et avons presque oublié l'heure en contemplant ses presses. Il s'appelait John Day. Depuis, j'ai lu beaucoup des livres qui s'imprimaient dans cette grande salle au plafond bas et à l'odeur tenace de cuir, d'encre et de métal, un mélange qui se retrouvait, très atténué, dans nos salles d'école et qui a, aujourd'hui encore, le don de m'émouvoir. Il représente comme une clef du savoir.

En face de l'imprimerie, adossée au Mur lui-même, il y a une église, Sainte-Anne. Nous nous engageons dans la rue Saint-Martin-le-Grand, qui prolonge Aldersgate Street, vouée au commerce du cuir et à la chaussure. C'est à qui aura la plus belle botte, ou la plus gracieuse pantoufle de bal, en guise d'enseigne. Il y a un cordonnier qui noue un ruban de soie à l'extravagante chaussure à talon, entièrement dorée, qu'il a suspendue au-dessus de son entrée, suffisamment bas pour que tout le monde l'admire. À cheval, il faut se baisser pour ne pas la recevoir en pleine figure. Un de nos divertissements préférés est de décrocher le ruban sans nous faire remarquer, et ma jeune sœur Margaret en a toute une collection que nous lui ramenons en catimini.

Nous tournons encore une fois à droite pour arriver à West Cheap, une rue si pleine de monde, de chars, de chevaliers, de marchands, que nous nous empressons de l'abandonner pour ne pas être freinés, et pour ne pas courir le risque d'arriver en retard à l'école. Nous coupons par de petites rues étroites, Budge Row ou Knightrider Street, et nous arrivons à Candlewick Street. Candle, cela signifie «bougie», et wick : «mèche». Aussi la rumeur veut-elle qu'à l'origine les fabricants de chandelles aient entraîné les fabricants de coton dans Candlewick Street pour leurs mèches. Des fabricants de coton on a passé aux tisserands, et des tisserands aux marchands de drap, les seuls dont je puisse garantir l'existence, car je les ai vus souvent déballer leur marchandise, discuter devant leur porte avec des clients qu'ils persuadaient de la fraîcheur, de la ténacité et de l'originalité des teintes ainsi que de la qualité de leurs étoffes. Quant à nous, nous tournons une fois encore à droite, en direction de la Tamise dont l'odeur, par marée montante, arrive jusqu'à nous, et entrons dans le préau que domine l'église de Saint Lawrence Poultney située juste derrière l'école.

Il nous arrive de changer de trajet et de passer par une autre poterne, celle de Newgate avec sa prison, qui donne sur Snow Hill et, au-delà, sur le cours de la rivière Fleet qui a, paraît-il, été navigable autrefois, mais qui n'est plus qu'un fossé rempli de détritus au fond duquel coule une eau douteuse. C'est ici qu'il y a une école presque aussi fameuse que la nôtre, Christ's Hospital. On y instruit les enfants plus pauvres, on les prépare à l'apprentissage.

Il nous arrive de descendre la rue de l'Old

Bailey, de prendre Saint George Lane et, le cœur battant, de nous engager dans Fleet Lane ; nous avons ainsi fait le tour de la prison de la Fleet — c'est notre manière de rendre visite à notre père. Je pense d'autant plus souvent à lui que je ne le connais pas.

Au début, Giuliano est venu nous chercher et nous reprendre fidèlement. Indépendamment des possibles dangers de la route, sa sollicitude exprime l'inquiétude de notre famille qui — Sir John excepté — vit comme une sorte de sacrilège le fait que nous fréquentions l'école de « l'ennemi ». Nos grand-mères, notre mère et sans doute notre père craignent que nous ne nous conformions « aux appels du Malin », comme dit Madame Catherine.

Mais on s'est vite aperçu que nous restons aussi dévots, aussi assidus, aussi sages qu'avant. Les différences entre les deux catéchismes sont claires, et j'ai toujours davantage de peine à comprendre que de bons chrétiens comme nous le sommes tous fassent tant d'histoires pour si peu. Je me garde bien de le dire. Seul Adrian connaît mes incertitudes ; il les comprend — peu de choses échappent à l'intelligence aiguë et à la générosité sans limites d'Adrian — mais ne les partage pas. Pour lui, ce n'est pas à nous de nous interroger sur le catholicisme, sur les choix de notre famille. Aussi fréquente-t-il le catéchisme anglican de l'école avec un détachement de cariatide.

Au bout d'un certain temps la famille a cessé de retenir son souffle et les mesures prophylactiques pour le salut de notre âme se sont limitées aux sermons que nous faisaient les prêtres et les chapelains résidant à Clerkenwell. Impreceptiblement, la surveillance s'est relâchée. Il nous est arrivé — rarement — d'aller à l'école sans Giuliano. Et — moins rarement — il est arrivé qu'à la sortie Giuliano ne soit pas là. Nous rentrons à pied et ne disons rien. Hors des écuries, personne ne sait que nous sommes arrivés par nos propres moyens.

Ces trajets impromptus nous ont permis d'avoir des aperçus inédits de la ville.

Nous faisons parfois un détour par les bords de la Tamise ; nous descendons jusqu'au quai de Billingsgate, en aval du Pont, et restons plantés là, à regarder la forêt de mâts sur le fleuve, si épaisse qu'il semble n'y manquer que les feuilles. En arrière-fond, les voiliers remontent le courant avec la marée, des mariniers arrivés de loin, heureux de retrouver Londres, chantent joyeusement en travaillant :

« *There hath been great sale and utterance of Wine,*
Besides Beere, and Ale, and Ipocras fine,
In every country, region and nation,
But chiefly in Billingsgate at the Salutation ;
And at the Bore's Head near London Stone ;
The Swan at Downgate, a tavern well knowne ;
The Miter in Cheape, and then the Bull's Head ;
And many like places that make noses red... »

(On a beaucoup vanté et vendu le vin,
Et la bière, et l'ale et le nectar fin
Dans de lointains pays, contrées et nations
Mais surtout à Billingsgate à la Salutation,
Et à la Tête-de-l'Ours près de London Stone ;
Au Cygne à Downgate, un fameux cabaret,
À la Mitre à Cheape, à la Tête-de-Taureau ;
Et partout où les nez virent au bordeaux...)

D'autres fois nous nous arrêtons à Saint-Paul, chez les marchands de livres. Nous feuilletons les chroniques, nous parcourons les ballades du jour que nous apprenons par cœur, puis rattrapons le temps perdu en courant jusqu'à la maison d'une traite. Nous arrivons à la prière du soir avec toute la componction requise, au dernier tintement de la cloche, nous donnant beaucoup de peine pour que personne ne remarque notre souffle un peu court.

Comment ne pas me remémorer le mardi après-midi où William Byrd nous a oubliés ? Nous avons attendu sagement, mais nous avons fini par comprendre qu'il ne viendrait pas. Nous sommes sortis.

« Allons à Southwark, a proposé Adrian.

— Southwark ! »

C'est le quartier au sud de la Tamise, auquel s'attache une réputation douteuse de lieu diabolique aux plaisirs interdits. Et la proposition vient d'Adrian !

« Oui. On m'a parlé du Bear Garden.

— Adrian ! »

Le Bear Garden est une arène où a lieu un des sports favoris des Londoniens, le Bear Baiting, ou combat entre ours et chiens, un plaisir malfamé strictement réservé, dans la perspective des salons de Clerkenwell, à un petit peuple avec lequel nous n'avons rien de commun. Et puis l'arène est située à proximité du Bank, fréquenté par des femmes de si mauvaise réputation qu'on ne les évoque qu'à mi-voix. Cette opinion n'émeut pas Adrian.

« Ne joue pas les grands-pères, Francis. Il paraît qu'on y voit des ours danser, des lutteurs lutter, des ours et des chiens se battre, des combats de coqs. Il y a de la musique et de la danse. Viens ! Le pire qui puisse nous arriver, c'est qu'on nous fouette lorsque nous rentrerons à la maison. »

Et de son petit air de saint, il s'est mis à chanter :

« *Through the Royal Exchange as I walked*
where gallants in satin did shine :
At midst of the day they parted away
at several places to dine.
The gentry went to the King's Head,
the nobles went unto the Crown :
The knights unto the Golden Fleece
and the plowman to the Clown....
Thus every man to his humour,
from the north unto the south :
But he that hath no money in his purse,
may dine at the sign of the Mouth.
The cheater will dine at the Checker,
the pick-pocket at the Blind Ale-house :
Till taken and tried, up Holborn they ride,
and make their end at the gallows. »

(J'ai passé par le Royal Exchange
Où les galants en satin paradaient
À midi ils se sont séparés
Et en divers lieux ils vont dîner.
Les gentilshommes vont à la Tête-du-Roi
Quant aux nobles ils vont à la Couronne ;
Les chevaliers à la Toison-d'Or
Et les laboureurs au Clown....
À chaque homme selon son humeur
Depuis le sud jusques au nord ;
Mais ceux qui n'ont rien dans la bourse
S'en vont dîner à la Bouche.
Les tricheurs iront au Chéquier

Les pickpockets chez l'Aveugle
S'ils sont pris et jugés, à Holborn ils sont rendus
Et à la Potence ils finissent pendus.)

Nous sommes allés jusqu'au bord de l'eau et avons demandé à l'un des innombrables bateliers de nous faire traverser le fleuve. Il nous a toisés d'un œil circonspect.

«Vous avez de l'argent?

— Bien sûr», répond Adrian du tac au tac, à ma grande surprise, «serions-nous ici sans cela?

— Eh bien, mes jeunes seigneurs, je suis tout à vous. Où voulez-vous accoster?

— À Bermondsey, devant le chapelier du monastère», disons-nous, prudents.

C'est en aval du pont, du côté opposé au Bear Garden. Il n'est sans doute pas dupe, mais son métier est de faire traverser la Tamise, et non de veiller à la vertu des enfants.

Le cœur battant, nous avons débarqué, un œil toujours fixé sur les gens que nous rencontrions, dans la crainte d'être surpris par une connaissance ou un malfaiteur. Mais j'étais déjà aussi grand que certains adultes. Giuliano nous apprenait à nous défendre avec une efficacité certaine. Cela nous conférait une assurance qui n'encourageait pas les approches.

Nous sommes arrivés au Bear Garden en longeant la berge. C'était la première fois que je voyais Londres d'en face. Saint-Paul domine la ville de sa masse; les clochers sortaient d'entre les toits paille et brique comme des piquants de hérisson. En aval du pont, les quais étaient un enchevêtrement de mâts et de voiles en mouvement, ils s'écartaient par moments comme des rideaux que l'on tire, laissant entrevoir Traitors'

Gate et les abords de la Tour de Londres, la cha-pelle de Saint-Thomas, la façade blanche de Saint-Magnus. En amont du Pont, on pouvait admirer les palais étalés le long de la rive — Baynard Castle, Bridewell, Grey Friars, Somerset Place, Durham Place, York House, Westminster…

Nous sommes entrés sans encombre grâce aux piécettes qu'Adrian a produites du fond de son escarcelle, décidément bien garnie.

Ces deux heures sont imprimées en moi à jamais.

Le Bear Garden est situé dans un quartier de tavernes édifié sur un marais asséché ; c'est sans doute à cause de cela que les jardins sont parti-culièrement verts, les arbres très feuillus, les étangs et les ruisseaux abondants.

Je n'ai pas d'affection particulière pour ces arènes où les ours sont opposés aux chiens qui les déchirent à belles dents pendant que les ours, rendus fous de rage par la douleur, cherchent à les écraser de leurs lourdes pattes. Mais les Lon-doniens adorent ce genre de spectacle, auquel ils sont aussi assidus qu'au théâtre. Il faut plutôt que je parle au passé, car le bruit court, venu de Genève où l'on approuve, que les puritains auraient fermé les théâtres et les arènes. Si cela se confirme, je suis convaincu que les puritains ne feront pas long feu. Il est des plaisirs dont les Anglais ne se laissent pas priver longtemps.

Cet après-midi-là j'étais fasciné par la nou-veauté, je regardais comme hypnotisé les yeux roses de l'ours qui grondait à l'approche de l'en-nemi, le chien cherchant à prendre l'avantage, l'ours évitant les attaques. Les visages des specta-teurs étaient congestionnés d'excitation. La plu-part des hommes serraient entre les dents des pipes de terre qu'ils avaient laissées s'éteindre tant ils étaient absorbés par le spectacle. Et lorsque le chien arrivait à mordre l'ours, qui mordait à son tour pour se libérer, les aboiements, les grognements, les rugissements, les cris, les encouragements, les jurons se mêlaient, dans une âcre odeur faite de sueur, d'herbe nicotine — ceux qui revenaient des Amériques l'appelaient tabaka — de sciure et de poil mouillé qui vous étourdissait.

Lorsque nous avons quitté l'arène nous sommes tombés, dans un jardin, sur un petit groupe qui jouait du luth pour un autre petit groupe qui dansait.

«Vous venez danser avec nous, jeunes gens?

— Assurément, répond Adrian sans hésiter, si vous nous jouez une gigue.

— Marché conclu.»

Et ils se sont mis à jouer une mélodie endiablée, qu'ils accompagnaient en chantant et en tapant du pied.

> «*Tomorrow the fox will come to town*
> *Keep! Keep! Keep!*
> *Tomorrow the fox will come to town*
> *Oh! Keep you all well there!*»

> (Demain le renard en ville va venir
> Gare! Gare! Gare!
> Demain le renard en ville va venir
> Oh! gare à bien vous tenir!)

Nous sommes entrés dans la ronde, et nous y serions encore si la cloche de Saint-Paul, à laquelle répondaient celles des paroisses, n'avait sonné cinq heures.

Pour arriver à la maison à temps, nous avons

fait la plus folle course de notre vie, riant de bonheur pendant tout le trajet.

Et à ce bonheur-là, on mesurera notre ravissement lorsque nous avons commencé à répéter la pièce que l'école jouait traditionnellement devant la reine.

Un soir à la sortie des classes, Adrian et moi avons été priés de nous rendre aux appartements de notre proviseur. Lorsqu'on était convoqué chez Richard Mulcaster, c'était souvent pour être puni. Qu'avions-nous bien pu faire ?

Mulcaster a braqué sur nous un regard d'encre.

« Nous allons nous mettre au travail pour la théâtrale de l'école, a-t-il dit après un long, menaçant silence. Vous seriez, messieurs, en droit de réclamer les rôles principaux de la pièce que j'ai écrite. »

Un autre silence.

« Il serait même injuste que je les donne à quelqu'un d'autre, vous chantez et récitez mieux que quiconque. Par conséquent, monsieur Adrian, vous allez venir à l'école avec une extinction de voix dès lundi prochain et pour une dizaine de jours. Et vous, monsieur Francis, vous allez vous tordre un pied aux environs de mercredi. Le temps que vous guérissiez, il aura malheureusement fallu vous remplacer. Vous m'avez compris ?

— Oui, monsieur.

— Il est inutile que vous vous distinguiez en public, vous m'entendez ?

— Oui, monsieur. »

Et je hasarde une question :

« Faudra-t-il que nous renoncions à la théâtrale ?

— Votre logique si souvent implacable vous fait défaut, Francis. Si vous vous absteniez, cela vous

distinguerait aussi. Vous chanterez au dernier
rang. Vous parce que vous êtes grand, et vous,
Adrian, parce que vous collez aux basques de
votre frère. Nous sommes d'accord?

— Oui, monsieur.

— Et maintenant, pour qu'on ne se demande
pas ce que vous êtes venus faire ici, je vais vous
corriger.»

Il prend ses verges. J'avale. Il est tout aussi rare
que douloureux d'être puni par Mulcaster.

«Monsieur Adrian, je veux des gémissements
convaincants.»

Et il se met à frapper un coussin, pendant
qu'Adrian, mimant la douleur, geint à fendre
l'âme. Je rirais si Mulcaster n'était sérieux comme
un sépulcre.

Il recommence avec moi, après quoi nous sortons en nous frottant le derrière. L'école est vide,
et Giuliano nous attend dans la cour.

«Vous pouvez monter à cheval?» nous demande-
t-il, une pointe de commisération dans la voix.

«On va serrer les dents», répliquons-nous d'une
petite voix douloureuse, l'œil mi-clos.

Nous suivons les consignes de Mulcaster et
personne ne remarque rien. Tous les jours à
quatre heures, nous répétons. Wyddosox dirige
notre chœur, et après quelques remarques sar-
castiques lorsque Adrian a insisté pour être près
de moi au dernier rang («Lorsque vous vous cou-
chez, vous dormez vous-même ou faut-il que
votre frère dorme pour vous?») il ne nous a plus
prêté attention.

Ceux qui tiennent des rôles parlés restent jusqu'à six heures, et nous restons avec eux. Assis
par terre, mon pied gauche ostensiblement bandé,
je joue au souffleur.

« La pauvreté a beau susciter des poètes
Que l'art et la nature méprisent peut-être...
Francis, au secours !
— *Nous nous sommes gardés de...*
— Ah oui ! *Nous nous sommes gardés de pré-*
senter ici
Les faits et les coutumes que l'époque a bannis.
Nous ne tenterons point de gagner vos faveurs
Au mépris des vertus qui parent notre cœur... »

La grande spécialité de Mulcaster, dont on dit qu'il est un passionné de théâtre, qu'il ne manque pas un spectacle, et dont on murmure que c'est un ami personnel de James Burbage, le propriétaire du Théâtre de Shoreditch, est de s'emparer d'un texte classique et, à partir de là, d'écrire une pièce sur mesure.

Cette année-là, nous jouons une histoire tirée du Roland Furieux (et d'emprunts à des classiques et à des modernes de toute sorte) : Ariodante et Genoveva.

Dans ses pièces, Mulcaster fait toujours une large place aux chœurs, aux danses et à la musique en général, car il s'enorgueillit d'être le seul à Londres à l'avoir incluse dans son plan d'enseignement.

J'ai entendu dire que dans les autres écoles on se posait à chaque théâtrale le problème du choix entre l'anglais et le latin. Chez nous, ce problème-là est inexistant.

« J'honore le latin, mais j'idolâtre l'anglais, aime à dire Mulcaster. Pourquoi ne nous servirions-nous pas de notre langue, qui est à la fois profonde et exacte ? Je n'en vois aucune d'aussi apte qu'elle à exprimer en toute clarté des raisonnements précis. »

Et comme toujours lorsqu'on touche à l'un de

ses deux chevaux de bataille (l'autre étant qu'il ne faut punir qu'avec mesure, et jamais deux fois pour la même faute), ses yeux lancent des éclairs.

Nous répétons sous les combles du manoir de la Rose, où l'on a bâti le squelette d'une maison nécessaire à l'intrigue — l'original sera construit à Whitehall dans les jours qui précèdent le spectacle. L'artisan est Maître Farnaby, assisté par son fils Giles, qui s'est mis avec enthousiasme à son apprentissage, et a obtenu de passer deux jours par semaine chez un facteur d'orgues et de virginals pour apprendre à fabriquer ces instruments.

Pendant les longues heures où je suis forcé d'être spectateur, j'ai tout loisir de le questionner — je ne saurais expliquer pourquoi la facture des instruments m'intéresse. Giles, pour qui elle est devenue l'alpha et l'oméga de toutes choses, m'en explique les principes à mesure qu'il les apprend. Nous continuons à faire de la musique ensemble, et nous prêtons des partitions que chacun de nous copie pour son usage personnel.

William Byrd m'a fait répéter un morceau de Thomas Tallis, son maître, écrit sur un thème sacré, mais facile — comme beaucoup de pièces pour orgue — à jouer au virginal. De temps à autre, il nous donne de ses compositions à lui. Pour nous expliquer le principe de la variation, par exemple, il me demande un jour de lui fredonner un air.

« Le premier qui vous vient à l'esprit, vite, ne réfléchissez pas ! »

Je chantonne une mélodie que quelqu'un répète inlassablement à l'école, et qui me poursuit.

« Ah ! Hugh Ashton's Ground, voyons ce qu'on peut en faire », dit Byrd avec un sourire.

Nous travaillons à toute une série de variations sur le thème, Byrd explique ce qu'il fait, Adrian et moi prenons soigneusement note du résultat. Nous répétons le Ground jusqu'à ce qu'il soit parfait.

«Nous devrions plutôt l'appeler Tregian's Ground, dit Byrd avec un regard malicieux, notre excellente humeur a même failli transformer ce morceau en une gaillarde.»

Avec enthousiasme, j'explique tout cela à Giles.

Un jour, Byrd me questionne avec intérêt sur mes connaissances en matière d'instruments. Avec l'ardeur du néophyte, je lui raconte les heures que je passe avec Giles, je lui montre quelques-unes des partitions de son album que j'ai copiées. Il finit par dire :

«Amenez-moi ce Giles Farnaby, il m'intéresse.»

Il envoie un mot à Farnaby père et comme c'est un honneur que d'être mandé par un musicien de la chapelle royale, et par Byrd en particulier, Giles se retrouve chez lui avec Adrian et moi le mardi suivant.

À côté de la pièce proprement dite, nous préparons une danse à six que nous appelons le Divertissement des Six Marins. Thomas Morley compose une musique alerte que les autres dansent. Quant à moi, ma cheville est «beaucoup trop faible» pour que je me risque à de tels exercices. Mais ce n'est pas l'envie qui me manque, et mes orteils frétillent. J'aime la danse presque autant que l'exécution musicale. Et à force de le voir répéter, je pourrais danser le Divertissement des Six Marins les yeux fermés.

À partir de Michaelmas, la rentrée d'automne, la nervosité s'installe, et après la Saint-Nicolas c'est la fièvre. Nous allons jouer devant la reine pendant les festivités du Carnaval. Adrian et moi sommes curieux d'aller à la Cour — qui ne le serait pas? — mais cela dit notre rôle est limité. Nous chantons dans le chœur, au dernier rang, à demi cachés par une tenture.

Nous passons le plus clair de notre temps à rassurer les autres, qui prennent peu à peu l'habitude de venir nous voir.

«Adrian, qu'est-ce que tu penses de ces chausses?

— Fais-moi répéter mon texte, Francis.

— À ma place, est-ce que tu dirais plutôt "C'est à vous Monseigneur que je pose la question", ou "C'est à vous, Monseigneur, que je pose la question?"

— Tu as vu mon masque?

— J'ai perdu mon épée. Adrian, voudrais-tu...»

Nous finissons par être de véritables régisseurs, au courant de tout, prêts à résoudre tous les problèmes. Aussi, lorsque l'un des six marins se démet véritablement la cheville moins d'un mois avant notre première représentation, c'est à nous qu'on s'adresse.

«Francis, tu es suffisamment remis pour me remplacer, dit le blessé.

— Mais oui, Francis, renchérit le maître à danser, il me semble que vous courez comme un lapin.»

Je m'engage dans une longue explication sur mes ennuis musculaires, mais ils ne veulent rien entendre. Finalement, je demande vingt-quatre heures et je vais voir Mulcaster.

Il m'écoute le sourcil froncé.

«Mon cher Francis, stricto sensu vous ne devriez même pas venir avec nous. Cependant je ne veux pas qu'on puisse jaser, aussi vous allez remplacer votre camarade, mais votre cheville vous trahira malencontreusement à la dernière minute, et nous ne représenterons pas ce divertissement pourtant annoncé.»

Il me fixe de ses yeux perçants.

«Dieu vous a fait don de la musique, Francis, et j'espère que vous saurez mettre Sa bonté à profit. Cela se voit jusque dans votre corps, vous avez une grâce de mouvements qui est le propre des interprètes-nés. On vous remarquerait tout de suite, même avec un masque. Répétez le Divertissement des Six Marins tant que vous voudrez, j'imagine que cela va vous amuser. Mais la veille de la représentation, votre cheville doit lâcher. Ni vous ni moi ne pouvons nous permettre qu'on vous remarque.

— Bien, monsieur.»

Lorsque arrive le jour où nous allons à la Cour, l'excitation générale a atteint des sommets inouïs. Adrian et moi sommes sans doute les seuls chez qui la curiosité de voir la reine se mêle à la peur d'être vus par elle. Il est impossible (je n'en ai jamais eu la preuve, mais cela est certain) que sa police secrète n'ait pas appris que nous fréquentions les Marchands Tailleurs. Et si...

«Arrêtons de spéculer, dit Adrian, cela ne sert à rien. Réfléchissons plutôt à une manière de nous assurer que rien ne nous arrivera.»

Après mûre réflexion, nous allons voir Giuliano.

Giuliano, je l'ai dit, est italien. Au premier abord on a la sensation que c'est un homme de main, et il ne se distingue des valets que par son agilité corporelle qui frise, à mes yeux d'enfant, le miracle. Il se laisse tomber du premier étage sans se faire mal. Il tire de l'épée comme un for-

cené, et au corps à corps il est une véritable
anguille. Un jour je l'ai surpris faisant le tour de
la maison suspendu par les mains à la corniche
du toit.

« Pourquoi avez-vous fait cela ?

— C'est bon pour l'équilibre, pour les poignets
et pour la concentration, a-t-il répondu en riant
de mes grands yeux, je vais vous apprendre à
en faire autant, vous verrez que ce n'est pas si
difficile. »

Et il installe dans le gymnase trois perches en
triangle sur lesquelles je m'exerce longuement
avant de faire un essai sur le toit de la maison.
L'essai réussit parfaitement, le seul incident est
provoqué par ma mère, qui en arrivant lève les
yeux, me voit suspendu entre ciel et terre et
manque accoucher prématurément de saisissement. Il faut toute la persuasion de Giuliano
pour qu'on ne me fouette pas.

Au bout d'un certain temps, je m'aperçois que
ses vertus ne sont pas que physiques. D'abord
il parle anglais avec aisance, sans l'ombre d'un
accent. Ensuite, on découvre bientôt qu'il est
versé en littérature, que le latin n'a pas de secrets
pour lui. Il nous fait répéter nos leçons en route
et corrige notre mémoire défaillante sans hésitation, sans effort apparent. Il nous enseigne (sur
le tas) les rudiments de l'italien, et nous fait lire
un texte qui l'enthousiasme et nous passionne :
La Gerusalemme liberata de Torquato Tasso.

Peu à peu il est devenu pour nous une sorte
de grand frère — il est trop juvénile (il doit
avoir vingt-cinq ans lorsque j'en ai dix) pour être
un père.

« Je vais étudier votre problème », nous dit-il
lorsque nous lui faisons part de nos soucis.

Et deux jours avant la représentation il nous dit :

« Vous ne nous verrez pas, ou guère, mais nous serons là, et vous protégerons. »

Il fait une pause, on perçoit son hésitation. Il finit par ajouter :

« Autant vous dire que nous ne pouvons pas garantir une protection absolue.

— Nous comprenons. »

Puis vient le jour de la représentation. La veille au soir, ma cheville a fait faux bond et Mulcaster a envoyé un message au maître de cérémonies pour expliquer qu'il n'y aura pas de Divertissement des Six Marins.

Nous allons à la Cour tôt, ce jour-là, les uns dans le char qui transporte nos affaires, les autres à pied.

Maître Farnaby nous a précédés, et à un moment donné j'entrevois Giuliano parmi les charpentiers.

J'ai toujours trouvé Sir John et ses amis, le comte de Sussex (un des généraux de la reine), le poète Sir Philip Sydney — des favoris à la Cour bien qu'ils soient catholiques — particulièrement élégants. Mais en parcourant les couloirs de Whitehall je me rends compte qu'en matière d'élégance je n'ai encore rien vu. Ce ne sont que ruches et plis, soies et brocarts, bijoux clinquants, vertugadins ondoyants, coiffures haut perchées. Parmi tous ces froufrous il y a sans doute des yeux vigilants, des armes à portée de main — la reine va venir dans quelques heures. Mais au matin de ce jour-là, nous n'en percevons rien.

La représentation a été un succès. Stowe et Hutchinson, qui tenaient les rôles principaux, ont sans doute été parfaits : ils ont travaillé jour et nuit — et ce n'est pas une image. Qui plus est, ils sont doués. On nous prie même de revenir donner une représentation quelques jours plus tard, le soir du Mardi gras. Mais pour moi, tout cela a été balayé par un événement absolument inattendu.

Adrian courait et je boitillais de tous côtés pour aider les uns et les autres. Je suis sans doute parti chercher quelque chose. Et dans ce grand palais inconnu, je me suis perdu. J'ai erré de couloir en couloir, ne sachant plus où aller. Le pire, c'est qu'à part une jeune femme qui a passé en courant et ne s'est pas laissé arrêter, je ne rencontrais personne, comme dans un cauchemar.

J'ai fini par pousser une porte un peu au hasard, pour voir...

Un boudoir.

« Goddam ! »

Du coin le plus sombre, un rire prolongé m'a cloué sur place. Dans le demi-jour, j'ai aperçu trois silhouettes féminines. L'une d'entre elles s'est avancée.

« Alors, gentilhomme, on jure en présence d'une dame ? »

Dans la lumière, j'ai vu une femme comme je n'en avais jamais rêvé, même. Sans âge, parée de bijoux chatoyants, le visage peint comme un tableau.

Je me suis incliné très bas.

« Pardon, madame, je me suis égaré et je pensais que derrière cette porte je trouverais un couloir.

— Relevez-vous, jeune homme, et racontez-moi ce que vous cherchiez. »

Je me suis levé, l'ai regardée, j'ai ouvert la

bouche pour répondre, et à ce moment-là elle a vu mon visage. Elle a eu un sursaut. À son tour d'être clouée sur place. L'intensité de son regard est telle que je n'ai qu'une envie : disparaître. Et en même temps, je n'arrive pas à détacher mes yeux des siens.

« Allez m'attendre dans le couloir, mesdames. »

Les deux femmes qui étaient restées en retrait sortent à reculons en s'inclinant.

« Que faites-vous là ? » demande la dame peinte lorsque nous sommes seuls, sur un ton familier, comme si elle me connaissait.

J'aimerais répondre, mais rien ne vient.

Finalement elle se détend, et je baisse les yeux.

« Vous êtes Francis Tregian. »

Ce n'est pas une question, mais une affirmation. C'est alors que je comprends : elle me prend pour mon père — cela m'est déjà arrivé une ou deux fois.

Tant pis pour la prudence.

« Oui, madame : je suis Francis Tregian, mais non celui que vous pensez. Je suis son fils. »

Encore une longue pause.

Elle s'approche, me prend la main, m'entraîne vers la fenêtre.

« C'est extraordinaire ! murmure-t-elle. Quel âge avez-vous ?

— Dix ans, madame.

— Vous en paraissez quinze. Votre taille... Votre visage... Si vous n'étiez pas imberbe... Maintenant que je vous vois de plus près, je constate que vos yeux ont une qualité que les siens n'ont pas. Vous êtes venu avec Sussex, sans doute ? Pour le spectacle ?

— Oui, je...

— Voyez-vous votre père, quelquefois ?

— Non, je ne l'ai pas vu depuis... depuis que j'étais très jeune.

— Tu détestes sans doute ta reine, pour cela?»

L'étonnement sans bornes qu'elle lit sur mon visage la fait rire. Je rougis jusqu'aux oreilles, et j'arrive à balbutier:

«Je ne peux pas détester quelqu'un que je ne connais pas. J'ai essayé, mais je n'y arrive pas.»

Elle a encore un petit rire.

«C'est une chose qui finit par s'apprendre, mais vous êtes trop inexpérimenté encore.»

Ses yeux se perdent dans le lointain. Elle dégage une force rassurante, un grand calme. Je l'observe. Elle ramène son regard et me sourit.

«Avec des yeux comme ceux-là... Je n'ai pas de justification à donner, mais à ces yeux-là je vais donner une explication. Un jour ou l'autre, tu finiras bien par rencontrer ton père, Francis, et tu la lui transmettras. Il n'y croira pas, mais cela m'est indifférent. Peut-être y croiras-tu, toi.»

Elle ne me laisse pas prononcer les paroles qui me montent aux lèvres. Elle me prend le poignet entre deux doigts qui sont comme une tenaille.

«Lorsqu'il est venu à la Cour, ton père s'est attiré l'inimitié de puissants personnages, que même moi je contrôle mal. Il y a chez lui un mélange d'innocence et d'orgueil qui m'a toujours touchée. J'ai voulu le protéger, parce que je n'ai, au fond, rien contre les gentilshommes catholiques qui me sont loyaux, comme Sussex.»

C'est la reine! La personne qui me serre le poignet à le casser, qui me donne des explications, c'est la reine Élisabeth. La tête me tourne, les genoux me lâchent.

«... J'ai voulu le mettre à l'abri du danger, et il n'a pas compris. Il s'était d'avance préparé au martyre, et ne voulait surtout pas qu'on lui offre une alternative. Il a joué les vertus effarouchées et a décampé comme un lièvre qu'on pourchasse. À partir de cet instant-là, je ne pouvais plus rien pour lui. Même si je n'avais pas été, dans un premier moment, folle de rage qu'il comprenne tout de travers, il avait manqué sa seule chance. Des gens comme Sir Philip Sydney ou William Byrd ne s'y sont pas trompés. Je suis leur amie. Je protégerai William Byrd jusqu'à mon dernier souffle, et il va pourtant à la messe sous mon nez. »

J'ai réussi à me dégager, et je suis tombé à genoux.

« Majesté...

— Vous ne devriez pas errer dans les couloirs, Francis, vous pourriez faire de mauvaises rencontres, votre visage vous trahira auprès de tous ceux qui... Où voulez-vous aller ? »

Je le lui dis, elle m'explique le chemin. Je tremble comme une feuille, et il faut que je fasse un effort terrible pour écouter ses instructions.

« Merci, madame... Majesté », finis-je par murmurer.

Elle a un petit rire.

« Allez, monsieur. Promettez-moi que vous parlerez bientôt à votre père. »

Je retrouve mes esprits d'un seul coup.

« Non, madame, je ne vous promets pas de lui parler bientôt. Je le fâcherais, il me punirait et il ne me croirait pas. Mais je lui transmettrai votre message. Lorsque je serai adulte. »

Elle me donne sa main à baiser, je m'exécute avec ferveur.

« Allez, maintenant. On vous cherche peut-être, et d'ici quelques instants on va me chercher

aussi. Il ne faut pas qu'on nous trouve ensemble.
Au revoir, Francis Tregian.

— Au revoir, Majesté. »

Je suis ses indications et je me retrouve bientôt
dans la grande salle avec les autres.

« Mais d'où viens-tu ? me crie-t-on avec impatience.

— Ma cheville… Je me suis perdu.

— Tu es aussi pâle que si tu avais vu un fantôme, remarque Giles Farnaby.

— C'est un peu cela. »

Je m'en tiens là et ne parle à personne de ma
rencontre, pas même à Adrian. Je ne peux pas lui
avouer que la proximité d'Élisabeth Tudor ne
m'a pas fait horreur — que je lui ai baisé la main.
Il a beau tout comprendre, il ne comprendrait
peut-être pas cela.

VIII

Now, O now, I needs must part,
Parting though I absent mourn
Absence can no joy impart:
Joy once fled cannot return.

«The Frog Gaillard»
Populaire/John Dowland

Maintenant, ô maintenant je dois partir,
Et l'éloignement me fait souffrir
L'absence ne procure aucune joie :
Et les joies envolées ne reviennent pas.

Le bouleversement s'est préparé graduellement, mais il a été radical. Cela a sans doute commencé avec la mort du comte de Sussex.

J'ai peu parlé de Sussex. C'est que pendant notre enfance, nous ne savions pas lui devoir, plus qu'à tout autre, qu'on ne nous moleste pas davantage. Si notre famille s'était laissé guider par lui, les Tregian n'auraient peut-être pas été persécutés.

Sussex était un ami intime de Sir John, dont il était également le beau-frère : il avait épousé la poétesse Mary Arundell, sœur aînée de Sir John et de Madame Catherine. Il était catholique. C'était un homme que la reine Élisabeth estimait profondément, un vaillant soldat, un général efficace. Grand chambellan, il était membre du Conseil privé. Sûr de lui-même et fermement attaché à ses principes, ce militaire intrépide était en opposition constante avec le favori, le comte de Leicester. Les deux hommes divisaient la Cour en deux cabales. Sussex, probe et sans détour, avait le verbe haut et clair, et agissait en conformité avec ses paroles. Leicester était un courtisan louvoyant et un politique retors. Il fallait entendre Sussex dire de sa voix bourrue :

« Il n'a pas de principes et c'est un intrigant. Comment voulez-vous faire confiance à un tel homme ? »

Venant de lui, c'était là un jugement sans appel.

Leur rivalité était connue de tous. Sussex méprisait Leicester de travailler pour son profit personnel et non pour le bien général. Leicester haïssait Sussex de le gêner constamment dans ses manœuvres. L'animosité entre eux était si grande que la reine, qui les aimait tous deux, n'a, jusqu'au bout, pas réussi à les réconcilier.

Tant que Sussex a vécu, le clan Arundell a été suffisamment protégé pour que tout se passe presque normalement. Je crois même pouvoir dire que tant que Sussex a vécu, les persécutions sont restées dans certaines limites — et les mesures d'exception étaient davantage des réactions aux agissements des catholiques de l'extérieur, des Jésuites, que des initiatives. J'ai entendu raconter, plus d'une fois, que s'il n'y avait pas eu la raison d'État, Élisabeth aurait été une catholique modérée. Cela se remarquait à des détails. Elle savait qu'il se disait à la Cour des messes en nombre, par exemple, et elle avait interdit qu'on intervienne. Cela était confirmé par ce qu'elle m'avait dit lors de notre rencontre. La Cour pullulait de catholiques qu'elle protégeait. On disait aussi que l'exécution du Père Campion, le plus brillant des missionnaires, qui s'était fait prendre parce que peu habitué à la clandestinité, s'était faite malgré elle, et qu'elle s'était pliée de mauvaise grâce.

Avec la mort de Sussex, Leicester a pu, pendant quelque temps, agir à sa guise, écarter les amis de son rival.

Entre autres choses, il a exigé que Sir John soit éloigné des abords de Londres, et qu'il disperse sa maisonnée. Toutes les protestations de loyauté n'y ont rien fait. Les rapports avec l'Espagne étaient tendus à l'extrême, Clerkenwell semblait trop proche aux ennemis de Sir John.

On a commencé par l'enfermer à la Tour de Londres, dont grâce à ses appuis et à son rang il est vite sorti, à notre grand soulagement. Mais il a été assigné à résidence à Muswell, un village au nord de Londres où il avait une propriété. On nous a interdit d'aller vivre avec lui.

Nous sommes partis pour le continent par un jour chaud de septembre, nous étions si je ne fais erreur dans la vingt-sixième année du règne.

L'avant-veille, un des prêtres avait béni l'union de Jane et de Giuliano, qui faisaient un mariage d'amour. Lorsque je l'avais appris, j'avais commencé par pleurer, comme si Jane m'avait trahie. Et puis Sir John m'a dit que Giuliano nous accompagnerait ; du moment que Jane et lui étaient mariés, cela signifiait qu'elle aussi serait avec nous. Mes larmes et mes jalousies se sont envolées.

La veille, nous étions allés voir notre père en prison. Il venait — enfin — d'obtenir des appartements, et Phillips s'était empressé d'aller le servir. Il avait désormais le droit de recevoir. Nous étions quatre enfants : Adrian, Margaret, Charles et moi. Mary était dans le Lancashire, et deux (ou trois) filles étaient en nourrice — j'avoue que je confonds les naissances de mes diverses sœurs, elles sont toutes présentes à mon esprit, mais Margaret mise à part, je ne sais plus dans quel ordre elles sont venues au monde. Nous avons passé le guichet de la Fleet, sommes entrés dans une immense cour, et de là nous sommes montés, par une petite porte et un escalier étroit, dans la partie surélevée de la prison où sont les appartements de ceux qui peuvent se les offrir.

De nous revoir après tant d'années cela nous a, je crois, tous déconcertés.

« Mes petits ! » s'est exclamé mon père, avec une stupéfaction dont j'ai déduit qu'il s'était attendu à nous retrouver tels que nous étions au moment où on l'avait arrêté. Je ne suis même pas certain qu'il eût jamais vu Adrian.

Quant à nous, nous étions face à un homme très grand, très maigre, aux cheveux parsemés de fils blancs, au visage sillonné de rides. Dans ses yeux il y avait un mélange intimidant de fatigue et de détermination.

« Vous êtes de jeunes soldats de Notre-Seigneur. Lorsque votre éducation aura été parfaite, vous serez parmi ceux qui reviendront, qui rendront cette pauvre, malheureuse Angleterre à sa vraie foi. N'est-ce pas, mes fils ? »

J'étais paralysé. Promettre, c'est sacré.

Mon jeune frère Charles, qui avait dans les quatre ans, a souri, et s'est exclamé :

« Oh, oui, Père !

— Et toi, Francis, en ta qualité d'aîné, a-t-il enchaîné comme si j'avais promis, tu as la responsabilité de Wolvedon, qu'il faudra reprendre à nos ennemis. »

Il nous a fait visiter ses appartements, encore vides ; il disposait désormais d'un petit jardin. Il était plein de projets: il allait apprendre les langues étrangères pour voyager le jour où il quitterait cette prison, ce qui ne pouvait manquer d'arriver bientôt, grâce au roi d'Espagne.

«On m'a dit, Francis, que tu es doué pour la musique», m'a-t-il dit avec un geste vers le virginal qui, seul, occupait une des pièces nues. «Veux-tu me faire entendre quelque chose, avant de partir?»

J'ai joué tout ce que William Byrd m'avait appris, en essayant de ne penser qu'à la musique et d'oublier mon terrible malaise, ma honte: je revoyais mon père pour la première fois depuis sept ans, et j'avais envie de m'enfuir au lieu d'en éprouver de la joie.

Tant de fois par la suite la musique a été ma planche de salut. Ce jour-là, elle a masqué ma réserve, mes hésitations. Mon père m'a embrassé avec effusion.

«J'insisterai pour qu'en France tu puisses faire autant de musique que possible.

— Merci, Père.»

En attendant que tout fût prêt pour notre départ (qui ne pouvait se faire que clandestinement, il était interdit d'aller étudier à l'étranger), j'ai partagé mes journées entre William Byrd, qui travaillait à une vaste composition à l'orgue de Whitehall, et Thomas Morley. Je suivais Byrd partout. De temps en temps il me fournissait une explication, ou prenait une heure pour m'écouter jouer du virginal en me donnant des conseils, ou pour m'initier à la technique de l'orgue. Et lorsqu'il était impossible d'être avec Byrd, j'étais avec Morley qui m'a promptement surnommé son «lévrier polyphonique» et m'a gavé de théorie et de pratique jusqu'à ce que j'en aie les méninges et les poignets douloureux.

« Si vous ne devenez pas musicien, Master Fran-cis, vous avez beau être gentilhomme, je vous assommerai de ces mains. Et si je suis mort, je vous persécuterai depuis l'au-delà. »

Tout cela m'aidait à supporter mon chagrin. J'avais la sensation de perdre tous mes appuis à la fois : les Marchands Tailleurs avec Wyddosox, Mulcaster et mes camarades, Giles Farnaby, William Byrd, Thomas Morley, les palefreniers de Clerkenwell, ma grand-mère Catherine qui, tenace comme elle a toujours été, était retournée en Cor-nouaille pour récupérer ses terres et ses rentes. Je ne voyais pas comment je pourrais vivre sans Sir John, que je m'étais habitué à consulter à tout bout de champ. Même l'idée de ne pas revoir ma mère me chagrinait. Elle n'avait été qu'une nébuleuse, il est vrai, et nous ne débordions pas d'affection l'un pour l'autre. Mais nous allions être séparés par une semaine de voyage, par les aléas d'une traversée, par une frontière, et cela mettait à nos rapports un obstacle qui, contraire-ment à tous les autres, me semblait définitif.

Une nuit, peu avant notre départ, j'ai, en rêve, vu Old Thomas. Il posait sur moi son regard intense et perçant en disant d'une voix forte : « Viens ! » Au réveil, j'ai raconté cela à Adrian.

« Je me demande où nous embarquons pour le continent, ai-je ajouté.

— On ne s'enquerra pas de notre avis. »

Sa voix est amère. Il sourit, presque timide.

« Il est des jours où je me prends à souhaiter que notre vie soit comme celle des autres, dit-il sur un ton d'excuse. Je sais qu'un missionnaire de la vraie religion ne pense pas à cela, mais j'aimerais avoir choisi le pétrin dans lequel nous sommes. »

Je le regarde ébahi. J'ai toujours supposé qu'Adrian était plus dévot que moi, plus convaincu, acquis d'avance.

«Mais il ne sert à rien de geindre, poursuit-il avec le bon sens qui le caractérise. Essayons plutôt d'influer sur les événements. Tu veux que nous partions depuis la Cornouaille, n'est-ce pas?

— Oui.

— Et que nous passions par Golden?

— Oui.

— Essayons. Il ne faut jamais renoncer d'avance.»

Tout naturellement, nous allons voir Giuliano. Sir John est trop préoccupé. On lui reproche d'avoir hébergé des prêtres, d'avoir laissé Charles Stourton, le frère cadet de ma mère, partir pour Douai d'où il n'est pas revenu au bout de six mois comme l'exige la loi. Ce ne sont bien sûr que des prétextes, car en fait on lui en veut, tout simplement, de ne pas plier.

Une nouvelle loi vient de déclarer que quiconque hébergera un prêtre sera un traître, puni comme tel. Plusieurs de ceux qui avaient passé par Clerkenwell sont déjà morts sur l'échafaud. Sir John et Lady Anne vivent des heures d'angoisse, ils n'ont pas la tête à s'occuper de problèmes mineurs.

Giuliano a toujours été un homme intrépide.

«Master Francis, vous me connaissez, a-t-il dit lorsque je lui ai exposé notre requête. Vous me demandez une folie, mais j'adore les folies. N'en parlez plus à personne et laissez-moi faire.»

La côte kernévote est longue, tourmentée, mal connue — il y a toujours moyen d'embarquer en direction de la Hollande, de la France ou de l'Espagne. Beaucoup de missionnaires ont passé par là — c'est plus long, mais moins risqué.

Nous avons rendez-vous un certain soir de septembre dans une crique de l'estuaire de Truro. Giuliano propose que lui et moi partions à cheval, et qu'Adrian suive avec Jane. Mais Jane proteste. Et Adrian refuse — il veut venir avec nous. Toutes mes remontrances et mes plaisanteries n'y font rien. Même mon «Vous avez besoin de votre frère pour dormir, Adrian?» sur le ton de Wyddosox ne le déride pas.

«Toi, tu as des souvenirs de Golden, tu as même un ami à aller voir. Moi, je n'ai rien. C'est comme si j'étais né à Clerkenwell. Je veux voir la maison de mon père, ne serait-ce qu'une fois.»

Sa requête est si raisonnable que Giuliano faiblit:

«Mais nous allons galoper à un train d'enfer, dit-il encore.

— Mettez-moi à l'épreuve. Je suis moins grand et moins fort que Francis, mais je suis tout aussi résistant.»

Nous finissons par partir tous les quatre à cheval.

Nous nous en allons les mains nues, littéralement. J'ai, quant à moi, renoncé à tout sauf à mes partitions. J'ai passé mes derniers jours en Angleterre à copier furieusement tout ce que William Byrd et Thomas Morley m'ont permis de copier — leur musique et celle des autres. J'ai écrit serré, petit, j'ai fait un rouleau étroit que j'ai mis dans les fontes de ma selle, en lieu et place de pistolets.

Nous évitons les chemins battus. Jane suggère des itinéraires à travers bois qui m'inquiètent plus d'une fois, mais nous nous apercevons qu'elle connaît la région comme sa poche.

«Le mari de ma mère était marchand ambulant. Lorsque j'étais fillette, je l'accompagnais souvent, vêtue en garçon.»

Nous finissons par arriver sans encombre dans la forêt qui surplombe Tregony. C'est la fin de l'après-midi, nous embarquons le lendemain non loin de là, avec la marée.

«Il est absolument impossible que vous entriez au manoir vieux comme si de rien n'était, me déclare, catégorique, Jane. Vous ressemblez trop à votre père tel que l'ont connu les gens d'ici, nous ne savons pas qui se trouve dans cette cuisine. Quelqu'un pourrait courir avertir les archers.»

Finalement, c'est elle qui descend au trot le long du vallon, jusqu'à Golden Mill et monte la route qui mène aux manoirs. Elle revient au bout d'une petite éternité.

«Thomas n'est plus à Golden. Il vit dans sa propre maison.»

Et elle ajoute avec un petit rire et un tremblement d'émotion:

«C'est extraordinaire, j'aurais pu appeler la moitié d'entre eux par leur prénom, mais ils ne m'ont pas reconnue.»

C'est qu'elle ne ressemble plus guère à la paysanne adolescente d'il y a cinq ans.

Elle nous guide; nous descendons vers Golden Mill, traversons la rivière et nous dirigeons du côté de St. Ewe et Mevagissey.

Nous traversons l'agglomération, parcourons quelques lieues et atteignons enfin une maison ancienne précédée d'une courte allée.

«C'est là.»

Nous frappons. La nuit tombe, mais il n'y a pas de lumière. Aucun serviteur ne vient ouvrir, personne ne nous invite à entrer. Au loin, on entend caqueter des poules. Nous faisons le tour de la maison. Une porte. Je la pousse, elle cède. Je me retrouve dans une grande pièce. Il y a une cheminée, plus petite que celle du manoir vieux. Elle rougeoie à peine. Old Thomas s'y tient.

«Messire Thomas?!

— Entrez, Master Francis», dit-il de sa voix inchangée, et si naturellement que je reste cloué sur le seuil.

C'est Adrian qui s'avance le premier.

«Vous êtes Master Adrian, je parie.»

Il se lève. Il est toujours aussi maigre et voûté. Adrian lui tend la main. Il la prend avec gravité, puis il l'attire à lui et l'embrasse.

«Master Francis! s'exclame-t-il ensuite en posant sur moi ses yeux noirs. Vous êtes déjà un homme!»

Je le serre dans mes bras (je suis aussi grand que lui), et il me tapote le dos de sa main libre.

La première émotion passée, il nous parle de Golden.

«Ils ne s'intéressent pas aux domaines pour y vivre. Ils n'y sont jamais. Ils ont des intendants qui s'enrichissent à leurs dépens. Ils ne s'occupent que des rentes. On les voit une fois par an, deux peut-être. Cela dit, la propriété est bien entretenue, correctement et sans amour.»

Jane prépare un repas avec ce qu'elle trouve.

«J'ai une gouvernante, un valet et une famille de métayers, mais ce soir tout le monde est à Probus. Dans deux jours c'est la foire, ils font des préparatifs.»

Jane s'étonne, de la maison, des serviteurs.

«On ne vous a pas pris votre rente, comme à moi?

— Si. Ils m'ont pris tout ce qui me venait des Tregian. Mais cette maison était celle de mon père. Je suis fils de marchand, et j'ai du bien. Après la mort de John Tregian je suis resté à Golden d'entente avec Madame Catherine, et aussi parce que je pensais que son fils, dont je connaissais le caractère, aurait peut-être besoin de moi. Il ne m'a pas écouté, et m'a remplacé par le pauvre Cuthbert, qui n'avait aucune expérience. Je suis resté parce que j'étais inquiet, et puis Master Francis est né et j'ai vu ses yeux. Mais une fois que vous étiez partis, rien ne me retenait plus. Quelques semaines de Carey m'ont suffi. Quelle arrogance! Quel manque de cœur!»

De cette soirée, il me reste la sensation d'un bien-être absolu, entre Jane et Thomas. Adrian et Giuliano ne font qu'ajouter au plaisir. Nous nous entretenons de nos sœurs, de notre petit frère, de nos parents, de nos études. Thomas nous écoute avec passion. Lorsque nous voulons qu'il nous parle de lui, il écarte la question d'un geste.

«Je suis revenu ici. Rien de plus.»

Au moment de partir, il nous donne quelques conseils.

«Ne vous laissez pas guider aveuglément par les préjugés, nous dit-il d'une voix pressante. Les humains s'entre-tuent au nom du Seigneur, mais je suis persuadé que ce n'est pas là Sa volonté. Et puis le Seigneur a bon dos. Regardez Carey. Au nom de son zèle religieux, il vous a spoliés. Regardez le roi d'Espagne. Il n'a jamais pu digérer d'avoir été le prince consort de la reine d'Angleterre, presque le roi. Un de ces jours il va arriver en force. Tout le monde le dit, par ici. Les catholiques se réjouissent, mais il va se remettre à envoyer des braves gens au bûcher, comme il l'a fait quand il était le mari de Mary. J'ai entendu dire qu'ils projettent d'installer l'Inquisition. Nous autres gens ordinaires sommes seuls avec notre conscience. Mais pour eux, la religion est un instrument du pouvoir. Alors moi, j'ai décidé que chacun devait penser pour soi. Écouter son propre jugement. Je ne dirais cela à personne d'autre que vous, même pas à ma gouvernante, car je risquerais de me retrouver sur le bûcher de la place du Marché, à flamber comme un hérétique.»

La nuit avance, il nous faut partir.

Il nous serre un à un contre lui. Il me garde pour la fin :

«J'ai beaucoup pensé à vous, ces derniers temps, Master Francis. Cela m'a fait du bien de retrouver le regard des piskies. Nous ne nous reverrons sans doute plus, mais n'oubliez pas : ne vous laissez dicter votre conduite par personne.»

Il me semble entendre l'écho de ma première leçon aux Marchands Tailleurs : «Platon n'a pas raison uniquement parce que c'est Platon.»

«La meilleure manière de remercier le Seigneur de Ses bienfaits, poursuit Thomas, c'est de mettre à profit les dons qu'Il vous a faits. Si votre voie est la musique, ne les laissez pas faire de vous un soldat, ou un prêtre. Vous avez des devoirs, mais vous êtes un homme libre, aussi. L'art de vivre, c'est savoir concilier ces deux pôles, ne jamais oublier l'un en faveur de l'autre. S'ils ne consentent pas à se toucher un jour, les extrêmes finissent toujours par perdre la partie.»

Adrian s'est approché, il écoute avec attention.

«Vous me promettez d'y penser, fils ?»

Les larmes m'aveuglent. Je le serre contre moi de toutes mes forces.

«Allons, en selle», dit Giuliano d'une voix émue.

Il n'a pratiquement rien dit de toute la soirée, par respect pour ce monde qui n'était pas le sien, sans doute, et dont par miracle une miette nous est restituée, telle une dernière étincelle de braise.

Sur la route, je me retourne plusieurs fois. On distingue la silhouette voûtée, elle se découpe dans l'encadrement de la porte. Lorsque la maison disparaît dans un repli de terrain, je sais que je viens de mettre le point final à mon enfance.

Nous embarquons à l'aube.

Adrian est rivé au bastingage, dévore la Cornouaille des yeux. Il a à peine entrevu Golden. Nous avons eu l'audace de passer sur le chemin entre les deux manoirs et nous sommes retournés à Tregony par Golden Mill. Mais il faisait une nuit nuageuse, sans lune, et il n'a vu que de vagues masses sombres dans le noir. Ce passage m'a ému néanmoins, je me revoyais, petit garçon, dévalant la pente pour aller chez l'instituteur. Cela faisait partie d'une vie dans laquelle j'aurais été le seigneur de mes terres, j'aurais peut-être traité avec les marchands d'étain ou de laine, j'aurais tenu ma place dans la noblesse kernévote. C'est une vie que je n'aurai pas et qui, à cet instant-là, ne me tente pas.

Je pense tout cela dans la brise du matin. Un pâle soleil éclaire cette terre dont je suis issu, qui s'éloigne irrémédiablement.

Nous passons deux jours en mer, sur une petite embarcation, et le voyage nous absorbe suffisamment pour nous faire oublier la déchirure. Nous nous mettons en devoir, tous les quatre, de comprendre la voilure, les vents — ou plutôt tous les trois, car Giuliano semble parfaitement au courant.

Adrian et moi parlons de voguer vers des terres lointaines.

«Ce serait beau, dit mon frère, d'aller à l'autre bout du monde et de recommencer à neuf, en un lieu où notre seul passeport serait ce que nous sommes et ce dont nous sommes capables.

— Tu serais prêt à aller aux Amériques?

— Si l'occasion se présentait, je partirais demain.»

La première chose que dit Jane lorsque nous abordons dans un petit port de la côte normande, c'est :

«Ici, vous n'avez pas à vous cacher d'être catholiques, c'est ce qu'il y a de plus courant.»

C'est vrai, mais c'est relatif, car nous apprenons en deux heures, par les conversations d'auberge dûment traduites par Giuliano, que le parti des religionnaires (comme on appelle les réformés) s'agite, qu'il y a eu des bagarres, qu'entre le roi de France (catholique) et le roi de Navarre (protestant), entre la Ligue et les huguenots tout ne va pas pour le mieux. Nous prenons des chevaux et nous remettons en route. Nous arrivons à Reims par pluie battante.

On nous indique le Collège anglais, à proximité de l'évêché, et nous nous y rendons aussitôt.

J'avais déjà eu l'occasion, ici et là, d'entendre parler de ce Collège anglais. Il faisait partie de l'Université de Douai, fondée pour lutter contre les idées de la Réforme, et recevait les catholiques anglais. Il s'était transporté (provisoirement,

espérait-on) à Reims à la suite de la prise de
Douai par le prince d'Orange, qui était protestant. Il formait de préférence des prêtres, mais
enseignait aussi les humanités à ceux qui ne se
destinaient pas aux ordres. L'enseignement des
humanités était payant. Celui de la théologie ne
l'était pas, si bien que tous les Anglais qui arrivaient démunis étudiaient d'emblée la théologie,
qu'ils veuillent ou non devenir prêtres. Le collège,
persuadé que les «missionnaires» étaient aux
postes avancés du catholicisme anglais, poussait
les étudiants à entrer dans les ordres. On était
d'autant plus à court de prêtres que certains
d'entre eux se faisaient prendre et tuer ; dans le
meilleur des cas ils étaient chassés, ou fuyaient.

Pendant de nombreuses années, le collège avait
été dirigé par le docteur William Allen, un homme
remarquable, un véritable meneur d'hommes, un
organisateur hors pair. On disait que sans lui le
catholicisme aurait été extirpé d'Angleterre. Malheureusement, lorsque nous sommes arrivés il
venait de quitter Reims pour Rome, et sa place
était déjà occupée de facto par le docteur Richard
Barret, un favori des Jésuites qui avait travaillé
pendant des années avec discrétion et compé-
tence sous la direction d'Allen, mais dont les étudiants disaient que depuis qu'il était responsable
du collège, il était devenu sévère et imprévisible.

Le collège était plein à craquer, il y avait plus
de deux cents étudiants, cent pensionnaires, et
pas de place pour nous. Le redoutable Barret
nous a trouvés trop jeunes pour Reims et a
décrété que nous irions à Eu, dans une école pour
garçons due aux largesses du très catholique duc
de Guise.

«Nous verrons dans un an si nous avons de la

place pour vous, et si vous en savez assez pour être des nôtres.»

Giuliano nous a emmenés avec un laconique: «J'en référerai à Sir John Arundell.»

Je n'ai pas l'intention de parler du temps que nous avons passé à Eu. Nous nous sommes retrouvés dans un collège. Nous n'avions jamais entendu parler de Michel de Montaigne en ce temps-là, mais aujourd'hui c'est lui qui me vient à l'esprit pour décrire ce que nous y avons vécu:

«Il n'est rien de si gentil que les petits enfants en France; mais ordinairement ils trompent l'espérance qu'on a conçue, et, hommes faits, on n'y voit aucune excellence. J'ai ouï tenir à gens d'entendement que ces collèges où on les envoie, de quoi ils ont foison, les abrutissent ainsi.»

Nous ne devons qu'au fait que nous étions deux, à notre ténacité toute bretonne, de ne pas avoir été «abrutis ainsi». À cela et à l'insistance qu'ont mise Jane et Giuliano à nous faire rentrer chez eux tous les soirs. Nous étions parmi des enfants anglais, parlions latin ou anglais. Si nous avions été pensionnaires, nous n'aurions probablement jamais appris le français.

Dans ses *Essais*, Montaigne a également dépeint nos éducateurs comme s'il les avait fréquentés:

«J'en connais, à qui quand je demande ce qu'il sait, il me demande un livre pour me le montrer; et n'oserait me dire qu'il a le derrière galeux, s'il ne va sur-le-champ étudier en son lexicon, ce que c'est que galeux, et ce que c'est que derrière... Dionysius se moquait des grammairiens qui ont soin de s'enquérir des maux d'Ulysse et ignorent les leurs propres; des musiciens qui accordent leurs flûtes, et n'accordent pas leurs mœurs; des orateurs qui étudient à dire justice, non à la faire.»

Si j'avais été un dévot à toute épreuve, je me serais peut-être accommodé des ineptes études qui furent les nôtres en Normandie. Mais tous ces émigrés avaient une vision de l'Angleterre que je n'arrivais pas à partager : ils voyaient toute la population anglaise sur le point de tomber dans les bras du pape. J'avais des doutes, mais il aurait été vain, dangereux même, de le dire.

C'est pendant ces années que j'ai appris à mener avec aisance deux vies parallèles : celle qu'on attendait de moi, et celle qui était véritablement la mienne.

Là où il le fallait, j'étais un élève modèle, et jusqu'à ma vingtième année je n'ai jamais contredit personne. Dieu m'a donné bonne mémoire, l'aptitude à apprendre, et je Lui en suis reconnaissant, car si je n'avais pu contenter à moindres frais tous ceux qui ont eu autorité sur moi, j'aurais sans doute mal fini.

Je dois à Jane et à Giuliano, que nous avons promptement appelés Jeanne et Julien comme je me suis appelé François et mon frère Adrien, de nous être acclimatés rapidement. À Clerkenwell il avait fallu s'exprimer en latin. Ici, c'était en français. Jane ne le parlait pas et je suis persuadé que Giuliano avait un accent italien à couper au couteau. Mais il nous interdisait l'anglais.

« Et vous êtes priés de rentrer le soir avec une moisson de vingt mots inconnus. »

Il faut dire que la vie avec ces parents putatifs si jeunes, gais et pleins d'entrain nous changeait de celle que nous avions menée jusque-là. Nous n'avions qu'un petit pécule, et recevions irrégulièrement un peu d'argent d'Angleterre. Nous subsistions fort chichement, sans que cela entame la bonne humeur.

Jane a eu un garçon, attendu avec émotion par nous tous.

« Et s'il meurt comme l'autre ? » disait-elle parfois.

Mais il n'est pas mort. Julien a tenu à l'appeler Guillaume.

« Comme son grand-père, a-t-il précisé.

— Qui est-ce, son grand-père ?

— Mon cher François, je suis le fils d'un abbé, vous comprendrez aisément que je ne le nomme pas.

— Mais alors votre patronyme… ? »

Il s'appelle Ardent.

« Mon patronyme, je me le suis choisi moi-même, en m'inspirant de celui de mon géniteur, il est vrai. Mais suffit. Je n'en dirai pas plus.

— Vous l'avez connu ?

— Oui. Malheureusement, ce n'était pas un joyeux compère, et ma mère et moi étions la preuve vivante de sa faute, aussi lorsqu'elle est morte, il s'est empressé de me mettre au service du premier qui a voulu de moi. »

Il a un de ces grands rires italiens que j'aime particulièrement.

« J'ai appris très jeune le métier des armes, c'est-à-dire à me défendre et à tuer efficacement. C'est ainsi que je suis arrivé en Cornouaille, par des détours que je préfère ne pas raconter. Je n'avais que quinze ans. Le hasard m'a permis de rendre un service à Sir John, et il m'a adopté. »

Il se tourne vers sa femme et dit dans un grand geste :

« C'était du temps où tu donnais le sein à ce grand garçon. »

Et il repart d'un de ses rires.

«Mais comment se fait-il que vous parliez tant de langues? demande Adrian.

— Cela tient à ma vie de mercenaire. J'ai parcouru la France, l'Espagne, j'ai vécu sur des navires qui ressemblaient à la Tour de Babel. Et puis je suis taillé dans l'étoffe d'un abbé, que voulez-vous, j'ai le parler chevillé au corps.»

Adrian et moi occupons une pièce au premier étage d'une maison que nous a louée un marchand; nous y gardons nos livres, l'instrument à clavier que nous n'avons pas manqué de nous procurer — notre seul luxe, nous en jouons tous — et le luth de mon frère. Au-dessus de la cuisine, il y a la chambre de Giuliano et de Jane. C'est là que dort aussi le nourrisson, que Jane allaite elle-même.

«Je sais qu'une duchesse ne fait généralement pas cela, mais je passe outre», dit-elle gaiement.

Je suis fasciné par ce jeune cousin, j'ai l'impression de découvrir a posteriori l'époque où j'étais à sa place.

Au bout de deux années à Eu, grâce à la méthode de Giuliano, nous parlons tous parfaitement le français. Même le petit Guillaume, qui dit tout juste ses premiers mots, ne baragouine que cette langue-là. L'école nous occupe entre douze et quinze heures par jour, six jours par semaine, et les vacances sont rares. Il ne nous reste pas beaucoup de temps pour faire de la musique, pour nous voir, pour baguenauder dans Eu et en découvrir les recoins — il faut dire qu'Eu est petite, et qu'on en a vite fait le tour.

Un jour, j'ai appris que l'organiste de la paroisse où était située l'école venait de tomber gravement malade. J'ai proposé mes services. L'école a pris cela pour un acte de piété, et s'est, malgré mon âge, empressée d'accepter. À partir de là j'ai pu m'absenter pour répéter, pour accompagner le chœur, pour toutes sortes de fonctions. Il est vrai qu'il fallait assister aux cérémonies les plus longues le dimanche, mais du moment que j'y jouais, cela m'indifférait. Personne n'a remarqué mon peu d'aisance à l'orgue. William Byrd m'en avait enseigné les principes, mais j'étais encore loin de maîtriser l'instrument. J'ai surmonté la difficulté par l'acharnement au travail. Pour faire de la musique, j'étais prêt à tout.

Je garde un souvenir ému de ces heures que je passais, seul le plus souvent, dans l'église déserte, déchiffrant à la lueur d'une unique bougie les messes et les motets de William Byrd arrivés d'Angleterre, les partitions de John Bull ou celles de mon prédécesseur qui possédait des trésors. Je dois à cet homme que je n'ai jamais rencontré la découverte, par exemple, de messes telles la *Missa Cunctipotens Genitor* ou la *Missa Kyrie fons*. Dans l'odeur de l'encens, le murmure des prières et l'atmosphère de ferveur, la musique que j'interprétais de toute mon âme m'arrachait des larmes.

IX

Fortune my foe, why dost thou frown on me?
And will thy favour never better be?
Wilt thou I say for ever breed my pain,
And wilt thou not restore my joyes again?

«Fortune my Foe»
Ballade populaire

Fortune ennemie, pourquoi cet œil grondeur?
Et retrouverai-je jamais tes faveurs?
À jamais vas-tu nourrir mes pleurs,
Ou me rendras-tu un jour le bonheur?

Le message est arrivé par un jour de septembre.

Nous rentrions d'un bref voyage au Tréport, une localité située au bord de la mer, à quelques heures de cheval, où Adrian et moi sommes allés quelquefois, pendant nos années à Eu, pour accompagner Giuliano qui avait à y faire (il nous restait quelque chose de la mentalité des grands seigneurs que nous aurions pu être: nous ne nous sommes jamais inquiétés de savoir quelles étaient les affaires de Giuliano — nous étions au-dessus de cela).

Nous avions profité de la semaine de la Saint-Michel (notre Michaelmas) pour faire cette escapade à la mer. Pendant quelques jours j'avais oublié le poids de la vie ordinaire.

À notre retour, le messager de Reims attendait à la cuisine.

Il était porteur d'une lettre de Sir John demandant au directeur de Reims de m'accepter parmi ses étudiants, et d'un message pour Giuliano lui enjoignant de m'envoyer à Reims sur-le-champ.

«Le docteur Barret souhaite que je vous ramène», dit le messager, un Anglais long et pâle, vêtu de noir.

La sueur qui coulait dans mon dos s'est refroidie d'un seul coup.

«Et moi? demande Adrian de sa voix claire.

— Je n'ai pas d'ordre à votre sujet, monsieur. Il me semble avoir entendu dire que vous êtes encore trop jeune, et que vous ne viendrez pas à Reims avant un an ou deux.»

J'étais presque aussi grand que maintenant, et je faisais davantage que mes treize ans, alors qu'à douze ans Adrian mesurait une tête de moins et avait une allure d'enfant.

«Il nous faut deux jours pour nous préparer, je vais l'amener moi-même», dit Giuliano après un rapide coup d'œil à mon visage, qui doit être blanc d'émotion. «Nous nous en voudrions de vous retenir, monsieur. Dites au docteur Barret que nous serons à Reims au début de la semaine prochaine.»

Et d'un geste sans appel, il s'incline avec un grand coup de chapeau. L'autorité dans sa voix est telle que l'autre obtempère.

Ce soir-là, j'ai pleuré. Giuliano et Jane n'ont même pas tenté de me dire que j'étais un grand garçon et que cela ne se faisait plus à mon âge.

«Je ne veux pas aller au Collège anglais sans Adrian.

— C'est l'affaire d'un an ou deux», dit Jane, pour me consoler.

Mais à cet âge-là, un an ou deux c'est une éternité, et rien ne me console. Je ressens la séparation d'avec Adrian comme une véritable déchirure: c'est la première fois depuis notre départ de Cornouaille que nous passons plus de vingt-quatre heures loin l'un de l'autre.

Eu est une petite ville, tranquille, dévouée aux Guise et à la Ligue, le parti ultracatholique. C'est Henri, duc de Guise, qui a fondé notre école, destinée aux enfants des catholiques en pays protestant ; elle a disparu peu après lui. Le Balafré lui-même y était venu une fois, et j'avais officié en tant qu'organiste le temps d'une messe solennelle. Je l'avais à peine entrevu. Il m'avait fait l'honneur de remarquer que l'orgue était touché d'une main magistrale, et lorsqu'on lui avait dit que cette main était celle d'un adolescent anglais, il avait voulu me connaître.

C'était un seigneur élégant, de haute stature, une des rares personnes que j'aurais pu regarder droit dans les yeux s'il avait vécu jusqu'à ce que j'atteigne l'âge adulte. Il était d'une élégance prodigieuse. La cicatrice qu'il portait au visage lui avait valu son surnom ; elle n'enlevait rien à son regard fier et orgueilleux, à la majesté naturelle qui incitait les gens à dire que près de lui les autres princes faisaient peuple.

Il m'avait serré la main avec un sourire d'une douceur inattendue dans ce visage-là, avait fait les remarques habituelles sur mon âge, mes dons musicaux et ma taille, et m'avait conseillé de ne point négliger le métier des armes pour autant. J'avais promis — quelques phrases conventionnelles. À son tour, il m'avait assuré qu'il m'enverrait le comte d'Eu, son fils, que je n'ai, bien entendu, jamais vu.

Cette visite mise à part, les réalités du vaste monde ne parvenaient à Eu que très atténuées. À peine quittait-on cette oasis qu'elles vous assaillaient. Plus l'on approchait du cœur de la

France, plus il était évident que la guerre y faisait rage. Guerre de religion entre papistes et huguenots, entre roi de France et roi de Navarre, guerre civile entre ligueurs qui voulaient que le duc de Guise monte sur le trône, et partisans des Valois et de Henri III, qui voulaient l'en empêcher, guerre larvée entre la France et l'Espagne, car sous prétexte de religion, Philippe II aspirait à dominer l'Europe, à commencer par la France et l'Angleterre. Par ailleurs, des armées de mercenaires au service des uns ou des autres passaient en pillant et en ravageant, et tout cela laissait, dans le beau paysage que nous traversions, de hideuses cicatrices.

Giuliano avait déjà, à l'époque, fait de moi une fine lame. Il m'avait également appris à tirer (je m'étais même découvert un don pour le pistolet), et le corps à corps n'avait pour moi plus de secrets — si je n'avais encore tué personne, c'est que personne ne m'avait sérieusement menacé.

Pendant que nous nous éloignons d'Eu, Giuliano explique :

« Si je n'ai pas voulu que vous portiez votre épée bien en vue, c'est qu'un gentilhomme qui voyage sans grande escorte excite les convoitises. »

J'ai un poignard dans chaque botte, un troisième dans mon justaucorps, mon épée en bandoulière dans le dos, à portée de main et à peine camouflée par mon manteau, et un pistolet chargé sous ma selle. À première vue, tout cela ne se remarque pas, j'ai l'air inoffensif d'un jeune théologien. Je suis en noir, comme l'Anglais qui a amené le message de Sir John.

Plus nous approchons de notre première étape, plus je me dis que Sir John, que mon père, n'ont

pas mesuré la portée de leur décision. En croyant
nous mettre en sécurité, ils nous ont poussés droit
dans la gueule du loup. Les traces de la guerre,
des pillages, sont partout — nous passons des
hameaux entiers presque rasés au sol, parmi les
ruines desquels des êtres hâves se traînent en
gémissant. Dans un fossé nous apercevons un
monceau de cadavres, dépouillés et défigurés.
Nous croisons des gens qui meurent d'inanition,
et de petits groupes armés à la mine peu rassurante.

Je suis livide de peur, d'une peur réelle, pour
la première fois de ma vie. Je vois partout des
agresseurs.

Je pousse un soupir de soulagement en arrivant
au premier relais, mais Giuliano me recommande
aussitôt de ne pas relâcher ma vigilance, et cette
nuit-là, nous dormons à tour de rôle.

Nous nous remettons en selle au point du jour.

Nous n'avons pas parcouru trois lieues que,
dans un bosquet, plusieurs hommes nous tombent
dessus, au sens propre du terme.

Cette situation ne m'est pas inconnue, nous
l'avons répétée si souvent que je réagis d'instinct.
La peur me quitte d'un seul coup.

L'homme fond sur moi et m'immobilise le bras
droit. Mais Giuliano a veillé à ce que je sois
ambidextre. D'un seul mouvement je fais mine
de tomber à gauche, saisis le poignard dans ma
botte, et avant qu'il n'ait fini de s'ancrer sur ma
selle, je le lui enfonce dans le flanc. Un deuxième
homme fond déjà sur moi. Je suis à terre, épée à
gauche, poignard à droite. Je nous vois, lui cherchant à me coincer sous les arbres, moi cherchant à rester en plein champ. Il s'élance vers
moi et pendant un instant je suis sur la défensive,

mais je m'aperçois vite que je suis plus agile que
lui. Cela me donne du cœur au ventre, et je passe
à l'attaque. Il se bat sauvagement, mais, avec
l'ardeur de la jeunesse, je ne lui laisse aucun
répit, et je finis par l'embrocher, je ne sais trop
comment. À quelques pas de là, Giuliano a mis
un homme hors combat, lui aussi, et se bat avec
deux autres. Je le rejoins d'un bond et nous nous
battons ensemble, sans un mot.

Nous finissons par nous retrouver dos à dos,
sans une égratignure. Nos cinq assaillants sont
au sol.

«Vous venez de subir votre baptême du sang,
mon petit organiste», dit Giuliano, qui n'est même
pas essoufflé. «Vous vous en êtes ma foi très bien
tiré, et je me félicite d'avoir eu un si bon élève.»

Mais je ne suis pas fier. Je tremble de tout mon
corps, la peur est revenue d'un seul coup, rétro-
spective. Mon cheval est mort, transpercé par
un coup qui m'était sans doute destiné. Giuliano,
avec une économie de mouvements dont je serais
incapable, défait les boucles de ma selle, qu'il
place sur un des chevaux des assaillants.

«Ne nous attardons pas, dit-il enfin, ils ont
peut-être des complices dans le voisinage.»

Nous arrivons à Saint-Quentin à la tombée de
la nuit.

J'ai de la peine à m'endormir.

C'est donc cela la guerre. Lui ou moi. Dans de
tels moments, la vie d'un homme ne vaut que
l'agilité de son poignet — religion, grec, latin,
musique, rien de tout cela ne compte plus.

Le lendemain, nous profitons d'un convoi pour
voyager en groupe, et nous faisons étape à Laon,
situé sur une hauteur d'où l'on domine toute la
plaine de Reims. Le surlendemain, nous galopons

à fond de train à travers vignes et champs, et arrivons avant la tombée de la nuit.

Nous sommes, c'est une des rares dates dont je me souvienne avec certitude, le 29 septembre 1586.

Reims est entièrement entouré de remparts et, sur trois côtés, d'une douve. Sur le quatrième côté, au sud, c'est la rivière Vesle qui remplace le fossé, et c'est par là qu'il faut passer pour entrer dans la cité, par l'un des trois ponts.

«Nous irons à l'Université demain, dit Giuliano, ce soir, je vous emmène à l'auberge.»

Et avec une assurance qui me donne à penser qu'il est déjà venu ici, il trotte tout droit vers une hôtellerie dont l'enseigne proclame À la Belle-Étoile. L'hôte accueille «Monsieur Julien» comme un ami et nous prépare un repas comme je n'en avais, jusque-là, jamais fait. C'est ce soir-là que j'ai goûté à mon premier vin de France.

«Après ce que nous avons vécu, vous êtes un homme, déclare Giuliano, vous avez gagné le droit de boire comme un homme.»

Il y a à Reims quelques familles anglaises catholiques dont les enfants étudient au Collège anglais. Le collège lui-même est toujours aussi plein, il est impossible que j'y habite : il abrite deux cents étudiants, et une centaine de pensionnaires, dans un espace prévu pour la moitié d'une telle foule. Le lendemain matin, Giuliano m'amène chez les More. Le fils, Christophe, a été mon camarade de classe à Eu.

Les lois de 1580 contre les catholiques ont privé les More des deux tiers de leurs revenus, et ils vivent de peu. Le père de Christophe est au service des Guise, et sa mère — une femme charmante et cultivée — prend des pensionnaires.

«En attendant que nous venions nous installer ici, vous serez mieux chez les More qu'au collège», m'a dit Giuliano.

J'y étais d'autant mieux que j'avais, dès le premier jour, dit clairement que je ne serais pas prêtre. Sir John payait mon écolage et ainsi, malgré l'insistance de mon père (il aurait souhaité que j'entre dans les ordres en dépit de ma qualité d'aîné), on ne pouvait pas me forcer.

Lorsque je suis arrivé, la situation du Collège anglais était singulière. Il était dirigé depuis Rome par William Allen, son fondateur, et sur place par le docteur Richard Barret.

J'ai rarement haï quelqu'un autant que cet homme.

Giuliano était à peine parti qu'il m'a appelé dans son étude et m'a demandé quels étaient mes projets d'avenir.

«Je voudrais être musicien, monsieur.

— Musicien? Et c'est pour être musicien que vous venez jusqu'à Reims? Ici, on forme des soldats du Christ, monsieur, et non des baladins.

— On peut être soldat du Christ en touchant l'orgue autant qu'en disant la messe, monsieur. Je suis ici parce que ma famille est catholique, tient à le rester, et qu'elle est persécutée.»

Mon insolence m'a valu d'être fouetté comme jamais je ne l'avais été. Malgré les pommades de la compatissante madame More, il m'a fallu deux jours avant de pouvoir m'asseoir. À peine la douleur s'est-elle atténuée que Barret m'a refait mander. Cette fois, j'ai pris mes précautions, et j'ai averti madame More, qui m'a fait accompagner par son beau-père, un vieillard sec et bonhomme. En nous voyant entrer à deux, le visage rougeaud de Barret est devenu apoplectique.

«Qu'est-ce à dire ?

— Monsieur, vous m'avez fouetté parce que j'ai énoncé une intention, et comme je n'ai pas changé d'avis et que je ne veux pas être fouetté à chaque fois que je l'exprimerai, j'ai préféré exposer mes projets à un intermédiaire qui vous en fera part à ma place. Je considère que pour être prêtre il faut avoir une passion que je n'éprouve que pour la musique. Je suis un catholique dévot, et je suis prêt à étudier aussi la théologie, mais à côté de cela, je veux faire de la musique, de la philosophie et des mathématiques. Mon oncle, Sir John Arundell, m'a toujours dit qu'il y avait plusieurs manières de servir Dieu.

— J'espère, cher docteur Barret, a dit le grand-père d'une voix suave, que ce n'est pas par le fouet que vous comptez susciter les vocations.»

Barret a essayé d'argumenter, de dire qu'il n'avait pas de place pour des «amateurs» dans le collège, qui était déjà surchargé.

En sortant de là le grand-père est allé tout droit chez le docteur Bailey, un des professeurs de théologie, vice-président et administrateur du collège depuis de longues années, qui était de ses amis. Ils ont écrit au docteur Allen. Quelque temps après, une lettre d'Allen recommandant que je puisse faire toute la musique nécessaire à ma virtuosité avait calmé Barret sans pour autant changer la mauvaise opinion qu'il a, jusqu'au bout, gardée de moi.

Je me suis empressé de faire le tour des organistes de Reims, et une fois encore, j'ai eu de la chance. Le curé de l'église Saint-Jacques, l'abbé de la Lobe, et son chapelain Simon Ogier, grands ordonnateurs de la musique paroissiale, étaient surchargés. Ils m'ont aussitôt engagé pour une messe.

«C'est Dieu qui vous envoie!» s'est exclamé l'abbé.

J'avais copié la *Missa Kyrie fons* et je m'en suis servi ce dimanche-là. Elle a tellement plu que, de fil en aiguille, j'ai servi de bouche-trou pendant cinq ans. Je ne jouais pas tous les dimanches, mais à la demande. Les orgues étaient vieilles et en mauvais état. Fort des connaissances que m'avait transmises Giles Farnaby, sur les conseils d'un facteur d'orgues qui venait de temps en temps, et avec l'aide du marguillier de la paroisse, Jehan Pussot, qui était charpentier, j'ai remis l'instrument en état, tant bien que mal. Ce n'était pas parfait, mais cela ne coûtait rien à la paroisse et les sonorités étaient meilleures.

Au cours de mes six années à Reims, j'ai passé de nombreuses heures à la cure, à discuter de musique, à répéter avec les abbés. Il m'est arrivé, mais rarement, de jouer dans d'autres églises. J'ai officié plusieurs fois à Saint-Rémi, à Saint-Nicaise et même, une fois, à la cathédrale.

À côté de mes activités de musicien, je fais les mêmes études que ceux de mes camarades qui ne sont pas destinés aux ordres : je fréquente les cours de philosophie et de rhétorique en latin et en français, et ceux de théologie en anglais. Je travaille de l'aube au crépuscule.

Je ne m'attarderai pas davantage sur ce tran-tran, qui ne changera que peu pendant les années où je vivrai à Reims.

Sur ce fond de vie quotidienne, les événements se sont succédé à un rythme insensé.

Le premier d'entre eux est sans doute, pour moi, le drame le plus grand de tous.

Il s'est produit au printemps qui a suivi mon arrivée.

Un soir, en rentrant de Saint-Jacques, j'ai trouvé Giuliano chez les More, aussi pâle qu'un fantôme.

Je n'ai même pas pensé à lui faire fête.

«Giuliano, que s'est-il passé? Jane…?

— Jane se porte à merveille, merci. Elle a accouché d'un fils que nous appelons Francis et dont vous êtes le parrain.»

Je ne prends pas le temps de me réjouir.

«Mais alors…? Mon père? Sir John?

— Non, Francis, ce n'est pas cela. C'est Adrian. Il a disparu.»

Ma première réaction, instinctive, est le refus de comprendre.

«Disparu» — pour que Giuliano fasse le voyage afin de me l'apprendre, cela doit signifier «mort», et il est impossible qu'Adrian soit mort. C'est comme si on me disait que j'ai perdu un bras sans m'en apercevoir.

«Disparu? je répète, en m'efforçant de ne pas trembler, qu'entendez-vous par là?

— Exactement ce que je dis. Il a disparu, il s'est volatilisé. Nous l'avons cherché partout, sommes allés jusqu'à Calais, jusqu'à Nantes.

— Giuliano, s'il est mort, dites-le-moi.

— Je préférerais le savoir mort plutôt que de vivre dans l'incertitude. Jane a perdu ses belles couleurs et Guillaume pleure jour et nuit en réclamant son Adrian en latin…» La voix de Giuliano se casse. «… Il… Adrian s'était mis à le lui apprendre en jouant. "Je me propose d'être ton Mulcaster", disait-il. Et puis un jour…»

Il se laisse tomber sur un escabeau et s'essuie les yeux.

«Mais comment... Dans quelles circonstances... ?

— Depuis que vous êtes parti, il s'est lié avec l'apothicaire de la ruelle du Guet, vous savez, celui qui est un peu alchimiste, un peu astrologue. Ils passaient des nuits entières à lire Paracelse. Dernièrement, ils ont fait des mélanges de teintes pour les étoffes, et ils ont réussi une nuance de pourpre tout à fait extraordinaire. Ils en avaient teint leurs manteaux, et c'était si beau que tout Eu les sollicitait. "Nous allons vendre notre couleur aux tisserands de Flandre, disait Adrian, et nous nous enrichirons en dépit des Carey et de la reine d'Angleterre." Tout cela pour vous dire que son manteau, en ce moment, ne ressemble à nul autre. Mardi dernier, il est allé à l'école comme d'habitude. Ses maîtres m'assurent qu'il ne s'est rien produit de particulier et qu'Adrian était comme à l'ordinaire. Bien entendu, cela ne signifie rien, lorsqu'il est question d'Adrian Tregian. Il n'a que treize ans, mais c'est un homme mûr. S'il avait décidé de nous tromper tous, et si nous, ses proches, n'y avons vu que du feu, il est peu probable que ses maîtres ou ses camarades aient remarqué une quelconque anomalie. Mardi, en sortant de l'école, il est allé chez l'apothicaire. Ils ont un peu trafiqué dans son laboratoire, rien qui sorte de l'ordinaire non plus. Ils se sont quittés au crépuscule et Adrian a pris le chemin de la maison. L'apothicaire l'a suivi du regard jusqu'au coin de la rue. Il n'y a que trois cents pas entre l'échoppe et notre maison. L'affaire d'un instant, deux rues. Guillaume l'attendait à la fenêtre. Mais il n'est pas rentré, personne n'a rien entendu, personne n'a rien vu. Deux jours plus tard, alors que je battais la campagne et la côte en compagnie de quelques amis, en craignant à chaque instant de découvrir son corps égorgé dans un fossé, des pêcheurs m'ont dit avoir trouvé un manteau d'une couleur étrange sur la plage du Tréport : il n'y a aucun doute, c'est le sien.

— Il a été rejeté par la marée ?

— Je ne crois pas. Il a plutôt été abandonné. Il était plus haut sur la plage que l'extrême limite de la marée montante. »

En parlant, il a défait le paquet qu'il portait avec lui. Le manteau d'Adrian est du plus beau violet — une couleur familière aujourd'hui mais qui, à l'époque, n'était l'apanage que de quelques fleurs.

Plus j'écoute, plus j'ai la certitude qu'Adrian n'est pas mort.

« Giuliano, vous m'avez rapporté les grands traits des événements. Passons aux détails. Nous allons peut-être en trouver qui sortent de l'ordinaire. Qu'a-t-il emmené de l'école ?

— Rien. Mais lorsqu'il allait chez l'apothicaire, il lui est arrivé de laisser sa sacoche.

— Et de chez l'apothicaire ?

— Il a pris avec lui une fiole de pourpre. Rien d'exceptionnel. D'autant plus que la veille ils avaient terminé leurs expériences, la teinte était réussie, elle tient sur l'étoffe, elle est constante.

— Avait-il déjà emmené une fiole auparavant ? »

Au lieu de répondre, il me regarde comme si je devenais fou. Je suis si occupé à suivre le cheminement du cerveau de mon frère que je n'ai pas le temps d'expliquer. Si Adrian est parti de son propre chef, si...

« Il a dû laisser une feuille de papier, un mot... »

L'œil de Giuliano se dilate. Je m'agrippe à lui, le secoue.

«Quoi? Quoi, Giuliano, il y a un message? Je t'en supplie!

— Je suis un imbécile, déclare Giuliano, la voix encore incertaine, mais je n'ai pas réellement envisagé qu'Adrian puisse s'en être allé délibérément.»

Il fouille dans son pourpoint, en sort une feuille pliée en deux. Il me la tend.

«Elle était sur sa table, posée bien en vue sur ses papiers.»

Je comprends pourquoi pour Giuliano elle n'avait pas d'importance. Dans le coin gauche, Adrian a écrit *Francis, mon frère*, et au centre *les extrêmes se touchent*. C'est tout. Mon cœur se dilate. Il est vivant.

«Giuliano, il est parti de son plein gré. Je ne peux pas vous expliquer en deux mots le sens de ce message, mais il est parfaitement clair. Je suis prêt à parier qu'Adrian est parti pour les Amériques, pour faire fortune grâce à sa teinture.

— Francis, pour l'amour du Ciel! Je suis responsable de vous. Que vais-je dire à Sir John? À vos parents?

— Rien.»

Je suis calme. Mon angoisse s'est envolée. Maintenant, je sais.

«Comment, rien?

— Giuliano, vous souvenez-vous du jour où vous m'avez dit que si j'étais assez grand pour tuer un homme j'étais aussi assez grand pour qu'on me traite en homme? Ce jour-là, c'était une boutade à propos d'un verre de vin. Aujourd'hui, c'est sérieux. Mon père est un être admirable, mais on ne peut pas parler avec lui de problèmes pratiques. Il a des principes qui n'ont rien à voir avec la réalité de nos vies, et il a beau nous aimer, il ne se soucie nullement de nous.»

Un silence. Je poursuis :

«On a fait pression même sur moi qui suis l'aîné pour que je devienne prêtre. J'avais le droit de dire non. Mais un puîné ? Adrian n'aurait pas eu de choix, Giuliano, et aux rares pensées intimes qu'il m'a confiées, je ne serais pas loin de penser qu'il était devenu profondément sceptique.

— Francis ! Monsieur !

— Entre nous, appelons un chat un chat, voulez-vous ? La période religieuse d'Adrian est révolue. Il ne s'intéresse vraiment qu'aux voyages, aux inventions, à la mathématique. Il a découvert une couleur inconnue, et il va s'enrichir avec elle. Un jour, cette couleur nous reviendra, nous la suivrons, et je vous parie que nous remonterons jusqu'à mon frère, qui avec ses yeux d'ange et ses allures discrètes, aura reconstitué la fortune de la famille.

— Mais alors...

— Alors, Giuliano, je prends un peu d'avance sur mon rôle de chef de famille. Lorsque je reverrai Sir John je lui dirai peut-être tout. Mais jusque-là, cela fera moins mal à la parenté de penser qu'Adrian s'est noyé accidentellement. La mort, ils comprennent. C'est une vie différente de la leur qui les dépasse.»

Je m'arrête, surpris par mon propre discours.

«Francis, si on vous entendait !

— On ne m'entend pas. On ne m'a jamais demandé mon avis sur les choix de mes parents et je ne les ai pas discutés, mais on ne peut pas prétendre que je continue ad aeternum à ne rien en penser.»

Giuliano me regarde d'un œil mi-effaré, mi-complice.

«Alors, Giuliano, c'est entendu? Adrian s'est noyé accidentellement. Ou il a été tué mystérieusement. Et on ne parle ni du manteau ni de la fiole de pourpre.

— C'est entendu.»

Je tends le bras.

«Je jure devant Dieu de ne rien dire, même le jour où je me mettrai à la recherche de mon frère. Même si je le rencontre.»

Giuliano pose sa main sur la mienne.

«Je jure de ne rien dire, même si je le rencontre», répète-t-il. Il sourit, pour la première fois depuis son arrivée.

«Vous êtes certain qu'il n'est pas mort, n'est-ce pas?

— Absolument. Et même s'il me manque, je ne suis pas triste, je ne lui en veux pas, puisqu'il n'avait pas le choix. À sa place, j'aurais fait comme lui, et même à la mienne, c'est une tentation.

— Ah non!

— Rassurez-vous, je ne vais pas disparaître. Je veux aller à Rome, et on me retrouverait.»

Giuliano me regarde en secouant la tête. Il n'a plus l'air sombre du début de notre entretien. J'ai réussi à lui faire partager ma conviction. Je le prends par l'épaule.

«Avant que vous ne vous installiez pour la nuit, Giuliano, allons faire un tour du côté de l'estaminet. J'aimerais lever mon gobelet à la santé et aux projets de mon frère.»

Il n'est pas difficile à convaincre.

Nous nous mettons en route. À cette heure-ci, Reims est tranquille, mais non désert. Les gens

sont les uns chez les autres, les étudiants les plus
âgés se pressent dans les cabarets, ce n'est pas
encore le silence profond de la nuit. Le guet
annonce qu'il est huit heures, que tout est calme.
Lorsque nous quittons la rue des Anglais et que
nous allons du côté de l'Université, nous longeons une rangée de portes voûtées d'où sortent
par bouffées des cris, des rires et des chansons.

Je lève les yeux. Le ciel est étoilé.

«Je me demande où est Adrian.

— Si vous avez raison, il navigue en plein
océan.»

Mentalement, je lui parle: «Au revoir, Adrian.
Je te retrouverai. Sois heureux.»

«Francis! Nous sommes arrivés.»

Il pousse la porte, et nous entrons à la Belle-
Étoile.

Mault's come down, mault's come down
From an old Angell to a French crown.
There's never a maide in all this town
But well she knowes that mault's come down.

«Malt has come down»
«Catch», comptine populaire

Le malt est moissonné, le malt est moissonné,
Par un vieil ange pour un Français couronné.
Il n'est pas une donzelle dans toute la cité
Qui ne sache que le malt a été moissonné.

Le départ (le mot officiel est «disparition», mais je refuse de m'en servir) d'Adrian a donné le coup d'envoi à un tourbillon d'événements qui font exploser ma vie rémoise comme une salve de canon.

L'histoire a pris le mors aux dents. La situation du royaume est à tel point confuse que beaucoup de gens, et à plus forte raison nous qui sommes étrangers, y perdent leur latin.

Les sensations se succèdent à une allure si folle que, tant d'années plus tard, je ne sais même plus avec certitude dans quel ordre les choses se produisent.

La mort de Marie Stuart, reine d'Écosse, par exemple. Je suis presque certain de l'avoir apprise après le départ d'Adrian. Presque mais pas tout à fait.

Je me souviens en revanche parfaitement de ce que nous avons fait à cette occasion. Tous les étudiants du collège ont reçu l'ordre de se faire dispenser des cours du lendemain matin et de se rendre à la cathédrale.

Barret m'a convoqué.

«Tregian, vous avez sans doute une messe de requiem à votre répertoire.

— Il y a une partition à Saint-Jacques, je crois, mais je n'ai jamais...

— Vous avez la soirée. Apprenez-la. Que votre musique serve à quelque chose. Demain matin, vous êtes prié de jouer correctement.

— Qui donc est mort, monsieur?

— Vous le saurez demain avec tout le monde. Allez!»

J'ai couru d'une traite jusqu'à Saint-Jacques, me suis suspendu à la sonnette de l'abbé de la Lobe.

Il a écouté mes explications.

«Je n'ai jamais lu cette messe, et je ne sais même pas pourquoi on me demande de la jouer...» ai-je conclu, encore essoufflé.

À force de me voir et de m'entendre, l'abbé de la Lobe a fini par me prendre en affection et par me traiter comme quelqu'un de la maison.

«Le cardinal a demandé des veillées de prière et des messes, et si vous n'en parlez à personne, je vous dirai pourquoi.

— Entendu, je ne dirai rien.

— Marie Stuart est morte.

— Quoi? Marie Stuart...?

— Elle a été assassinée par l'hérétique.

— Comment ça?

— Élisabeth la bâtarde l'a fait décapiter.

— Elle l'a...

— Tenez, voilà une messe des morts et un miserere, essayez cela.»

Je me suis assis et j'ai déchiffré, avec l'aide de l'abbé. C'était approximatif, mais suffisant, je m'en suis tenu à la mélodie et j'ai largement improvisé l'accompagnement.

Marie Stuart morte!

Pour les catholiques, cette petite-fille du roi Henri VII au même titre qu'Élisabeth était la reine légitime, tandis qu'Élisabeth, fille de cette Anne Boleyn que l'Église n'avait jamais acceptée comme épouse de Henri VIII, était une bâtarde, une usurpatrice. Cela faisait des années que, à la suite d'un nombre impressionnant de mal-adresses, Marie Stuart était prisonnière en Angleterre. Pourquoi l'exécuter maintenant?

Le lendemain, nous avons eu droit à un sermon du cardinal de Lorraine en personne — le cardinal-prince de Lorraine était un des frères du duc de Guise — et à un autre de l'abbé Parsons, venu tout exprès pour nous apprendre la nouvelle.

Les Guise dont Marie Stuart était la nièce, et le roi d'Espagne dont elle était la cousine, allaient certainement vouloir la venger — sa mort a été le prétexte à une infinité de discours haineux et d'actes guerriers. L'assistance a fait toutes sortes de serments.

Dans les semaines qui ont suivi, les pamphlets se sont multipliés: Henri de Navarre, héritier légitime du trône de France à la mort de Henri III de Valois, y était présenté comme une future Élisabeth qui transformerait la France en un pays huguenot. Les catholiques n'auraient le choix qu'entre l'exil et la mort.

Cette perspective échauffait les esprits. L'émotion était à son comble.

À peine avions-nous digéré cette nouvelle-là que Reims a été secoué par la bataille de Coutras: Henri de Navarre, le protestant, avait battu à plate couture les catholiques, commandés par le duc de Joyeuse.

Il ne faisait pas bon vanter le roi de Navarre à Reims, et pourtant des bruits couraient sur son compte qui suscitaient l'inquiétude mais forçaient l'admiration. On disait que c'était un redoutable général, d'un courage insensé. Il s'était emparé d'un nombre — variable selon les récits — de places fortes. Il savait risquer sa vie comme un simple capitaine. Il était capable de rester quinze jours sans coucher dans un lit. Ses hommes l'adoraient. Il n'hésitait pas à empoigner une pioche et à creuser une tranchée, et lors d'une attaque, il se lançait toujours le premier dans la mêlée.

Et il s'est trouvé des voyageurs pour raconter la bataille de Coutras, même si elle a eu lieu à l'autre bout de la France, non loin de Bordeaux.

Avant la bataille, Henri de Navarre aurait encouragé ses fantassins et ses chevaliers par une harangue :

« Mes compagnons, aurait-il dit, il y va de la gloire de Dieu, de l'honneur et des vies, pour se sauver ou pour vaincre. Le chemin est ouvert devant nous. Allons, au nom de Dieu pour qui nous combattons ! »

Et un des témoins avait ajouté, une pointe d'émotion dans la voix :

« Et alors, cette armée d'hérétiques a entonné un psaume, comme un seul homme, et la plaine a retenti de :

> *La voici l'heureuse journée*
> *Que Dieu a faite à plein désir*
> *Par nous soit joye demenée*
> *Et prenons en elle plaisir...*

C'était bouleversant. »

Là-dessus, les canons huguenots ont ouvert le feu et renversé les chevaliers de Joyeuse, qui avaient chargé impétueusement. La première ligne huguenote avait plié sous le choc, mais les escadrons de Joyeuse se sont heurtés aux cavaliers placés en réserve derrière les canons.

«Navarre avait mêlé à eux des arquebusiers. Chaque ligne de cavaliers était couverte par une ligne de tireurs. On n'avait jamais vu cela! Ils ont fait un massacre.»

Cela s'était terminé par un corps à corps, et l'infanterie catholique avait lâché pied presque sans combattre. Le roi de Navarre, toujours à la pointe de la mêlée, avait failli être pris. Finalement, le duc de Joyeuse et son frère ont été tués, ainsi que deux mille de leurs hommes. La débandade des catholiques a été totale.

«Ils se sont retirés en laissant tous leurs bagages, et une profusion de chevaux sans maître. Vous savez ce qu'il a fait? Il y avait un grand nombre de blessés parmi les morts. Il a interdit qu'on les achève, il a menacé des pires châtiments quiconque porterait la main sur les prisonniers. Et il a traité avec tous les honneurs dus à leur rang la dépouille de Joyeuse et celle de son frère. Incroyable!»

Et, à voix basse, l'homme ajoutait, après avoir regardé par-dessus son épaule pour s'assurer qu'il n'y avait pas de jésuite à portée de voix:

«Certains soldats de sa suite étaient mécontents. Lorsqu'ils lui ont demandé le pourquoi d'une telle mansuétude, il a répondu: "J'ai plus de place en mon cœur pour la miséricorde que pour la haine".»

Un silence embarrassé s'est fait autour du conteur. L'antéchrist serait-il honnête homme?

À quelques jours de là, nous avons appris la nouvelle de la victoire de Guise sur les mercenaires de Navarre, les reîtres, surpris près du bourg d'Auneau et battus par le duc pendant leur retraite après la bataille de Coutras.

Guise avait été aussi vaillant que Navarre, avait jonché le champ de bataille d'autant de morts, et les messes d'action de grâces dans Reims, capitale du diocèse de Lorraine, ne se comptaient plus.

Il m'est difficile d'imaginer qu'au milieu de cette agitation nous suivions tranquillement des cours de casuistique, que nous nous préoccupions de savoir s'il était permis à un catholique anglais de faire son testament en faveur de ses enfants qui auraient embrassé la religion réformée, s'il fallait observer le jeûne prescrit par l'Église, si un prêtre pouvait accepter la présence à la messe des serviteurs catholiques qui continuaient (pour des raisons évidentes) à accompagner leur maître hérétique aux services religieux des réformés. Et ainsi de suite. Je n'écoutais que d'une oreille.

Les cours de casuistique se transformaient d'ailleurs vite en débat politique. Je me souviens d'une discussion le jour où l'on nous a rapporté que le duc de Savoie avait l'ambition de conquérir Genève, et proposait que les catholiques français la prennent et la détruisent.

« Genève est la source, le maintien et le confort de l'hérésie. La prise de ce foyer de subversion qui ne cesse de défier le monde est une œuvre que tous les catholiques sont naturellement obligés de servir et de favoriser. La destruction de la Cité de Calvin est un acte salutaire.

— Le roi de France, observait un des étudiants, la voix dure, est déjà à demi huguenot, il résiste à cette idée.

— C'est parce qu'il ne fait pas confiance au roi d'Espagne, et qu'il met la nation au-dessus de la religion. Ce n'est pas ainsi qu'un bon catholique doit raisonner.»

J'aurais voulu que nous eussions un cours de casuistique pour décider si vraiment la religion devait passer avant la nation. Et puis, j'étais perplexe : nous reprochions à Élisabeth sa violence, mais que prêchions-nous d'autre que la destruction ?

Il me semble également incroyable, rétrospectivement, que j'aie, au milieu de tout cela, pu m'occuper de musique. Ma mémoire saute sans aucun doute par-dessus des périodes de calme relatif.

L'écho du siège des villes — prises par les huguenots, reconquises par les papistes, reprises par les huguenots et ainsi de suite — arrivait jusqu'à nous à intervalles réguliers, au hasard d'un voyageur éloquent. Je me suis dit que je ferais mieux d'entretenir ma forme : un de ces jours j'allais me retrouver sur les champs de bataille. J'ai partagé mon temps libre entre la musique et un escrimeur qui a achevé mon éducation de soldat.

J'avais l'illusion d'être fort mais, avec une fougue toute française, mon nouveau maître d'armes m'a détrompé en un instant.

«Vous avez un bon fonds, jeune homme, on va pouvoir faire quelque chose de vous. En garde, monsieur !»

Et sans plus de cérémonie, il s'est mis à m'attaquer avec violence.

À la même époque, je passais mes journées à peaufiner mon latin ; mes maîtres vantaient ma maîtrise de la langue et tentaient encore parfois — mollement — de me faire embrasser la carrière ecclésiastique.

«Ah ! le beau prélat que vous feriez ! Vous avez la stature de l'autorité, vous avez un regard de prédicateur», soupiraient-ils.

La folle année 1588 ne faisait que commencer. Fin mai, des Rémois sont rentrés tout agités de Paris : la population s'était soulevée, avait dressé des barricades dans les rues. Le duc de Guise, en qui la moitié de la France s'accordait à voir le prochain roi, était entré dans la ville en triomphateur, on criait sur son passage :

«Maintenant que tu es ici, bon prince, nous sommes tous sauvés.»

On racontait les histoires les plus contradictoires : les uns disaient que Catherine de Médicis avait voulu tuer Guise, les autres que Guise avait préparé l'assassinat de Henri III. Les catholiques fervents estimaient que Henri III faisait trop de compromis avec les huguenots, les plus raisonnables démontraient que c'était la seule manière de tenir le roi d'Espagne en échec, et il se trouvait même des gens pour remarquer qu'après Coutras Henri de Navarre avait ménagé le roi, il avait évité de gagner une deuxième bataille (c'eût été facile) qui aurait mis le souverain à genoux : Navarre tenait à sauvegarder la dignité royale plus qu'à démontrer sa propre force.

Il ne se passait pas de semaine que quelqu'un ne vienne nous raconter où en étaient les choses.

J'ai fini par n'y plus prêter attention. Tout semblait se passer dans la capitale, dans un périmètre qui allait du Louvre à l'hôtel de Guise. Les deux Henri (Guise et Valois) jouaient une partie d'échecs serrée, faite de feintes et de silences, mais aucun ne désirait vraiment éliminer l'autre.

Vers la fin de ce même mois de mai, le bruit a commencé à filtrer au Collège anglais que le roi d'Espagne était sur le point d'appareiller avec une flotte de cent cinquante navires, et qu'il entendait bien écraser l'Angleterre. Cent cinquante navires! Je me suis dit que mon pays était perdu. J'avais vu un navire espagnol une fois sur la côte près d'Eu, c'était un monstre, dix fois plus haut que les navires anglais — l'Angleterre n'avait certainement pas cent cinquante bâtiments de guerre. Et puis la moitié de sa flotte naviguait sur les océans direction les Amériques.

Les ligueurs à Paris contre Henri III, la flotte espagnole contre les Anglais — était-ce un hasard ou un plan que ces deux événements coïncident? Encore une question que j'étais contraint de garder pour moi. Adrian me manquait horriblement, il était le seul à qui j'aurais osé confier mes perplexités.

Il me semble que c'est le lendemain, mais c'est sans doute des semaines plus tard que le bruit a couru: l'Armada avait été attaquée par Drake devant Calais. Les nouvelles ne nous arrivaient que par bribes, et n'en étaient que plus inquiétantes. Plus difficiles à croire, aussi.

Comment se faisait-il que l'Armada ait mouillé devant Calais? Pourquoi n'était-elle pas allée du côté de la Cornouaille — la côte était fortifiée depuis l'époque de Henri VIII tant on craignait une invasion de ce côté-là, mais elle restait la plus vulnérable de toutes. Entrer dans la Manche, avec ses humeurs capricieuses — que le commandant d'une telle flotte puisse prendre un risque aussi considérable, cela semblait impossible. Même un néophyte comme moi avait entendu dire qu'il fallait l'éviter.

Dans les églises de Reims les vitupérations contre «le Valois» se mêlaient aux prières pour la victoire de Philippe II. J'ai joué à d'innombrables offices.

Christophe More disait, le visage radieux :

«Il faut prier beaucoup pour la victoire des Espagnols, nous retrouverons notre pays, nous pourrons exercer notre ministère en toute liberté. Dieu est avec nous, nous allons vaincre.»

Paroles imprudentes. Bien que l'on ait essayé de nous en cacher l'ampleur, il était de plus en plus manifeste que l'Armada avait subi une défaite totale. À mesure que l'on approchait de la fin de l'année, les nouvelles des premiers jours étaient confirmées par des détails, des précisions. Les chiffres qui circulaient étaient prodigieux, incroyables : quinze mille tués, cent navires coulés. L'Armada aurait coûté des millions de ducats, cinquante selon certains, cent selon d'autres. Des sommes, dans tous les cas, qui avaient ruiné l'Espagne. Cela n'a pas empêché Philippe II de continuer de manœuvrer jusqu'à son dernier souffle pour asseoir son pouvoir sur toute l'Europe, mais malgré ses tentatives subséquentes, il n'a plus jamais été aussi menaçant qu'avant la déconfiture de sa très vincible première Armada.

Reims était à tel point une place forte de la

Ligue, la capitale des Guise, que les défaites catholiques y étaient passées sous silence. Il se trouvait toujours quelqu'un pour vous dire où en étaient les choses. Mais comme il s'agissait de voix isolées, qui n'osaient s'exprimer que prudemment, on ne savait jamais laquelle des histoires qu'on entendait était la bonne — la situation favorisait bien entendu l'affabulation, et les exaltés ne manquaient pas.

Le matin de Noël j'étais à l'orgue, et l'abbé de la Lobe disait la messe, lorsque dans l'ouverture du petit escalier en bois qui menait à ma galerie, j'ai vu apparaître la tête de Giuliano. Il venait périodiquement à Reims me rendre visite. Dans un premier moment, je lui ai souri, heureux de le voir. Mais au deuxième regard, j'ai remarqué que quelque chose clochait.

Sans cesser de jouer, je lui ai fait signe d'approcher.

Il était couvert de poussière.

«J'arrive de Paris, a-t-il chuchoté. Le roi a fait tuer le duc de Guise.»

Ma fausse note a sans doute fait sursauter la congrégation entière. Giuliano s'est assis sur un escabeau, où il s'est aussitôt endormi.

«Je suis venu ventre à terre, m'a-t-il dit après la messe. Je vous amène une lettre de Sir John. Je suis d'abord allé à Paris pour affaires, et comptais venir ici au début de la semaine prochaine. Et puis, il y a deux jours au petit matin, la garde personnelle du roi a tué le duc de Guise. Son frère le cardinal de Lorraine est en prison, on ne donne pas cher de sa peau. Je me suis dit qu'après avoir éliminé les Guise le roi ferait peut-être prendre Reims, qui est une ville à eux, et j'ai voulu arriver avant la troupe royale, si troupe royale il doit y avoir. »

Le roi n'a pas envoyé de troupe, mais le pronostic de Giuliano s'est avéré correct : moins de deux jours plus tard, nous apprenions la mort de notre cardinal. C'était logique : si Henri III l'avait laissé vivre, ce jeune prélat aux allures de chef de guerre aurait vengé la mort de son frère par tous les moyens.

L'abbé Parsons, qui avait l'art d'apparaître et de disparaître comme un diable sorti de sa boîte, est arrivé à point nommé et nous a fait un long sermon sur la foi que nous devions garder envers et contre tout.

Il faut que j'ouvre une parenthèse sur Robert Parsons. C'était un jésuite qui avait à peu près l'âge de mon père. On disait qu'il avait été missionnaire avec le célèbre Père Edmund Campion, un des martyrs de la première heure, et qu'il avait fui l'Angleterre in extremis. Maintenant il vivait en Espagne, ou à Rome.

C'était un homme de haute taille, d'allure sombre.

Il avait été un grand ami des Guise, et c'est lui qui les avait persuadés d'ouvrir l'école d'Eu. Si je devais résumer l'attitude générale des catholiques envers lui, je dirais que le Père Parsons était considéré comme un mal nécessaire. Il était jésuite à l'extrême — la réserve mentale était chez lui une seconde nature.

Il protestait, offusqué, chaque fois qu'on lui reprochait de se mêler de politique :

« Jamais ! » disait-il, avec un geste ample de prédicateur. « Dieu demande qu'on le serve en religion, sans s'occuper des choses de ce monde. Mon seul souci est Son royaume.»

Mais pour le royaume de Dieu il était prêt à tout — même à brader celui d'Angleterre. Il était infatigable. Il voyageait sans cesse, organisant, conseillant, écrivant.

Au moment de l'insurrection de Paris et de l'Armada, nous l'avons vu plus que de coutume car le docteur Allen, qui entre-temps était devenu cardinal et résidait à Rome en permanence, l'avait envoyé en Flandre, où il devait «accueillir» l'Armada — qu'on ne me demande pas ce que cela aurait signifié concrètement, de la part d'un homme qui ne se mêlait pas de politique…

Ensuite, il est allé en Espagne, il a fondé et dirigé le Collège anglais de Valladolid, où il a fait venir de Reims un certain nombre d'étudiants. Dans une de ses lettres, il insistait pour que je lui sois envoyé, moi aussi. D'après lui, mon père aurait vu la chose d'un bon œil. Mon père avait bon dos. Parsons avait toujours eu une façon de m'approcher, de me mettre la main sur l'épaule comme pour faire de moi un complice, que j'abhorrais. Par moments, j'avais la sensation qu'il me faisait la cour comme un homme fait la cour à une femme, et cela suffisait à me faire souhaiter ne jamais le revoir.

Barret a essayé de me donner l'ordre de partir.

«Il n'en est pas question, j'ai mes études à finir, et je veux les finir en France.

— Ce n'est pas à vous de discuter, a-t-il dit de sa voix désagréable. Dieu appelle.

— Non, pas Dieu, ni mon père dont je ne sais rien, mais le Père Parsons», ai-je répliqué au risque de me faire fouetter.

Mais j'allais sur mes seize ans, j'avais atteint ma taille définitive, et (heureusement) tout le monde oubliait mon âge relativement précoce.

« Je ne quitterai pas Reims sans un ordre écrit de Sir John Arundell, qui s'est occupé de moi, m'a envoyé ici et paie ma pension. »

Et puis, toutes autres considérations mises à part, j'avais beau faire, les Espagnols m'apparaissaient (en bon Anglais que je suis) comme des ennemis. Je refusais d'avoir affaire à eux.

Je ferme ici cette parenthèse sur Parsons. Moins je pense à lui, mieux je me porte.

Les événements ont continué à se succéder à un rythme fou.

On nous a annoncé la mort certaine du roi de Navarre, qui était fort malade, mais, malgré les prières (marquées du sceau de la plus pure charité chrétienne) des catholiques anglais et rémois qui ont supplié Dieu — ou plutôt le diable — de le reprendre, il s'est remis.

Catherine de Médicis est morte de vieillesse quelques semaines après le duc de Guise et le cardinal de Lorraine. On disait que c'était elle qui avait gouverné depuis la mort de son époux, Henri II, et que l'heure de vérité avait sonné pour son fils — on allait enfin voir ce qu'il savait faire.

On n'en a guère eu le temps.

Henri III était dans une situation difficile. Parce qu'il avait tué un cardinal, les docteurs en Sorbonne avaient délié le peuple du devoir d'obéissance.

« Nous n'avons plus de roi », disaient les gens. La lutte contre les extrémistes de la Ligue était dure. Au printemps, Henri III s'est rapproché du roi de Navarre, c'était sans doute la seule solution. Selon la loi salique, Henri de Bourbon-Navarre était le successeur légitime de Henri III de Valois. Les deux rois avaient passé une partie de leur enfance ensemble et seule la raison d'État les séparait. Ils ont vite fait de s'entendre malgré la différence de religion : pour eux, la cause était entendue, la nation passait d'abord. Ils avaient décidé de prendre Paris, tenu par les ultracatholiques menés par le duc de Mayenne, frère cadet des deux Guise assassinés. Et puis au moment où tout semblait s'arranger, Henri III a été poignardé par un fanatique.

La France se retrouvait avec un roi protestant — Henri IV.

Reims s'attendait à un massacre des catholiques, à une Saint-Barthélemy à l'envers. Pour exorciser la peur, on priait, on partait en procession, vêtu de bure.

Je renonce à faire l'historique de la période qui a suivi. Tout cela s'est mis à m'intéresser passionnément, et j'ai négligé la musique pour aller dans les estaminets écouter les discussions. Si j'arrivais à mettre la main sur un cheval, et le pied à l'étrier, je bravais le danger (on risquait à tout moment d'être dévalisé par des brigands ou tué par des mercenaires), surmontais ma peur, sortais de la ville, et poussais vers le sud pour parler avec les gens. Je cherchais à me faire une opinion.

Aussi jugera-t-on de l'empressement que j'ai mis à accepter lorsque Barret m'a convoqué pour me donner un de ses ordres péremptoires :

« On me dit que vous êtes bon cavalier et excellent spadassin, Tregian.

— ...

— Et de plus vous connaissez la région d'Eu.

Vous sentez-vous capable d'aller à Eu et d'y arriver vivant ? »

Barret n'a jamais été homme à gaspiller ses paroles.

« Je peux essayer.

— Le duc de Mayenne s'y trouve, et il faut que nous lui fassions tenir un message urgent. Mais il se pourrait que vous dussiez passer à travers les lignes ennemies.

— Ennemies ?

— Je veux parler de Navarre.

— De... Ah ! Vous entendez le roi de France !

— Je veux parler des lignes huguenotes, et je veux surtout que vous ne vous fassiez pas prendre.

— Encore une fois, monsieur, j'essaierai. Je pars seul ?

— C'est ce que nous préférerions. Ainsi, vous n'attirerez pas l'attention. »

Il m'a communiqué un message chiffré, il parle d'oisellerie et n'a pour moi aucun sens. Je l'ai appris par cœur. Fou de bonheur, je me suis retrouvé sur la grande route. Trois ans avaient passé depuis mon arrivée, et j'avais gagné en assurance. Sans parler de l'envie de faire le voyage, seul, qui me faisait oublier tous les dangers.

La contrée était dévastée par la guerre lorsque j'étais arrivé la première fois, mais en comparaison avec ce que je voyais maintenant, elle avait été riante. Maintenant, la désolation était partout. On était en septembre, et l'on distinguait parfaitement les champs que l'on n'avait pas moissonnés, les ceps que l'on n'avait pas effeuillés et qui ne seraient que peu ou pas vendangés, piétinés par le passage des chevaux, brûlés. J'ai évité les itinéraires connus et j'ai préféré me perdre de temps à autre. J'étais truffé d'armes, mais j'avais l'air d'un pauvre séminariste, je chevauchais une haridelle ; personne ne m'a prêté la moindre attention. En quatre jours je suis arrivé à Eu sans encombre.

L'armée de Mayenne avait levé le camp. Il venait de partir.

XI

My fancie did I fire
in faithful form and frame:
In hope ther shuld no blustring blast
have power to move the same.
And as the gods do know,
and world can witnesse beare:
I never served other saint,
no Idoll other where.

«All in a Garden green»
Ballade populaire

J'ai mis mes rêves à feu
j'ai juré d'être fidèle:
Et des boulets enflammés
ne pourraient m'en faire changer.
Et les dieux le savent bien,
et je prends le monde à témoin:
Jamais d'autre saint n'ai servi
ni d'idole ailleurs qu'ici.

J'ai un moment d'indécision: courir à la recherche de Mayenne, ou consacrer une heure à mes propres affaires?

J'ai trop envie de revoir Jane.

À la cuisine, elle tient dans ses bras son troisième enfant, une fillette de quelques semaines. Francis, mon filleul, s'accroche aux jupes de sa mère. Il est rond et souriant, une miniature de son père. Guillaume est à l'école.

«Lorsque vous étiez enfant», me dit-elle après que nous nous sommes embrassés avec effusion, «vous ressembliez à votre père, mais maintenant que vous êtes un homme, vous ressemblez bien davantage à votre grand-père John. Vous avez une détermination dans les traits qui lui était propre et qui, hors les questions de religion, a toujours fait défaut à votre père. »

Elle a un visage si lisse, si placide, si serein, que je suis pris d'une soudaine impulsion.

« Jane, j'ignore ce que vous pensez, ce que vous faites, Giuliano et vous. Par moments, pris comme nous le sommes tous entre papistes et huguenots, je ne sais plus que croire. »

Elle me regarde de ces yeux limpides qui sont, à ce qu'on dit, le miroir des miens.

« Mon cher Francis, de quoi voulez-vous parler ?

— Je parle de cette guerre absurde. Me voici, porteur d'un message à Mayenne, le frère de mon cardinal assassiné, pour faire en sorte qu'il gagne contre Henri, roi de Navarre et de France. Je passe mes journées à entendre ce qu'on dit contre la reine d'Angleterre. On priait — on priait Dieu, Jane — pour qu'Il la détruise. Mais Dieu l'a préservée. Ils disaient, à Reims, "Dieu est avec nous", et puis nous avons perdu. Alors ? Et s'Il était avec les autres ? J'ai engagé mon honneur, et mourrais plutôt que de ne pas délivrer ce message. Mais je ne souhaite pas la défaite du roi Henri. »

J'ai parlé tout d'une traite, il me semble que les paroles sont sorties de la bouche d'un autre. J'ai les larmes aux yeux. Emporté par mon émotion, je raconte à Jane ma rencontre avec Élisabeth d'Angleterre.

« Master Francis, les temps ne sont pas aux hommes de bonne volonté. On les persécute plus encore que les hérétiques. Le héros, en ce moment, c'est celui qui est solidement ancré dans un parti, celui qui peut dire avec orgueil : nous sommes bons, nous sommes les enfants de Dieu, les autres sont mauvais, ce sont les suppôts de Satan. Nous craignions beaucoup», ajoute-t-elle en rosissant, «que dans le nid de jésuites où vous vivez, vous ne soyez devenu intolérant, vous aussi.»

Un long silence.

«Ce que votre père considérait comme son devoir a peut-être été une grave erreur dont votre famille ne se remettra pas, finit-elle par dire d'une voix étranglée.

— Et Giuliano? dis-je, pour dire quelque chose.

— Giuliano est les jambes, la bouche, les yeux de Sir John. Il court l'Europe pour tenter de concilier l'inconciliable: obtenir des puissants la liberté de culte. Les puissants ne seraient pas si difficiles à convaincre. Mais ce sont les sujets qui ont besoin de certitudes. Du paradis assuré. On dit que Henri de Navarre se soucie de la religion comme d'une guigne. C'est un bon chrétien, mais il a l'esprit large. Élisabeth, c'est pareil. On dit aussi que c'est parce qu'il était tolérant que Henri III de Valois a été assassiné.

— Henri III? Mais il faisait pénitence sans arrêt...

— Apprenez, cher Francis, et c'est peut-être la dernière chose que je vous enseignerai, que l'on peut être dévot à l'extrême et ne pas pour autant vouer à la mort ceux qui ne s'adonnent pas aux mêmes dévotions que soi. Pour Henri III, la religion était une affaire personnelle, distincte de l'État.»

Un silence. Elle vient de répondre à ma question la plus lancinante.

«Moi, par exemple, reprend-elle, je tiens que vos pensées pourraient vous mener droit en enfer. Mais je ne vous voue pas au bûcher pour autant. Je n'y voue personne. Je prie pour que

Dieu vous rende une foi inébranlable. Malheureusement, les gens ont tendance à penser que qui n'est pas avec eux est contre eux. Nous passons pour les suppôts les plus dangereux du diable parce que nous transigeons.

— Et alors?

— Alors, Master Francis, si vous voulez vivre, il faut vous taire. Prier pour qu'un jour vienne où la religion sera l'affaire privée de chacun. Jusque-là, bouche cousue. Agissez si vous le pouvez, là où cela est possible. Souvenez-vous de ce que vous a dit Old Thomas: "La meilleure manière de remercier le Seigneur de Ses bienfaits est de mettre à profit les dons qu'Il vous a faits. Vous avez des devoirs, mais vous êtes un homme libre. L'art de vivre c'est savoir concilier ces deux pôles." »

De la regarder me parler, cela me donne de la force. Elle a peu changé depuis l'époque où elle était ma nourrice. C'est moi qui ai changé, car par instants j'oublie qu'elle m'a nourri et sa beauté provoque un trouble qui m'est encore, ce jour-là, inconnu.

Je prends congé.

Je n'aurai même pas attendu de voir Guillaume. Giuliano est à Londres, ou à Rome, ou à Paris, Jane ne sait pas exactement.

Il faut que je trouve le camp du duc de Mayenne.

Ce n'est pas simple. Il est parti à la conquête de Dieppe, où Henri s'est retranché. Une partie de son arrière-garde est encore là, mais je n'ai pas le mot de passe qu'il faut pour qu'elle m'accepte.

Un officier fixe ma tignasse cuivrée d'un œil belliqueux et déclare:

«Vous pourriez être un espion anglais.»

Il s'approche, si menaçant que j'en éprouve un frisson d'inquiétude.

«Vous êtes anglais?» demande-t-il d'une voix tonitruante.

Je sors mon français le plus pur.

«Moi? Quelle idée! Je suis François Tréjean de Reims, en service commandé. Et je vous assure que si vous ne m'amenez pas au duc de Mayenne, il vous le fera regretter.»

On finit par prendre mon mal en pitié.

«Longez la mer, ils allaient vers Neuville. Mais ménagez votre monture, monsieur, car vous ne trouverez pas de relais fournis. Il doit y avoir trente mille hommes en campagne.»

Je reprends la route.

La confusion de cette journée de septembre s'est inscrite jusque dans mes souvenirs. Je sais que j'ai rencontré Mayenne, je le revois écouter attentivement les phrases sur l'oiseleur et le ramage, que je débite tout en me demandant comment un homme aussi corpulent peut être un grand général.

Lorsque j'ai terminé, il me remercie avec effusion — de toute évidence, pour lui le message a un sens. Il me prie de revenir dans quelques heures.

«Il faut d'abord que nous étrillions ce roitelet hérétique.»

Je sors de la tente, me remets en selle et m'éloigne un peu. Soudain, je suis entouré de quatre hommes en armes, fort menaçants.

«Alors, le petit abbé, on espionne?»

J'ai tenté plus d'une fois de me ressouvenir comment j'avais franchi la ligne entre les deux camps. Vainement.

Je n'ai même pas essayé de discuter — la surprise me coupait la parole. Et puis je n'avais pas le temps. J'ai bondi au sol, en atterrissant j'avais déjà dégainé épée et poignard. À mon tour de surprendre. Les quatre hommes — des officiers, c'était visible à leur tenue — se sont retrouvés sur la défensive. Je me suis dit que puisque je devais mourir (à un contre quatre, c'était assuré), au moins que ce fût en m'amusant. Mon maître d'armes rémois m'avait appris à couper des panaches, à ôter des manteaux. J'ai eu quelques instants pour me servir en riant de ces bottes spectaculaires. Je n'avais envie de tuer personne.

Celui qui était sans doute leur chef a arrêté l'escarmouche.

« Halte-là, compagnons, j'aimerais savoir qui est ce joyeux seigneur qui transperce nos chapeaux en attendant de trouer nos corps. Dire que je vous avais pris pour un curé. »

Nous nous sommes inclinés.

« Alors, monsieur ?

— Je suis François Tréjean d'Arondelle. »

C'est tout ce que je trouve. Cela a l'avantage d'être la traduction française d'une vérité, de faire état de ma qualité de gentilhomme et de ne pas révéler ma nationalité inopinément. J'ai continué sur ma lancée :

« Puis-je savoir par qui je vais avoir l'honneur d'être étripé ?

— Nous sommes gentilshommes, monsieur, aussi ne nous mettrons-nous pas à quatre contre un. Ou nous vous pendons parce que vous êtes un espion, ou nous nous battons un à un. Je suis Charles de Troisville. Voilà monsieur d'Ardenne, monsieur d'Aubigné fils et monsieur des Archets, tous au service du roi de France. »

Grands saluts.

«Et maintenant, a poursuivi Troisville, nous allons vous fouiller pour nous assurer que vous n'êtes pas porteur de documents compromettants.»

Je me suis incliné encore plus bas:

«Je suis désolé, monsieur, mais mon honneur m'interdit de me laisser fouiller vivant. Vous avez ma parole que je ne porte pas sur moi la moindre feuille de papier, cependant.»

Nous avons continué cet échange de propos, sur un ton de moins en moins badin jusqu'à l'arrivée d'une petite troupe, qui m'a fait prisonnier et m'a même fouillé. Mais cette fois ils étaient si nombreux que mon honneur était sauf. On m'a mis dans la forteresse de Dieppe où j'ai passé quelques heures. Je n'ai guère eu le temps de m'inquiéter. Monsieur de Troisville est venu m'en sortir.

«Vous voilà, monsieur Tréjean d'Arondelle! J'ai parlé de vous et de vos facéties au roi, il veut vous connaître.

— Le roi? Quel roi?

— Mais… Le roi de France. Y en a-t-il un autre pour vous?

— Non, assurément, mais tant d'honneur pour mon humble personne… Je me suis dit…»

J'allais connaître Henri de Bourbon sans avoir rien fait pour cela! J'étais aux anges.

«Tréjean! Cessez de sourire béatement et venez!»

Je me suis ressaisi.

«Est-ce que mon habit…?

— Laissez, laissez, nous sommes sur le point de livrer bataille et puis Henri IV n'est pas un roi comme les autres. L'habit l'indiffère.»

Dieppe ce jour-là, Dieppe que je voyais pour la première fois était une ruche. On se préparait à la défendre de plusieurs côtés. La topographie des lieux avait fait penser au roi que Mayenne emprunterait la vallée de la Béthune, une petite rivière à l'embouchure de laquelle, sur la rive gauche, sont bâtis la ville de Dieppe et le château. La rive droite est occupée par le faubourg du Pollet. Au confluent de la Béthune et d'une autre petite rivière, l'Arques, se dresse le château auquel la rivière donne son nom, à faible distance de la ville. Henri avait décidé de faire de ce château une défense avancée et y avait placé l'artillerie. Il l'avait fait relier à la ville par un système de tranchées.

Mais ce matin-là il apparaissait que Mayenne avait modifié son itinéraire. C'est ce qu'avaient découvert mes quatre gentilshommes, envoyés en reconnaissance — l'adversaire allait vers le nord. Pour parer au danger d'encerclement, Henri avait fortifié un quatrième point, appelé l'éperon de l'Eaulne (du nom d'une autre des rivières qui entourent Dieppe), et c'est là que nous nous sommes rendus. Troisville m'a guidé jusqu'à une ferme de chétive apparence entourée d'un grand nombre de chevaux de selle.

Tous ceux qui ont, une fois dans leur vie, été face à Henri IV l'ont dit, et je ne fais pas exception : cet homme sec, grisonnant, toujours en mouvement, rayonnait la sympathie et dégageait en toute circonstance une disponibilité pour son interlocuteur qui tenait du miracle. Il y avait dix personnes dans la pièce, mais si c'était à vous qu'il parlait, vous aviez la sensation d'être seul avec lui.

Le jour où la bataille d'Arques commençait, je

me suis retrouvé racontant mon histoire — ma véritable histoire — à ce roi inconnu en qui j'aurais dû voir un de mes pires ennemis et qui aurait pu, de son côté, me faire pendre sur l'heure.

Au lieu de cela il m'a posé mille questions sur ma parentèle et a fini par conclure :

« En somme, vous seriez parent de notre sœur Élisabeth ?

— Oui, Majesté. Une de mes trisaïeules était la cousine du roi Henri VIII. Et un de mes arrière-grands-pères était le comte de Derby. Ma lignée remonte aux Plantagenêt. Sans les guerres de religion, je serais sans doute à la Cour, imbu de moi-même et prêt à en découdre.

— Tandis qu'aujourd'hui... »

L'œil du roi est malicieux.

« Aujourd'hui, je suis seulement prêt à en découdre. »

Tout le monde éclate de rire.

« Si j'ai votre parole que vous ne parlerez pas de notre camp et de nos défenses, vous pouvez retourner à Reims, monsieur.

— Je vous remercie, sire, mais je serais bien aise que vous me gardiez prisonnier quelques jours. D'autant plus qu'aux alentours de Dieppe la promenade n'est pas sans danger. »

Le roi me donne une grande tape sur l'épaule.

« C'est vrai. Troisville ! Occupez-vous de monsieur Tréjean. Et empêchez-le de se battre. »

J'apprendrai, par hasard, des années plus tard, qu'il a fait vérifier mon histoire. C'était la guerre. J'aurais pu être un espion.

Le siège de Dieppe a sans doute duré trois semaines. Troisville, avec qui je me suis lié rapidement d'une amitié indéfectible, a bien essayé de me retenir. Mais j'étais comme pris de folie.

J'apprenais à manier les armes depuis ma plus tendre enfance. Maintenant que je me retrouvais dans une situation où cela pouvait servir, j'avais envie de me battre. J'ai fini par revêtir une des casaques de Troisville, et un de ses chapeaux, et par aller me jeter dans l'une ou l'autre des diverses mêlées qui se sont succédé sous le nom de «bataille d'Arques».

Je n'ai plus guère parlé au roi, mais je n'ai cessé de le voir. À croire qu'il avait le don d'ubiquité. Il avait l'œil à tout, ne se reposait jamais, il était d'une ardeur, d'un optimisme communicatifs. On voyait son cheval blanc partout.

Mayenne ne doutait pas de sa victoire, car il avait dans les trente mille hommes, alors que Henri n'en avait que huit mille. Mais le roi avait l'avantage de l'astuce, de la position qui s'appuyait sur un système défensif continu, parfaitement organisé.

Au bout de quatre ou cinq jours d'escarmouches, nous avons subi la grande attaque. Avant le point du jour, Henri a pris ses dispositions : il a placé l'infanterie française en première ligne ; en seconde ligne, au fond de la vallée, les chevau-légers et les compagnies d'ordonnance ; en réserve, il a mis les Suisses.

L'aube pointait à peine lorsqu'une patrouille a ramené un officier ligueur prisonnier. Le roi s'est trouvé là — à se demander où le roi n'était pas. La tête enfoncée entre la fraise et le chapeau de Troisville, je me suis approché. Le prisonnier riait, il n'avait pas peur.

«Sire, dans deux heures vous aurez sur les bras trente mille hommes de pied et dix mille chevaux. Je ne vois pas ici de forces suffisantes pour leur résister.

— C'est que vous ne les voyez pas toutes, monsieur, vous ne comptez ni Dieu ni le bon droit qui m'assistent. »

La bataille s'est engagée. Dans un premier moment, elle a été confuse. Les brouillards du petit matin empêchaient de voir. Mayenne a enfoncé la cavalerie, ou du moins c'est ce que disaient ceux qui revenaient des retranchements. Mais nous, qui étions à l'arrière et nous préparions à vendre chèrement notre peau (j'acceptais de ne pas chercher à me battre contre les ligueurs, mais non de me laisser étriper sans me défendre), ne les voyions pas venir.

L'un des royaux est arrivé, couvert de sang :

«Ils ont failli ouvrir une brèche, mais les Suisses les ont arrêtés. Vous auriez dû voir cela. Lances baissées, comme un mur. Ils n'ont pas perdu un homme, et les autres ont dû reculer, tant ils ont été embrochés. »

Quelqu'un a lancé :

«Là, là, regardez... »

Un rayon venait de percer le brouillard qui, comme pris de paresse, se déchirait, semblait reculer devant le soleil. La vallée apparaissait, mise à nu, couverte d'hommes en mouvement, leurs armes étincelaient, et soudain le grand brouhaha que les brumes n'étouffaient plus est arrivé jusqu'à nous. La cavalerie de Mayenne se reformait pour une nouvelle charge. On a vu passer Henri sur son cheval, comme l'éclair, son panache blanc aplati sur son chapeau :

«Ajustez les canons ! » a-t-il crié.

Et presque 'aussitôt, les boulets se sont mis à pleuvoir sur les cavaliers ligueurs, creusant de terribles sillons.

Dans le lointain, on a entendu :

«À mon commandement, tirez!»

Et depuis l'abri du chemin couvert, les arquebusiers ont tiré sur la cavalerie, complétant sa déroute.

Il n'était pas midi.

«Mayenne a perdu au moins mille hommes. Et si nous en avons perdu cent, c'est le bout du monde», dit Troisville soudain surgi près de moi.

Troisville est gascon, comme Henri. Je ne lui ai pas demandé son âge. Cela ne se fait pas, car la valeur n'attend pas le nombre des années, mais je suis persuadé qu'il ne doit pas être beaucoup plus vieux que moi.

«Si je comprends bien, vous avez essuyé votre baptême du feu, me dit-il en souriant.

— À peine. Je n'avais pas le droit de me battre.

— Venez, je vous emmène auprès des autres, ils festoient.»

Festivités modestes, d'Aubigné avait tiré d'une sacoche une bouteille de muscadet.

Les péripéties du siège se sont succédé ainsi pendant plusieurs jours. J'ai constaté avec une certaine surprise que dans le camp du roi il y avait beaucoup de catholiques, dont d'Ardenne et des Archets.

J'ai fait état de ma perplexité.

«On peut être catholique et néanmoins royaliste», a répliqué, avec une pointe de sécheresse dans la voix, des Archets. «Je n'ai nulle envie de me retrouver sous la férule de Philippe II par Guise interposés. Le règne des Jésuites, l'Inquisition... Très peu pour moi. Et puis je rends compte au roi et non à Rome, même si je suis bon catholique. Vous voyez que j'ai raison, puisque Henri sait que je suis catholique, et qu'il m'accueille comme un fils.

— Mayenne pensait que tous ceux d'entre nous qui étaient catholiques allaient tourner casaque et lui ouvrir les portes de Dieppe», a enchaîné d'Ardenne.

Il a dû voir l'expression de mon visage, car il s'est empressé d'ajouter:

«Ainsi, vous pouvez mettre votre âme en paix. Vous n'êtes pas un traître à votre religion si vous préférez Henri IV à Ignace de Loyola.»

Nous avons ri de ce mot d'esprit qui, je l'avoue, m'a soulagé d'un grand poids.

Un beau jour, les renforts anglais, très attendus, ont commencé à débarquer. Quatre mille hommes. Personne ne m'a reconnu, personne ne m'a posé de questions. Je suis resté sur ma réserve.

Des renforts arrivaient aussi de l'intérieur. Le duc de Longueville, le maréchal d'Aumont s'approchaient à marche forcée.

Les chocs ont continué pendant plusieurs jours — généralement au grand dam de Mayenne — et j'en suis venu à me dire que sa lenteur et sa corpulence se transmettaient à ses armées. Elles ne cessaient de se laisser surprendre et accrocher par des groupes peu importants en nombre mais décidés, et surtout rapides comme l'éclair.

J'étais là depuis huit jours, vivant avec les soldats, apprenant les rudiments de l'allemand avec un Suisse, le jeu de dés avec un Parisien, le fifre avec un Franc-Comtois — bref m'amusant royalement — lorsque Troisville, un soir, m'a invité à aller chez sa mère.

«Comment, chez votre mère? Vous ne vivez pas dans le Béarn?

— Nous vivons à Bordeaux. Mais ma mère est

normande, elle a hérité il y a peu d'une terre à proximité d'Eu et a eu la malencontreuse idée de s'y rendre avant cette campagne. Elle est restée bloquée à Dieppe. Il faut vous dire que ma mère est une femme forte, auprès d'elle nous ne sommes que de fieffés poltrons.»

J'avais hâte de voir cette femme intrépide.

Et j'étais si fixé sur la mère que j'ai été pris complètement au dépourvu par la fille.

Françoise de Troisville avait quinze ans, des yeux très sombres, écarquillés, la peau brune et les cheveux aussi noirs que l'aile du corbeau. Elle était mince et élancée — tout le contraire des laiteuses beautés au regard d'azur dont les effigies nourrissaient notre imagination et nos rêves. Je suis tombé amoureux d'elle avant même qu'elle ne m'ait souri.

Elle me fixait comme si je venais de la lune. Je me demandais ce qui l'étonnait pareillement en moi. Ma taille peut-être? Mes vêtements?

Madame de Troisville était telle que son fils l'avait décrite — mais sa fille lui ressemblait beaucoup, et en sortant de là, transi d'amour et transformé à tout jamais, j'ai demandé:

«Comment se fait-il, Troisville, que vous ne m'ayez pas parlé de votre sœur?

— Mon cher ami, lorsque je vous ai vu la regarder, je l'ai moi-même vue pour la première fois. Pour moi, elle a toujours été "la petite". Voilà que c'est une femme qui ravit le cœur de mes amis.»

Je rougis et essaie de protester. Il m'arrête.

«Je vous en prie! Vous êtes homme d'honneur. Aimez ma sœur tant que vous voudrez. Vous ne m'en serez que plus cher.»

À partir de ce jour-là, je suis allé souvent chez

madame de Troisville. Françoise était vive, d'une intelligence et d'une culture supérieures. Jusque-là, les femmes n'avaient guère existé. Du jour au lendemain, l'amour est devenu ma préoccupation essentielle. Ce que j'avais pris pour de l'étonnement était, de la part de Françoise, un sentiment aussi fort que le mien.

Nous nous sommes découvert un commun intérêt pour la musique. Elle jouait merveilleusement du luth, un instrument que pour ma part je maîtrisais mal. Accompagnée de son frère, elle m'a fait l'honneur de venir jusqu'à l'église du Saint-Sauveur où, au lieu de jouer une messe, j'ai rempli la nef des sons profanes d'une pavane de maître Byrd qui changeait soudain de sens. Là où je n'avais, jusque-là, vu que science, je remarquais maintenant le sentiment.

Il me semble que chaque note, chaque accord, chaque écho est plein des yeux noirs de Françoise de Troisville, il me semble que plus je joue plus elle s'insinue en moi, et la pavane se déroule au bout de mes doigts, malgré moi et venue pourtant du plus profond de moi, exprimant tout ce que je ressens, mon amour a soudain des ailes.

J'ai levé les yeux de mon clavier et j'ai rencontré le double regard noir de Françoise et de son frère. Ils sont stupéfaits.

« Qu'y a-t-il ?

— Mais, Tregian, dit finalement Charles, vous êtes un grand musicien !

— Non. Il m'est impossible de composer une ligne. Je peux tout expliquer, tout jouer, mais pas écrire.

— Qu'importe de qui est la musique ! dit Françoise. Lorsqu'on vous entend, c'est comme si les cieux s'ouvraient devant nous. »

Le siège de Dieppe n'a pas duré plus d'une quinzaine de jours, je le sais raisonnablement. Mais pour moi ces journées sont comme un diamant, hors du temps, peut-être le moment le plus parfait de ma vie.

Je parcours les rues sans m'en apercevoir, sans toucher le sol. Je vais épouser Françoise de Troisville, cela ne fait pas de doute, et ma vie future m'apparaît comme une béatitude sans fin où rien ne pourra être absolument malheureux du moment que j'aurai Françoise. Même nos noms sont prédestinés.

«Hé! Tregian! Que faites-vous?»

Je suis entré dans le logis que je partage avec Troisville. Comme il n'y a qu'un lit et qu'il est étroit, nous dormons par terre à tour de rôle. Troisville est sur le tapis, enveloppé d'un grand manteau, et je viens de le heurter.

«Oh pardon! Je ne vous avais pas vu.»

Il me regarde, à demi dressé, d'un air espiègle.

«Il faut que vous soyez amoureux pour être pareillement dans les nuages. Serait-ce ma sœur qui vous met en pareil état?»

Il m'est impossible de cacher mes sentiments.

«Je l'aime. Je voudrais l'épouser.»

Il se débarrasse de son manteau, se lève.

«Il va falloir arranger pas mal de choses pour que ce mariage puisse avoir lieu, à mon avis. Nous sommes huguenots.

— Vous êtes... quoi?

— Vous ne le saviez pas?

— Je ne me suis pas posé la question. Mais pour moi, cela ne change rien.

— Pour vous peut-être. Et pour moi. Mais votre famille ne consentira jamais.

— Et Françoise?

— Oh, elle est dans le même état que vous. Elle vous aime. Et ni ma mère ni moi ne nous opposons. Mais votre père...»

J'ai une brève vision de mon père apprenant que je vais épouser une hérétique.

«Evidemment, mon père... Il va falloir s'y prendre comme nous l'avons fait chaque fois que nous voulions quelque chose : passer par mon grand-oncle, le vrai chef de la famille.»

Je lui raconte Sir John.

«Je ne sais comment le joindre, dis-je en guise de conclusion, il est près de Londres. Et notre homme de confiance est en Italie.»

Troisville pousse un cri.

«Moi je sais. Le roi cherchait un messager sûr pour aller à Londres. Vous pourriez faire l'affaire.

— Je doute qu'un élève des Jésuites soit son homme.

— Vous ne connaissez pas Sa Majesté. Lorsqu'il juge quelqu'un, il se trompe rarement. Et une fois qu'il a donné sa confiance, il ne change pas d'avis. Il m'a demandé de vos nouvelles pas plus tard qu'hier, et j'ai bien vu qu'il vous estime.»

Il est prêt à sortir. Il me prend par la manche.

«Venez, allons le voir.»

Le roi n'hésite pas. Il trouve l'idée excellente.

«En France, vous aurez votre allure de séminariste ordinaire, et en Angleterre, les gens constateront à mille détails que vous êtes anglais. Vous êtes l'homme de la situation.»

L'idée de me retrouver bientôt à Londres m'enivre. Je me laisse faire.

«Sire, j'ai deux grâces à vous demander. Trois, même.

— Voyons cela.

— J'aimerais que personne, mais alors personne, ne sache que c'est moi qui pars. Il est impossible qu'il n'y ait pas ici des espions liguistes, et si ma mission s'ébruitait, je me ferais massacrer en arrivant à Reims.

— Très juste. Accordé. La seconde?

— Lorsque j'aurai délivré mon message, j'ai deux personnes à voir. Une près de Londres, l'autre dans mon pays, en Cornouaille.

— Une femme?»

Je souris.

«Non, sire. C'est... Comment dire?... C'est l'amant de mon arrière-grand-mère. Il est très vieux, il pourrait même être mort. Mais c'est un des êtres que j'aime le plus au monde.

— J'espère que la réponse ne sera pas aussi urgente que mon message — et à cette condition, accordé aussi. Avec de la chance, lorsque vous reviendrez nous serons à Paris.»

Un silence se fait.

«Je crois, finit par dire le roi, que je sais ce que vous voulez encore me demander. Troisville? Cela vous plairait de faire un petit voyage en Angleterre?

— À moi, sire?

— Oui, à vous. Accompagnez donc votre ami. Tenez, encore mieux: si la réponse est urgente, vous pourrez la ramener pendant que Tregian ira remplir ses devoirs de piété filiale.»

Troisville sourit et s'incline:

«À vos ordres, sire. Il ne reste qu'un seul problème.

— Je sens que vous allez me parler d'argent.

— Je suis désolé, mais je n'en ai plus.»

À quoi j'ajoute:

«Et moi, je n'en ai jamais eu.»

Henri de Bourbon, roi de France et de Navarre, n'est pas beaucoup mieux loti que nous. Mais enfin, il opère à une autre échelle, et lorsque nous allons chercher le message, il nous a procuré un bateau, une bourse et une lettre pour toucher nos premiers chevaux en débarquant.

Avant de partir, j'ai fait mes adieux à Françoise.

Je serai de retour, au plus tôt, dans quinze jours, et selon toute probabilité le siège de Dieppe sera terminé, elle et sa mère seront retournées à Bordeaux. Quant à moi, en revenant, il va falloir que je me précipite à Reims.

J'ai le bonheur de me trouver un instant seul avec ma bien-aimée.

«Vous ne m'oublierez pas?»

Elle me fixe avec une intensité qui me fait trembler.

«Jamais! Vous viendrez à Bordeaux?

— Dès que je pourrai. Mais cela peut prendre du temps.

— J'attendrai.»

Elle me tend un médaillon, un portrait d'elle.

«Tenez, prenez ceci pour l'amour de moi.»

Je tends la main, nos doigts se touchent et nous nous retrouvons l'un contre l'autre, bouche contre bouche. Mon corps est en feu, je vais exploser. Je ne saurais dire si cela dure un instant ou une heure.

Une voix se rapproche, nous sépare. La porte s'ouvre, madame de Troisville entre, nous regarde tour à tour, sourit et ne dit rien.

Plus d'un demi-siècle a passé depuis ce jour-là, mais mon sentiment est aussi frais que s'il datait d'hier: nous nous sommes, dans cette étreinte, mariés l'un à l'autre.

XII

Chante des lèvres, chante du fond du cœur
Chante, fidèle ami, je hais les départs :
Les amis ne restent pas toujours unis
Mais je hais les départs ils chantent ici.

Nous traversons la Manche en caboteur. Une
embarcation rapide qui ne paie pas de mine.
Nous ne cherchons nullement à aborder clandestinement, les précautions que nous avons prises
au départ n'étaient dictées que par la crainte des
espions liguistes. C'est pour les tromper que
nous nous sommes camouflés en François de
Troisville, gentilhomme, en voyage avec son valet
Charles.

La traversée, peuplée pour moi du visage
d'Adrian et de celui de Françoise, se passe sans
histoire. Nous débarquons dans une crique à
l'ouest de Southampton. Le capitaine nous atten-
dra. Nous partons ventre à terre jusqu'à Londres
où nous devons remettre notre message, en
mains propres, à Sir William Cecil, trésorier et
principal conseiller de la reine, qui porte le titre
de Lord Burghley.

Je préfère ne pas trop réfléchir à l'aventure
que je vis : moi, porteur d'un message à William
Cecil ! L'ennemi juré de ma famille, celui qui a

fait arrêter mon père! Moi, étudiant catholique au collège de Reims, j'amène un message du roi huguenot à la reine renégate! Je voudrais avoir du remords. Mais chaque fois que j'y pense cela m'exalte et me fait rire.

D'ailleurs, je n'y pense guère. Je pense à Françoise.

William Cecil est à Whitehall. Pour nous y rendre, nous traversons tout Londres. Lorsqu'on ne quitte pas le lieu où l'on est né on s'y habitue, et les sensations les plus plaisantes finissent par s'estomper, émoussées par la répétition. Mais lorsqu'on en est arraché, chaque retrouvaille est une découverte — et je crois que de tous mes retours en Angleterre celui-là — le plus fou et le plus illicite de tous — est celui qui a provoqué la jouissance la plus intense.

Troisville m'observe en souriant.

«C'est extraordinaire. Vous étiez si français à Dieppe! Et ici, vous êtes parfaitement anglais.»

Nous parcourons en silence ce qui a été «mon» Londres. Troisville ouvre de grands yeux. Il n'a jamais vu, je crois, une telle foule.

Whitehall nous ramène à la réalité du moment. Il s'agit de se faire admettre. De formalité en formalité, nous nous retrouvons dans l'antichambre de Lord Burghley. Cela a duré des heures.

Je finis par être introduit auprès de lui.

C'est un vieillard grand et voûté, la barbe blanche en pointe, les mains longues et fines, l'œil vif d'un jeune homme, le regard dur d'un marchand.

«On me dit que vous êtes porteur d'un message du roi Henri de France, monsieur?»

Je m'incline, incapable du moindre mot, et extrais la lettre de Henri de la poche secrète de mes braies où je l'avais laissée, par mesure de précaution.

«Vous me rappelez quelqu'un, dit-il pendant que je la lui tends, mais je n'arrive pas à vous placer.»

Je m'incline encore une fois, pour toute réponse.

Il décachette la lettre, la lit. Lève les yeux sur moi une ou deux fois.

«Vous reverrez Henri, monsieur?

— Avec votre permission, monseigneur. En ce moment, selon toute probabilité, il assiège Paris.

— Vous lui porterez un message de ma part?

— Assurément. Je m'y suis engagé, si vous voulez bien m'en confier un.

— Pour un Français, vous parlez un anglais irréprochable, monsieur de Troisville.»

Je ne peux m'empêcher de rougir jusqu'à la racine des cheveux.

«Vous êtes anglais, n'est-ce pas?

— Oui, monseigneur. Mais ce n'est pas pour vous, c'est pour éviter d'attirer l'attention des espions liguistes en France que j'ai joué cette comédie. Le véritable comte de Troisville est dans l'antichambre, habillé en valet. À vous, nous n'avons aucune intention de mentir.

— Et votre nom, est-ce un secret aussi?

— Oui, monseigneur. Mais pas pour vous. Je m'appelle Francis Tregian.

— Francis Tregian! Vous... Je savais bien que je vous avais déjà vu quelque part. Vous êtes...

— Vous ne m'avez jamais vu, monseigneur. Je suis le fils aîné de mon père.

— Mais... Vous n'êtes donc pas catholique?

— Si, monseigneur. Et si mon père savait que je suis ici, je crois qu'il me tuerait. Mais mon plus cher désir serait que nos deux religions puissent vivre en harmonie.»

Au point où j'en suis, je préfère vider mon sac :

«Je n'ai aucune intention de devenir protestant, mais je suis patriote. Philippe d'Espagne est autant mon ennemi que le vôtre ou celui du roi Henri. Il y a beaucoup de catholiques au service du roi de France. Il m'a fait confiance, et je ne le trahirai jamais. De même que je ne trahirai jamais ma religion. Mais j'estime que mes convictions sont une affaire entre le Ciel et moi.

— Vous êtes un étrange jeune homme, monsieur. Courageux. J'aurais pu vous faire arrêter.

— Oui, monseigneur. Aussi ai-je préféré vous dire moi-même qui j'étais, sans attendre qu'un de vos informateurs le fasse, car je dois à tout prix aller à Golden en Cornouaille rendre visite à un vieil ami, je dois voir mon oncle, Sir John Arundell, pour une affaire privée, et vous apprendriez ma venue.»

Il éclate de rire.

«Vous êtes vraiment un original. Qu'avez-vous l'intention de faire, dans la vie ?

— «Si je retrouve un jour les biens de mon père, je les administrerai. Mais l'activité que je préfère, c'est la musique.

— Vous composez ?

— Non. Je joue. Orgue, virginal.»

D'un geste, il lève une tenture placée devant le plus beau virginal que j'aie jamais vu, et de la main il m'invite à m'asseoir.

Je m'exécute, conscient qu'il vérifie mes dires, et en pensant que s'il attend une révélation, je vais le décevoir. Je ne joue bien que des compositeurs anglais qu'il connaît sans doute déjà.

Je joue.

Quelques instants ou une heure. Comme toujours en pareil cas, le temps perd toute épaisseur. Je joue du Byrd, du Bull, du Morley — mes préférés. Les morceaux se pressent d'eux-mêmes au bout de mes doigts. Je suis tendu d'avoir transgressé l'interdit familial, exalté d'avoir osé dire ce qui me paraissait devoir être dit, plein du souvenir de Françoise.

Je suis ramené à la réalité par un parfum qui s'insinue... Sans m'interrompre, je tourne la tête — et je lâche une fausse note.

La reine !

J'arrête net, me lève et tombe à genoux d'un seul mouvement. Elle me prend le menton et me force à la regarder. Ses doigts sont secs, chauds, et forts. Ses yeux sont brun clair, avec des éclats jaunes.

Cela dure.

Elle finit par reculer d'un pas et me donne sa main à baiser.

« Je vous savais comédien, mais vous m'aviez caché vos qualités de musicien, monsieur. »

Burghley a un geste de surprise.

« Votre Majesté connaît ce jeune homme ?

— Nous nous sommes déjà rencontrés. Et monsieur Tregian fils a des yeux qu'on n'oublie pas. »

Mais moi, j'oublie la suite. La reine m'a joué un morceau que je ne connaissais pas. Je lui en ai joué un qu'elle n'avait jamais entendu.

Lorsque j'ai pris congé, il me semblait être ivre.

Dans l'antichambre, la vue de Troisville me prend au dépourvu. Je l'avais oublié.

« Vous êtes malade, monsieur ? demande-t-il avec la sollicitude qui sied à un serviteur.

— Non, non... Nous avons deux jours devant nous. Venez, nous allons voir Sir John Arundell. »

Pour sortir de Londres en direction de Muswell, nous devons emprunter Bishopsgate. Pour arriver jusque-là, nous longeons la Tamise, puis remontons vers Leadenhall, l'Exchange.

J'explique, je traduis, à un Troisville qui semble tout à cette visite guidée, et qui m'étonne fort lorsque, entre un éclat de rire et une exclamation, il me dit, facétieux :

«Ne vous retournez surtout pas, mon cher ; nous sommes suivis. Cape brune, chapeau noir, moustache sombre, pas de barbe. Cheval roux avec une tache blanche sur la patte avant gauche.

— Français ?

— À mon avis, non. Mais cela ne l'empêcherait pas d'être un espion de Mayenne. La seule chose qui me rassure un peu, c'est que je ne l'ai pas vu avant Whitehall. Pourtant, j'étais sur le qui-vive. »

Pour dépister un poursuivant, Troisville n'a pas son pareil. Novice comme je le suis, je n'aurais, moi, jamais remarqué l'homme au manteau brun.

Nous sortons de Londres. Sur la route de Shoreditch, le cavalier fait place à une méchante carriole tirée par un cheval de qualité et conduite par un être noyé dans les plis d'un grand manteau. Nous décidons de l'ignorer.

«Paraissons naïfs, conseille Charles. Lorsque les espions pensent qu'on ne les a pas remarqués, c'est toujours plus facile de leur fausser compagnie en cas de besoin. »

Nous avons attaché nos chevaux à la grille du parc, Troisville s'est installé sur une branche basse et je me suis glissé dans la maison. Lorsque j'ouvre la porte de la bibliothèque, je commence par éprouver un choc. La tête penchée sur la plume est chenue. J'ai quitté un homme mûr, je retrouve un vieillard. Au léger bruit que je fais, Sir John lève les yeux, avec une vivacité inchangée, et pose sur moi le regard clair que je connais bien. Pour la première fois, je remarque qu'il a les mêmes yeux gris qu'Adrian.

Nous restons ainsi, face à face.

« Vous… Qu'est-ce que vous… Comment est-ce possible… ? Francis ? finit-il par dire.

— Oui, Sir John, c'est moi. Bonjour ! »

Il se lève, ouvre les bras, et je m'y engouffre. Je le dépasse d'une tête, mais il me tient contre lui comme un père le ferait avec un petit enfant.

Il me fait asseoir près de lui dans l'embrasure de la fenêtre.

« Racontez-moi tout. »

Je m'exécute. Cela prend longtemps, mais Sir John est insatiable. Il absorbe mon récit presque sans bouger, sans jamais me quitter du regard. C'est à peine s'il pose une question ici et là pour que je précise un détail. Le seul moment où il intervient, me fait répéter, me bombarde de questions serrées, c'est lorsque je relate la disparition d'Adrian, ma conviction qu'il n'est pas mort et ma décision de ne rien dire au reste de la famille, lui excepté.

Je ne lui cache rien — même pas mes incertitudes religieuses.

« Mon cher Francis, dit-il d'une voix douce, plus nous avançons, plus je suis persuadé que les fanatiques de tout bord seront, à la longue, les perdants. Je sais que même dans les hautes sphères de la Cour, on ne les aime pas. Si "catholique" n'était pas devenu synonyme de "domination espagnole", je ne suis même pas certain que la reine serait aussi intraitable. Des gens comme l'abbé Parsons font un mal terrible à notre cause. Pour eux, la fin justifie tous les moyens, et cela, je ne peux pas l'accepter. Ce sont des traîtres à leur patrie. Mais même dans ma propre bibliothèque, je dois dire cela à voix basse. La pondération n'est pas bien vue, par les temps qui courent, fanatiques catholiques et religionnaires s'en méfient également. Je suis très heureux de voir que vous n'êtes pas comme... Je veux dire que vous êtes raisonnable. »

Je ne commente pas.

« Comment vont mes parents ? je demande.

— Ils vivent à la Fleet. Vous avez plusieurs jeunes sœurs. Votre frère Charles est en France.

— Mon frère Charles ? »

J'avais oublié ce petit frère quasi inconnu.

« Il avait l'âge d'aller au collège, et votre père a tenu à ce qu'il aille à Saint-Ouen. Il est... très pieux.

— Charles viendra à Reims ?

— Il en a l'intention. Mais enfin, il n'a que neuf ou dix ans, par les temps qui courent tout peut changer très vite.

— Et Mary ?

— Votre sœur aînée est mariée, elle a deux enfants. »

J'avale. L'image que j'ai d'elle est celle d'une petite fille.

« Et Margaret ?

— Je la ferai venir ce soir, mais si votre mission doit rester secrète, il faut que nous prenions des précautions.

— Elle est ici ?

— Mais oui, elle a longtemps vécu à la Fleet avec vos autres sœurs, mais elle... Ma femme, votre grand-mère, a fini par la prendre ici, elle l'éduque et Margaret lui sert de demoiselle de compagnie. Nous n'avons pas eu la possibilité de l'envoyer dans une famille, comme ce fut le cas pour Mary.»

Ce qui, en termes clairs, signifie sans aucun doute que l'argent manque. Sir John paie pour tout le monde depuis longtemps. Et c'est sur ses épaules que pèse le poids des amendes dont doivent s'acquitter les catholiques qui refusent d'aller à l'église anglicane.

«Si vous désirez épouser mademoiselle de Troisville, remarque Sir John, il va falloir en informer vos parents. Laissez-moi faire, cela vaudra mieux. Est-ce que la famille de Troisville est huguenote pour toujours?

— Mais, mon oncle...

— Je vous en prie, mon cher, pour devenir roi de tous les Français, Henri sera obligé de se convertir. Ce ne sera jamais que la quatrième ou la cinquième fois. Et ses fidèles, me semble-t-il, devront faire comme lui.

— Vous devriez poser la question à son frère, c'est lui qui me sert de valet. Mais il va falloir le faire discrètement, car s'il y a un espion liguiste dans votre train, une fois rentré à Reims je cours de graves dangers.

— Vous m'amènerez monsieur de Troisville ce soir, lorsque tout le monde sera couché. Il faudra aussi que je lui dise très clairement que pour le moment, vous n'avez aucune fortune.»

À la nuit tombée, lorsque le soir vient et que nous nous retrouvons dans la bibliothèque de Sir John, la plus grande surprise de ce voyage plein d'imprévus, c'est ma sœur Margaret. Sir John l'a envoyé chercher. Elle va sur ses onze ans, mais elle a l'air d'une femme. Elle est grande, elle a les cheveux cuivrés des Tregian, des yeux d'un vert très clair, un ovale parfait et un sourire enjôleur. Troisville la dévore du regard.

Nous ne nous disons pas grand-chose. Notre rencontre est furtive, car si ma visite doit rester secrète, il faut que mes parents, que ma grand-mère Anne l'ignorent.

«Vous savez, me dit Margaret lorsque nous avons discuté de toutes les affaires sérieuses et que nous sommes sur le point de partir, j'ai appris à chanter, depuis la dernière fois.»

Elle a un regard si espiègle que je ris avec elle, mais au fond de moi, j'ai plutôt envie de pleurer. Je la revois, toute petite, avec son filet de voix, et je suis infiniment triste d'avoir manqué toutes ces années où elle s'est développée, où sa voix s'est affermie.

Nous n'avons guère le temps d'exprimer nos émotions.

«Monsieur de Troisville, que feriez-vous si votre roi devenait catholique? demande Sir John. Ou plutôt, que ferez-vous le jour où il embrassera le catholicisme? Il tarde aussi longtemps que possible, et c'est de bonne politique. Il est vital qu'on ne pense pas de lui que c'est une girouette. Mais il faudra bien qu'il en passe par là.»

Troisville regarde Sir John avec toute l'intensité de ses yeux noirs.

«Je crois que je ferai comme lui, monsieur. J'aime trop le roi de France pour ne pas le suivre.

— Dans ce cas, je considère d'ores et déjà que vous êtes catholique, monsieur. Et le mariage entre votre sœur et mon neveu ne se heurte qu'à des problèmes d'argent.

— Nous avons nous-mêmes juste ce qu'il faut,

monsieur. Je crois que l'argent n'est pas un obstacle. Ma mère, que nous consultons toujours bien que je sois le chef de famille depuis la mort de mon père, vous fait dire expressément que cela ne doit pas vous préoccuper.

— Vous présenterez mes respects à Madame votre mère, monsieur. Je voudrais que Francis dispose encore de la fortune de son grand-père John...

— Dans ce cas-là, dit Troisville avec un grand sourire, c'est probablement votre famille qui ne voudrait pas de ma sœur. Tout est mieux ainsi.»

Nous sommes déjà sur la route, au petit matin, lorsque Troisville me dit :

«Si dans cinq ans votre sœur veut de moi, je l'épouserai.

— Mais...

— Pas de mais. Elle est merveilleuse, mais c'est une enfant, et je m'en serais voulu de la troubler. Dans cinq ans, si cela ne la dérange pas que j'aie dix ans de plus qu'elle.

— Elle n'a pas de dot, vous savez.

— Tregian, je vous en prie.» Il enchaîne sans changer de ton. «Ne vous retournez pas, nous avons une ombre. Nous allons lui fausser compagnie. Tenez-vous prêt.»

La vague mélancolie qui me serrait le cœur en quittant Sir John et Margaret disparaît d'un seul coup. J'avais presque oublié la raison de mon voyage.

Nous galopons sur la route pendant deux ou trois milles, puis Troisville me fait signe de m'arrêter. Il me montre avec de grands gestes un caillou.

«Nous attendons que l'autre s'arrête aussi, dit-il entre ses dents, et puis nous piquons dans cette clairière sur la droite. Espérons qu'on en ressort facilement. Suivez-moi même si vous ne comprenez pas ce que je fais.»

La carriole — ce n'est pas celle d'hier — est arrêtée sur le flanc de la route, et le charretier est même descendu pour examiner un des sabots de son cheval.

«Maintenant», dit Troisville, et nous partons ventre à terre dans les fourrés. Au bout de quelques minutes, nous croisons un chemin creux, qui court parallèlement à la route dont nous venons. Troisville le prend, mais au lieu d'aller vers Londres, il nous fait faire marche arrière. J'admire sa stratégie. Nous sommes presque chez Sir John lorsqu'il me fait signe de m'arrêter et me demande :

«Vous connaissez un autre itinéraire pour aller à Londres ?

— Si nous allons par là, dis-je en montrant l'occident, nous finirons par arriver sur la route de Clerkenwell, et entrerons à Londres par Aldersgate.»

C'est ce que nous faisons dans l'après-midi, après quelques tâtonnements.

«Nous n'allons pas arriver chez Lord Burghley par la grande porte, suggère Troisville. Notre homme nous y attend, c'est élémentaire.»

Nous cherchons les entrées de service et finissons par en trouver une où l'on décharge des barils de poisson séché. Charles me souffle :

«Donnez-moi des ordres, vite.»

Je m'exécute, et il se précipite sur un baril. Le va-et-vient est tel que personne ne nous remarque. En quelques minutes, nous sommes dans le palais.

La chance nous sourit, nous rencontrons le secrétaire de Lord Burghley qui nous a introduits la veille. En nous voyant, il lève haut le sourcil :

« Tiens, vous êtes là, s'exclame-t-il en français. Je ne sais trop pourquoi, je vous croyais perdus. »

Troisville et moi échangeons un regard, et je jurerais que, comme moi, il exhale un soupir de soulagement. Ce n'était donc pas la Ligue.

« Nous pensions que trois anges gardiens, c'était trop, réplique Troisville, suave. Et puis les anges on ne sait jamais d'où ils tombent. »

Le secrétaire rit, et nous introduit.

« Ah, les voilà retrouvés ! s'exclame William Cecil.

— Nous ne savions pas que c'était vous qui nous protégiez, monseigneur, dis-je poliment.

— Tregian, vous êtes une véritable surprise, je l'avoue.

— Pas trop décevante, j'espère, monseigneur.

— Inattendue. Faites sortir votre serviteur, j'ai des choses à vous dire.

— Permettez-moi, monseigneur, de vous présenter Charles de Troisville, gentilhomme gascon de la suite de Henri IV. S'il savait l'anglais, l'ambassadeur ce serait lui. »

Burghley se tape la cuisse et un sourire lui plisse le visage pendant qu'il saisit les deux mains de Troisville.

« Jeunes gens, vous me plaisez. Quel dommage que je ne puisse vous prendre à mon service. »

Nous nous inclinons.

« Sa Majesté a fait préparer une réponse pour le roi Henri, poursuit-il, et demande à voir monsieur Tregian — discrètement, bien entendu. »

Il fait signe à son secrétaire.

« Amenez monsieur Tregian dans le cabinet brun. Monsieur de Troisville, vous allez rester avec moi. Si Sa Majesté désire vous rencontrer, je vous ferai introduire.»

Burghley parle un français parfait, hors l'accent. Troisville s'incline, une fois encore.

Dans le cabinet lambrissé où l'on me met j'attends longtemps. Je finis par perdre la notion de l'heure. Il fait encore jour lorsque j'y suis arrivé, et la nuit est tombée depuis longtemps lorsque la reine fait son entrée, seule, portant elle-même son chandelier.

Je mets genou à terre.

«Cecil m'apprend que vous êtes un jeune homme remarquable, et que vous avez même faussé compagnie à ses limiers, dit-elle avec un gloussement.

— Le mérite revient à mon compagnon, Majesté, c'est un expert.

— Monsieur Tregian, lorsque je vous vois, il me semble avoir perdu quinze ans, et voir votre père. Mais il y a chez vous quelque chose qui lui a toujours manqué. Je voudrais qu'il soit en mon pouvoir de vous rendre vos biens.»

Ce n'est pas le moment de perdre la tête.

«Madame, vous pouvez tout ce que vous voulez.

— Erreur, mon ami. C'est la politique qui me dicte ma conduite, et non mon bon plaisir. Il me serait impossible, actuellement, de reprendre votre bien aux Carey, je provoquerais une crise d'État dans la mesure où votre père ne s'est pas rétracté, et mon geste serait pris pour une capitulation de la reine d'Angleterre face au roi d'Espagne. Mais j'ai décidé... Quels sont vos projets?

— Aller en Italie et y faire de la musique. À Rome. Ou à Venise, ou à Ferrare. Peut-être à Anvers ou à Amsterdam. Un de ces lieux où l'on dit que la musique fleurit.

— Il y aura une rente pour vous chez nos banquiers flamands. Ils vous la verseront, jusqu'au jour où vous voudrez rentrer en Angleterre. Prenez cette bague. Ils la connaissent et elle vous identifiera. Tant que je vivrai, vous ne manquerez de rien. C'est tout ce que je peux faire. Je ne peux ni vous rendre vos biens, ni exempter Sir John Arundell d'amende. Vous me comprenez?

— Oui, Majesté.

— Tenez», elle me tend deux plis cachetés. «Voici la lettre pour la banque. Et voici mon message pour le roi Henri. Quand le lui donnerez-vous?

— Dans dix à quinze jours, cela dépendra de la traversée.»

Elle ouvre la porte et frappe dans ses mains. On entend un froissement d'étoffes.

«Allez me chercher William Cecil», ordonne-t-elle, et des pas s'éloignent, rapides, dans le couloir.

Burghley et Troisville ne tardent pas à arriver. Troisville tombe à genoux, et Élisabeth lui donne sa main à baiser.

«Voilà donc le jeune homme qui sème les gens qu'on charge de le protéger», dit-elle dans un français parfait.

La voix de Troisville tremble légèrement:

«Votre Majesté nous pardonnera, nous avons craint que ce ne fussent des espions de la Ligue.

— Vous êtes tout pardonné, monsieur, mais maintenant que vous êtes au courant, ne rendez pas le travail de mes agents plus difficile qu'il n'est.»

Nous prenons congé, non sans que la reine — pour mon plus grand embarras — ait présidé elle-même à l'escamotage de ses lettres dans la poche secrète de mes braies.

« Combien de jours vous faut-il pour aller à Golden ? demande Burghley lorsque nous sommes seuls.

— Depuis Southampton, deux.

— Tenez », il nous donne encore une lettre. « Allez aux relais royaux, vous aurez toujours les meilleurs chevaux. Vous gagnerez sans doute du temps. »

Nous quittons Londres au point du jour, à contre-courant de tous les chalands qui se rendent aux différents marchés.

« Si vous préférez m'attendre à Southampton, je propose à Troisville, je peux aller à Golden seul.

— Bien entendu. Mais j'ai envie de voir les domaines auxquels ma sœur pourrait prétendre, et puis rien ne me dit que je reverrai jamais l'Angleterre, et encore moins la Cornouaille. Ne me parlez plus de Southampton, je vous en prie. »

Et, avec un grand sourire, il éperonne son cheval.

Nous mettons un peu plus de quatre jours pour arriver jusqu'à la porte de Thomas. C'est à peine si nous prenons le temps de manger et de dormir. Lorsque la maison apparaît au détour du chemin, j'arrête mon cheval.

« Qu'y a-t-il ? demande Troisville. Vous êtes blanc comme un linge.

— C'est que pour la première fois je viens d'envisager que Old Thomas pourrait être mort. S'il vit, il doit être presque centenaire. »

Lorsque je frappe, mes genoux tremblent. Personne ne répond. J'essaie de pousser la porte. Elle cède. Dans l'âtre un feu rougeoie, mais la pièce est vide. Je passe dans la pièce suivante, puis dans celle où est le lit. Une bougie brûle. Les rideaux du lit sont tirés.

«Messire Thomas?»

Je suis un imbécile. Comment ai-je pu penser un seul instant que...

«Master Francis!»

La voix est sortie de derrière les rideaux. Un peu faible, mais toujours aussi profonde, aussi ferme.

Je me précipite, écarte l'étoffe. Il fait presque nuit et je distingue à peine le visage émacié, l'ombre autour des yeux.

«Thomas, vous êtes là! Oh, Thomas!»

Je tombe à genoux, pose ma tête contre la main qui repose sur le drap et, sans raison, j'éclate en sanglots.

«Je savais que vous viendriez», dit Thomas. Il dégage sa main et me caresse les cheveux, du même geste que lorsque j'étais enfant. «Il a fallu que je m'accroche, mais je tenais à vous revoir.» Il a un petit rire. «Pour rien au monde je n'aurais manqué un dernier rendez-vous avec les yeux des piskies. Vous êtes seul?

— Non, j'ai amené un ami. Le frère de la femme que j'aime.

— Vous aimez une femme? C'est bien, Master Francis. Vous êtes vraiment un homme maintenant. Vous l'épouserez?

— J'espère. Elle est française, et huguenote. Protestante.

— Si vous l'aimez suffisamment, elle sera à vous, comme Jane a été à moi toute ma vie, toute sa vie. Vous ai-je dit qu'elle est morte dans mes bras?

— Non.

— Son mari était à Londres. Elle a accouché,

et la sage-femme nous a dit : "Elle est perdue." Je
me suis précipité. Même si Tregian avait été là,
s'il m'avait fait tuer tout de suite, cela m'aurait
été égal. Je suis entré, elle délirait. Je l'ai prise
dans mes bras, je les ai chassés tous, ses femmes,
tout le monde. Je lui ai posé des compresses sur
le front, et pendant ce temps, elle me parlait
comme du temps où nous avions l'illusion de
pouvoir nous marier. À la dernière minute, elle
a retrouvé ses esprits, et elle m'a demandé si
elle avait dit des bêtises : "Seulement que vous
m'aimiez, lui ai-je dit.

— Alors, c'est bien. Thomas, prenez soin de
mes enfants. Si vous veillez sur eux, je pars tranquille, a-t-elle dit encore. Ma dernière pensée
sera pour vous. Sortez, maintenant, et envoyez-
moi l'abbé." Lorsque je suis sorti, ses beaux yeux,
vos yeux, étaient déjà voilés. Tout le monde
savait que j'aimais Jane ; personne n'a rien dit à
son mari, lorsqu'il est revenu. »

J'en crois à peine mes oreilles. Thomas vient
de raconter son histoire avec une éloquence
inchangée.

« Où est-il, ce jeune Français ? Faites-le entrer.
Dans le buffet, vous trouverez des chandelles. »

Nous en allumons deux, et je vois mieux Thomas. Je ne le trouve pas vieilli, il a toujours été
vieux, courbé, chenu, ridé, d'aussi loin qu'il me
souvienne. Il a juste l'air plus transparent.

Nous l'aidons à s'asseoir. Il pose sur nous un
regard aussi noir que de coutume, un peu plus
enfoncé qu'autrefois dans les orbites. Il m'étonne
en s'adressant à Troisville en français. Ma perplexité le fait rire :

« Vous savez, pendant cinquante ans, j'ai admi-
nistré les domaines toujours plus vastes de

votre famille. Vos arrière-grands-parents et vos grands-parents n'étaient pas comme votre père. Ou plutôt, même s'ils l'étaient, personne ne s'en est aperçu, car j'étais là, et j'étais âpre à la tâche, impitoyable avec les fainéants, je n'avais pas mon pareil pour marchander. Lorsque les navires français venaient jusqu'à Tregony, il fallait bien parler la langue des capitaines. Je sais aussi l'espagnol, et l'italien, et même un peu d'arabe, pour discuter affaires.» Il soupire. «Quand je pense à la peine que nous nous sommes donnée, vos aïeuls et moi, pour que vous héritiez de beaux domaines. Et en quelques années, fini! Votre père est un homme admirable, mais il n'a jamais rien compris à la terre. Maintenant, c'est trop tard. On ne vous a pas transmis le savoir-faire, et je vous conseille de ne plus essayer de vous occuper de vos biens. Faites votre musique. De toute façon, croyez-moi, les Carey ont tout entrepris pour qu'il vous soit impossible de revenir. Ils ont un nouvel intendant, depuis quelque temps; il va s'arranger pour déposséder même les Carey. Ezekiel Grosse. Retenez ce nom, et méfiez-vous de lui comme de la peste. Si vous essayez de traiter avec lui, il vous détruira. Autant le fuir.» Il soupire encore plus profondément. «Je voudrais avoir quelque chose à vous laisser. Mais je n'ai que cette maison. Elle est à vous, car je la tiens de mon père et n'ai pas de famille. Passé cela, je ne peux offrir que des conseils, et même mes conseils sont sans doute caducs, je suis un vieil homme.»

Là-dessus, il nous ordonne d'une voix péremptoire de lui raconter comment nous vivons, et nous nous exécutons, jusqu'à l'aube du lendemain.

La journée d'automne s'annonce très belle.

«Partez avant qu'on ne vienne prendre soin de moi, conseille-t-il. Et si vous voulez passer par Golden, attendez qu'il y ait suffisamment de monde, on ne vous remarquera pas, même si le port est presque mort, désormais. La Fal n'est plus qu'un filet d'eau. Il y a encore des bateaux à Tregony, mais même là, ils ne sont plus nombreux. Il faut aller à Falmouth pour entendre claquer les grandes voiles au mât de hunier. Un voyage que je ne peux plus faire. Francis!»

Il me fait signe d'approcher. C'est la première fois qu'il m'appelle par mon prénom, sans titre.

«Devant le buffet, il y a une planche qui se soulève. Dessous, vous trouverez un paquet. Il contient quelques souvenirs, et le livret dans lequel j'ai noté au jour le jour mes activités d'intendant. Emmenez-les. Vous apprendrez quelque chose du passé de votre famille. Si vous ne prenez pas tout cela, ce sera perdu. Allez, maintenant. Nous nous reverrons au ciel. La prochaine fois que vous reviendrez dans la région, je serai décidément parti. N'oubliez pas d'aller voir le notaire, pour la maison. Les métayers sont avertis, personne d'autre ne saura que mon petit domaine vous revient.»

J'ai davantage de peine encore à me séparer de lui que de Sir John. Mais il a raison. Il faut que nous partions avant d'attirer l'attention.

Nous y arrivons tout juste.

En route, j'explique la maison, les cuisines, le port, le Camp romain à Troisville.

«Nous allons traverser les domaines comme des passants, et je ne pourrai pas vous parler. Ici, les Tregian sont à tel point personae non gratae que les Carey ou leur intendant n'hésiteraient pas à nous faire arrêter.»

Au petit trot, nous longeons la maison, les cuisines, le Warren, la forteresse de Voliba, nous descendons jusqu'à l'embarcadère de Golden, puis poussons jusqu'à Tregony, et enfin nous revenons sur nos pas, passons encore par St. Austell, où le seul souvenir qui surgit est celui de notre fuite, en 1579.

Trois jours plus tard nous retrouvons notre navire, et nous repartons vers la France.

XIII

Then sweet love dispearse this cloude
That obscures, this scornefull coying:
When each creature sings aloude,
Filling hearts with over joying.
As every bird doth choose her mate,
Gently billing, she is willing
Her true love to take:
With such words let us contend,
Laughing, colling, kissing, playing,
So our strife shall end.

«Barafostus Dreame»
Ballade populaire

Doux amour dissipe ce noir nuage
Et cette dédaigneuse coquetterie :
Les créatures chantent leur adage
Et nos cœurs de joie sont remplis.
Chaque oiseau choisit l'âme sœur
Qui roucoule, et qui dit oui
À son bel amour :
Cela dit, faisons la paix
Riant, enlaçant, embrassant, jouant,
Notre dispute est finie maintenant.

Dans la neige fraîchement tombée, les pas cris-
sent, amortis, comme s'ils appartenaient à un
autre. Tout est paisible, la nature repose. Il n'y a
que moi...

Malgré le froid, j'ai décidé d'aller à la Croisée
aujourd'hui. Mes émotions m'ont pris de court.
J'écris depuis l'été, par petites doses. Je comptais
raconter sans hâte, sans passion. Lorsque j'ai
commencé, je trouvais l'exercice amusant. J'ai
copié tant de notes — «*Francis, vous avez une si
belle écriture, préparez-nous les partitions de cette
suite.*» — «*Monsieur Tregian, vous qui savez de si*

beaux poèmes italiens, vous avez bien un madrigal à nous proposer?» Écrire un récit, cela me semblait une distraction bienvenue.

Je me suis découvert une passion pour l'écriture aussi forte que celle que j'ai pu avoir pour la musique.

Aujourd'hui, il a fallu que je prenne de l'exercice : j'ai raconté l'extraordinaire mois de septembre de l'an... quel an? Le trente-troisième du règne? Peut-être. Peut-être le précédent ou le suivant. Impossible d'établir la chose avec certitude. J'avais seize ans, je crois. Ou dix-sept. J'ai raconté cet extraordinaire septembre, et l'octobre qui l'a suivi, d'une traite. J'en suis courbatu comme j'ai dû l'être après les interminables trajets (Londres-Golden en moins de cinq jours! Il faut avoir seize ans et une santé de fer — cela représente des journées de quinze à dix-huit heures d'affilée à cheval!) que j'ai faits le cœur dans la gorge, par peur d'être surpris, de trop m'attarder, de ne pas retrouver le roi Henri en France et de faillir à ma mission.

Mon ambition n'a jamais été de rencontrer les monarques — même lorsque je rêvais de Henri IV, c'était de la curiosité, parce que tout le monde en parlait, mais le voir... Et je n'ai cessé de me trouver face à eux.

Parmi les petits-enfants de Benoît Dallinges, il y en a un, Élie, qui promet d'être aussi bon musicien que David. Il n'avait pas cinq ans que, lorsqu'il entendait les sons qui sortaient de mon atelier, il savait dire, sans se tromper :

«Grand-Père François place le sautereau du *mi* de quinte.»

J'ai enseigné le latin — une sorte de deuxième langue maternelle pour moi — à tous les enfants Dallinges. Ces petits paysans ont eu en moi un précepteur comme des fils de riches, et j'ai beaucoup aimé cela. Ils sont tous devenus des notables, et c'est un vrai plaisir, aujourd'hui, de voir Benoît junior tenir tête à ces Messieurs de Berne autant qu'à ceux de Fribourg. Grâce à leur éducation, ils ont tous pu faire prospérer leurs affaires. C'était le moins que je pusse faire pour exprimer ma reconnaissance à leurs parents.

J'ai repris mon bâton de pédagogue avec leurs enfants.

«Vous ne craignez pas que je sois trop vieux pour être un bon précepteur? ai-je demandé à Benoît fils, la première fois qu'il m'a proposé d'apprendre l'abécédaire aux petits.

— Vous, vieux, oncle François? Vous voulez rire! Vous n'avez pas changé d'un iota. Si vous vous rasiez, vous auriez l'air d'un jeune homme, assurément.»

J'ai ressorti pour les petits les syllabaires et les abécédaires que j'avais fabriqués pour leurs parents et me suis remis au *Pater Noster*.

À tous, j'ai également enseigné les rudiments de la musique. Cela les a intéressés dans la mesure où je leur ai assuré que cela faisait partie du bagage de l'homme et de la femme de bien, car j'ai insisté pour instruire les filles autant que les garçons. L'éducation avait réussi à la reine Élisabeth, pourquoi pas aux filles Dallinges? Mais de cette douzaine d'enfants, deux seulement se sont passionnés pour la musique: David d'abord, qui s'y est adonné comme on entre en religion. Et aujourd'hui Élie.

C'est un petit bonhomme, tout rond, une éter-

nelle chandelle au nez, des yeux un peu protubérants d'un bleu très clair, le poil indéfinissable,
entre le blond et le châtain. Il est si calme et si
appliqué qu'on ne le punit jamais. Trop calme,
trouvai-je parfois. Je le force à courir à travers
champs avec le chien de la ferme, et cela me
rassure de le voir filer comme une flèche. Il joue
des instruments à clavier avec aisance, comme si
cela allait de soi. Son habileté étonne d'autant
plus que les doigts qui volent sur les touches sont
boudinés, et qu'on les associerait plutôt à la mal-
adresse qu'à la maîtrise.

L'autre jour, il est venu me voir sous mon toit
de bon matin et m'a surpris en train d'écrire.

« Qu'est-ce que vous faites, Grand-Père ?

— Va t'occuper de tes affaires, l'ai-je tancé.

— J'ai une question à vous poser, Grand-Père.

— Tu me la poseras à midi.

— Je peux vous accompagner à la Croisée ?

— Si tu veux. »

Ce n'est pas la première fois que nous avons ce
type de dialogue. Généralement, la question est
du genre : « Qu'est-ce que cela signifie "enharmo-
nique" ? » ou « Qu'est-ce que c'est qu'une mutation,
j'ai oublié. » Mais là, pendant que nous marchions
d'un bon pas sur le sentier dur comme le granit (il
n'avait pas encore neigé, mais il gelait à pierre
fendre), il m'a demandé :

« Grand-Père, pourquoi la musique est-elle
nécessaire à la vie ? »

Je l'ai regardé, pris de court.

« Mais oui, a-t-il insisté, l'autre jour, lorsque ma
mère a protesté parce que vous enseigniez la
gamme diatonique à ma sœur Marie, vous lui avez
dit : "Toutes les créatures sont égales devant Dieu,
et la musique est nécessaire à toutes également." »

Les premiers mots qui sont remontés des profondeurs de ma mémoire (ou plutôt de mon oubli) sont ceux d'Alessandro Piccolomini, tels que les a rapportés Monteverde :

« *Non è dubbio alcuno, che secondo la sentenza di Platone e d'Aristotele, è una delle principali discipline, che dai fanciulli si debba imparare.* Il n'y a pas de doute que selon Platon et Aristote c'est une des disciplines principales que les enfants doivent étudier... essentiellement pour donner à l'adulte, dans les heures oisives qui lui sont accordées, lorsque aucune activité extérieure ne le presse, l'occasion de se divertir honnêtement, de ne pas perdre son temps. La simple écoute de la musique ne suffit pas, car celui qui s'adonne à cette plaisante occupation en tire davantage de plaisir qu'il en aurait s'il se contentait d'entendre les autres... »

Cette affirmation ne satisfait pas Élie.

« Vous m'avez appris qu'il ne s'agit pas de suivre aveuglément Platon parce que c'est Platon. Pour que vous soyez d'accord avec lui, il faut que vous ayez vos raisons.

— J'ai mille raisons. La musique m'a donné les bonheurs les plus intenses, semblables à ceux de l'amour mais plus durables. Elle m'a sauvé plus d'une fois du malheur, et au moins une fois, elle m'a sauvé la vie en m'empêchant de perdre la raison.

— Il ne découle pas de cela qu'elle soit nécessaire à chacun.

— Non, bien sûr. Mais elle fait du bien partout où elle se trouve. C'est un langage universel, que tous comprennent également. Lorsque j'étais écolier à... peu importe où, lorsque j'étais écolier, nous aimions à chanter une chanson de Jean Machgielz :

> Si la grave Musique
> Toute flamme impudique
> Si l'âme est harmonie
> Divinement se lie
> Si l'éternelle danse
> Imite la cadence
> Si l'eau, l'air et la terre
> Par une douce guerre
> Musique désirable
> Ta vertu admirable
> Peut chasser loin du cœur
> Contraire de l'honneur :
> Qui par divins accords
> Pour animer nos corps :
> Qui fait mouvoir les cieux
> D'un son harmonieux :
> Sont liés au-dedans
> Des accords discordants,
> Qui osera blâmer
> Que chacun doit aimer ?

— Vous, Grand-Père, insiste Élie, à quel moment avez-vous été certain que vous vouliez être musicien ? Que vous vouliez fabriquer des instruments ?

— Tu sais, dis-je pour gagner du temps, le grand Tasse, l'auteur de la *Jérusalem délivrée* dont je te parlerai un de ces jours, a écrit : *Le but de la musique est de délecter l'oreille avec l'harmonie, car la nature prend plaisir à la variété et aux nouveautés qui la surprennent.* »

Si c'était lui l'adulte, et moi l'enfant, il me fouetterait. Francis Tregian, tu as répondu comme un cancre !

« Grand-Père ! dit-il, sévère. J'aimerais que

vous me racontiez vos pensées et non celles du sieur Tasse.

— D'accord, d'accord. À quel moment, disais-tu... ? C'était... La première fois, j'étais très jeune, beaucoup plus jeune que toi, même. »

Je lui raconte ma première rencontre avec William Courtenay et *Lady Wynkfylds Rownde* (qu'Élie connaît déjà). Cela l'impressionne mais ne le satisfait pas. Et pendant que nous marchons d'un pas vif sur la rive du Talent (il fait trop froid pour un arrêt prolongé à la Croisée), j'essaie de fixer le moment. C'est venu par étapes, par résolutions successives. Et la reine Élisabeth a cimenté ma décision en me faisant la pension que j'ai touchée jusqu'à sa mort.

Nous sommes rentrés, et Élie s'est fait promettre que je lui reparlerais de mes débuts de musicien.

Ils auraient certainement été plus simples si j'avais, dès cette époque, pu me distancer de ma caste. Mais j'étais le petit-fils des comtes de Derby et des barons d'Arundell, pairs d'Angleterre. Le descendant de pairs d'Angleterre ne gagne pas sa vie. Il ne serait pas venu à l'esprit de mon père, qui a appris une dizaine de langues inutiles pendant ses décennies en prison à la Fleet, de ne pas être servi — il avait deux domestiques, parfois trois, et une des humiliations les plus terribles de ses débuts en prison était de ne pas avoir de serviteur du tout.

De ce point de vue là, je n'étais pas différent de lui. Travailler de ses mains, même pour faire des instruments de musique, c'est bon pour les roturiers. Si le Francis d'alors avait rencontré celui d'aujourd'hui, il n'aurait eu que mépris à son égard.

Si je ne m'étais pas lié d'amitié avec Giles Farnaby, je ne serais bon strictement à rien. Sans réparer les orgues, sans fabriquer d'épinettes, j'aurais probablement oublié la plupart des musiques qui me trottent par la tête. Si je n'avais pas su comment sont faits les instruments à clavier, je ne serais pas ici.

J'aurais pu comme Troisville devenir un des compagnons d'armes du roi Henri. Pourtant, si je n'avais pas été si pressé d'aller en Italie pour faire de la musique, bien des choses intéressantes ne me seraient sans doute jamais arrivées. Pour pouvoir me rendre en Italie, je suis retourné à Reims. Je ne me souviens même plus comment.

Une chose est certaine. Le Collège anglais n'a plus été, après cette escapade, ce qu'il était auparavant.

Reims avait longtemps été hostile aux Anglais. Jehan Pussot, le marguillier de Saint-Jacques, m'avait dit et répété :

« C'est à Reims que Jeanne la Pucelle a fait sacrer Charles VII, et les Anglais ont toujours été l'ennemi héréditaire. Vous autres catholiques anglais nous avez longtemps fait l'effet d'un cheval de Troie, il a fallu du temps pour que nous soyons sûrs que vous n'étiez pas contre nous. »

Ils avaient fini par changer d'avis parce que « les Anglais » étaient les protégés du cardinal de Lorraine et de son frère le duc de Guise. Et puis les Anglais avaient participé avec enthousiasme à la réparation des fortifications, les avaient aidé à combattre les huguenots.

Mais cette fois, lorsque je me suis retrouvé à Reims, c'est moi qui m'y suis senti étranger.

Tout ce que la France comptait de clairvoyant le savait : le nouveau roi était d'une autre trempe que les chefs de la Ligue, et allait finir par gagner la partie. Cela exaspérait tout ce que Reims comptait de liguistes — autrement dit la quasi-totalité de la population. La ferveur s'en trouvait exacerbée, les processions, les prières, les services propitiatoires se multipliaient à l'infini. Nous y participions. Nos prières de catholiques persécutés par une reine protestante étaient censées être particulièrement qualifiées pour éviter «notre sort» aux Français.

J'avais repris ma place aux cours comme si de rien n'était: le seul moyen de ne pas avoir d'ennuis était de travailler, de me taire — je n'ouvrais donc plus la bouche.

«Ce pauvre Tregian, disaient-ils, depuis qu'il a été prisonnier des hérétiques il est mal en point, Dieu sait ce qu'ils lui ont fait.»

Certains se sont même enquis auprès de moi. Je me suis contenté de soupirer, cela les a confortés dans leurs opinions:

«Les hérétiques ont soumis Tregian à la question, il est si courageux qu'il n'en parle même pas.»

Ce qui a achevé de faire de moi un taciturne, c'est la mort de Sir John. Je me suis senti orphelin. Giuliano est venu l'annoncer, pâle et triste, un jour d'hiver peu après Noël. Il venait de Londres et avait passé par Saint-Ouen d'où il ramenait Charles, mon frère cadet.

Autant j'ai aimé Adrian comme une part de moi-même, autant j'ai toujours eu des problèmes avec ce frère-là. Tout le monde m'a dit et redit que j'étais mon père tout craché, et physiquement c'est sans conteste vrai. Mais pour ce qui est du caractère, mon père et moi étions aux antipodes l'un de l'autre, et son seul véritable héritier a été

Charles, ce bonhomme râblé, nerveux, yeux et cheveux d'un noir d'encre, aux allures espagnoles. Il était arrogant comme lui, d'un catholicisme extrême dès sa plus tendre enfance, intransigeant comme notre géniteur. Je l'ai mal supporté jusqu'au bout.

Il était mon cadet de six ou sept ans. Jusqu'au jour où il est arrivé à Reims, je ne le connaissais guère. À Reims, on me l'a confié. En huit jours, mon opinion sur son compte était arrêtée.

Les aînés, Mary, Adrian, Margaret et moi, les natifs de Wolvedon, étions discrets, peu loquaces. Les autres, père et mère en tête, ont toujours ressenti le besoin d'affirmer leur foi par un flot de paroles. On a considéré que ceux d'entre nous qui se taisaient consentaient. On a interprété nos actes au rythme de leurs déclarations. Que notre silence puisse être un signe de dissentiment, cela n'est venu à l'esprit de personne, du moins à ce temps-là. Je ne sais rien de Mary, que je n'ai jamais revue. J'ai toujours gardé le souvenir de son aura de force, de son rayonnement — elle aurait pu être une reine, elle aussi. Mais il est certain que Margaret, Adrian et moi étions en désaccord avec le reste de la famille.

Ce qui m'éloignait le plus de Charles, à part la religion, c'était son refus de l'érudition. Il négligeait à tel point son éducation que Reims n'a pas réussi à faire de lui un missionnaire. Là où il était imbattable, c'était dans les arts martiaux : redoutable au corps à corps, intrépide à cheval, dangereux à l'épée. Ses fanfaronnades lui ont valu d'être puni plus souvent qu'à son tour, d'avoir des ennuis sans fin, sans jamais faire avancer sa cause. Comme à mon père, il aurait été superflu de lui faire remarquer que son intransigeance approfondissait les fossés jusqu'à les rendre infranchissables.

Qu'on ne me parle plus de la voix du sang. Je ne vais pas gaspiller davantage de temps, d'encre et de papier pour ce frère.

Je lui ai dû au moins une chose. Du moment que Sir John était mort et que ses héritiers ne payaient plus notre pension, il aurait fallu que nous allions tous les deux au séminaire. C'était la règle de la maison. Mais John Pitts, mon maître de rhétorique — un homme avec qui j'avais des affinités et qui m'aimait bien — a plaidé ma cause : je lui ai avoué en toute honnêteté que je ne me sentais pas la vocation d'un prêtre. Il faut dire que Pitts croyait dur comme fer à une victoire catholique prochaine en Angleterre : à ce moment-là, dans son esprit, je redeviendrais un grand seigneur, et un fils aîné appelé à porter le titre n'entre pas dans les ordres. Ma cause a été d'autant plus facile à plaider qu'à dix ans Charles manifestait la bruyante intention de pourfendre les hérétiques. Cela rétablissait l'équilibre.

Mes deux dernières années ?

Rhétorique. Casuistique. Orgue à Saint-Jacques, et parfois à Saint-Nicaise ou à Saint-Rémi.

Visites régulières de Giuliano, toujours occupé à des voyages mystérieux à travers l'Europe. Pour qui ? Lorsque je l'ai questionné un jour, il s'est contenté d'un laconique (et peu rassurant) :

« Si je ne vous le dis pas, vous ne le saurez pas, et même la question ne pourrait vous amener à le révéler à qui que ce soit. »

Je me souviens de mon dernier été. Le temps a été particulièrement beau, et sec, après presque une décennie de pluies continuelles qui, avec les armées qui ravageaient la campagne, avaient largement contribué à détruire les récoltes. Au printemps, Navarre (c'est ainsi que Reims appelait le roi) a pris Chartres, puis La Fère. Il se rapprochait. Dans les estaminets, on ne parlait que de cela.

Je me souviens du mariage de Perrette, la fille du marguillier Pussot, avec Nicolas de Lestre. L'abbé Ogier et moi avons organisé une superbe partie musicale, chantée (par lui et son chœur) et jouée (par moi). La mariée portait une belle robe, avec une traîne soulevée par ses jeunes frères. Après le service divin, nous sommes tous allés chez les Pussot, dans leur maison près du Chauldron. J'ai passé la journée à rêver de mon mariage avec Françoise.

Et je me souviens de la visite du nonce papal, l'évêque de Plaisance. D'habitude, dans de telles occasions, je pourvoyais à la musique. Là, le Ciel sait pourquoi, Barret a insisté pour que je fasse l'allocution de bienvenue. J'ai fini par obtempérer. Des mots vides, aussitôt oubliés. L'évêque de Parme a remercié, et je me souviens seulement qu'il a loué mon latin — ma vanité a été flattée.

Ma dernière année à Reims est entièrement remplie du bruit de la guerre. Le duc de Parme a ouvert les feux en entrant en France avec une forte armée catholique pour porter renfort à la ville de Rouen. Depuis Reims, le maréchal de la Ligue Antoine de Saint-Paul est allé à son secours, et il s'en est fallu de peu qu'il ne m'embauche. Je me suis défendu avec la dernière énergie. Saint-Paul, fort de son accord avec les Lorrains et les Espagnols, avait commis des exactions sans nombre. Pendant la guerre civile il avait, au nom de la religion, amassé de véritables trésors. Je lui vouais une antipathie que partageaient de nombreux Rémois. J'ai d'ailleurs appris que le duc de Guise, le fils du Balafré, a fini par lui passer son épée au travers du corps, un ou deux ans après, pour mettre un terme à sa triste carrière. Mais revenons au siège de Rouen. Navarre a fini par lâcher la ville, à peu près au moment où l'on apprenait l'élection du nouveau pape, Grégoire XIV.

Reims triomphait.

Le répit n'a été que de courte durée. Navarre a mis le siège devant Épernay, pratiquement à nos portes. Nous étions fin juin, et mon départ était imminent.

Il faut que je fasse un retour en arrière pour évoquer ce départ. J'étais inquiet parce que je ne savais pas avec quels moyens je pourrais aller à Rome. La pension d'Élisabeth m'attendait en Flandre, mais comment aller la chercher ?

C'est finalement un compatriote, Nicholas Bawden, de St. Mabyn en Cornouaille, qui m'a ouvert la voie.

C'était un homme d'une quarantaine d'années, arrivé à Reims depuis peu. Il était mince, imberbe, presque aussi grand que moi. Il menait une vie semi-clandestine à Londres depuis des années, je l'avais entrevu une ou deux fois chez Sir John. William Allen, le cardinal anglais, qui le connaissait de longue date, lui avait proposé d'être un de ses caméristes, et il lui avait demandé d'emmener quelqu'un avec lui.

Un soir, après avoir déjoué une nouvelle tentative de me faire enrôler par monsieur de Saint-Paul, j'étais rentré chez les More particulièrement furieux et j'avais, contrairement à toutes mes habitudes, claqué la porte.

« De la tempête dans l'air, avait marmonné le vieux monsieur More. Il faudrait voir ce qui se passe.

— J'y vais », a dit Nicholas Bawden que je n'avais, dans ma fureur, même pas remarqué.

« Vous vous souvenez de moi, Francis Tregian ?

— Non.

— Nous nous sommes rencontrés à Clerkenwell chez Sir John Arundell. Je suis Nicholas Bawden. »

Je lui ai souri, lui ai serré la main.

« Excusez-moi, je suis d'une grossièreté impardonnable. Mais on venait de me rendre fou de rage. »

Et je lui ai raconté ma querelle.

« Je ne veux pas être soldat, je veux être musicien, ai-je conclu. Je veux aller en Italie. À Rome, de préférence, bien que je ne sache pas encore avec quel argent.

— Si je vous emmenais ? a-t-il proposé.

— Comment ? À Rome ? Mais...

— Le cardinal veut deux caméristes. Je vous introduis.

— Barret ne voudra jamais.

— Assurément. J'ai entendu dire qu'il vous déteste. Mais on ne lui posera pas la question. Je m'en vais vous faire inviter par le cardinal lui-même. »

Et le cardinal m'a invité.

Mon départ était fixé au début du mois de juillet, après des examens finals qui ont fait de moi un docte en bonne et due forme. J'ai fait tenir un message à Giuliano, et il est venu me chercher.

«Il est exclu que vous alliez à Rome seul», a-t-il dit avec fermeté.

En fait j'aurais dû partir avec Nicholas Bawden, mais pour une raison qui m'échappe, il a dû s'en aller avant la date prévue.

Et par un beau jour de juillet, j'ai quitté le Collège anglais et mon frère sans la moindre tristesse, et Reims sans le moindre regret.

Nous sommes sortis au trot par la Porte de Vesle, en silence, avons laissé à main droite la Buerie, que l'on appelait aussi l'Hôtel-Dieu, les maisons, les moulins, nous sommes arrivés dans les vignes.

«Nous allons éviter la forêt de la Montagne de Reims, elle est malfamée, et on pourrait tomber sur les huguenots, a proposé Giuliano, on fera un détour par la plaine.

— Giuliano?

— Oui?

— Est-ce que nous sommes pressés?

— Posez-moi une question claire. Que voulez-vous faire?

— Un détour par Épernay.

— Par Épernay?! Mais Navarre l'assiège.

— Justement.»

Il m'a regardé longuement.

«C'est comme cela que vous voyez les choses.

— C'est comme cela.»

Un deuxième long silence.

«Vous n'étiez pas prisonnier, il y a deux ans.»

Ce n'est pas une question, mais une constatation.

«Non.

— Si cela s'ébruite...

— Mais, mon cher Giuliano, vous êtes mon

alter ego, cela ne s'ébruitera pas. Et puis on va se faire prendre, par mesure de précaution.

— Vous savez que nous risquons gros.

— C'est vrai. Si nous tombons sur un officier mal dégrossi, il nous passe par les armes sans autre forme de procès. Mais j'essaie quand même.

— Soyons fous jusqu'au bout», a-t-il dit en riant, intrépide comme toujours, «j'en suis.»

Nous avons trouvé Troisville avant d'être faits prisonniers et n'avons, par conséquent, couru aucun risque. En nous voyant, Troisville et moi, tomber dans les bras l'un de l'autre en nous appelant mon frère, Giuliano est parti d'un grand rire.

«J'aurais dû savoir que vous étiez d'une trempe particulière, comme votre frère Adrian. Dire que je me suis fait du souci pour vous!»

Je ne l'écoute déjà plus.

«Françoise...?

— Elle est à Bordeaux, elle vous attend.

— Il faut que j'aille à Bordeaux, mais je ne sais trop comment.

— En attendant, venez voir le roi, cela lui fera plaisir.»

En route, je fais les présentations. Pendant que nous longeons le chemin au petit trot, Giuliano ne cesse de secouer la tête.

«Ce Francis Tregian, tout de même... Voilà qu'un gentilhomme du souverain huguenot lui déclare: "Venez voir le roi, cela lui fera plaisir." Je crois rêver.»

Sa stupéfaction est si drôle que je ris.

«La vie est pleine de surprises... Il y a des choses qu'on ne peut raconter à personne. Et si vous bavardez...

— Mon cher Francis! Si je disais un seul mot,

notre vie ne vaudrait pas un *farthing*. Nous sommes ici parce que nous avons été faits prisonniers, c'est évident.

— Évident», renchérit gravement Troisville.

La bride de son cheval autour du poignet, le roi est devant une maisonnette, presque seul, et boit à grandes gorgées. En me voyant mettre pied à terre, il s'exclame :

«Ventre-saint-gris! C'est incroyable! Mon petit abbé! De retour chez les gens qui s'amusent vraiment? Vous avez encore grandi, ma parole. Vous allez finir par être un véritable géant Pantagruel.»

Je m'incline devant lui. Il me relève, me serre dans ses bras et m'embrasse dans de grands effluves d'ail. Le roi Henri sent toujours l'ail.

Des quelques jours que nous passons au camp, il ne me reste que le souvenir du plaisir que j'ai éprouvé.

«Vous allez prendre Reims? je demande à Troisville.

— Non. Nous allons prendre Épernay, et le roi poussera jusque sous les murailles de Reims, mais il n'a pas l'intention de le prendre. Juste de faire sentir aux Rémois qui est le maître.»

Troisville est d'avis que le roi va bientôt entrer à Paris.

«Il va se convertir, c'est nécessaire pour régner. Il sait qu'il n'y a vraiment pas d'autre moyen.»

Giuliano et moi avons repris notre route.

«On va passer par Bordeaux, je déclare.

— Passer par Bordeaux? Vous êtes fou, sauf votre respect. Vous dites cela comme si c'était une promenade. Ce n'est pas du tout sur notre chemin, même si nous descendons la vallée du Rhône. Il faut traverser la France !

— Si nous descendons par la vallée du Rhône, c'est un détour de combien de jours ?

— Je ne l'ai jamais fait, mais je juge qu'il faut compter quinze jours, selon le train auquel nous galopons.

— Nous irons à un train d'enfer.

— Nous ne ferons rien de tel. Nous n'avons pas les chevaux qu'il faut pour cela.

— Va pour un train modéré. Mais je dois aller à Bordeaux.

— Vous pourriez me dire pourquoi.

— Vous êtes bien accroché à votre selle ?

— Parfaitement.

— Pour me marier. »

Il écarquille les yeux.

« Sans avertir personne ? finit-il par dire. Sans l'autorisation de votre père ?

— D'abord, je vous avertis, et vous êtes pour ainsi dire mon oncle, car nous sommes tous assez grands, maintenant, pour nous avouer que Jane est la fille de mon grand-père John et que nous le savons. Deuxièmement, mon père vit hors du monde, hors de portée, et ma vie ne peut pas s'arrêter parce qu'il a choisi d'arrêter la sienne. Aux dernières nouvelles, vous m'avez dit vous-même qu'il avait fait un enfant il n'y a pas si longtemps, n'est-ce pas ? Pourquoi pas moi ? »

Il continue à ne rien dire.

« Giuliano, j'ai dix-huit ans passés. Le roi Henri d'Angleterre a épousé la reine Catherine d'Aragon à quatorze ans. Jane s'est mariée à onze ans. Mon père et ma mère se sont unis adolescents. Ma sœur Mary a deux enfants. J'ai l'âge de me marier.

— Mon cher Francis, je vous l'accorde. Mais vous avez un devoir envers votre famille... Si l'Angleterre...

— Si vous me parlez du possible retour de l'Angleterre au catholicisme, je me mets à hurler ! Le seul espoir qu'il nous reste c'est qu'un jour on se décide à inventer la liberté de religion, de culte, de conscience, je ne sais trop comment appeler cela. À ce moment-là, certains Anglais diront à haute voix qu'ils sont catholiques. Mais ramener l'Angleterre... Ce n'était possible que par la force. L'Espagne et Rome ont manqué l'occasion. Elle ne se reproduira pas. Je ne peux pas attendre. Il faut que j'agisse maintenant, pendant que Dieu me donne vie. »

Giuliano soupire.

« C'est vrai que nous pourrions être morts dans une heure.

— Vous voyez. Vivons, Giuliano. Tant que nous n'y sommes pas contraints, ne nous posons pas trop de questions. »

Nous arrivons à Bordeaux vers la fin de juillet. Les dames Troisville ne nous attendent pas.

Lorsque Françoise me voit, elle pâlit extrêmement.

En lui baisant la main, je tremble comme une feuille. Je suis si ému que mon épée tombe sans que je m'en aperçoive, et Giuliano, qui observe la scène d'un œil narquois, la ramasse sans que je m'en rende compte.

Troisville étant le chef de la famille, je lui ai formellement demandé la main de sa sœur, et il me l'a accordée à condition qu'elle accepte.

J'ai un souvenir confus de ces journées.

Je présente Giuliano comme mon oncle, et c'est lui qui met en garde madame de Troisville :

« La fortune des Tregian a été séquestrée par la Couronne d'Angleterre, ils n'ont plus rien, ou presque. Il n'y a guère d'espoir de jamais la récupérer.

— Les Troisville, répond la mère de Françoise, ne sont riches que de noblesse, de traditions. Nous vivons de peu, monsieur. »

Nous nous marions à l'église catholique, c'est Giuliano qui me conduit à l'autel. Je ne me souviens pas qu'il y ait eu de culte protestant.

Mon seul souvenir clair, c'est ma première nuit avec Françoise. J'avais tant entendu parler de la chose que je m'attendais à ce qu'elle soit plaisante. Mais nous avons été emportés tous les deux par une vague de folie passionnée. J'ignorais que mon corps pût éprouver des sensations aussi violentes et aussi belles, et j'étais ébloui de voir que je donnais à mon aimée des sensations semblables. J'ai entendu beaucoup d'hommes dire que leurs débuts amoureux avaient été décevants, et qu'il avait fallu le secours d'une courtisane expérimentée pour atteindre à la véritable jouissance.

Pour moi, cela n'a pas été le cas. Notre nuit de noces n'a peut-être pas été la plus épanouie — nous étions tous les deux ignorants de tout ce qui touchait à la chair — mais Françoise est la seule femme avec qui j'ai éprouvé une plénitude absolue, avec qui j'ai eu la sensation de pousser la porte du paradis.

Nous avons quitté Bordeaux à la mi-octobre et je ne me souviens pas du voyage. La mémoire ne

restitue que ma souffrance. Une souffrance
inconnue, qui m'a pris au dépourvu : j'avais toujours vécu en créature autonome qui n'a, au
fond, besoin de rien ni de personne. Le plus près
que je me sois approché d'une amitié nécessaire,
c'est avec Adrian. Mais parce qu'Adrian a toujours été là, je le voyais avant tout comme un
fragment — particulièrement précieux — de cette
mosaïque appelée la famille. Son départ n'avait
pas signifié, pour moi, sa disparition. Je pensais
à lui tous les jours, je n'avais pas cessé de lui parler. Ses réponses ne venaient pas, mais il était là.
Tandis que soudain, sur la route qui longeait la
Garonne en direction de Toulouse, j'ai eu l'impression qu'on m'écartelait, que mon cœur était
soumis à une torture intenable : comment allais-
je vivre une seule heure sans Françoise ?

Dans les moments de répit, je fais une seconde
découverte, qui me trouble : je n'avais jamais
consciemment remarqué que les femmes avaient
un corps que l'on pouvait toucher, auquel on pouvait donner et duquel on pouvait tirer du plaisir.
Soudain, je ne vois plus que cela. Elles sont toutes
belles, elles sont toutes désirables.

J'ai honte.

Mon amour pour Françoise serait-il moins
absolu que je ne pense ?

Nous sommes bien au-delà de Carcassonne
et approchons déjà de la Méditerranée, lorsque
dans un village je surprends un regard : Giuliano
observe une jeune paysanne avec une lueur dans
l'œil qu'il me semble reconnaître. Est-ce que lui
aussi… ?

Nous ne voyageons qu'au galop — nous n'avons
pas le temps de musarder. Dans le meilleur des
cas, nous arriverons à Rome avec un mois de

retard. Par les temps qui courent, c'est explicable. Mais si nous nous attardions trop longtemps, nous deviendrions suspects. Aussi dois-je attendre le soir pour risquer une question prudente, dans le noir, une fois que nous sommes couchés sur nos paillasses d'auberge.

« Giuliano ?

— Oui ?

— Comment aimez-vous Jane ?

— Vous me demandez si je l'aime de tout mon cœur ?

— Oui.

— Pourquoi ? »

Je cherche une explication.

« Parce que, finis-je par concéder, je vous ai vu regarder d'autres femmes…

— Vous aimez Françoise de tout votre cœur et de tout votre corps, mais je vous ai vu regarder d'autres femmes aussi.

— Justement…

— Ah ah ! vous vous demandez si vous l'aimez tant que cela », sa voix étouffe le rire.

« Giuliano, ne vous moquez pas de moi !

— Je ne me moque pas, mon cher. Cela m'amuse que les génies aussi soient faits comme nous autres gens du commun.

— De quel génie parlez-vous ?

— Du vôtre. C'est incroyable que vous n'ayez toujours pas remarqué que vous jouez de l'orgue et du virginal comme le Bon Dieu en personne. »

J'écarte cette remarque dans un mouvement impatient.

« Ne détournez pas la conversation. Répondez.

— La première fois où j'ai vu Jane, c'est aussi la première fois où nous nous sommes vus, vous et moi. Vous aviez voyagé pendant des semaines

dans la boue, et vous teniez à quatre, Adrian,
Mary, Margaret et vous, dans des hottes à
pierres. Vous étiez crasseux, échevelés, épuisés.
Jane vous a dit : "Mon petit Master Francis, quel
plaisir de vous voir arrivé à bon port", elle vous a
tiré du panier et vous a serré contre elle. Vous
vous ressemblez tellement que j'ai commencé
par penser qu'elle était votre mère, et j'ai aussitôt
été au désespoir, parce que en un instant j'étais
tombé amoureux fou d'elle. Après, il a fallu que
je manœuvre deux ans, auprès d'elle, auprès des
Tregian et des Arundell pour que notre mariage
paraisse raisonnable, désirable pour tous. Mais
j'étais prêt à l'enlever et à disparaître dès l'instant où elle a admis qu'elle aussi m'aimait. Plus
important encore. Je serais prêt à le refaire
demain.

— Mais alors… ?

— Alors, une fois qu'on a goûté à l'amour,
on prend conscience du bagage d'amour que
chaque femme qu'on croise porte en elle. Je dis
on, mais il y a beaucoup d'hommes qui ne le
cherchent pas et ne le distinguent pas. Ils uti-
lisent les femmes qu'ils rencontrent pour se satisfaire, mais ils ne les voient pas.

— Oui, bon, mais… ?

— Moi, ces femmes et l'amour qu'elles portent
en elles, je les vois. Je ne suis pas une vertu, et je
vous avouerai que parfois, lorsque j'ai passé des
mois loin de Jane, lorsque j'ai une garantie raisonnable que la femme n'a pas la vérole, il m'est
arrivé… Mais je ne l'ai jamais fait en passant.
Pour l'Église, tout acte charnel avec une autre
femme que la sienne est un péché, mais c'est là
une plaisanterie sur laquelle nous ne nous attar-
derons que le jour où je rencontrerai un abbé qui

n'a jamais goûté aux joies de la chair. Pour moi, il y a une différence. User d'une femme comme un étalon use d'une jument, je considère cela un péché. Mais le plaisir de la chair avec une femme dont on a fait la connaissance, qu'on a séduite et qui vous a séduit, c'est tout à fait autre chose.

— Et vous avez beaucoup de... de... de ces amies?

— J'en ai eu quelques-unes avant de rencontrer Jane. Et j'en ai eu deux ou trois depuis.

— Est-ce que Jane sait que...

— Non! À quoi bon? Lorsque je suis avec Jane, et la plupart du temps même lorsqu'elle n'est pas là, il n'y a qu'elle qui compte. À quoi bon lui parler d'autres femmes? Par ailleurs, je suis persuadé que Jane sait tout.

— Et si elle s'avisait de faire de même...?

— Je crois avoir compris que le plus souvent les femmes ne réagissent pas comme les hommes. Mais si Jane avait un amant, et même si un des enfants Ardent n'était pas de moi, je me dirais que je l'ai bien cherché, avec mon mode de vie.»

Un long silence.

«Vous dormez? finit par demander Giuliano.

— Non, je réfléchis.

— L'essentiel est que vous compreniez: vous n'êtes pas différent des autres, vous n'êtes pas une girouette parce que d'autres femmes que la vôtre vous émeuvent. À vous de voir, ensuite, ce que vous faites de cela. J'avoue que personnellement, je ne perdrais pas une minute de sommeil sur ce sujet. J'aurais plutôt des insomnies sur la manière dont vous allez apprendre à votre père que vous vous êtes marié avec une étrangère, pauvre, huguenote, sans son autorisation. Quant à moi, je vais probablement me faire tuer pour vous avoir laissé commettre cette folie sans vous enfermer ni vous assommer de mes mains.

— Sir John avait l'intention d'expliquer la chose à mon père. Je ne sais pas s'il a eu le temps de le faire, s'il a jugé le moment opportun. S'il n'a rien dit, on ne va rien dire non plus.

— Et si pendant ce temps votre père avait arrangé pour vous un autre mariage ?

— C'est peu probable. Il ne me resterait qu'à fuir l'Angleterre. »

Il s'étouffe de rire.

« Francis, si la reine vous a réellement fait une pension que vous pouvez toucher en Flandre, allons au Nord et n'essayez plus de vivre au sein de votre famille.

— Vous viendriez avec moi ?

— Avec plaisir.

— Vous croyez que j'aurai beaucoup de travail pour le cardinal ?

— Je n'en sais rien. Profitez de cette occasion pour rencontrer un maximum de personnes utiles, et surtout rendez-vous compte une bonne fois que vous êtes un grand virtuose, et cachez-vous derrière votre musique, ainsi on ne vous ennuiera pas avec la politique. Vous avez déjà réussi à ne pas être prêtre. Je vous ai donné un coup de main, mais vous avez bien résisté tout seul.

— Vous m'avez donné un coup de main ? Quel coup de main ?

— Une fois, il y a plusieurs années, j'étais à Londres chez Sir John, votre père m'a fait mander, et il m'a ordonné de dire à votre Barret que rien ne faisait obstacle, de son côté, à votre prêtrise, même si vous étiez un aîné. »

J'éclate de rire.

« Alors c'était vrai ! Parsons me l'a dit, Barret me l'a répété. Je suis très heureux de ne pas l'avoir su. Cela m'a permis de nier avec plus de véhémence.

— Ils ne l'ont pas appris par moi, en tout cas. J'ai fait celui qui a tout compris de travers, et j'ai dit à Barret que votre père ne voulait pas que vous preniez la soutane. »

Nous remontons la côte jusqu'à Sète. Il fait un temps splendide — zéphyrs, ciel bleu.

« Si nous trouvions une embarcation sûre, nous pourrions être à Ostie en deux jours, nous rattraperions une bonne partie de notre retard », dit Giuliano.

Nous errons pendant quelques heures, sans but à ce qu'il me semble. Mais je me trompe, car nous finissons par trouver l'homme que Giuliano cherche.

« Monsieur Julien » est accueilli comme un ami par les habitants d'un bouquet de maisons qui ne mérite pas le nom de village. Des gens bruyants et gais qui écoutent notre récit en se tapant sur les cuisses et en riant fort. Deux beaux garçons qui se sont attardés, ils comprennent cela. Une embarcation sûre pour aller à Rome ? Mais comment donc ! Monsieur Julien se souvient sans doute de la fois où il était en passe de manquer un rendez-vous important et où le père Jehan l'avait amené jusqu'à Gênes en moins de temps qu'il ne fallait pour le dire ?

« Lorsque ces gens m'ont aidé pour la première fois, je n'étais qu'un jeune garçon, m'explique Giuliano. C'est grâce à eux, notamment, que j'ai pu échapper aux pirates. Ils m'ont caché et ils ont trouvé un capitaine qui m'a emmené en Angleterre. C'est ainsi que j'ai connu votre famille. Un jour, je vous raconterai cela.»

Le navire a l'air délabré, et pas particulièrement sûr.

«Erreur grossière, dit Giuliano. C'est un lieu sacré. D'abord, les apparences sont trompeuses, et conçues pour l'être; tout est parfaitement entretenu. Et ensuite maître Jehan s'est entendu avec tous les pirates qui croisent son chemin. Nous ne risquons pas de nous retrouver esclaves du Grand Turc demain, j'imagine que c'est une assurance que vous appréciez, vous aussi?

— Oh, parfaitement.»

À vrai dire, je me sens ridicule. Giuliano est d'une efficacité qui m'étourdit, et je conclus à ce moment-là qu'il faut que je commence à prendre en main mes propres affaires. Sinon, il finira par m'arriver malheur. Je ne peux pas éternellement compter sur amis, serviteurs et chance. J'ai la responsabilité d'une femme, peut-être même, qui sait? d'un enfant.

Nous arrivons à Ostie en un temps record, maître Jehan nous débarque sur une plage discrète, et nous amène à un relais qui a l'air d'une ruine dans la campagne. On y accueille *il Signor Giovanni* et *Messire Giuliano* comme de vieilles connaissances. Nous sommes pourvus de chevaux en un tournemain, et nous prenons la route.

J'avoue que j'ai oublié Françoise. Je suis étourdi. Il a suffi de quelques heures entre ciel et eau, et voilà que j'ai changé de monde: les couleurs du paysage, les odeurs, la faune et la flore, les gens, tout est si différent que j'ai de la peine à en croire mes sens.

Et puis je suis aux portes de Rome — la ville

dont je connais l'histoire, la langue, la littérature. Rome dont on parle autour de moi depuis que je suis né. Dans un passé lointain, c'est d'ici que sont partis les hommes qui ont construit le Camp romain de Golden.

Nous parcourons au trot la via Ostiensis, le long du Tibre. Elle ressemble à l'image que je m'en étais faite en lisant. Partout, on voit les traces de son ancienne beauté, des ruines d'aqueducs, de palais, de temples. Le sol est pavé de grandes plaques noires. On se persuade aisément que toute la route était, autrefois, bordée d'habitations. À mi-chemin, nous mettons pied à terre, et Giuliano me montre la tombe d'un préteur romain dont l'inscription est encore entière, et parfaitement lisible. Il me semble rêver.

Nous entrons dans la ville. Comme nous n'avons presque rien, les formalités sont expédiées en un tournemain. Le plus grand souci des fonctionnaires qui gardent les portes, ce sont les livres «hérétiques». Et lorsque, au petit trot, nous nous acheminons vers le Vatican, que nous longeons l'imposante masse de Saint-Pierre (Saint-Pierre de Rome!), il me semble avoir la berlue. Giuliano sourit, amusé de ma tête et de mes exclamations.

«Une fois que nous serons au Collège anglais, vous retrouverez des Parsons et des jésuites très ordinaires. Vous n'oublierez pas d'être prudent.»

Nous nous engageons, au pas, dans l'étroite via Giulia, nous arrêtons devant une maison jaunâtre, Giuliano descend de cheval, empoigne le lourd battant et frappe.

Nous sommes arrivés.

XIV

Quel augellin che canta
Sì dolcemente, e lascivetto vola
Hor da l'abete al faggio
Ed hor dal faggio al mirto,
S'havess'humano spirto
Direbb': Ardo d'amore!
Ma ben arde nel core,
E chiam'il suo desio
Che li rispond': Ardo d'amor anch'io!

Gian Battista Guarini / Monteverde
« Quarto Libro dei Madrigali »

Cet oiselet qui chante
Si doucement, et qui capricieusement volette
Tantôt entre sapin et hêtre
Tantôt entre hêtre et myrte,
S'il avait âme humaine
Dirait : Je brûle d'amour !
Mais son cœur plein d'ardeur
Appelle l'objet de son envie
Qui lui répond : Je brûle d'amour aussi !

Le cardinal Allen m'a pris au dépourvu. Je détestais ceux qui se proclamaient ses amis, Barret, Parsons, d'autres dont je n'ai pas parlé, mais que je rencontrais quotidiennement. En partant du principe que qui se ressemble s'assemble, je m'attendais à rencontrer un homme qui susciterait mon hostilité.

Rien de tel.

À sa manière de se mouvoir on avait l'impression que sa taille était imposante. En réalité, il était de taille moyenne, mince, il avait le visage pointu. Sa véritable force, c'étaient son regard, son éloquence et sa voix. Ils dégageaient une tranquille assurance. Pour ce qui est de l'idée du catholicisme, Allen était aussi extrême que Parsons. Mais là où Parsons paraissait vite intolérant, Allen était persuasif, et il accrochait. Je ne sais d'où j'ai tiré, dès mon plus jeune âge, la conviction que les deux grandes religions chrétiennes se valaient. Allen est le seul à l'avoir un instant ébranlée.

Il vous parlait, et vous n'aviez plus de pensée propre. Vous en veniez à vous demander pourquoi ce n'était pas vous qui aviez émis cette réflexion : n'était-ce pas justement ce que vous vous disiez à l'instant ? Lorsque Allen vous expliquait la supériorité de la religion romaine sur la religion anglicane, cette supériorité était évidente, logique, immédiatement perceptible. Allen en était si intimement convaincu qu'il vous transmettait sa foi. Aussitôt que l'on n'était plus en sa présence, on se reprochait son manque de sens critique et on revenait à ses opinions personnelles, mais il suffisait qu'il reparaisse pour que le phénomène se reproduise. Et je dis ON parce que je sais que cela arrivait aussi à d'autres que moi.

Rien d'étonnant qu'il ait pu diriger le Collège de Douai et de Reims pendant des années — même de loin — sans qu'on entende le moindre murmure. Il avait le don des rapports humains. Tout le monde l'aimait, même ceux, comme moi, qui ne souscrivaient pas à ses vues.

Je garde de William Allen un souvenir chaleureux, attendri. Jamais je n'ai eu la moindre pensée agressive à son égard. Lorsqu'il est mort, j'étais aussi déchiré que si j'avais perdu un père.

Il nous a accueillis, Nicholas Bawden et moi, comme de vieux amis. J'ai mis genou à terre pour baiser son anneau. J'ai voulu parler. Il m'a relevé.

«L'écho de votre virtuosité est arrivé jusqu'à nous, messire Tregian, m'a-t-il dit en écartant nos explications d'un geste. J'espère que vous allez bientôt nous réjouir l'âme avec de la musique venue de notre pays.»

Je me suis incliné. Giuliano avait sans doute raison, il s'agissait d'établir ma réputation de musicien, et d'exprimer le moins d'opinions possible. Ce «génie» dont on me parlait pourrait peut-être me servir.

Une messe à l'Église de la Trinité, un concert au Collège anglais, un autre chez un cardinal, devant un parterre de prélats, et ma réputation a été faite. J'étais un gentilhomme musicien; cela se voyait tous les jours. J'aurais plutôt dû me cantonner dans ce qu'on appelle la musique spéculative, une branche des mathématiques. Mais, essentiellement par amour pour mon père et pour les grands sacrifices qu'il avait faits pour la religion catholique, on admettait que j'aime jouer. La situation de notre famille était connue de tous, elle faisait l'objet de fréquentes allusions.

Des années auparavant, Allen avait traduit la Bible en anglais. Elle avait été nommée *Bible de Douai*. Maintenant, il désirait la faire réviser pour plus de précision, en confrontant les textes latin et anglais. Il m'a demandé d'y travailler. Nous étions trois, nous faisions des propositions que le cardinal examinait ensuite, seul ou avec d'autres prélats.

J'ai bientôt partagé mes journées en quatre. La Bible le matin. Le gymnase à midi; le maître d'armes était un ami de Giuliano. En début d'après-midi je faisais de la musique. On avait offert au cardinal un de ces clavecins italiens qui forcent l'admiration par une sonorité enivrante, et j'en jouais le plus souvent que je pouvais. Plusieurs fois par semaine j'avais accès à l'orgue de l'église de la Minerve. Et enfin je passais mes soirées soit chez le cardinal, qui nous faisait venir pour organiser les activités de sa maisonnée ou pour discourir avec nous de questions théologiques, soit avec quelques-uns des musiciens que je rencontrais dans une boutique où j'étais allé sur les indications de John Byas, le serviteur personnel d'Allen depuis de longues années, qui était un très bon luthiste. On y vendait de la musique imprimée et j'y ai découvert, avec une émotion indescriptible, les madrigaux de Claudio Monteverde.

Jusque-là, je n'avais jamais entendu parler de ce musicien. Je n'avais, à vrai dire, pas prêté une grande attention aux madrigaux. Bien sûr, ils existaient aussi en Angleterre. William Byrd en avait écrit, Thomas Morley aussi. Morley m'en avait fait entendre, il m'en avait parlé :

«Il y a d'abord eu la *canzonetta*, un petit air court qu'on joue avec des variations. Mais une *canzonetta*, au fond, n'est qu'une forme simplifiée du madrigal, comme lui elle répète toutes les phrases musicales sauf celle du centre.»

Il avait insisté sur le caractère harmonique de ces *canzonette*, sur leur simplicité mélodique que l'on retrouvait, d'après lui, dans le madrigal.

Mais c'était sans doute là une forme musicale peu susceptible de toucher le garçonnet que j'étais alors. Le mot même de madrigal, entendu à cette occasion, avait disparu au tréfonds de ma mémoire.

Maintenant, c'était une autre paire de manches. Par moments, l'absence de Françoise, l'incertitude du moment où je la reverrais me rendaient à moitié fou de douleur. Une douleur à laquelle seuls les madrigaux réussissaient, fugitivement, à servir de palliatif.

Je trouvais des partitions dans la boutique de notre imprimeur de musique. Il y avait des luths, des violes et une épinette, pour que les clients puissent choisir, et je garde le souvenir lumineux d'après-midi passés, souvent avec de parfaits inconnus, à mettre en place les voix d'un madrigal d'Orlando di Lasso ou de Luca Marenzio (une fois, nous avons fait cela avec l'auteur lui-même). Les maîtres de musique venaient s'approvisionner pour leurs nobles élèves — et les nobles élèves venaient parfois en personne. Les chanteuses qui allaient se produire dans les grandes maisons envoyaient leurs musiciens, et venaient parfois elles-mêmes. Certaines me faisaient les yeux doux. Mes sens étaient désormais en éveil, et je ne pouvais plus ignorer la nature du trouble qu'elles suscitaient en moi. Ce qui me retenait, c'était tout d'abord qu'elles n'étaient pas Françoise. Et puis il y avait la peur de la vérole. Sans compter que si je m'étais laissé entraîner dans une aventure amoureuse, cela se serait su, et dans la situation où j'étais, je ne pouvais pas me permettre d'attirer l'attention.

C'est dans ce contexte-là que j'ai découvert Monteverde. Mon premier contact s'est fait par des madrigaux manuscrits amenés par un musicien de Mantoue où le maître résidait. Il y avait là quelque chose d'unique. Pour moi, cela a été un coup de foudre.

Cor mio mentre vi miro
Visibilmente mi trasformo in voi
E trasformato poi
In un solo sospiro l'anima spiro,
O bellezza mortale
O bellezza vitale,
Per te rinasce, e per te nato more

(Mon cœur lorsque je vous contemple
Visiblement en vous je me transforme,
Et transformé
D'un seul soupir j'expire
Ô beauté mortelle
Ô beauté vitale,
Pour toi elle revit, et pour toi revécue elle meurt.)

J'ai été conquis tout de suite, totalement. C'était une forme d'émotion que je saisissais, qui me correspondait, qui exprimait mes propres sentiments profonds.

Je n'achetais pas de partitions. Je les copiais. Ou je les apprenais par cœur et les adaptais. Je les transformais en morceaux que je jouais (en évoquant les paroles) sur le clavecin qui était dans les appartements du cardinal.

Le cardinal a tout de suite compris que s'il voulait tirer quelque chose de moi par ailleurs, il fallait me donner du temps pour ma musique. Je ne sais pas dans quelle mesure il s'intéressait véritablement à ma virtuosité, mais il m'encourageait, le soir, à toucher l'instrument pendant qu'il écrivait les lettres qu'il ne désirait pas dicter ; parfois John Byas empoignait son luth, et nous jouions ensemble.

Le secrétaire personnel du cardinal était Roger Bayns, un gentilhomme émigré depuis de longues années, et c'est lui qui s'occupait tant du courrier que des messagers. Le cardinal envoyait et recevait sans relâche des lettres, aux quatre coins du monde. On venait le voir de partout, et c'était Bayns qui organisait ces choses-là, avec une maîtrise souveraine.

Le prélat avait le plus grand besoin de quelqu'un comme lui. Ses journées étaient bien remplies. Il ne manquait jamais le Consistoire, que le pape réunissait chaque semaine pour décider des affaires de l'Église. Il était membre de deux congrégations, celle de l'Index et celle des affaires allemandes. L'Index impliquait des lectures nombreuses et importantes, qu'il tenait à faire lui-même.

« Si je vous donnais à lire un ouvrage dont j'ignore le contenu, je risquerais de vous faire damner, je faillirais à mon devoir », disait-il.

Depuis la mort du cardinal Antonio Carafa, il était aussi libraire apostolique.

Sans compter qu'il dirigeait les Collèges anglais, « les missions », comme il disait, et l'envoi des prêtres en Angleterre.

La tension dans les collèges était extrême. Une des tendances que j'avais moi-même observées se généralisait : le temps et l'argent manquant, on formait des prêtres au rabais, à la va-vite, et ceux qui retournaient prêcher la bonne parole en Angleterre n'étaient plus les doctes théologiens du début, mais souvent des hommes ignorants et mal préparés, armés seulement de courage.

Cela créait de terribles conflits, et j'ai mis du temps à comprendre où tout cela se cristallisait : en un désaccord toujours plus marqué entre Allen et Parsons, ou plutôt entre Allen et les Jésuites.

Il avait fallu longtemps au cardinal pour s'apercevoir qu'il était peut-être, du moins en partie, le jouet des Jésuites. Il se fâchait lorsqu'il entendait dire que c'était l'intercession de Philippe II d'Espagne par l'intermédiaire de Parsons qui lui avait valu la pourpre cardinalice, et non l'intérêt de l'Angleterre. Je m'étais, moi, vite aperçu que cela se disait partout, que tout le monde tenait cela pour un fait prouvé. Un jour où j'étais chez Roger Bayns, qui m'invitait volontiers à venir l'aider, j'avais lu un document édifiant, daté d'avant l'expédition de l'Armada, qui m'avait profondément choqué — tout en me prouvant que les bruits étaient fondés.

C'était la copie d'un mémorandum présenté en 1587 par l'ambassadeur d'Espagne auprès du Saint-Siège, le comte Olivares, au pape lui-même. Ces quelques pages étaient parfaitement claires : Philippe d'Espagne voyait l'élévation d'Allen à la pourpre comme un des pions de son jeu et allait jusqu'à prévoir ce que l'on dirait si Allen était tué (quelque chose comme : *la pourpre de son chapeau cardinalice a été trempée dans le sang du martyre*) ; Olivares y expliquait pourquoi le roi d'Espagne préférait ne pas entretenir Allen dans une trop splendide grandeur pour l'instant — il valait mieux pour sa politique qu'Allen eût l'air pauvre ; mais Sa Majesté assurait qu'elle saurait se montrer généreuse le moment venu (lorsqu'elle aurait battu l'Angleterre). Et Olivares poursuivait, des pages durant, par des considérations tactiques sur ce qu'Allen devrait faire.

La nature de la copie, faite de toute évidence à la sauvette, certainement en cachette (elle était mal écrite, pleine de taches, les lignes se chevauchaient) me paraissait prouver qu'Allen l'avait

obtenue par subterfuge. Je n'ai jamais osé en
parler avec personne, et les questions que je me
posais sont restées sans réponse.

Allen ne voyait dans l'alliance avec l'Espagne
qu'un épisode secondaire, j'en suis persuadé.
Pour lui, tous les moyens étaient bons pour
rendre la foi catholique à l'Angleterre. Mais plus
j'observais, plus je lisais, plus je tendais l'oreille,
plus je me disais qu'il était peut-être aveugle à
l'autre face de la médaille. Il ne voyait pas que
le roi d'Espagne n'était pas animé d'intentions
aussi pures que les siennes. Et je crois qu'il lui
a fallu longtemps pour comprendre que beaucoup de catholiques anglais n'étaient pas, ou
plus, prêts à ouvrir sans réserve la porte aux
Espagnols. Il lui a fallu longtemps aussi pour
admettre que les Jésuites jouaient dans cette
affaire un rôle trouble.

Pour Parsons, partisan inconditionnel de Philippe II d'Espagne, les Collèges anglais étaient,
en France, en Espagne, en Italie, un terrain de
chasse privilégié, et les Jésuites y recrutaient
librement les élèves les plus doués, dont ils faisaient d'habiles politiciens. Le hic, c'était que la
Compagnie de Jésus passait toujours, chez un
jésuite, avant l'Angleterre. J'avais entendu le cardinal, toujours doux et mesuré dans ses discours,
le dire un soir sur le ton de la vitupération au
Père Alfonso Agazzari, un jésuite italien qui dirigeait à ce moment-là le Collège anglais de Rome.
Il parlait si fort que nous l'avions, Roger Bayns
et moi, entendu jusque derrière la porte où nous
nous appliquions à nos écritures.

«C'est d'abord des intérêts des Jésuites et de
ceux de l'Espagne que vous vous préoccupez en
dirigeant les Collèges, avait-il crié, l'harmonie

entre étudiants, le bien de notre pauvre Église d'Angleterre vous indiffèrent. Mais nous ne gagnerons jamais la bataille si nous n'abandonnons pas nos querelles et nos intérêts particuliers au profit d'un intérêt supérieur unique.

— Tout cela n'est que médisance, avait répliqué le Père Agazzari sur un ton sec.

— Ce n'est pas de l'ouï-dire, ce sont des faits. Vous fomentez les querelles par votre extrémisme. »

Ils ont continué sur ce ton-là, et finalement Agazzari a élevé la voix :

« Comment osez-vous douter de nous ? Dieu tout-puissant prouve constamment Son amour pour notre Compagnie. Et lorsque les moyens humains ont failli, il interpose presque miraculeusement Sa divine main. Aussi longtemps que vous marcherez fidèlement avec nous, Dieu vous préservera et vous fera prospérer. Mais craignez Sa colère le jour où vous quitterez cette voie. Il pourrait couper court à tous vos plans. »

Il est impossible de ne pas entendre la menace dans son ton. C'est comme s'il lui disait : « Marche droit ou je te tue. »

« Je vous remercie de votre visite, vous pouvez vous retirer, mon fils », a dit le cardinal d'une voix glaciale.

Dès le lendemain, il avait commencé à proclamer la nécessité d'affirmer le plus clairement possible le caractère d'indépendance des Collèges anglais et de leurs séminaires. En public, il n'a jamais dit un mot contre les jésuites, mais nous nous sommes rendu compte qu'il a cessé de les recevoir, et qu'il en a parlé le moins possible.

Pourtant, lorsque l'un ou l'autre des Anglais

non jésuites le pressait de mettre en place une structure qui permette de s'occuper des conflits sans que sa présence et son intercession soient indispensables, il manifestait une curieuse réticence. Toute son énergie passait dans ses tâches quotidiennes ; il ne lui en restait peut-être pas assez pour s'occuper de problèmes qui n'étaient pas immédiatement présents. Il préférait les écarter. Et puis il avait une telle capacité de ramener la paix dans les pires discordes — comme celles qui éclataient périodiquement entre séminaristes anglais et gallois par exemple — qu'il les sous-estimait. Il ne se rendait pas compte que le retour au calme était dû à son ascendant et non au fait que les deux parties avaient compris qu'il valait mieux vivre en paix.

Je ne jouais bien entendu aucun rôle dans ces querelles et ces tensions dont j'étais le témoin muet.

Je logeais chez des parents de Giuliano, dans une maison d'assez belle allure. Giuliano était peut-être un enfant du péché, mais dans cette maison cossue il était reçu à bras ouverts, et on y parlait de sa mère avec affection. J'y passais peu de temps, car lorsque j'étais de service — c'est-à-dire presque toujours — je dormais dans les appartements du cardinal ou chez lord Charles Paget, un Anglais émigré, qui avait un palais tout proche de celui d'Allen.

Je n'allais que rarement au Collège anglais et j'évitais le Père Agazzari. Chaque fois que je le voyais — pour mon travail — j'avais la désagréable sensation qu'il nous surveillait, et surtout qu'il guettait le cardinal. Mon malaise était d'autant plus fort qu'Allen me paraissait avoir perdu la vraie dimension des choses. Son optimisme ne se manifestait pas seulement dans son évaluation des querelles entre personnes, mais dans sa vision de l'état du catholicisme en Angleterre. La première fois où j'ai constaté le fossé entre la réalité et l'image qu'il s'en faisait, c'était un soir de décembre, l'année même de mon arrivée. Il voulait dicter une lettre qu'il destinait aux catholiques d'Angleterre, et tout le monde était occupé, sauf moi, qui étais au clavecin.

« Mon fils, je suis désolé de vous interrompre. »

Je me suis arrêté de jouer et me suis levé.

« Cela vous dérangerait beaucoup que je vous dicte une lettre ?

— Monseigneur, je suis là pour vous servir. »

Je me suis installé, et il a commencé. Au début, j'ai écrit distraitement. Mais j'ai fini par prêter une attention soutenue.

« Ne doutez pas, mes doux et fidèles coadjuteurs et vrais croyants, dictait le cardinal, qu'aux yeux de Dieu les iniquités de nos adversaires ont dépassé les bornes et qu'Il va bientôt y mettre un terme. Ainsi, nos frères n'auront bientôt plus à souffrir pour Sa vérité et recevront, non pas dans l'autre monde mais ici-bas, la récompense de leurs peines. Dieu est juste et miséricordieux, et ne souffrira pas plus longtemps que Ses fidèles sujets ploient sous le joug de ceux qui veulent les détruire, Il mettra un terme aux souffrances de Ses élus. »

Malgré mes efforts pour paraître indifférent, quelque chose de mon scepticisme a dû transparaître sur mon visage.

« Qu'y a-t-il, mon fils, vous ne me croyez pas ?

— Si, si, monseigneur, bien entendu…

— Mon cher Tregian, la reine d'Angleterre ne vivra pas éternellement. C'est une vieille dame,

tout comme je suis un vieux monsieur. Et celui
qui lui succédera sera sans doute le roi Jacques
d'Écosse, le fils de notre bien-aimée Marie
Stuart, Dieu ait son âme. Les jours du protestantisme sont comptés. L'Angleterre va reprendre sa
place dans la chrétienté, et même si cela ne peut
se faire, Jacques instituera la liberté de culte, les
catholiques seront au moins tolérés. Et c'est alors
que la vérité éclatera au grand jour. On décou-
vrira qu'il y a d'innombrables seigneurs catholiques, et leurs sujets ne pourront éviter de suivre
la religion de leur maître. Et ainsi, sans coup
férir, nous aurons reconquis l'Angleterre.»

Il fait une pause. Je crains à tel point de trahir
mon incrédulité que je cherche quelque chose
à dire pour masquer mon embarras. Mais il ne
me voit même plus. Son regard est fixé dans le
lointain.

«Si nous considérons les choses sur le plan spirituel et temporel — si nous prenons en compte la
qualité des personnes et des propriétés — la raison, l'expérience et la conjecture substantielle
nous disent qu'en Angleterre deux personnes sur
trois sont favorables à la religion catholique et
que par conséquent elles sont mécontentes de
l'état actuel des choses.»

Je fais un effort pour qu'il ne remarque pas
mon désaccord.

Je pourrais remplir un livre avec toutes les
intrigues dont j'ai été le témoin pendant mes
deux années de cámeriste. Je préfère les laisser
dormir au tréfonds de ma mémoire. Ce qui me
reste sans que je doive faire d'effort particulier,
c'est ma méfiance, mon dégoût des intrigues.

Rien de nouveau, cela ne faisait que confirmer mes sentiments instinctifs d'enfant.

À Rome, j'ai appris à reconnaître les manœuvres et les contre-manœuvres de la politique. Les Italiens sont d'une subtilité étourdissante, et il m'est arrivé plus d'une fois de penser qu'avec toute son intelligence, notre pauvre cardinal anglais n'était pas de taille à parer les bottes secrètes d'un monde où, derrière des apparences de douce onctuosité, on maniait sans sourciller et sans le moindre scrupule les complots et la violence.

Je m'en suis tenu à ma niche. J'ai continué à réviser la Bible de Douai. J'ai proposé des pleins cahiers de corrections. Il me semblait parfois qu'Allen avait forcé les textes, en traduisant. Je prenais grand soin de formuler mes remarques sans porter de jugement. Mon affection pour le cardinal, mon application à l'étude, ma passion pour la musique, tout cela a masqué mes véritables sentiments.

Je n'insistais pas trop sur mes visites à la boutique de Luca, l'imprimeur. Pour un gentilhomme de la famille du cardinal Allen, mieux valait ne pas s'afficher trop insolemment avec les musiciens de métier — des domestiques aux yeux de presque tous.

«La musique, c'est très bien pour les jeunes gens», a remarqué un jour un prélat en visite à qui on m'avait prié de jouer un morceau, «bien que cela tende à accentuer la lascivité. Et puis lorsqu'on pratique cet art, on se retrouve en compagnie de gens si étranges...»

Mais toute la maisonnée manifestait pour ma musique un intérêt bienveillant. Le cardinal savait, j'en suis convaincu, où je passais bon nombre de mes après-midi — après l'Angleterre de lord Burghley et de lord Walsingham, l'Italie pontificale était le pays le mieux espionné du monde.

Et c'est sans doute pour m'éviter de trop fréquents contacts avec les tentations de la plèbe qu'il m'a présenté au maître de chapelle du Vatican, organiste de la Cappella Giulia, le grand Palestrina en personne. C'était un homme au regard changeant, sévère un instant, sensuel à l'instant suivant. J'ai eu le bonheur de le fréquenter pendant toute une année, la dernière de sa vie, et de m'imprégner de son *novum genus musicum*, qui m'a donné le goût du texte clair. Il m'y a conduit en m'apprenant à articuler la musique par rapport aux phrases des poèmes. C'est Palestrina qui m'a rendu sensible à l'équilibre de la cadence, à l'importance du contrepoint. Il y avait, il y a, dans ses compositions vocales, sacrées et profanes, une clarté, une élégance, un flux structurel qui ont formé mon goût.

La Ville éternelle formait un grand contraste avec la vie trépidante de Londres, ou même de Reims : on n'y trouvait pas, comme dans d'autres grandes villes, ces rues marchandes où des hommes s'affairaient dès avant l'aube. Rome était, est sans doute encore, toute de cour et de noblesse, de palais et de jardins ; chacun prenait part à l'oisiveté ecclésiastique. On n'y voyait pas de grande différence entre un jour de fête et un jour ouvrable : ce n'étaient que coches, prélats et dames.

Ce que les Romains aiment le mieux, c'est la promenade. Ils sortent de chez eux et vont de rue en rue sans but précis. Il y a des rues qui sont faites pour cela, des Corsi, ou Passeggiate. Les

messieurs sont dehors, les dames sont aux
fenêtres, et vues ainsi elles sont toutes belles, car
elles sont maîtresses dans l'art de camoufler
leurs défauts. Si l'on accepte leur invitation et
qu'on monte chez elles, on est parfois surpris, et
parfois fort déçu. Dans le beau monde, on ne
manquerait jamais une de ces sorties, les jeunes
hommes à cheval, les moins jeunes en carrosse ;
on se fait de profondes révérences, on se décoche
des œillades en passant. Je trouve tout cela singulier, extraordinairement amusant.

Pendant mes deux années à Rome, je ne me
suis jamais senti étranger : car tant de nations s'y
côtoient, on entend un tel mélange d'idiomes que
chacun y est comme chez soi. J'aurais, au fond,
été comblé, si j'avais pu réaliser deux rêves :
celui de retrouver Françoise et de pouvoir vraiment être son mari, et celui de rencontrer Monteverde. Son *Troisième Livre des Madrigaux*
circulait parmi nous, et se chantait dans les
salons. À côté de cela, des voyageurs amenaient
des copies manuscrites de quelques-uns des airs
qui allaient, plus tard, composer son *Quatrième
Livre*.

Ces madrigaux offraient une mélodie si variée
qu'elle épousait le sentiment, l'émotion du texte,
et provoquait le miracle de faire ressentir à celui
qui les chantait ou les écoutait la sensation qu'ils
avaient été écrits et composés expressément pour
lui. Il me semblait que Monteverde fût un ami.

De Françoise, je ne savais pour ainsi dire
rien. Elle écrivait au hasard des messagers, à
l'adresse de Giuliano, qui est venu me voir plusieurs fois et qui emmenait en repartant les
paquets de lettres que j'écrivais et accumulais
dans une cache, n'osant moi-même les confier à

un messager — et s'il avait été un espion du cardinal, ou des Jésuites?

Giuliano se considérait responsable de mon bien-être et de ma sécurité; il l'avait fait savoir à mon père et s'était engagé à veiller sur moi jusqu'à ma majorité. Mais depuis que le seul homme qu'il se fût reconnu pour maître — Sir John — était mort, il s'était installé, avec Jane et leurs quatre enfants, à Amsterdam où il gagnait sa vie (très bien, à en juger par son allure toujours plus distinguée) par le commerce de la soie.

« Mais comment faites-vous cela, Giuliano?

— C'est très simple. Je suis le commerçant de soie idéal. Je connais la mer et les transports maritimes pour les avoir pratiqués, je connais la politique et les mécanismes qui font mouvoir l'Europe pour les avoir fréquentés — quant au commerce des étoffes, il ne diffère pas trop des autres. Je me suis associé à un homme qui connaît les secrets de la soie. Nous sommes indispensables l'un à l'autre.

— Mais la langue?

— Lorsqu'on entend l'allemand et qu'on parle l'anglais, leur langue n'est pas trop difficile. Je la parle, et mes commis hollandais l'écrivent pour moi.

— Et comment avez-vous trouvé des clients?

— Mon cher Francis, cela fait quinze ans que je cours l'Europe et que je rencontre les puissants. Au début, je vous avouerai que j'ai craint leurs réactions. Mais chaque fois que j'ai dit à l'un de ceux dont j'ai une fois ou l'autre été le porte-parole ou le porte-message que je me consacrais aux soieries, il n'a pas manqué de dire: "Si vos soies sont aussi excellentes que vos services, je suis preneur." Au début, cela m'a surpris, mais j'ai fini par comprendre que se faire accepter, c'était une affaire de style. J'ai des clients et des fournisseurs de la Chine aux Amériques. J'espère que nous aurons l'honneur de vous recevoir à Amsterdam.

— Comptez sur moi. »

Pour me faire plaisir, Giuliano m'a amené de la musique. C'est par lui que j'ai connu les premiers madrigaux à trois voix d'Alfonso Ferrabosco, un des musiciens d'une famille italienne qui vivait en Angleterre, au service de la reine Élisabeth. William Byrd avait publié un livre de chansons sacrées à cinq et six voix, intitulé *Medius*, dont Giuliano m'avait procuré un exemplaire.

Et Jane avait copié pour moi quelques morceaux de l'organiste de l'Oude Kerk d'Amsterdam, Jan Sweelinck, fameux en Hollande mais inconnu de moi.

Je transcrivais tout cela dans un livre de partitions personnelles que je me constituais pour le jour où j'aurais quitté Rome. Un jour que j'appréhendais d'un certain point de vue, mais que j'attendais avec impatience d'un autre. La vie à Rome était trop complexe pour mon goût, trop centrée sur le Vatican, ses intérêts et ses intrigues. La Contre-Réforme y était vigilante, pointilleuse, se mêlant sourcilleusement de nos lectures et de nos propos. Les censeurs étaient aux aguets, et l'on brûlait des « sorcières » ou des « possédés » (des gens qui avaient le tort d'avoir une pensée qui déplaisait à la curie ou qui n'entrait pas dans le cadre de la politique romaine) avec une facilité inquiétante.

Cependant, je regretterais de partir pour la merveilleuse beauté de cette cité : à tous les coins

de rue, des ruines de bâtiments imposants rappelaient à mon esprit à la fois la grandeur passée de
Rome et les heures de mon enfance employées à
étudier les textes qui s'y rapportaient.

J'aimais particulièrement me promener dans le
Forum parmi les colonnes tombées et les herbes
folles. Je grimpais sur ce qui restait du Temple de
la Paix et regardais les moutons paître paisible-
ment entre les pierres éparses de ce lieu qui a
été le centre, le cœur de l'univers. Il n'en reste
pratiquement plus que le ciel sous lequel Rome
a été assise. Les ruines de la Rome impériale ne
me rappelaient pas la vie, mais la mort de cette
cité. Je me disais que les ennemis de l'Empire
avaient commencé par fracasser ce corps admirable. Et puis, parce que même mort, renversé,
défiguré, il restait inquiétant, ils en avaient ense-
veli les ruines mêmes ; lorsqu'on creusait, on tom-
bait parfois sur le haut de colonnes anciennes,
au-dessus desquelles on avait bâti la Rome
contemporaine. Il n'est pas difficile pour un
observateur de voir qu'on a construit par-dessus
et non à la place de la Rome d'autrefois. Cela
ne manquait jamais de m'émouvoir. *Sic transit
gloria mundi.* Philippe II passerait comme les
empereurs et leurs tribuns, comme Élisabeth
d'Angleterre, comme Henri de France, comme
Françoise et moi — que resterait-il de nous, après
nous ? Les différences religieuses seraient-elles
vraiment aussi importantes pour les générations
futures ?

Je revois un crépuscule d'hiver, j'étais là une
fois de plus, à philosopher en fixant un troupeau
d'un œil distrait. Soudain, sortie du pipeau du
berger, une mélodie simple, mélancolique, a
étiré ses notes par-dessus les vieilles pierres, et je

l'ai ressentie comme une réponse aux questions que je me posais.

Un jour, nos pensées, nos sentiments, nos émotions auraient cessé d'exister. Mais ils laisseraient une trace inaltérable : les poèmes qui exprimeraient ce que nous aurions souhaité dire, et surtout la musique, pure expression des émois de ceux qui l'auraient composée, mais aussi de tous ceux d'entre nous qui — par goût, par passion — auraient choisi de l'interpréter, ou tout simplement de l'aimer.

Et pendant que le berger jouait de son pipeau, un poème du grand Torquato Tasso dansait dans ma tête :

> *Questa di verd'herbette*
> *E di novelli fior tessuta hor hora*
> *Vaga e gentil ghirlanda,*
> *Giovin pastor ti manda*
> *l'amata e bella Flora...*

> (Tissée de tendres herbes vertes
> À cet instant, et de fleurs entrouvertes
> Cette aimable guirlande de beauté
> Est l'offrande d'un jeune berger
> Ô belle Flore tant aimée...)

XV

Cast care away, let sorrow cease,
A fig for melancholy;
Let's laugh and sing, or, if you please,
We'll frolic with sweet Dolly.
Your paltry money-bags of gold,
What need have we to stare for;
When little or nothing soon is told,
And we have the less to care for.

«Hanskin»
Ballade populaire

Que le chagrin cesse, foin de soucis,
Au diable la mélancolie
Rions et chantons, ou, si cela vous dit
Batifolons avec la douce Dolly.
Vos dérisoires sacs pleins d'or,
Pourquoi les voudrions-nous encor';
Peu ou rien c'est plus vite déclaré,
Et ainsi nous avons moins à préserver.

1594. Une année que je n'oublierai pas. Elle a commencé par la mort de Palestrina. Ce formidable compositeur m'a beaucoup enseigné, pendant le peu de temps où je l'ai fréquenté, et j'ai eu la sensation que ses leçons s'interrompaient au moment où il allait m'apprendre le secret de sa grandeur. Sans doute aurais-je eu la même sensation s'il était mort dix ans plus tard.

La veille de son enterrement solennel, j'étais chez le cardinal, où j'avais mon service de nuit. Nous avions répété toute la journée la musique qui serait jouée et chantée le lendemain, à la cérémonie funèbre, j'avais la tête pleine de notes et le cœur triste.

J'ai été ramené à la réalité du moment en

voyant paraître soudain Giuliano, couvert de la poussière d'un long voyage, suivi d'un valet tout aussi poussiéreux.

«Vous êtes seul?»

Il a dit cela d'une voix sourde, sur un ton de sombre conspiration.

«Mais... oui. Pourquoi?»

Il a ordonné à son valet de se poster au bout du couloir, inspecté les recoins, sondé les murs derrière les tapisseries, puis s'est mis près de la porte entrouverte. J'aurais ri, si pour lui tout cela n'avait été si sérieux. Il m'a fait signe d'approcher.

«Ce que j'ai à vous dire est un secret dangereux à connaître, a-t-il murmuré à mon oreille, jurez-moi que vous n'en parlerez à personne. À personne.

— Je vous le jure.

— Qui sert la nourriture du cardinal?»

Je le regarde sans répondre. Est-il devenu fou? En voyant le doute dans mes yeux, il a un geste d'impatience et répète sa question, d'une voix encore plus basse.

«C'est John Byas, son valet personnel», dis-je enfin.

La nourriture n'a jamais été une préoccupation majeure de notre maisonnée. Les repas sont frugaux, vite expédiés.

«Un homme sûr?

— Comme moi-même.

— Qui l'apprête?

— Je n'en ai aucune idée. Je ne comprends pas en quoi c'est là quelque chose d'important.»

Il s'est approché jusqu'à parler dans le creux de mon oreille.

«Ne me demandez pas comment, mais j'ai

appris d'une source très sérieuse que l'on empoisonne le cardinal à petit feu, on compte qu'il sera mort d'ici peu. »

Je fais un pas en arrière, prends mon souffle pour dire quelque chose, mais d'un geste rapide Giuliano m'a déjà mis une main sur la bouche.

« Ne dites rien maintenant. Je vais chez vous, tâchez de vous libérer demain, je vous attends.

— Je joue à l'enterrement de Palestrina.

— Venez après. Ne tardez pas trop. »

Il a disparu, et je suis resté là comme un homme à qui on aurait asséné un grand coup de bâton.

Une fois que j'ai retrouvé mes esprits, j'ai passé le reste de la nuit à tenter de reconstituer le chemin de la nourriture. Je suis même descendu aux cuisines sous prétexte de boire de l'eau. Tout le monde dormait. Mes réflexes de grand seigneur me jouaient, une fois de plus, un mauvais tour. À de rares exceptions près, les serviteurs m'étaient inconnus, et même ceux qui ne l'étaient pas, je ne les avais fréquentés qu'en passant.

Comment allais-je, seul puisqu'il n'était pas question de partager mon secret, protéger le cardinal ? Parler à John Byas ? Mais était-il vraiment aussi sûr que je le pensais ? Car ce n'était pas un hérétique qu'il fallait craindre, j'en étais persuadé — tous les espions qui avaient passé au Collège anglais depuis vingt ans auraient eu mille occasions d'enfoncer un couteau dans le cœur du cardinal, ou de mettre du poison dans ses mets. Les paroles menaçantes d'Agazzari retentissaient à mon oreille : « *Aussi longtemps que vous marcherez fidèlement avec nous, Dieu vous préservera et vous fera prospérer. Mais craignez Sa colère le jour où vous quitterez cette voie.*

Il pourrait couper court à tous vos plans.» Non, le danger, j'en étais certain, venait des fanatiques liés au parti du roi d'Espagne.

Il était impossible que je devienne soudain un visiteur assidu des cuisines. Si c'était là que l'empoisonneur agissait, il aurait vite fait de soupçonner ce qui me préoccupait. Je n'étais pas un personnage important, moi; on était susceptible de m'empoisonner d'un seul coup.

Je ne sais plus comment cette nuit s'est terminée, je ne sais plus comment s'est déroulé l'enterrement de Palestrina.

Je nous revois, après, marchant fiévreusement le long du Tibre, le valet de Giuliano gardant nos arrières; par mesure de prudence Giuliano a tenu à ce que nous sortions — ainsi, pas d'espions à portée de voix.

«Giuliano, je suis au désespoir. Je ne sais pas à qui me confier, et je ne sais pas comment surveiller la nourriture du cardinal sans éveiller les soupçons.

— Je suis allé jusqu'à Eu, vous vous souvenez de notre ami l'apothicaire alchimiste?

— L'ami d'Adrian? Bien sûr.

— Je me suis dit que cet homme-là, qui vit si loin de tout, et surtout loin des intrigues, était le plus sûr conseiller. Je lui ai demandé quel était le poison le plus vraisemblable pour tuer un homme à petit feu sans qu'il y paraisse. Il m'a demandé un jour de réflexion. Et à la fin de cette journée, il m'a donné plusieurs fioles, avec ces mots: "Il y a deux ou trois possibilités. Voici un antidote qui les couvre toutes. Ne m'expliquez rien. Je ne veux rien savoir. C'est bien cela que vous souhaitiez? Il faut en administrer cinq gouttes par jour."»

J'ouvre la bouche pour poser une question, mais Giuliano la prévient.

«Je vous en prie, Tregian, ne me demandez rien. Nous sommes assis sur un baril de poudre. La mèche pourrait s'allumer à tout moment. Si j'avais pu éviter de vous faire partager une aussi dangereuse intelligence, croyez que je l'aurais fait. Si vous ne savez rien et qu'on vous mette à la question, vous parlerez, bien sûr, mais vous serez obligé d'inventer. Tandis que si je vous renseigne, vous risqueriez de vous trahir. Je n'aurais même pas dû faire état de l'apothicaire.»

Mon cœur est serré d'angoisse.

«Je manque à tel point d'expérience dans ces choses-là que je ne sais même pas comment je pourrais m'y prendre pour administrer les cinq gouttes au cardinal. En dix-huit mois, je ne lui ai jamais apporté ne serait-ce qu'un verre d'eau. Ce n'est pas ma tâche.

— Y a-t-il quelque chose qu'il prend régulièrement? Observez, mon ami, et faites vite.»

Il me faut trois jours pour comprendre l'organisation de la maisonnée. Je me dis que les empoisonneurs sont forcément des gens de l'extérieur, que cela ne peut pas être un des Anglais. Je remarque maintenant seulement que depuis deux ans le cardinal a pris grand soin d'éloigner progressivement tous les jésuites, et j'apprends par la même occasion que Nicholas Bawden et moi avons, nous aussi, remplacé des membres de la Compagnie de Jésus.

Malgré mes efforts, trop discrets sans doute, c'est encore Giuliano qui découvre le chemin du poison: cela se passe en dehors du palais, à la Bibliothèque vaticane, où le cardinal se rend plusieurs fois par semaine. Il part après le repas du matin et ne mange rien jusqu'à cinq heures, mais il boit beaucoup.

Il me faut encore une semaine, sous divers prétextes, pour obtenir qu'il me permette de l'accompagner (je veux vérifier des textes, j'aimerais voir des originaux... j'en passe). Une fois que j'ai obtenu d'aller avec lui, cela devient simple. Lorsqu'il demande à boire, je prends moi-même l'eau des mains du valet qui l'apporte, et la longueur, l'agilité de mes doigts de claveciniste me rendent grand service : je crois pouvoir dire que si on a fini par s'apercevoir que le poison n'agissait plus, si on a soupçonné que j'y étais pour quelque chose, on ne m'a jamais surpris.

Il faut dire que le revirement a été spectaculaire. En huit jours le cardinal, toujours souffrant sans jamais être malade, s'est porté mieux, en trois semaines il s'est retrouvé presque en bonne santé.

Je ne saurai jamais si ce qui s'est produit alors était le fruit du hasard, ou si les empoisonneurs ont fait un rapprochement entre ma présence à la Bibliothèque et la santé soudain revenue de leur victime. Un matin pendant que nous allions au Vatican, à pied comme presque toujours lorsque le temps était beau, le cardinal m'a dit :

« J'ai reçu une lettre de votre cher père, monsieur Tregian. »

Je n'ai rien dit, attendant — et redoutant — la suite.

« Il demande que vous alliez le voir.

— Quand cela ?

— Mais... Tout de suite. Le temps d'organiser votre départ.

— Je ne voudrais pas vous quitter, monseigneur. »

Rien de tel que la vérité. Il me sourit.

«Vous ne me quittez pas. Ce n'est qu'un voyage de quelques semaines. Votre travail sur la Bible est trop important pour que nous y renoncions. Je vais vous donner un de mes hommes, vous avez atteint un âge où il ne serait pas honorable qu'un seigneur de votre rang ne soit pas servi.

— Monseigneur, je vous remercie, mais j'ai mon propre valet. Je lui ai permis de rester auprès de sa femme tant que je n'aurais pas besoin de lui, mais il me sert fidèlement depuis que je suis tout petit, et pour un tel voyage, je tiens à lui. Je vais le faire mander, et je partirai dès qu'il sera arrivé.

— Dans ce cas-là, dites-lui de se hâter.»

Je suis soulagé que le cardinal ne me demande pas de détails sur «mon valet», car je n'ai pas envie de lui mentir.

Le soir même, un des jeunes neveux de Giuliano part le prévenir. Il voyage à bride abattue, et ramène bientôt son oncle, flanqué du serviteur qui ne le quitte plus.

«Le hasard fait mal les choses», commente sombrement Giuliano en arrivant.

«Mon principal souci, c'est que je n'ai, dans l'entourage du cardinal, aucun ami sûr pour s'occuper de lui pendant mon absence.»

Pendant que je fais mes préparatifs de départ, Giuliano réussit à faire engager son jeune neveu aux cuisines, comme marmiton. Ce jeune neveu, Titus, est en fait apprenti tisserand. Mais j'ai rarement vu un garçon aussi à l'aise dans toutes les situations. En quelques heures, c'est un marmiton plus vrai que nature. L'antidote versé par lui dans les mets n'arrive pas toujours jusqu'au cardinal, mais suffisamment en tout cas pour qu'il ne retombe pas aussi gravement malade que l'hiver précédent.

Nous partons.

Nous sortons de Rome par le nord, mais au bout d'une dizaine de milles, nous rebroussons chemin, et par des voies détournées allons à Ostie. Je n'ai même pas eu à discuter la chose avec Giuliano, il a organisé notre voyage par Bordeaux.

Les marins que nous connaissons nous amènent à Sète, par mer agitée, mais sans incidents. Nous sommes accueillis par nos amis de la dernière fois, et huit ou dix jours après avoir quitté Rome, nous longeons déjà la Garonne. Mon émotion de revoir ma femme remplace progressivement mon angoisse d'avoir laissé le cardinal exposé à tous les dangers.

Nous nous sommes donné trois jours à Bordeaux. Trois jours pendant lesquels Françoise et moi ne nous sommes pas quittés.

La maisonnée des Troisville est en émoi : le roi Henri s'est converti au catholicisme. Je savais cela, car la chose avait fait grand bruit à Rome, où les catholiques avaient ricané — ce revirement opportuniste ne pouvait être que temporaire, et par conséquent sans signification, on connaissait Henri de Bourbon par cœur.

Mais chez les Troisville on est d'un avis différent : Henri s'est converti parce que c'est là pour lui le seul moyen d'être le roi de tous les Français, et le seul moyen d'arrêter la guerre civile qui ravage la France depuis deux générations. Il ne changera plus d'avis.

Charles, qui est resté un des hommes de

confiance du roi, était venu peu de temps auparavant expliquer qu'il ne pouvait que suivre son maître. Françoise, déjà mariée au catholique que j'étais, est d'avis que toute la famille se convertisse avec lui. Mais madame de Troisville est de vieille souche huguenote, on est protestant chez elle depuis les débuts de la Réforme, et elle nous a déclaré tout net, au cours d'une conversation orageuse, qu'elle ne changerait pas de religion.

« Mon roi, a-t-elle déclaré, est Henri de Navarre, le fils de Jeanne d'Albret, et cet homme-là est huguenot. Il cède au chantage de la France contraint et forcé, parce que c'est un grand politicien. »

Au bout de quelques heures sur ce ton-là, elle a conclu d'une voix ferme :

« Françoise, convertissez-vous. C'est votre devoir d'épouse. Quant à votre devoir de chrétienne, je suis persuadée que vous pouvez l'accomplir dans l'une ou l'autre religion. Il n'y a qu'un seul Christ. Dieu n'est pas si regardant. Ce sont les hommes qui ont empoisonné nos religions avec la politique. Pour cette raison même, je demeure ferme dans l'Église de mon choix. »

Henri vient d'être sacré en grande pompe, à Chartres, Reims ayant refusé de lui ouvrir ses portes. Il me semble revoir Jehan Pussot, le marguillier de Saint-Jacques, le visage congestionné, le doigt vengeur :

« Le parpaillot ? Jamais ! Un hérétique sur le trône de France, converti ou pas, cela se fera sans les Rémois. »

Maintenant que cela s'est fait, Henri va devoir trouver un moyen de se les concilier, autant que le reste des Français.

Madame de Troisville veut connaître mes projets.

«Il vous faudra bien vivre avec ma fille en mari et femme, remarque-t-elle avec un sourire.

— Je vais parler à mon père, puisqu'il veut me rencontrer. Ensuite, dès que je pourrai quitter le cardinal Allen, ce sera Bordeaux, Amsterdam ou Anvers, avec Françoise. Vous avez ma parole.»

Nous partons. Dans mon maigre bagage, je porte les *Essais* de Michel de Montaigne, offerts par ma femme. Je suis si ému par la séparation que je les embarque sans y jeter le moindre regard.

Comme la fois précédente, mes sens sont en éveil. Couleurs, sons, odeurs sont plus vifs, plus pénétrants. Françoise a acquis une beauté, un éclat qui la rendent encore plus désirable. Je ne souhaite qu'une chose — ne plus la quitter. Je n'ai pas besoin des exhortations de ma belle-mère pour aspirer à cela. Pendant tout le voyage, je ne pense qu'à ma bien-aimée.

Nous remontons la France à cheval, et il me semble que les campagnes que nous traversons sont un peu moins dévastées que par le passé. Du moins y travaille-t-on.

Après un voyage sans histoire, nous arrivons au Tréport, où Giuliano a gardé des amis sûrs. Nous embarquons dans un de ces caboteurs aux trompeuses allures d'épave. Lorsque nous arrivons, à proximité de Plymouth et à une journée de Grampound et de Golden, j'ai une hésitation. Et si Thomas...

Je m'en ouvre à Giuliano, qui secoue la tête.

« Je suis venu il y a quelque temps, et je me suis renseigné. Il s'est éteint après votre dernière visite. Vous savez que sa maison vous appartient ? Vous êtes son seul héritier.

— Moi ?

— Il vous l'avait dit.

— C'est vrai, mais je n'y avais pas cru. »

On peut compter sur Giuliano pour découvrir ces choses-là. Il a un sourire malicieux.

« Avec vos yeux de lutin, vous allez être riche. Une pension par-ci, un legs par-là... »

Je rougis violemment, et il éclate de rire.

« Parfois, je vois encore en vous le petit garçon que vous avez été. Allons à Londres. Nous tâcherons de passer chez le notaire en revenant. De toute façon nous embarquerons ici.

— Et si mon père ne me laisse pas repartir ?

— Parlez-lui de la santé du cardinal, de votre travail sur la Bible, vous repartirez. Soyez aussi déterminé que lui.

— Et que lui dire de Françoise ?

— Je n'ai pas de conseil à vous donner, mais à votre place, je parlerais de votre mariage plutôt comme d'un projet que comme d'un fait accompli. Il sera toujours temps d'informer votre famille dans quelques années, lorsque vous serez vraiment adulte, même à leurs yeux. »

Pendant que nous galopons vers Londres, Thomas, auquel j'avais peu pensé depuis mon dernier voyage, est constamment présent à mon esprit. J'ai peur qu'il ne soit pas facile de résister à mon père. Il EST mon père bien que je ne le connaisse guère, et son pouvoir sur moi est encore absolu. J'essaie de puiser dans les conseils de Thomas la détermination dont je vais avoir besoin.

Nous arrivons à Londres.

Je passe dans la capitale une période de cinq à six semaines qui mettent sens dessus dessous le jardin de ma vie. Tant de choses, tant de sensations...

C'est la deuxième fois que je viens à Londres depuis que je suis sorti de l'enfance. Mais la première fois ne compte pas. J'étais si pressé, si tendu vers un but, si occupé, aussi, à montrer la ville à Charles de Troisville que je n'ai — paradoxe — rien observé, rien vu. Une des premières choses qui me frappent, maintenant, c'est combien tout est plus petit que dans mes souvenirs. Les maisons me semblent avoir rétréci.

Nous nous rendons à Muswell, où ma grand-mère Anne Arundell vit toujours lorsqu'elle n'est pas dans le Dorset. En route, nous sommes convenus que Giuliano sera mon intendant aussi long-temps que nécessaire. Pendant que je rends visite à ma famille, il s'occupera de mes affaires.

L'accueil de la baronne d'Arundell est réservé. Je n'ai pas le temps de me demander pourquoi. À peine suis-je installé qu'elle me fait appeler.

Elle me reçoit au coin du feu, droite comme un piquet. C'est une vieille dame, mais il n'y paraît guère. Peu de rides, un teint de marbre et des cheveux d'un roux qu'on appelait à Rome titien, du nom du peintre. Une noblesse de reine. C'est la première fois que j'ai affaire à elle directe-ment, c'est aussi la première fois que je prête attention à ce qu'elle est — que je la vois.

Elle me sourit, d'un sourire intact aux dents blanches.

«Je me souviens de l'époque où je vous disais: "Viens ici, mon petit." Maintenant, c'est vous qui pourriez me dire "ma petite".

— Madame, je ne me le permettrais pas.

— Non, bien sûr. Car en plus d'être grand, vous êtes aussi gentilhomme. »

Le ton est badin, la voix légère, le sourire à peine retenu.

« Promettez-moi, Francis, de me répondre franchement.

— Posez-moi toutes les questions que vous voudrez, madame.

— Oui ou non avez-vous été ordonné prêtre ? »

Elle lit la surprise dans mon regard. Ne voit-elle pas ma mère quotidiennement ? Ne se tiennent-elles pas au courant ? Son sourire s'accentue :

« Je sais, je sais... Mais votre mère est une bavarde impénitente, on ne sait jamais bien à quoi s'en tenir, ses histoires changent au gré des humeurs. Lorsque mon cher époux vivait, il a toujours mis le holà aux demandes des jésuites. Mais depuis... J'ai entendu au moins trois versions de vos activités. Aux dernières nouvelles, vous seriez le secrétaire du cardinal Allen et un intime du pape. »

Cela me fait sourire.

« Ce serait trop d'honneur, madame. Je suis un des nombreux cáméristes du cardinal. Pour ce qui est de Sa Sainteté, il m'a complimenté un jour sur ma manière de toucher l'orgue. Je n'appellerais pas cela un rapport d'intimité.

— Et... êtes-vous prêtre ?

— Non, madame. Je suis allé en Italie pour la musique et non pour la religion. J'éprouve estime et affection pour le cardinal Allen. Mais il sait que la prêtrise ne m'attire pas. Il n'a jamais insisté. Ce sont le Père Parsons, le Collège anglais, c'est mon père à ce qu'on m'a rapporté, qui voulaient faire de moi un ecclésiastique, et sans doute, si possible, un jésuite.

— Et quels sont vos rapports avec les jésuites ?

— Distants. J'ajouterai qu'à mon avis ceux du cardinal le sont tout autant.

— Parfait. Vous m'en voyez soulagée, car je n'ai pas changé d'avis : je ne veux plus de jésuites sous ce toit. Vous savez peut-être qu'ils ont essayé de persuader mon petit-neveu, le comte de Derby, de tremper dans un complot au bout duquel il aurait été roi à la place de Sa Majesté. On lui a proposé de se convertir au catholicisme pour cela. Comme c'était un honnête homme et qu'il n'avait pas le goût des aventures folles, il les a dénoncés. Et maintenant, dix-huit mois plus tard, voilà qu'il vient de mourir d'une maladie inexplicable. Il court sur les jésuites, même parmi nous, des bruits terribles. Je ne veux plus en voir ici. Je ne veux de prêtre que celui qui vient dire la messe. Je ne suis pas une héroïne. Je ne vois pas la nécessité de mettre notre sécurité en péril. Nous sommes anglais, et désapprouvons ceux qui ont partie liée avec l'Espagne. Je vous préviens qu'on vient de découvrir que le médecin de la reine était un agent double. Je ne crois pas qu'il voulait empoisonner Sa Majesté comme on l'a prétendu. Et il n'était pas catholique, mais juif. Ce qui n'empêche qu'il faille être prudent. Si nous ne faisons pas de politique, on nous laisse tranquilles. Vous ne faites pas de politique. C'est clair ? Inutile de préciser que pour votre mère je suis pratiquement hérétique.

— C'est parfaitement clair, madame. Je ne ferai pas de politique. Mais il faut que j'aille trouver mes parents, qui en font si je ne m'abuse.

— Si vous me donnez votre parole de vous

tenir à l'écart de leurs intrigues, je m'arrangerai pour que le bruit circule que vous faites acte de piété filiale. On vous laissera en paix. Sinon, vous risquez qu'on vous arrête pour avoir étudié à l'étranger sans la permission de la reine. On aimerait bien vous connaître à Southampton House, le jeune Henry a votre âge. Il est prêt à vous montrer le Londres des distractions et de la culture. Laissez-vous faire et ne vous lancez pas dans les machinations douteuses.»

Je m'incline. Elle se lève, tend la main vers ma joue, et je me penche pour qu'elle puisse la toucher. Un geste de douceur inattendu. Avec surprise, je vois qu'elle a les larmes aux yeux.

«Sir John vous aimait beaucoup, savez-vous, dit-elle d'une voix étranglée. Vous étiez son favori.»

Elle sort brusquement, me laissant à mon émotion.

Je n'ai pas envie de raconter ma première visite à mon père. Elle se perd dans le contexte de ces semaines-là. Mon géniteur, chenu, aigri, ne voit en moi que son successeur. C'est pour me le dire qu'il m'a fait venir. Il va de soi que je reprendrai le flambeau de «sa» religion. Il le dit à tout le monde. Lorsque je lui fais comprendre que j'ai l'intention de me marier avec une Française, il s'y oppose de toutes ses forces. Il va tout autant de soi que j'épouserai, si mariage il doit y avoir, une jeune catholique anglaise dépouillée de ses biens par le *praemunire*. Ou, mieux encore, une Espagnole de bonne famille. Il a même des propositions à me faire. Un Tregian n'épouse pas une Française dont on ne sait rien.

«Mais, Père, on sait tout : c'est une Troisville de Bordeaux. Son frère est le bras droit, l'homme de confiance du roi de France.

— A-t-elle du bien?

— Pas encore. Mais maintenant que Henri a été sacré roi, la famille deviendra riche, assurément.

— Est-elle catholique?

— Oui, Père.

— Alors comment se fait-il que son frère serve un hérétique?»

Et ainsi de suite. Je renonce aux détails. Cela m'agace encore, tant de décennies plus tard, d'y repenser.

Mon père aimerait que je vive à la Fleet, où il a des appartements assez vastes, et où demeurent ma mère, mes sœurs, ainsi que deux valets et plusieurs servantes, mais je refuse. La seule de mes sœurs que j'aie envie de voir est Margaret. Elle est absente. Je fais la connaissance des cadettes, Catherine, Sibylle, et Élisabeth, la plus jeune, qui a à peine cinq ans. Je fais également la connaissance d'un homme dont on me dit qu'il va probablement épouser Margaret. Il se nomme Benjamin Tichborne et il a un regard faussement ouvert qui me le rend d'emblée antipathique. C'est un intrigant, cela se voit. J'essaie de le dire à ma mère, que je finis par croiser, car elle passe son temps à courir Londres, occupée par d'obscures tâches. Elle me montre un petit flacon d'eau bénite.

«Il m'a fallu du temps pour le trouver, mais nous avons fêté Pâques en bons chrétiens», dit-elle fièrement.

Mes remarques au sujet du prétendant de Margaret l'indignent.

«C'est un garçon charmant. Toujours serviable, toujours attentif. Un bon catholique. Cela dit, nous ne pouvons pas nous permettre d'être regardants. Nous n'avons rien, et si un homme veut épouser une de vos sœurs sans dot, autant ne pas faire les difficiles. »

Elle est d'une naïveté qui coupe court à toute velléité de colère. Elle est même attendrissante. Petite, très vive, les cheveux noirs, un beau visage encore jeune. Elle porte un enfant — son dix-huitième, à ce qu'elle me dit. Elle est sur le point de le mettre au monde. Cela ne la ralentit en rien. Elle est d'une volubilité étourdissante. Son mari, sa religion — le monde, pour elle, s'arrête là. Sa désapprobation initiale, dont je garde un souvenir indélébile, a disparu. Ce que veut « Monsieur votre père », comme elle dit, cela a force de loi, et ne se discute pas. Il a voulu défier l'autorité, il a bien fait. Je suis tenté de croire que s'il se conformait, elle lui trouverait, en épouse dévouée, de bonnes raisons.

Je m'en vais aussi vite que possible.

Dans les jours qui suivent, je parcours le Londres de mon enfance, yeux et oreilles bien ouverts, cette fois. Je me replonge dans la symphonie des bruits, dans l'odeur caractéristique — ce mélange de bois brûlé, de vieux poisson, d'embruns et de poussière qui est le propre de la capitale. La saison est particulièrement orageuse, je rentre de certaines de ces expéditions trempé jusqu'aux os, mon cheval marchant au pas tant l'averse est violente.

Je vais voir Richard Mulcaster. Il n'est plus à la tête des Marchands Tailleurs, mais vit de leçons et d'une petite pension que lui a faite la reine, qui l'aime bien.

« Ah Francis ! dit-il, me reconnaissant sans hésitation. On m'a dit que vous parliez le latin à la perfection.

— Monsieur, je suis très heureux de vous revoir, je réplique, pris au dépourvu.

— Mais cela va de soi, mon cher Tregian, cela va de soi. Sinon vous ne seriez pas là. Ne perdons pas de temps en courbettes. Et votre frère ? »

Je lui raconte la disparition d'Adrian. Il rit.

« Vous ne croyez pas sérieusement qu'il est mort », commente-t-il lorsque j'ai terminé, et sa remarque n'est pas une question.

« Non.

— Moi non plus. J'ai rarement vu un bonhomme tromper son monde autant que ce garçonnet. Un de ces jours il va tous nous surprendre. Qu'est-ce que vous avez l'intention de faire pendant votre séjour à Londres ?

— Mon plus cher désir serait de revoir la reine. Je lui ai apporté des partitions de musique que j'ai copiées tout exprès pour elle. Des morceaux italiens qui viennent d'être composés.

— Vous m'aviez caché que vous connaissiez Sa Majesté.

— Euh… C'est que…

— Vous avez vos entrées ?

— Je ne sais trop…

— Je dois la voir demain. On parle de me donner une nouvelle école à diriger. Je lui signalerai votre présence. Cela ira plus vite. Revenez lundi. »

Et le lundi suivant :

« L'affaire est entendue. Sa Majesté vous fait dire de vous rendre à l'audience de Lord William Burghley demain. Êtes-vous déjà allé au théâtre ?

— Au théâtre ? Non.

— Allez-y. Le théâtre est une des meilleures écoles qui soient pour un jeune gentilhomme. N'écoutez pas ceux qui prétendent que les comédiens sont tous des coupe-jarrets. Le théâtre est une incomparable école de maintien, qui vous donne courage, repartie, mémoire. Et puis on y joue actuellement des pièces qui rendent justice à la richesse artistique de notre merveilleuse langue anglaise.»

Lorsque, le lendemain, Lord Burghley me découvre dans son antichambre, il me dit d'un ton brusque :

«Venez, jeune homme, on vous attend.»

Une fois que nous sommes seuls, il me fixe sans aménité :

«La reine a confiance en vous», me dit-il.

Dans sa bouche, cela ressemble à une insulte.

«Je suis très honoré.

— Nous venons de déjouer un complot pour l'empoisonner, et la terre est encore fraîche sur la tombe des conspirateurs.»

Attention, terrain glissant. Je garde les yeux baissés et je me tais.

«Tout vous recommande, même si vous êtes le caámeriste de monseigneur Allen...»

De surprise, je le regarde. Lord Burghley est souriant.

«Nous savons cela. Nous savons aussi que vous vous tenez à l'écart des intrigues.» Sa raideur disparaît d'un seul coup. «Avant de vous faire emmener chez Sa Majesté, j'aimerais entendre un de vos morceaux.»

Je joue sur son virginal *Vestiva i colli*, un madrigal de Palestrina adapté pour le clavier. Et pendant que je joue, un des hommes de Burghley inspecte mon manteau, l'intérieur de mon chapeau, mon rouleau de partitions. Je le vois dans le reflet du meuble. Cela me fait sourire. L'honorable Lord trésorier ne prend aucun risque.

Je finis par me trouver chez la reine. La rencontre est discrète, car le temps n'est pas encore venu où la reine d'Angleterre pourra rencontrer ouvertement un Tregian. Mon père reste un ennemi de l'État. Par conséquent, il n'y a là qu'une seule dame de compagnie et Robert Cecil, le fils de Lord William Burghley.

«Comment, vous n'avez toujours pas de barbe, monsieur!»

C'est la phrase avec laquelle la reine m'accueille.

«Non, Majesté. Jusqu'ici, la Nature ne l'a pas voulu.

— Tant mieux. Cela vous sied. Alors, vous m'avez apporté de la musique italienne?»

Elle me tend une main que je baise, et à laquelle je confie ensuite mon rouleau de partitions.

«Majesté, je vous ai amené quelques morceaux nouvellement écrits.»

Elle me fait asseoir devant son instrument et m'ordonne de jouer. Je m'exécute.

Lorsque je termine, Sir Robert et la dame de compagnie applaudissent, mais pas elle. Mon cœur se serre. Lui ai-je déplu?

«Monsieur, finit-elle par dire, votre interprétation dépasse tout ce que j'ai entendu jusqu'ici. Vous êtes un ange.»

Elle se lève, vient jusqu'à moi, me force à rester assis devant le virginal — elle-même en joue sans doute debout.

«Continuez!» ordonne-t-elle.

Je joue. Tout ce qui me passe par la tête. Mes arrangements des madrigaux italiens que je recueille dans la boutique de Luca. Mes adaptations des messes. Les morceaux anglais que l'on m'envoie régulièrement. Je perds la notion du lieu, j'oublie la reine. L'instrument est merveilleux, mes doigts sont portés. Je passe des heures au virginal et à l'orgue, tous les jours. Mais je ne ressens que rarement ce sentiment de communier avec Dieu lui-même.

Lorsque je me suis finalement retourné, personne n'a applaudi. On me regarde en silence. Il faut que je me fasse à l'idée que mes interprétations laissent les gens muets d'émotion. C'est une chose que je commence tout juste à comprendre. Je n'ai, jusque-là, jamais joué pour les autres. Seulement pour moi, pour mon plaisir.

«Avant de partir, vous pourriez encore me jouer *The Carman's Whistle* (La rengaine du charretier), par exemple.

— Votre Majesté, je suis désolé, mais voilà un morceau que je ne connais pas. Peut-être Votre Majesté me ferait-elle l'honneur...

— Non, pas maintenant. Mais tenez, on va vous donner la partition.» Une des dames de compagnie l'apporte. «C'est notre commun ami William Byrd qui a écrit ces variations.»

C'est la première fois que je vois une de ces adaptations de mélodies populaires qui font fureur à Londres mais qu'en Italie personne ne connaît. Je suis conquis tout de suite. Cette rengaine que les charretiers sifflent pour faire avancer leurs chevaux, familière à tout un chacun, et au rythme de laquelle on chante maints refrains gaillards, devient par la grâce de William Byrd une petite merveille mélodique.

XVI

What is love? 'tis not hereafter;
Present mirth hath present laughter;
What's to come is still unsure:
In delay there lies no plenty;
Then come kiss me sweet and twenty,
Youth's a stuff will not endure.

«O Mistress Mine»
William Shakespeare / Thomas Morley

Qu'est-ce l'amour? Il n'a qu'un temps;
Aux joies présentes, rires du présent;
L'avenir est incertain;
Pas d'abondance en attendant,
Embrasse-moi douceur de vingt ans,
La jeunesse est sans lendemain.

En sortant de chez la reine, je vais à Southampton House, à Holborn. La maison se trouve à l'angle de Chancery Lane, à proximité des divers Inns of Court, le quartier des avocats. Un quartier très animé, truffé d'auberges, les distractions y sont nombreuses. Henry Wriothesley, comte de Southampton, m'y attend. J'ai entendu parler de lui comme d'un homme cultivé, généreux et un peu extravagant; je suis curieux de le rencontrer.

C'est un garçon de mon âge, élancé, au regard gris très clair, aussi tranchant qu'une lame, et aux longs cheveux blonds retombant sur un côté. Il est moins grand que moi (à vrai dire presque plus personne n'est aussi grand que moi), d'une beauté de jeune fille. Comme moi, il est encore imberbe.

«Monsieur Tregian, on m'a beaucoup parlé de vous.

— Peut-être pas de moi, monsieur. Vous devez avoir entendu parler de mon père.

— Ce n'est pas pareil ?

— Pas vraiment. »

Pour la première fois, il me sourit.

« On m'a dit que vous jouez, est-ce du luth ?

— Non, monsieur. Je joue du virginal et de l'orgue.

— J'ai ici un virginal. Ayez la bonté de me faire entendre quelque chose. Pour que nous fassions connaissance. Je vous en prie. »

C'est dit avec tant de grâce que je m'incline. Mais je suis mal à l'aise. Pour moi, jouer, c'est respirer. Que cela puisse être un simple plaisir esthétique pour d'autres...

En ouvrant les yeux entre deux morceaux je vois Southampton debout devant son fauteuil, les yeux dilatés, en proie à un plaisir manifeste. Je m'arrête. Me lève à mon tour.

Southampton se précipite, m'embrasse.

« C'est extraordinaire. Vous avez l'habileté de Bull et le sentiment de Byrd.

— Byrd a été mon premier maître de virginal et d'orgue. Je n'étais qu'un petit garçon, à l'époque.

— Il faut absolument que vous rencontriez Shakespeare. Aujourd'hui même.

— C'est un musicien ? »

Il rit.

« On voit que vous venez d'ailleurs. William Shakespeare est actuellement notre écrivain de théâtre à la mode. À tel point que le Lord chambellan Carey a adopté sa troupe. Ils s'appellent officiellement les Comédiens du Lord Chambellan.

— Et nous allons les voir aujourd'hui ?

— Non, aujourd'hui nous allons voir les Comé-

diens de Lord Pembroke, mais c'est de leurs
rangs que sortent Shakespeare et ses amis. Je
crois qu'ils donnent *La Mégère apprivoisée*. Pendant dix-huit mois, nous avons été privés de
théâtre à cause de la peste. Maintenant que le
danger de contamination est écarté, je ne man-
querais à aucun prix une pièce, et surtout pas une
pièce de Shakespeare. À vrai dire, j'ai déjà vu
celle-ci. Mais je veux que vous aussi la voyiez. Et
surtout, je veux que Will vous entende, c'est un
connaisseur, en matière de performances.

— Les Comédiens du Chambellan m'intéressent. Après tout, c'est aussi de mon argent
qu'ils vont vivre.»

Il me regarde un instant, perplexe, puis
comprend: il est de notoriété publique, surtout
parmi les catholiques, que les biens saisis des
Tregian ont été octroyés aux Carey. Southampton trouve ma remarque particulièrement diver-
tissante, et s'étrangle de rire:

«En somme, finit-il par constater, les véritables mécènes de la troupe, c'est nous!

— Pourquoi, vous aussi...?

— Non, moi j'ai pris sous ma protection le
seul William Shakespeare. C'est un grand poète,
et un véritable gentleman. Je lui voue une profonde affection. J'envie à la fois son talent et sa
spontanéité. Et puis il me sert un peu de père, un
peu de complice — c'est le compagnon idéal. On
ne s'ennuie jamais, avec lui; il est doté d'une
verve incroyable. C'est le roi du calembour, à la
ville comme à la scène. Et rien ne lui échappe.»

Il a un sourire mi-moqueur, mi-tendre.

«Enfin, presque rien.»

Je n'apprendrai que plus tard, par des ragots,
que Shakespeare, homme marié et père de trois

enfants, est tombé follement amoureux d'une musicienne de la Cour, une des Bassano. Cette jeune femme avait été la maîtresse du chambellan Carey (décidément, les Carey sont partout). Après l'avoir engrossée, il l'avait mariée (c'était l'usage) à un autre musicien de la Cour, Alfonso Lanier. Elle avait mauvaise réputation, ce qui n'empêchait pas les hommes d'être fous d'elle. Ils se la disputaient. Et la rumeur voulait que Southampton l'eût soufflée à Shakespeare. De l'histoire de cette rivalité le poète a fait, avec des variations, le thème de plusieurs de ses pièces.

Mais j'anticipe, et ce jour-là, je ne le connaissais pas encore, je ne savais rien de lui. J'ai vu avec plaisir et ravissement sa version de l'histoire de Xantippe. J'avais lu des dizaines de pièces latines et grecques. J'en avais vu quelques-unes. Mais jamais je n'avais assisté à pareil spectacle : la vue, l'ouïe étaient sollicitées de telle sorte que les autres sens aussi s'en trouvaient mobilisés. Southampton avait parlé de verve, mais le talent de Shakespeare allait bien au-delà des jeux de mots faciles. Il écrivait une partition nouvelle pour la langue. En l'écoutant, je pensais sans cesse au morceau de Byrd, *The Carman's Whistle*. D'un simple « Hue, la rosse », il avait fait une œuvre d'art. William Shakespeare faisait de même avec notre langage quotidien.

Tout le monde s'accordait d'ailleurs à dire que c'était un grand artiste. Mulcaster, par exemple, était un inconditionnel, et ne tarissait pas d'éloges.

« Il est l'honneur de notre belle langue. Greene, Marlowe, Watson l'ont été autant que lui, malheureusement ils sont morts. La peste a emporté de nombreux talents, ces deux dernières années. Longue vie à Shakespeare ! »

J'ai fait sa connaissance après la représentation. Il avait tenu le rôle de Gremio, un des soupirants évincés.

«Il adore tenir les rôles de composition», m'avait soufflé Southampton pendant qu'un petit ensemble jouait le prélude de la pièce, une fantaisie de Thomas Morley.

Une fois qu'il a été débarrassé de son costume, de sa perruque et de son maquillage, j'ai vu que William Shakespeare était un homme encore jeune, au front bombé et déjà dégarni, aux yeux d'un gris lumineux, vivaces, toujours prêts à rire, à la bouche pleine, bien dessinée. On était frappé par la grande mobilité de ses traits — c'était sans doute cela qui faisait de lui un comédien convaincant.

Southampton a insisté pour que je joue du virginal, et cela a ému le poète au-delà du raisonnable. Ce n'est que plus tard, lorsqu'on m'a raconté les potins, que j'ai compris : mon jeu évoquait pour lui l'image d'Émilia Lanier-Bassano, une virtuose de cet instrument.

Les Southampton étaient catholiques, et le père de Henry avait eu les ennuis habituels. Mais à sa mort, son fils n'était qu'un enfant. Il avait eu la chance de devenir l'un des pupilles de Burghley, qui ne l'avait de toute évidence pas obligé à se conformer.

Henry allait à la messe (j'y suis allé avec lui), mais malgré les ordres impératifs de Rome, il fréquentait de temps à autre l'Église d'Angleterre (là aussi, je l'ai suivi). La religion était le cadet de ses soucis.

«Avec le grand et regretté Marlowe,
... je tiens la religion pour un jouet d'enfance.
Et pour moi il n'est d'autre péché que l'ignorance.

Il a osé écrire cela dans *Le Juif de Malte*. »

On murmurait que Southampton House avait abrité deux prêtres catholiques qui y avaient vécu huit ans durant. La comtesse m'a dit avoir de l'amitié pour ma mère, qui venait souvent. Décryptées, ses paroles signifiaient sans doute qu'on y disait de nombreuses messes. Maintenant, la comtesse de Southampton allait convoler en secondes noces avec le vice-chambellan de la reine, Sir Thomas Heneage, qui était anglican.

« C'était le moment, chuchotait-on autour d'elle, les Southampton ont bien besoin de se mettre à l'abri, maintenant que le jeune comte a contrarié son tuteur en refusant d'épouser la jeune fille qu'il lui destinait. »

On disait aussi que la reine était très mécontente que Sir Thomas épouse une catholique. Mais j'avoue que tous ces ouï-dire m'étourdissaient sans que je puisse distinguer entre vrai et faux. Je n'avais jamais entendu autant de ragots. Non que Rome en fût exempte. Mais parmi les prélats et leur entourage, cela se passait dans l'onctuosité et la discrétion. Rien de tel à Londres. On vous entraînait dans l'embrasure d'une fenêtre sans vous connaître, et joyeusement, sans retenue, on passait en revue les présents autant que les grands absents.

Je préférais ne pas penser à ce que l'on disait de moi.

« On s'étonne que vous ne vous intéressiez pas de près aux femmes », m'a dit Henry (étant de même âge et de rang similaire, nous nous appelions par nos prénoms), « et on se demande si vous ne préférez pas les hommes. Beau comme vous l'êtes, et avec ces yeux extraordinaires, on ne conçoit pas que vous n'aimiez personne, et on voudrait vous aimer. »

Parmi tous les bruits qui avaient atteint mes oreilles, il y avait celui selon lequel le jeune comte serait pédéraste. L'ayant vu moi-même se retirer avec une jeune femme, je ne savais trop que penser. Il est vrai, en y réfléchissant bien, que je l'avais aussi vu se retirer avec un jeune homme. À la manière dont il m'a posé sa question, j'ai compris que Henry tâtait — oh, très délicatement — le terrain. Il est vrai que sa beauté était troublante même pour moi qui n'avais jamais eu de goût pour les hommes : il y avait chez lui une ouverture, une générosité dans chacun de ses gestes et de ses sourires, une évidente innocence sous l'occasionnelle rouerie, une disponibilité, qui lui conféraient un charme presque irrésistible. Même Shakespeare, coureur de jupons infatigable, avait succombé à ce charme-là.

Ce jeune homme angélique, un sourire innocent aux lèvres, invitait à la confidence, et il a fallu que je me fasse violence pour ne pas tout lui dire. Mais il s'agissait de couper court aux bruits et aux suppositions.

« J'aime en effet une femme, de tout mon cœur, ai-je dit, et je vous prie de ne pas me demander son nom, mon honneur et le sien m'interdisent de vous le confier. J'apprécierais également que la chose n'arrive pas aux oreilles de ma famille.

— Comptez sur moi », a-t-il dit en s'inclinant.

Je ne suis pas certain qu'il m'ait cru.

« Et vous ? je demande pour ne pas paraître indifférent.

— Oh moi... On aimerait que j'épouse Lady Élisabeth Vere, fille de feu le comte d'Oxford et petite-fille de Lord Burghley. Il est mon tuteur, et il a même réussi à me faire promettre ce mariage.

Mais je... Je sais que ce serait un mariage fort
avantageux... Elle est charmante. Comment vous
dire, Francis, je ne me sens pas mûr pour vivre
avec une femme. Autour de moi, tout le monde
se marie selon les vœux de sa famille, et puis
l'homme va de son côté, la femme du sien. C'est
normal dans un mariage, m'a expliqué ma mère.
Mais moi... J'ai beau voir que l'amour mène
aux pires tragédies, qu'il fait perdre l'esprit aux
plus sages. Regardez Shakespeare, cette Emilia
Lanier l'a mené par le bout du nez, quand il s'agit
d'elle, c'est un enfant. Je sais tout cela, je le vois,
mais je rêve d'épouser une femme qui remplirait
mon cœur et ma vie, avec laquelle je serais heureux longtemps. Je donnerais toutes les nuits de
volupté du monde contre cela. »

　Il s'est confié avec spontanéité, chaleur, d'un
trait, sans reprendre son souffle. Il dit ce dont
nous rêvons tous, mais que nous n'avouons guère.
Je comprends qu'il inspire Shakespeare. Il agit
comme un stimulant, comme un révélateur.

　Dans cette abondance d'événements, j'oublie
sans doute des moments importants. J'ai fait porter une lettre à William Byrd, pour lui signaler
ma présence et lui proposer de le voir : je voulais
le remercier de vive voix de toutes les partitions
qu'il m'avait fait tenir. L'ai-je rencontré pendant
ces semaines-là ? Je ne sais plus.

　Je me souviens de Thomas Morley, en revanche.

　La comtesse de Southampton allait assister,
pendant les festivités de son mariage, à la première d'une pièce écrite pour l'occasion par
monsieur Shakespeare, et qui se jouerait dans la
cour centrale de Southampton House. Des jours

à l'avance, ce grand espace carré était encombré d'objets et de constructions hétéroclites. Monsieur Shakespeare y faisait des apparitions régulières — une fois il était alerte et vif, organisant et ordonnant tout, une autre fois il se promenait l'œil vague, le pas incertain et l'air absent.

«Il écrit dans sa tête», m'a dit Henry un jour où nous l'avons croisé sans qu'il nous aperçoive.

Southampton House est en tout temps une grande maison pleine de monde. Mais en ces jours qui ont précédé le mariage de la comtesse, c'était un véritable champ de foire. Aux nombreux serviteurs de la maison s'ajoutaient ceux qu'on avait engagés pour les cérémonies. Il y avait un nombre indéterminé d'invités, dont j'étais. On m'avait gracieusement prié de résider à Southampton House pour m'éviter le constant va-et-vient depuis Muswell.

Habitué comme je l'avais été à une vie spartiate, je n'avais qu'un seul serviteur et un palefrenier. Et encore — ils m'avaient été imposés par Lady Anne Arundell qui, si je l'avais laissée faire, m'aurait entouré d'une demi-douzaine de domestiques :

«Vous allez dans le grand monde, il faut que vous teniez votre rang, vous n'allez tout de même pas vous occuper de votre garde-robe vous-même.

— Je l'ai toujours fait.

— À Rome, cela passe sans doute pour de la vertu. Ici, ce serait interprété comme de la bassesse.»

En effet, avec mes deux valets, je faisais bien modeste figure. La sœur du marié était arrivée avec une suite d'une quarantaine de personnes.

Henry de Southampton était lui-même constamment entouré : il y avait son maître d'hôtel,

son gentilhomme de la garde-robe, son chef palefrenier, son bailli, son barbier, son fauconnier,
son intendant et ainsi de suite ; tous ces gens
avaient eux-mêmes un ou plusieurs serviteurs
sous leurs ordres.

Dans cette agitation extrême, Shakespeare travaillait comme s'il était seul, ne perdant à aucun
moment le fil de ses préoccupations.

C'est ainsi qu'un jour, sortant de mon appartement qui donnait sur la galerie, je l'ai aperçu
dans la cour, en grande discussion avec Thomas
Morley, que j'ai reconnu du premier coup d'œil.

J'ai dévalé l'escalier et me suis posté dans un
coin, pour attendre la fin de la discussion.

William Shakespeare expliquait avec force
gestes ce qu'il voulait :

« Lorsque Puck apparaît, il faut que la musique
introduise la dimension d'un autre monde, vous
comprenez. Pas l'au-delà des chrétiens où va
l'âme des morts, mais le paradis sur terre de nos
plaisirs et de nos rêves. Vous voyez ?

— Je vois. En somme, vous voulez de la
musique profane qui évoque le paradis sans faire
penser à l'église. Ce serait presque un peu sacrilège, que cela...

— Oh ! Master Morley !

— Bien, bien », le regard de Thomas Morley
est toujours aussi espiègle, « je me tairai, cher
Master Shakespeare. Il ne nous reste qu'à espérer que ce gentilhomme long comme un jour
sans musique qui nous écoute si attentivement ne
nous trahira pas. »

Il s'est tourné vers moi, et son œil manque soudain d'aménité. Confus, je fais un pas.

« Veuillez me pardonner... Ce n'était pas dans
mes intentions... »

Shakespeare a tourné vers moi un regard inquiet, aussitôt rasséréné :

« C'est messire Tregian, notre virtuose ! »

Nous nous inclinons tous trois.

« Tregian ? Vous me rappelez... Non... Si... Non, ce n'est pas possible.

— Si. Francis et Adrian. Élèves des Marchands Tailleurs. Je suis Francis. »

Et comme il me fixe sans parler, j'ajoute :

« Il y a dix ans que nous ne nous sommes vus. Vous n'avez pas changé. »

C'est à la fois vrai et faux, car son visage a beaucoup pâli.

« Mon "lévrier polyphonique" ! finit-il par s'exclamer. Ah, ça par exemple ! »

Shakespeare est occupé. Il nous laisse à nos retrouvailles.

« Alors, Master Morley, c'est entendu ?

— Paradis sur terre. Pom pom pom, pom pom. Laissez-moi faire. Amenez-moi les poèmes à mettre en musique, plutôt.

— Demain. Messieurs... »

Il s'incline et sort à pas pressés.

« Ai-je entendu le mot "virtuose" ou parlait-on de vos vertus ?

— Monsieur Shakespeare m'a fait l'honneur...

— Vous jouez toujours de l'orgue ?

— Oui.

— Du luth ?

— Mal. Je joue du virginal.

— Ah, parfait. Venez, il y en a un, là. Vous allez m'aider. »

Nous nous installons devant l'instrument, et je joue. Une certaine émotion m'étreint. Je suis peut-être un virtuose, mais lui, c'est un maître.

Et cela me soulage lorsque, au lieu de se pâmer, il m'interrompt :

« Vous avez des habitudes exécrables, dites-moi. Reprenez votre gauche, là. »

Pendant un temps infini, au lieu que ce soit moi qui l'aide, c'est lui qui me donne une leçon.

« Pas mal, finit-il par concéder. Vous avez un bon fonds. Ce n'est pas encore parfait, mais vous faites honneur à l'instrument. Une fois que j'en aurai fini avec ce *Songe d'une Nuit d'Été*, il faudra que nous reprenions la chose.

— Vous êtes toujours professeur ?

— À vrai dire, non. Je suis gentilhomme de la Chapelle royale, depuis deux ans, cela occupe un temps fou, mais cela remplace avantageusement les leçons. Et puis je suis éditeur, savez-vous. J'écris en ce moment un traité sur la musique, une introduction simple et facile, en pensant à des garçons comme vous l'étiez. Mais suffit. J'ai ici le premier des poèmes à mettre en musique. Comment pourrait-on exprimer : pam ! pa-pa-pa-pam ! Pom pom pom, pom pom. »

Il semble attendre que j'exécute sa mélodie, j'essaie. Il écoute, la tête penchée sur l'épaule.

« Non, finit-il par dire. Vous avez des doigts de fée, je dois l'admettre. Mais vous n'avez pas un tempérament de compositeur. Votre proposition est trop... c'est à la fois trop maniéré et trop pauvre. »

Debout, il exécute son air. Je comprends tout de suite la différence. La mélodie est à peine accompagnée, mais elle ressort avec une richesse et une pureté que je n'avais pas su lui donner.

« L'ouverture et les intermèdes, ce n'est rien. Le plus compliqué, ce sont les chansons. Shakespeare n'écrit jamais qu'au dernier moment, c'est

merveille que j'en aie déjà une. Commençons.»
Il chante d'une voix un peu éraillée :

> «*Over hill, over dale,*
> *Through bush, through briar*
> *Over park, over pale*
> *Through flood, through fire*
> *I do wander every where,*
> *Swifter than the moon's sphere*
> *And I serve the fairy queen,*
> *To dew her orbs upon the green.*
> *The cowslips tall her pensioners be :*
> *In their gold coats spots you see ;*
> *Those be rubies, fairy favours,*
> *In those freckles live their savours.*»

> (Par les collines, par les vallons,
> À travers ronces et buissons,
> Par les parcs et les enclos,
> Par les nappes d'eau et de feu,
> Je vagabonde sur la terre
> Plus rapide que l'orbe lunaire.
> J'asperge, pour servir la reine fée,
> Les cercles magiques dans les prés.
> Sa garde privée ce sont les primevères,
> Sur leur pourpoint les fées légères
> Ont versé des rubis qui les tachent,
> Semis magique où leur saveur se cache.)

Pendant qu'il chante, il joue un accompagnement en canon, à une, puis deux, puis enfin quatre
voix. C'est d'une beauté bouleversante. Il s'arrête,
sort un crayon et une feuille, prend des notes.

«Je m'en vais, finit-il par annoncer, et je ne
vous empêche pas de me suivre. Connaissez-vous
Giles Farnaby ?

— Giles Farnaby ? » Cela fait des années que je n'ai plus pensé à lui. «Bien sûr ! Il venait souvent à Clerkenwell.

— Il va passer me voir, ou plutôt voir mon virginal, qui se porte mal, depuis quelques jours, il a besoin d'une cure de rajeunissement. Ce sera plus facile de le remettre en forme que son maître, ah, ah ! Venez donc.»

Giles Farnaby est devenu un homme solide, aux épaules larges, au cheveu hirsute et à la voix profonde. Son sourire demeure inchangé. C'est comme si nous ne nous étions jamais quittés. Notre discours a repris là où nous l'avions laissé.

«Master Francis, l'homme à qui je dois mon bonheur», s'est-il exclamé — sans une hésitation — en me voyant entrer. «Sans lui, je n'aurais jamais eu l'idée de construire des instruments à clavier.

— Je suis persuadé qu'elle vous serait venue, Master Giles.

— Peut-être. Mais permettez-moi de vous tenir pour ma bonne fée.»

Il ouvre le couvercle du virginal.

«Master Morley, je suis à chaque fois stupéfait qu'un grand musicien comme vous malmène à tel point les plumes de son instrument. Il faut les tailler avec soin !

— Ah, Master Giles, vous savez que je n'ai pas de patience pour ces choses-là. Je les fais tailler par mon valet.

— Et il fait cela à la serpe...» La tête de Giles est dans l'instrument ; un stylet à la main, il sort les sautereaux un à un pour faire la toilette de la plume.

Pendant qu'il retaille, nous parlons.

Je lui raconte ma vie, et lui la sienne. Il s'est

marié, il est père de deux enfants. Sa fille s'appelle Philadelphie, et il vient d'avoir un garçon qu'il prénomme Richard. Comme tout menuisier qui se respecte, il fait des tables et des chaises, mais son cœur est ailleurs.

«Vous savez que je suis bachelier en musique ? J'écris des psaumes, je les chante. Et je fabrique des instruments. J'appartiens à la Guilde des facteurs de virginals. Je fabrique des clavecins, des épinettes, et des muselaars qui sont ceux des virginals que je préfère.»

Ce qui intéresse Thomas Morley et Giles Farnaby, c'est la musique italienne. Je leur parle de Palestrina, d'Orlando di Lasso, de Luca Marenzio, de Monteverde. Ils les connaissent tous, sauf Monteverde.

«C'est pourtant le plus grand, je vous l'assure.

— Tenez, monsieur, voilà le dernier sautereau dûment taillé, voulez-vous nous faire entendre un morceau de ce Monteverde ?»

Je m'installe et essaie de pallier avec mes doigts les voix qui manquent. Je joue, et je chante. C'est un poème du Tasse, qui me touche aux larmes :

«*Non si levava ancor l'alba novella,*
Nè spiegavan le piume
Gl'augelli al novo lume,
Ma fiammeggiava l'amorosa stella ;
Quand'i due vaghi
E leggiadri amanti,
Ch'una felice notte aggiunse insieme
Com'acanto si volge in vari giri,
Divise il nuovo raggio :
E i dolci pianti
Nell'accoglienz'estreme
Mescolavan con baci e con sospiri.»

(L'aube nouvelle n'avait pas surgi
Et dans le jour naissant les oiseaux
N'avaient pas encore déployé leurs ailes.
Mais l'amoureuse étoile flamboyait.
Lorsqu'entre les beaux
Et gracieux amants,
Qu'avait unis une nuit heureuse
Telle l'acanthe enveloppeuse
Vint s'insinuer le jour nouveau :
À leurs étreintes dernières
Les doux soupirs, les larmes
Et les baisers se mêlèrent.)

Ils m'en demandent un autre, et encore un autre. Ils admirent. Ils prennent note.

Morley est un inconditionnel d'Alfonso Ferrabosco l'Ancien, à qui il attribue pratiquement l'invention du madrigal.

« L'essentiel, c'est que la musique ne soit pas placative, voyez-vous. Si vous chantez, inutile d'illustrer chaque parole par une note. Avec la note, vous pouvez dire autre chose qu'avec la voix. C'est exactement ce que font des compositeurs tels Master Byrd ou Master Alfonso, ils sont si grands que leur souvenir vivra aussi longtemps qu'il y aura de la musique. Les variations de Byrd et de Ferrabosco, c'est ce qu'il y a de plus beau au monde, et nous devons nous estimer heureux d'avoir été les élèves de Maître Byrd. »

Giles Farnaby s'installe à son tour devant l'instrument. Thomas Morley empoigne un luth, et nous commençons à nous faire mutuellement entendre des morceaux, des *canzonets*, des danses, des madrigaux. Nous remarquons à peine que la nuit tombe, et nous n'avons pas envie de nous séparer.

Le galopin des Morley va chercher Jack, mon valet, qui attend à l'auberge de l'Ours toute proche, et nous l'envoyons avertir les Southampton et les Farnaby.

Lorsque nous nous séparons, le jour point déjà. Nous avons chanté et joué toute la nuit. J'ai pris note des morceaux écrits par mes deux amis, ou par les leurs — Bull, Dowland, Ferrabosco, d'autres encore. Je repars les poches pleines de musique.

Aux aurores, lorsque j'arrive dans la cour de Southampton House, gaillard et échevelé, mon valet à la traîne comme un somnambule, je croise Henry.

«Ah je savais que vous finiriez par succomber aux charmes d'une Anglaise ! dit-il dans un grand rire. Ou est-ce d'un Anglais ? ajoute-t-il à mi-voix, avec un clin d'œil.

— Deux Anglaises. Prénommées Euterpe et Terpsichore.»

Et sans attendre sa réaction, je grimpe les deux étages, mon domestique sur les talons.

«Vous êtes content, monsieur ?

— Très. Pourquoi ?

— Parce que vous avez l'air de quelqu'un qui vient de gagner une pièce d'or.»

Cela peut paraître étrange que moi, qui ai passé des années en France, aie découvert les *Essais* de messire de Montaigne à Londres, et pourtant...

Si j'avais vécu à mon rythme habituel, je les aurais lus longtemps auparavant. Mais depuis mon arrivée à Londres, j'avais été pris dans un tourbillon de rencontres, d'événements, de plaisirs, et j'avais négligé la lecture.

Un matin, j'étais assis, seul, dans un des salons, me disant qu'il faudrait bientôt songer à rentrer à Rome, lorsque j'ai été abordé par John Florio. John Florio était à l'époque le précepteur de Henry. Il était d'origine italienne, et parlait tant français qu'italien ou anglais sans l'ombre d'une intonation étrangère. Il n'enseignait plus le jeune comte, mais était resté dans sa coterie. Il était plus âgé que nous, et pourtant il n'y paraissait guère tant il était vif.

Je songeais à mon éloignement de Françoise, non sans soupirer. Jamais je ne l'aurais trahie, mais il faut dire, bien que je n'en parle guère, que partout je rencontrais des beautés à vous tourner la tête, et on me faisait souvent des yeux très doux. Plus d'une fois, il a fallu que je me raisonne.

J'ai été tiré de mes cogitations par Florio, assis dans le fauteuil en face du mien. Lui aussi était plongé dans ses réflexions. Pendant un temps, aucun de nous n'a vraiment prêté attention à l'autre. Mais tout à coup il a dit, à mi-voix:

«Comme j'aimerais être à Bordeaux.»

On jugera de mon étonnement.

C'était précisément à Bordeaux que j'étais, en pensée.

«Et pourquoi donc?

— Parce que c'est la ville de messire de Montaigne. J'aimerais voir les lieux où il a vécu. Vous avez lu son admirable ouvrage?

— À ma honte, non. Pourtant, je l'ai dans mes bagages. On m'a donné ces trois volumes tout neufs au moment où j'ai quitté la France.

— Et quand avez-vous quitté la France?

— Il y a deux ou trois semaines.»

Il se dresse sur son fauteuil.

«Avec un exemplaire TOUT NEUF?

— Oui.

— Édité en quelle année?

— Mais... Maintenant, je crois. Voulez-vous le voir?

— Si je pouvais me prévaloir... Ce serait avec délices...»

Je me tourne vers Jack, mon valet. Il me suit partout comme mon ombre.

«Madame la baronne m'a dit de rester avec vous même si vous me battez», a-t-il dit candidement après que je l'ai rabroué plusieurs fois. «Elle m'a même donné une demi-couronne pour que je prenne vos coups en patience. Alors maintenant, monseigneur, quoi que vous me fassiez, je ne vous lâche pas.»

Je m'en serais voulu de faire de la peine à ma grand-mère, aussi n'ai-je plus rien dit. Les rares fois où j'appelle Jack, il accourt, le visage fendu d'un sourire.

«Monseigneur?

— Il y a dans mon bagage trois livres qui portent... Tu sais lire?

— Oh, monseigneur...!

— Trois livres qui portent sur le dos le mot *Essais*. Amène-les.»

Lorsqu'il les ramène, Florio les prend avec empressement, tourne les pages d'un œil avide.

«*Essais de messire Michel, seigneur de Montaigne! À Paris chez Abel Langelier, imprimeur ordinaire du roi! Édition augmentée d'un troisième livre et de six cents additions! Quinze cent quatre-vingt-huit!*»

À chaque exclamation sa voix monte d'un cran.

«Ah, mon cher chevalier Tregian, mon très cher

chevalier Tregian! Permettez-moi de comparer votre exemplaire au mien. J'en ai un qui date, et on m'a dit que messire de Montaigne y a apporté de nombreuses corrections. »

Il feuillette avec délicatesse, comme s'il tenait une irremplaçable œuvre d'art :

« *C'est ici un livre de bonne foi, lecteur. Il t'avertit dès l'entrée que je ne m'y suis proposé aucune fin que domestique et privée... Je veux qu'on m'y voie en ma façon simple, naturelle et ordinaire, sans contention et artifice : car c'est moi que je peins. Mes défauts s'y liront au vif... si j'eusse été en ces nations que l'on dit vivre encore sous la douce liberté des premières lois de nature, je t'assure que je m'y fusse très volontiers peint tout entier et tout nu.* Que c'est beau. N'est-ce pas ? »

Je n'avais encore jamais ouvert ce livre, ces quelques phrases me touchent. C'est avec peine que j'abandonne mes volumes. J'y pense plusieurs fois, pendant les jours qui suivent. Et finalement, j'envoie Jack chez Florio, que je n'ai pas revu, pour les reprendre.

J'ai commencé ma lecture des *Essais* par un jour de mai, pendant la trente-sixième année d'Élisabeth, quelques jours après le mariage de la comtesse de Southampton et la représentation féerique du *Songe d'une Nuit d'Été*, qui a rendu le souvenir de ces journées impérissable. Je n'ai plus arrêté. Aujourd'hui, j'en sais des chapitres entiers par cœur. D'autres lisent la Bible. Moi, ce sont les *Essais* de messire de Montaigne. Ils me parlent, me vont droit au cœur. Aucun autre livre ne l'a jamais fait, à l'exception peut-être d'une des pièces que monsieur Shakespeare allait écrire quelques années plus tard. Je suis frappé par la ressemblance entre Montaigne et Mulcaster, aussi. Ces deux hommes n'ont jamais entendu parler l'un de l'autre, mais ils tiennent le même propos. Sur l'éducation, sur la langue, sur la religion. L'un est français, l'autre anglais, l'un est catholique, l'autre protestant, mais leurs voix parlent à l'unisson.

J'ai lu à Mulcaster des passages qui me frappaient :

« Nous ne travaillons qu'à remplir la mémoire, et laissons l'entendement et la conscience vides... Si nous n'en avons le jugement plus sain, j'aimerais aussi bien que mon escolier eut passé le temps à jouer à la paume ; au moins le corps en serait plus allègre. Voyez le revenir de là, après quinze ou seize ans employés : il n'est rien si mal propre à mettre en besogne. Tout ce que vous y recognoissez d'avantage, c'est que son latin et son grec l'ont rendu plus fier et plus outrecuidé qu'il n'était parti de la maison. Il en devait rapporter l'âme pleine, il ne l'en rapporte que bouffie ; et l'a seulement enflée au lieu de la grossir. »

Maître Mulcaster écoute en se frottant les mains, le sourire aux lèvres.

« Fantastique. Cela a du succès, j'espère.

— Je crois. C'est déjà la troisième ou la quatrième édition.

— Et messire de Montaigne... ?

— Mort, il y a deux ou trois ans.

— Ce qu'il y a de bien, lorsqu'on est pédagogue et qu'on fait son travail comme il doit être fait, c'est qu'on ne meurt jamais vraiment. Un bon maître survit toujours grâce à ses écoliers.

— Tant que je vivrai, comptez sur moi, monsieur.

— Sur vous et sur les autres. Vous êtes mon passeport pour l'immortalité. »

XVII

As I went to Walsingham,
To the Shrine with speede
Met with a jolly palmer
In a pilgrime's weede.
Now God save you jolly palmer!
Welcome lady gay,
Oft have I sued to thee for love,
Oft have I said you nay.

« Walsingham »
Ballade populaire

En allant à Walsingham,
Vers le sanctuaire me hâtant
J'ai rencontré un gai pénitent
En bure de pèlerin.
Dieu vous garde gai pénitent !
Bienvenue joyeuse dame,
J'ai souvent voulu que tu m'aimes,
Et j'ai refusé souvent.

J'allais de temps à autre à la Fleet. C'était un autre monde. Il n'y était question que de la foi catholique et du roi d'Espagne qui allait la rétablir.

Je comprenais maintenant comment le cardinal Allen pouvait croire si fermement que les deux tiers des Anglais fussent crypto-catholiques : il y avait un nombre étonnant de « papistes » dans l'entourage immédiat de la reine, sans rapport avec la proportion de catholiques dans la population. Pas les deux tiers, mais ma mère avait raison de prétendre qu'il se disait autant de messes à la cour d'Angleterre qu'à celle de n'importe quel autre pays.

Nulle part, il faut bien le dire, les catholiques

n'étaient en sûreté autant qu'à la Cour. Je le constatais de visu. Étant associé au comte de Southampton, je jouissais de la même impunité que lui. Et je voyais ce qu'il fallait faire pour en être assuré : ne pas se mêler de politique. Tant qu'on croyait pour soi et qu'on ne prétendait pas vouloir un roi catholique sur le trône, personne n'intervenait. C'est pour ne pas avoir compris cela que mon père était dans une situation sans issue.

Il y avait dans les jardins de la Fleet un jeu de boules où les catholiques se rencontraient et où l'on discutait beaucoup en jouant. On m'y rebattait les oreilles des cruautés commises envers les catholiques par les «hérétiques». Ceci n'excuse pas cela, mais l'Inquisition aussi torturait et brûlait vifs les hérétiques, protestants en tête.

Tout cela bouillonnait dans ma tête de vingt ans, mais je ne disais rien. J'étais à cheval entre deux mondes. J'étais, au fond, de l'avis de Marlowe et de Southampton : il n'est d'autre péché que l'ignorance.

Mon père était très préoccupé, parce que juste au moment où j'allais repartir, l'abbé Cornelius avait été arrêté. Il pâlissait chaque fois que Phillips venait lui apporter un message.

J'ai revu Benjamin Tichborne, qui devait épouser ma sœur Margaret. On me disait que c'était un bon garçon, on me représentait que son cousin avait épousé ma sœur Mary — mais savais-je si ma sœur Mary avait fait un bon mariage ? Il y avait décidément chez ce Tichborne quelque chose qui me heurtait. Et puis il y avait Charles de Troisville : peut-être aimait-il encore ma sœur, il fallait que je l'avertisse.

À mon grand regret, je n'ai jamais vu Margaret elle-même, elle était auprès de Mary.

Phillips, toujours aussi actif, allait et venait : la Fleet, où étaient une trentaine de familles catholiques, était — paradoxe — un centre où l'on rencontrait souvent des jésuites venus conférer avec mon père.

Ils se méfiaient tous un peu de moi et ne parlaient pas de leurs affaires en ma présence, lorsque j'étais là ils se contentaient de déclarations très générales. Cela me soulageait. Et cela me prouvait l'absurdité de la situation : même entre catholiques nous étions divisés en deux clans, celui des jésuites (mon père en était) et celui des prêtres dits séculiers, non jésuites, moins arrogants, moins visibles. Parmi eux, comme parmi les catholiques laïcs, des voix s'élevaient pour demander à Rome moins d'intransigeance. Ils auraient voulu faire acte d'allégeance envers la Couronne d'Angleterre tout en restant fidèles à leur foi. C'était au fond tout ce qu'on leur demandait. Southampton en était le vivant exemple. Mais Rome, essentiellement sous l'impulsion de l'Espagne et des Jésuites, ne cédait pas. Élisabeth était une usurpatrice, on ne lui devait pas obéissance. Conséquence : Londres durcissait son attitude.

« Mon fils, m'a dit solennellement mon père, vous allez atteindre votre majorité. J'aimerais vous offrir la jouissance de tous les biens de notre famille, qui sont considérables, mais les circonstances ne l'ont pas voulu, Dieu a exigé de nous un grand sacrifice. Pour ne pas profaner Sa maison, nous avons dû abandonner nos biens terrestres. Nos ennemis jouissent sans scrupule de nos revenus. Soyez fier d'être pauvre, car c'est pour la bonne cause, et n'oubliez jamais que vous êtes un Tregian, un catholique, un soldat du Christ. Venez que je vous bénisse. »

Je me suis agenouillé. Il a posé une main sur ma tête et a invoqué le Seigneur.

«Amen», ai-je conclu. Ma gorge était serrée.

«J'aimerais que vous alliez en Espagne, mon fils, amener un message à Sa Majesté Très Catholique, que nous vénérons tous et qui vous témoignera sa reconnaissance.

— Mon père, je suis au désespoir. Mais je me suis déjà beaucoup attardé, et j'ai promis au cardinal Allen de revenir le plus vite possible. Nous sommes, à deux ou trois, en pleine révision de la Bible de Douai, et le cardinal a insisté pour que je revienne rapidement. Sans compter que sa santé laisse à désirer, et qu'il a besoin de tout son monde.»

J'ai fini par le persuader, il a trouvé quelqu'un d'autre pour aller en Espagne.

Pendant mon séjour, je n'ai guère vu Giuliano, qui avait pris son rôle d'intendant au sérieux et était allé s'enquérir de mes affaires. Mais depuis quelques jours, je le savais par Jack, il était à Muswell, où je me suis rendu après cette dernière visite. Je remontais la colline de Crouch Hill au pas — il pleuvait, une fois de plus, je ne crois pas que le soleil ait lui un seul jour, cette année-là — en songeant à ce que mon père venait de me dire :

«Un jour, vous serez l'héritier de tous les domaines. Si vous devez mettre votre âme dans la balance, mieux vaut tout perdre. Mais il est de votre devoir, pour vous, pour vos sœurs et votre frère, pour votre descendance, de tout tenter pour les récupérer. Promettez-moi, promettez à vos aïeux, que lorsque l'heure sera venue, vous ferez tout pour redevenir le seigneur de Wolvedon, la terre de vos ancêtres.»

Dans un éclair, j'ai cru voir les yeux de Jane Wolvedon.

«Je vous le promets, Père.»

À Muswell, ma grand-mère m'a dit sur un ton péremptoire :

«Il n'est pas question que vous repartiez seul. Jack vous accompagnera, et Joseph le palefrenier aussi.

— Madame, c'est impossible. À Rome, je vis de charité.

— Je ne vous demande pas de les payer, je m'en charge.

— Mais ils devront vivre, je ne saurais pas...

— Ne soyez pas aussi têtu que votre père. Je ne suis pas votre mère, moi. Je ne cède pas au moindre caprice des Tregian. J'ai dit que vous ne repartirez pas comme un vagabond, et n'entends pas discuter.

— Madame, si vraiment il le faut, je veux bien emmener Jack, mais je ne veux pas de palefrenier. À Rome, je n'ai même pas de cheval qui m'appartienne.

— Pour un petit-fils des barons d'Arundell et des comtes de Derby, il n'y a pas là de quoi se vanter.»

Nous sommes arrivés à un compromis : elle a gardé le palefrenier, et j'ai pris Jack. Il ne s'est pas fait prier. Il allait de soi qu'il s'occuperait aussi de mon cheval. Il allait de soi qu'il serait à moi corps et âme. Il allait de soi que je serais servi comme un roi. J'aurais dû le céder d'emblée à monsieur Shakespeare tant il avait les qualités d'un clown. Mais il m'a réconcilié avec l'idée d'avoir mon propre valet. Lady Anne ne l'avait pas choisi au hasard. Ce garçon, un paysan de Muswell, était à la fois drôle, éveillé et sûr.

Nous n'étions pas sortis de Londres que nous l'avons entrepris, Giuliano d'un côté, et moi de l'autre :

« Jack, maintenant tu es à monsieur Tregian

— Assurément, monsieur.

— Mon bonheur est le tien.

— As... surément, monsieur.

— Aussi c'est à lui que va ta loyauté, et tu ne dois de comptes qu'à lui.

— Mais, cela va de soi, monsieur. » Il était inquiet.

« Comment saurais-je que tu n'es pas un espion ?

— Un espion ? Moi ? Et de qui ?

— Oh, il y a mille possibilités. Lord Burghley. Sir Topcliffe. Le Père Parsons. Et ainsi de suite. »

Il a eu un rire nerveux.

« Monsieur, je ne connais pas ces seigneurs-là, et je vous jure sur mon âme qu'à partir d'aujourd'hui, il n'y a que vous. Je ne dois de comptes qu'à vous, et pour ce qui est de tous ceux qui pourraient me questionner, j'ignore tout de vos affaires. Je sais faire l'idiot comme personne. »

Je quitte Londres le cœur lourd. Il ne m'a pas été possible de prendre congé de la reine. Lord Burghley était souffrant et m'a fait recevoir (discrètement) par son fils Robert, homme charmant — petit, bossu, l'œil pétillant d'intelligence.

« Monsieur Tregian, Sa Majesté a de l'affection pour vous.

— Merci, monseigneur.

— Vous vivez dans un équilibre instable, dangereux.

— Oui, monseigneur.

— Puis-je vous offrir mon appui ?

— Je préfère votre sympathie, monseigneur. Sinon j'aurais l'impression que vous m'achetez. »

Il rit.

« Ma sympathie vous est acquise, monsieur Tregian. Revenez quand vous voudrez. Je ne vous oublierai pas. »

Je me suis arraché à Southampton House, à sa joyeuse compagnie — et à Thomas Morley, à Giles Farnaby, avec lesquels j'ai passé des soirées (et des nuits) à faire de la musique. Qui remplacera cette effervescence ?

Thomas Morley, grand partisan de la chose écrite, m'a conseillé de tenir un *Common Book*, un registre personnel de partitions.

« Vous allez perdre le fatras de feuilles et de petits cahiers que vous promenez avec vous. »

J'ai adopté son idée. Je me suis procuré le registre, je l'ai commencé séance tenante. Je n'y copie que les morceaux que je peux jouer à l'orgue et au virginal, et pour lesquels je n'ai pas besoin de compagnons. Il faut dire que Morley et Farnaby ont déversé dans mes oreilles tant de mélodies, que si je n'en prenais note je n'aurais pu les retenir toutes.

J'ai inauguré ma collection avec de superbes variations de Bull sur le thème de Walsingham, une ballade que nous chantions lorsque nous étions enfants :

« *As ye came from the Holy Land of Walsingham*
Met you not with my true love by the way as you came ?
How should I know your true love that have met
                                   [many a one.

As I came from the Holy Land,
that have come, that have gone. »

(En revenant de la Sainte Terre de Walsingham,
Chemin faisant as-tu rencontré mon bien-aimé ?
Comment reconnaître ton bien-aimé il y en avait
[tant
Sur le chemin de la Sainte Terre
qui s'en venaient, qui s'en allaient.)

Le premier soir, notre petite troupe prend ses
quartiers à Salisbury, à l'auberge de la Sirène.
Jack et Kees (le valet de Giuliano) mangent et boivent dans un coin de la salle commune. Nous
sommes installés en privé devant un de ces repas
qui représentent pour moi l'Angleterre, et elle
seule. Des viandes en abondance, à toutes les
sauces, de l'ale fermentée à la cuisine, des galettes
et des pommes cuites. De quoi horrifier un Italien. Je retourne dans l'écuelle la nourriture
qu'on m'a servie. Je suis perdu dans mes pensées.
« Vous devriez manger, au lieu de brasser des
pensées noires. »
À trente-cinq ans, Giuliano a toujours sa tête
de boucles noires, c'est tout juste si on perçoit
quelques fils d'argent dans sa courte barbe. Il a
gardé son agilité et sa bonne humeur. Son visage
s'est creusé de quelques rides autour des yeux, et
cela accentue encore le sentiment qu'il m'a toujours communiqué, que lorsqu'il était là rien ne
pouvait arriver, et qu'il résoudrait tous les problèmes. Je suis si habitué à le consulter en toute
occasion depuis mon enfance qu'il a fini par
devenir un frère, un père et un compagnon à la
fois. Dans le cadre d'une étiquette stricte, il était
mon domestique, tout comme Jane, qui avait été
ma nourrice. Je n'ai jamais pu me faire à cela. Ils
sont, tous les deux, fils de grands seigneurs, et
cela se voit.

«Alors, vous jeûnez, c'est dit?»

La voix de Giuliano me ramène à la réalité.

«Non, non. Je me demandais ce que je ferais sans vous.

— Vous vivriez. Un peu moins confortablement peut-être. À ce propos, je me suis informé. Vous savez que Monsieur votre père n'est pas aussi complètement démuni qu'on le dit.

— Mon père? Comment cela?

— Tout d'abord, le *praemunire*, c'est la saisie des deux tiers de vos biens, et non pas du tout.

— Mais alors…?

— Tout ce que votre famille possédait en Cornouaille a été séquestré.» Il fait une pause du plus bel effet oratoire. «Sauf que les Tregian ont aussi des biens dans le Devon et le Dorset.

— Ah? Un tiers?

— Pas vraiment, plutôt un quart ou un cinquième, d'après mes renseignements. On pourrait intenter une action à George Carey pour qu'il rende ce qu'il a pris en trop. Vu l'attitude ultramontaine de votre père, qui persiste et signe, ce serait à mon avis du temps perdu. Je dois dire que pour le pauvre diable que je suis, c'est étrange de voir à quel point votre père s'est désintéressé de ses affaires. Votre grand-mère Catherine a lutté comme une tigresse jusqu'à son dernier souffle pour récupérer soixante livres de rente. Votre père se laisse voler sans sourciller des centaines de livres chaque année.

— Il n'a pas le sens des affaires.

— C'est le moins qu'on puisse dire. Songez que votre grand-père John a doublé la fortune familiale, et qu'il a réussi à vivre en paix avec Henri VIII, avec son fils Édouard le Puritain, avec Mary la Catholique et enfin avec Élisabeth, pendant presque vingt ans. Il devait avoir non seulement la bosse des affaires, mais aussi celle de la diplomatie. Dès qu'il est mort et que son fils a pris les choses en main, ç'a été la catastrophe.»

Nous nous regardons, soupirons et haussons les épaules à l'unisson. La bière est tirée, je suis condamné à la boire.

Le surlendemain, le notaire me remet solennellement le titre de propriété laissé par Thomas. Il est établi de telle sorte qu'il est pratiquement impossible de m'en déposséder. Le domaine s'appelle Tregellas, comme Thomas lui-même.

Nous allons passer une nuit nostalgique dans la maison, que deux servantes et la famille du métayer entretiennent comme si je devais venir y vivre le lendemain. Ils m'appellent Master Francis comme s'ils me connaissaient de longue date, lorsqu'ils parlent de moi je suis «Monsieur Tregellas le Jeune». Les lits sont faits, les chambres sont aérées et d'une propreté scrupuleuse. La tentation de ne pas partir tourne au vertige.

Pourtant, le jour suivant, à la marée de l'aube, nous quittons l'Angleterre.

Je n'ai jamais autant regretté de m'en aller. Pendant quelques semaines, j'ai vécu dans un monde qui était le mien, où je me sentais à ma place, sans avoir la sensation d'être en visite, pour la première fois depuis très longtemps.

En entrant chez le cardinal, je remarque aussitôt sa mine cadavérique.

Il y a là Nicholas Fitzherbert, Roger Bayns, William Warmington, Nicholas Bawden... Nous nous engageons dans un de ces débats que le cardinal affectionne particulièrement.

Je ne prête guère attention à ses paroles. Je ne vois que ses yeux, profonds comme des puits, proches de la mort.

Le lendemain, je reprends mon travail sur la Bible. Titus, le neveu de Giuliano, reste aux cuisines — à tout hasard.

«J'ai fait ce que j'ai pu, mais à mon avis ils ont changé de poison, ou de méthode.»

Il n'a, cela va de soi, parlé à personne, mais à ma stupéfaction le bruit circule qu'on tente d'empoisonner le cardinal. Je ne saurai jamais d'où il est venu, et dans un premier moment je trouve cela positif — si tout le monde est au courant, cela le protège. Je finis par comprendre que ce doit plutôt être une manœuvre : on a soupçonné un rapport entre ma présence et la santé d'Allen, et dans la crainte que je parle on a préféré lancer un bruit contrôlé — si maintenant les choses tournaient mal, on pourrait toujours m'accuser d'être un empoisonneur.

En attendant, par le poison ou la maladie, la santé du cardinal se dégrade à vue d'œil.

Un soir, je suis de service, il fait très chaud et j'ai entrouvert mon pourpoint pour mieux respirer. Soudain, sans que je l'aie entendu approcher, le cardinal est devant moi.

Je me lève, m'incline, bafouille un mot d'excuse, redresse mon col.

«Appelez pour qu'on nous accompagne, j'aimerais que nous allions faire quelques pas.»

Dehors, il me parle d'abord du roi Henri IV, qu'il appelle le Navarre. Il a tout fait pour que le pape Clément refuse d'accepter sa conversion. Il a écrit, plaidé, péroré. Il est certain que «le Navarre» fera comme Henri VIII d'Angleterre, et que la France basculera comme l'Angleterre dans l'hérésie. Il est d'avis que n'importe quel prince serait mieux sur le trône de France qu'un Bourbon.

Je ne réponds rien et parviens à maîtriser une certaine irritation. Après tout, il parle d'un homme qui a été pour moi un ami. J'essaie de penser à autre chose.

Mon attention est ramenée à l'instant présent par un changement dans le ton de sa voix.

« Le travail que vous faites sur la Bible est extrêmement précieux, savez-vous. Vous êtes très fort. Votre maîtrise du latin et de la rhétorique est exceptionnelle. »

Je m'incline en silence. Dans la pénombre du crépuscule, ses yeux me vrillent.

« Je me suis toujours demandé pourquoi vous n'aviez pas accédé au désir de votre père de prendre la soutane. »

Là, je suis sur le qui-vive. Il est rarissime que le cardinal pose directement une question personnelle.

« Mais, monseigneur... Comment dire... Lorsque cette idée est venue, je m'étais déjà engagé dans une autre voie. Et j'espère toujours pouvoir diriger un jour les domaines de ma famille...

— Franchement, monsieur Tregian, que pensez-vous de la religion catholique ? »

Dans ma tête, c'est le tocsin. Cet homme peut me livrer à l'Inquisition demain, tout à l'heure. Il m'a peut-être fait sortir de la maison pour me faire arrêter discrètement.

« Monseigneur !

— Oh, je vois bien que vous m'êtes tout dévoué, et que vous veillez sur moi avec une sollicitude filiale. On a essayé de me faire croire que vous m'empoisonniez à petit feu, mais je sais que c'est impossible.

— Monseigneur!»

Cette fois, je suis à genoux devant lui, et les larmes coulent sur mon visage sans que je puisse les retenir.

«Monseigneur, je vous aime autant qu'un père!»

Il me relève.

«Mon fils, vous ne perdez pas de temps à vous disculper, cela me plaît. Je me fais parfois du souci au sujet de votre piété, car sauf lorsque vous touchez un instrument, vous êtes très distant en toutes choses. Mais je n'ai jamais douté de votre loyauté. J'ai remarqué votre sollicitude.»

Je fais un effort pour ne rien dire.

«Vous saviez, n'est-ce pas, qu'on tentait de m'empoisonner?

— Monseigneur, je vous assure...»

Un silence.

«Bien, vous ne me direz rien, c'est de bonne politique. Byas pense que si on m'empoisonne, c'est avec l'eau que je bois à la Bibliothèque vaticane. Aussi la sert-il toujours lui-même, il va la puiser de ses mains. Cela ne m'empêche pas de mal me porter, mais ma mauvaise santé dépend peut-être de la volonté divine et non d'un poison.

— Monseigneur, je vous souhaite longue vie, et je vous prie de disposer de moi à votre guise.

— À condition de ne pas vouloir faire de vous un prêtre, n'est-ce pas? Non, non, ne protestez pas. Mais je regrette. Vous avez de véritables dons d'orateur. Quel prédicateur vous auriez fait!»

Nous rentrons dans la nuit.

Maintenant que je sais John Byas au courant,

je partage avec lui la garde du cardinal. Aux cuisines, Titus veille sur les marmites. Rien n'y fait.

Bientôt le cardinal doit s'aliter. En octobre 1594, il meurt.

Nous sommes tous autour de son lit. On entend les matines sonner aux églises de Rome. Les jésuites, Alfonso Agazzari en tête, ont essayé de nous empêcher d'entrer, mais le cardinal est intervenu avec une énergie insoupçonnée. Depuis qu'il se sait condamné, et malgré ses terribles souffrances, il a dicté des lettres pour les grands de ce monde. Il a écrit au pape pour le mettre en garde contre les faux amis, au roi d'Espagne pour se faire pardonner les fautes commises à son service. Le Père Champion et le Père Ingram, qu'il a bien connus, ont été pendus en Angleterre pendant l'été. Il les supplie d'intercéder pour que Dieu l'accueille au paradis.

«Mon plus grand chagrin, c'est d'avoir, par mes conseils, envoyé tant d'êtres à la prison, aux persécutions et à la mort. Que Dieu ait miséricorde!»

Nous nous sommes approchés un à un, et il nous a donné sa bénédiction.

Lorsque je suis à genoux près de son lit, il me prend le menton, tire ma tête vers lui.

«Partez immédiatement, vous êtes en danger», me dit-il entre ses dents. Il me pose un baiser sur le front. «On sait que vous avez voulu me sauver.» Et il reprend: «*Ego te benedico...*» en traçant une croix sur mon front.

Le Père Warmington dit la messe au pied du lit. Lorsque le cardinal s'éteint, peu après la communion, ses traits se sont détendus.

Je serais, s'il n'avait tenu qu'à moi, parti sur l'heure. Mais Rome entière — et bientôt sans doute l'Espagne et l'Angleterre — retentissait de cette mort. Il était en conflit avec les jésuites, mais à part certains d'entre eux, tout le monde aimait le cardinal, dont le don le plus grand peut-être avait été de savoir susciter les dévouements.

Il n'était pas froid, et reposait encore, comme il l'avait souhaité, dans la chapelle du Collège anglais, qu'on se battait pour sa succession. Il fallait un cardinal anglais. Ce n'était pas une loi écrite, mais le roi d'Espagne le souhaitait. Il ne manquait que la personnalité capable de remplir la fonction.

Personne ne voulait prononcer l'oraison funèbre. Cela a bien duré deux jours : je regardais cela comme un spectacle, avec détachement. Cela ne me regardait pas, j'en étais déjà à me demander si je m'arrêterais à Mantoue pendant mon voyage pour chercher à y rencontrer le grand Monteverde, lorsque Gabriel Allen, le frère aîné du cardinal, est venu me trouver. Il vivait à Rome, ainsi que d'autres membres de la famille Allen, mais je ne l'avais que peu vu, et seulement de loin : je n'ai jamais été un intime.

« Monsieur Tregian, dit Gabriel, le cardinal vous aimait beaucoup et admirait tout particulièrement votre maîtrise du latin. Je crois qu'il aurait souhaité que vous prononciez l'oraison funèbre.

— Moi ? »

Si personne ne veut prononcer cette oraison, c'est qu'en ce moment un mot malheureux représenterait un risque difficile à mesurer.

« Vous parlez le latin avec l'aisance d'une langue vivante. Vous êtes excellent orateur.

— Monsieur, je vous remercie, mais l'hon-

neur est trop lourd. Comment pourrais-je d'ici
demain... ?

— Je vous aiderai. Nicholas Fitzherbert s'est
également déclaré prêt à travailler avec nous.
Nous ne voudrions pas laisser cette oraison aux
jésuites du Collège anglais. »

Son visage généralement doux est dur et déterminé. Au point où j'en suis, je ne risque pas
davantage en prononçant ce discours qu'en me
taisant.

« J'accepte. Mais commençons tout de suite. »

J'envoie Jack chercher Nicholas, et de quoi
écrire.

« Et pendant que tu y es, amène à boire et à
manger. On va en avoir pour la nuit.

— Bien, monsieur. »

Jack s'est installé à Rome comme si c'était à
trois lieues de Muswell. Il y est chez lui, et en
quelques mois il parle la langue de manière parfaitement intelligible. Il revient bientôt avec
plumes, papier, canifs, sable, encre, vin, pain et
fromage — et il est suivi de près par Nicholas
Fitzherbert.

« Vous ne voulez pas dire vous-même cette oraison funèbre ? Vous avez suivi le cardinal depuis
presque dix ans, vous le connaissiez mieux que
quiconque.

— Je suis un exécrable orateur. En revanche,
je peux écrire. Je vois que vous avez tout ce qu'il
faut. »

Nous nous installons, discutons, et finissons,
après plusieurs faux départs, par composer l'*Oratio funebris*.

« *Utinam intra unius aulae provatos parietes se
contineret causa doloris !...* »

Nous retraçons la vie de William Allen. Malgré

mes réserves, je souscris à ce que je m'apprête à dire : le cardinal a été un homme désintéressé, incapable de bassesse. Même là où il était prêt à livrer l'Angleterre à Philippe II, c'était pour la plus grande gloire de Dieu, et il n'a jamais compris qu'on puisse l'accuser d'être un traître. Il n'a jamais douté une seconde qu'une fois le pays revenu au catholicisme, le roi d'Espagne se serait retiré et l'aurait laissé aux Anglais. Diplomatie, éloquence, savoir, bonté, c'est les larmes aux yeux que j'évoque ses qualités. Dieu l'a, j'en suis sûr, accueilli à bras ouverts.

Nous finissons au point du jour, il me reste juste le temps de me changer.

« Monsieur Tregian, quels sont vos projets ? demande Gabriel.

— Partir, monsieur.

— C'est bien. C'était le vœu du cardinal. Voici un laissez-passer pour sortir de Rome sans encombre. Ne tardez pas trop, nous couvrirons votre départ aussi longtemps que nous le pourrons. »

Jack a taillé et trempé des plumes toute la nuit, mais il est toujours alerte.

« Jack, est-ce que tu te sens le courage de faire nos paquets ?

— Nos paquets, monsieur ? Pour aller où ?

— Pour quitter Rome avant qu'on ne m'empoisonne, qu'on ne me cherche querelle, que mon cheval ne fasse une fatale embardée ou que sais-je…

— Ah, je vois, monsieur. À la sortie de l'église ?

— À la sortie de l'église. Nous avons un laissez-passer. Et ne prenons pas trop de bagages pour ne pas nous faire remarquer. Tu abandonneras ce que tu voudras sauf ma musique.

— Bien, monsieur. »

Dans l'église de la Trinità, attenante au Collège anglais, c'est une foule de cardinaux, d'ambassadeurs — celui d'Espagne trône en bonne place — de prêtres, mais aussi de laïcs. La cérémonie est solennelle.

J'ai essayé de construire l'énoncé de l'*Oratio* comme on compose un chant à plusieurs voix, avec une voix qui questionne, une deuxième qui répond et une troisième qui commente.

« ... *Quid multa ? Haec suprema vox — oportet meliora tempora non expectare, sed facere — ita alte in Cardinalium...* » et ainsi de suite. *Les temps meilleurs, nous n'avons pas à les attendre, il nous faut les susciter.* Cette pensée du cardinal que m'a rapportée Nicholas et que je restitue à l'assistance me semble dicter ma ligne de conduite. Il faut que je prenne ma vie entre mes mains.

Le soir même, Jack et moi dormons dans une auberge au bord du lac Trasimène, en route pour Mantoue.

LIVRE SECOND

Entre terre et ciel

Heaven and earth and all that hear me plain
Do well perceive what care doth cause me cry,
Save you alone to whom I cry in vain,
«Mercy, Madam, alas, I die, I die!»
...
A better proof I see that you would have
How I am dead. Therefore when ye hear tell,
Believe it not although ye see my grave,
Cruel, unkind! I say, «Farewell, farewell!»

«Heaven and Earth»
Thomas Wyatt / Francis Tregian
«Chansons», XCVII

Ciel et Terre, et tous ceux qui m'entendent
Connaissent la peine qui noie mes yeux de pleurs
Hormis vous seule à qui je crie vainement:
«Pitié, Madame, hélas, je meurs, je meurs!»
...
Une preuve irréfutable vous exigez,
De mon trépas. Lorsqu'on vous le contera,
Même en voyant ma tombe, n'y croyez pas.
Cruelle indifférente! Je dis: «Adieu, adieu!»

I

Come up to my window, love, come, come, come,
Come to my window, my dear;
The wind nor the rain
Shall trouble thee again,
But thou shalt be lodged here.

«Goe from my window»
Ballade populaire
Thomas Morley

Viens à ma fenêtre, mon amour, viens, viens, viens,
Viens à ma fenêtre mon chéri;
Plus jamais vent ni pluie
Ne te feront souffrir
Ici tu seras accueilli.

On perçoit les signes avant-coureurs du printemps, on devine les premiers bourgeons.

Il y a quelque temps, en proie à une crise profonde, j'ai dû interrompre le récit de ma vie.

Qu'importe, me suis-je soudain dit, que je sois allé à Mantoue et que j'aie rencontré Monteverde? Que je sois allé à Amsterdam et... À Bruxelles, à Anvers? Qu'importe en un mot comment j'ai vécu après ma majorité? Dans la grisaille de février, j'avais décidé de ne plus écrire, et puis l'inattendu s'est produit.

Je suis tombé malade.

Chez nous autres les Tregian, c'est là un fait rare. Mon père a résisté aux pires traitements, ma mère a accouché une vingtaine de fois sans qu'il y paraisse, lorsqu'elle a eu son dernier enfant, elle avait plus de quarante ans. Quant à moi, je ne dois pas avoir passé vingt jours au lit de toute ma vie, et mes quelques fièvres ont été la conséquence de blessures. J'ai traversé indemne plusieurs épidémies de peste.

Mais voilà que la maladie m'a rattrapé.

On m'a dit que j'avais pris froid, mais cela prête à sourire. Rien ne m'a jamais dérangé, je suis insensible aux intempéries.

Je me dis parfois que c'est la perspective de revivre par la plume la suite de ma vie de Tregian qui a irrité mes humeurs jusqu'à provoquer cette fièvre.

Parce que je ne suis pas habitué à être malade, j'ai fait tout le contraire de ce que font les malades et, comme lorsque j'ai été blessé, cela m'a aidé à me remettre rapidement. Nous ne sommes qu'à la mi-carême, et me voilà sur pied.

Mes délires et mes nuits ont été peuplés des visages que j'ai évoqués en décrivant une vie que j'avais, au premier abord, imaginé pouvoir retracer en quelques pages et en quelques jours. Pourtant, en me relevant, j'avais presque oublié cette activité d'écriture.

Elle s'est remise à me hanter, imperceptiblement. À me tirer par la manche. J'ai commencé à avoir des remords. Et après une marche de plusieurs heures dans la douceur soudaine de ce dimanche, il a fallu que j'accepte l'idée : si je ne finis pas mon récit, ma vie se terminera sans cet accord final dont l'écho, pour l'auditeur comme pour l'interprète, prolonge longtemps le plaisir d'une mélodie.

Nous sommes arrivés en Hollande par un soir froid de fin novembre. Depuis quelques jours, nous devions lutter contre un vent violent qui faisait gémir les maisons, ployer les arbres et renâcler nos chevaux.

Nous ne sommes restés à Mantoue que le temps de rencontrer Monteverde, avec lequel je me suis lié instantanément d'amitié. Il était de six ou sept ans mon aîné, presque aussi grand que moi, tout aussi maigre, et tout aussi passionné de musique. Je l'ai, en quelque sorte, reconnu tout de suite, et cela a, je crois, été mutuel.

À son contact, j'ai eu l'une des révélations essentielles de ma vie.

Depuis deux ou trois ans, on me disait que j'étais un interprète hors du commun, et les autres voyaient en moi un musicien. La musique occupait une part importante de mon temps, et même en voyage, si je me trouvais face à un clavier, je ne manquais jamais de me délier les doigts. J'emmenais partout des partitions, et faute de pouvoir jouer, je les lisais. On m'avait même reproché mon assiduité :

«Il ne convient pas qu'un homme de condition se montre maître ès musiques ailleurs qu'en privé et pendant ses loisirs, et que ce faisant il néglige des occupations plus importantes», me disait-on.

Mais les remarques de ce genre ne me touchaient pas. Elles me semblaient ne pas s'adresser à moi, parce que toute mon activité musicale se déployait sans que j'y pense. C'était, comme on mange tous les jours, pour survivre. Je me voyais, moi, en gentilhomme catholique, raté puisque je me sentais incapable du prosélytisme que l'on attendait de moi, et que je préférais une activité musicale à une fervente oisiveté. Dans l'acception générale du terme, un musicien me paraissait être avant tout un compositeur. Mais je trouve la plupart de mes compositions si mauvaises — pire, si quelconques — que je les jette régulièrement au feu. Bref, je me considérais comme un bon à rien.

Ce que m'ont révélé ces quelques jours auprès de Monteverde? Que la musique était le centre de ma vie, et que rien d'autre ne m'intéressait réellement. Toute l'énergie qui n'avait pu être consacrée à l'administration de mes domaines kernévotes s'était déversée dans mon activité musicale. La chose s'est faite à mon insu, je suis resté sourd à toutes les remarques de mon entourage, et je ne m'en suis aperçu qu'à Mantoue.

À ma grande surprise, Claudio Monteverde n'y était pas respecté avec la révérence due à un maître. Il jouait excellemment de la viole, il chantait à la perfection. Mais c'étaient ses compositions qui touchaient (qui touchent) au sublime. Une deuxième édition de son *Troisième Livre des Madrigaux* venait de paraître. Un musicien dont le nom m'échappe a passé un temps infini à me démontrer les «fautes» de composition qu'on y trouvait. Lorsqu'il a enfin compris que je considérais ces «fautes» comme des hardiesses d'une incomparable beauté, des preuves du génie de Monteverde, il m'a déclaré sur un ton pincé:

«Voilà à quoi cela mène de vouloir se mêler de musique sans avoir les bases théoriques nécessaires. Ni vous ni le sieur Monteverde n'avez la moindre idée des règles les plus élémentaires de l'art.»

J'aurais aimé lui faire remarquer que ce qui comptait, c'était la beauté du résultat, mais son teint violacé m'a fait craindre pour sa santé: je n'aurais pas voulu, en ajoutant un blasphème au sacrilège, avoir une apoplexie sur la conscience.

À Mantoue, il y avait d'autres musiciens intéressants: Jaches De Wert, le *maestro di cappella*,

que Monteverde m'a présenté comme son maître.
Ou Benedetto Pallavicino, qui, comme De Wert et
Monteverde, écrivait des madrigaux que je trou-
vais merveilleux.

J'ai eu l'occasion de les entendre tous les trois
au cours d'un des concerts qu'ils donnaient le
vendredi au palais du duc Vincenzo Gonzaga.
Cela se passait l'après-midi, après la *passeggiata*
et le jeu de cartes, dans la salle des Miroirs. Une
fois la musique commencée, elle durait un temps
infini. On chantait des madrigaux, on jouait des
airs, et les trilles, les cadences, les *passaggi* me
comblaient. La virtuosité d'Adriana Basile et de
Caterinuccia Martinelli, deux chanteuses célèbres
de la Cour, était étourdissante. J'ai le souvenir
d'un madrigal à quatre voix de Monteverde qui
commençait par *S'andasse amor a caccia* construit
presque comme un canon, et sur un rythme quasi
militaire. La sensation de la chasse, avec ses
tensions et l'émotion qu'elle provoque, était tout
entière présente ; pendant que j'écoutais, il suffisait que je ferme les yeux, je me retrouvais fau-
connant avec Sir John, ou galopant pour rejoindre
Françoise.

Lorsque je reprenais mes esprits après de tels
moments de bonheur, je me rendais compte que
l'effet était obtenu par un mélange savant de
passages déclamatoires, de chromatisme et de
passages dissonants, «faux» selon le théoricien
rabat-joie dont le nom ne me revient décidément
pas. Je voyais avec quelle maîtrise Monteverde
pouvait, en quelques lignes et quelques instants,
toucher tout un registre d'émotions qui se fon-
daient, se mêlaient, se transformaient et vous
transformaient. Dans le même concert, nous
avons entendu également des madrigaux de De

Wert, tout aussi virtuose ès émotions que Monteverde. Pourtant, lorsqu'on entendait leur musique côte à côte, on percevait les différences. De Wert est plus «littéraire», Monteverde plus musical. Pour De Wert, l'essentiel ce sont les paroles. La forme de sa musique est moins importante qu'une mise en avant insistante du récitatif. Monteverde, au contraire, fait en sorte que sa musique exprime les paroles. Il cherche un équivalent, et les paroles ne sont importantes que dans la mesure où elles l'inspirent pour trouver des formes et des textures musicales. Quant à Pallavicino, il n'avait pas encore, en ce temps-là, composé les madrigaux qui m'ont bouleversé plus tard. Ses œuvres étaient belles, mais classiques. C'est après le deuxième (et pour moi dernier) de ces concerts que s'est placé le tournant.

J'avais pris rendez-vous avec Monteverde pour lui faire entendre quelques morceaux de compositeurs anglais qu'il ne connaissait pas et dont il était curieux. Il n'avait jamais entendu de Byrd ni de Morley. Il m'a fait l'honneur de se dire «transporté» par ma virtuosité autant que par les morceaux que je lui ai joués.

«J'aimerais tant, ai-je répondu, pouvoir exprimer mes sentiments plus concrètement...

— Mais votre âme était au bout de vos doigts.

— Je vous remercie de me faire ce compliment, mais il n'en reste pas moins que je regretterai toujours de ne pas avoir votre talent, celui de la composition.

— Mon cher ami, les interprètes sont aussi indispensables au compositeur que l'eau à la plante et que les compositeurs aux interprètes. Vous ne seriez rien sans nous. Mais que serionsnous sans vous? J'ai beau produire ces pièces chromatiques et dissonantes qui vous plaisent tant, si personne ne savait les chanter, à quoi serviraient-elles? Et si personne ne les interprète, elles sombreront dans le plus profond oubli. Vous êtes la chandelle qui éclaire la nuit. Sans vous, personne ne verrait les objets dans le noir. Vous vous consumez et disparaissez, certes, car on ne peut retenir la musique. À peine jouée, une note est déjà du passé. Mais la musique est le tissu du temps, et à travers vous, le Créateur nous offre, cristallisée, une parcelle de ce tissu. »

Ces quelques propos ont conféré à ma passion — que j'ai, à partir de ce jour-là, appelée mon travail — une dignité, une nécessité, une urgence qui ne m'ont plus quitté.

Je ne me suis pas attardé à la cour de Mantoue.

J'avais hâte de retrouver Françoise, de revoir Jane, Giuliano, de rendre visite au banquier de la reine — j'avais hâte, en un mot, d'être à Amsterdam.

Pourtant, mon bref séjour — quelques jours, quelques semaines, je ne sais plus — pourrait, sur le plan musical, faire l'objet d'un traité. C'est là que j'ai pris conscience de ce que j'ose appeler ma vocation. Au cours de longues discussions avec Monteverde, qui s'entretenait avec moi d'égal musical à égal musical et m'expliquait avec passion sa *seconda pratica*, une manière toute nouvelle, inédite, de voir la musique enfin débarrassée de son carcan, j'ai compris que mon incapacité à composer ne changeait rien à l'affaire.

J'étais un musicien.

J'ai quitté Mantoue dans un état de grande exaltation.

Nous ne nous étions pas embarrassés de

bagages, et tous mes biens tenaient dans les fontes de ma selle et dans un portemanteau que Jack avait insisté pour placer en travers de la sienne.

«Tu es ridiculement chargé, alors que je n'ai pratiquement rien.

— Monsieur, je suis votre serviteur, c'est moi qui m'occupe de vos bagages. Vous connaissez mal vos prérogatives de maître, sauf votre respect, monsieur.

— C'est bon, c'est bon. Dis-moi, est-ce une viole que tu portes en bandoulière?

— Oui, monsieur.

— Je ne m'étais pas aperçu que tu jouais de la viole.

— Je n'en joue qu'un peu, monsieur. Malheureusement, je ne sais pas lire les notes, et je dois découvrir les mélodies à tâtons. Mais je me suis dit qu'en ma qualité de valet d'un gentilhomme musicien...

— Tu n'as jamais fait de musique?

— Pas vraiment. Chez nous tout le monde chante, et j'ai un frère qui joue du luth. Moi, je travaillais pour un marchand d'épices qui ne me laissait de temps pour rien. Depuis que je suis avec vous, j'ai commencé à aimer la musique. À force de vous entendre répéter cent fois le même morceau, j'ai fini par me dire... C'est pour cela que lorsqu'on m'a offert cette viole, je l'ai prise. Lorsque vous répéterez votre virginal, si vous le permettez, je répéterai ma viole.

— Je permets. Je vais même t'apprendre à lire les notes.»

Pendant ce voyage, j'en viens à apprécier Jack. Il est vrai que, comme il dit, j'étais si peu habitué à être servi que j'oublie souvent qu'il est à ma disposition. Ce que j'apprécie en lui, c'est qu'il est ignorant mais absorbe les connaissances à une vitesse stupéfiante. En quelques jours, il a compris l'organisation d'une partition.

Ce petit jeune homme blond — il ne doit guère avoir plus de quinze ans — est d'une adresse incroyable. Pour lui, rien n'est jamais impossible. De même, rien ne l'étonne et rien ne le scandalise. C'est un interlocuteur ouvert à tout. Je ne peux pas lui confier toutes les préoccupations qui m'assiègent, mais même lorsque nous parlons de broutilles, cela m'aide de l'avoir à mes côtés.

Par ailleurs, il faut bien que je lui révèle une partie de mon histoire. La première fois que je soulève un coin du voile, c'est le matin où nous quittons Milan.

Nous sortons de la ville au nord, par les fortifications du château. Lorsque nous nous retrouvons dans la campagne, j'arrête mon cheval.

«Où allons-nous, monsieur?

— C'est la grande question, justement. Jack, si tu avais une épouse à dix ou quinze jours d'ici au sud, mais que tu voulusses aller vivre à dix ou quinze jours d'ici au nord, qu'est-ce que tu ferais? Irais-tu d'abord chercher ton épouse au sud, ou commencerais-tu par explorer au nord?

— Moi, monsieur, répond-il sans hésiter, j'irais au nord, je me préparerais à la recevoir et je lui ferais porter un message pour qu'elle vienne. Me posez-vous une question théorique ou pratique, monsieur?

— Pratique.

— Ah, parce que Monsieur est... Madame la baronne ne m'avait pas parlé d'une épouse.

— Madame la baronne ne le sait pas. Je me

suis marié clandestinement. Mes amis d'Amsterdam et la famille de ma femme sont seuls au courant.

— Ah! je vois. Et... est-ce que vous allez avertir votre famille?

— Un jour, sans doute. Pour l'instant, ils
connaissent l'existence de la dame, mais ils ne
savent pas que nous sommes mariés. Et tu ne le
sais pas non plus.

— Cela va de soi, monsieur. Et... excusez-moi
de vous poser la question, monsieur... avez-vous
des enfants?

— Non, Jack, pas encore.

— Ah! je ne vous voyais pas en père de famille,
monsieur, sauf votre respect.

— Cela ne va sans doute pas tarder, pourtant,
une fois que nous mènerons une vie réglée.

— Sans doute, monsieur. Que faisons-nous,
pratiquement?

— Mais... tu l'as dit. Nous allons à Amsterdam. »

Nous avons passé les Alpes, nous sommes
joints à un convoi, avons parcouru la vallée du
Rhône puis sommes montés jusqu'à Bâle en passant, entre autres, par le chemin des Paysans.
Nous ne sommes pas venus jusqu'à Echallens,
mais c'est ce jour-là que je me suis dit pour la
première fois, en découvrant le paysage par un
soleil frileux de novembre, que le Gros-de-Vaud
ressemblait un peu à la région de St. Austell.

De Bâle, nous avons mis le cap au nord, en évitant les pays occupés par l'Espagne — je n'avais
pas envie de me retrouver enrôlé de force dans
une armée catholique.

Pendant ce long voyage, j'ai eu amplement le
temps de réfléchir à ma situation. Nulle part au

monde je n'avais un lieu qui fût chez moi.
Londres était le seul endroit où je ne me sois pas
senti en visite. Mais Londres — l'Angleterre —
m'était fermé parce que j'étais le fils de mon père.
Je savais exactement ce qu'il eût fallu faire pour
changer cela : il suffisait que je me conforme.
C'était impossible. Mon père avait sacrifié son
confort, sa vie à la cause du catholicisme. Quoi
que je pense de ses actes, et quelle que soit ma
relative indifférence à l'une ou l'autre religion,
par respect pour ma famille je ne me convertirai
jamais, sous peine d'être, à mes propres yeux,
déshonoré.

Et puis, sans être héroïque comme mon géniteur, il y a une chose à laquelle je crois profondément, d'une foi qui résulte de toute l'expérience
de ma vie : ma religion m'appartient, et ne peut
être soumise à des questions d'opportunité. Je
n'en rends compte qu'à Dieu. Michel de Montaigne a exprimé cela admirablement :

«... *Ce que notre raison nous conseille de
plus vraisemblable, c'est généralement à chacun
d'obéir aux lois de son pays, comme est l'avis de
Socrate inspiré, dit-il, d'un conseil divin. Et par
là que veut-elle dire, sinon que notre devoir n'a
d'autre règle que fortuite ? La vérité doit avoir un
visage pareil et universel.... Il n'est rien de sujet à
plus de continuelle agitation que les lois. Depuis
que je suis né, j'ai vu trois et quatre fois rechanger
celle des Anglais, nos voisins, non seulement en
sujet politique, qui est celui que l'on veut dispenser de la constance, mais au plus important sujet
qui puisse être, à savoir la religion. De quoi j'ai
honte et dépit, d'autant plus que c'est une nation à
laquelle ceux de mon quartier ont eu autrefois une
si privée accointance qu'il reste encore en ma mai-*

*son aucunes traces de notre ancien cousinage...
Que nous dira donc en cette nécessité que la philosophie? Que nous suivons les lois de notre
pays? C'est-à-dire cette mer flottante des opinions
d'un peuple ou d'un Prince, qui me peindront
la justice d'autant de couleurs et la réformeront
d'autant de visages qu'il y aura en eux de changements de passion? Je ne peux pas avoir le jugement si flexible. Quelle bonté est-ce, que je voyais
hier en crédit et demain plus, et que le trajet d'une
rivière fait crime? Quelle vérité que ces montagnes
bornent, qui est mensonge au monde qui se tient
au-delà?»*

Je passe sous silence notre long périple, les tra-
casseries que nous rencontrons à chaque frontière. J'ai choisi de dire que je suis envoyé à
Amsterdam par la reine d'Angleterre et il me faut
maintes fois exhiber sa bague en veillant à ne me
la faire ni confisquer ni voler. Jack et moi sur-
veillons par ailleurs nos arrières pour être certains que nous ne sommes pas suivis par les sbires
malveillants d'une quelconque force occulte. Nous
ne repérons personne.

Nous nous sommes enfin retrouvés en Hollande. C'est le début de décembre, les journées
sont courtes, et il tombe une pluie mêlée de neige
qui nous transperce jusqu'à l'os. Pour ne pas
entrer en territoire espagnol, nous avons dû faire
un détour par le nord, jusqu'à Brême, et de là
nous avons pénétré en territoire néerlandais,
dans la province de Groningue.

On nous dit que nous sommes à cinq ou six
jours d'Amsterdam.

Commence alors la partie la plus étonnante de

notre voyage. Ces premières impressions de la
Hollande diffèrent de toutes les autres.

Le pays de Groningue est peu peuplé mais, cela
se voit, très soigneusement cultivé. Les maisons
y sont rares. Nous avons de la peine, dans cette
immense étendue, à trouver des hameaux, et passons même une nuit dehors, frissonnants à l'abri
de nos chevaux. Ici et là, on perçoit encore les
traces des batailles qui ont opposé les Néerlandais aux Espagnols, chassés de la province il y a
peu. Imperceptiblement, le paysage change, nous
abordons une région aux forêts de chênes, aussi
peu peuplée que le Groningue, mais d'apparence
beaucoup plus misérable. Nous traversons plusieurs fleuves.

L'eau fait partie intégrante du paysage, depuis
que nous sommes aux Pays-Bas. Mais ici, la terre
semble s'y dissoudre. Le seul moyen vraiment
confortable de se déplacer entre les rares villages,
c'est le bateau. On nous offre plusieurs fois des
trajets sur les canaux, et nous traversons ainsi de
vastes plaines, portés par le vent qui gonfle les
voiles de ces barques plates que de petits paysans
savent manier avec adresse.

La campagne hollandaise est monotone, et
pourtant d'un charme intense. Toute l'eau qu'on
y voit, les canaux, les rivières, les lacs, les maré-
cages, les moulins qui ponctuent l'horizon et qui
sont partout créent un élément incomparable de
variété dans l'uniformité. Je suis ravi, et oublie
l'incommodité extrême du voyage.

À cela vient s'ajouter le fait que partout où
nous passons on prépare la Saint-Nicolas, dans
les cuisines en pétrissant des friandises, dans les
ateliers en confectionnant des cadeaux, pendant
que les enfants étrillent les sabots qu'ils dépose-

ront dans la cheminée, et que le bon saint rem-
plira, conformément à la tradition.

Et partout ces activités sont ponctuées de
chants au charme vieillot, de comptines qui m'enchantent.

J'aurais voulu que nous fussions arrivés pour la
fête, mais le mauvais temps nous retarde, et la
veille au soir nous ne sommes qu'à Muiden, à
deux ou trois heures à peine d'Amsterdam ; la nuit
est trop noire pour que nous songions à continuer
notre voyage. Dans la petite localité, il règne une
animation à laquelle nos étapes précédentes ne
nous ont pas habitués. Nous avons glané quelques
phrases de néerlandais en route, elles nous
servent à nous procurer un logement. De doigt
pointé en doigt pointé, nous nous retrouvons
devant une maison d'où entrent et sortent, dans le
plus grand état d'excitation, des enfants. La porte
est grande ouverte, tentante. Je confie ma bride à
Jack, et je m'aventure à l'intérieur. À l'odeur, je
dois être dans une boulangerie. Des enfants courent dans tous les sens. Deux petits diables qui
se chamaillent avec violence se servent de mes
jambes pour se protéger des coups, et chaque fois
qu'ils se manquent, c'est moi qu'on frappe. Je
tente de me dépêtrer pour battre en retraite lorsqu'une porte s'ouvre violemment et une avenante
matrone surgit en s'essuyant les mains. Elle
déverse sur les deux garnements un flot de paroles,
administre quelques taloches, et ils finissent par
lâcher prise.

Elle s'adresse à moi en souriant, et je réponds
par un geste d'impuissance.

« Ah, ah ! Est-ce que par hasard vous parlez
français ?

— Oui, madame.

— Il faut nous excuser, c'est une maison de fous, ce soir. C'est la Saint-Nicolas, que voulez-vous. Vous cherchez un logis?

— Un logis pour moi, pour mon valet, et une écurie pour nos chevaux. J'avais cru comprendre que chez vous... Mais j'ai dû me tromper, je ne parle pas la langue.

— Non, non, vous ne vous êtes pas trompé. Le relais donne sur la rue parallèle, mon mari s'y trouve. De ce côté-ci, c'est la boulangerie que tient mon frère, mais c'est une seule et même maison.» Elle me mesure du regard. «Je ne sais pas si nous avons un lit pour un homme de votre taille, monsieur.

— C'est là un problème que je rencontre souvent. Je le résous généralement en dormant par terre sur deux paillasses mises bout à bout.

— Dans ce cas-là, dit-elle en riant, faites le tour de la maison, je vais prévenir mon mari.»

Une heure après, nous sommes installés, et je suis attablé devant un pichet d'ale. J'aimerais interroger l'aubergiste sur la présence de cette nuée d'enfants, mais il ne sait pas le français, et va chercher sa femme.

«Ah! s'exclame-t-elle dans un grand rire lorsqu'elle finit par arriver. C'est la Saint-Nicolas qui veut cela. C'est la fête des enfants. Venez voir.»

Sans façons, elle me prend la main, me tire de mon siège et m'emmène dans la boulangerie.

Autour de la longue table à pétrir, il y a deux rangées d'enfants, coude à coude. Ils découpent des images dans des feuilles d'étain et, avec du blanc d'œuf, les collent sur les pains d'épice dont la table est recouverte. Dans un coin, deux garçonnets échangent des coups, et la boulangère va les séparer d'une poigne énergique.

L'inintelligible brouhaha, les yeux qui brillent d'excitation dans la lumière des bougies, le fumet d'anis et de cannelle, tout cela évoque mon enfance, et m'émeut.

«Il vous manque un peu de musique, dis-je presque malgré moi.

— Monsieur nous chanterait-il quelque chose?

— Vous avez un luth?»

Elle part dans les profondeurs de la maison et en ramène un instrument qui n'est pas tout à fait le luth que je connais, mais qui lui ressemble suffisamment pour que je puisse m'en servir.

En un rien de temps je suis installé, debout, un pied sur un tabouret, et je chante à cette meute d'enfants soudain silencieux :

> *«Une puce j'ay dedans l'oreill'hélas!*
> *Qui de nuit et de jour me frétille et me mord*
> *Et me faict devenir fou.*
> *Nul remède n'i puis donner*
> *Je cours deça, je cours dela,*
> *Ôte la moy, retire la moy je t'en pri,*
> *Ô toute belle, secours moy.»*

J'enchaîne sur *Francion vint l'autre jour...*, sur *Belle qui tiens ma vie captive dans tes yeux...*, *Mon cœur se recommande à vous...*, *La belle à la fontaine...*, *Un jeune moine est sorti du couvent...*, sur *Revoici venir le printemps...* Tout mon répertoire français y passe.

Puis ce sont les enfants qui chantent une chanson de circonstance, que la boulangère me traduit :

> *«Saint Nicolas, bon saint homme,*
> *Mets ton manteau le plus beau*

Pour chevaucher vers Amsterdam...
Pommes d'Orange,
Pommes de pommier.
Là-bas les riches messieurs
Là-bas les belles dames
Portent deux paires de manches.
Ma belle allons nous marier.»

Pour finir, tout le monde danse au rythme de la (mauvaise) musique de mon luth. Je joue des gaillardes de Morley — ce sont les plus gaies — de Bull, de Byrd, et tous ces gens dansent avec abandon dans un grand fracas de sabots. Pour être à l'aise, on sort dans la rue, on pose les chandelles sur les rebords des fenêtres. Les gens des maisons avoisinantes se joignent à la danse, indifférents au froid.

Un jeune homme arrive avec une flûte, un autre avec une viole, Jack se joint à lui, et bientôt toute la rue chante et danse à la lueur des quelques flammes chancelantes dans le vent. Les hommes du guet, qui en temps ordinaire auraient renvoyé tout le monde, s'arrêtent pour regarder et finissent, comme les autres spectateurs, par battre la mesure en tapant des mains.

Les rares personnes assises mangent du pain d'épice, tout le monde est heureux, et je suis rempli d'une paix si profonde que ce moment se grave en moi — aucune des Saint-Nicolas à venir ne l'effacera.

Lorsque nous repartons le lendemain, l'aubergiste refuse mon argent :

«Monsieur, vous avez animé la veillée, sans vous elle n'aurait pas été aussi réussie. Avec vos chansons françaises, vous avez fait grand plaisir à ma femme. Elle se sentait transportée dans le

Brabant qu'elle a fui pour que l'Inquisition ne la brûle pas vive. Vous avez gagné votre logement, votre repas et l'avoine de votre cheval. Revenez pour la Fête des rois, je vous engage.»

Je n'insiste pas trop — cela m'amuse de penser que pour la première fois j'ai, avec ma musique, gagné ma vie. Très peu digne d'un gentilhomme, que cela!

Il fait un temps épouvantable. La pluie tombe à l'horizontale tant le vent est fort.

«Prenez donc le bateau-navette, pour aller à Amsterdam, suggère l'aubergiste. Avec ce vent, vous y serez en un rien de temps, par la route vous allez vous épuiser, vous et vos chevaux.»

Nous prenons ce bateau-navette. Le vent gonfle les voiles, et c'est à vitesse accélérée que le paysage défile sous nos yeux, vert malgré l'hiver, sous de gros nuages gris qui noient l'horizon. Je constate que cette embarcation fait partie d'un service régulier. Dans un charabia où se mêlent du mauvais latin et un exécrable français, le batelier me signale qu'il fait le trajet tous les jours : il part d'Amsterdam sur le coup de six heures du matin, et de Muiden sur le coup de midi.

Lorsque nous arrivons dans le port, le soir tombe déjà. Nous traversons une foule dense de navires, une forêt de mâts qui me rappelle Billingsgate, puis notre bateau se faufile dans un canal, et le batelier nous laisse près du Dam, qui est la place de l'Hôtel-de-Ville.

«Dieu vous bénisse, gentilhomme. Et si vous voulez retourner à Muiden, vous savez où me trouver.»

Le jour baisse rapidement, et j'aimerais atteindre la maison de Giuliano avant la nuit. Les passants sont rares et pressés, mais on finit par

me l'indiquer. Je sais seulement qu'elle donne
sur le Marché à la paille, qu'on appelle ici *Stro-*
markt.

Nous y arrivons enfin.

Dans la lumière du crépuscule, elle me semble
immense. Je juge qu'elle doit avoir cinq ou six
étages.

Nous frappons à la porte de ce qui est sans doute
le comptoir. Un jeune garçon vient m'ouvrir, il
me semble que c'est Guillaume, mais je n'en suis
pas certain. Je m'adresse à lui en français :

«Votre père est-il là ?

— Oui, monsieur. Je vais l'appeler.»

Il s'éloigne avec un regard intrigué. Si c'est
Guillaume, il ne m'a pas reconnu non plus. Giuliano ne tarde pas à paraître.

«Ah ! ça par exemple ! Quel plaisir que de vous
voir enfin, nous commencions à être inquiets.
Nous craignions que vous n'ayez changé d'avis
ou qu'il ne vous soit arrivé quelque chose. Soyez
les bienvenus ! Vous êtes attendus avec impatience.»

Nous nous embrassons avec effusion.

Entre les arrêts, le mauvais temps et les détours,
le voyage a pris presque deux mois.

Nous montons dans les étages où habite la
famille Ardent. Les pièces sont dallées de noir et
blanc, les murs lambrissés de bois sombre, les
coffres et les armoires sont si polis qu'ils brillent
comme de l'or noir. Des chandelles brûlent sur le
rebord des cheminées, la maison entière sent la
soupe de légumes et le pain d'épice.

Jane surgit, le visage anxieux.

«Était-ce... ?» En m'apercevant, elle s'illumine : « Francis, mon Francis ! » s'écrie-t-elle, et elle se précipite vers moi.

Toute prétention de décorum oubliée, nous nous serrons l'un contre l'autre, et je pose des baisers dans ses cheveux. Elle sent le ciel et le pain chaud, le lait et l'amour — elle sent l'odeur de mon enfance.

Elle n'a pas changé. Elle a eu cinq enfants, mais les grossesses n'ont pas laissé de trace. Sa beauté est intacte.

« Vous allez rester, Master Francis, n'est-ce pas ?

— Assurément, du moins pour quelque temps. Il aurait été imprudent de m'attarder à Rome, je ne peux pas retourner en Angleterre, je ne veux pas aller en Espagne. Je ne sais où aller.

— Eh bien, vous restez avec nous. Venez, venez vous asseoir près de moi pendant qu'on vous prépare un appartement. Vous allez pouvoir vous rafraîchir, et demain vous vous installerez. Vous faites toujours beaucoup de musique ? »

Je lui raconte mes activités, et ma visite à Monteverde, l'illumination qui l'a accompagnée.

Giuliano revient bientôt, un petit sourire au coin de l'œil. Je connais ce sourire-là. Il signifie généralement qu'il a joué un tour à quelqu'un.

« Votre chambre est prête, je vous ai fait monter de l'eau. Allez vous rafraîchir, puis nous passerons à table et je vous présenterai la maisonnée.

— Très bien. Vous habitez seuls cette grande maison ?

— Euh... non, pas vraiment. Le rez-de-chaussée et le premier étage sont occupés par notre commerce. Et puis, si vous regardez bien, vous verrez que ce sont en fait deux maisons, accolées l'une à l'autre. Nous occupons la partie qui fait angle, et mon associé occupe l'autre partie.»

Il me pousse vers ma chambre d'un air pressé.

La pièce est éclairée par deux bonnes chandelles. Jack a déballé mes maigres affaires — mes partitions, mon Montaigne, mes quelques vêtements.

Je me défais et me lave, tant bien que mal. Je mets un pourpoint et un col propres, je me lisse les cheveux, je ne peux guère faire mieux.

J'essaie de deviner la vue à travers le carreau, la nuit d'encre n'est trouée que par la lumière des lampes sourdes que portent les rares passants pour éclairer leur chemin. Un homme enveloppé d'un grand manteau traverse à pas pressés le Marché à la paille, grâce à son lumignon je suis son itinéraire des yeux : il disparaît, comme englouti par notre maison.

Depuis le rez-de-chaussée, la voix de Giuliano appelle Jack.

«Vous permettez, monsieur?

— Jack, monsieur Giuliano et madame Jane sont autant tes maîtres que moi. Tu leur diras que j'arrive dans quelques instants.

— Bien, monsieur.»

Il s'en va.

Je reste planté là, devant la fenêtre, me disant que mon avenir ressemble à cet espace sombre dont, pour ne l'avoir jamais vu à la lumière du jour, je n'arrive pas à deviner les contours.

Je suis tiré de ma profonde rêverie par un souffle, un craquement, je ne saurais dire.

Je me retourne.

La surprise et l'effroi me clouent sur place. Les apparitions de l'au-delà, lorsqu'on me les a rapportées, m'ont toujours laissé sceptique. Mais là... Mes genoux plient sous moi. Sur le seuil se tient le fantôme de Sir John. Non le Sir John vieilli de notre dernière rencontre : l'apparition — car je ne doute pas que ce n'en soit une — est jeune, le cheveu noir, l'œil pétillant, la joue ronde et rose, la taille bien prise.

Que fait-on en pareil cas ?

C'est le fantôme qui prend l'initiative : il avance de quelques pas, et les craquements du plancher lui donnent un poids de réalité. Il tend la main, sourit.

« Francis ! »

À ces craquements, au son de cette voix, à la vue de ce sourire, je retrouve mes esprits, et pousse un cri.

Nous restons ainsi face à face, une minute ou une heure. Puis j'ouvre les bras, il s'y jette et nous nous embrassons à n'en plus finir. L'émotion et les larmes nous empêchent tous deux de parler, et nous restons là, enlacés et sanglotant.

Le fantôme, c'est Adrian.

II

O mistress mine, where are you roaming?
O stay and hear, your true love's coming,
That can sing both high and low:
Trip no further, pretty sweeting;
Journey's end in lovers meeting,
Every wise man's son doth know.

«O Mistress mine»
William Shakespeare / Thomas Morley

Où erres-tu, ma bien-aimée?
Paix, voici venir ton amour vrai,
Qui chante les graves et les aigus;
Repose-toi, ô ma jolie;
À la fin du voyage, les amants sont unis,
Les hommes sages l'ont toujours su.

Depuis quelques mois, la vie m'a beaucoup secoué. Mais là, mon monde ne fait qu'un tour. Passé l'ivresse de cet instant unique de la reconnaissance, et pendant même qu'Adrian et moi sommes encore dans les bras l'un de l'autre, je ne peux empêcher ma tête de se mettre à courir, elle m'échappe, elle forme des pensées: *Ils t'ont mené par le bout du nez, Giuliano savait, non ce n'est pas possible, Giuliano était anéanti, j'ai retrouvé mon frère rien d'autre ne compte, c'était nécessaire. Il est là, il est là, retrouvé!* Tout cela se presse à la fois, submergé par un plaisir impossible à décrire, je suis incapable du moindre mot, et il en va de même pour Adrian.

La porte grince sur ses gonds. Jane est entrée, elle la referme derrière elle, un doigt sur la bouche.

«Mes chéris, dit-elle dans un chuchotement, ne dites rien inconsidérément.» Elle élève la voix d'un cran. «Mon cher Francis, permettez-moi de vous présenter Jan Van Gouden, l'associé de notre famille, et copropriétaire de la maison Ardent et Van Gouden.»

Je ne peux retenir un sourire.

«Van Gouden, eh?

— Eh oui.

— Il fallait y penser, évidemment... N'ai-je pas déjà rencontré Monsieur?

— Comment pourriez-vous, Monsieur est hollandais et vous venez en Hollande pour la première fois. Mais il est aisé de voir que vous serez vite amis.»

Je baisse la voix.

«Il est absolument impossible que quelqu'un qui a connu Sir John ne reconnaisse pas en Monsieur un de ses parents, la ressemblance est renversante. Si je suis suivi par quelqu'un qui...

— Vous avez été prudent?

— Nous avons fait très attention, mais on ne peut jamais garantir absolument.

— J'attends avec impatience qu'il me vienne de la barbe, dit mon frère, mais la nature s'obstine à ne pas vouloir m'en faire cadeau.

— Oui, je sais, je suis dans le même cas. Vous avez beaucoup voyagé, monsieur?

— Beaucoup, en effet.

— N'aurions-nous vraiment pas pu nous rencontrer précédemment?

— Je ne crois pas. Et nous parlons français, tant que vous ne saurez pas le néerlandais.

— Parfait.»

Jane tend l'oreille, puis fait un pas vers nous, ouvre les bras. Nous nous élançons, chacun d'un côté, et elle tient les grands gaillards que nous sommes comme si nous étions tout petits.

« C'est un des plus beaux jours de ma vie », nous dit-elle à l'oreille, en anglais, avec l'accent celte de notre enfance. « De voir mes deux garçons, grands, forts et beaux, ensemble, sains et saufs. Maintenant, avec l'aide de Dieu, nous allons être heureux. »

Contrairement à mon frère, que je n'appelle plus que Jan (aussi vais-je cesser d'écrire ici le nom qu'il portait dans sa première vie), il me semble que je ne peux pas rompre avec ma famille. Je suis l'aîné, et j'ai des devoirs — je ne me sens pas le droit de disparaître. Je ne dois pas grand-chose à mon père, mais je dois des comptes à Dieu qui, je suis sûr, me tiendrait rigueur si je me dérobais.

Pour contenter les Tregian, il faudrait que j'aille vivre à Anvers. Et je serais prêt à le faire n'était-ce Françoise. Nous ne savions pas encore très bien comment l'Église romaine recevrait les fidèles de Henri IV et leur famille — surtout s'ils étaient huguenots ou convertis récemment. Personne n'était dupe : si demain, pour une raison quelconque, Henri IV redevenait protestant, ses compagnons d'armes le redeviendraient avec lui ou seraient pour le moins suspects aux yeux de Rome. Je craignais les contraintes possibles d'une vie avec une Troisville dans un des fiefs de l'Inquisition.

Je décide d'envoyer un messager à Charles de Troisville. Je lui demande un entretien. Et je lui rappelle ma lettre précédente, écrite depuis Londres pour lui parler de ma sœur et de l'homme que mes parents lui destinaient.

Giuliano met à ma disposition Kees, son valet personnel, qui parle bien français. Il part.

Pendant ce temps, je cherche une habitation, et trouve ce qu'il nous faut à quelques pas du comptoir Ardent et Van Gouden, à l'angle de Brouwersgracht — une maison cossue, étroite et profonde, dont il n'y a pas deux pièces au même niveau. Elle appartient à un hobereau que je ne rencontrerai jamais. Il s'est construit une maison imposante à la campagne, et loue celle-ci parce que, pour des raisons sentimentales, il ne veut pas la vendre : c'est en vivant dans ces pièces étroites, qui débouchent sur un petit jardin d'un côté et sur un canal nouvellement percé de l'autre, que sa famille a fait fortune.

Le plus difficile, pendant ces premières semaines, c'est de ne pas manifester un intérêt exagéré pour Jan Van Gouden.

Nous finissons, un après-midi, par sortir à cheval, chacun de son côté, et nous rencontrons «par hasard» le long de l'Amstel. Il fait si froid que nous y sommes seuls. Nous nous aventurons au petit trot le long du chemin glacé, et il me raconte les grandes lignes de son histoire.

«J'ai moi-même dit pendant des années à qui voulait l'entendre que je serais ecclésiastique. Et puis un jour cela m'a passé. Je ne saurais te dire comment cela s'est produit : le refus a cheminé en moi, et lorsqu'il s'est manifesté il était absolu et définitif. Si tu avais été là, j'en aurais parlé avec toi, mais tu étais à Reims.

— Mais il y avait Giuliano et Jane, on peut tout leur dire...

— J'ai essayé. Mais je n'étais pas sûr de moi. Pendant que je me demandais comment agir, comment échapper à mon destin, deux événements se sont produits. Pierre l'apothicaire et moi avons mis au point un pourpre inédit ; la couleur tenait, et mon manteau n'a pas déteint du tout, des mois durant. Aux réactions des gens d'Eu, j'ai compris que nous tenions un succès. Quelque temps après, un dimanche, j'ai poussé jusqu'à la côte, et je suis tombé sur un navire hollandais échoué dans une crique. Ses cales étaient pleines de soie grège chargée à Gibraltar. En plus de l'équipage, il y avait un représentant du comptoir de soieries auquel les étoffes étaient destinées. Tous ces calvinistes étaient inquiets d'être tombés en terre catholique. Je leur ai proposé un marché : je les aidais à repartir discrètement, ils m'emmenaient et me présentaient au patron du comptoir de soieries. Une fois qu'ils ont accepté, j'ai pris mes dispositions et j'ai organisé ma disparition dans un mouchoir de poche.

— Comment as-tu fait pour...

— Il y avait une bâtisse vide. J'ai attendu que Pierre ait disparu de son pas de porte et que Guillaume quitte la fenêtre. » Son regard se perd dans le lointain, et lorsqu'il reprend sa voix est douloureuse. « J'ai abandonné la famille avec regret, mais je n'avais pas le choix. Je ne peux pas te dire combien j'ai souffert de vous faire cette peine.

— Tu aurais dû avertir Giuliano. Il sait garder un secret.

— C'est vrai. Mais j'ignorais s'il accepterait de mentir à Sir John. Il y avait entre eux un tel rapport de complicité, un lien si fort, que je n'ai pas voulu prendre ce risque. J'ai laissé un message que tu comprendrais, cependant.

— *Les extrêmes se touchent...* Oui, j'ai compris.

J'ai dit à Giuliano, j'ai dit à Sir John, que tu n'étais pas mort.

— Ce n'était évidemment pas pareil. Tu faisais part d'une déduction qui aurait pu être erronée. Je n'avais pas treize ans. Si j'avais averti quelqu'un en termes clairs, on m'aurait dissuadé, ou on serait parti à ma poursuite.

— Je n'en suis pas certain. Nous te savions vivant, mais nous t'imaginions dans le Nouveau Monde. Et qu'as-tu fait, ensuite ?

— Ensuite, ç'a été facile. J'ai vendu mon savoir-faire. Nous ne sommes que deux à connaître le secret du pourpre Ardent — car c'est ainsi que nous avons baptisé la couleur, le nom lui convient bien : Pierre et moi.

— Tu avais mis Pierre au courant ?

— Non. Je lui ai fait porter de l'argent plus tard, par un messager. Mais Pierre est un reclus, un contemplatif. Ce qui l'intéresse, c'est le monde des atomes, et non l'argent. Il a dit au messager que ce n'était pas la peine de revenir. Jusque-là, il me croyait aux Amériques, comme vous tous. »

Il prévient la question que je vais lui poser.

« Si je t'avais approché, j'étais découvert, et je voulais être majeur avant que notre père ne me retrouve, je ne voulais pas qu'il puisse me dicter ma conduite. Il faut même que je reste très prudent, pendant au moins deux ans encore.

— Comment as-tu retrouvé Giuliano ?

— C'est lui qui m'a trouvé. Il est devenu marchand de soie par hasard, parce qu'un seigneur vénitien qui lui devait de l'argent l'a payé en ballots de soie, qu'il a décidé de teindre et de vendre. Et pendant qu'il cherchait des couleurs, il est tombé sur notre pourpre. Giuliano est un chasseur redoutable. Lorsqu'il cherche, il finit tou-

jours par trouver. Il a suivi la trace de ma couleur, comme il dit, et il est remonté jusqu'à moi.
Nous associer, c'était un risque, mais pour moi
c'était, à ce moment-là, le seul moyen efficace de
tirer parti du pourpre. J'en avais assez d'être
exploité par un marchand qui s'enrichissait sur
mon dos et ne m'était nullement reconnaissant de
mettre à sa disposition une teinte exclusive. Giuliano disposait d'un petit capital mais ne comprenait rien à l'art de la soie, tandis que moi, pendant
ces années, j'en avais appris les secrets, mais je ne
connaissais pas grand monde et n'avais pas un
sou. Je parle la langue comme un Hollandais, personne ne se souvient plus que je suis un jour venu
d'ailleurs, ou si on s'en souvient encore, on pense
que j'ai fui les persécutions dans le Brabant. Je
n'ai pas mon pareil pour les beaux tissus et
les belles couleurs. Giuliano n'a pas son pareil
pour vendre. Nos affaires sont prospères. Bien
entendu, je suis aussi éloigné que faire se peut de
l'oisiveté distinguée qui sied à un gentilhomme de
mon rang. »

C'est dit avec la docte onctuosité d'un prélat, et
nous éclatons tous deux de rire.

« Giuliano s'était proposé de venir à Rome te
parler de moi, et puis il a appris par un de ses
agents qu'on empoisonnait ton cardinal parce
qu'il avait osé affirmer que, depuis la défaite de
l'Armada, il n'y avait plus beaucoup d'espoir de
ramener l'Angleterre au papisme.

— Je ne l'ai jamais entendu affirmer une chose
pareille, au contraire.

— Oh, ce n'étaient pas là les propos que le
cardinal Allen tenait en public. Ni à ses catéchu-
mènes. Mais il les a tenus au plénipotentiaire du
roi d'Espagne, qui s'est empressé de les répéter à

son maître. Giuliano en a entendu parler par une
de ses connaissances, un historien anglican qui
avait visité Rome déguisé en catholique dévot et
qui était allé trouver le cardinal anglais, comme
cela était l'usage. Allen parlait de changer de
politique. Les sbires de Philippe II avaient l'ordre
de débarrasser leur roi d'un pion devenu gênant.
Dans l'entourage du cardinal, tu étais la seule
personne dont Giuliano fût absolument sûr. Alors
mieux valait ne pas distraire ton attention : il
s'agissait de garder Allen en vie le plus longtemps possible.

— En somme, pendant que nous te voyions
découvrir le Nouveau Monde, tu n'avais pas quitté
l'arrière-cour.

— J'avais quitté notre caste, c'est un voyage
dans le pays le plus lointain qui soit. Et le plus
sûr. J'aurais pu aller servir dans les cuisines de
Lady Anne, ou de notre père, je te jure que personne ne m'aurait reconnu. »

Cela me fait sourire.

« Ils t'auraient reconnu. Tu es le portrait craché de Sir John, et probablement de son père,
notre arrière-grand-père.

— Je t'assure que si j'étais décoiffé, un peu
sale, avec un bonnet, ils ne me regarderaient
même pas.

— Je t'envie d'avoir trouvé une occupation qui
te convient. Moi qui suis un produit de la caste,
je ne sais rien faire.

— Si j'ai bien compris, il y a chez toi une faille.
Tu fais de la musique avec davantage d'acharnement que nos gentilshommes ordinaires.

— C'est vrai. Si tu me pousses un peu, je sais
aussi fabriquer un instrument et réparer un orgue,
mais...

— Tu as une écriture claire et soignée, tu pourrais même tenir nos livres.

— C'est vrai aussi.

— Ce n'est pas que je te le propose. L'essentiel est que tu ne me répondes pas qu'un gentilhomme s'abstient de toute occupation en dehors de la guerre et de la politique.

— Nous avons eu une éducation mouvementée.

— Nous connaissons les grands principes, mais nous n'avons jamais eu le loisir de les mettre en pratique.»

Cela me rappelle la fois où Lady Anne a voulu m'entourer de six domestiques ; je lui en parle, et nous nous tordons de rire. Notre complicité est retrouvée. Nous rebroussons chemin et sommes longtemps silencieux. Je suis préoccupé.

«Je n'ai, moi qui suis l'aîné, pas rompu avec la famille, et il faudra bien que je finisse par donner de mes nouvelles à notre père. Il ne peut plus m'imposer une épouse, et je peux enfin lui parler de celle que j'ai. Il me semble avoir des obligations, je ne peux pas disparaître. Mais je crois que les catholiques ont un réseau d'espions aussi efficace que celui de Lord Burghley, et je ne voudrais pas que ma présence amène à ta découverte.

— Plus personne ne se souvient de moi, sauf toi. Notre père m'a vu une fois lorsque j'avais six ans, notre mère ne m'a pas revu depuis que nous sommes partis pour la France, je ne suis qu'un pâle souvenir dans la chaîne de ses enfants. Et Sir John est mort. Personne ne pensera qu'un marchand de soie qui vient solliciter tes services de musicien puisse être ton frère perdu. Occupe-toi de musique, mène la vie qu'on attend de toi. Giuliano a longtemps été ton serviteur, il est encore ton intendant, sa femme a été ta nourrice, les Anglais trouveront normal que tu ailles les voir. Nous deviendrons amis, peu à peu. Sans compter que Giuliano est lui-même un espion catholique, cela nous protège.

— Tu en es sûr ?

— Certain. Il ne travaille pas pour l'Espagne, mais pour ceux qu'on appelle en France "les politiques" et en Angleterre "les séculiers", les catholiques modérés — les Sir John d'Europe, qui aimeraient vivre avec leur temps sans être soumis à l'Inquisition et aux Habsbourg, sans avoir à changer de religion. Pourquoi penses-tu qu'il bat la campagne depuis que nous le connaissons ? Il rend des services, comme il dit. Si j'en juge à la liste des clients qu'il nous amène, il a des fréquentations de haut vol.

— Je n'ai jamais vraiment compris pour qui…

— N'essayons pas. L'essentiel est qu'il nous protège. Tu sais qu'il administre tes biens anglais très sagement. Tu as investi dans nos soieries, et tu as gagné pas mal d'argent.

— Moi ?

— Parfaitement. Giuliano est décidé à faire de toi un homme riche. Alors, cher frère, fais de la musique. Joue, lis, écris, voyage pour la musique. Occupe-toi un peu de tes affaires si cela te fait plaisir, mais de loin. Aucun de ceux qui viendront te voir ne regardera de mon côté avec une attention suffisante pour découvrir en moi Adrian Tregian. Et si un esprit fureteur consulte les annales de la famille Van Gouden, il trouvera une filiation qui remonte à plus d'un siècle. Les Van Gouden pullulent, dans le pays. Ma naissance, celle de mes parents, de mes grands-parents et de leurs parents, ainsi que leur mariage et leur mort, sont inscrits dans les registres paroissiaux.»

Curieusement, la musique, qui avait été un des fleurons de ce pays, était devenue une activité purement privée ; on l'exerçait avec davantage d'éclat parmi les patriciens, mais ni Jan ni moi n'avons tenté d'approcher la noblesse hollandaise sinon pour lui vendre nos étoffes. Il n'existait pas à Amsterdam d'association qui ressemblât à l'une des Académies italiennes. Ici comme à Londres, il était impossible de passer un instant dans une auberge sans qu'un petit ensemble ne vienne vous chanter une ballade ou vous jouer un air, mais cela ne ressemblait en rien aux pavanes ni aux gaillardes de Byrd, de Bull, de Morley, de Weelkes ou de Wilbye. De petits groupes de musiciens ambulants, souvent loqueteux ou travestis, parcouraient le pays, jouaient dans les villages, aux kermesses, aux mariages, se louaient aux amoureux désireux de sérénades. Leurs airs populaires, leurs accompagnements simples m'enchantaient, de même que les instruments bizarres qui venaient parfois se joindre au luth et au flûteau : les *bombas*, hauts violons à une corde, dont une vessie de porc formait la caisse ; le *draailier*, orgue de Barbarie portatif. On entendait leurs airs et leurs chants à tous les coins de rue. Mais la musique n'était pas respectée comme un art. C'était plutôt une commodité, comme la peinture, et elle était vue avec méfiance par le clergé calviniste.

Au début, c'est surtout chez Giuliano que je pratiquais. Je jouais du virginal, Jan jouait du luth, Guillaume et Francis de la viole, et Mary, leur sœur, chantait d'une voix encore fluette mais prometteuse. Plus tard, j'ai abandonné le virginal à Mary et j'ai organisé l'exécution des madrigaux que j'avais ramenés d'Italie avec un cercle grandissant de connaissances et d'amis curieux des nouvelles formes musicales venues du Sud. Le virginal soutenait les chanteuses et les chanteurs novices. Monteverde, Pallavicino ou Marenzio n'avaient pas prévu cela, mais nous faisions de la musique pour notre plaisir, et j'ai pensé pouvoir me permettre cette entorse.

Un jour, Kees est revenu avec un message de Charles de Troisville.

Mon cher frère,
Je n'ai pas reçu la lettre dont vous me parlez.
Je vais à Londres, j'épouserai votre sœur s'il est
encore temps. Au retour nous irons prendre la
mienne et vous l'amènerons. Je lui envoie un mes-
sager pour qu'elle se prépare à partir. J'ai peu de
temps à disposition. De votre côté, apprêtez-vous à
nous recevoir tous. D'ici là Dieu vous bénisse, je
me réjouis de vous revoir.
Votre frère dévoué, Charles.

«J'ai quitté Paris il y a quatre jours, me dit Kees, en même temps que le messager qui allait à Bordeaux et que monsieur de Troisville lui-même, qui allait à Londres, il comptait être revenu en France à quinzaine, et pensait être ici dans trois à quatre semaines.»

Avec l'aide de Jane, j'ai organisé mon ménage et engagé des serviteurs. Pas autant que j'en aurais eu en Angleterre, la Hollande ne connaît guère les maisonnées fourmillantes de domestiques.

Tous les jours, j'allais passer quelques heures

au comptoir Ardent et Van Gouden; je voulais comprendre les mécanismes du marché de la soie. Pour la première fois, j'ai remarqué que la manière dont les choses sont faites m'intéresse autant, parfois plus, que les choses elles-mêmes. Je me suis fait expliquer le métier, du dévidage au moulinage, du banc de l'ouvrier tisserand à l'ourdissoir, du tissage à la mise en balle, et j'ai bientôt su distinguer le taffetas de la serge, le satin à sept lisses de celui à huit, neuf ou dix lisses, la course du remetage de celle des marches — le nom des choses resurgit, docile, dès que j'y repense.

Je n'oubliais pas ma qualité de gentilhomme et fréquentais quotidiennement un gymnase pour garder le poignet agile et la lame alerte. Et enfin, j'occupais ce qui me restait de temps à faire de la musique. Pendant ces premières semaines hollandaises, je me suis contenté de jouer la masse de copies que j'avais faites pendant les mois précédents. La nouveauté de ma vie m'absorbait trop pour que je m'adonne à l'exploration musicale. Cela viendrait plus tard. Sans compter que j'avais besoin de digérer tout ce que j'avais appris à Mantoue.

Et puis, je vivais dans la fièvre de l'attente. Plus les jours passaient, plus je regrettais de ne pas être allé chercher Françoise moi-même, tout en sachant que j'aurais été une escorte insuffisante et que seul son frère avait les moyens d'en organiser une qui fût adéquate.

Les signes avant-coureurs du printemps faisaient une timide apparition lorsque enfin, un matin, Jack m'a réveillé d'un:

«Monsieur, monsieur! Il y a un gentleman et une dame en bas, ils aimeraient vous voir et ne veulent pas donner leur nom.»

Je saute du lit. Françoise!

«Fais entrer, et fais préparer le thé.

— Bien, monsieur.»

Lorsque j'arrive dans la grande salle encore sombre, je ne vois que leur dos, ils se réchauffent les mains à la flamme. Ils se retournent en entendant mon pas ; ce sont Charles de Troisville et ma sœur Margaret.

Je pousse un cri — de joie, de douleur. Voir Margaret, c'est une surprise merveilleuse, mais ne pas voir Françoise...

Charles ne me laisse pas le temps de parler.

«Ne vous faites aucun souci. Nous avons laissé Françoise à Weesp parce qu'elle était très fatiguée. Nous avons pensé que vous aimeriez aller la chercher vous-même.»

Je les regarde tour à tour. Ils sont radieux. J'ouvre les bras et nous nous embrassons longuement.

«Êtes-vous partie officiellement, Margaret, ou a-t-il fallu que Charles vous enlève ?

— Nous sommes mariés. J'ai échappé à l'horrible Benjamin Tichborne de justesse, on a découvert quelques jours avant la noce que c'était un espion. Voilà pourquoi nous avons reçu la bénédiction de notre père : il nous a fait la grâce de préciser qu'il la donnait parce que je n'ai pas de dot et qu'on ne pouvait pas être difficile, lorsqu'on était pauvre et qu'on avait tant de filles.»

En revoyant les yeux verts de Margaret, avec leurs paillettes dorées qui évoquent une prairie d'août, je pense à Old Thomas, et me demande quelle filiation il leur trouverait. Ils ne sont pas comme les miens, elle les doit sans aucun doute à un génie différent.

«Maintenant, vous m'excuserez, mais il faut que j'aille chercher Françoise. Vous devez être fatigués, mettez-vous à l'aise. Jack !

— Monsieur, j'ai pris la liberté de faire seller les chevaux.

— Allons-y.

— Euh… Francis ? »

En voyant l'air embarrassé de Charles, je suis soudain pris d'inquiétude.

« Qu'y a-t-il ? Françoise va bien, j'espère ?

— Tout à fait. Elle se porte comme un charme. Euh… Votre fils aussi.

— Mon… COMMENT ?

— Votre fils Francis se porte très bien. »

Je sais que je devrais sauter de joie. Mais je suis à tel point pris au dépourvu que le seul sentiment qui surgit, c'est une rage froide, qui efface le plaisir de la nouvelle.

« C'est un comble, tout de même ! Pourquoi est-ce que tout le monde pense qu'il faille me cacher les vérités essentielles ?

— Ce n'est pas à vous, mais aux espions qui fourmillaient autour de vous à Rome que nous ne voulions pas révéler que vous alliez être père. C'étaient les ordres de votre femme. Tant que vous seriez à Rome, vous ne sauriez rien. »

Que dire ? Si j'évoque ces journées où chacun de mes muscles était en alarme permanente, où je ne dormais que d'un œil et où la mort me semblait aux aguets, prête à fondre sur le cardinal, mais aussi sur moi, je suis presque reconnaissant qu'on ne m'ait pas dit que j'allais retrouver un frère, que j'allais avoir un fils. Si je l'avais su, je ne me serais pas attardé à Mantoue. Je serais allé à Bordeaux. Mais je n'aurais peut-être pas voué toute mon attention à tenir la mort en échec, à surveiller mes arrières. Ma colère tombe d'un coup.

« Je suis d'autant plus pressé d'y aller. Indiquez-moi la route.

— Monsieur ? » C'est Jack. « Je me suis renseigné auprès du valet de ce monsieur, je sais où se trouve votre famille, Leurs Seigneuries peuvent se reposer, se restaurer.

— Merci, Jack. Viens. Quant à vous, chers amis, vous êtes ici chez vous, reposez-vous. » Je baisse le ton. « Soyez discrets, je ne connais pas encore très bien les serviteurs. »

Je suis sur le point de sortir lorsqu'une idée me frappe.

« On vous a suivis ?

— En Angleterre, oui. Mais j'y étais officiellement, je venais chercher ma fiancée. À Calais, nous les avons semés, et s'ils nous cherchent encore, ce doit être du côté de Paris. Peut-être même du côté de Bordeaux. Faites-moi confiance, j'ai fait ce qu'il fallait pour que nous soyons entre nous. »

Là-dessus je dévale l'escalier quatre à quatre, je saute en selle, et nous partons à bride abattue.

Ces deux visages tournés vers moi, encadrés comme un tableau par les boiseries du relais de Weesp, comment les oublier ? Comment oublier le regard noir et profond de mon aimée, cette lumière intérieure qui vous touche comme un baiser ? Françoise était si belle que j'en ai eu les jambes coupées. Et lorsque mon regard a croisé celui de l'enfant qu'elle tenait dans ses bras, j'ai, pour la première fois, compris ce qu'on disait à propos de mes propres yeux : le jeune Francis avait la peau de Françoise, mais il avait les yeux pervenche — et ma première pensée a été que les piskies m'avaient offert un présent, à moi personnellement.

Mon fils m'a fait l'honneur de brailler avec la dernière énergie lorsque je l'ai pris dans mes bras. Cela dit, à quoi bon rapporter les propos échangés lors de cette rencontre? Des phrases dérisoires, si on les compare aux émotions qui nous étreignaient. Nous sommes partis en silence vers Amsterdam. Il a suffi que Françoise allaite le jeune Francis (qu'elle n'avait pas voulu abandonner à une nourrice) pour qu'il se taise, lui aussi, et soit, entre deux sommes, tout sourire.

Jane, qui connaissait mieux que moi l'organisation de ma maisonnée, était là pour nous recevoir.

Je revois confusément la grande soirée organisée par la maison Ardent et Van Gouden pour fêter l'envoyé du roi de France venu — officiellement — acheter des soieries de Hollande pour la Cour.

J'étais persuadé que la ressemblance de Jan avec Sir John était aveuglante, mais je constate qu'il a raison. Le croyant disparu et ne s'attendant pas à le voir, Margaret ne reconnaît pas son frère. Je suis aux aguets, prêt à intervenir, mais sa perplexité ne va pas au-delà d'un:

«Ne nous sommes-nous pas déjà vus, monsieur? Votre visage me paraît familier, mais je ne vous remets pas.

— Si nous nous étions déjà rencontrés, madame, il me serait impossible de vous avoir oubliée», répond Jan en s'inclinant.

Margaret accepte le compliment avec un sourire et passe plus loin, à mon extrême soulagement. Moins il y a de gens dans le secret, mieux cela vaut.

Nous avons offert au roi Henri une balle de soie du plus beau pourpre Ardent, et la maison a reçu, après le retour de Charles à Paris, le droit de porter la mention «Fournisseurs du Roi de France».

Françoise me raconte, amusée, comment tout Bordeaux appelle sa famille Tréville, en mélangeant nos deux noms.

«Même à Paris, on a adopté ce nom-là, et c'est ainsi que presque tout le monde appelle Charles, désormais!»

Ensuite... Ensuite, c'est ce flou du souvenir qui ne garde guère la mémoire exacte des jours tranquilles.

Des images surgissent.

Au moment où, vers cinq ou six heures de l'après-midi, je rentre du comptoir, du gymnase ou de quelque répétition, je fais comme tout le monde, je m'assieds, s'il ne fait pas trop froid, sur le banc devant la maison, sous la marquise. Françoise me rejoint bientôt, accompagnée du jeune Francis, qu'elle ne quitte que rarement. Elle n'a pas voulu emmener de nourrice, a allaité le petit elle-même et lui est très attachée. L'une ou l'autre de nos voisines a essayé de lui dire qu'un tel attachement n'était pas bon pour l'éducation de l'enfant, mais elle s'est contentée de hausser les épaules, et a continué à s'occuper de *Frans* (c'est ainsi qu'on nous appelle, lui et moi, en hollandais) avec une assiduité inchangée. Au début, elle le sort dans son berceau, plus tard il dévale l'escalier et s'ébat dans la rue, avec d'autres enfants.

Devant les maisons voisines, un groupe comme le nôtre s'est formé. On se passe les gazettes, on commente les nouvelles, on soulève les problèmes politiques, on refait le monde, on échange avec de grands hochements de tête quelque sentence édi-

fiante. Avec conviction on s'assure mutuellement
que jamais les Espagnols ne reprendront les Provinces-Unies (c'est ainsi qu'on appelle les sept
provinces protestantes du nord), on se plaint de
l'impôt très lourd qu'on paie pour la guerre, et on
se console en se disant qu'il est le prix de l'indépendance et de la tranquillité.

Mon voisin de droite, un orfèvre, homme corpulent dans la cinquantaine, m'a pris en affection depuis le soir où, l'épée à la main, je l'ai tiré
des griffes de deux individus qui voulaient le
dévaliser ; il me dit très régulièrement :

«*Kaart, keurs en kan gederven menig man*», en
d'autres termes il me signale que *cartes, chopine
et cotillon ont perdu plus d'un garçon*. «Et veillez
bien sur lui, madame, ajoute-t-il à l'adresse de
Françoise, car comme on dit chez nous, *De gele-
genheid maakt de dief*, l'occasion fait le larron !

— Comptez sur moi, monsieur ! rétorque Françoise. Je l'ai à l'œil, ce brigand ! »

Et tout le monde éclate de rire.

En hiver, ces veillées se déroulent dans la salle
de séjour. Autour de la table, Françoise brode,
coud, et si nous avons des visites, les femmes de
nos invités en font autant ; on entend, depuis la
cuisine, le rouet des servantes, et l'on attend de
moi que je lise la Bible, ou un livre d'histoire. Je
m'exécute, même si je n'en meurs pas d'envie.
En peu de temps, nous savons tous le néerlandais, et comme en tant d'autres circonstances, je
n'ai rien de remarquable. J'ai envie, j'ai besoin
de mener la vie de chacun, et rien ne me répugne
tant que la perspective de me distinguer. Certes,
on admire ma virtuosité et ma connaissance de
la musique italienne. Mais cela est vu comme un
don, tout comme semble un don le savoir-faire

prodigieux avec les métaux précieux de mon voisin, tout comme Jan Van Gouden, ami de la
famille et visiteur assidu, a la passion des beaux
tissus, ou tout comme *Mijnheer* Ardent, autre
visiteur fréquent, a la bosse des affaires. Il n'est
pas rare, en hiver, qu'en entendant à travers le
mur le son affaibli du virginal, des flûtes, des
luths et des violes, car quand tout le monde s'y
met nous formons un beau *consort* (comme on
appelle, en Angleterre, les petits ensembles), nos
voisins viennent frapper à la porte, s'assoient
dans les coins de la chambre, dans la chaleur du
poêle.

Chez les Tréville (ce nom s'est attaché à nous
aussi, sans que nous le voulions), cela se sait
dans tout le quartier, on fait de la belle musique
et on est toujours bien reçu. Aussi les gens
viennent-ils volontiers pour chanter, ou pour nous
écouter en sirotant le vin chaud ou la bière que
nous offrons aux visiteurs. Parfois, ils amènent
un de ces recueils de chansons que tout le monde
affectionne — chansons d'amour, d'aventures, de
voyages, pastorales, florales... il doit en exister
des centaines. Nous improvisons un accompagnement, et tout le monde chante. J'aime la fraîcheur, la naïveté, le caractère joyeux et spontané,
la verdeur même de ces refrains. Ils sont aux
antipodes de nos madrigaux et des morceaux des
compositeurs anglais ou italiens, mais cela ne
dérange personne de diviser, pour ainsi dire, ces
soirées musicales en deux.

D'autres fois, la veillée se termine par des parties de dames, de cartes, ou de jeu de l'oie, dont
toute la Hollande est friande.

Avec soulagement, je m'aperçois vite au contact des gens que si les Hollandais sont un peuple profondément religieux, si la religion est omniprésente, si officiellement la Hollande est protestante, les catholiques sont généralement admis dans toutes les couches de la population. On ne nous demande qu'une chose : la discrétion. Lorsque je suis arrivé dans le pays, les seuls catholiques que l'on écartât des fonctions publiques étaient les jésuites. Et nous ne pouvions pas être maîtres d'école, puisqu'il fallait, pour remplir cette charge, faire profession de foi réformée.

Nous étions, en revanche, libres de fréquenter les universités, Leyde en particulier, où l'on n'exigeait pas des étudiants qu'ils prêtent un serment d'allégeance à la religion calviniste.

Je sais qu'actuellement la messe n'est autorisée qu'en privé : sans être clandestines, les églises catholiques se dissimulent dans des maisons particulières et rien ne les signale de l'extérieur. À l'époque, il y avait encore des églises catholiques avec pignon sur rue, et personne ne se souciait de la manière dont nous priions pourvu que nous nous abstenions, en public, de bruyantes manifestations de piété. Nous payions une taxe de culte un peu plus forte que les protestants, mais la tolérance était générale, de part et d'autre : les curés présentaient aux baillis leurs civilités, les baillis passaient toucher les taxes. J'offrais toujours à boire au nôtre, et il ne manquait jamais de faire sauter Francis sur son genou : cet homme adorait les enfants.

Il y avait des catholiques dans toutes les professions. Ils étaient particulièrement nombreux dans certaines régions, par exemple parmi les ouvriers du textile de Leyde, j'ai eu l'occasion de le constater, ou près de la frontière sud — où certains envoyaient leur progéniture étudier à Bruxelles, en territoire espagnol, malgré les interdictions. Tout cela n'a jamais, pendant que j'ai vécu en Hollande, fait l'objet de punitions ou d'opérations de police.

L'essentiel était de respecter les formes de sa propre religion. Les autorités ecclésiastiques de toutes les confessions n'hésitaient pas à frapper ceux qu'elles considéraient comme des brebis perdues : gens qui ne vivaient pas en conformité avec les règles religieuses, qui proclamaient tout haut leur incroyance, qui s'abstenaient des pratiques de leur culte. Là, l'Église, quelle qu'elle fût, devenait intransigeante, sous l'œil approbateur des tenants des autres confessions. Mais il suffisait de se conformer aux usages en cours pour qu'on vous laisse penser en toute liberté.

Les curés réprouvaient les calvinistes à mi-voix, les pasteurs les plus puritains pestaient à voix haute contre l'idolâtrie des papistes ou tonnaient contre les exorcistes qu'ils accusaient d'être des agents déguisés de la propagande catholique la plus rétrograde. On s'attendait mutuellement à la sortie de l'église pour tourner en ridicule les pratiques de l'autre culte. J'ai moi-même été l'objet de ces facéties par un de mes voisins, mais lorsque je me suis enquis du pourquoi, il m'a dit avec bonhomie, en me versant à boire :

« C'est pour s'amuser, vos serviteurs en font autant avec les miens, et, comme dit le proverbe, se traiter de tous les noms, cela ne fait de mal à personne. »

Les sermons protestants — que je suis allé écouter, du moment que cela ne représentait pas un acte d'allégeance politique, autant savoir ce

qui se disait chez les autres — ne se privaient pas
de fustiger Rome, et les autorités proclamaient
régulièrement qu'elles ne toléreraient aucun
coup de force de la part des catholiques. Mais si
je comparais tout cela à l'intolérance des catholiques rémois ou romains, ou à celle des puritains anglicans, ces pratiques étaient vraiment
sans conséquence. Il faut dire par ailleurs que,
dans une communauté comme dans l'autre, les
prédicateurs n'étaient pas suivis aveuglément.

Nous autres catholiques avions, malgré les instructions de nos prêtres, des amis protestants que
nous ne tentions pas de convertir. Nous allions
assister aux mariages, aux baptêmes, aux enterre-
ments, aux fêtes auxquels ils nous conviaient.
Nous lisions leurs philosophes.

Les calvinistes faisaient de même. Et puis ils
dansaient.

Les Hollandaises sont des danseuses infatigables. Elles peuvent danser pendant deux jours
d'affilée. Leurs partenaires et les musiciens qui
les accompagnent sont généralement épuisés
longtemps avant elles. Toutes les occasions sont
bonnes — et même au cours de nos veillées musicales les plus classiques, il s'est trouvé des gens,
hommes et femmes, pour se mettre à taper du
pied, puis se lever soudain et exécuter une danse
endiablée au rythme, qu'à cela ne tienne, d'un
madrigal.

Or si l'Église catholique voit cela d'un œil soup-
çonneux mais ne s'y oppose pas ouvertement,
l'Église protestante, elle, interdit aussi formellement la danse que le théâtre, et les prédicateurs
la condamnent avec la dernière véhémence : la
danse est, selon eux, mauvaise pour la santé physique autant que spirituelle. On met inlassable-

ment en garde les jeunes filles contre cette activité de perdition où elles risquent leur réputation.
Mais les prédicateurs n'ont pas vraiment les
moyens de mettre leurs menaces à exécution. On
continue à aller aux cérémonies les uns des
autres, on danse sans relâche.

Finalement, bien que les prêcheurs s'obstinent,
inchangés, c'est la tolérance qui prévaut. Au fond
d'eux-mêmes, les Hollandais sont un peuple
ouvert et pacifique. J'ai toujours regretté que les
circonstances ne m'aient pas permis, lorsqu'il
a fallu disparaître, de m'établir en Hollande. Il
aurait été par trop facile de m'y retrouver.

III

Il avait un arpent de terre, il était un peu fou,
Et pour cinq livres il l'a vendu :
S'est rendu à la taverne, a bu toute la somme
À moins que ce ne fût une demi-couronne.

Au bout d'un certain temps, j'ai commencé à voyager. Nous avions été si prudents que personne ne voyait en moi Francis Tregian, fils de récusant anglais notoire. J'étais monsieur Tréville. Pour la plupart des gens, grâce à ce don que Dieu a fait à notre famille d'apprendre les langues parfaitement et avec facilité, je n'étais pas anglais (je prenais grand soin de ne jamais parler la langue), ni même français. J'étais un Flamand qui avait appris au berceau aussi bien le néerlandais que le français. J'étais un marchand de tissus qui avait une marotte pour la musique et la cultivait avec une assiduité particulière. Quelques sourcils se sont levés au début en me voyant aller faire de l'escrime comme les gentilshommes, mais une fois que mon voisin a fait circuler avec enthousiasme, très embellie, l'histoire de comment je l'avais sauvé d'une mort qu'il avait estimée certaine, mon habileté aux armes a été vue comme une vertu de plus. Au Brouwersgracht on pouvait dormir sur ses deux oreilles, monsieur Tréville veillait. On m'a même proposé d'entrer dans la garde civique, honneur insigne. On s'était également étonné que je quitte parfois tôt le comptoir pour aller faire de la musique. Mais cet étonnement a cessé le jour où je me suis lié avec un des musiciens les plus populaires de la ville, Jan Sweelinck, l'organiste de la Oude Kerk, l'église ancienne, et surtout celui où il est venu pour la première fois assister à une de nos soirées de madrigaux. Si même le Maître Sweelinck reconnaissait en *Mijnheer* Tréville l'un des siens, les voisins n'avaient plus rien à y redire. Et puis j'avais beau m'absenter, le comptoir Ardent et Van Gouden prospérait, c'était l'essentiel.

Mon premier contact avec Jan Sweelinck n'avait pas été facile. Sa réputation de pédagogue et de virtuose se répandait peu à peu dans toute l'Europe, et il était assailli de demandes d'enseignement. Je suis allé un jour m'enquérir, dans un néerlandais encore timide, s'il me permettrait de toucher l'orgue, une fois de temps en temps, pour ne pas perdre la main, lorsqu'il n'y était pas. Il ne m'a pas laissé parler :

« Ma maison est pleine. J'ai assez d'élèves comme cela, je n'ai pas le temps.

— Mais, monsieur...

— D'où venez-vous ?

— J'arrive d'Italie. »

J'apprendrai avec le temps que Sweelinck ne se déplace jamais, et qu'il est très friand de la musique qu'on est susceptible de lui apporter des quatre coins du monde.

« Vous avez ramené des partitions ?

— Oui, monsieur.

— Vous les avez avec vous ?

— J'en ai quelques-unes.

— Vous savez jouer ?

— Oui, monsieur.

— Bien, alors allez-y, mais je vous préviens : je ne vous donnerai aucune leçon.

— Bien, monsieur. »

Je me suis assis, lui ai joué une fantaisie de Morley et un rondeau de Byrd.

« Je n'ai plus grand-chose à vous apprendre, a-t-il constaté sans un sourire.

— Je serais très honoré que vous corrigiez mon jeu, mais je ne venais pas pour cela », et j'ai enfin pu formuler ma requête.

Je ne peux pas dire que nous nous soyons d'emblée aimés, car Jan Sweelinck était un homme très réservé, d'un abord difficile. Mais nous sommes toujours, depuis, restés en contact, même lorsque je suis retourné en Angleterre. À Amsterdam, il est le seul, hors du cercle familial, à qui j'ai confié ma véritable nationalité. Notre rapport a d'abord été fait d'estime mutuelle, puis s'est, imperceptiblement, transformé en amitié. Avec John Bull et le Maître Claudio da Correggio, Jan Sweelinck est sans doute le plus grand virtuose de l'orgue qu'il m'ait été donné de connaître. Ses improvisations étaient particulièrement étourdissantes. Et j'ai été d'autant plus heureux la première fois où il est venu frapper à notre porte pour assister à l'une de nos soirées musicales. En partant, il m'a serré la main avec une cordialité inaccoutumée :

« Cette soirée m'a ravi, absolument ravi.

— Nous avons été très heureux de votre visite, monsieur, et espérons vous revoir. »

Il est revenu en effet, parfois seul, parfois avec ses jeunes fils et sa femme.

Dans les affaires familiales, je joignais l'utile à l'agréable en voyageant. Jan avait trop à faire dans les ateliers pour se déplacer ; il était fébrilement occupé à mettre au point une nouvelle teinte et un velours de soie inédit qui l'occupaient jour et nuit. Giuliano avait un peu perdu le goût des chevauchées sans fin. Quant à moi, j'étais bien portant, j'avais du temps, j'étais capable de parcourir de longues distances en un minimum de temps (nous en avions fait l'expérience un jour où il était urgent de livrer une étoffe pour une cérémonie).

Grâce à ma haute taille, à mon air flegmatique et à ma mine inscrutable (Jan dixit) j'étais le négociateur parfait. Lorsqu'on me faisait une proposition, j'avais toujours besoin d'un instant de réflexion, et j'avais pris l'habitude de faire patienter mon vis-à-vis avec un sourire. C'était parce que, souvent, j'avais de la peine à me décider. Mais je me suis bientôt aperçu que mon interlocuteur interprétait cela comme une invite à modifier les termes de l'offre à mon avantage. Je me le suis tenu pour dit. J'ai usé de l'arme du sourire.

J'ai parcouru l'Europe de long en large, de Brême à Prague, de Copenhague à Paris. Mais ma passion, c'était l'Italie. Tous les prétextes étaient bons pour m'y rendre. J'allais avec un plaisir tout particulier à Venise, où l'édition musicale était florissante. Une fois mes tissus vantés et vendus, je faisais mes délices de la boutique et des partitions des Amadino (qui publiaient Monteverde), des Gardane et j'en passe. Dans ces boutiques, on finissait toujours par rencontrer des musiciens intéressants. Au bout d'un certain temps les orgues et les imprimeurs de musique d'Europe

m'ont été aussi familiers que les amateurs de soieries. Je connaissais des musiciens, des compositeurs et des exécutants, partout. Je pourrais
énumérer un chapelet de noms.

Le premier qui me vient à l'esprit est celui
de Claudio Merulo da Correggio, qui vivait à
Parme ; on me l'avait recommandé en me disant
qu'il avait une méthode infaillible pour jouer de
l'orgue :

« C'est le Bon Dieu en personne, vous verrez. Il
va tellement vite qu'il vous étourdit. Et il arrive à
faire parler l'orgue. Un instant il murmure, l'instant suivant il gronde... »

On concevra ma curiosité. Je suis allé à Parme.
Et j'y suis retourné. Grâce à Claudio da Correggio j'ai acquis, à l'orgue, un jeu entièrement différent et beaucoup plus efficace. Il vous obligeait
à jouer avec les doigts recourbés, et à prêter une
attention particulière à l'usage du pouce, qu'il
réservait uniquement au bas, et du petit doigt,
qu'il réservait au haut de la gamme. Les autres
doigts devaient être employés en tenant compte
de la force expressive des *forte* et des *piani*. Si on
voulait une note très forte, on utilisait l'index et
l'annulaire, le majeur étant réservé aux notes
plus douces. J'applique encore ces règles, et je
les transmets aux enfants. Même si le virginal ne
permet pas de telles nuances, la méthode rend de
précieux services avec cet instrument-là aussi.

D'autres musiciens ont émaillé mes itinéraires,
d'Ippolito Baccusi à Vérone à Ludovico Balbi à
Treviso, de Melchior Borchrevinck à Copenhague à John Cooper (un ancien camarade des
Marchands Tailleurs qui ne m'a pas reconnu),
croisé à Milan où il se faisait appeler Giovanni
Coperario. À Paris, j'ai fait la connaissance de

Claudin le Jeune. Par ailleurs, ma sœur Margaret recevait Eustache du Caurroy qui aimait pérorer des heures durant sur la mathématique du contrepoint. J'allais régulièrement à Mantoue voir Pallavicino et Monteverde, chez qui j'ai rencontré des musiciens venus d'un peu partout, attirés par les querelles autour de la *seconda pratica*, qui faisaient du bruit dans tous les salons musicaux d'Italie. Il serait vain de vouloir les énumérer tous. Partout j'étais introduit dans des milieux où l'on pratiquait la musique.

La seule région où je n'osais pas m'aventurer était les États pontificaux. En revanche, une fois que je me suis senti à l'aise dans mon rôle de marchand musicien, j'ai pris mon courage à deux mains et me suis rendu en territoire espagnol. Ce n'était pas simple, car il était impossible d'aller tout droit du nord au sud des Pays-Bas, qui étaient à couteaux tirés. L'Espagne, qui tenait le Sud bien en main, considérait — considère aujourd'hui encore! — que le Nord était rebelle à son autorité. Quant au Nord, il se considère (et est considéré par la plupart des pays civilisés) comme un État à part entière et voit dans l'Espagne et son bras flamand un oppresseur à qui il s'agit de reprendre les provinces conquises par la force, et contre qui il faut être prêt à se battre à tout moment.

J'aimais particulièrement Anvers, où, en plus des musiciens que je fréquentais, j'avais découvert des lieux intéressants : il y avait l'atelier des Ruckers — Hans, le père, Jan et Andreas les fils — qui fabriquent des virginals parmi les plus beaux que j'aie jamais vus et entendus.

J'étais fasciné par cet atelier, que j'avais voulu visiter. Un jour j'avais sollicité tant d'explications que le père Ruckers m'avait demandé, me vrillant d'un œil soudain hostile :

« Vous ne seriez pas venu nous voler nos secrets de fabrication sous prétexte d'admirer nos instruments ?

— Non, non ! Loin de moi la pensée... Ou plutôt si, j'aimerais savoir comment vous faites, mais ce n'est pas pour vous voler votre savoir-faire. C'est par curiosité. Je n'ai pas l'intention de devenir facteur de virginals. »

Je n'imaginais pas à l'époque que je finirais par faire précisément cela. Le père est resté méfiant, mais je me suis lié avec les fils, jeunes hommes de mon âge, et aussi avec un de leurs amis, qui peignait souvent sur l'intérieur du couvercle de leurs instruments un de ces paysages qui inspirent l'interprète assis devant son virginal ouvert. Je parle de lui car il s'est, par la suite, couvert de gloire et son nom est connu jusqu'ici : Pierre-Paul Rubens. À l'époque, il était, tout comme nous, jeune, talentueux sans aucun doute, mais inexpert et sans prétention.

Nous passions ensemble de joyeuses soirées au cabaret. Je me souviens tout particulièrement d'un jour où, après de copieuses libations, nous étions retournés à l'atelier ; les deux frères avaient à terminer un instrument promis pour le lendemain ; Rubens mettait la dernière main à sa décoration du couvercle, et je les entretenais, assis à un autre virginal. Nous étions fort gais et chantions des chansons coquines d'Orlando di Lasso.

> *« Un jeune moine est sorti du couvent,*
> *A rencontré une nonnette au corps gent.*
> *Se print à luy demander*
> *S'elle vouloit brimbaler*

> *Ou dancer le petit pas.*
> *He moine, moine, qu'apelez brimbaler?*
> *Ma jeune dame, baiser & accoller*
> *En nostre religion*
> *Brimbaler nous apelons,*
> *Cors à cors nus en deux draps.* »

Et ainsi de suite.

Une fois mes affaires textiles expédiées, j'aimais également aller chez Pierre Phalèse, imprimeur, éditeur et vendeur de musique. Dès mon deuxième voyage, j'ai emmené des partitions des musiciens que je rencontrais dans mes pérégrinations, et nous avons échangé des points de vue et des morceaux. Il publiait des anthologies superbes de compositeurs contemporains du monde entier, que je lui achetais. Nous sommes devenus amis.

C'est chez Phalèse que j'ai rencontré Peter Philips. Philips avait quitté l'Angleterre une dizaine d'années auparavant parce qu'il était catholique, mais aussi pour faire une carrière internationale qu'il avait parfaitement réussie. Au moment où j'ai fait sa connaissance, il vivait à Anvers où l'on se disputait ses leçons. Je ne lui ai jamais dit que j'étais anglais, et nous avons toujours communiqué en français.

J'aimais tout particulièrement ses compositions et ses arrangements pour clavier ou *consort*. Dans ce domaine, son art touchait au génie, et je joue encore ses transcriptions de Lasso, de Marenzio ou de Striggio, *Le Rossignol*, *Margott Laborez*, *Chi farà fede al cielo*, *Tirsi*, *Così morirò*… Quant à mes propres compositions, c'est bien simple : les seules que j'aie jamais supporté de jouer, ce sont celles que Peter Philips a bien voulu arranger pour moi.

Un jour, nous avons eu une discussion très animée sur la *seconda pratica* de Monteverde, un de mes sujets de conversation préférés de ce temps-là. Je ne sais trop ce que je venais d'affirmer, péremptoire. Phalèse et Philips m'ont regardé d'un œil incrédule.

«Vous avez un virginal?» ai-je demandé pour couper court à une discussion qui me paraissait superflue.

Phalèse nous a entraînés au-delà de la tenture qui partageait la pièce, et je me suis assis devant l'instrument.

J'ai fait ma démonstration, et je ne sais guère s'ils ont prêté attention à mes arguments, car c'était la première fois qu'ils m'entendaient, l'un et l'autre, et la discussion qui a suivi a porté, fatalement, sur ma technique.

Au bout d'un instant, Philips a sorti un rouleau de sa poche, l'a placé sur le lutrin et m'a dit:

«Voyez un peu cela.»

C'étaient sa *Pavane* et sa *Gaillarde douloureuses*, que j'interprète encore souvent.

«C'est merveilleux», ai-je dit après l'avoir déchiffrée.

Il y avait là une force émotionnelle peu courante qui s'exprimait en un chromatisme et des graves étourdissants de beauté.

«Cela serait magnifique aussi si on jouait cela en *consort*.

— Vous croyez?

— J'en suis certain.»

Nous en avons discuté quelques instants.

«Je vais voir ce que je peux faire.»

Et à mon voyage suivant il avait arrangé tout cela pour violes, luths et orgue.

«J'ai écrit cette pavane pendant que j'étais

en prison, dit Philips. Je m'étais imprudemment associé à des émigrés anglais, catholiques comme moi, qui avaient formé le projet de tuer la reine d'Angleterre, et il m'a fallu un certain temps pour prouver que je ne savais rien, et que je ne m'intéresse qu'à la musique. »

J'avale et ne bronche pas, me contentant de me demander, in petto, s'il est suivi et si je ne vais pas être repéré. Il n'en est rien.

Anvers fourmille pourtant d'espions, tant anglais qu'espagnols. C'est un monde trouble où règnent le double jeu, la trahison, la vénalité. Que les catholiques cherchent à surprendre les secrets des protestants et les protestants ceux des catholiques, on peut certes regretter la pratique, mais comprendre pourquoi certains l'estiment nécessaire. Malheureusement, dans les faits cela ne se passait pas aussi simplement. Dans chacun des partis il y avait des factions, qui se surveillaient de près les unes les autres. Les espions d'Essex surveillaient ceux de Burghley qui ne les perdaient pas de vue, ceux du pape avaient à l'œil ceux du roi d'Espagne et vice versa, les jésuites espionnaient les politiques qui ne les lâchaient pas d'une semelle. Quant à l'Inquisition, elle guettait tout le monde.

Si nous n'avons jamais été reconnus, c'est que Jack et moi ignorions l'anglais et prenions soin de garder nos distances face aux émigrés. On nous a bien approchés ici et là. J'ai sorti mon sourire jean-de-la-lune. Jack a fait l'idiot : il a traduit son nom en hollandais et se fait appeler *Jaap*. Personne n'a jamais vraiment insisté. Personne, surtout, n'a fait de rapprochement entre François (ou Frans) Tréville et Francis Tregian. Giuliano nous a longuement instruits, il nous a indiqué les relais à éviter à tout prix, les pièges dans lesquels ne pas tomber. Nous sommes sur un constant qui-vive, et avons mis au point une série de parades que nous prenons la peine de répéter chez nous, avant de partir et qui, les quelques fois où nous avons dû y recourir, nous ont rendu de précieux services.

Je crois pouvoir dire que pendant mes années amsterdamoises j'ai réussi à faire perdre ma trace. Après la majorité de Jan nous aurions pu cesser d'être discrets, mais le pli était pris, et puis à quoi bon révéler à nos parents un état de fait qui les aurait peinés? Sans compter que je crois profondément à la maxime: *Pour vivre heureux, vivons cachés*.

J'ai trouvé un expédient pour donner des nouvelles à mon père sans me découvrir. J'envoie des messages depuis des villes où je suis de passage. Je me rends fréquemment à Paris, où je vais voir ma sœur, qui est devenue une véritable Française, tient une maison petite mais réputée pour sa cuisine et pour sa musique — «pour son esprit», dit-on à Paris. Charles et elle ont deux beaux enfants.

Sa propre sœur ne l'ayant pas reconnu, je n'ai pas parlé d'Adrian. J'ai simplement expliqué que si l'Espagne avait vraiment empoisonné le cardinal Allen, on pourrait voir en moi un témoin gênant: mieux valait qu'on n'apprenne pas où j'étais. Qui sait? C'était peut-être même vrai.

J'aime me rendre chez les Troisville, et je profite de ces occasions pour écrire à mon père. Margaret ajoute un mot, ou bien j'ajoute un mot aux lettres de Margaret, ce qui permet de supposer que je vis à Paris, ou en tout cas en France. Ainsi, ma famille me sait marié, père de famille.

Parfois on m'envoie des messages par Margaret, qui me les fait porter, avec les précautions
d'usage. Et lorsque pour une raison quelconque
rien de cela n'est possible, c'est Jack qui va à
Londres.

Une ou deux fois par année, il se rend à Dieppe,
ou à Nantes, s'embarque pour l'Angleterre, va
porter ma lettre chez Lady Anne qui la transmet à
la Fleet. Pendant ce temps, Jack va voir sa famille.
Lorsque mes parents ont écrit leur réponse, il
se remet en route et repasse en France. De là
il s'ingénie à semer d'éventuels poursuivants et
revient à Amsterdam par des chemins détournés.

Les nouvelles d'Angleterre me parviennent atténuées, assourdies.

J'apprends que mon frère Charles est à Rome,
au Collège anglais, je crois. Mon père suggère
que je m'occupe de lui, mais je ne relève pas la
proposition, et il ne la renouvelle pas.

Comme toute la chrétienté, nous apprenons la
prise de Cadix par la flotte anglaise.

On se bat sur les côtes des Pays-Bas et du nord
de la France pour le contrôle de la Manche.

Lord Burghley meurt; la nouvelle m'attriste
car, en dépit de tout le mal qu'on m'a toujours
dit de lui, je l'avais trouvé aimable. Son fils
Robert lui succède.

J'apprends aussi le trépas de ma grand-mère
Tregian, Madame Catherine, née Arundell, dans
la petite maison près de Lanherne où elle s'était
retirée. Les souvenirs surgissent, puissants...
Madame Catherine m'apprenant l'alphabet,
Madame Catherine chevauchant droite comme
un *I* dans la boue de Cornouaille, Madame
Catherine me menaçant du fouet si je ne prenais
pas de l'exercice «immédiatement»... «Et que ça

saute s'il vous plaît, mon petit monsieur!» Les images jaillissent et la douleur, les regrets qui les accompagnent m'empêchent de dormir.

Selon Jack qui prétend être allé jusqu'aux abords des palais royaux pour recueillir les dernières nouvelles — vues côté cuisine s'entend — la reine vieillit mal, son humeur est de plus en plus capricieuse. Elle n'a toujours pas nommé de successeur au trône. Les paris sont ouverts, et le grand favori est Jacques VI d'Écosse, le fils de Marie Stuart.

Il faut avouer que sur le moment j'ai beau savoir que ces événements pourraient affecter mon avenir, les nouvelles d'Angleterre n'ont pour moi qu'un intérêt relatif. Le présent m'accapare bien davantage. Je voyage beaucoup. Et chez moi, ma vie est bien remplie.

Je suis père pour la seconde fois.

Pendant trois à quatre ans, inexplicablement, nous n'avons pas eu d'enfant, aussi la deuxième naissance est-elle attendue dans la fièvre. Elle se passe entièrement à la hollandaise. L'événement est, conformément aux usages, vécu par tout le quartier.

Pendant les jours qui précèdent l'accouchement, il y a des femmes dans la maison en permanence. On me permet parfois d'aller m'asseoir auprès de mon épouse, mais je suis devenu un intrus. Dès les premières douleurs, on m'a mis à la porte sans cérémonie. Une des femmes est allée chercher la sage-femme, une autre s'est précipitée chez les Ardent où le jeune Francis a provisoirement été casé, en attendant l'événement. Jane arrive en courant avec l'aînée de ses filles, Mary, qui a une dizaine d'années. La porte s'entrouvre, et j'entrevois Françoise dans la chaise longue qui ne sert qu'aux accouchements. Puis Jane referme, avec un sourire amical et un geste décidé. J'en suis réduit à aller à la cuisine, où Jack sert de l'eau-de-vie à mon voisin qui tient de grands discours auxquels je ne prête aucune attention.

Soudain une femme sort en courant, un chiffon ensanglanté dans les mains. Mon cœur cesse un instant de battre. Sans un regard vers nous, elle se précipite dans la cour et jette le chiffon dans un trou préparé à l'avance : c'est l'arrière-faix qu'elle enterre. Elle repart dans la chambre comme une flèche, sans nous laisser le loisir de poser la moindre question. Bientôt, la porte s'ouvre une seconde fois, majestueusement. Mary (elle est la marraine) sort en premier, le visage recueilli penché sur le bébé qu'elle tient dans ses bras. On l'a habillé d'une robe d'apparat que Françoise a cousue et brodée des semaines durant. Mon voisin s'avance, me coiffe du traditionnel bonnet de paternité orné de plumes qui distingue le mari de l'accouchée. Nous fabriquons un taffetas tout spécialement pour ce bonnet, qu'on possède dans chaque famille. On suspend à l'entrée de la maison la *kraam kloppertje*, poupée en papier mâché et dentelle qui indique le sexe de l'enfant.

Mary me regarde de ses grands yeux gris, esquisse une révérence, lève le poupon et me dit, solennelle :

« Voici votre fille Adrienne, cousin Frans. Qu'à travers elle Notre Seigneur vous donne des jours heureux, ou qu'Il la rappelle à Lui si telle est Sa volonté. »

Ce sont les paroles rituelles par lesquelles on présente un nouveau-né à son père.

Elles sont le signal de la fête.

Pendant que, tremblant, je scrute ce petit visage

aux yeux clos, que je prends contact avec ce fragile être humain qui pourrait devenir, Dieu le
voulant, ma fille, sur le pas de la porte les voisines
appellent leurs maris. La journée a été belle, et les
hommes, Jan et Giuliano en tête, ont attendu sur
le banc devant la maison. Ils entrent bruyamment. On me reprend l'enfant et j'ai beaucoup de
peine à m'extirper des accolades — je veux parler
à Françoise.

En me voyant entrer elle sourit : elle est en train
de dévorer à belles dents une tartine de miel.

« Alors, monsieur Tréville ?

— Votre fille est une très belle demoiselle,
madame Tréville, mes compliments. »

La tradition veut que j'offre une fête aux enfants.
Ils piaffent devant la maison. On sort des mon-
ceaux de pralinés, un grand bol de chaudeau
qu'on sert à la louche à grands et petits. C'est
la fin de l'après-midi, les voisins et les passants
s'arrêtent en chemin, viennent boire une tasse de
chaudeau, échangent des plaisanteries, me bom-
bardent de conseils et de maximes, admirent le
bébé, présentent leurs hommages à la maman.

Guillaume Ardent (qu'on appelle du diminutif Wim pour Willem, traduction de Guillaume)
amène son luth et entonne :

> *« Vignon, vignon, vignette,*
> *Qui te planta il fut preudom,*
> *Il me semble avis que j'alaitte,*
> *Vignon, vignon, vignette,*
> *Il me semble que j'alaitte*
> *Quand tu passes mon gorgeton.*
> *Vignon, vignon, vignette,*
> *Qui te planta fut preudom. »*

Tout le monde chante avec lui, c'est un des airs de nos soirées musicales. D'autres instruments surgissent, et sous les fenêtres de Françoise, c'est bientôt la sérénade.

Des pieds frétillent sous les jupes, et si on ne danse pas, c'est à la fois par égard pour l'accouchée et pour ne pas heurter monsieur le pasteur Claas, qui habite deux maisons plus loin et qui, tout en sachant que nous sommes tous catholiques, est venu s'asseoir parmi nous en tirant sur sa pipe.

Cette vie tranquille est si insolite qu'elle me semble appartenir à quelqu'un d'autre. Elle a duré ainsi sept ou huit ans.

Le premier signal du changement (que je n'ai pas perçu comme tel sur le moment) est venu avec la nouvelle que mon père était sorti de la Fleet. Il était à Chelsea. C'est là que Jack le trouve. Il me parle de sa haute silhouette voûtée.

« Il vit en grande pompe, monsieur, il a des serviteurs en nombre et une belle maison.

— Il a été libéré, en somme ?

— Oui et non. Il est plus surveillé qu'un coffre plein d'or. Mais Sa Majesté l'a autorisé à jouir de l'air frais et à vivre hors de la Fleet. Il a une véritable cour, autour de lui. Une maisonnée autrement plus importante que celle de Lady Anne. Vous avez un nombre infini de sœurs, monsieur, la plus jeune ne doit pas avoir plus de six ou sept ans. Elle se prénomme Dorothée et vous ressemble. »

Mon père voulait me voir, et j'avais mille questions à lui poser.

Mais en même temps, j'avais appris que le

comte d'Essex, un des membres du Conseil privé, avait tenté d'imposer par la force à la reine un changement dans la manière de gouverner, il avait voulu la prendre en otage pour la forcer à accepter, et certains disaient qu'il l'aurait tuée si elle avait résisté. Une folie.

La reine, qui l'a beaucoup aimé, n'a, cette fois, pas pardonné. Essex, que j'avais rencontré et qui me paraissait dès cette époque par trop exalté, se voyait déjà roi d'Angleterre ; sûr de succéder à Élisabeth, il avait fini par confondre ses vœux avec la réalité et par tomber dans le piège de sa propre arrogance. Il venait de mourir sur l'échafaud. Southampton, emprisonné avec lui pour l'avoir suivi jusqu'au bout, a été condamné à mort puis gracié, mais s'est retrouvé à la Tour de Londres.

Il me semblait que ce n'était pas le moment d'aller voir mon père qui, Giuliano me l'assurait, entretenait toujours des rapports étroits avec l'Espagne et les Jésuites. Mais il a tant insisté que, après consultation avec les Tregian à Amsterdam et les Tréville à Paris, j'ai fini par céder.

Nous étions dans la quarante-troisième année du règne, c'était, comme la fois précédente, le printemps.

À la dernière minute, Giuliano décide de venir avec moi. Il y a si longtemps qu'il ne m'a accompagné dans un de mes voyages que je me sens ramené à mon adolescence, cela m'émeut. Nous traversons la Manche ouvertement. Depuis la mort de Philippe II d'Espagne et du vieux Lord Burghley, l'espionnage s'est fait moins grouillant. J'espère par ailleurs que Robert Cecil,

son fils, aura compris, ne m'ayant ni vu ni
entendu pendant tant d'années, que je n'étais ni
séditieux ni intrigant. Les comploteurs finissent
toujours, tôt ou tard, par tomber dans les filets
d'un espion. Je n'ai pas oublié qu'il m'a offert sa
sympathie, et j'espère que lui aussi s'en souvient :
j'ai l'intention d'aller le voir. J'ai l'autorisation
de Jan, si cela s'avérait absolument nécessaire,
de révéler son identité.

En débarquant, nous allons chez Lady Anne.
Elle a hébergé des prêtres venus de France et a
dû quitter Muswell. Elle est retournée à Chideok,
une des propriétés des Arundell dans le Dorset,
mais là aussi elle a eu de graves ennuis. Elle est
revenue temporairement à Muswell. Ma mère est
à Chelsea. Je fais la connaissance d'Élisabeth et
Dorothée, les cadettes de mes sœurs. Elles ont à
peu de chose près l'âge de mon fils Francis et
sont, ma foi, charmantes. Il y en a trois autres,
mais elles sont demoiselles de compagnie dans
des familles.

«Comment se fait-il que vous ne soyez pas à
Chelsea, vous aussi, mesdemoiselles ?

— Voyez-vous, cher frère», Dorothée parle
posément, avec un sérieux de grande dame,
«Monsieur notre père a les nerfs délicats, et nous
oublions parfois de ne pas rire ou de ne pas courir ; aussi, après quelques incidents, avons-nous
préféré éviter le risque d'être fouettées inutilement. Nous avons demandé à Lady Anne de nous
accepter ici.

— Et qu'a dit Monsieur notre père ?

— Oh ! Monsieur notre père n'a rien dit. Le
jour où nous sommes parties il était si absorbé
par ses affaires que nous n'avons pas pu prendre
congé. Il a sans doute été soulagé de ne plus nous

entendre, il prie beaucoup et n'a pas beaucoup de temps à nous consacrer.»

Cet échange m'inquiète, je vais aux renseignements auprès de Lady Anne.

«Votre père a été si longtemps à la Fleet qu'il a perdu le sens des choses. À peine était-il sorti qu'il a accepté une pension du roi d'Espagne. Je vous demande un peu cela!

— Il la touche?

— Non, bien entendu. La reine le lui a interdit.» Elle soupire. «Pourquoi faut-il toujours provoquer inutilement? Il a assez d'argent.

— Il vit de la charité catholique?

— Pas du tout. Il vit comme il a toujours vécu de ses propriétés non kernévotes. Mais officiellement il ne possède plus rien. Il a fait cela pour mettre quelques-uns de ses biens à l'abri. Ou plutôt mon défunt mari a fait cela pour lui. Monsieur Francis Tregian est au-dessus de tels détails.

— Permettez-moi de vous poser une question, Lady Anne: vous n'aimez pas mon père et ne l'avez jamais beaucoup aimé. Pourquoi avez-vous laissé votre fille aînée l'épouser?»

Ce n'est pas le genre de questions en usage dans notre famille et je m'attends à ce que Lady Anne me rabroue. Mais non: elle me regarde, pensive. Son visage s'est ridé, mais son œil a gardé une vivacité que l'on trouve également dans ses mouvements. Et puis elle n'a toujours pas perdu une dent, elle a gardé son sourire de jeune fille.

«Mary et Francis se sont rencontrés lorsque j'ai épousé Sir John en secondes noces et que je suis allée vivre à Lanherne avec les enfants de mon premier lit. Ils sont tombés amoureux l'un de l'autre alors qu'ils étaient adolescents; c'était un mariage avantageux pour tout le monde. Pourquoi m'y serais-je opposée? Aucun des autres Tregian n'était comme Francis. Ils étaient tenaces, mais leur ténacité ne les bornait pas au point de leur faire perdre de vue leurs intérêts et ceux de leur famille. Et Francis lui-même était un garçon têtu, mais tant que son père a vécu, il a été charmant, discret. C'est à Douai qu'il a changé.» Son regard est perdu dans les souvenirs. «Je me souviens qu'on leur avait demandé d'arbitrer une querelle à propos d'une riche épave. Votre père avait à peine vingt ans, et il est allé au tribunal avec Sir John. C'était la première fois depuis longtemps que mon époux passait une journée seul avec son neveu. En rentrant il m'a dit: "Ce garçon va nous attirer des ennuis, il n'a aucune prudence. Nous étions là pour régler un différend, et il a publiquement traité de voleurs tous ceux qui prétendaient à une part de l'épave. Une épave n'est pas un moyen honnête de s'enrichir, d'après lui. On ne peut pas dire cela à ceux qui sont autorisés à la vider. Même la reine demande sa part de butin, dans de tels cas. Nous n'étions pas là pour leur faire la morale, mais pour veiller à ce que le partage soit équitable. Tregian s'est sans doute fait de terribles ennemis." Il était très alarmé. Et les ennuis sont vite arrivés. Je ne parlerai pas de coup du sort. Ils étaient prévisibles.

— Mais vous aussi receviez Cuthbert Mayne à Lanherne.

— Mon cher Francis! Tout le monde recevait des prêtres! Si on avait fait à tous ceux qui ont hébergé un prêtre ce qu'on a fait à votre père, il ne resterait pas beaucoup de familles de souche en Cornouaille, croyez-moi. Lorsque Sir Richard Grenville a été nommé shérif, nous avons tous baissé la tête pour laisser passer l'orage.

— Tous sauf mon père ?

— Dès que son père est mort, il s'est conduit comme si tout lui était dû. Lorsqu'il a fallu un bouc émissaire, les gens qu'il avait heurtés l'ont désigné. Les prêtres qui viennent de Douai sont furieusement persécutés, surtout si ce sont des jésuites, mais pour ce qui est de la noblesse catholique, tant qu'elle n'a pas comploté elle n'a pas été inquiétée. Le cas de votre père est resté presque unique par son ampleur. Il a même offensé la reine ! »

Je fais un geste pour intervenir, mais elle l'écarte.

« Oui, je connais l'histoire. Elle en voulait à sa vertu, parce que ce n'est pas une honnête femme. C'est une belle histoire, mais malheureusement la réalité est beaucoup plus prosaïque : pour mettre à l'abri cet arrière-petit-cousin, elle voulait lui donner le poste de shérif qu'il a refusé et obligeamment laissé vacant pour Sir Richard Grenville, un homme dont il s'était fait un ennemi, et qui s'est servi de sa fonction pour faire le malheur des Tregian et des Arundell. ILS ont fait main basse sur les biens des deux familles les plus riches de Cornouaille et se sont débarrassés de nos personnes en manifestant une sévérité qu'ils n'ont, croyez-moi, pas appliquée souvent. »

Son visage est dur.

« Pour répondre à votre question, lorsque le caractère de votre père s'est révélé, Mary et lui étaient déjà mariés. Personne n'avait prévu que le fils de son vieux renard de père irait se jeter la tête la première dans un piège somme toute assez grossier. Et puis Mary était amoureuse.

Toutes les femmes tombaient amoureuses de lui, à l'époque. Beau, jeune, riche et charmant. Un mariage de raison qui est aussi un mariage d'amour — que voulez-vous de plus?»

Je ne sais que répondre, mais elle reprend, comme si je n'étais pas là: «Sans lui, notre vie aurait été plus simple.»

Elle me lance un regard perçant, pour voir si je suis fâché. Je me contente de sourire et de lui baiser la main.

«Vous aussi avez fait de moi une arrière-grand-mère? enchaîne-t-elle.

— Oui. Francis et Adrienne. Ils sont trop jeunes pour voyager.

— Je ne ferai pas leur connaissance. Lorsque je serai au paradis, si Dieu m'accorde cette grâce, je Lui demanderai de me donner une fenêtre bien placée. J'ai quatorze arrière-petits-enfants et ce n'est pas fini. Je vais avoir fort à faire pour veiller sur tous!»

Je repense à tout cela lorsque je me trouve assis en face de mes parents. Mon père est un vieillard austère à la longue barbe, ma mère est restée menue malgré ses rondeurs.

«Mon fils, le temps est venu de me succéder.

— Mais, mon père, vous avez encore une longue vie devant vous.

— J'aspire à la paix. Et avant de mourir, je voudrais m'assurer que nos domaines sont revenus à notre famille.

— Vous savez bien, Père, que tant que vous vivrez ils seront sujets au *praemunire*, et que tant qu'il vivra Sir George Carey ne les lâchera pas. Où êtes-vous en train de me dire qu'il faut que je me conforme? Car si j'adhérais à la religion anglicane nous n'aurions plus aucun...»

Je suis provocant et je le sais. Le résultat me stupéfie néanmoins. Cette allure de vieillard fragile trompe. C'est la première fois que je lui tiens tête ouvertement, et lorsqu'il saisit que j'ose, mon père m'interrompt brutalement, me couvre d'imprécations et d'injures où surnagent de nombreux termes en *in*... — ingrat, infidèle, inepte, insolent, in... in... in... Ah! s'il pouvait encore me fouetter!

Il me semble être au spectacle, je me contente de poser sur la scène mon fameux regard inscrutable. Ma mère, placée un peu en retrait de mon père, me fait des signes que j'interprète comme des reproches. L'époque où elle manifestait son désaccord avec son mari est décidément bien révolue: on ne heurte pas Francis Tregian père de front. J'ai transgressé ce credo fondamental de la famille. Mon géniteur voit dans mon calme une provocation de plus, et sa colère atteint un paroxysme.

«Père, finis-je par placer lorsque j'en ai assez, Père je viendrai demain, et entre-temps nous allons réfléchir, tous les deux.»

Je repars vers Londres. Récupérer les domaines? Je trouve cela absurde. Mais le lendemain, le surlendemain, tous les jours mon père revient à la charge.

Les gens raisonnables, de Old Thomas à Sir John, me mettent en garde depuis mon enfance: on n'hérite pas du *praemunire*, mais à la mort de mon père on me demandera de changer de religion, et alors seulement on me rendra nos terres. Or il est un point où je suis aussi têtu que mon géniteur: je n'abjurerai pas. Je suis, en revanche, prêt à jurer fidélité et soumission à la Couronne

anglaise, à mettre mon épée à son service, et
à verser mon sang jusqu'à la dernière goutte
contre tous les ennemis de mon pays, quelle que
soit leur foi. Si cela est possible en Hollande,
pourquoi pas en Angleterre?

Il serait vain de parler en ces termes à mon
père, qui dit et répète à haute et intelligible voix
à qui veut l'entendre que, à son avis, à la mort
d'Élisabeth le trône doit revenir à l'infante d'Espagne — et se réjouit publiquement du retour de
l'Angleterre au catholicisme qui s'ensuivra.

«Et vous voudriez livrer votre pays à l'Inquisition? Elle sera autrement intransigeante que la
police de la Couronne, savez-vous.

— Livrer? Mon fils, votre impiété m'effraie.
L'Inquisition est une nécessité, surtout dans un
pays si longtemps soumis à l'hérésie; il s'agira de
la traquer jusque dans l'âme de chacun. Quelques
bûchers ne seront pas de trop pour remettre les
horloges à l'heure.

— Le peuple anglais n'acceptera jamais...

— Le peuple anglais fera ce qu'on lui dira. Il
obéira aux préceptes divins.»

À quoi bon poursuivre ce dialogue de sourds?
Je me tais. Ou plutôt, avant de prendre une position tranchée, je préfère attendre le retour de Giuliano, que je prie d'aller incognito en Cornouaille
se faire une idée de la situation.

Mon père répète le chapelet de mes obligations
comme une litanie. Au bout de quelques jours je
cesse même d'aller lui rendre visite. Je maîtrise
de moins en moins mon irritation, et je préfère
ne pas me quereller avec lui.

IV

How should I your true love know
From another one?
By his cockle hat and staff,
And his sandal shoon.
He is dead and gone, lady
He is dead and gone.

Ophélie, dans «Hamlet»
William Shakespeare
sur l'air de
«Walsingham», ballade populaire

À quoi distinguerai-je l'amour fidèle
Parmi tous les autres?
Par le chapeau et le bâton du pèlerin,
Et les sandales à ses pieds.
Il est mort et enterré, madame
Mort et enterré.

«*À Rome au sommet de sa gloire,*
Juste avant la chute du tout-puissant César,
Les tombes étaient béantes, les morts dans leur
                                    [linceul
Glapissaient ricanant dans les rues de la ville;
Les étoiles crachaient des flammes, la rosée du
                                    [sang;
Et l'astre humide qui gouverne l'empire de Neptune
S'épuisait en éclipses.
Par ces présages d'événements tragiques,
Estafettes du destin
Annonciatrices de l'heur qui se prépare,
Ciel et terre se sont conjugués pour avertir
Nos pays et nos concitoyens.
    Prenez garde que... Messire William, que faites-
vous là?
    — J'entre en scène, c'est à moi.

— Pas du tout, ce n'est pas à vous, j'ai encore au moins dix lignes.

— Mais non, messire Thomas! Puisqu'on a changé le texte!

— On a changé le texte? Encore?

— Oui, encore! J'ai eu tout à l'heure une idée en discutant, et je vous ai dit...

— Vous m'avez dit que le spectre n'était plus un simple spectre, mais le père de Hamlet, je trouve cela une excellente idée. Mais enfin, ce n'est pas une raison pour me couper ma tirade.

— Mon cher Thomas, je ne coupe rien du tout, je CHANGE, et tant que nous répéterons je continuerai à changer. Maintenant, vous allez dire: *Silence! Voyez, le voilà qui revient. Cette fois je l'arrête, dût-il me foudroyer.*

— C'est nouveau, cela?

— Oui, c'est nouveau. Il y a à peine un instant, vous étiez d'accord avec mon idée.

— Bon, bon; mais on se demande comment travailler sérieusement dans de telles conditions... On ne sait jamais à quel texte se vouer.

— Vous avez fini vos discussions oiseuses, oui? C'est plutôt moi qui devrais me plaindre: en faisant du spectre mon défunt père, il me change mes grandes scènes du premier acte, sans parler du reste.

— Oui, mais vous, messire Richard, vous avez bonne mémoire. Tandis que moi...»

Il s'arrête net, tend un doigt accusateur.

«Mais il y a quelqu'un! Nous nous querellons devant des étrangers?! J'ai toujours dit que je ne veux personne aux répétitions, à la fin!»

Tous les regards sont tournés vers moi qui me tiens, tant qu'à faire, dans la loge d'honneur.

«Étrangers?» s'étonne messire Shakespeare,

puis il me voit. «Mais non, ce n'est pas un étranger, c'est le Lévr... je veux dire, Monsieur amène la musique pour Ophélie que ce pauvre monsieur Morley n'a pas pu apporter lui-même, il est au plus mal. Ne considérez pas Monsieur comme un étranger, messieurs, mais plutôt comme un expert. C'est messire Francis Tregian, cousin de feu Lord Ferdinando Stanley qui nous a tant aidés à nos débuts ; et voici messieurs William Kemp, Richard Burbage, Thomas Pope, Augustine Phillips. Là-bas, vous voyez encore messieurs Thomas Vincent et John Hemminges, qui corrigent furieusement le texte pour que nos modifications ne se perdent pas. »

Nous nous inclinons tous et ils se remettent à l'œuvre.

Le texte qu'ils répètent résume bien les sensations qui sont les miennes depuis que je suis à Londres : une atmosphère de fin du monde. Il faut croire que monsieur Shakespeare y est sensible autant que moi. La tristesse point derrière les rires, le désarroi est palpable, surtout pour moi qui arrive de l'étranger. Il y a à peine trois mois qu'Essex a été exécuté ; l'avenir de Southampton est incertain, et si l'on a sursis à son exécution, on n'y a pas encore renoncé tout à fait. À mi-voix, tout le monde parle de la mort prochaine de la reine, ou plus précisément de sa succession : elle n'a pas d'héritier naturel direct ; Jacques VI d'Écosse, l'actuel Lord Derby, ou madame Arabella Stuart, tous arrière-petits-enfants des sœurs de Henri VIII, auraient des droits équivalents au trône. C'est à la reine de les départager. L'usage le veut. Mais elle se tait. Son silence est, si je puis dire, criant, omniprésent, étouffant.

Le seul qu'on connaisse est Jacques VI, et sa réputation est exécrable : imbu de lui-même, mauvais homme d'État, j'ai entendu cela, et bien pire, plutôt dix fois qu'une. Quant à l'infante d'Espagne... je crois que toute l'île se soulèverait, si sa candidature devenait une affaire sérieuse. Je suis allé déposer mon nom chez Sir Robert Cecil, devenu secrétaire d'État, pour lui demander un entretien. Jack, devenu expert ès surveillances, m'assure que je n'ai été suivi que pendant deux ou trois jours, après quoi la police du ministre s'est désintéressée de mes allées et venues.

Il faut que je retrouve une direction. À Amsterdam, j'étais loin de tout : à peine arrivé ici, c'est comme si des sables mouvants me saisissaient, m'étreignaient, m'engloutissaient peu à peu.

La veille, je suis allé voir Thomas Morley, pour qui j'ai copié les diverses parties d'un grand nombre de madrigaux italiens récents — je sais qu'il les aime passionnément. Il a publié quelques livres de madrigaux, de *canzonette*, d'airs italiens à quatre voix adaptés en anglais dont j'ai vu des exemplaires chez Pierre Phalèse.

Il m'a accueilli avec son enthousiasme ordinaire, mais sa vue m'a fait peur : il est d'une maigreur squelettique, pâle comme un linceul.

« Alors, vous êtes père ? s'exclame-t-il. Des enfants nés en musique, j'espère ?

— Je n'ai pas présidé à la naissance de l'aîné, mais la cadette a eu son premier contact avec la musique avant d'avoir vu la couleur de l'eau bénite. »

Je lui demande s'il a écrit son livre de théorie pour les jeunes gens.

« Mais oui, mon cher Lévrier, et je lui ai donné

un beau titre clair et sonnant: *Une Introduction simple et facile à la pratique musicale.*

— Je vais m'en procurer un exemplaire pour mon fils, bien qu'à vrai dire il ne sache pas un mot d'anglais. Il ne parle à ravir que le français et le néerlandais. Et le latin, bien entendu.

— Tenez, vous lui donnerez cela de ma part. »

Il me fait extraire un exemplaire d'un bahut, l'ouvre, trempe sa plume et y trace une dédicace. *Pour Francis Tregian, enfant de la seconda pratica, en respectueux hommage de l'auteur. Thomas Morley.*

Nous passons la soirée à lire, à déchiffrer, à commenter, à chanter, avec l'aide de madame Morley et d'une des demoiselles Morley, les partitions que j'ai apportées. Nous poussons le fauteuil du malade jusqu'au virginal — son jeu est plus beau que jamais. Lorsque nous nous quittons — ou plutôt lorsque je m'en vais, car Morley ne s'est pas levé de toute la soirée — ses yeux lancent de tels éclairs qu'on en oublie sa pâleur.

«Merci pour ces splendides partitions, monsieur, vous ne pouviez pas me faire de plus beau cadeau. Avez-vous rencontré Giles Farnaby, depuis que vous êtes là?

— Pas encore. Avez-vous de ses nouvelles?

— Il vient régulièrement prendre soin de mes plectres et me faire entendre ses compositions. Ce garçon fera du chemin, savez-vous. Son art du contrepoint est tout à fait original. Il a perdu son père, et dans l'atmosphère de fin de règne où nous baignons, il parle de quitter Londres pour aller se régénérer quelque part dans le Lincolnshire où on lui a offert une situation intéressante de musicien.

— Il ne construit plus d'instruments?

— Si, si, Dieu merci. Il préférerait ne faire que de la musique, voilà tout. Je vais lui faire dire que vous êtes là, et je vous propose de l'inviter à venir ici. Mes jambes me jouent des tours, ces temps-ci, et je préfère que mes lévriers polyph... Non, il faut que je change de terme. Je préfère que mes lévriers contrapuntiques...

— ... Merci.

— ... Que mes lévriers contrapuntiques viennent à moi plutôt que le contraire. À propos, auriez-vous la bonté de me rendre un service ?

— Si je le puis, de tout cœur.

— Vous iriez au Globe demain de bon matin apporter un arrangement que j'ai fait de *Walsingham* sur des paroles de messire Shakespeare pour leur nouvelle pièce ?

— J'irai d'autant plus volontiers que j'ai beaucoup entendu parler du Globe et ne le connais toujours pas. »

Il m'explique comment il veut que l'air soit exécuté.

« Vous le ferez répéter vous-même ?

— Comptez sur moi, monsieur.

— Sinon il me le massacrera, ce serait dommage. Vous aurez le temps ?

— J'aurai le temps. Voulez-vous que j'envoie mon valet prévenir Giles Farnaby de venir ici demain soir ? Je vous raconterai la répétition et ainsi nous ferons d'une pierre deux coups. Si Giles Farnaby est empêché, il le dira à Jack, qui viendra vous avertir, et nous conviendrons d'un nouveau rendez-vous. Cela vous va ?

— À merveille. Vous connaissez le chemin, je ne me lève pas. »

Dehors, madame Morley me prend le bras, les larmes aux yeux.

« Comment le trouvez-vous, monsieur ? »

On ne pose ces questions-là que pour recevoir une réponse encourageante.

« Je l'ai trouvé égal à lui-même. »

Ce n'est même pas un pieux mensonge.

« Il va mourir, monsieur. Le médecin lui donne entre trois semaines et un an. »

Sa détresse me touche et la nouvelle, que je devinais, me serre le cœur. Je suis attaché à Thomas Morley.

« Madame Morley, je sais que cela ne vous consolera pas. Mais lorsque Dieu aura repris le corps malade de Maître Thomas, sa musique continuera à faire des heureux, et dans quatre ou cinq siècles, il sera encore vivant alors que nous aurons disparu sans laisser de trace. C'est un grand homme.

— Merci, monsieur. » Elle s'essuie les yeux et je m'en vais, rempli du sentiment de ma propre futilité — elle veut un mari maintenant, et non sa gloire posthume.

Et ainsi, au point du jour, après la messe matinale qui est de rigueur à Clerkenwell, je me suis fait transporter en barque vers Bankside, où je n'avais plus mis les pieds depuis la glorieuse journée où Adrian et moi avions traversé la rivière pour faire notre incursion illicite au Bear Garden, à l'époque où nous étions écoliers.

La Troupe du Lord Chambellan (elle appartient maintenant à George Carey lui-même, qui a succédé à son père) a construit son nouveau théâtre avec les poutres qu'elle a emmenées depuis Shoreditch où était le théâtre du père James Burbage. L'histoire a amusé tout Londres deux ou trois ans auparavant : le père Burbage étant mort, on avait profité d'une querelle entre le Conseil privé et les acteurs du Théâtre du Cygne pour fermer tous les théâtres. Le propriétaire des Burbage a saisi l'occasion pour les mettre à la porte. Mais la poutraison ne lui appartenait pas ; en son absence, Cuthbert et Richard Burbage, secondés par les autres comédiens et quelques charpentiers, ont tout démonté. Lorsque le propriétaire est revenu, il ne lui restait plus que son terrain nu. Il en a fait une maladie et a tenté — en vain — d'en faire un procès.

Quant aux Comédiens du Lord Chambellan, ils ont reconstruit leur maison plus belle qu'avant non loin du Bear Garden, un peu plus près de l'eau, à Maiden Lane, dans la paroisse du Saint-Sauveur, plus ou moins en face de Baynard Castle et de Paul's Wharf. À proximité, il y a également le Théâtre de la Rose et l'église de Sainte-Marie Overy. Le quartier s'est rempli, depuis quinze ans. Mais nous sommes hors les murs de la ville (à l'intérieur, les théâtres sont interdits), et malgré les nombreux bouges, malgré les maisons malfamées par rangées entières, cela reste très champêtre, avec de petits ruisseaux, des jardins et des vergers. On entre dans presque toutes les maisons par des ponts de bois jetés par-dessus les cours d'eau, et dans les théâtres par des passerelles. La grande porte de celui que je cherche est surmontée d'un fronton en bois où sont sculptés le torse d'un Hercule portant un globe sur ses épaules et la devise de la troupe : *Totus mundus agit histrionem* (Le vaste monde inspire le comédien). Vue de l'extérieur, c'est une tour surmontée d'un toit de chaume et d'un mât, où le drapeau flotte lorsqu'une représentation est en cours.

J'arrive de bon matin ; il n'y a personne,

excepté William Shakespeare lui-même. Il fait beau, et il est assis sur la plate-forme en plein air qui est au centre de l'octogone formé par l'intérieur du théâtre, les jambes pendantes dans le vide. Il lit les *Essais* de Montaigne. Il est si recueilli sur son livre que j'hésite à le déranger. Il finit par sentir ma présence et lève les yeux. Il s'est un peu épaissi, mais il est toujours aussi vif.

Il ne me reconnaît pas.

«Que puis-je pour vous, monsieur? dit-il en sautant au bas de sa plate-forme.

— Mes hommages, monsieur Shakespeare. Vous ne me remettez pas, mais...

— Attendez... Si fait. Monsieur Tregian. J'ai dû chercher, pardonnez-moi. Il y a longtemps que nous ne nous sommes vus.

— C'était à la première du *Songe d'une Nuit d'Été*.»

Il soupire.

«C'était le temps de l'insouciance. Mais laissons cela. Avec les regrets on ne sème ni ne récolte, comme dit le proverbe. Quel bon vent...?

— Hélas, c'est la maladie de Maître Morley, que ses jambes ne portent pas. Il m'a prié de vous amener son arrangement pour les chants de la jeune princesse. Il m'a tout expliqué, et aimerait que je fasse répéter le jeune homme qui jouera le rôle de... de...?

— Ophélie.

— Oui, Ophélie, c'est cela. Il m'a demandé de faire répéter le jeune homme qui jouerait Ophélie d'après ses consignes, qui sont très précises.

— Mais Jack Wilson ne sera là que cet après-midi.

— Je reviendrai, dans ce cas-là.» Je remets mon chapeau.

« Avez-vous déjà déjeuné ?

— À vrai dire, non.

— Faites-moi l'honneur de m'accompagner au cabaret du Cochon-Tire-Bouchonné, l'hôtesse y offre un excellent déjeuner et une ale passable. »

Installés devant une table copieuse dans un coin de l'auberge presque vide, nous échangeons nos récits. Maître Shakespeare me raconte le soulèvement d'Essex. Il a beau dater de plusieurs mois, il émaille encore toutes les conversations.

« J'ai mal connu Essex, me dit Shakespeare, je ne l'ai pratiquement vu qu'au spectacle. Il était surexcité en diable. Je me suis toujours défié, instinctivement. Me trouvant idiot, parfois, car il avait un charme irrésistible. Mon pauvre Southampton s'y est laissé prendre comme une mouche dans la glu.

— Vous croyez qu'on va le pendre aussi, ou le décapiter ?

— Non. Ce serait déjà fait. Mais il a perdu ses amis les plus chers. Sir Charles Danvers a été exécuté. » Il soupire. « La veille du soulèvement, dont nous ignorions évidemment tout, il est venu ici, dans un état d'exaltation maladive, je ne l'avais jamais vu ainsi, et il nous a demandé de jouer *Richard II*. "Pourquoi diable *Richard II*, avons-nous demandé. Il y a si longtemps que nous ne l'avons joué que la plupart de nous ne se souviennent même plus du texte. — Vous le lirez. — Nous n'avons plus les costumes, nous n'avons plus le décor. — Mon cher Will, tout cela n'a pas d'importance, ce qui importe, c'est que vous jouiez cette pièce-là." Il était accompagné de six ou sept gentilshommes, Sir Charles Percy, Lord Monteagle, d'autres que j'oublie. Nous leur avons dit, aussi, que la pièce était si ancienne que nous n'aurions pas de public. "Qu'importe, nous serons là. Voilà quarante shillings pour votre peine. Nous voulons voir la déposition et la mort de Richard II." Nous aurions dû nous méfier, lorsqu'ils ont dit cela. Mais comment voulez-vous imaginer…? Essex était le favori de la reine. Ou plutôt je sais maintenant qu'il ne l'était plus, mais à l'époque je l'ignorais. Rétrospectivement, on peut dire que c'était un terrible danger que de laisser cet homme en liberté. Sur le moment, ce n'était pas si simple. Essex était aimé des foules : elles étaient éblouies, et ne raisonnaient plus. S'il avait réussi, c'eût probablement été la guerre civile, le désastre national. Mais le jour où il a été exécuté, tout Londres était en deuil.

— Et vous, qui étiez le protégé de son complice…?

— Nous avions des témoins, qui nous ont entendus refuser de jouer *Richard II*. J'ai vraiment pensé un instant que nous serions englobés dans la disgrâce. Pas du tout. La veille de l'exécution, la reine nous a même fait venir à la Cour pour une représentation de *La Comédie des Erreurs*. Une des choses les plus difficiles que nous ayons jamais faites. C'était peut-être une manière de nous punir, d'ailleurs. La ville entière retenait son souffle en attendant l'aube du lendemain, et nous… Nous ignorions encore si oui ou non Southampton serait exécuté, lui aussi. C'est une tête brûlée, mais je l'avais pris en affection. Pendant que nous dansions le ballet final, il nous semblait avoir des fers aux pieds.

— Ma vie me paraît bien terne, à côté de tels événements…»

Est-ce parce que Shakespeare a vidé ainsi son

cœur? Ou parce que le mien déborde, depuis plusieurs jours que je subis des sermons et des attaques en règle de la part de ma famille sans pouvoir en parler à personne? À la première question, je vide mon sac.

«Je suis un honorable bourgeois d'Amsterdam, associé à un comptoir de soieries réputées pour leur qualité. J'ai femme, enfants — ils ne savent pas un mot d'anglais et ce qui préoccupe la famille Tregian ne les effleure même pas. J'ai la musique, qui meuble des loisirs que je veux considérables pour elle. Ma vie est parfaitement organisée. Il me semblait être devenu un autre, vivant dans un autre monde. Mais dès que je me retrouve ici, mon père surgit comme un fantôme, et il suffit qu'il dise: «Souviens-toi mon fils», et je suis perdu. Le cours ordinaire de ma vie quotidienne, la sagesse, le savoir, la raison, tout s'efface des tables de ma mémoire, et je n'entends plus que la voix d'un devoir qui pourtant m'est étranger. Je me dis: si cette époque est sortie de ses gonds, ce n'est pas à moi de la ramener dans le droit chemin. Mais dans le même temps je suis pris, moi aussi, comme un oiseau dans la glu.»

Le sang m est monté au visage. Shakespeare me fixe avec une intensité qui me fait frissonner.

«Qu'y a-t-il, Master William?

— Vous considérez-vous comme un homme entre deux mondes, monsieur?

— Un homme entre deux mondes? Oui. Heureux ceux qui peuvent encore s'exalter, et jouer la carte de la folie, même si elle mène à la mort. Nous, qui ne sommes pas des fanatiques, sommes pris entre deux partis, entre deux modes de vie. Nous comprenons tout et ne pouvons adhérer à

prima pratica et la *seconda pratica*. En musique,
l'une n'exclut pas l'autre, elles expriment des sentiments différents. Puisque la musique est la plus
haute expression de la divinité, pourquoi n'est-ce
pas possible de faire coexister deux pratiques
dans la vie spirituelle ?

— Ne dites pas trop fort que vous placez la
musique au-dessus de la religion, monsieur Tregian.

— Je n'ai pas dit cela. » Je m'arrête net. « Si, je
l'ai impliqué, c'est vrai. Cela restera entre nous,
j'espère…

— Nous sommes gentlemen, monsieur. Les
secrets que nous nous confions ne nous appar-
tiennent pas. Et comment allez-vous résoudre
votre dilemme ?

— Je ne le sais pas encore. Il faudrait sans
doute que je fasse comme… comme un gentilhomme de mes connaissances, qui a fait croire à
sa famille qu'il était mort, et qui a refait sa vie
dans le Nouveau Monde.

— Le Nouveau Monde regorge de gens qui
ont cru résoudre leur problème en fuyant. Mais
j'entends dire par des voyageurs qui reviennent
qu'on ne se débarrasse pas de la dualité en tra-
versant les océans. »

Je soupire.

« Oui. Je sais. C'est un duel avec moi-même
que je dois soutenir. Je ne sais pas si j'y arriverai.

— Vous n'avez pas de frère ?

— Si, j'en ai un. Mais je suis l'aîné.

— Vous pourriez renoncer à votre droit
d'aînesse, lui passer le flambeau.

— C'est vrai. Je n'y avais pas pensé. Il faut que
j'y réfléchisse.

— Ne réfléchissez pas trop, sinon le piège se refermera sur vous.

— S'il est encore ouvert.

— Monsieur Tregian, savez-vous pour quelle pièce vous nous amenez les arrangements de Maître Morley ?

— Non, je ne crois pas qu'il m'en ait donné le titre.

— C'est pour *Hamlet*. »

Je le regarde, le sourcil levé. Et alors ?

« Vous ne connaissez pas cette pièce ? Vous ne l'avez pas vue à Newington Butts il y a sept ou huit ans ? L'histoire du prince dont on a usurpé le trône ? Et un fantôme vient l'encourager à le reprendre. Et il fait semblant d'être fou pour mieux se venger...

— Il y a une histoire comme celle-là dans les chroniques de Belleforest, il me semble. Mais je n'ai pas vu la pièce.

— La folie, c'est Southampton et Essex, mais la réflexion, c'est vous. Et moi.

— Pardon ?

— Monsieur, je voudrais vous demander une grande faveur. Jamais personne ne saura que c'est vous qui me les avez confiées, mais j'aimerais mettre certaines de vos réflexions de ce matin dans la bouche de Hamlet.

— Et votre Hamlet, quel genre d'homme est-ce ?

— Un prince, pris entre la modernité de l'Europe et le conservatisme de la cour du Danemark.

— La cour du Danemark est moderne. Très raffinée.

— Vous la connaissez ?

— Certes.

— Mettons, alors, partagé entre la modernité et la vision du monde telle qu'elle était il y a un siècle. Hamlet est également déchiré entre son amour et la raison d'État, entre son envie d'explorer la voûte céleste et son inertie à se défaire des contraintes terrestres, entre son aspiration à la liberté et la voix de son père qui le rappelle à l'ordre et au devoir.

— Ah!

— Oui. C'est votre histoire, la mienne. Je vous vois tout interdit.»

En effet. Il parle comme s'il avait lu dans mon âme.

«Je vous fais une proposition. Venez donc au théâtre à midi. D'ici là je vais modifier quelque peu le texte. Nous répéterons plusieurs scènes : ce sera dans le désordre, malheureusement, au gré des comédiens présents. Vous ferez répéter Ophélie. Et puis ce soir, vous pouvez tenter de lire le cahier, il est un peu raturé en ce moment, il faut que je le fasse copier pour le souffleur.

— Et si je le copiais pour vous, pour le lire?

— Mon cher monsieur, vous dérogeriez…

— Je déroge déjà en vendant des soieries, en copiant les madrigaux que je fais chanter, en jouant de l'orgue et du virginal, et même en sachant comment on construit ces instruments. Toutes choses qui ne siéent pas à un gentilhomme. Permettez-moi, cette fois-ci, de déroger par curiosité.»

Et c'est ainsi que je me retrouve dans la loge d'honneur, et que j'assiste à la répétition de scènes éparses de *Hamlet*.

J'ai envoyé Jack se reposer.

«Tu avertiras Lady Anne. Et tu dormiras sur tes deux oreilles tout l'après-midi. Reviens avec un

canif bien tranchant et des plumes comme nous
les aimons. Il va falloir que tu nous aides et cela
durera sans doute une bonne partie de la nuit.

— Qu'à cela ne tienne, monsieur.»

Jack a pris l'habitude de me seconder lorsque
je copie de la musique. Parfois, ne disposant des
partitions originales que pour quelques heures,
nous avons fait de véritables prouesses de vélocité. Il a appris à imiter mon écriture à la perfection, et il lui est arrivé, lorsque nous étions
pressés et que j'avais une crampe, d'écrire à ma
place. Il nous est également arrivé de recourir
aux services de copistes spécialisés qui nous imi-
taient en tous points.

J'admire la technique de Master Shakespeare.
Quelques heures plus tard, mon histoire est déjà
intégrée au texte.

*«Je suis si morose que cette belle voûte céleste
au-dessus de nos têtes m'est aussi indifférente qu'un
désert, que cette superbe étendue mouchetée de
flammèches d'or n'est plus pour moi qu'un amas
de vapeurs puantes et malsaines. Quel drôle d'animal que l'homme, noble par la raison, agile, labile,
capable de tout, admirable, prompt à l'action ; lorsqu'il s'agit de comprendre c'est un ange, Dieu l'a
fait à son image, beau comme le monde, roi de la
création. Cela dit, que sommes-nous, sinon une
poignée de poussière ? »*

Mes propres paroles du matin même. Ou les
siennes, je ne sais plus. Je suis ébloui par la rapi-
dité avec laquelle tout cela est fondu dans la
pièce.

Il m'a parlé en passant du problème des
Enfants de la Chapelle, une troupe de comédiens
enfants très à la mode en ce moment, et il m'a dit :

«C'est votre parent, William Stanley, qui les

patronne. Et c'est Ben Jonson qui écrit pour eux ;
c'est un jeune dramaturge, une nature riche et
turbulente que nous connaissons bien car il a travaillé pour nous. Il les fait médire de nos théâtres
publics comme si ces enfants n'allaient pas
grandir et devenir des comédiens professionnels.
Lorsqu'ils seront adultes, ils auront pourtant
besoin de nous. Ils scient la branche sur laquelle
ils sont assis, et leur auteur aussi. On rend mal la
tragédie avec des comédiens en herbe. »

À cinq heures, tout cela fait partie de *Hamlet*.

« *... une nichée d'enfantelets, des blancs-becs si
bruyants qu'on ne s'entend plus ; on les applaudit
outrageusement et ils tiennent le haut du pavé. Ils
se gaussent si fort des théâtres publics que, par
crainte d'être raillés par les hommes de plume,
bien des hommes d'épée n'y vont plus... *»

Très ponctuel, Jack fait son entrée au moment
où, ayant fini d'appliquer les consignes de Maître
Morley, j'ai appris à Jack Wilson, le jeune homme
qui jouera Ophélie, les airs qu'il chante, ma foi,
très joliment.

> « *How should I your true love know*
> *From another one ?*
> *By his cockle hat and staff,*
> *And his sandal shoon,*
> *He is dead and gone, lady*
> *He is dead and gone ;*
> *At his head a grass-green turf,*
> *At his heels a stone.*
> *White his shroud as the mountain snow —*
> *Larded all with sweet flowers ;*
> *Which bewept to the grave did not go*
> *With true-love showers.* »

(À quoi distinguerai-je l'amour fidèle
Parmi tous les autres ?
Par le chapeau et le bâton du pèlerin,
Et les sandales à ses pieds.
Il est mort et enterré, madame
Mort et enterré ;
Pour couvre-chef le vert gazon,
Une pierre à ses pieds
Blanc comme neige est son linceul —
De tendres fleurs parsemé ;
Sa mise en terre ne fut point arrosée
Des larmes de son amour fidèle.)

Pour faire la copie, nous nous y mettons à quatre : Shakespeare dicte, Jack taille, j'écris et Condell relit. Nous nous interrompons un instant pour aller nous restaurer au Cochon-Tire-Bouchonné.

À table, les plaisanteries fusent :

« Vous revenez demain, messire Tregian, n'est-ce pas ? On refait tout d'ici là, il nous faudra un texte complet pour le souffleur.

— J'approuve votre clairvoyance, chers amis. Dès que je m'endors, les idées affluent. Le spectre vient me dicter les répliques.

— Oh, mais alors pincez-vous jusqu'à la première, Master Shakespeare, empêchez-vous de dormir.

— Sérieusement, je crois que cette fois, nous y sommes. C'était ce spectre qui me gênait. Pourquoi UN spectre viendrait-il parler à Hamlet ? Tandis que si c'est le fantôme de son père, cela devient logique. Cette fois, nous en restons là, je vous le promets. Je ne dis pas qu'on ne fera pas de petites retouches au texte...

— Mais comment donc... On pourrait s'aper-

cevoir à la dernière minute que Hamlet avait un
frère inconnu de tous, un bâtard que Gertrude
avait eu avec Claudius.

— Ou que le vieil Hamlet avait fait à la défunte
épouse de Polonius. Cela devient "logique". Que
dites-vous de cela, cher fantôme ? »

Tout le monde s'étrangle de rire.

Nous nous remettons au travail. Je suis au sep-
tième ciel. Mutatis mutandis, l'histoire que me
dicte le poète est la mienne propre, et toutes les
questions que se pose Hamlet, je me les pose
aussi. Golden, c'est mon Danemark, et je ne me
sens pas plus attiré par ce « gouvernement »-là
que Hamlet par celui de son pays. Les parallèles
sont innombrables. C'est la plus belle de toutes
les pièces de Shakespeare, et je la sais aujour-
d'hui encore pratiquement par cœur. Je la
vénère à l'instar des *Essais* de messire de Montaigne.

À quelques jours de là, Giuliano revient de Cornouaille.

« Alors ?

— Monsieur, je ne sais que vous dire. La propriété de Golden est louée à un métayer efficace,
elle est bien tenue. Mais j'ai rencontré l'intendant des Carey, un nommé Ezekiel Grosse.

— N'est-ce pas l'homme dont nous parlait déjà
Old Thomas il y a des années ?

— Précisément, et si vous voulez mon avis,
vous ne vous frotterez pas à cet homme-là. Il ne
m'inspire pas confiance.

— Il est malhonnête ?

— Pas vraiment malhonnête, mais il convoite
Golden. C'est l'ancien siège seigneurial et il

s'imagine que cela lui donnera du prestige. Je ne comprends jamais pourquoi les individus de ce genre pensent qu'en faisant main basse sur une propriété ils rehausseront leur renommée : ils ne font que la ternir. Personne n'est dupe, dans la contrée. Les gens disent encore, si longtemps après, que votre famille a été victime d'un complot. Ils observent tous que votre père a manqué de diplomatie, vieille chanson, mais ils ajoutent qu'il n'avait pas mérité tant de rigueur. Votre propriété de Tregarrick est florissante, parfaitement tenue. On aimerait vous y voir. Et pour vous dire à quel point on ne vous en veut pas d'être catholique, personne, même pas le notaire qui est un puritain rigoureux, n'a jamais dit à Carey ou à Grosse que le domaine d'Old Thomas vous est échu. Les gens ne l'ignorent pas. Mais il va falloir que vous commettiez de terribles abus avant qu'ils n'en parlent.

— Nous pourrions repartir par la Cornouaille ?

— Oui. J'ai retenu un passage depuis Falmouth, j'espère qu'il vous agréera.

— Oh, parfaitement. Je commence à en avoir assez de Londres et, dès que j'aurai vu *Hamlet*, je propose que nous partions. C'est-à-dire, en ce qui me concerne, dans trois jours. »

Je retourne chez mon père. Son discours n'a pas dévié d'un pouce.

« Père, je verrai ce que je peux faire le moment venu. Maintenant je ne peux ni promettre, ni m'engager. Je n'ai qu'une parole, je ne la donnerai pas à la légère. »

Après cela, la bénédiction paternelle est difficile à obtenir. Mais enfin je l'arrache in extremis.

L'avant-veille de mon départ, je vais voir Richard Mulcaster. Depuis quatre ou cinq ans, il est recteur de l'école de Saint-Paul, qui a une réputation semblable aux Marchands Tailleurs, mais qui est beaucoup plus grande et dont il fait, comme son école précédente, un des établissements illustres du pays. Cet homme qui a eu des milliers d'écoliers me reconnaît sans une hésitation et il me reçoit comme si nous nous étions quittés la veille. On me dit qu'il connaît ainsi chacun de ses anciens élèves. Il n'a pas autant de temps à me consacrer que lors de ma dernière visite, mais m'accueille néanmoins en agitant le premier tome des *Essais* de Montaigne.

«C'est la lecture de tout honnête homme, depuis que John Florio a traduit ces volumes admirables, affirme-t-il, la coqueluche de Londres.»

Je lui raconte que j'ai trouvé Master Shakespeare les lisant.

«Cela ne m'étonne pas. On me dit qu'il a quelque peu retouché le *Hamlet* d'autrefois...

— Il ne l'a pas retouché. Je n'ai pas vu l'autre, mais je connais l'histoire. Il l'a recréé. J'y vais demain, je veux avoir assisté à cela avant de partir.»

Je lui raconte mes discussions avec William Shakespeare.

«J'irai la semaine prochaine, lorsque je pourrai me libérer un après-midi. On en parle beaucoup, et on est impatient de voir le résultat.

— Les bribes que j'ai vues et la lecture du texte me font présager une grande œuvre.

— Tregian, je suis particulièrement heureux que vous vous souveniez de votre vieux maître. Dites-moi, avez-vous retrouvé votre frère?»

J'ai une légère hésitation. Il sourit.

«Ce qui signifie que vous l'avez retrouvé, mais que vous ne voulez pas me le dire.

— Je veux bien vous le dire, monsieur, si cela reste entre nous.

— Parole d'homme, monsieur Tregian.

Je lui raconte tout. Il se contente de sourire, de hocher la tête et de poser une question ici et là.

«J'ai toujours dit que ce petit garçon irait loin.

— Ce garçon, qui était si petit, est maintenant presque aussi grand que moi, et deux fois plus large.

— Il a fondé une famille?

— À mon avis, ces derniers temps il y a songé. Mais ce n'est pas encore arrivé.

— Vous lui direz que son vieux maître n'a jamais douté de lui.»

Avant mon départ, j'ai un double rendez-vous: le matin avec Robert Cecil, l'après-midi avec *Hamlet*.

«Je suis très embarrassé par votre famille, me dit Cecil après les politesses usuelles.

— Moi aussi, monsieur. Je suis un fidèle et loyal serviteur de Sa Majesté, prêt à donner ma vie pour Elle tout en étant catholique, mais cela ne compte pour rien tant que mon père rêve de voir l'Espagne sur le trône d'Angleterre.

— Précisément, monsieur Tregian, cela vous met dans une situation telle qu'il m'est impossible de faire quoi que ce soit pour vous si vous ne vous conformez pas. Je sais que vous êtes un loyal sujet, que vous avez fui les Jésuites autant que le pouvoir anglican. Mais en l'occurrence, seule votre conversion sera vue comme une garantie suffisante par le reste du Conseil privé de Sa Majesté.

— Cela ne se peut pas, monsieur. Je suis un homme pacifique, mais non une girouette. Mon épée appartient à Sa Majesté, mais ma conscience n'appartient qu'à moi. »

Nous poursuivons ainsi, nous répétant beaucoup.

« Ma sympathie continue à vous être acquise, dit Robert Cecil finalement, et je comprends votre refus de vous convertir. Mais c'est difficile, difficile... »

J'ai beau vouloir la cacher, quelque chose de mon angoisse doit se refléter sur mon visage.

« Croyez, monsieur Tregian, que si je pouvais changer cet état de choses, je le changerais. Je vous promets que si l'occasion se présente... Venez me voir quand vous voudrez. Et si vous cherchez un maître, je vous prends à mon service demain.

— Merci, monsieur, mais aussi longtemps que cela est possible, je préfère être mon propre maître. »

Il s'incline en souriant. Il y a de la sympathie dans ce sourire.

Quelques heures plus tard, je vais voir *Hamlet*. J'ai retenu une loge et j'y emmène Giuliano, Jack et mes jeunes sœurs. L'amphithéâtre est archicomble.

« ... *occupez-vous des comédiens, prenez-en soin, car ils sont l'essence, la chronique abrégée de notre temps ; mieux vaut une méchante épitaphe après votre mort que leurs reproches de votre vivant.* »

Cette réplique résume mon sentiment au sortir de la représentation. Il me semble avoir vu toute ma vie, toute notre époque en raccourci. Il est impossible de ne pas penser à Marie Stuart en Gertrude, au défunt Lord Burghley en Polonius, à Lord Francis Bacon, le prudent ami d'Essex, en Horatio, à mon père en vieil Hamlet ; et il est impossible de ne pas se reconnaître soi-même en Hamlet : ce prince «fou» a autant les traits d'Essex ou de Southampton que les miens ou ceux de Shakespeare lui-même.

Je ne suis pas le seul à ressentir cela, l'auditoire fait une ovation aux comédiens, et pendant les quelques jours que je passe encore à Londres, le Globe ne désemplit pas.

En début de soirée je retourne chez Thomas Morley, où m'attend Giles Farnaby, égal à lui-même. Je leur décris la représentation par le menu, et Thomas Morley commente :

«L'idée de faire du spectre le père du jeune prince donne à cette pièce une dimension si universelle que d'ici quelques semaines tout le monde aura oublié la version précédente.

— Vous l'avez vue ?

— Oui. Mais elle tournait autour de la folie d'Hamlet vue comme une ruse pour se venger. C'était une aventure, et non le traité de philosophie et de politique que vous nous dépeignez.

— Vous ne voudriez pas aller la voir, Maître Morley ?

— Et comment ?

— En litière. Je vous prête Jack demain et, entre lui et votre domestique, ils vous y amènent.»

Cela met Thomas Morley d'excellente humeur et nous passons une soirée mémorable. Je suis conquis par les compositions de Giles Farnaby. Il n'a pas la technique impeccable d'un Morley ou la fluidité de Byrd, mais son originalité, son imagination sautent aux oreilles.

«Je vous remercie d'aimer mes compositions», soupire Giles.

Il y a dans sa voix une humble reconnaissance qui me surprend.

« On ne les apprécie pas ?

— À part mes psaumes et quelques-unes de mes *canzonette*, on les entend peu. Je passe davantage de temps à fabriquer des virginals qu'à en jouer.

— Vous permettez que je prenne note de vos morceaux ?

— Ce serait un honneur pour moi, monsieur. »

Je pars avec ses partitions sous le bras et passe la moitié de la nuit à les copier, cela m'aide à surmonter la profonde tristesse engendrée par la certitude que je ne reverrai pas Thomas Morley.

Nous arrivons à St. Ewe après cinq ou six jours de route. Nos métayers nous font fête. La maison est aussi scrupuleusement tenue qu'à mon dernier passage, et le temps semble s'y être arrêté. Nous n'y passons que deux nuits, mais j'ai la sensation d'être à la source de la vie, de me remplir d'énergie. Me rendre compte que je suis attaché à la Cornouaille ne simplifie pas mes réflexions.

Je fais un tour à Golden. La route qui passe entre les deux maisons et qui mène à Golden Mill est assez fréquentée, et je me joins à un groupe, tant à l'aller qu'au retour. C'est vrai. Les domaines sont bien tenus, la garenne est pleine, le blé pousse au sommet du Camp romain, les animaux ont l'air repu et les hommes ont le visage serein.

Giuliano me suggère que nous allions à l'Auberge des Armes-du-Roi, à Probus : Ezekiel Grosse s'y rend régulièrement. C'est ainsi que je le vois pour la première fois, sans qu'il m'aperçoive. C'est un homme d'une quarantaine d'années, trapu, parlant fort, les doigts boudinés, de petits yeux ronds et fouineurs. Il n'y a chez lui rien de raffiné et ses allures de conquérant me déplaisent d'emblée. Je vois tout de suite que pour marchander, je ne serai jamais à sa hauteur. Ce genre d'hommes m'enlève mes moyens.

«Nous nous présentons à lui?

— Monsieur, votre réticence est à tel point peinte sur votre visage que mieux vaut me laisser faire, mais une autre fois, lorsque vous ne serez pas là. Vous gâcheriez tout.

— Vous avez sans doute raison. Laissons.»

Et nous repartons. Interrogé, le notaire confirme la quasi-impossibilité de récupérer des terres saisies par le *praemunire* avant la mort de mon père.

«Et puis, le cas de votre famille est particulier. On voulait démanteler l'hégémonie qu'on craignait de voir surgir d'une alliance permanente entre les Tregian et les Arundell...

— Ma mère n'est pas une Arundell.

— Mais sa mère a épousé le grand Arundell en personne. Votre grand-père John Tregian était marié à Catherine Arundell. C'était la réunion par deux mariages consécutifs de deux des plus grandes fortunes de la région. Vous comprendrez que cela puisse en avoir inquiété certains. Que les deux familles fussent catholiques était un prétexte idéal. Dans l'hostilité ambiante, il y avait une composante qui allait au-delà de la religion, et il vous sera fort difficile de reformer la propriété d'avant la mort de votre grand-père. Je dirais même que toutes les précautions sont prises pour que ce soit impossible. À votre place, je me contenterais du petit domaine qui vous est échu par héritage personnel; je n'en ai parlé à personne, et il vous rapporte une rente suffisante pour vivre. »

Je suis à tel point indécis que je renvoie les grandes résolutions à plus tard.

Le soir même, nous embarquons à Falmouth, à marée haute.

V

How now sheperd what means that,
why werste willow in thine hat?
Are thy scarfs of red and yellow
Changed to branches of green willow?
They are changed and so am I
Sorrow lives but joy must die
'tis my Phillis only she
Makes me wear this willow tree.

«Tell me Daphne»
Ballade populaire

Dis berger, qu'est-il arrivé,
Tu pares de saule ton bonnet?
Le rouge et jaune de tes foulards
S'est-il mué en saule pleureur?
Tout a changé, pour mon malheur
Le chagrin vit mais la joie meurt
C'est pour Phillis et pour elle seule
Que j'arbore cette branche de saule.

La période qui a suivi m'apparaît, en rétro-
spective, comme une de ces roses de l'arrière-
automne, qui s'ouvrent miraculeusement et
fleurissent à la veille des frimas, étalant leur poi-
gnante beauté sans se soucier du givre qui les
menace.

J'avais bien conscience de vivre la fin d'une
époque, mais j'avais encore la sensation que
l'avenir m'appartenait. En quittant l'Angleterre,
j'étais presque décidé à ne pas faire d'effort pour
récupérer Golden: j'écrirais à mon père — ce
serait plus facile que de lui parler — et je lui pro-
poserais de charger de cette tâche son fils
Charles, avec lequel il me paraissait avoir davantage d'affinités qu'avec moi-même.

En France, Giuliano et moi nous sommes séparés, il était pressé de retourner à Amsterdam. Je suis allé à Paris. J'ai passé une soirée en tête à tête avec Margaret et Charles de Tréville et leur ai raconté mon voyage.

«Et si vous pouviez retrouver vos terres en rachetant les revenus des domaines? demande Charles. Quelle somme est-ce que cela représente?

— Notre famille a toujours parlé de trois mille livres par an, remarque Margaret.

— Je ne crois pas que ce soit là un chiffre réaliste. Cela a pu arriver exceptionnellement du temps de notre grand-père John, mais les propriétés étaient administrées toutes ensemble, sous le contrôle d'un intendant particulièrement honnête et compétent. D'après les papiers qu'il m'a laissés, à la fin il s'agissait plutôt de mille livres, ce qui est déjà plus qu'aucun de nous n'aura jamais. Et il savait ce qu'il disait, puisqu'il a repris ses fonctions après l'arrestation de notre père.

— Vous pourriez emprunter l'argent, et rembourser votre dette avec les rentes: vous n'en avez pas besoin. Votre capital hollandais vous rapportera suffisamment pour vivre. Il ne viendrait plus à l'esprit de personne de se passer de vos tissus, désormais. Le mariage même de Leurs Majestés était une débauche de soieries ardentes d'Amsterdam, comme on les nomme ici.

— Je crois que le morcellement des propriétés a fait baisser le rendement: nous en tirerions cinq ou six cents livres à tout casser.

— Même ainsi, en sept ou huit ans, vous récupéreriez tout. S'il le faut, nous vous y aiderons. Mais on ne va pas vous demander une fortune pour quelque chose qui vous appartient, tout de même. »

J'ai encore une foule d'objections à leur opposer, mais j'ai vraiment besoin de réfléchir. Et avant de me décider, je veux parler à Jan.

« Le roi m'a demandé plusieurs fois de vos nouvelles, me dit Charles. Je lui ai appris que vous aviez fondé une famille, et il y a quelques jours à peine, il m'a dit : "Pensez-vous qu'il soit sur le point d'avoir un fils ? — Je ne sais pas s'il est sur le point d'avoir un troisième enfant, Sire. — S'il a un fils en même temps que le mien, qu'il nous l'envoie, nous en ferons un compagnon du Dauphin." »

Je m'étonne.

« La reine a-t-elle donné naissance à un Dauphin ?

— Non. Mais vous connaissez le roi. Un vrai Gascon. La reine est en espérance — que voulez-vous que ce soit sinon un garçon ?

— Ma reine à moi est également en espérance, et si c'est un garçon, je prends Sa Majesté au mot, pour autant que mon épouse consente.

— Nous pourrions recevoir Francis chez nous pour faire son éducation de gentilhomme, en attendant les hypothétiques garçons à naître. »

À sept ans, Francis a eu deux ou trois tuteurs, gens inoffensifs et médiocres ; je me suis beaucoup occupé de lui moi-même. À mon avis, aucun de ses maîtres n'était bon pédagogue. Dernièrement, on m'avait parlé d'un Suisse de Lucerne, homme fort docte qui avait fait des enfants d'une de mes connaissances hollandaises de véritables érudits. L'idée ne m'a pas enthousiasmé, car cela m'aurait déplu d'entendre mon fils parler latin avec l'accent allemand.

La perspective de l'envoyer dans une grande maisonnée comme cela se faisait en Angleterre, et que cette grande maisonnée fût celle de ma sœur me séduisait. Restait à voir si Françoise... Elle accepterait sans doute. Il est vrai qu'en amenant mon fils à Paris je n'avais pas l'impression de me séparer de lui : j'allais suffisamment souvent de ce côté-là. Ce n'était pas le cas de Françoise, qui se déplaçait rarement, et malvolontiers.

Mais lorsque je lui ai parlé du projet, elle a tout de suite accepté :

« C'est une chance pour Frans. »

Au début de l'été, Dieu nous donnait une petite Catherine, qu'Il nous reprenait aussitôt.

Dès ses relevailles, Françoise, comme mue par un pressentiment, a poussé au départ de Francis, et à mon voyage suivant, je l'ai emmené. C'était à l'entour de Michaelmas, le début traditionnel des classes en Angleterre, nous avons vu cela comme un présage heureux.

Francis était un cavalier passable, mais il n'était pas à même de galoper à mon rythme. Le déplacement jusqu'à Paris a été long. D'autant plus long que ce petit garçon était d'une curiosité dévorante. Partout, il demandait des explications, et n'était tranquille que lorsqu'il avait tout vu, tout compris.

En prévision de notre voyage, je l'avais initié aux armes, et il faisait preuve d'une habileté stupéfiante au fleuret, comme s'il n'avait attendu qu'une chose : qu'on lui donne une épée et qu'on lui enseigne le salut, la mise en garde, le coup fourré, la parade, la quarte et la tierce.

« Vous serez un gentilhomme accompli, mon

fils. Vous savez le latin, et vous maniez l'épée comme un vieux soldat.

— Pourquoi ? Faut-il parler le latin quand on s'escrime ?

— Avec certains, cela serait sans doute une arme supplémentaire, cela les désarçonnerait. »

Par moments, je me demande ce qu'il pense de notre voyage. Mais ce garçonnet si vivace est aussi un silencieux. Il observe de ses grands yeux pervenche, on voit qu'il emmagasine tout, mais une fois ses questions posées, il ne dit pas grand-chose.

Margaret l'accueille avec effusion :

« Mon cher enfant, comme vous avez grandi ! Vous allez être heureux avec vos cousins, je parie. »

Les garçons de Margaret ont six et quatre ans.

« Est-ce qu'ils connaissent l'escrime et le latin, madame ?

— Le latin, cela commence. Mais l'escrime... c'est un peu tôt. Ils ne sont pas aussi grands que vous.

— Ah ! Alors j'attendrai. Il n'y a que cela qui me rende heureux.

— Un soldat en herbe ! » commente Margaret.

Le lendemain, je le présente au roi Henri.

« Il me semble vous avoir connu hier, cher monsieur, dit le roi avec cordialité, et votre fils vous ressemble. Nous allons le prendre à notre cour.

— Sire, c'est trop d'honneur...

— Point du tout, point du tout. Tréville ! »

Charles s'incline.

« J'imagine que le jeune Tregian vivra dans votre maisonnée ?

— Oui, sire.

— Lorsque mon fils sera né, je souhaite qu'il

ait un tel compagnon. Vous nous amènerez votre neveu et votre fils.

— À vos ordres, sire. »

Lorsque nous nous retrouvons entre nous, Charles remarque :

« S'il n'en reparle pas, c'était une formule de politesse. S'il revient sur cette invitation, c'est qu'il y tient, et il ne s'en dédira plus jamais. Dans ce cas-là, la fortune d'Arnaud et de Francis serait faite. Il faut attendre. »

Mon fils ne me laisse pas le temps de répondre :

« J'attendrai. En attendant, j'étudierai. »

Charles et moi échangeons un regard par-dessus ses boucles fauves. Tant de sagesse mêlée à tant d'ambition guerrière dans ce petit garçon... Le mélange est explosif. C'est l'étoffe dont on fait les grands hommes. Ou les grands criminels.

Le mariage de Jan est le dernier pétale, souvenir tremblé, de cette fleur-là.

Nous avons organisé une cérémonie grandiose. Je n'ai jamais fait exécuter tant de musique en une fois.

Jan épousait une voisine, prénommée Antje, jeune veuve, au visage enfantin, d'un marchand de drap. Nous la recevions de longue date, et Françoise l'avait beaucoup entourée après la nuit où, ivre mort, son mari avait chu dans le canal et s'était noyé.

Il avait fallu s'occuper du commerce de drap, et Giuliano d'abord, puis Jan, étaient venus à la rescousse. Jan était tombé amoureux en un instant, et je crois que cela avait été réciproque. Mais pendant longtemps, ils ne se sont rien dit : avant la fin du deuil, il ne sied pas à une veuve honnête de donner son cœur, ni à un homme de bien de déclarer son amour.

Ce n'est qu'au bout de deux ans qu'il lui a demandé sa main.

On avait annoncé les fiançailles. Cela aurait dû être fait par les parents du prétendant, mais Jan étant «orphelin», les parents de la veuve s'en étaient chargés. Les bans avaient été publiés trois fois, comme le voulait la coutume, à l'Hôtel de Ville et non à l'Église réformée, puisque les mariés étaient catholiques. La date avait fait l'objet de longues discussions : il fallait éviter le dimanche, jour peu propice aux réjouissances, le vendredi, jour du mauvais œil, et le mois de mai qui passe, en Hollande, pour porter malheur.

Dans la maison du Stromarkt, ce n'était qu'un va-et-vient d'amis, les «compagnons de jeu», amis des fiancés qui les aidaient à préparer la noce. Je m'étais chargé de la partie musicale, Françoise présidait à la décoration de la chambre nuptiale. Au rez-de-chaussée, une pièce était tout entière dévolue à la confection de la robe d'Antje. Une fois finie, cette robe a été exposée à la vue de tous, avec la couronne, dans une corbeille d'osier richement décorée. Ailleurs, on s'occupait de parer le marié, et d'orner de feuilles la pipe qu'il fumerait le jour du mariage.

Les mariages catholiques n'ont pas, aux Pays-Bas, force de loi. Il avait par conséquent fallu organiser une cérémonie civile et une cérémonie religieuse. Giuliano a grassement payé l'échevin pour qu'il vienne célébrer le mariage à la maison, après quoi, dans le salon d'apparat, le curé célébrerait la cérémonie religieuse.

La façade de la maison Ardent et Van Gouden

croulait sous les fleurs ; des tapis splendides, tissés pour l'occasion dans les couleurs inédites qui avaient fait la fortune de la maison, étaient suspendus à toutes les fenêtres. Sur le toit, une fanfare a joué du William Byrd pendant toute la cérémonie. On l'entendait jusqu'au fin fond du port. Et comme cela se passait au milieu de l'après-midi, la foule autour de la maison était considérable : voisins, amis, clients, curieux.

Les fiancés ont échangé le « oui », la mariée a passé l'anneau d'or de ses fiançailles de la main gauche à la main droite, conformément aux usages.

La fête a eu lieu dans le magasin, que nous avions vidé de ses étoffes et de ses meubles usuels. Nous l'avions tendu de guirlandes de fleurs et y avions, comme cela se fait en Hollande, transporté tous les miroirs de la maison, ornés de devises et d'énigmes. Ici, j'ai placé un clavecin ramené d'Anvers (je l'offrais à la mariée, qui le touchait avec grâce). L'aîné des fils Sweelinck, Dirk, a accepté de venir en jouer pendant la fête. Dans le jardin, nous avions élevé un temple de verdure où l'on avait placé, entre les chandeliers, une statuette de Vénus.

Une fois la cérémonie terminée, nous avons disposé dans le salon d'apparat les sièges des époux. Les invités sont alors venus, les uns après les autres, déposer leurs cadeaux et admirer la robe d'Antje, un véritable chef-d'œuvre. Elle était taillée dans un taffetas spécialement tissé, blanc avec des rayures fines du fameux pourpre Ardent, entremêlé d'un fil d'or qui le faisait briller, par instants, comme un ciel étoilé.

Antje m'avait toujours paru jolie. Mais dans cette robe, en ce jour où elle épousait un homme que de toute évidence elle aimait, elle resplendissait, éclipsant jusqu'à l'éclat de sa robe. Sa chevelure cuivre et sa peau laiteuse étaient mises en valeur par les teintes du tissu ; ses yeux d'un noir surprenant avec une telle complexion rehaussaient encore sa beauté. Quant à mon frère, je ne l'avais tout simplement jamais vu ainsi. Il me faisait penser à un de ces dieux qui dominent les ruines du Forum romain, plus superbes encore de ce qu'autour d'eux tous les autres sont tombés, donnant l'impression d'une majesté que rien ne peut atteindre. Jan était tout cela, avec en plus la chaleur de la chair et des émotions.

Pendant la cérémonie des cadeaux, un chœur placé juste derrière les sièges des mariés avait chanté des madrigaux italiens, que j'avais fait répéter pendant les semaines précédentes.

À la nuit tombante, on a passé à table. Un banquet nuptial gargantuesque, au moins trente services. Nous avions trouvé cela exagéré, mais les parents d'Antje avaient été intraitables. Une famille qui se respectait se devait d'offrir à ses voisins un régal qu'ils n'oublieraient pas.

Le repas aussi était accompagné d'un *consort* et de madrigaux.

À la fin des festivités, nous avons sacrifié à la dernière coutume du mariage à la hollandaise : il s'agissait de faire sortir les mariés à l'insu des invités. Mais les invités s'y attendaient, et tentaient d'empêcher les mariés de partir.

Ses amies se sont emparées d'Antje toute riante et sont allées la cacher.

Jan a eu beau la chercher. Rien n'y a fait.

Les jeunes femmes l'ont placé au centre d'une ronde.

« Nous vous la rendrons, compère, lorsque

vous nous aurez juré que dans huit jours vous nous offrirez un banquet, chantaient-elles.

— Je promettrai lorsque vous m'aurez rendu ma femme ! Je ne me laisse pas intimider ! protestait Jan.

— Alors votre mariage est déjà terminé, avant même d'avoir commencé », lui répondait le chœur.

Il a fini par promettre, et on lui a ramené sa femme dans de grands éclats de rire.

Les invités ont alors formé une autre ronde autour de la couronne de la mariée, et se sont mis à tournoyer gaillardement, accompagnés par la musique de la viole de gambe, du luth et de la cithare.

Après quoi ils ont tiré leur révérence et, un par un ou couple par couple, s'en sont allés en emportant, en guise de souvenir, les guirlandes qui ornaient la maison et la façade.

« Vous verrez, monsieur, que ce n'est pas fini, m'a dit Jack en m'aidant à retirer mes chaussures.

— Oui, je sais bien, il y aura des baptêmes, et Jan a dû promettre que dans huit jours...

— Huit jours ? Pensez-vous ! Demain ils seront tous là pour manger les restes, m'a-t-on assuré aux cuisines.

— C'est que j'ai congédié les musiciens, moi. Ce sera triste.

— Oui, mais moi, lorsque j'ai appris la chose, je les ai priés de revenir. Je leur ai donné un petit supplément et ils seront presque tous là. Ils s'y attendaient, d'ailleurs. Les lendemains de noce se passent le plus souvent en musique. Vous me devez huit florins, monsieur.

— Parfois, je me demande ce que je ferais sans toi, Jack. Tu pallies tous mes manquements.

— Sans vous, monsieur, je n'aurais jamais eu l'occasion de déployer ces talents que vous avez la bonté d'apprécier. Je me demande par conséquent moi-même souvent ce que j'aurais fait si vous ne m'aviez pas pris à votre service.»

Nous rions ensemble, d'un rire affaibli par la fatigue. Il est vrai que nous sommes devenus inséparables.

Et le lendemain s'est passé en danses, en musiques et en joyeuses collations.

Le ciel a consenti, tout au long de ces deux jours, à se parer, lui aussi, de ses plus beaux atours : beau fixe, pas un nuage.

J'ai tellement cherché à effacer les événements dramatiques qui ont suivi que je dois faire un immense effort pour en parler.

Je suis parti, comme je l'avais fait si souvent, pour Venise, ou Milan, ou Padoue — Prague peut-être. Un voyage qui ne se distinguait pas des autres, sans doute, puisque je ne m'en souviens pas — fait de musique et, accessoirement, de marchandages pour la vente des tissus Ardent ou l'achat de soies de Chine.

J'ai gardé une image, qui m'a accompagné toute ma vie.

Le jour de mon départ, au moment où, ayant pris congé, j'allais sauter en selle, Adrienne est sortie en courant de la maison :

«Père, Père...» a-t-elle crié de sa petite voix grêle.

Il y avait tant de chagrin dans son cri que je l'ai prise dans mes bras.

«Qu'y a-t-il, petite demoiselle ?

— Père, et si je ne vous revoyais plus jamais ?

— Mais Adrienne, Dieu le voulant, je serai de retour bientôt.

— Vous reviendrez, c'est promis?

— Oui, c'est promis, petite puce.

— Et c'est moi que vous viendrez saluer en premier.»

Autour de nous, les adultes rient. Quelle étrange fillette!

Je me suis mis en selle, ai prié Jack de me passer Adrienne et j'ai parcouru le *gracht* avec elle, au trot.

«Vous voyez, c'est comme si vous m'accompagniez dans mon voyage. Et lorsque je reviendrai, nous referons un petit tour jusqu'au port.

— Vous ne m'oublierez pas, Père?»

Mon cœur se serre. C'est peut-être là que j'ai, fugitive, la prémonition du malheur.

«Je ne vous oublierai jamais, Adrienne. Vous serez ma fille chérie jusqu'à mon dernier souffle.»

Je suis revenu devant la maison, ai déposé la fillette dans les bras de sa mère, et notre petite caravane s'est ébranlée.

Au coin du *gracht* je me suis retourné.

Le soleil jouait dans les cheveux acajou d'Adrienne, et donnait de l'éclat au sourire de Françoise.

C'est la dernière image que j'ai d'elles.

Nous avons entamé notre voyage de retour au début de l'été. Pour ne pas traverser l'Allemagne chargés de soie, nous avons, comme nous le faisions périodiquement, embarqué sur une barge à Bâle. J'avais fréquemment laissé Jack en compagnie de la marchandise et étais allé, seul, par la route, à Anvers voir les Ruckers ou Peter Philips,

ou à Paris voir les miens. Cette fois-là, j'ai choisi
de revenir, moi aussi, par voie fluviale.

Le capitaine avait l'air si soucieux que j'ai fini
par lui en demander la raison.

«On m'a rapporté des rumeurs inquiétantes,
finit-il par admettre d'une voix profonde.

— Quel genre de rumeurs?

— On m'a dit à plusieurs reprises que depuis
trois ou quatre semaines la Hollande était dévastée par la peste.» Il ne me laisse pas le temps de
réagir. «Mais je vous en prie, monsieur, n'en parlez pas, sinon plus personne n'aura sa tête à soi.
Ce sera bien assez tôt lorsque nous atteindrons la
Hollande elle-même.

— D'où tenez-vous vos informations?

— D'un groupe de voyageurs bâlois qui revenaient d'Amsterdam et qui allaient de leur plein
gré se mettre en quarantaine pour ne pas faire
courir de risque aux Bâlois. L'un d'entre eux m'a
raconté que lui-même était resté en bonne santé,
mais que dans la maison qu'il avait l'habitude de
fréquenter, tout le monde était mort.»

«*Père, et si je ne vous revoyais plus jamais?*» Le
souvenir me transperce comme la lame d'une
épée. Cette question ne me quitte plus, et je traverse en aveugle les paysages aux collines gra-
cieuses couvertes de vignobles. «*Père, et si je
ne vous revoyais plus jamais?*» La petite voix
d'Adrienne me poursuit jour et nuit. Et si elle
avait su? Les enfants ont parfois de ces pres-
ciences-là. Le voyage n'en finit pas. Un instant, je
suis tenté de sauter à terre et de galoper jusqu'à
Amsterdam. Mais je ne me donnerais que l'illusion de la vitesse. Il faudrait s'arrêter à la tombée
de la nuit, il y aurait les aléas de la route. Tandis
que sur cette barge, nous avançons régulière-

ment, la nuit comme le jour, et si j'avais toute ma raison je me souviendrais que nous avons constaté, plus d'une fois, lorsque nous-mêmes étions rentrés à cheval, que nos marchandises étaient arrivées avant nous. Mais l'inaction me rend fou.

À Rotterdam, nous expédions nos ballots jusqu'à Amsterdam. De canal en canal, ils feront de nombreux détours. Je n'ai pas la patience d'attendre. Je redoute de mettre pied à terre, mais l'épidémie n'a pas (pas encore?) atteint la ville. Tant de maladies sont parties d'ici, débarquées avec les marins venus de loin, que je me prends à espérer.

Mais dans la campagne on ne parle, à chaque arrêt, que de la peste. Nous atteignons la première ville sinistrée: Gouda. Les rues sont désertes.

Nous croisons une charrette recouverte d'un drap, d'où dépassent plusieurs paires de pieds. J'arrête net mon cheval, Jack pousse un cri de détresse:

«Où allez-vous? demande-t-il d'une voix étranglée.

— Il n'y a plus de place au cimetière», dit d'une voix morne la femme qui la tire, pâle et échevelée. «Mon mari est mort, et tant que Dieu me donne vie, je me rends utile», ajoute-t-elle avant de se remettre en marche.

Jack et moi échangeons un regard épouvanté.

Nous atteignons enfin Amsterdam. Le soleil va se coucher dans un ciel parfaitement serein. La ville ressemble au fantôme d'elle-même. Rien ne remue dans le port. Rien ne remue dans les canaux ni dans les rues, sauf de rares «docteurs de la peste», reconnaissables à leur vêtement spécial, et à la clochette qu'ils agitent pour signaler leur passage. La croix blanche qui indique la présence d'un pestiféré est tracée sur presque toutes les portes. Le silence sépulcral de la ville est recouvert par un tocsin lointain, qui sonne sans discontinuer. Toutes les fenêtres sont fermées et obscures. C'est l'heure où, après le travail, les familles prennent le frais devant leur maison. Ce soir, les perrons sont déserts.

On n'entend pas un cri, pas une voix. Juste le tocsin, morne cœur d'une ville agonisante qui s'épuise.

Nous arrivons au Brouwersgracht. Toutes les maisons, y compris la nôtre, sont marquées de la croix blanche.

J'abandonne mon cheval, monte quatre à quatre, Jack sur mes talons. La porte cède. Silence.

La maison est dans un ordre presque parfait.

Je me précipite dans la chambre à coucher. Le lit est ouvert, et on distingue encore sur la paillasse la forme des corps de Françoise et d'Adrienne. *«Père, et si je ne vous revoyais plus jamais?»*

Jack entre, il est si pâle qu'on ne voit plus le dessin de ses lèvres.

«Monsieur... dit-il d'une voix étranglée. Monsieur...» Il ferme les yeux.

«Dis-moi, Jack. Tu es allé aux renseignements.»

Il fait oui de la tête.

«Dis-moi, Jack.»

Il me regarde soudain, et ses yeux se remplissent de larmes.

«Tous, monsieur.

— Tous?»

— Oui, tous. Madame, Mademoiselle Adrienne, les servantes, le palefrenier, l'homme de peine. Tous.»

Parmi les servantes, il y en a une qu'il s'apprêtait à épouser.

Nous restons là, je ne sais combien de temps, les yeux fixés sur l'empreinte dans le lit, pleurant à grosses larmes. Je vais me coucher, me laisser contaminer par la maladie qui a tué ma femme et ma fille. À quoi bon vivre ? «*Vous penserez à moi, monsieur?*» La voix de mon fils, bien vivant à Paris si Dieu le veut, me retient.

«Allons voir chez les Ardent», dis-je enfin.

Ai-je perdu aussi mon frère, ma mère adoptive ?

La porte du comptoir est marquée de la croix blanche.

Je frappe. Je dois m'y reprendre à plusieurs fois avant qu'une voix rauque, étouffée, commande, sans ouvrir :

«Allez-vous-en !

— Ouvrez, je vous en prie, c'est monsieur Tréville.»

La porte s'ouvre d'un coup. Pieter, le premier clerc, le visage défait, se tient sur le seuil.

«Monsieur Tréville, vous allez contaminer tous ceux d'entre nous qui ne sont pas encore morts.

— Monsieur Van Gouden…?»

— Monsieur Van Gouden, monsieur Ardent et monsieur Wim sont partis pour l'Écosse juste avant l'épidémie. Nous ne savons rien d'eux. Ils sont peut-être morts en route, ils avaient peut-être déjà la peste en partant.

— Et Madame ? Et les autres enfants ? Et les clercs ?»

Les larmes coulent sur ses joues ridées.

«Le jeune monsieur Frans Ardent, mademoiselle Mary, les petits. Madame Antje, aussi. Ils sont tous morts. Presque tous les clercs ont été fauchés. Madame et moi avons dû décider de fermer les ateliers de tissage. Presque tous les tisserands sont…» Sa voix se casse.

«Et Madame…?

— Madame est miraculée. Elle est guérie.

— Où est-elle?

— Dans sa chambre. Passez par l'intérieur. Chez elle, il n'y a plus personne pour ouvrir la porte.»

Je traverse la maison au pas de course, grimpe les escaliers étroits à toute vitesse, entre dans la chambre, dont la porte est grande ouverte.

Jane est assise dans un fauteuil. Une statue de cire. Ses cheveux s'échappent de son bonnet, sa peau est d'une blancheur crayeuse, son visage est creusé. Son regard fixe le sol, elle ne le lève pas.

Je m'agenouille devant elle, lui parle en anglais.

«Jane! Ma Jane bien-aimée, c'est moi, ton Francis.

— Dieu n'a pas voulu de moi, mon petit Francis. J'ai tout essayé, mais ils sont morts. Les uns après les autres, ils se sont éteints dans mes bras. Je ne voulais pas devoir affronter ton regard, celui d'Adrian ou celui de Giuliano. Lorsque la maladie m'a terrassée, j'ai dit merci. Mais Dieu n'a pas voulu me prendre. Je lui ai offert ma vie en échange de celle des enfants…» Elle lève enfin les yeux sur moi. Bleus et profonds comme des lacs. Presque les yeux de Jane. Presque, car en ce moment, on y lit la folie. Elle ne me voit pas. Le Francis auquel elle parle dans un tutoiement familier est le petit garçon dont elle fut la nourrice.

Je lui entoure l'épaule du bras.

«Il faut vous soigner, Jane. Puisque Dieu vous a laissé la vie, il faut vivre.»

Et moi? Je m'interdis de penser. Plus tard. Maintenant, mieux vaut agir.

«Jack!»

Il arrive en courant.

«Est-ce qu'il reste des serviteurs?

— Quelques-uns, monsieur.

— Une servante prête à s'occuper de Madame?

— J'en doute, monsieur.

— Et... Jack? T'a-t-on dit où sont enterrés les... les autres?

— Personne ne le sait, monsieur. Les cimetières ont été pleins tout de suite. Ils ont creusé des fosses communes. On... On dit que le quart de la population est morte.»

Les larmes remontent. De ne pas savoir où repose ma bien-aimée, c'est comme si je la perdais doublement.

«Je vais... je vais aller aux renseignements.

— Je reste avec Madame, si vous le permettez, monsieur.

— Je le souhaite vivement, Jack. Si tu n'as pas peur d'être atteint.»

Il sourit tristement:

«Si nous devons être contaminés, nous le sommes déjà, alors...»

Presque tous les serviteurs se sont enfuis, dans l'espoir de se sauver, ou pour aller mourir au sein de leur famille. Aux cuisines, il ne reste que deux très jeunes filles, Truus et Saskija, des orphelines d'une dizaine d'années que Jane a recueillies.

«Vous avez été malades?

— Saskija un peu, moi pas du tout. Je crois que Dieu nous a épargnées. Tout le monde mourait, ces jours derniers, mais maintenant, cela s'est arrêté. En tout cas je n'ai pas peur, monsieur.

— Bien, alors vous allez laver toute la maison

à grande eau, avec du savon noir. Nous allons essayer de nous sauver, et de sauver ces messieurs lorsqu'ils reviendront.

— Et le nourrisson, monsieur.

— Le nourrisson? Quel nourrisson?

— Lorsque le docteur de la peste est arrivé, madame Antje venait de mourir. Mais elle allait accoucher. Le docteur de la peste lui a ouvert le ventre, monsieur, c'était terrible, et il en a sorti l'enfant.»

Elle lève l'amas de chiffons qu'elle tenait sur ses genoux.

«C'est un petit garçon. Madame m'avait raconté que Monsieur et elle avaient décidé de l'appeler Thomas, alors nous l'avons fait baptiser Thomas.

— Il est... Il est vivant!

— Oui, monsieur. Nous avons eu peur d'aller chercher une nourrice, parce que si son lait avait été empoisonné... Nous l'avons nourri avec le lait de la chèvre des voisins, que nous avons dilué dans de l'eau. Il y a déjà quinze jours, maintenant, et il vit toujours.

— Truus, Saskija, vous êtes merveilleuses.»

Je prends le petit corps entre mes mains. Les larmes m'aveuglent. Cet être minuscule me paraît être le message de Dieu: «Ne désespérez pas, Je suis Votre Père et ne vous abandonnerai jamais.» La peste est tombée sur nous en expiation de nos fautes. Mais ce petit Thomas qui n'a pas voulu mourir est la preuve que le Ciel nous pardonne.

L'enfant a ouvert de grands yeux gris — des yeux surgis de la mer de Cornouaille par jour d'orage. Il pousse un vagissement. Dans cette destruction, il est la vie qui revient — et dans son faible cri, il me semble entendre resurgir la voix de Françoise et celle d'Adrienne.

Au milieu de ma poitrine, il y a un cratère géant d'où s'échappe mon sang, goutte à goutte. Et avant de se perdre dans le sol, chacune des gouttes hurle : « Françoise, Adrienne, Françoise, Françoise ! » Si je m'arrête, je mourrai. Non pas pestiféré, la maladie semble ne vouloir ni de moi ni de Jack : je mourrai de douleur. Aussi je ne m'arrête pas. Après avoir envoyé Jack fermer notre maison à clef, j'organise la vie dans la double maison du Stromarkt.

Personne ne se souvient plus comment il se fait que Giuliano et Jan se soient absentés ensemble, cela n'arrive que rarement. Ils finiront bien par revenir, s'ils ne sont pas morts. Autant ne pas perdre de temps et faire en sorte que, après l'épidémie, la vie et les affaires puissent reprendre. Et s'ils sont morts, la responsabilité de la maison Ardent et Van Gouden m'incombe. Il reste au moins deux héritiers, le petit Thomas et Francis. En ces jours terribles, je crois pouvoir affirmer que le fils d'Adrian et le mien me sauvent. Sans eux, je ne m'accrocherais pas.

Amsterdam revient peu à peu à la vie. Les maisons s'entrouvrent, puis s'ouvrent. On lave au savon noir parois, planchers, trottoirs, on fait bouillir les vêtements dans de grands chaudrons — le diable, tout le monde sait cela, déteste l'eau, surtout chaude. Et la peste, cela ne peut avoir été que le diable.

Avec l'unique clerc qui nous reste, je réponds à des commandes, explique, demande des délais.

Pendant plusieurs jours, Jane, apathique, garde

la chambre. C'est moi qui deviens sa nourrice. Je la couche, la lève, la lave, la nourris. J'ai la sensation qu'elle va se laisser mourir de chagrin. J'ai beau lui parler, elle ne m'entend pas, ne répond rien. Puis, un beau matin, elle descend à la cuisine. En voyant le poupon, elle revient à la vie.

« D'où vient-il ?

— C'est le fils d'Antje et de Jan.

— Le fils... Pourquoi ne m'avez-vous rien dit ? »

Elle a presque retrouvé sa beauté. Et elle reprend l'initiative.

« Qu'est-ce qu'il boit ?

— Du lait de chèvre, madame.

— C'est toi qui le lui donnes, Saskija ?

— Oui, madame, dilué comme vous le faisiez pour...

— C'est bien. A-t-on lavé la maison à grande eau ?

— Oui, madame, monsieur Frans nous l'a ordonné la semaine dernière.

— C'est bien. Combien sommes-nous... », sa voix tremble légèrement, « en tout ?

— Six, et le petit, madame.

— Bien. Nous allons préparer le repas. »

Dans l'ombre, Jack et moi échangeons un regard soulagé.

Le jour où Giuliano, Jan et Wim reviennent de leur périple, la ville a presque repris son rythme, et la maison son aspect ordinaire.

Lorsque nous entendons leurs voix, que nous guettons depuis des jours et des jours, Jack se précipite.

« Envoie-moi Kees », lui dis-je.

Et lorsqu'il entre, je lui demande :

« Kees, vous avez appris les nouvelles ?

— Quelles nouvelles, monsieur ?

— D'où venez-vous?

— Nous sommes allés en Écosse. Monsieur Jan est à la recherche d'une laine particulière pour un nouveau drap. Qu'y a-t-il, monsieur?

— Vous ne savez pas ce qui s'est passé en Hollande?

— Nous débarquons d'un navire écossais, monsieur.

— Kees, pendant des semaines, la peste a fait rage.

— Que dites-vous là, monsieur!

— Madame Antje, quatre des enfants Ardent, madame Françoise et ma fille Adrienne... et je ne sais combien de servantes et de serviteurs... le quart de la ville, dit-on, sont...

— Quelle horreur, monsieur!

Et après un instant:

«Ma famille aussi, peut-être?»

La famille de Kees est originaire des environs de Rotterdam.

«Je ne crois pas, nous avons passé par là-bas, et la peste n'avait pas frappé du tout. Il va falloir donner la nouvelle à ces messieurs. Amène-les-moi et veille à ce que personne ne leur dise rien auparavant.

— Oui, monsieur.»

Ils entrent, pleins de vie et d'énergie. Leur sourire s'efface en me voyant, installé au milieu du comptoir vide, le seul Pieter à mes côtés. Je ne viens jamais au comptoir qu'en coup de vent. en temps ordinaire. Ce n'est pas mon domaine.

«Que se passe-t-il?

— Asseyez-vous.

— Francis! Pourquoi Kees m'a-t-il forcé à venir ici au lieu de me laisser monter saluer Antje?»

Giuliano aperçoit les larmes qui coulent sur le visage du vieux clerc.

«Francis, pour l'amour du ciel, qu'y a-t-il?»

Aucune tournure de phrase ne les ménagera, je m'en rends compte. Je plonge.

«Il y a qu'entre votre départ et l'autre jour, Amsterdam a été la proie de la plus terrible épidémie de peste de son histoire.

— Et alors...? demande Jan d'une voix altérée.

— J'ai perdu Françoise et Adrienne, vous Giuliano avez perdu quatre de vos enfants, et vous Jan... votre femme.»

Ils me regardent, atterrés.

«Je ne sais pas encore exactement combien de clercs ont été fauchés, ni combien de tisserands. Il a fallu arrêter les ateliers. Toute la province est encore paralysée.»

Ils ne disent toujours rien, ne bougent pas.

«Jane a eu la peste mais en a guéri, de même que Saskija, une des orphelines. Truus, l'autre orpheline, et Pieter ici ont été épargnés. Et le docteur de la peste a réussi à sauver votre enfant, Jan. Vous avez un fils.»

J'avais compté que cette nouvelle les secouerait comme elle l'avait fait pour moi, et je ne suis pas déçu.

Ils se mettent à pleurer, en silence.

«Pieter...»

Il me sourit, fait oui de la tête et sort, revient bientôt, suivi des orphelines, qui portent le bébé.

Saskija le tend à Jan avec une révérence:

«Voici votre fils Thomas, monsieur. Qu'à travers lui Notre Seigneur vous donne des jours heureux, ou qu'Il le rappelle à Lui si telle est Sa volonté.»

Et elle ajoute d'une voix timide:

«Nous n'avons pas pu vous attendre pour le baptême, et nous n'avions personne d'autre, alors j'ai dit que je serais la marraine, et Pieter le parrain, mais nous pouvons changer si...»

Le visage de Jan est si pâle que je crains un instant qu'il ne se trouve mal. Il regarde sans un geste ce nouveau-né qui l'observe en gazouillant.

«Jan, c'est ton fils.»

Ses joues rougissent d'un coup.

«Il n'a pas eu la peste?

— Non. Et le lait de la chèvre ne l'a pas tué non plus.

— Où est Jane? demande Giuliano.

— À la cuisine, ou dans sa chambre.»

Il sort.

Je prends le bébé des mains de Saskija.

«Allez, jeunes filles, nous vous ramènerons le petit tout à l'heure.»

Après leur sortie, Jan continue à regarder l'enfant sans le toucher.

«Tu les as perdues, toi aussi, me dit-il en anglais.

— C'est comme si Dieu nous disait que notre vie hollandaise était une faute, tu ne crois pas? Il te laisse un fils. Il me laisse un fils. Mais maintenant, il s'agit de filer droit.»

Il me regarde avec un pâle sourire.

«Dieu a bon dos. C'est notre ignorance qui nous vaut ces catastrophes. Pendant ce voyage, je suis allé à Eu, voir Pierre l'apothicaire. Le duc de Guise a passé quelques semaines à Eu, et il avait dans sa suite un Américain Peau-Rouge, qu'il traînait avec lui comme une curiosité. Cet homme parlait un français parfait. Il a montré à Pierre des secrets inconnus. Par exemple tu peux guérir de beaucoup de maladies contagieuses et de fièvres en avalant un certain champignon qu'on fait pousser sur une certaine pourriture. Cet Américain, un grand prêtre pour son peuple, sait comment faire. Personne ne s'aviserait de lui poser de questions. Nous ne nous intéressons aux Amériques que pour leur or, pas pour leurs habitants ni pour leur sagesse. Nous les avons exterminés par millions, sans les écouter. Plutôt qu'une punition, la peste pourrait être un avertissement : il y a peut-être d'autres conquêtes à faire que celles de la guerre. »

Que répondre ? Je lui tends l'enfant.

« Viens, prends-le. Dieu a permis qu'il survive. »

Il le prend entre des mains tremblantes.

« Elles l'ont appelé Thomas ?

— Oui. Et elles l'ont sauvé, d'abord en restant alors que tout le monde fuyait, et ensuite en sachant s'en occuper.

— Ces deux petites filles... je vais les adopter, pour que Thomas ait une famille.

— C'est bien.

— Et toi, frère, que vas-tu faire ?

— Mon fils est à Paris, à la cour du roi de France. Je vais peut-être m'y rendre. Je ne sais pas encore. »

À cet instant, le petit Thomas lance d'abord un faible cri, puis se met à brailler.

Cette voix me paraît un signal. Quelle que soit ma décision, quelle que soit la douleur qui m'écrase, la mort a passé, et la vie reprend le dessus.

VI

Ayme not too high in things above thy reach;
Be not too foolish in thy own conceit;
As thou hast wit and worldly wealth and will.
So give Him thanks that shall increase it still.

«Fortune my Foe»
Ballade populaire

Ne vise pas trop haut, des choses hors de ta portée;
Ne sois pas insensé dans ta vanité;
Tu as esprit, biens matériels, volonté.
Rends donc grâces à Celui qui les fera fructifier.

C'est en vain que j'ai tenté d'oblitérer le souvenir de cette époque de ma vie. Les images qui m'en restent sont peut-être détachées, mais d'autant plus nettes.

J'ai essayé d'aider Jan et Giuliano à remettre sur pied le comptoir Ardent et Van Gouden. Je me revois, aussi longtemps qu'il n'a pas été possible de remplacer tous les commis morts de la peste, faisant fonction de scribe. Il me semble être lesté de plomb.

Je vis dans la grande maison du Stromarkt. Nous avons fermé ma maison du Brouwersgracht. Jane est inconsolable de la mort de ses quatre enfants, et ne peut les évoquer sans fondre en larmes. Mais elle a retrouvé santé et vigueur, elle est souvent gaie et enjouée. Il faut être un familier des piskies pour déceler le deuil infini qui habite ses prunelles.

Giuliano ne dit rien, son regard reste pétillant et son allure vive, mais sa barbe et ses cheveux sont soudain grisonnants.

Ardent et Van Gouden ont incorporé les tissages Pierson, hérités du premier mari d'Antje. Aussi a-t-il fallu s'atteler au problème nouveau des tissus de laine. Jan s'est lancé dans le travail à corps perdu. Laissant les lainages ordinaires aux innombrables marchands de drap qui existent déjà en Hollande, il s'est attaqué aux étoffes de luxe, très fines, dans des teintes exclusives qu'il met lui-même au point.

Il ne sort de son atelier que pour s'occuper, avec une attention passionnée, de son fils Thomas.

La maison a bien changé. On se surprend parfois à guetter les pas pressés des petits pieds, les jeunes voix, les rires qui trouaient le silence. Il ne reste que Wim qui, à seize ou dix-sept ans, est un homme ; Thomas est encore trop petit pour faire beaucoup de bruit ; on attend le retour d'une petite Jana de deux ou trois ans, qui a échappé à la peste parce qu'elle était en nourrice à la campagne, Jane n'ayant, pour la première fois, pas eu de lait.

Pour repeupler la maison, je forme un instant le projet d'aller chercher le jeune Francis à Paris, mais je l'abandonne bien vite : je n'ai pas suffisamment de goût pour la vie. L'idée de reprendre femme, comme le font d'autres autour de moi, me fait horreur. Je n'ai jamais pu me résoudre à me remarier. Chaque fois que l'occasion s'est présentée, j'ai eu la sensation que, en m'engageant devant Dieu, j'effacerais Françoise, notre bonheur, notre passion l'un pour l'autre. Je suis resté son mari, pour toujours.

Je suis allé à Paris.

C'était, à n'en pas douter, après la mort de la reine Élisabeth, car je me revois déplorant sa disparition au cours d'un entretien que j'ai, à la

cour du roi Henri IV, avec un de mes cousins, le
jeune Lord Derby, William Stanley, frère cadet
de ce Ferdinando qui a probablement été empoisonné pour avoir dénoncé la tentative de faire de
lui le prétendant catholique au trône. Cela m'est
devenu égal que l'on sache qui je suis. Je n'ai
plus rien à protéger.

Ma femme «hérétique» est morte.

Mon frère est si bien caché dans sa peau de Jan
Van Gouden que c'est à peine si lui-même se souvient d'être Adrian Tregian. Et lorsque sa première identité lui passe par l'esprit, il la rejette:

«Songe qu'Adrian Tregian dérogerait en faisant le commerce de la soie et du drap, la seule
activité qui m'intéresse. Impensable! Non, Adrian
Tregian est mort, Dieu ait son âme et vive Jan Van
Gouden!»

Avec son cousin Arnaud, mon fils est un des
gentilshommes de la chambre du dauphin Louis.
Il parle français comme un Parisien, mais n'a
pas oublié le hollandais, qu'il pratique régulièrement avec un docte Amsterdamois de Paris. Ce
qui le distingue, ce n'est pas sa taille — à dix ans
il est (comme je l'ai été) aussi grand que beaucoup d'adultes. Là où il se fait une réputation,
c'est aux armes. Il y met la passion que je voue à
la musique. À cheval ou à pied, à l'épée, au fleuret, au pistolet, c'est un forcené, d'une adresse
invincible. On ne se douterait jamais que c'est un
enfant.

Je prétends être un bon bretteur et n'ai jamais,
au cours des duels somme toute assez nombreux
de ma vie, reçu autre chose que des égratignures.
Mais grâce à Dieu je n'ai jamais dû me battre
contre mon fils: au gymnase, il a presque toujours eu le dessus. Arnaud est à vrai dire aussi

redoutable que lui. C'est en partie à eux que le Dauphin, avec qui ils partagent la passion des arts martiaux, devra d'être une fine lame.

Tout cela pour dire que le jeune Francis s'est fait à la Cour une place de choix et qu'il n'a pas besoin de moi. La mort de Françoise et d'Adrienne plonge la maison de Troisville dans la désolation. Charles était très attaché à sa sœur et mon fils à sa mère. Pourtant, le jeune Francis se console avec sa tante Margaret, qui est une mère aussi aimante pour lui que pour ses propres enfants. D'ailleurs, à la Cour on pense généralement que François de Tréville, comme tout le monde le nomme, est le fils de Charles.

J'apprends la mort de Lady Anne Arundell, ma grand-mère. Un chagrin qui vient s'ajouter aux autres.

Est-ce à Paris où je réside souvent, pour m'éloigner du centre de la douleur qu'est Amsterdam, que je reçois un message de Robert Cecil, devenu comte de Salisbury? Peu importe. Robert Cecil m'écrit:

*Le bruit court qu'un attentat se prépare contre la personne du roi Jacques I*er*. De tels bruits courent souvent, et ne sont généralement que cela: des bruits. Mais il est impossible de les négliger. Et puis, contrairement à tant d'autres fois, mes agents n'arrivent pas à comprendre comment l'attentat serait mis en place. Je suis d'autant plus inquiet que des sources très sérieuses font état d'une volonté de faire disparaître non seulement le roi, mais aussi son entourage — politique ou familial, la chose n'est pas claire. Cela vient-il des catholiques? Et si oui, desquels? Des indices font penser que cela pourrait émaner du parti des Jésuites. C'est là que j'ai songé à vous. Depuis que nous*

avons signé la paix avec l'Espagne, les rapports
entre nos deux pays sont devenus plus faciles. À tel
point que Sa Majesté permet à l'archiduc Albert,
en signe de bonne volonté, de lever un régiment
de catholiques anglais au service de l'Espagne. Le
capitaine anglais désigné pour le commander est
votre parent Thomas Arundell, que Sa Majesté
vient d'élever au rang de baron de Wardour. On me
dit que c'est parmi les recrues de ce régiment qu'on
trouve les conspirateurs. J'aimerais que vous vous
engagiez.

Vous m'avez dit un jour que vous ne répondiez
de votre conscience qu'à Dieu, mais que votre épée
était, elle, au service de la Couronne. Je n'ai rien à
vous offrir sinon un engagement : si vous désirez
revenir en Angleterre, je m'emploierai à faciliter
votre retour et ferai ce que je pourrai pour que vous
retrouviez vos domaines à moindres frais. Si vous
acceptez mon offre, le porteur vous expliquera ce
que vous pouvez faire. Sinon, oubliez cette lettre, je
ne vous en tiendrai pas rigueur.

J'ai accepté. Une mission suicide, c'est exactement ce qu'il me faut.

Robert Cecil attend de moi que j'aille à Anvers
ou à Bruxelles, que je fréquente l'entourage de
l'archiduc Albert, qui gouverne d'une main de fer
au nom de Sa Majesté très catholique ; il désire
également que je fréquente les jésuites, que je me
lie avec un certain capitaine Hugh Owen, et avec
quelques catholiques anglais inconditionnels. On
me demande d'ouvrir yeux et oreilles ou, mieux
encore, de faire parler des gens susceptibles de
savoir quelque chose. Je dois, bien entendu, jurer
le secret le plus absolu.

« Mes deux serviteurs ne seront pas dupes, dis-
je à l'envoyé de Cecil, ils me connaissent trop

bien et depuis trop longtemps, ils savent que jamais je ne m'engagerais au service de l'archiduc si je n'avais une raison. Après tout, il se bat contre un pays pour lequel j'ai une profonde affection.

— Vous leur en direz le moins possible, mais mettez-les en garde : le roi a le bras long et l'Inquisition est tentaculaire. »

Je vais à Anvers, y prends un logement puis, avant de m'engager dans ma nouvelle vie, je pars faire un tour dans la campagne avec Jack. Nous arrêtons nos chevaux au milieu d'un champ, et je lui explique de quoi il retourne. Ses yeux brillent. Il a un tempérament d'aventurier, au fond.

« Nous devenons soldats et espions, alors, monsieur ?

— Ce n'est pas ainsi que je poserais la question. Pendant quelque temps, nous servons notre roi. Par des moyens peu orthodoxes, il est vrai. Et nous sommes en danger. Si les jésuites découvrent nos intentions, nous risquons notre vie. Il faut que tu sois très prudent.

— Inutile de me dire ces choses-là, monsieur.

— Je te les dis, car tu vas devoir travailler pour ton compte. Mêle-toi aux valets, à la piétaille...

— Compris, monsieur. Comptez sur moi. »

J'ai envoyé un message à Giuliano, qui arrive bientôt d'Amsterdam avec Kees. Lorsque je l'informe, il secoue la tête.

« Je ne suis pas sûr que vous ayez raison. À mon avis, Robert Cecil n'est pas quelqu'un à qui l'on puisse faire une confiance aveugle. Il a tendance à faire de ceux qui le servent les instruments de sa gloire personnelle. J'ai juré qu'on ne m'y reprendrait pas, mais je vais faire une exception pour vous : je vous donne trois jours de mon temps, on a trop besoin de moi à Amsterdam. Mais je vous laisserai Kees, c'est un expert. »

Kees se contente de sourire.

« De toute façon, dit Giuliano pensif, si le bruit est déjà si précis, il va falloir faire vite. »

Du jour au lendemain, je suis soldat. On m'accueille sans hésitation. Mon père est un ultramontain célèbre dans toute l'Europe catholique. Je suis son fils. Il va de soi que je suis ses traces. Apparemment, ma loyauté n'est jamais mise en doute.

Un de mes compatriotes kernévotes, William Bawden, parent du Nicholas Bawden qui servait le cardinal Allen avec moi à Rome, est vice-préfet de la mission anglaise d'Anvers. Je m'emploie à m'attirer ses bonnes grâces, mais je dois être d'une prudence extrême : ce jésuite est un véritable Machiavel, la plus haute autorité religieuse anglaise dans les Flandres malgré son titre modeste. Rien ne se fait sans qu'il le sache. Giuliano m'a conseillé de lui faire ma cour, et je m'exécute, avec une certaine répugnance. Il m'entraîne dans de longues discussions, dans le seul dessein, me semble-t-il, de pouvoir conclure :

« Vous avez négligé votre théologie depuis que vous avez quitté Rome, monsieur Tregian. Vous êtes meilleur musicien qu'alors, mais ce n'est pas la musique qui vous ouvrira le royaume des cieux. »

Je suis tenté de lui demander s'il pense mieux s'assurer l'au-delà par l'intrigue.

Une des choses qui me troublent le plus, c'est sa manière de me regarder de ses yeux jaunes de chat en me demandant :

« Comment se fait-il que vous choisissiez un

moment comme celui-ci pour vous engager dans la lutte ? »

Me demande-t-il à mots couverts si je suis d'un complot ? En est-il lui-même ?

« Ma conscience me dicte cette démarche depuis longtemps, mais les circonstances...

— Votre père est un modèle pour nous tous, monsieur Tregian. Est-ce lui qui vous envoie ? »

Cette fois, sa question, son ton, son regard sont lourds de sous-entendus. Je fais la réponse que donnerait un conjuré qui ne veut pas découvrir son jeu :

« Il m'incite à être des vôtres depuis longtemps. »

En tant que gentilhomme catholique au service de l'archiduc, je passe un temps infini au gymnase, ou à inspecter la troupe que je commande. Je ne sais ce que je ferais si on m'envoyait à la conquête de la Hollande, mais le Seigneur m'épargne cette épreuve. Le reste m'est indifférent. Notre capitaine Thomas Arundell est le frère cadet de ma grand-mère Catherine et de Sir John, mais je ne l'avais jamais vu, quoiqu'on ait beaucoup parlé à Clerkenwell de ses exploits guerriers, lorsque j'étais enfant ; je sais qu'il est catholique, et il ne s'en cache pas. Nos rapports restent distants, la seule chose que nous partagions me semble être notre hostilité envers les jésuites.

Je rencontre Owen, avec qui je vais boire force pichets, mais nous n'échangeons que des propos anodins. Cet homme d'âge mûr est ouvertement pro-espagnol, explique sa position avec beaucoup de logique et n'a, me semble-t-il, rien d'un comploteur. Nous sommes en désaccord sur tout, mais je ne puis m'empêcher de le trouver sympathique.

De temps à autre je croise mon frère Charles, qui s'est engagé dans le régiment anglais, lui aussi. Nous nous promettons régulièrement de passer une soirée ensemble, mais nous sommes décidément trop différents : nous n'avons rien à nous dire, et nous le savons tous deux. La soirée projetée n'aura pas lieu.

Pierre-Paul Rubens est à Rome, et je déplore son absence. Je passe régulièrement chez Pierre Phalèse, voir les partitions qu'il publie, chez Ruckers, à qui j'ai acheté un virginal pour mon logis, et au Compas-d'Or de Jean Moretus-Plantin, imprimeur, éditeur et libraire dont la boutique située sur le Marché du Vendredi regorge d'ouvrages passionnants ; il faut les chercher derrière une abondante littérature jésuite, car le Compas-d'Or est aussi l'imprimeur officiel de la Compagnie de Jésus. Et c'est au Compas-d'Or, un après-midi où je parcours un ouvrage susceptible de m'intéresser, que je recueille le premier ragot utile.

Au bout de ses trois jours, Giuliano a réussi à apprendre que quelque chose se trame en effet parmi les catholiques anglais, mécontents que le fils de la reine Marie Stuart soit si obstinément protestant, poussés à bout par un regain inattendu de persécutions, par des amendes plus lourdes encore que sous Élisabeth. Il a entendu dire qu'aux malheurs extrêmes il s'agissait d'appliquer les grands remèdes. Mais ni lui ni nous n'arrivons à découvrir quels sont ces « grands remèdes ».

Pendant que je feuillette un livre en hollandais, deux personnes s'entretiennent en anglais, à voix très basse, à l'autre bout de la boutique. Mais le local est exigu, et j'ai l'oreille fine. L'un des hommes surtout m'intéresse, car je l'ai vu s'entretenir avec le capitaine Owen.

«Ce ne sera plus long, maintenant.

— Comment serons-nous avertis?

— Vous le saurez, cela s'entendra jusqu'ici.»
Rires.

«C'est ce que je me répète sans cesse pour me faire patienter. Il me tarde d'être rentré au pays.

— Il faudra remplacer tant d'hommes d'État que chacun de nous aura sa place.

— Silence!»
Une pause.

«Un mot, monsieur», me dit celui des deux Anglais que je ne connais pas, en anglais.

Le piège est par trop grossier. Je ne lève pas la tête. L'homme approche, m'interpelle une fois encore. Je consens à sortir de ma lecture.

«Oui, monsieur?

— Ah! Vous êtes donc anglais!

— Pour vous servir, monsieur.

— Puis-je connaître votre nom, monsieur?

— Mais... c'est vous qui m'avez parlé le premier, monsieur, c'est à vous de vous présenter.»

J'ai la main sur le pommeau de mon épée.

Les deux hommes se regardent; celui qui est armé a, lui aussi, mis la main à son épée. Mais après avoir échangé un signe, ils haussent les épaules et s'en vont en marmonnant.

«J'ai craint pour mes livres, dit Jean Moretus d'une voix suave.

— J'ai craint pour ma patience, et je crains encore pour ma personne. N'auriez-vous pas une porte arrière?

— À votre service, monsieur. Venez.»

Nous traversons la cour, entrons dans la salle des caractères, et il me fait sortir par la petite porte par où l'on décharge les cargaisons de plomb. Il me précède dans la ruelle, elle débouche sur une rue très passante, qu'il inspecte d'un coup d'œil rapide.

« S'ils vous attendent, c'est devant la boutique, ou devant la porte de l'imprimerie. Ici, il n'y a personne.

— Connaissiez-vous ces deux hommes, monsieur Moretus ?

— L'un est un père jésuite, monsieur Green. L'autre est un gentilhomme anglais que j'ai entendu appeler Lord Winter.

— Merci, mon ami. »

Par un de ces hasards où l'on a coutume de voir la main de Dieu, Jack et Kees rentrent ce soir-là, l'un et l'autre avec en tribut une remarque entendue de gentilshommes anglais : « Le feu de Dieu va s'abattre sur les hérétiques », disait l'un ; et l'autre : « Il fera chaud, mais ce sera un feu purificateur. »

En mettant bout à bout ce que nous avons appris, nous arrivons à une conclusion invraisemblable : quelqu'un a l'intention de faire exploser un boulet au milieu d'une fête donnée par le roi, d'un banquet, d'une réception. Mais est-ce que cela implique la disparition de « tant d'hommes d'État » ? Pas nécessairement. Alors ? Ce n'est tout de même pas du Parlement qu'il peut s'agir ? Non ! Et si cela était… ?

Mes suppositions me semblent saugrenues, mais l'autre phrase de l'Anglais me hante : « Ce ne sera plus long, maintenant. » Mieux vaut me tromper, me ridiculiser, même, qu'arriver trop tard. Mon homme de contact manque deux des rendez-vous que nous nous étions donnés. Je me résous à expédier Jack à Londres, avec un mes-

sage concis : *Monseigneur, mon envoyé vous par-*
lera du spectacle que je peux organiser pour vous.
C'est la phrase convenue. J'ordonne à Jack de ne
mentionner aucun nom, seulement des faits : je
veux bien préserver la vie de Sa Majesté, mais ce
ne sera pas par moi qu'on arrêtera, qu'on tortu-
rera et qu'on mettra à mort.

Lorsqu'il revient, une quinzaine de jours plus
tard, Jack raconte :

« La réalité était plus folle que toutes nos suppositions. Vous vous souvenez de Lord Winter,
ce gentilhomme que nous avons failli embrocher
au Compas-d'Or ?

— Je m'en souviens. Si nous en étions venus à
croiser le fer, c'est peut-être lui qui "nous" aurait
embrochés. Et alors ?

— Alors c'était un des conspirateurs, il est à
la Tour de Londres. Il était venu à Anvers pour
consulter le capitaine Owen et le nonce papal. Il
a fallu que je dépense une fortune pour obtenir
tous ces détails.

— Tu as bien fait. Je te rembourserai.

— Pensez-vous, monsieur, dit-il dans un grand
rire, je suis tout remboursé. J'ai présenté la note à
Lord Salisbury. J'étais d'avis que c'était à lui de
payer.

— Parle-moi de ce complot. Les bruits que
j'entends sont contradictoires. Bawden fait une
tête d'enterrement, mais il est impossible de lui
tirer la moindre information. On a voulu assassiner le roi ?

— Oui, monsieur. Mais ON voyait les choses en
grand, en très grand même. Ils ont rempli de
poudre explosive les caves du Parlement. Ils voulaient faire sauter le roi, le Parlement, le Conseil
privé, les Lords, les Communes, et tout le quar-

tier environnant sans aucun doute. Lorsque je suis arrivé chez Lord Salisbury — et je vous jure que cela n'a pas été facile — il venait d'entendre parler du complot des Poudres, c'est ainsi que tout Londres l'appelle, par une autre source, et il trouvait l'idée si incroyable qu'il ne voulait pas la prendre au sérieux. "Comment, vous m'apportez du delà des mers cette même idée folle ?" Sa voix tremblait, je vous jure, monsieur. "Monseigneur, nous nous trouvons nous-mêmes ridicules, cela semble impensable, mais... — Oh, si les renseignements que je reçois par ailleurs sont exacts, il ne s'agit pas de ridicule. C'est la pure vérité." »

Jack soupire.

« Et c'est la pure vérité. On dit qu'ils ont mis sous le Parlement suffisamment d'explosifs pour pulvériser la moitié de Londres. Cela a été découvert à la dernière minute. Le jour où j'ai quitté Londres, les principaux conspirateurs étaient morts ou arrêtés. Mais on murmurait que d'autres catholiques allaient avoir des ennuis. Le vicomte Montagu, Lord Mordaunt et votre oncle Lord Stourton n'étaient pas à Londres le jour où Whitehall aurait dû exploser, et comme ils sont catholiques on les soupçonne... Lord Salisbury a beau vous avoir promis de faciliter votre retour, monsieur, avec un complot comme celui-là, vous allez continuer à être mal vu en Angleterre. Votre père est du parti des Jésuites. Il n'était pas au courant des détails, mais savait que quelque chose se préparait. Ses serviteurs m'ont raconté qu'il faisait dire des messes pour la réussite de l'entreprise. Si je suis renseigné, la police l'est aussi. »

Un matin de fin novembre, je suis réveillé en sursaut par Giuliano faisant irruption dans ma chambre.

« Giuliano ! Mais qu'est-ce que vous faites ici ? N'étiez-vous pas pressé de rentrer à Amsterdam ? »

Il écarte ma question d'un geste brusque, je l'ai rarement vu aussi ému.

« Qu'avez-vous promis à Robert Cecil ?

— De rester au moins un an. Pourquoi ?

— Parce que j'apprends d'une source qui ne s'est absolument jamais trompée que le complot des Poudres a été une grande mise en scène orchestrée par Salisbury lui-même pour justifier la persécution des catholiques et réduire à rien la paix avec l'Espagne.

— On a déjà dit cela à propos du complot d'Essex, du complot des Bye, je l'ai même entendu dire de son père, William Cecil, lorsqu'ils ont mis à mort le docteur Lopez il y a dix ans. J'ai peine à le croire.

— Et pourtant... » Il déplie une feuille de papier et lit : « *Les flammes dont on prétendait qu'elles allaient anéantir le royal concile et qui brûlent, depuis huit jours, sur les lèvres de tout un chacun, ne sont qu'un feu follet, surgi d'un cerveau enfiévré pour mystifier le monde. Car on dit confidentiellement qu'il n'y a jamais rien eu de pareil ni même d'approchant, à l'exception peut-être d'un unique baril de poudre trouvé sur les lieux du "crime".* C'est une lettre que Dudley Carleton a écrite à John Chamberlain, le 13 novembre, une semaine seulement après la découverte du complot. Je connais Dudley Carleton. Ce n'est pas précisément un colporteur de ragots, et surtout pas de ragots aussi dangereux que celui-ci. Ce n'est là qu'un des échos que j'ai eus.

— Mais comment avez-vous fait, depuis Amsterdam… ? »

Il sourit, calmé.

« L'instinct du limier, que voulez-vous. Quelque chose clochait, les trois jours que j'ai passés à vous rendre service ont suffi pour que je le sente. Je suis retourné à Amsterdam, mais je n'étais pas tranquille. Je suis reparti. »

Nous nous regardons longtemps en silence.

« Vous vous êtes compromis ?

— Compromis ? Comment entendez-vous cela ?

— Avez-vous reçu des confidences de Guy Fawkes lorsqu'il fréquentait le régiment anglais ?

— Je ne vois pas qui cela peut être. Personne ne s'est présenté à moi sous ce nom-là.

— Et Lord Winter ?

— Il paraît que c'est un gentilhomme avec qui j'ai été à un cheveu de me battre. Si votre histoire est vraie, ce que j'ai entendu ce jour-là fait partie de la mise en scène.

— Et Hugh Owen ? Avez-vous parlé de lui à Cecil ?

— Il aurait voulu, mais je n'ai jamais rien eu à en dire, aussi n'en ai-je pas fait mention. À vrai dire, je n'ai jamais mentionné de noms, par principe. »

Il pousse un grand soupir de soulagement.

« Si cette histoire est vraie, il vous a embauchés, vous et d'autres, pour asseoir les apparences d'un complot, ou alors pour vous compromettre et prouver que tous les catholiques peuvent devenir des comploteurs. Mais je pense que c'est surtout pour avoir quelques témoins extérieurs honorables. En tactique, cela s'appelle assurer ses arrières. Bien entendu, si vous manifestez le moindre doute, il trouvera le moyen de prouver

que vous êtes compromis. Avec un nom aussi
chargé que le vôtre, ce ne lui sera pas difficile.
J'en viens à penser que ce pseudo-régiment
catholique n'a été créé que comme appendice au
complot de Cecil. S'il se défait d'ici six ou sept
mois, mon soupçon d'aujourd'hui deviendra une
certitude. Il est une autre chose intéressante que
j'ai apprise. Lorsque Thomas Arundell a négocié
son départ dans les Flandres, il a demandé entre
autres l'engagement qu'on cesserait de persé-
cuter les Arundell et les Tregian en Angleterre.
Robert Cecil le lui aurait promis verbalement,
mais aurait refusé de consigner cela par écrit.

— Et mon père ?

— D'après mes informateurs, on a songé à
l'impliquer pour sa grande amitié avec les
Jésuites. Mais on a fini par se dire qu'il était trop
vieux, et surtout trop droit. Et puis à partir de
l'instant où il a été inclus dans le marché de Thomas Arundell, on a renoncé à lui.» Il a un petit
rire amer. «On n'a encore réussi à impliquer
directement aucun jésuite. Pour Robert Cecil, ce
doit être une catastrophe. Car je suis persuadé
que toute cette construction complexe a été mise
en place pour anéantir la réputation des catholiques, plus particulièrement des Jésuites, et pour
que le roi se persuade que Cecil est un homme
indispensable.

— Giuliano, j'ai vraiment beaucoup de peine à
croire tout cela.

— Moi aussi, Francis. Mais la source dont je
tiens mes renseignements ne s'est jamais trompée, elle est parfaitement placée pour tout savoir.
On me dit par exemple qu'Ambrose Rookwood et
Sir Everard Digby n'ont jamais su qu'il était question de faire sauter le Parlement, ils croyaient

qu'on s'apprêtait à servir dans le régiment anglais de Flandres et qu'on préparait le départ.

— Mais alors, les grand traîtres... les Catesby, les Percy, les Winter, ce Guy Fawkes dont on parle tant...

— Les exécutants de Robert Cecil.

— Non, ce n'est pas possible. »

Si tout cela est vrai, Machiavel ne serait qu'un enfant, comparé à Cecil. Je revois ce petit homme avec ses yeux brillants d'intelligence, entouré d'un luxe raffiné. Mais je comprends aussi que mon incrédulité vient de ce que je serais, moi, foncièrement incapable de concevoir un tel plan.

« De toute façon, remarque Giuliano, que cela soit vrai ou non, les effets sont les mêmes. Le crime nuit aux catholiques — c'est ce qui me fait prêter foi à l'idée de la machination — et profite infiniment à Salisbury, tout en faisant grand peur au roi, dont le père, Lord Darnell, est mort précisément parce qu'on avait placé une charge d'explosifs dans la cave de sa maison...

— Plus je vous écoute, plus vous me semblez avoir raison. Et alors? Qu'est-ce que je fais, maintenant?

— Rien. Un homme averti en vaut deux. Vous êtes sur vos gardes. Sous aucun prétexte vous n'allez en Angleterre tant que les choses ne se seront pas calmées. Et vous faites comme si vous ne connaissiez que la version officielle du complot. Où que soit la vérité, vous n'oublierez jamais que Cecil est un homme sans scrupule dont la seule préoccupation est d'assurer sa propre position.

— Mais alors, nous pourrons reprendre Golden?

— Peut-être. Mais je crains malgré tout Eze-

kiel Grosse, l'intendant de Lady Carey qui administre vos terres, il ne m'a jamais rien dit qui
vaille.»

Après cela, mon séjour dans le Brabant a été
fort ordinaire. J'ai le souvenir de parades au petit
matin :

«Lorsque je dirai "Rangez vos piques !", vous
les placerez à l'extérieur de votre pied droit en les
tenant avec la main droite, pouce à l'extérieur,
sans baisser le regard ; votre bras gauche repose
le long du corps bien redressé.»

Et aux mousquetaires, j'ai ordonné matin après
matin : «Soufflez sur vos grains», et ils obtempé-
raient. Parfois, ces restes de poudre causaient une
minuscule explosion qui leur roussissait les sourcils et la moustache, mais tout cela faisait partie
des aléas de la vie de caserne — et du règlement.

Il me semble que, pour un soldat, je me suis
peu battu, j'ai fait beaucoup de musique et j'ai
beaucoup voyagé. De temps à autre, je croise
mon frère Charles, va-t-en-guerre à tous crins.
Son caractère belliqueux lui a évité la calotte,
mais il a une manière déplaisante d'étaler ses
convictions à tous les vents. Nous nous parlons
peu, ce qui nous évite d'en venir aux mains.

Je continue à aller à Paris voir mon fils, et à
Amsterdam, sans me cacher mais sans étaler
la chose non plus. Je fais dans la mesure du
possible avancer les affaires d'Ardent et Van
Gouden. Mais si je veux garder ma façade de
gentilhomme anglais, ce genre d'activité ne peut
rester que discret. Un gentilhomme ne fait pas de
commerce.

De temps en temps, je tombe amoureux. Mais

cela ne dure jamais. Il arrive toujours un moment où Françoise resurgit, éclipse les belles jeunes femmes qui m'attirent mais ne me retiennent pas. J'en acquiers une réputation d'homme volage, de bourreau des cœurs, si loin de ma vraie nature que cela m'amuse.

La rupture de ce tran-tran se situe pendant la quatrième année du règne. Comme Giuliano l'a prédit, le régiment anglais s'effiloche, et il me paraît que, l'automne venu, il n'en restera plus rien. On nous encourage même, à mots couverts, à le quitter. Thomas Arundell rentre en Angleterre, comme si tout cela ne le regardait plus. Je vais à Bruxelles, j'y prends un logis.

Par un jour de juillet, j'ai la surprise de voir débarquer Phillips, le valet personnel de mon père. J'ai toujours aimé Phillips, qui s'est souvent employé, dans mon enfance, à m'éviter les coups de fouet.

«Je suis très heureux de vous voir en si bonne santé, monsieur.

— Et moi, Phillips, je suis enchanté de voir que vous vous portez comme un chêne. Et mon père, comment se porte-t-il?

— Pas comme un chêne, hélas, monsieur. Sa sciatique le fait beaucoup souffrir, et puis il veille trop, ne prend pas soin de lui. Mais vous allez pouvoir vous en rendre compte par vous-même, monsieur, il est en route. Il s'est arrêté à Douai, au Collège anglais, et va arriver ici dans quelques jours. Il m'a envoyé vous prévenir.

— Mon père? Ici? Comment cela?

— Après le complot des Poudres, on voulait l'arrêter, monsieur. Ses amis se sont démenés, ont prouvé qu'il n'y était vraiment pour rien. Finalement, le Conseil privé a consenti à le lais-

ser en liberté à la condition qu'il quitte le pays. Il
va en Espagne.»

Mon étonnement est sans bornes.

«Comment en Espagne? Pourquoi?

— Parce que le roi d'Espagne lui fait une pension.»

Les bras m'en tombent. Mon père est incorri-
gible.

«Et ma mère?

— Votre mère ne part pas avec lui.»

Si je n'étais pas assis, je tomberais à la renverse. Ma mère quitter son mari!

«Phillips, vous vous moquez?

— Non, monsieur. J'ai moi-même été surpris.
Mais il se trouve que Madame ne voulait pas
quitter l'Angleterre, et que Monsieur ne pouvait y
rester. Ils ont décidé de se séparer. Peut-être que
Madame... un jour...

— Elle le rejoindra, d'après vous?

— Si vous sollicitez mon avis, monsieur, je me
permettrai de dire: non, je ne pense pas. Madame
est chez son frère, Lord Stourton, avec vos jeunes
sœurs.

— Quant à Monsieur mon père...?

— Monsieur votre père sera ici dans trois ou
quatre jours, je vais lui préparer un logement, et
il vous prie d'être à sa disposition. Il a quelque
chose d'important à vous communiquer.

— Je suis à ses ordres, cela va de soi.»

Il perçoit sans doute l'amertume dans ma voix.
Il me fixe de son regard gris plein de bonté, mais
ne dit rien.

Mon père arrive, je vais lui rendre visite.

«Tu écouteras aux portes, je veux pouvoir
rediscuter de cet entretien, dis-je à Jack.

— Monsieur, vous m'ordonneriez de voler que

je volerais, alors si vous m'incitez tout simplement à faire mon service, j'en suis d'autant plus aise.»

La haute taille de mon père est voûtée, son œil a perdu de sa luminosité, il ne sourit jamais, son visage est creusé de sillons, ses rares cheveux et sa barbiche sont d'un blanc jaunâtre. Son nez est pincé et sa bouche semble n'avoir plus de lèvres. Il a le teint d'un homme qui va mourir.

«Mon fils, dit le solennel vieillard, il faut que je vous transmette le flambeau. J'ai beaucoup espéré qu'un coup d'éclat restaurerait une monarchie catholique sur le trône, et que vous pourriez rentrer au pays la tête haute. Dieu ne l'a pas voulu.»

Il fait une pause, comme pour m'inviter à parler, mais je préfère me taire; il poursuit.

«Cela ne vous dispense pas de votre devoir, mon fils. Je quitte l'Angleterre pour aller terminer ma vie dans la dévotion. J'ai mille péchés à expier, et je veux m'assurer la vie céleste. C'est à vous de racheter les terres de vos ancêtres. George Carey est mort, il faut composer avec sa veuve. Et Lord Salisbury s'est engagé à nous faciliter les choses. Je vous laisse Phillips, il connaît tout le monde et vous aidera.

— N'avez-vous pas reçu la lettre dans laquelle je vous priais de confier cette tâche à mon frère, votre fils Charles?

— Je l'ai reçue, oui. Mais je l'ai imputée à un instant d'aberration. Un Tregian ne se soustrait pas à son devoir, et vous êtes un vrai Tregian.»

«Quand Hamlet aura pris la mesure de sa grandeur, redoutez qu'il ne soit plus maître de ses intentions. Il est lié par sa haute naissance. Il ne peut pas, comme les gens du commun, trancher selon son gré.»

«Je suis surtout un musicien, un marchand...»

La peau parcheminée de mon père s'est empourprée, et sa voix a acquis une vigueur insoupçonnée.

«Arrêtez de blasphémer, monsieur! Il n'est pas question que vous lâchiez votre famille, votre frère, vos sœurs. La qualité de gentilhomme n'est pas une défroque qui se jette et se reprend à loisir. C'est un engagement que l'on a envers le Ciel, et qui nous vient de notre naissance. Vous allez retourner en Angleterre, lutter pour la vraie foi et pour les biens de vos ancêtres. Vous n'avez aucun choix.»

«Ne laisse pas ta mère te supplier en pure perte, Hamlet. Je t'en prie, reste avec nous; ne va pas à Wittenberg.

— Je ferai de mon mieux pour vous obéir, Madame.»

Je pense à Adrian. Me voilà piégé dans un dilemme dont il a su s'extirper, lui, alors qu'il n'était qu'un enfant. Inutile de tergiverser.

«Si ce n'est pas pour maintenant, cela viendra fatalement. Le tout est d'être prêt.» Je cède.

«Je ferai de mon mieux pour vous obéir, monsieur. Mais j'ai besoin de votre aide. Pour racheter les terres, il va falloir de l'argent, et je n'en ai pas.

— Je n'en ai pas non plus.

— Avec quoi avez-vous mené grand train, toutes ces années?

— Avec nos revenus du Devonshire et du Dorset, auxquels la Couronne n'a jamais touché.»

Je suis soulagé qu'il ne tente pas de me faire avaler le mensonge qui circule à travers l'Europe, selon lequel il aurait vécu exclusivement de la charité de ses amis.

«Je vais employer ces revenus pour racheter Golden, alors.

— Non. Ils sont insuffisants et doivent vous faire vivre, vous, votre frère, votre mère et vos sœurs.

— Dans ce cas-là, Père, je ne vois pas...

— Vous pouvez emprunter sur vos revenus kernévotes pendant quelque temps, et pour ma part je vous enverrai la majeure partie de la pension que me fait le roi d'Espagne.»

Nous continuons sur ce ton longtemps, et je finis par céder parce que la chose ne me semble pas déraisonnable. Entre l'argent venu d'Espagne et de Paris, celui dont je puis disposer, celui que je peux prendre sur les biens hors de Cornouaille et l'emprunt sur une partie des revenus, il me semble possible de recouvrer les terres en quelques années, surtout si je puis compter sur la bienveillance de Salisbury.

«À mon avis, il ne vous enverra rien et à votre place, je ne compterais pas sur son argent, commente Jack après le départ de mon père. Il a voulu vous forcer la main, et pour cela il est prêt à toutes les promesses. Mais il oubliera. C'est ainsi que mon père a toujours agi avec nous.»

Malheureusement pour moi, je n'accorde pas à ce sage conseil l'attention qu'il mérite.

Je n'ai pris congé de personne. Je ne partais pas définitivement, j'allais m'occuper de mes affaires en Angleterre. Je gardais mes quartiers dans la maison du Stromarkt, je continuais à être reçu à Paris comme chez moi, et j'avais ma chacunière de Tregarrick, le seul chez-moi que je ne partageais avec personne et dont personne, Giuliano, Jan et Jack mis à part, ne connaissait l'existence.

Après le départ de mon père, j'ai fait venir Jack et Phillips.

« Phillips, pendant toutes ces années où vous ne m'avez pas vu, je suis devenu un autre homme. Jack et moi sommes ensemble depuis plus de dix ans et nous connaissons intimement. Il sait toujours ce que je ferai ; je sais toujours comment il réagira, ce qu'il est besoin de lui dire, et ce qu'il est inutile de formuler. Nous ne nous agaçons même plus mutuellement. Vous en revanche, je vous pratique depuis que je suis né, et je vous aime tendrement, mais je ne vous connais pas. Sans compter que Jack et moi avons l'habitude de vivre à très vive allure, voyageons par mois entiers, ce qui pourrait ne pas vous plaire. Cela dit, je tiens beaucoup à vous. Alors...? »

Phillips sourit.

« Monsieur, il est vrai que j'ignore presque tout de vous depuis que vous avez eu vos dix ans et que vous êtes parti pour la France. Mais des bruits ont tout de même atteint mes oreilles. »

Je lève le sourcil, ce qui élargit encore son sourire. Phillips a un air de distinction qui le ferait facilement prendre pour un gentilhomme. Il doit avoir quelques années de moins que mon père. Mais aucune sciatique ne le tourmente. Il n'y a pas de fils blancs dans son épaisse chevelure blonde et peu de rides autour de ses yeux. Il est d'une taille un peu supérieure à la moyenne. Il a beau avoir servi un maître qui a passé plus de vingt ans en prison, sa forte carrure indique l'homme entraîné aux exercices physiques. Sans doute a-t-il couru pour deux.

« J'ai appris que vous aviez eu des enfants, que

votre femme a été victime de la peste, ce que je regrette infiniment, je sais que vous aidez Giuliano Ardent dans le commerce de la soie... Ne prenez pas cet air alarmé, monsieur, je n'ai jamais dit cela à votre père, je n'en ai jamais parlé à personne. Pendant plusieurs années je vous ai totalement perdu de vue. On disait que vous viviez à Rome, ou à Paris chez Madame Margaret. Puis, récemment, j'ai eu l'occasion de lire un rapport envoyé par les jésuites à Monsieur votre père où...

— Comment? Un rapport des jésuites?

— Monsieur, lorsque vous avez surgi de nulle part et que vous vous êtes mis au service de l'archiduc, les jésuites se sont méfiés de vous comme ils se méfient de tous, et vous ont fait espionner. William Bawden vous a fait suivre, et les sbires de l'Inquisition ont découvert que vous viviez chez les Ardent à Amsterdam, que dans cette ville vous fréquentiez monsieur Jan Sweelinck, un huguenot, que vous placiez des étoffes un peu partout, chez des clients catholiques et hérétiques qui paraissaient vous connaître. Votre vie ressemble, d'après ce rapport, davantage à celle d'un bourgeois qu'à celle d'un gentilhomme, et d'ailleurs vous vivez chez des bourgeois. Lorsque vous vous rendez à Paris, cependant, vous menez grand train et êtes un ami du roi Henri IV, que les zélateurs continuent à considérer comme un hérétique.

— Phillips, vous m'épouvantez! Mon père...»

Phillips prend l'air contrit du *Pulcinella* de la pantalonnade vénitienne.

«Non, monsieur. Votre père n'a jamais lu ce rapport. J'ai eu le bonheur de le voir en premier puisqu'il était décacheté, et il s'est égaré dans

mes poches. Mais cela m'a fait penser que vous
n'étiez peut-être pas l'homme que votre père
dépeignait.

— Au fond, mon cher Phillips, rien ne me dit
que vous n'êtes pas vous-même un espion des
jésuites.

— Rien, en effet, monsieur.» Il est impertur-
bable. «Sinon le temps qui passe. Les espions
finissent toujours par se trahir. Je me permettrai
de faire remarquer à Monsieur que l'on peut servir avec dévouement un gentilhomme dont on ne
partage pas les convictions les plus extrêmes.

— C'est vrai. Par conséquent, cher Jack, fais la
connaissance de Phillips et méfie-toi jusqu'à
preuve du contraire. Il pourrait être un ennemi.»

Jack entend bien mon message, qui est de surveiller Phillips jusqu'à ce que nous soyons sûrs
de lui. Phillips l'entend sans doute aussi.

Mais en quelques jours, Jack a jugé son homme.
«Monsieur, il est tellement dévoué à votre
famille que, tout catholique fervent qu'il est, si
vous alliez vivre parmi les musulmans et vous
faisiez grand mufti, il vous suivrait les yeux fermés. Il a une femme et des enfants, mais sa seule
famille, c'est vous.»

Nous constatons vite qu'il est aussi dur à la
tâche qu'un jeune homme, et qu'il peut passer
des journées en selle sans qu'il y paraisse. Il nous
indique que sa famille est dans le Kent, où il va
de temps à autre. Pour en avoir le cœur net, je
fais venir Kees en secret, Phillips ne le connaît
pas. Il le suit pour savoir où il va. Il ne fait que ce
qu'il dit : il va voir sa famille dans le Kent.

Finalement je me risque, un jour, à l'amener à
Amsterdam. À Bruxelles et à Anvers, je n'ai que
des logements de fortune. Et puis j'aime aller à

Amsterdam de temps à autre pour revoir Jane,
mon frère, Giuliano, et le jeune Thomas, qui est
pour nous tous l'enfant du miracle. Il incarne,
d'une certaine manière, tous les êtres chers que
nous avons perdus. Je goûte aussi la compagnie
de Jan Sweelinck. Son fils aîné et lui ont été
épargnés par la peste, et sans que nous en parlions jamais, cela crée un lien entre nous. Je lui
amène autant de partitions que je peux, et pendant la période où la douleur m'empêche de me
préoccuper activement de musique (une chose
que je n'aurais pas crue possible) je garde un
rapport avec elle pour l'amour de Sweelinck.

Nous débarquons à Amsterdam un soir, j'envoie Jack en éclaireur, je voudrais que Jan sache
avant d'être confronté à lui que Phillips est avec
moi. Mais il est absent, et lorsqu'il rentre Phillips
et lui se trouvent face à face sans préavis. J'assiste
impuissant à la rencontre.

Jan pousse la porte. Il voit Phillips, le reconnaît.
Il le fixe un instant, me regarde. Je lui fais un
signe dans le dos du vieux serviteur. Puis je
m'avance et je les présente l'un à l'autre.

Il se passera huit jours avant que Phillips ne
remarque :

« Par moments, on pourrait croire que monsieur Van Gouden est votre parent. Il a quelque
chose de Sir John.

— Je l'ai remarqué aussi. Mais je crois que
c'est le hasard, comme pour son nom. Il y a des
milliers de Van Gouden en Hollande. »

Phillips choisit de me croire avec un bon sourire.

Nous nous amusons tous de voir son air effaré
lorsque je mets la main à la pâte, ou plutôt aux
ateliers, au comptoir. Je l'emmène dans un de

mes voyages, une brève randonnée en Allemagne, où je marchande dur : les lainages sont
moins faciles à placer que les soieries, la concur-
rence est plus âpre.

« Monsieur, vous me stupéfiez. Heureusement
que votre famille ne vous voit pas !

— Nous sommes à l'aube de temps nouveaux,
Phillips. Ils sont peut-être plus difficiles à percevoir depuis notre grande île que sur le continent.
Je suis persuadé qu'une époque viendra où nous
serons nombreux à faire des affaires. On nous
appellera peut-être alors les princes de la finance
ou les ducs du commerce.

— Mais le sang des Plantagenêt coule dans vos
veines, monsieur. Et lorsque vous vendez votre
laine, vous devenez un bourgeois comme moi,
sauf votre respect.

— Mais non, mon cher Phillips. Je ne deviens
rien. J'ai toujours été un bourgeois comme vous,
même si parmi mes ancêtres il y a eu des rois
d'Angleterre. Connaissez-vous notre terre de Tregian ?

— Je ne crois pas, monsieur.

— C'est un petit domaine kernévote, dans la
commune de St. Ewe. C'est de là qu'est sorti
mon aïeul Thomas Tregian. C'était un paysan, un
cadet de famille pauvre qui a choisi de prendre la
mer et qui a eu de la chance. Il a fini par aller à
Londres, par rencontrer le roi, gagner son amitié
et épouser Lady Mary Grey of Wilton. Mon sang
noble me vient d'elle. Thomas Tregian était sans
doute une forte personnalité, pour réussir tout
cela avant d'avoir trente ans. Mais enfin, au
départ, c'était un petit pouilleux qui vivait sous le
toit de chaume d'un domaine misérable et dont
les parents trimaient pour ne pas mourir de faim.

Sa noblesse est venue de son intelligence et de son travail. Je ne fais, en moins efficace, que suivre sa trace.

— Monsieur, permettez-moi de vous dire que j'admire vos talents. Vous êtes un des plus grands interprètes de musique que j'aie entendus, et grâce à votre père j'ai eu le privilège d'en entendre d'excellents. Et vous gagnez votre vie par votre travail. Cela mérite le respect. On ne peut dire cela à Monsieur votre père, et encore moins à votre mère, qui ne manque jamais de rappeler ses nobles origines.

— Voilà pourquoi je suis resté en Hollande, mon cher Phillips. À Amsterdam, les mentalités sont larges. Les religions coexistent, et je ne suis pas le seul gentilhomme à travailler.»

Phillips finit tout de même par me dire un jour, prenant bien soin de vérifier que personne n'est à portée de voix :

«Monsieur, vous savez que vous pouvez vous fier à moi.

— Je n'en étais pas sûr au départ, Phillips, mais plus le temps passe, plus j'en suis persuadé.

— J'ai voué ma vie à votre famille, et l'idée ne me viendrait pas de servir fidèlement quiconque sinon un Tregian.

— Vous m'en voyez ravi.

— Alors, monsieur, ôtez-moi une perplexité qui me travaille au point de m'obséder.

— Si je le puis.

— Monsieur Van Gouden...

— Oui ?

— Je revois comme si c'était hier les grands yeux gris de Master Adrian, et cette ressemblance frappante avec Sir John Arundell, le père de l'actuel Sir John qui n'a, lui, rien de commun avec son géniteur, par un étrange caprice de la volonté divine.

— Eh bien, Phillips?

— Je retrouve tout cela chez votre... votre associé, monsieur. C'est bien lui, n'est-ce pas? C'est Master Adrian? Il était si jeune la dernière fois que je l'ai vu. J'ai commencé par hésiter, mais plus le temps passe, plus je le retrouve, malgré la barbe, malgré la carrure. Ce sont ses yeux, son sourire, mais aussi cette pensée si pragmatique, si droite et directe, qui me le rappellent.

— Vous me demandez de vous dévoiler un secret qui ne m'appartient pas, Phillips. Je vous propose de poser la question à monsieur Jan lui-même.

— Merci, monsieur, je pense que je le ferai.»

Sans doute Jan et lui se sont-ils parlé, car Phillips n'a plus fait état de sa perplexité.

Je me prépare spirituellement à rentrer en Angleterre, mais ce n'est pas facile.

«Phillips?

— Monsieur?

— Je compte sur votre aide, en Angleterre, pour tenter de récupérer Golden et les domaines environnants.

— Je ferai de mon mieux, monsieur. Je ne sais pas si je pourrai vous être utile, mais je vous assure que vous pouvez compter sur moi, absolument.»

C'est un peu tranquillisé par l'idée de ce soutien que je me suis lancé dans la grande aventure que représente la reconquête des domaines des Tregian.

L'entreprise me paraît à tel point impossible que cela me tire de mon apathie. Je reviens dans le cours du temps. Je cesse de survivre, et recommence à vivre.

VII

C'est un air qui fait fureur,
Fort en usage à cette heure,
Il y a peu en paroles il fut mis :
Foin de chagrin
Lorsque résonne ce gai refrain
Que l'on appelle L'Ale de Watkins :
Il a été composé tantôt,
La plus belle fleur se fane bientôt.

«Grand-Père François ?

— Oui, Élie ?

— Je sais qu'un gentilhomme ne pose pas de questions personnelles, mais...

— Mais tu aimerais m'en poser une. Cher Élie, tu t'y prends si délicatement que tu es pardonné d'avance. Pose ta question.»

Nous chevauchons sans hâte le long du Talent. Dans un bosquet désert, je donne, depuis quelque temps, des leçons d'escrime à Élie. Cet exercice l'a transformé. Il n'a plus ces allures de chiot qui, il y a peu, m'amusaient tant. Il est grand pour ses treize ans, musclé, son visage s'est allongé, ses yeux se sont enfoncés. Il a pris un air de distinction qui lui donne des allures de jeune seigneur. Il est méconnaissable.

«Alors, monsieur, cette question?

— Grand-Père François, comment se fait-il que vous ayez tant changé, depuis un an?»

Ce garçon me surprendra toujours. Il me dit de moi ce que je suis en train de penser de lui.

«Qu'entendez-vous par *changé*, mon jeune ami?

— Vous vous êtes rasé la barbe, vous vous étiez remis à l'exercice, vous soignez vos vêtements. Les gens disaient à la sortie de l'église que vous êtes tombé amoureux, car vous avez retrouvé l'allure que vous aviez lorsque vous étiez jeune homme.»

Cela me fait sourire.

«Lorsque j'étais jeune homme, les paroissiens d'Echallens ne me connaissaient pas. Je suis arrivé ici à quarante ans passés. Il est vrai que je n'ai jamais fait mon âge. À dix ans j'en paraissais vingt, et à cinquante j'en paraissais trente.»

Nous chevauchons en silence. Je me remémore une phrase de Montaigne: *Me peignant pour autrui, je me suis peint en moi de couleurs plus nettes.*

«Il n'est pas facile de répondre à ta question, Élie. C'est d'écrire le récit de ma vie, je crois, qui m'a transformé. Lorsque je l'ai commencé, je n'ai pas compris que je serais forcé de passer en revue tous mes actes, et que cela m'obligerait à les réévaluer, à les revoir. Le grand Montaigne écrit: *Je suis affamé à me faire connaître, et peu me chaut à combien pourvu que ce soit véritablement.* J'ai fait mienne cette maxime, encore que je sois incapable d'écrire comme lui. J'en suis venu à me demander pourquoi je continuais à protéger si jalousement le secret de mes origines.

Cela ne regarde personne, bien sûr. Et je continue à penser que j'ai bien fait de ne rien en dire aux voyageurs anglais qui ont passé par ici l'an dernier et qui ont provoqué le déclic qui m'a fait écrire. Mais à toi...

— Vous avez ma parole d'honneur, Grand-Père, je ne dirai jamais rien.

— Je te remercie, mon fils. Vois-tu, si tu m'avais demandé l'an dernier de t'apprendre l'escrime, je ne t'aurais jamais avoué que je manie passablement l'épée, et que je me suis exercé toute ma vie, ouvertement ou en cachette. Je me suis bien gardé d'apprendre l'escrime à ton oncle David, mon élève le plus assidu avant toi. Il y a une vingtaine d'années, j'ai décidé que je ne serais plus jamais l'homme que j'avais été. J'ai eu maintes fausses identités, et cela m'a semblé la solution, une fois encore, lorsque je suis arrivé ici. Peut-être même que sur le moment cela m'a réellement sauvé la vie. Mais maintenant...

— Vous n'êtes plus en danger, monsieur?

— Si l'homme qui souhaitait ma mort m'avait retrouvé, peut-être bien qu'il m'aurait tué. Mais entre-temps il a eu ce qu'il voulait, et puis il est sans doute passé lui-même de vie à trépas. J'ai eu une existence bien remplie, et soudain je n'ai plus eu envie de me cacher. Voilà pourquoi je me suis redressé, je me suis rasé, je me suis fait tailler une casaque neuve.

— Mais, Grand-Père, si je peux me permettre encore une question, comment vous exercez-vous en cachette? Je constate que vous êtes redoutable, l'épée à la main. Mais moi, je ne vous connaissais qu'engoncé dans vos grands manteaux, marchant sagement d'un pas posé.

— Vois-tu, Élie, la dissimulation est devenue

ma seconde nature. Tu ne te douterais pas que je fréquente les brigands, n'est-ce pas ?

— Vous, Grand-Père ? !

— Et pourtant...

— Grand-Père, racontez-moi. Je vous jure que... motus et bouche cousue. »

Je lui raconte mes rapports avec les brigands.

J'étais nouveau dans la région lorsqu'ils ont essayé de me dévaliser, un jour où j'étais allé à Lausanne pour le compte de Benoît Dallinges. Ils se sont mépris. S'ils avaient su que j'étais un *pays*, jamais ils ne m'auraient approché. C'est en nous épargnant et en n'attaquant que des passants étrangers qu'ils jouissent d'une certaine impunité. Ils s'y sont pris à quatre, les pauvres diables. J'étais un foudre de guerre, à l'époque, jeune et vigoureux. Et Giuliano, le meilleur maître d'armes que j'aie eu dans ma jeunesse, m'avait appris à ne pas me laisser prendre en traître. Une arme dans chaque main, j'en ai blessé deux, et au corps à corps j'ai assommé les deux autres. Je les ai attachés à un arbre, les ai ranimés à coups de gifles. Ils n'en revenaient pas. Ces brigands ont l'habitude de ne rencontrer que peu de résistance. Généralement, ils assomment les voyageurs sans leur laisser le temps de réagir.

Je ris en me ressouvenant de leur tête. Élie écoute bouche bée, ce qui accroît ma gaieté.

« Je leur ai dit : "Je pourrais vous tuer tous les quatre, n'est-ce pas ? À ma place, c'est ce que vous feriez. Je pourrais aussi vous livrer au bailli." Ils m'ont regardé en silence. "Mais je ne le fais pas, car tel n'est pas mon bon plaisir. Lorsque vous verrez votre chef, dites-lui qu'il vaut mieux avoir François Cousin avec soi que contre soi. Je ne suis qu'un pauvre facteur d'instruments, je n'ai pas d'argent. Mais je sais me défendre. Que vous tordiez un cheveu, que vous extorquiez un seul denier à quelqu'un de ma famille, et je vous jure que vous le regretterez, si vous vivez assez longtemps pour cela."»

Nous nous sommes arrêtés dans un bosquet et avons mis pied à terre.

«Et alors? demande Élie d'une voix émue.

— Quelques jours plus tard un homme est venu me voir à la Croisée. C'étaient les premiers temps où j'y allais, pas très régulièrement encore. Il avait dû me guetter.»

Trapu, très brun de poil, il portait un mouchoir écarlate autour du cou comme on en voit parfois à certains maçons italiens qui travaillent à faire ou à réparer les églises.

«C'est vous, François Cousin?

— Pour vous servir.» Au fond de ma poche, je serrais un stylet qui ne me quittait jamais.

«Vous avez été mercenaire?

— En quoi est-ce que cela vous regarde?

— Vous avez mis hors combat quatre de mes meilleurs hommes. J'ai reçu votre message. Que voulez-vous?

— Moi? Rien. Ou plutôt si. Je veux la paix. Je veux que ma famille et moi puissions voyager sans nous faire détrousser. Dévalisez les riches tant que vous voudrez ou que vous pourrez. Mais moi, quand j'ai quatre sous, c'est pour acheter du bois, ou de l'étain, ou des cordes pour mes instruments. Ou du papier pour mes écritures.»

L'homme était presque ordinaire. À peine quelques extravagances dans le vêtement: le mouchoir rouge, une ceinture en soie, vieille et usée, mais brodée, une boucle à l'oreille. Des yeux de braise, toujours en mouvement.

«Vous nous feriez un de vos instruments?

— Pourquoi pas, si vous me le payez?»

Je leur ai, ma foi, fait une «épinette à François», comme tout le monde dit par ici. Et parce qu'ils ne voulaient pas d'ennuis avec les gens d'Echallens, ils m'ont fait l'honneur de m'emmener dans leur repaire dans les bois. Leur chef, nommé Aristide, est un homme remarquable, moins inculte que les brigands ordinaires, très vif d'esprit. Il m'a demandé de lui enseigner les principes de la musique, puis de lui apprendre à jouer de l'épinette. J'étais si occupé à lui parler de tierce et de quarte, de contrepoint, de première et de seconde pratique, que l'idée de dénoncer sa bande à la justice ne m'a jamais effleuré. Il y a des hommes intelligents, parmi eux, des têtes brûlées qui ont, une fois, souvent sans véritable mauvaise intention, commis une de ces sottises qui coûteraient la pendaison à celui qui ne prendrait pas le maquis. Il y a dans le Jorat des bandes où l'on est brigand de père en fils. C'est surtout du côté du Chalet-à-Gobet, ou de Moudon, qu'ils sèment la terreur. La bande à Aristide est un peu différente. N'empêche. Je me suis souvent dit que depuis là-haut Thomas Morley devait rire à gorge déployée de voir ces assassins, ces détrousseurs, ces hors-la-loi écouter religieusement un *In Nomine* de John Bull ou effleurer délicatement les touches en os d'une épinette pour jouer *Now, o now I needs must part*.

«Et vois-tu, je conclus, ce fut une bonne chose, puisqu'il n'est jamais rien arrivé, ni à moi, ni à aucun des Dallinges.

— Mais vous les avez revus?

— Ce sont eux, mon cher Élie, qui me permettent d'entretenir ma forme. J'ai de vieux compagnons d'armes parmi eux. Un de ces jours je te ferai rencontrer Petit-Claude, il mesure plus de six pieds et c'est une anguille. Si tu arrives à croiser le fer avec lui sans te faire toucher en deux minutes, tu peux t'estimer bon spadassin. La plupart d'entre eux, il est vrai, n'opèrent qu'au bâton. Les duels chevaleresques ne les intéressent pas.

— Est-ce que mon père et ma mère savent tout cela?

— Non, mon cher, ni ton père, ni ta mère, ni tes oncles et tantes. Ton grand-père Benoît savait, et je suis persuadé que ta grand-mère Madeleine est parfaitement au courant, mais nous n'en avons jamais parlé.»

L'étonnement et la réprobation se peignent tour à tour sur son visage; cela m'amuse.

«Voyons, Élie, arrête de penser comment-mon-grand-père-chéri-a-t-il-pu…

— Mais oui, Grand-Père, comment POUVEZ-vous…?

— Tout d'abord, j'ai la fatuité de penser que grâce à moi certains de ces malheureux se sont assagis. Je sais par expérience ce que payer éternellement pour une erreur passagère veut dire. La justice des hommes veut combattre le mal par le mal, c'est-à-dire par la punition. La personne qui a mal agi est mauvaise à tout jamais, c'est la volonté de Dieu, et la punition doit servir de leçon aux autres. J'ai voulu voir si certaines formes du mal ne pourraient être combattues par l'intelligence. Cette simple idée constitue un blasphème pour la plupart des théologiens de tout bord. Garde-la pour toi, je t'en prie. Mais

Dieu, après tout, est aussi pardon. J'ai même eu
quelque succès avec ma méthode. Comme il est
illégal d'avoir des contacts avec les brigands du
Jorat, je n'en ai parlé à personne. Mais réfléchis :
ne t'ai-je pas dit que si ceux que j'avais fuis en
Angleterre m'avaient retrouvé ils auraient pu me
tuer ?

— Oui. » Son regard s'illumine. « Oh ! Je comprends !

— Tu vois... Tu aurais fait comme moi. Sans
compter que, au début, j'ai craint que certains
assassins auxquels j'ai échappé non loin d'ici
veuillent me supprimer. J'étais un témoin qui
aurait pu les reconnaître. Une fois que j'ai été
l'ami d'Aristide, je lui ai expliqué ma situation, et
il m'a assuré que je pouvais dormir sur mes deux
oreilles. Ce que j'ai fait. J'avais mon armée, pour
le pire des cas.

— Je retire tout, Grand-Père. Vous êtes très
malin.

— J'ai peut-être fini par le devenir. Mais j'ai
eu besoin de protection parce que, au départ, j'ai
été un fieffé sot. »

Il m'est évidemment facile, à soixante-quinze
ans, de juger mes actes de l'époque où j'en avais
trente-cinq. Il est facile de dire, maintenant, que
ce que j'ai fait alors est indéfendable. Sur le
moment, les choses n'étaient pas si claires.

J'ai été, littéralement, saisi par la folie de
Hamlet.

Il savait bien, Hamlet, sans vouloir se l'avouer,
qu'il n'aurait pas dû céder aux sollicitations de
sa mère. De même je savais que je n'aurais pas
dû obéir à mon père.

Comme Hamlet, je savais que je n'aurais jamais dû faire confiance à Laërte-Salisbury, je sentais qu'on me préparait, quelque part, un coup fourré. Je n'aurais jamais dû traiter avec ces gens-là.

Quant au roi Jacques Ier, ce risible et dangereux Fortinbras, comment l'Angleterre a-t-elle pu imaginer qu'il allait lui apporter la prospérité ? Le bonheur ? Nous savions tout de lui avant qu'il ne soit notre roi. Nous savions que rien ne comptait pour lui que sa propre personne. Et j'ai été, moi, me jeter dans la gueule de ce loup-là. Avec quelques appréhensions, il est vrai. Mais avec des espoirs, alors que tout ce qui m'est arrivé était parfaitement prévisible.

Ce n'est même pas comme si j'étais arrivé en Angleterre peu après la mort de la grande Élisabeth. Trois années avaient passé, et tout le monde avait compris que, pour être choisi à la succession, Jacques avait promis ce qu'on voulait. Une fois qu'il a cueilli l'Angleterre sans même avoir eu à se baisser, une fois qu'il a été sûr qu'on le préférait à Arabella ou à une des trois filles de feu Ferdinando Stanley, il a fait comme si la parole donnée, cela ne le regardait pas. La parole donnée, c'était bon pour les gentilshommes ordinaires. Pas pour les rois.

Je n'ai qu'une circonstance atténuante : ma naïveté. Trop longtemps j'ai fait partie d'un système qui fonctionnait essentiellement grâce aux initiatives des autres. Sir John. Giuliano. Jan. Il est vrai que j'étais pour Jan et Giuliano un vendeur incomparable — que je valais des milliers de florins par année, comme ils se sont plu à le répéter. Mais il n'est pas vrai que je les valais à moi seul : l'élément moteur de mon activité, c'étaient eux. Mon efficacité n'était possible qu'à travers eux.

La Cornouaille a beau être le pays de mes ancêtres, ma patrie, ce sont là des considérations sentimentales. La réalité était autre. J'avais quitté le pays à l'âge de cinq ans : j'étais un étranger, je ne connaissais personne et j'avais d'autant moins d'appuis que j'étais catholique — et que je revenais peu après le complot des Poudres.

Mais foin des regrets. Les fossés, dit un proverbe italien, regorgent de la sagesse acquise après l'événement.

Je suis retourné en Cornouaille.

J'ai la sensation que, pendant cette période de ma vie, il y avait deux hommes en moi, qui agissaient sans se concerter.

Il y avait Francis Tregian, fils aîné de récusant, soumis à ses devoirs d'aînesse, cherchant sans conviction à racheter l'usufruit de ses biens. J'avais mes Horatio, qui me suppliaient de désister. Mais leurs voix étaient lointaines.

Jack me répétait sans cesse :

« Nous faisons une folie, monsieur. Nous serions si bien à Amsterdam. Que venons-nous faire dans cette galère ? »

Phillips aussi a tenté, discrètement à son habitude, de me dire que les obstacles étaient peut-être trop importants.

Il y avait en moi cette zone de faiblesse incapable de rester indifférente à la voix de mon père, amplifiée par ma mère, par mon frère Charles, par mes sœurs et leurs familles respectives. Je ne les voyais guère, mais ils s'arrangeaient pour me faire tenir le message. Ma mère me l'a signifié sur un ton strident entre deux soupirs, au cours d'un entretien que nous avons eu à Londres. Mes sœurs cadettes et elle vivaient toujours dans la maison où j'ai passé une partie de mon enfance, à Clerkenwell, chez mon oncle Lord Stourton. Je me suis découvert une sœur, Philippa, dont l'existence m'avait toujours échappé : elle était mariée à un certain James Plunket, un Irlandais, qui m'est tombé dessus un beau jour et m'a fait la leçon — il était de mon devoir de préserver les biens de ma famille, pour moi-même comme pour mes sœurs. Thomas Yates aussi, le mari de Mary, que je n'avais jamais vu, est venu : il a fait valoir qu'il avait épousé ma sœur sans dot, ce n'était que justice qu'il récupère quelque chose. Quinze ans après ce mariage, on aurait pu penser que d'autres considérations avaient pris le dessus. Mais non. Pauvre Mary !

Je me suis figuré être la victime d'un complot. L'offre de Lady Carey, la veuve de George Carey, était peut-être un piège pour se débarrasser de moi. L'idée était juste : Ezekiel Grosse, l'intendant des Carey, avait poussé Lady Élisabeth à se défaire de Golden. Ainsi, il serait le maître. J'étais catholique, je n'oserais pas me montrer. C'est sans doute le calcul qu'il a fait. Je n'ai compris que trop tard ses intentions : venu de rien, il voulait s'acheter une respectabilité en acquérant Golden. Tous les moyens seraient bons pour se débarrasser de moi.

Sur le moment les objections de mon entourage me paraissaient secondaires : j'étais occupé à redécouvrir la Cornouaille, ses usages, ses gens, sa musique. Si je n'avais pas proclamé mon intérêt pour les biens familiaux, personne n'aurait prêté attention à moi. La discrétion des métayers, et même des notables de la paroisse, ne s'est jamais démentie. Il faut dire que George Carey s'était montré un seigneur dur, capricieux et rapace, servi par un intendant retors, qui suscitait la crainte plutôt que la sympathie. Tandis qu'à mon égard les gens étaient bien disposés : les plus jeunes parce qu'ils étaient indifférents au passé, et les plus âgés parce qu'ils avaient gardé de l'affection pour la mémoire de mon grand-père John.

« Un homme parfois dur. Mais juste et bon », m'a-t-on répété plus d'une fois.

Giuliano et Jan n'ont jamais cessé de m'exhorter à revenir auprès d'eux. Cinq ans après la peste, ils n'avaient pas encore retrouvé l'opulence d'antan. Ils n'en restaient pas moins optimistes.

« Les tissus, et surtout les nôtres, sont promis à un grand avenir. Il faut un peu de patience. Nous aurons bientôt remboursé tous les emprunts faits pour que nos activités puissent repartir. Nous vendons des étoffes très prisées. Vous n'avez pas besoin de Golden », m'ont-ils fait dire par Kees, venu m'apporter les pressants messages de ses maîtres.

J'ai fait la sourde oreille.

Dans mon inexpérience des choses de la terre, je me suis tourné vers un homme du cru dont la famille, pourtant anglicane, avait ouvertement gardé de l'amitié pour la mienne. George Spry a, dans un premier temps, représenté mes intérêts. Il m'a fallu trop longtemps pour m'apercevoir que cet homme était, peut-être à son insu, un jouet entre les mains de Grosse.

Lady Carey me rendait l'usufruit de nos terres pour six mille cinq cents livres. Je payais pour retrouver des domaines qui m'appartenaient de droit : étrange, mais enfin, c'était l'usage. Sur le moment, cela ne m'a même pas scandalisé.

Je disposais de deux mille livres. De Lisbonne où il vivait, mon père m'a assuré qu'il allait m'envoyer deux mille autres livres. Charles et Margaret pensaient m'en donner mille. Il ne restait que mille cinq cents livres à trouver. J'ai vendu quelques terres dans le Devon. George Spry m'a prêté mille livres, que je pensais rembourser facilement avec les rentes, et il m'a avancé les trois mille livres que j'allais recevoir de mon père et de ma sœur.

Phillips m'a offert de surveiller les propriétés ; sa famille habitait dans le Kent la maison de sa femme, mais il était kernévote de vieille souche comme nous : son père avait été un des intendants des Arundell. Sans l'arrestation de mon père et la sienne propre, il aurait sans doute quitté le service des Tregian longtemps auparavant. On connaissait bien sa famille dans la région. J'ai accepté avec reconnaissance.

De mon point de vue, mes affaires étaient parfaitement en règle. Je pouvais m'adonner à mes activités favorites.

À côté du fils docile, il y avait un autre Francis Tregian, le seul qui comptât pour moi en ce temps-là : ses journées étaient peuplées de découvertes, de musique, d'aimables batifolages, d'allées et venues entre St. Ewe et Londres.

La découverte de la Cornouaille avait un charme tout particulier : ce que je voyais éveillait l'écho de souvenirs lointains, enfouis en moi et apparemment disparus. Apparemment, car mon cœur ne cessait de frémir comme en revoyant un ami cher.

Je n'ai pas voulu aller vivre à Golden, dans la maison où j'étais né. Il me semblait qu'elle avait perdu son âme, ma famille n'y était plus chez elle. J'en ai fait le tour, mais les voix lointaines de mes premières années s'étaient perdues. Elles ne résonnaient plus ni là ni au vieux manoir. La cuisine était triste, comparée à mes souvenirs, sans Old Thomas le charme était rompu.

Et puis, le manoir était loué et le locataire n'avait pas envie de partir : je l'ai rassuré.

J'ai préféré me cacher, lorsque j'étais en Cornouaille, dans ma maison de St. Ewe, à Tregarrick. Je crois que c'est au grand nombre de noms commençant par *TRE* (en celte, le mot signifie «domaine») que je dois mon durable anonymat dans la région. Je me suis, pour les gens des environs, appelé Tregarrick plus vite que je ne m'étais appelé Tréville. Et, je l'ai dit, ceux qui faisaient la nuance se sont tus.

Aux yeux des métayers de Tregarrick, j'étais le fils spirituel de Old Thomas, qu'ils avaient vénéré. Je jouissais de son prestige et, pour moi, ils se seraient d'autant plus jetés au feu que je n'ai jamais été un maître exigeant. Il n'y aurait d'ailleurs pas eu de quoi : ils ne me volaient pas, et la propriété était parfaitement entretenue.

Mais si mon prestige a d'abord été fait du reflet de l'estime portée à mon grand-père John pour les uns, à son intendant Thomas Tregarrick pour les autres, j'ai gagné les confiances en mettant la main à la pâte et en m'intéressant aux coutumes et aux cérémonies locales. Mon intérêt était essentiellement dicté par ma curiosité pour la technique et mon amour de la musique : les métayers y ont lu une attention pour les individus que je n'ai peut-être pas réellement éprouvée, du moins au début.

Cela a commencé avec la moisson. L'usage est
répandu dans de nombreux pays d'en fêter la fin,
et j'avais — plus ou moins distraitement — été
témoin de la chose en France, en Italie, en Hollande.

En Cornouaille, la fin de la moisson est marquée par une cérémonie que l'on appelle *crying
the neck*, intraduisible : *the neck*, qui en temps
ordinaire signifie « le cou », prend ici un autre
sens, et pour l'expliquer il faut que j'explique la
cérémonie tout entière.

The neck, c'est le nom qu'on donne, en Cornouaille et dans le Devon, à la dernière gerbe de
la moisson. Les autres gerbes n'étaient que cela :
des bouquets d'épis liés ensemble pour être plus
vite coupés. La dernière acquiert un caractère
sacré. Le culte que lui rendent depuis la nuit des
temps catholiques et réformés ferait frémir
Rome autant que Genève. Car la dernière gerbe,
c'est l'esprit même du grain, qui prend corps,
qui devient le cou d'un être mythique dont il
faut gagner les faveurs, afin que la moisson de
l'année à venir soit aussi bonne, ou meilleure,
que la présente — tout comme nous prions Dieu
pour qu'il nous garde en santé et nous préserve.

Ce qui m'a conquis, c'est la forme de cette
prière : dans le calme serein d'une nuit d'été, des
groupes — hommes d'un côté, femmes de l'autre
— « crient "le cou" » au moment de la coupe.

« *We hav'et, we hav'et, we hav'et.* » (Nous la
tenons), proclament les hommes en chantant.

« *What hav'ee, what hav'ee, what hav'ee ?* » (Que
tenez-vous ?) répondent les femmes.

«*A neck, a neck, a neck.*» (Une gerbe.)

Tout près, un groupe chantonne en *ut* — un peu plus loin, dans un autre champ, un autre groupe lui fait écho en *fa*. Et plus loin un autre, et un autre et un autre encore. Dix, vingt chœurs peut-être se répondent dans la lumière du crépuscule, en canon, sans une fausse note, par vagues. À cette heure du soir où la nature se tait, on les entend de très loin — à deux ou trois lieues peut-être. Un instant ils forment un accord à quatre, six, huit. Puis c'est le silence. Soudain cela reprend et, comme par hasard, dans ces champs dont on ne voit, dans le crépuscule, plus rien, les voix se répondent, se parlent, supplient chacune à sa manière. C'est le contrepoint dans toute sa perfection naturelle, le thème est partout le même, dicté par une coutume millénaire. Mais les variations sont infinies, comme ces *Cloches* de Master Byrd que j'ai copiées récemment : elles se parlent, se répondent, se recouvrent et se reprennent. La mélodie aussi me rappelle William Byrd. Il l'a recueillie d'une oreille infaillible dans son *Peascod Time* (La cueillette des pois) — et je saisis soudain que c'est parce qu'elle évoquait cette mélopée oubliée de mon enfance que je l'ai relevée avec tant d'empressement parmi mes partitions.

Jusque-là, j'avais toujours souscrit à l'opinion de messire de Montaigne : *Je ne suis guère féru de la douceur du pays natal. Les connaissances toutes neuves et toutes miennes me semblent bien valoir ces autres communes et fortuites connaissances de voisinage.* Mais Montaigne n'avait pas prévu mon cas : mes connaissances *toutes neuves* sont en même temps les racines les plus profondes de ma personne. Plus tard, je serai à nouveau de son avis: pour lors, le pays natal me tient.

Soudain, tous les moissonneurs lèvent leur faucille. L'un d'entre eux — l'aîné, comme le veut la coutume — abat la sienne, on aperçoit une dernière lueur de métal dans la nuit naissante, il coupe la gerbe et la soulève dans la pénombre. Aussitôt la mélopée se brouille, se transforme en cris de joie, la gerbe se défait, on prend les épis par trois, quatre, on les enrobe de guirlandes en modulant des «*A neck, a neck, a neck; we yen, we yen, we yen.*» (Une gerbe, nous en avons terminé!)

Alors tout le monde explose: on rit, on crie, les couvre-chefs s'envolent, les garçons profitent de la confusion pour embrasser les filles. On transforme la gerbe en meule miniature, on la décore de fleurs et de rubans.

Une procession se forme ensuite, pour rentrer. Le *neck* est suspendu solennellement à une poutre de la cuisine, et c'est là qu'il restera jusqu'à la moisson prochaine. Hugh et Mary, mes métayers, ont préparé pour les moissonneurs le repas traditionnel: le *Gôl Deis*, nom celte qui signifie «le banquet de la gerbe». On s'assied autour d'une vaste marmite de porc bouilli et de raves, suivie d'une tarte aux pommes recouverte d'une crème ébouillantée que jamais je n'ai mangée ailleurs qu'au pays de mon enfance: on l'appelle là-bas *clotted*, coagulée, tant elle est épaisse. Tout cela abondamment arrosé de cidre, de bière et d'eau-de-vie dans un grand brouhaha de rires, de plaisanteries et de sous-entendus scabreux dont, exceptionnellement, personne ne se formalise.

Cette soirée-là m'a davantage attaché à mon pays natal que tous les prêches de mon père. Je me suis senti en communion avec le ciel, uni aux hommes du monde entier : voilà un jour où l'universelle prière « Donnez-nous notre pain quotidien », que les réformés disent autant que les catholiques, prend tout son poids.

Quelques jours plus tard, je suis même allé me coucher dans le *arrish*, le champ moissonné, pour tenter de retrouver les sensations de mes premiers pas d'enfantelet, la musique de la voix de Jane, et la plénitude d'un temps où ma vie n'était faite que de certitudes et de projets.

Pendant cette première période de bonheur innocent, je me suis posé des problèmes pratiques : il m'a soudain semblé qu'il serait possible de joindre l'utile à l'agréable. Et si nous tentions d'élever ces moutons dont Jan convoitait la laine ?

J'en ai parlé autour de moi, et l'intérêt a été immédiat. Fort de tout ce que mon frère m'avait appris, j'ai expliqué aux éleveurs intéressés quelles étaient les qualités nécessaires, semblables à celles du Shetland, pour obtenir ces lainages d'une finesse presque impalpable dont Jan s'était fait une spécialité. Un des métayers de Creed, dont les terres appartenaient au domaine de Golden et longeaient la Fal, m'a demandé un jour la possibilité, pour créer un élevage, de dégager les rives du fleuve des alluvions qui gênaient le courant. Je lui ai accordé ce droit de bon cœur.

Pour bien expliquer ce qu'il fallait faire, je suis allé à Amsterdam. Jan m'a donné des instructions précises, m'a fait des dessins pour me montrer la manière de tondre, de carder, de filer, de tisser la laine.

« Dis-leur que s'ils atteignent la qualité que je

veux, je paierai bien», m'a-t-il assuré avec un large sourire. «Je travaillerai avec autant plus de plaisir une laine qui vient du pays de mes aïeux.»

J'ai découvert par ailleurs qu'aux abords de nos terres, il y avait des mines d'étain, surtout du côté de St. Austell. J'ai pensé à les chercher le jour où je me suis demandé ce que les Romains avaient voulu défendre, avec le fort de Voliba. Je suis allé trouver le révérend James Hitch, le pasteur de Creed.

«Voilà notre grand hérétique», m'a-t-il dit d'une voix enjouée en guise de bonjour. «Revenez-vous à de meilleurs sentiments?

— Meilleurs que quoi, monsieur?

— Je veux dire: venez-vous vous conformer?»

Je l'ai regardé sans répondre. Je ne sais pas ce qu'il a lu dans mes yeux, mais il a rougi, m'a posé une main sur le bras:

«Pardonnez-moi, la plaisanterie était de mauvais goût. Que puis-je pour vous?

— Je me demandais si vous disposeriez d'une histoire de la région. Je voudrais savoir pourquoi les Romains ont construit un fort ici.

— Pour protéger la route de l'étain», a-t-il répondu sans hésiter, et sans consulter le moindre livre. «À l'époque, on le ramassait dans les cours d'eau.

— Et aujourd'hui?

— Ce n'est plus aussi facile. Mais du côté de St. Austell, il y en a. Et pas mal de gens sont occupés à le chercher.

— Qui?»

Il me cite une litanie de noms inconnus.

«Il vous faut voir si l'une de vos terres est riche en étain, et si tel est le cas, il vous faut demander une licence à la Cour des mines.»

Il a un regard d'un gris presque blanc, dans un visage fin et pointu à la peau laiteuse. Lorsqu'il me fixe comme à cet instant, il me fait presque peur. C'est ce sentiment diffus qui me pousse à déclarer :

« Je ne demande qu'une chose : qu'on me laisse vivre. Je ne me convertirai pas, même si mon désaccord avec mon père est considérable, même si les jésuites ont, à mon avis, parfaitement tort. »

Je suis effrayé par ma propre audace.

Un silence.

« J'ai entendu dire que vous étiez excellent musicien », reprend-il.

Je n'ai pas envie de parler de musique, mais je me force. Nous échangeons quelques propos. Il joue de la viole, excellemment si je puis en juger par l'air qu'il me fait entendre. Il a un virginal, dans un coin. Sa femme le touchait.

« Je l'ai perdue il y a bientôt deux ans, m'explique-t-il d'une voix triste, et depuis lors le virginal s'est tu. »

Je me penche sur le pauvre instrument, abandonné depuis trop longtemps. Avec le canif que j'ai toujours sur moi pour un tel usage, et les outils que je trouve dans le tiroir de l'instrument, je me mets au travail. D'abord je taille les plectres ; les plumes sont en piètre état. Puis je retends les cordes. J'ai la sensation que l'âme de madame Hitch, et celle de Françoise, flottent autour de nous. Finalement, l'instrument ayant retrouvé sa voix mélodieuse, je joue un air de Morley que Françoise aimait tout particulièrement.

Lorsque je lui apprends que j'ai été un des élèves du maître, le révérend s'illumine. La glace est rompue, la discussion s'anime, et notre amabilité polie devient une sympathie chaleureuse lorsque je lui raconte, au détour d'une phrase, que j'ai fréquenté les Marchands Tailleurs et que je suis en bons termes avec Richard Mulcaster, qui dirige toujours l'école de Saint-Paul à Londres. C'est dans cette ambiance cordiale qu'il se décide enfin à me faire l'observation qui lui brûle sans doute les lèvres depuis le début de notre entretien.

«Monsieur Tregian, je crains que vous ne heurtiez les intérêts de gens qui vont mettre votre religion à profit pour vous dénigrer, vous empêcher d'agir, vous chasser.

— Que me conseillez-vous?

— Je ne sais trop que vous conseiller. Votre seul refuge sûr serait l'Église anglicane… Non, ne protestez pas, je sais que vous ne vous convertirez pas par opportunisme et cela vous honore. Malheureusement, je n'ai pas d'autre conseil utile à vous donner.»

À mon tour de le regarder sans rien dire.

«Je crois que vous avez besoin d'un ange gardien», me dit-il. Nous sommes déjà sur le perron. Je lui montre Jack, qui tient la bride de mon cheval.

«J'en ai un excellent.

— Sans doute, mais il vous faut aussi un ange d'un autre genre. Je tâcherai de voir ce que je peux faire pour vous.»

J'ai envie de descendre de selle pour lui donner l'accolade, mais ses yeux étranges m'en empêchent.

Avec quelques métayers et quelques mineurs revenus de la région de Penzance pour l'occasion, nous sommes partis à la recherche de l'étain. Nous en avons trouvé près de St. Ewe. J'ai appris à cette occasion qu'il fallait commencer par étudier le sol, sa couleur, la nature de ses pierres. Parfois, certains cailloux semblent très ordinaires. Il faut les prendre dans la main, les soupeser. À leur poids, on s'aperçoit qu'ils sont métallifères. On suit leur trace, on remonte les pentes dont on les suppose venus, on creuse — la veine d'étain est, s'il y en a, à six ou sept pieds de profondeur. Nous avons fini par trouver un endroit prometteur, et je me suis rendu auprès des autorités minières pour obtenir une licence.

«À quel titre venez-vous? m'a demandé le juge.

— Je suis le propriétaire du sol. Je compte investir dans les instruments de travail. J'ai droit à une compensation pour le sol, et à une part du bénéfice pour l'investissement.

— C'est juste. Ou plutôt ce serait juste si vous étiez réellement propriétaire du sol.

— Je peux vous montrer les titres de propriété. J'ai racheté mon usufruit.

— Vos terres ont été soumises au *praemunire*, et votre père vit toujours. Vous n'avez aucun droit au rachat.»

Il se penche en avant. C'est un homme au visage débonnaire, aux cheveux gris et aux joues rouges.

«Monsieur Tregian, je ne veux nullement vous empêcher de faire votre travail. J'ai toujours estimé qu'on avait usé envers votre famille d'une sévérité disproportionnée. Je suis un simple juge à la Cour des mines. Je ne vous cherche pas noise. Je vous fais remarquer un fait, et je me demande si on ne vous a pas joué un mauvais tour. Quelqu'un qui vous veut du mal peut vous reprendre vos terres demain. Elles ne peuvent être rendues qu'à votre père en personne. Après sa mort, en revanche, elles vous seraient revenues de droit, sans rien payer. Pour vous en priver il aurait fallu prononcer un *praemunire* contre vous, et on ne prononce pas un *praemunire* sans raison. Vous n'hébergez pas de prêtres ?

— Non, monsieur.

— On ne dit pas la messe chez vous ?

— Non, monsieur. Je dois même aller assez loin pour y assister.

— Vous n'êtes pas du parti des Jésuites ?

— Je suis un fidèle sujet de Sa Majesté, monsieur. Mon épée et ma vie sont à sa disposition.

— Vous payez vos amendes de catholique ?

— Parfaitement. »

Un silence.

« J'ai étudié la loi, je vous dis tout cela en connaissance de cause, et m'étonne que personne, à voir la tête que vous faites, ne vous ait mis en garde plus tôt.

— Je vous suis reconnaissant de votre avis, monsieur. »

Je perçois le tremblement dans ma voix ; pour la première fois je suis conscient de la précarité de ma situation.

« Avez-vous un homme de confiance ?

— Peut-être.

— Si elle n'est pas hypothéquée, vendez-lui la terre où vous voulez creuser. Et faites vite. Pour ce qui est de vos domaines, je n'y compterais pas trop. Malheureusement, je ne peux rien faire pour vous. Ma juridiction ne couvre que les mines. »

Je rentre à St. Ewe défait.

Dans les semaines qui suivent je continue à

m'occuper d'élevage, d'étain. Je «vends» ma concession et ma mine à Jack. Mais c'est comme si je m'étais réveillé d'un beau rêve. J'ai l'impression qu'on a mis un baril de poudre sous mon lit, et qu'on peut le faire exploser à tout instant.

On, bien que personne ne prononce son nom, c'est Ezekiel Grosse, bien entendu. Phillips est allé lui demander des comptes et n'est pas satisfait:

«À mon avis, il s'est enrichi en volant Sir George Carey à tour de bras. Il sait que je le vois. Il n'y a que deux solutions. Ou il s'efface, ou il vous prépare un mauvais coup. Mais il n'est pas du type qui s'efface. Les bruits que j'entends m'inquiètent.

— Quels bruits?

— Ceux d'un marché entre Lord Robert Cecil, Lady Élisabeth Carey et Grosse. Cecil les aurait forcés à vous rétrocéder vos terres contre une somme d'argent mais, tant que votre père vit, ce n'est pas tout à fait régulier.

— Et alors?

— Cecil aurait tout aussi bien pu signer ou faire signer au roi un décret de restitution. Vous êtes porteur d'un nom compromettant, c'est vrai, mais vous êtes aussi le petit-fils et le neveu de plusieurs pairs d'Angleterre catholiques qui siègent à la Chambre des lords.

— Où voulez-vous en venir, mon cher Phillips?

— J'essaie de vous dire qu'au lieu de vous assurer la restitution de vos possessions conformément à ses promesses, le Lord trésorier a laissé aux Carey et à Grosse la possibilité de continuer à vous voler. Cela coûtera cher à Grosse en sous-main, mais à mon avis il finira par obtenir ce qu'il veut. Il est retors alors que vous ne l'êtes pas du tout.»

Phillips a réussi à m'inquiéter. J'ai pensé que j'étais physiquement en danger, que Grosse méditait de me faire disparaître. Rarement une de mes intuitions aura été aussi juste. Je n'en ai pas tenu compte. À quoi bon, me suis-je dit. Sans même parler de mon fils dont il ignorait l'existence, j'avais un frère, une ribambelle de sœurs et une douzaine de neveux. Non, Grosse ne gagnerait rien en se débarrassant de moi.

Je n'ai pas su prévoir à temps qu'il pouvait créer une situation dans laquelle ma mort lui assurerait une propriété incontestée de mes terres.

VIII

Fain would I wake you, sweet, but fear
I should invite you to worse cheer; ...
I'd wish my life no better play,
Your dream by night, your thought by day:
Wake, gently wake,
Part softly from your dreams!

«The Hunt's Up»
Ballade populaire

Je vous réveillerais bien, mon amour, mais crains
De vous plonger dans un monde chagrin; ...
La vie serait belle, si l'on pouvait chanter
vos rêves la nuit, et le jour vos pensées;
Réveillez-vous maintenant,
Quittez vos rêves doucement!

Automne 1608. Je n'oublierai ni la date ni les circonstances. J'ai profité de la belle saison pour me rendre à Londres, où j'étais au moins aussi souvent qu'à St. Ewe. Du moment que Phillips a pris mes affaires en main, je n'ai plus, comme au début, la sensation que ma présence en Cornouaille est requise de façon constante. Je ne désire pas aller vivre à Clerkenwell, aussi est-ce Phillips qui a cherché pour moi un logement confortable et discret. En habitué de Londres, il sait où aller. Il me trouve une maison à Chancery Lane, près des *Inns of Court*, un quartier d'avocats et d'étudiants. Le rez-de-chaussée est habité par une veuve, et je dispose du premier étage, qui comprend un appartement spacieux où recevoir et faire de la musique, ainsi que diverses petites pièces où nous dormons.

Un homme de ma condition devrait avoir une

maisonnée de quelque importance pour marquer son rang, mais ma situation est précaire ; je
considère avoir encore trop de dettes pour me
permettre d'entretenir du monde : sans doute
pourrais-je avoir à mon service un *consort* de
trois ou quatre musiciens. En attendant, je me
contente de Jack et de sa viole, qui est d'ailleurs
devenue plus que passable. Je n'ai ajouté à mon
personnel que le jeune Marc, le frère cadet de
Jack, que nous avons recueilli à l'âge de treize ou
quatorze ans.

« Un bon à rien », nous a dit sa mère, les larmes
dans la voix.

Je me suis dit qu'un petit discours de ma façon
s'imposait.

« Marc, je crois que les choses qu'on a requises
de toi ne t'intéressent pas. Je te propose des
voyages, je t'apprendrai à te défendre pour qu'il
ne t'arrive rien, nous te confierons des marchandises précieuses et des messages confidentiels, et
si tu veux faire de la musique, tu pourras exercer
cet art-là aussi. »

Il est rare qu'un si jeune homme à qui on propose une carrière de casse-cou ne révèle pas ses
talents. Les défauts de Marc se sont mués en
vertus du jour au lendemain. Il a commencé par
passer un an à Paris au service de mon fils, dont
le zèle guerrier reste fervent et qui l'a rossé,
battu, pourchassé. Pour se défendre, il a appris
à être rapide comme une anguille. Giuliano et
Guillaume lui ont enseigné le corps à corps, Phillips l'alphabet et l'arithmétique, son frère la
musique, et maintenant, à moins de vingt ans,
il m'accompagne partout où je vais, redoutable
d'efficacité, et fier comme Artaban dans une
espèce de livrée en lainage de Hollande d'une de

ces couleurs subtiles qui font la gloire de mon frère.

Trois ou quatre ans à peine après la mort d'Élisabeth, Londres commence à changer perceptiblement.

Au moment où j'arrive, le procès du Père Garnet, le supérieur des Jésuites qui avait eu connaissance du complot des Poudres et n'en avait rien dit, occupe toutes les conversations. Mes coreligionnaires sont, jusque dans la maisonnée des Stourton et des Arundell, très divisés. Est-il un criminel ou un héros ? Pour le parti des Jésuites, tous les moyens sont bons, et il n'y a de loyauté véritable qu'envers le pape. Les séculiers, comme on appelle les catholiques modérés, désirent en revanche être reconnus comme de fidèles sujets de Sa Majesté malgré leur religion. La pensée même du complot leur fait horreur. Ils ne demandent qu'à apporter la preuve de leur loyauté envers leur pays. Ils sont outrés à l'idée que derrière le complot des Poudres il puisse y avoir des catholiques et ont même, dans un premier temps, refusé d'y croire. Ils étaient certains que c'était de la calomnie. C'est la raison de ma prudence face au récit de Giuliano : sa version du complot est peut-être née d'un refus viscéral de la violence.

L'opinion publique n'établit pas de distinction entre modérés et extrémistes. En chaire, le clergé anglican ne fait rien pour exhorter à la conciliation. Un courant puritain, aussi fanatique chez les réformés que le parti des Jésuites l'est chez nous, prêche une intolérance croissante face aux anglicans modérés eux-mêmes ; il est très écouté, car le bon peuple aime les discours sans nuances. Cela le rassure.

Pourtant, lorsqu'on entre en conversation avec les individus, le ton change parfois du tout au tout.

«Je suis un bon anglican», me dit un marchand avec qui je dîne à Candlewick Street. Nous nous connaissons parce qu'il m'a beaucoup acheté de soieries. «Je suis un bon anglican, mais la manière dont on traite certains catholiques en haut lieu me dérange. Je ne pourrai jamais voir en vous un ennemi.

— Je connais beaucoup de marchands juifs qui ne feraient pas de mal à une mouche et qui sont des patriotes fanatiques, mais il est des lieux où ils sont à tel point mal vus qu'on les met à mort. En Espagne, par exemple. Je crois que l'homme a toujours besoin de peindre un diable sur la muraille.

— Il y a cela. Et puis vous rapportez gros, n'est-ce pas? On vous met à l'amende, on saisit vos biens... Il doit y avoir des gens qui prient tous les jours pour que vous ne vous convertissiez jamais. Ainsi, vous êtes taillable et corvéable à merci.»

Il remarque sans doute mon étonnement. Cela le fait rire.

«Tout le monde ne vit pas au cri de "Haro sur le catholique", vous savez.

— C'est une plaisante pensée. Je n'ai jamais eu de goût pour les extrêmes.

— Moi non plus, mon cher monsieur. Alors, buvons à la modération. Et je serais très honoré que vous me jouiez un de vos merveilleux morceaux italiens. Je garde un souvenir impérissable de la soirée dont vous nous aviez délectés chez monsieur Ardent à Amsterdam.»

Giles Farnaby est dans le Lincolnshire, où il

s'adonne entièrement à la musique. Il instruit les enfants d'un gentilhomme dont le nom m'échappe. J'en suis heureux pour lui, mais il me manque d'autant plus que je n'ai plus Thomas Morley, mort — cela était prévisible — peu après ma dernière visite.

Southampton, qui a réussi à sauver sa tête grâce à Robert Cecil, s'est conformé peu après la mort de sa mère. Il avait été libéré à l'avènement de Jacques Ier, à condition qu'il se convertisse sans doute, et on lui avait rendu ses biens, saisis lors du complot d'Essex.

Nous nous rencontrons de temps à autre, mais nous n'avons rien à nous dire. Il me trouve sot de m'entêter :

« Votre père s'est ruiné et a ruiné votre famille tout entière, vous n'êtes pas forcé de l'imiter. »

J'ai beau lui expliquer que mes motifs sont différents. Il hausse les épaules.

« Tant que nous serons soumis à la coutume selon laquelle la religion du prince est aussi celle de la nation, peu importent vos principes. Pour marquer son dévouement à son souverain, un homme avec vos antécédents n'a qu'une voie : adopter la royale religion. »

Qu'aurait répliqué Montaigne à ma place ? *Que nous dira donc en cette nécessité que la philosophie ? Que nous suivions les lois de notre pays ? C'est-à-dire cette mer flottante des opinions d'un peuple ou d'un prince, qui me peindront la justice d'autant de couleurs et la réformeront d'autant de visages qu'il y aura en eux de changements de passion ? Je ne peux pas avoir le jugement si flexible.*

Je fréquente le Globe. J'y vois de nombreuses pièces de messire Shakespeare et suis particulièrement impressionné par une représentation de *King Lear*.

Il me semble impossible que le public ne voie pas dans *Lear* une mise en accusation de la royauté avec ses préjugés, ses caprices, ses favoritismes et leurs suites funestes. Dans *Macbeth*, il est vrai, Banquo, l'ancêtre de Jacques Ier, est présenté comme un héros, une victime innocente. Mais par ailleurs, certains murmurent que le modèle de la reine meurtrière, c'est Marie Stuart.

Un jour, je m'en vais trouver messire Shakespeare à la sortie du spectacle. Son front s'est dégarni et il grisonne, ses joues se sont un peu arrondies. Mais il a gardé sa grâce et son aisance, de même qu'un sourire intact.

Il me donne rendez-vous pour le lendemain. Nous allons déjeuner à la Sirène, la taverne où, m'explique-t-il, se retrouvent les dramaturges. Ce jour-là, nous y sommes presque seuls.

« Monsieur Tregian, quel plaisir de vous revoir ! Vous êtes le vent du large.

— À vrai dire je me promets de voyager moins. Je me suis installé en Cornouaille. »

Il fronce le sourcil. Il connaît ma situation, et il désapprouve, lui aussi, je le vois. Mais contrairement à tant d'autres, il ne dit rien.

« Je sais que je commets une imprudence, je m'empresse de déclarer. Mais j'en ai assez de fuir.

— J'espère qu'on ne vous traquera pas jusque dans vos derniers retranchements, murmure-t-il, prophétique, sur un ton rêveur.

— Mais vous-même, pour ce qui est de l'imprudence, vous n'avez guère de leçons à me don-

ner. J'ai vu *Macbeth* l'autre soir, *Le Roi Lear* hier.
Vous n'y allez pas avec le dos de la cuiller. »

Il lance autour de nous un regard alarmé.

« Qu'entendez-vous par là ?

— Edmond le bâtard prend le pouvoir...

— Il est puni, rétorque Shakespeare, un peu
trop vite. Et Banquo...

— Messire Shakespeare, je ne vous accuse
de rien. Je trouve *Lear* un chef-d'œuvre. Mais la
pièce dit clairement ce qu'elle dit.

— Si c'était aussi clair que cela, nous ne serions
pas ici à en discuter.

— Je ne suis tout de même pas le seul qui... ?

— Non. Mais Sa Majesté a ri, lorsqu'on lui a
fait part de cette interprétation-là, elle m'a fait
venir et m'a demandé si cela pouvait avoir un
fond de vérité. J'ai dit que non, et on en est resté
là. Aussi vous prierai-je...

— Mon cher monsieur Shakespeare, je n'ai
aucun contact avec les bavards de la Cour. Faisons comme vous avez fait chez Sa Majesté. Res-
tons-en là. Parlez-moi plutôt de vos projets.

— À vrai dire, j'aspire à la paix. Ce que je préférerais, ce serait retourner à Stratford et y rester. Mais mes affaires me retiennent à Londres.

— Vous avez encore mille histoires à raconter...

— Histoires tristes et tragiques, monsieur Tregian, l'époque des rires sans arrière-pensée a fui
à tout jamais. Peut-être puis-je encore raconter
une, ou deux, ou trois histoires. Je ferai ce qu'il
faut pour que les Comédiens du Roi prospèrent.
Mais il serait tout aussi sage de passer la main à
Ben Jonson, à Fletcher et à d'autres hommes de
leur trempe. Ce sont de grands écrivains. »

Pendant les années suivantes, je m'intéresse de
près à la vie théâtrale ; malgré la mauvaise répu-

tation que lui font les dévots, elle est à Londres d'une originalité, d'une richesse, d'une diversité que je n'ai jamais trouvées ailleurs, et qui me touchent. Londres est au théâtre, en ces années-là, ce que Mantoue est au madrigal.

Je rencontre régulièrement messire Shakespeare. Il aime à ce que je lui parle de l'Italie, de la France, de la Hollande. Il caresse un instant l'idée d'une pièce sur Guillaume d'Orange, dit le Taciturne, le souverain hollandais assassiné par les sbires papaux une trentaine d'années auparavant. Il me bombarde de questions sur les Pays-Bas et, sa mélancolie habituelle oubliée, se tape sur les cuisses en riant bruyamment lorsque je lui donne des détails qu'il juge piquants — telle la manière dont les paysans néerlandais font la cour aux filles, en allant passer la nuit dans leur maison, en tout bien tout honneur s'entend. Il commente cela par des jeux de mots étourdissants.

J'ai par ailleurs l'occasion de remarquer que l'Italie intéresse vivement les Anglais en général. J'ai toujours un énorme succès avec mes madrigaux italiens, et je suis reçu dans des maisons qui sans cela, j'en suis persuadé, me repousseraient par peur de se compromettre en accueillant un Tregian.

C'est par mes petites sœurs que naît l'idée d'un *consort*. Elles sont quatre, âgées de quatorze à vingt ans : Catherine, Sibylle, Élisabeth, et Dorothée la cadette — ma préférée, sans doute parce que, d'une indéfinissable façon, elle évoque pour moi Adrienne. J'écris pour elles les partitions de tous les morceaux que j'ai ramenés d'Italie. Elles ont de belles voix, bien éduquées, et il ne nous faut pas trop de répétitions pour arriver à former un ensemble présentable. Toutes les quatre sont passables au virginal, et Catherine touche aussi le luth. Nous jouons à Clerkenwell, bientôt nous sommes invités à droite et à gauche, on parle de nous, ou plutôt de notre répertoire.

Je savais avant même d'être rentré en Angleterre que j'allais avoir besoin de la protection de Lord Salisbury, Robert Cecil. À mon retour, je suis allé lui présenter mes hommages et lui rappeler sa promesse.

« Vous devriez vous convertir pour que je puisse vraiment vous être utile.

— Il y a d'autres gentilshommes catholiques à la Cour.

— C'est vrai. Mais ils ne sont pas les fils de votre père. »

Je finis, parfois, par douter du bien-fondé de mon entêtement. Est-ce que Dieu, ce bon Pasteur tout-puissant, se soucie vraiment de la livrée que nous revêtons pour l'adorer ? Si je me convertissais, je récupérerais sans coup férir toutes mes possessions et personne ne pourrait m'en priver. Mes sœurs auraient une dot, elles pourraient faire des mariages avantageux — le souci constant de notre pauvre mère.

Je vais voir mon cousin William Stanley, comte de Dcrby. Il m'invite à ses soirées et me manifeste de l'affection. Un jour, il me propose d'amener mes sœurs et de chanter pour les invités des madrigaux de Monteverde. En Hollande, cela irait parfaitement de soi, mais en Angleterre un gentilhomme n'exhibe guère ses sœurs « comme des saltimbanques », et je dois expliquer longuement que pour chanter Monteverde il faut des voix particulières, que j'ai par chance trouvées dans ma propre famille. L'explication est acceptée. Mes sœurs sont aux anges. Leur vie jusque-là monotone devient aventureuse.

La réaction passionnée des auditeurs après notre concert me surprend. On nous bombarde de compliments, de questions. À quelques esprits chagrins près, les assistants, loin de regarder mes sœurs de travers, les couvrent de caresses. Il faut dire que Catherine et Sibylle sont particulièrement bouleversantes. On nous incite à récidiver. C'est alors que je commence à constituer un recueil systématique de tous les madrigaux que j'ai notés ou dont j'ai une mémoire exacte, en les classant par trois, quatre, cinq, six et huit voix. Avec le temps, cette collection m'absorbera toujours plus, et il m'arrivera de faire de longs voyages pour me procurer une copie imprimée ou écrite de certains d'entre eux. Marenzio, Pallavicino, Agazzari, Alfonso Ferrabosco père et fils, des compositeurs rencontrés au hasard de mes voyages, tels Antonio Orlandini, Giovanni Maria Nannino, Ippolito Baccuso... et bien entendu Monteverde. Je les écris toutes, ces mélodies qui remplissent si plaisamment ma mémoire. Il y en a des milliers, composées par des centaines d'auteurs.

Dans les milieux musicaux, on connaît ma collection. Jusqu'à mon dernier jour à Londres, j'aurai l'occasion de recevoir des musiciens venus «m'emprunter» (c'est-à-dire copier) tel ou tel air.

Je m'attarde sur ce moment de grâce où j'ai eu l'illusion qu'une nouvelle vie prenait forme. C'est que, une fois de plus, la plume recule et se fige à l'idée de décrire les coups du sort qui ont succédé à ces deux années tranquilles.

Il y avait des nuages, déjà. Mais le ciel était encore serein, et on n'entendait pas gronder la tempête.

Le premier coup grave m'a atteint par un jour gris de l'arrière-automne 1608. La peste vidait quelque peu les rues de Londres; cela m'était indifférent. Subir la mort qui avait été celle de ma bien-aimée aurait été une délivrance. Mais la peste se désintéressait obstinément de moi.

Quelques semaines auparavant, j'avais, comme convenu, envoyé Jack à Lisbonne où mon père aurait dû lui remettre les deux mille livres devenues nécessaires pour commencer à rembourser ma dette.

Il me suffit de voir le visage de Jack le matin de son retour pour comprendre que tout ne va pas pour le mieux.

«Monsieur, j'aimerais vous amener de meilleures nouvelles...

— Ne me fais pas languir...

— Tout d'abord, monsieur, permettez-moi de vous dire que c'est avec une profonde affliction que je me vois contraint de vous informer du passage dans un monde meilleur de Monsieur votre père.

— Qu'est-ce que c'est que ce charabia? Mon père est mort?

— Oui, monsieur. Et je serais réellement affligé s'il s'était contenté de mourir. Je pourrais lui pardonner de nous avoir quittés, et je prierais pour le repos de son âme.

— Jack, je t'en prie, que peux-tu me rapporter de pire que la mort de mon père?

— Je peux vous rapporter, monsieur, qu'avant de mourir il a d'une certaine manière perdu la raison, sauf votre respect, et qu'il a distribué aux pauvres l'argent qui aurait dû rendre sa splendeur d'antan à votre famille. À part cela, tout va très bien. »

La voix de Jack est pleine de larmes.

« Il ne reste rien ?

— Rien, monsieur. J'ai fait des choses dont je me croyais incapable. Je suis allé à la Cour, j'ai réussi à obtenir une audience auprès du premier ministre — j'avais emprunté les vêtements et les serviteurs qu'il fallait pour l'occasion. Je lui ai expliqué que s'il était vrai, comme tout Lisbonne le murmurait, que Monsieur votre père était un saint, et qu'il avait la faveur du souverain, ce souverain aurait sans doute à cœur d'aider sa famille. J'ai expliqué les deux mille livres. J'ai… »

Jack s'écroule sur une chaise et sanglote sans retenue. J'ai envie de faire comme lui.

« Je déduis de tes larmes, mon bon Jack, que tu n'as rien obtenu.

— Non, monsieur. » Sa voix est étranglée. « Monsieur votre père était allé voir ce seigneur peu auparavant pour lui faire part de son désespoir, car, ce sont à ce qu'il paraît les mots mêmes de messire Tregian, il avait appris de source sûre que vous vous étiez conformés, votre frère Charles et vous, ainsi que votre sœur Philippa Plunket. Toutes mes protestations, toutes mes assurances, tous mes démentis n'y ont rien changé. Je ne suis pas un saint homme, moi. »

Je suis atteint au cœur. Mon père m'a… Oui, il m'a trahi !

« Qui a pu lui raconter une insanité pareille, d'après toi ?

— Personne, monsieur. J'ai longuement discuté avec son valet portugais, qui parle le français. Monsieur votre père s'est mis cela en tête peu après son arrivée. Au début il n'en parlait que rarement, puis c'est devenu plus fréquent, et vers la fin il était persuadé de tenir la nouvelle des messagers les plus divers. Felipe, le valet, a lu toutes les lettres, il a été présent à toutes les rencontres. C'était monsieur Tregian qui racontait aux autres votre conversion, et non l'inverse.

— Où est Marc ?

— Il est en bas, monsieur. Il n'ose pas monter, car d'après lui nous aurions dû dévaliser un convoi, ou arrimer un navire pirate, faire n'importe quoi mais rentrer avec cet argent.

— Va donc le chercher. »

Il entre, la tête basse.

« Marc, je te suis infiniment reconnaissant de ton dévouement. Maintenant, prends le meilleur cheval que tu pourras, va en Cornouaille et trouve Phillips. Emmène-le au milieu d'un champ, et raconte-lui tout. Mais pas un mot à qui que ce soit d'autre. Mieux vaut ne pas ébruiter que nous n'avons pas cet argent. Et demande-lui de te donner son avis. »

Il va falloir que j'aille à Paris et à Amsterdam.

En attendant, je me rends à Clerkenwell, porter la nouvelle au reste de la famille.

Ma mère ne verse pas une larme. Mes sœurs se contentent de faire des mines de circonstance. Nul n'est prophète dans son pays. À Lisbonne, Francis Tregian père est peut-être un saint. Sa femme et ses filles ont subi son autoritarisme capricieux : dans son salon, sa mort est accueillie avec un chagrin mesuré.

Lorsque, la voix tremblante d'indignation, je raconte qu'il a répandu le bruit de notre conversion, Élisabeth murmure :

«Cela ne m'étonne pas.»

Ma mère la foudroie du regard, puis hausse les épaules :

«Il y a tant de mauvaises langues.

— Il aurait tout de même pu nous faire confiance !

— Votre père, mon cher fils, a eu une vie difficile. Il compensait ses déboires par des envolées de l'imagination. Il s'est peut-être plu à croire qu'il était le dernier des résistants catholiques. Laissez-lui donc cette satisfaction !»

Que dire ? Je garde pour moi le souci qui me tenaille. Dorothée seule perçoit quelque chose dans mon expression. Elle sort avec moi.

«Vous ne nous avez pas tout dit, n'est-ce pas, Francis ?

— Vous garderez cela pour vous ?

— Parole de femme !»

Cela me fait sourire de la part de cette frêle jeune fille, mais je m'incline. Je suis incapable de résister à ce minois si semblable à celui de ma fille disparue.

Nous allons au trot du côté d'Islington, et je lui raconte tout. Je me permets même de verser les larmes qui m'étouffent depuis le matin. Comment ai-je mérité d'être ainsi trahi par mon propre père ?

Dorothée ne me console pas. Elle fait le poing sur l'encolure de sa bête.

«Pourquoi ne suis-je pas un homme ?

— Vous n'auriez, comme moi, que trois solutions, toutes mauvaises.

— Ce sont… ?

— Me conformer, et cela me couperait de toute la famille. J'aurais de l'argent, mais vous n'en voudriez pas. Retourner à ma profession de marchand de soie, mais je ne gagnerais la somme nécessaire que trop lentement. Et disparaître ; ce n'est pas l'envie qui m'en manque, mais cela ne résoudrait aucun de vos problèmes. Où est notre frère Charles ?

— À Bruxelles.

— Il tient toujours de si beaux discours, qu'il vienne nous aider à résoudre les problèmes qui se posent.

— Vous savez bien qu'il ne servirait à rien. Mon pauvre frère, qu'allez-vous faire ?

— Aussitôt que Marc sera revenu de Cornouaille, je vais aller à Paris et à Amsterdam, prendre conseil chez notre sœur Margaret, et chez mes amis les Ardent. »

L'ombre d'un sourire passe dans le regard de Dorothée.

« Qu'est-ce qui vous amuse ?

— Moi ? Rien, rien du tout. » Et elle pousse son cheval.

Marc revient une quinzaine plus tard avec une lettre de Phillips. Il a pu emprunter les deux mille livres, à un intérêt très favorable et de façon confidentielle, auprès de George Spry. *Mais cela ne peut être que pour un temps, il faut que nous trouvions vite de quoi rembourser. Messire Spry a, en ce moment, des problèmes de liquidités. La mort de Monsieur votre père me frappe doublement, et je me reproche de ne pas avoir insisté pour l'accompagner au Portugal. Je l'aurais empêché de commettre une telle folie.*

Nous partons aussitôt pour le continent. La veille au soir, Marc vient me demander la permission d'emmener un de ses cousins, je l'accorde et l'oublie aussitôt.

En voyant l'inconnu au moment de nous mettre

en selle, gracile dans son balandran, je fronce le
sourcil.

«Marc !

— Monsieur ?

— Tu ne m'avais pas dit que ton cousin est un
enfant.

— Ce n'est pas un enfant, monsieur, ne vous
laissez pas abuser par sa taille. Vous devriez le
voir se battre. Le diable en personne ne lui résis-
terait pas. Il est un peu timide et n'ose pas vous
approcher, mais à la première occasion, vous
verrez... »

Il fait froid, il fait nuit, je ne suis qu'à moitié réveillé, je n'insiste pas. Nous sortons de
Londres dans la confusion matinale habituelle,
par Aldgate.

Nous galopons en silence. Nous sommes attendus au relais du Mouton-d'Or à Faversham, où
on nous connaît ; nous changeons nos montures,
mangeons sur le pouce et reprenons la route — il
ne s'agit pas de lambiner. Nous voulons embarquer avant la tombée de la nuit dans une baie
proche de Ramsgate ; nous connaissons le capitaine d'un bâtiment dont nous savons qu'il voudra profiter de la marée pour prendre le large.

Nous arrivons vers quatre heures. Le capitaine
nous accepte à bord ; il nous envoie nous restaurer en attendant le départ. J'ai pratiquement fini
mon repas, servi par Jack, lorsque je remarque
son expression.

«Qu'y a-t-il, Jack ? T'aurait-on contrarié ?

— Oui, monsieur. Je suis fou de rage.

— À quel propos ?

— À propos de... À propos de Marc. Vous
n'avez toujours pas vu notre cousin en face, monsieur ?

— Ah, ah! Marc ne t'avait pas prévenu!

— Il y a cela. Mais il y a aussi que je n'aime pas l'idée d'emmener ce cousin.

— Va me le chercher.

— Non, pas moi, monsieur, car si j'approche mon frère, je le tue.

— Tu penses qu'il serait plus prudent de laisser ton cousin en Angleterre? Son caractère n'est pas irréprochable?

— Non, non. Il faut que nous l'emmenions. Mais j'aurais préféré que Marc le présente à Monsieur — et à moi — avant notre départ.»

Jack a piqué ma curiosité; dès que nous avons appareillé, j'approche. Marc et l'étranger sont dans l'ombre.

«Alors, ce cousin? Comment s'appelle-t-il, et que veut-il de nous?»

Ce qui sort du cousin est un murmure qui me fige de stupeur.

«Mon frère, pas un geste et pas un mot, le cousin veut vous accompagner, il n'a pas trouvé de moyen officiel, alors il s'est cherché un allié. Ne protestez pas. Une lettre de vous disant que vous m'emmenez et veillez sur moi est déjà entre les mains de Madame notre mère.»

C'est ma sœur Dorothée.

«Mais ma mie...

— Si j'étais une femme, vous devriez faire mille simagrées, tandis qu'ainsi c'est parfait. Marc veille sur moi, je sais me défendre, vous n'avez à vous soucier de rien, et vogue la galère. Je ne me suis jamais tant amusée de ma vie.»

Elle retourne sans attendre dans l'ombre des cordages.

«Que dites-vous de cette outrecuidance, monsieur?

— Je dis, Jack, que je n'ai jamais vu cela, mais que connaissant la demoiselle, j'absous Marc.» Je ne peux m'empêcher de sourire. «Et je t'avoue que l'idée d'amener Dorothée à Paris et à Amsterdam ne me déplaît pas. Elle a raison, bien entendu : Madame ma mère n'aurait jamais consenti. C'est beaucoup plus simple ainsi.»

Jack lève les yeux au ciel.

«Bien, monsieur, si c'est vous qui le dites. Vous êtes trop bon. Faites attention de ne pas vous trahir.

— J'y veillerai. À propos, comment s'appelle votre cousin ?

— Dorian, monsieur. Dit *Dot*.»

Là, je ris de bon cœur, et Jack finit par rire avec moi. *Dot* est certes le diminutif de Dorothée mais aussi le mot anglais pour «point». Familièrement, on appelle parfois *dot* les hommes de petite taille.

Je croyais avoir vécu une surprise mémorable, mais je manquais d'imagination. À peine avions-nous débarqué que nous nous sommes isolés et j'ai tenu un petit discours :

«Mon cher Dot, la situation étant ce qu'elle est, quelques précautions s'imposent. Vous ne serez jamais à la traîne, afin que nous puissions vous protéger.»

Dans ses vêtements masculins, ma sœur a des allures d'adolescent maladroit. Elle arrive à transformer jusqu'à ses gestes. Elle me regarde sans un sourire.

«Me protéger ? Moi ? Et pourquoi pas vous ?

— Ma mie... mon cher Dot !

— C'est vrai, si un malandrin devait tomber

d'un arbre... Un vénérable vieillard comme vous: vous avez au moins trente ans, n'est-ce pas? Vous avez besoin de nous les jeunes pour vous défendre.»

D'un geste rapide elle se jette sur le mulet qui porte nos bagages, tire du fourreau une de mes épées, en fait des moulinets sous mon nez, estocade l'air de tous côtés.

«En garde, monsieur, en garde.»

J'avoue que je tarde à dégainer.

«Monsieur devrait essayer, pour mieux comprendre», dit Jack d'une voix sépulcrale.

Je finis par m'exécuter. Et si nous étions dans un duel sérieux, je me laisserais tuer par pure stupéfaction. Elle est insaisissable. Elle pare, se fend, prévoit tout, elle est partout et déjoue mes meilleures bottes. Elle est minuscule, mais sa force nerveuse est prodigieuse. Sous ses robes de dentelle, elle cache à tous un corps d'athlète.

À tous? Sans doute pas. Quelqu'un a dû lui enseigner tout cela.

«Bon, finis-je par dire. À part Jeanne d'Arc, je n'avais jamais entendu parler d'une foudresse de guerre auparavant, mais il est vrai que vous n'avez pas besoin de moi. J'imagine que c'est à Marc que vous devez votre culture martiale.»

Ils me regardent tous les deux par en dessous, le sourire au coin des lèvres.

«Il y a aussi Dirk, l'écuyer de votre oncle Lord Stourton, à Clerkenwell. Quelle honte! s'exclame Jack.

— Oh, mais j'en ai assez! De quelle honte est-il question? Et si cela m'amuse? Si j'ai un don pour ces choses-là? Tout le monde ne peut pas être un génie musical ou aimer le point de croix. Dirk m'a initiée aux armes parce qu'il s'est

aperçu que j'avais des aptitudes. Pas par turpi-
tude. Alors, suffit! Tant que nous serons en route
je reste Dot, un de vos hommes.» Ses yeux lancent des éclairs. Elle fait un dernier moulinet
avec son fleuret et va le remettre en place. «Et si
l'un de vous a le malheur de me parler de mon
honneur et de mon mariage, je l'embroche, tout
simplement.»

J'échange un regard avec Jack. Il arbore une
telle expression de Vendredi saint que j'éclate
de rire.

«Allons, Jack, souris. Nous avons des reines,
des maréchales, pourquoi n'aurions-nous pas des
bretteuses?

— Si madame Tregian savait…

— Mais elle ne sait pas et cela fait bien dix ans
qu'on le lui cache. Allons, en route.»

Nous arrivons à Amsterdam à la veille de la
Saint-Nicolas. Lorsque la servante nous ouvre la
porte, une bouffée de pain d'épice nous enveloppe.

«*Mijnheer* Frans! Ah, que tout le monde va
être content!»

Elle part en courant.

«*Mevrouw! Mijnheer!* C'est *Mijnheer* Frans,
c'est *Mijnheer* Frans!»

Jane et Jan arrivent les premiers.

«Francis! Quelle surprise!»

Nous nous embrassons.

«C'est justement vous deux que je voulais voir,
seul à seul.» J'attrape Dot qui allait s'esquiver et
la retiens presque brutalement.

«Venez avec nous, mon cher garçon.» Et je la
pousse dans le petit bureau de Jan qui nous suit,

curieux. Lorsque nous sommes entrés tous les quatre, et que la porte est fermée :

« Chère Dot, permettez-moi de vous présenter ma nourrice, Jane Ardent. Et permettez-moi aussi de vous présenter Jan Van Gouden, un homme que j'aime comme un frère. J'ai l'honneur, chers amis, de vous présenter mademoiselle Dorothée Tregian, dix-huitième et dernier enfant de feu Francis Tregian et de Mary, son épouse. »

Ils font un geste, mais je coupe court aux réactions.

« Oui, notre père est mort, nous parlerons de cela plus tard. Maintenant, mon principal souci est que cette demoiselle reprenne la place qui est la sienne et que personne ne jase. Elle s'est déguisée pour arracher mon consentement, a quitté notre mère en fraude, et lui a envoyé une lettre en imitant mon écriture pour lui dire qu'elle partait avec moi. De ce côté-là nous sommes donc tranquilles. »

L'histoire n'émeut ni Jane ni Jan.

« Je viens de terminer une robe d'une teinte absolument inédite, dit Jan. On va l'ajuster sur vous, elle vous siéra. » Il la regarde d'un œil amusé.

« Depuis la fin de mon enfance, je n'ai jamais pensé à me déguiser en homme. C'est sans doute plus pratique pour voyager », dit Jane de sa voix placide.

Elles s'en vont.

« C'est une folle, dis-je à Jan. C'est une folle, mais de toute notre sacrée famille, c'est la seule à qui je fasse une confiance absolue.

— Elle est... inattendue. Très différente de Mary et de Margaret.

— Très différente des autres aussi. Tu peux tout lui dire. Notre vrai problème est ailleurs. »

Je lui raconte la mort de notre père. Il m'écoute en pâlissant progressivement, sans broncher.

«J'ai toujours pensé que cet homme était dangereux», crache-t-il lorsque je termine.

«Adrian!

— Tu as toujours pris sa défense, je ne sais trop pourquoi. Je respecte cela. Pourtant il a fait notre malheur. J'ai senti, moi, dès mon plus jeune âge, qu'il fallait le fuir.» Il me met une main sur l'épaule. «Il t'a eu jusqu'au bout, mon pauvre frère.»

Un silence.

«Allons, il va être l'heure du repas. Nous verrons ensuite.»

Autour de la table familiale, il y a Wim, solide gaillard d'une vingtaine d'années, sa sœur Jana, qui va sur ses neuf ans, le petit Thomas, sept ans, et les orphelines, qui sont devenues des demoiselles. Jan non plus ne s'est pas remarié. Giuliano a encore un peu blanchi, mais il reste plein d'allant. Les incroyables yeux pervenche de Jane n'ont rien perdu de leur intensité.

Dorothée fait son entrée. Elle porte la robe «inédite», d'un bleu indéfinissable qui semble par instants devenir rose. Elle s'arrête sur le seuil, intimidée. Ses yeux châtains font le tour de la pièce. Son regard se fige sur Wim qui, les pommettes d'un carmin inhabituel, la dévore des yeux. Le temps semble suspendu dans le silence. Jane me regarde. Elle a vu, elle aussi. Puis tout le monde se met à parler à la fois, et tout reprend son cours.

Je passerai sous silence toutes les solutions que nous avons envisagées. Une chose est certaine,

Ardent et Van Gouden ne sont pas prêts à fournir les deux mille livres dont j'ai besoin : cela les laisserait par trop démunis.

«Mon cher Francis, dit Jan, pourquoi as-tu obéi à ton père ? Tu n'as pas besoin de Golden. N'as-tu pas ici une maison qui est la tienne ? »

Je ne sais que répondre. *Être, telle est la question*. En voulant endosser le passé de ma famille, j'ai cherché à me détruire.

«Sans la peste j'aurais peut-être eu la force... Peut-être... »

Je suis appuyé au poêle. Jan se lève, m'entoure de ses bras.

«Mon frère, je te comprends si bien. Sans mon fils Thomas, moi aussi, je me serais laissé couler.»

Son regard croise celui de Dorothée.

«Wim et Dorothée, je vais vous confier un secret que Jane, Giuliano et Francis connaissent. Jurez que vous le garderez.»

Ils jurent, et il leur révèle son identité.

«Je l'ai toujours su, dit Wim de sa voix calme. J'étais petit, mais lorsque mon père vous a ramené à Amsterdam, je vous ai reconnu. Personne ne disait rien, je n'ai rien dit non plus.

— Et moi, dit Dorothée en l'embrassant, je crois l'avoir senti. Il me semblait vous avoir toujours connu.»

Au bout de trois jours de discussion, je promets que je tenterai de faire prospérer les différentes affaires que j'ai lancées en Cornouaille — la tonte, la mine, les fermages — mais que s'il le faut, j'abandonnerai la partie. Tout le monde accepte que je veuille risquer une dernière tentative.

Dorothée insiste pour m'accompagner à Paris habillée en homme. Il est vrai que cela simplifie le voyage. Je cède.

À mon soulagement, Margaret est devenue suffisamment française pour prendre l'aventure sur le ton de la plaisanterie. Lorsqu'il m'entend parler de duel, le jeune Francis bondit. À quinze ans, il n'a rien perdu de sa fougue.

«Oh, madame ma... ma... Êtes-vous ma cousine, madame?

— Je suis votre tante, mon cher petit», dit-elle d'une voix suave. Elle est son aînée d'à peine un an et lui arrive à mi-poitrine.

«Madame ma tante, je ne me suis jamais battu avec une femme.

— Mais j'espère bien, mon cher neveu.»

Elle finit par accepter son invitation, et ils se retirent à la salle d'armes. Elle passe la moitié de son séjour à Paris à s'escrimer avec lui et avec Arnaud, le fils de Charles et de Margaret, pendant que Marc fait le guet pour que personne ne surprenne cet étrange spadassin.

Charles écoute mon histoire le sourcil circonflexe.

«Je vais vous aider. Mais l'année prochaine, cela risque d'être une autre affaire.»

Il ne veut pas m'expliquer comment il trouve l'argent qu'il me faut, mais il le trouve, et je repars plus tranquille. Mon fils est resté, avec son cousin Arnaud, un grand ami du Dauphin. Henri IV se prépare à faire la guerre à l'Espagne. Charles partira, Francis et Arnaud partiront avec lui. Il n'est question, lorsqu'on est avec les deux garçons, que de cela. La tante qui ferraille et qu'ils n'ont pas réussi à battre ne distrait les cousins qu'un instant. La mort de ce seigneur lointain et inconnu qui était leur grand-père les laisse indifférents.

Nous repartons pour Amsterdam, après que

j'ai présenté mes respects au roi, toujours aussi chaleureux. Et d'Amsterdam, je repars pour l'Angleterre. Sans Dorothée.

«Mon frère, je vais rester ici. Vous devriez d'ailleurs rester aussi.

— Ma mie!» Elle m'agace, mais je m'y attendais.

«Je vais épouser Guillaume, qui n'est que mon demi-cousin. Jane m'a tout expliqué.»

Je discute pour la forme. Je sais qu'elle ne cédera pas.

«Quand vous mariez-vous?

— Nous allons nous fiancer, comme le veut la coutume. Dans un an, peut-être.

— Je verrai ce que dit notre mère.

— Essayez toujours de lui expliquer que j'épouse le fils de votre nourrice. Moi, la descendante de je ne sais combien de grands rois.» Elle pouffe de rire. «Et amenez la famille à la noce.»

Nous embarquons par un jour venteux de janvier. Naïf comme toujours, je suis persuadé que la crise est surmontée.

IX

Kind-hearted Christmas, now adieu,
For I with thee must part;
But oh! to take my leave of thee
Doth grieve me at the heart.
Thou wert an ancient housekeeper,
And mirth with meat didst keep;
But thou art going out of town,
Which causes me to weep.

«Peascod Time»
Ballade populaire

Mon bon Noël, je te fais mes adieux
Je prends congé, car il le faut;
Mais oh! de devoir te quitter
Mon cœur se met à saigner.
Toujours tu as été le gardien
De la gaieté et du bon vin;
De la ville tu vas te retirer
Et cela me fait pleurer.

Les événements se sont étalés sur plusieurs années, mais dans mon souvenir ils pleuvent sur moi à jet continu. Il me semble ne plus avoir vécu, dans l'intervalle entre les coups du sort. Lorsque je pense à moi-même tel que j'étais, je vois un nageur sur le point d'atteindre la rive, et à chaque fois qu'il va toucher terre, une vague lui fait perdre pied. Je ne sais plus exactement dans quel ordre les coups se sont succédé. Je ne suis même pas certain de me les rappeler tous.

Je commence par le plus pénible.

Je suis à Londres. Un matin, Phillips fait irruption dans l'appartement où je répète des villanelles avec mes sœurs.

« Monsieur, je dois vous parler sans perdre un instant. »

Les trois jeunes filles sortent sans un mot.

« Monsieur, vous allez recevoir une visite fort désagréable. Messire Ezekiel Grosse. J'ai peut-être un jour d'avance sur lui, mais peut-être seulement une heure.

— Et ce désagrément… ?

— Ce n'est plus à messire Spry que vous devez trois mille livres, mais à messire Grosse ; messire Spry lui a cédé toutes ses créances. Il y a été forcé par sa propre situation. Messire Grosse est venu me réclamer la somme pour la semaine prochaine. Il y a droit, et n'a rien voulu savoir. Et puis il exige une rente pour son travail, car il prétend être votre administrateur. Il veut même cette rente avec effet rétroactif à partir du jour où Lady Élisabeth Carey a cessé de le payer. Il fera tout pour que, quoi que vous lui remboursiez, vous lui deviez encore de l'argent. Il veut vous empêcher de faire de l'élevage, il ne veut pas que vous trouviez de l'étain. Il veut vous déposséder de vos terres et de vos châteaux à moindres frais. Et il a eu vingt ans pour se familiariser avec la région. Il prête à usure. Personne ne l'aime, mais par l'argent, il tient beaucoup de monde. »

Je ne sais lequel, de Phillips ou de moi, est le plus pâle.

Je fais seller mon cheval et me rends chez Robert Cecil, sûr qu'il sera trop occupé pour me recevoir. Mais il n'en est rien.

« Monseigneur, vous vous êtes engagé à ce que je récupère mes terres. »

En m'efforçant de garder mon calme, je lui raconte ce qui arrive. Il écoute sans sourciller, un de ses secrétaires prend des notes.

«Je vais voir ce que je peux faire, monsieur Tregian. Messire Grosse a des appuis à la Cour, qu'il paie cher. Et puis c'est un protégé des Carey. Envoyez-le-moi, si vous le croisez.»

Grosse arrive le jour même. Je refuse de le recevoir et le fais envoyer chez Cecil. Il revient le lendemain. L'intendant serviable de Lady Carey s'est métamorphosé en un être arrogant, intransigeant.

Il a préparé un compte de ce que je lui dois, et mes dettes à George Spry se sont gonflées d'intérêts exorbitants. Il est accompagné d'un sergent. Ou je contresigne le papier qu'il me présente, ou je suis arrêté et jeté à la Fleet sur l'heure.

«Mais ce que je vous propose, a-t-il l'outrecuidance d'ajouter, c'est une affaire. Lisez donc.»

Je lis.

Francis Tregian le Jeune accorde à Ezekiel Grosse une rente annuelle à vie de £ 30, qui sera payée à la maison dudit Ezekiel, à Rosewarne, dans la paroisse de Camborne, en deux fois aux fêtes usuelles; et dans la mesure où ledit Francis reconnaît devoir audit Ezekiel £ 3 000, il est stipulé que si Ezekiel et ses héritiers peuvent jouir en paix du manoir de Rosmondres et des terres y attenantes sans contestation de la part dudit Francis, ou de Charles son frère, ou de Mary Tregian sa mère, cette reconnaissance de dette perd sa valeur.

C'est signé *Ezekiel Grosse.*

Dans le langage tortueux de la chose légale, il me dit que pour trois mille livres, il me rachète une des plus belles propriétés familiales. Cecil ne s'est pas vraiment mis en quatre pour moi. Enfin... Je perds Rosmondres, mais je gagne ma liberté.

Je refuse de signer en présence du sergent,

sachant que Grosse bluffe. Je renvoie tout le monde : je réfléchirai. Je descends chez ma veuve.

Cette veuve, Mistress May Hutchinson, est une jeune femme de vingt-sept ou vingt-huit ans, fort avenante, et si j'avais dû me remarier, c'est sans doute elle que j'aurais choisie. J'ai passé dans son lit de nombreuses nuits. Cette femme simple a beaucoup d'allure, de noblesse, de bonté. C'est aussi une femme d'affaires. Elle est veuve depuis cinq ans, mais l'atelier de tailleur de son défunt époux continue à marcher à la baguette, et à livrer des vêtements élégants. Lorsque nous faisons connaissance, et qu'elle adopte les tissus de Jan, cela lui crée une réputation. Elle occupe trois apprentis et cinq maîtres tailleurs. Elle est dotée d'un bon sens rare et a toujours su me conseiller.

Je la trouve consolant mes trois sœurs en pleurs. Elles ont écouté à la porte et ont raconté que le sergent m'avait arrêté.

« Mais vous voyez bien qu'il est là ! On n'arrête pas ainsi les innocents. »

Élisabeth se jette à mon cou.

« Oh, mon frère, qu'allez-vous faire ?

— Mais... je pense que je vais lui laisser Rosmondres. Je n'en ai pas l'usage, et ainsi je serai débarrassé de ma dette. C'est vrai que je fais une affaire. Mais je vais encore réfléchir. Mistress Hutchinson ?

— Monsieur ?

— Je crois qu'il nous faut les conseils de maître Treswell. »

C'est un avocat des *Inns of Court* qui vit à proximité. Nous avons passé maintes soirées à discuter ou à faire de la musique, et j'ai eu l'occasion d'apprécier ses talents.

« Je suis de votre avis, monsieur. Il faut l'envoyer quérir.

— Je m'en vais ramener ces demoiselles et puis j'irai le voir. »

Maître Treswell n'y va pas par quatre chemins.

« Si cette terre n'a pas pour vous de valeur sentimentale, oubliez-la. Faites-moi lire tout ce qu'on vous demande de signer avant d'y apposer votre paraphe. J'aimerais par ailleurs vous donner un autre conseil.

— Je vous en prie.

— D'abord, avant d'accepter, allez faire une longue promenade et assurez-vous auprès de votre conscience que vous ne changerez vraiment plus d'avis et ne vous conformerez jamais. Je connais toutes vos raisons, c'est bien pour cela que je me permets de vous dire de réfléchir une dernière fois. Et si vous êtes certain que vous allez rester catholique, vendez. Vendez tout ce que vous pourrez. Il existe depuis 1606 une loi par laquelle la Couronne peut prélever selon son bon plaisir les deux tiers des terres confisquées par *praemunire*. Grosse est un excellent avocat...

— Grosse... un avocat ?

— Vous ne le saviez pas ? Je le connais bien. Il finissait ses études à Lyons Inn lorsque je commençais les miennes, et avait déjà la réputation d'un redoutable retors. Il pensera par conséquent à faire appliquer la loi de 1606. Vendez même Golden, si vous pouvez. Cessez de rêver que vous pouvez devenir éleveur, patron de mine. Cet homme-là veut vous supplanter. Alors vendez vite, pendant que tout cela vous appartient encore, et placez votre argent. Je vous y aiderai. Faites cela pour vos sœurs. »

Je quitte Treswell songeur. Au lieu d'aller faire une longue promenade solitaire, je vais solliciter une audience auprès de Robert Cecil. Depuis quelque temps il est souffrant, et à chacune de mes visites j'ai la sensation que son corps rapetisse un peu plus. Seule sa tête reste inchangée, et son expression vivace.

Partant de considérations différentes, Robert Cecil me donne exactement le même conseil que maître Treswell.

« Je ne serai peut-être pas toujours là pour vous servir et Grosse le sait, sinon il n'aurait pas osé vous offrir le marché qu'il vous propose. Je l'ai intimidé, mais je n'ai pas le pouvoir de l'arrêter. Dans cette Cornouaille, vous allez vous perdre. Vous êtes trop isolé, trop exposé, je ne peux pas vous aider. Vendez, monsieur Tregian, croyez-moi. Et à votre place, je partirais pour la Hollande. S'il m'arrivait quelque chose, vous seriez aussitôt en danger. »

J'écoute certains de ces conseils.

Je commence à vendre, en partie ouvertement, en partie en sous-main, par l'intermédiaire de maître Treswell, d'amis ou de cousins. Je partage l'argent entre mes frères et sœurs, je le place en leur nom, sans le leur dire de peur qu'ils ne refusent. Ma part, je l'investis en Hollande. Je ne fais qu'une erreur — ma faiblesse : je ne vends pas Golden, alors que c'est Golden, le siège seigneurial, que Grosse veut à tout prix. Le récit de ces transactions serait trop fastidieux. Le fait est que le jour où la catastrophe suivante se produit, je me suis débarrassé d'une bonne portion de mes terres, j'ai vendu (à regret) ma mine et ne contrôle plus, à travers un de mes cousins Arundell qui s'est porté acheteur pour me faire plaisir, que les élevages de moutons et les tissages, qui sont tout à fait prospères.

La catastrophe suivante a beau me toucher personnellement, elle est de portée universelle. Le bon roi Henri de France se fait assassiner. Je l'apprends à l'Exchange par un jour de mai. On décrète un instant de silence. Les gens tombent à genoux et prient, de nombreux visages sont baignés de pleurs. Partout en Europe les cœurs sont en deuil. Rares auront été les rois aussi aimés que celui-là.

Je suis pris par mes diverses transactions et j'hésite entre partir et envoyer Marc aux nouvelles. Avant que j'aie pris une décision, le jeune Francis me fait la surprise d'arriver un matin avec Denis de Montmartin, le bras droit de Charles de Troisville, dont ils apportent un message.

Mon frère, nous quittons la Cour. La reine Marie de Médicis est nommée régente, et je n'ai pas l'heur de lui plaire. Ses favoris sont les vipères à langue de velours, tel le sieur Concini dont elle ne peut se séparer. Moi, vous le savez, je suis tout en francparler. C'est pour cela que Sa Majesté le roi Henri me faisait l'honneur de m'aimer. La régente est morose, fantasque, froide et dure, superstitieuse, incapable d'une vue d'ensemble. Elle n'a pas la qualité indispensable à un bon gouvernant : la régularité dans les affaires. Elle change d'opinion par sautes d'humeur, et elle est obstinée jusqu'à la bêtise dans ses décisions. Elle n'est occupée que d'elle-même, n'aime ses enfants que du bout des lèvres. Je suis effrayé à la pensée de ce qui attend la France. Elle m'a signifié d'avoir à quitter le ser-

vice du jeune roi avec mes fils, et lorsque je lui ai fait remarquer que je le ferais si tel était le bon plaisir de Sa Majesté, elle a répliqué avec dédain : «Sa Majesté fera ce que je déciderai. Je ne veux plus voir les deux jeunes Tréville dans ses appartements, et je serais bien aise que vous retourniez en Aquitaine.» Je n'ai pas insisté. Discutez avec Francis. Si vous décidiez de le garder en Angleterre, nous comprendrions. Le roi Louis nous a dit, en prenant congé de nous : «Ne partez pas trop loin, messieurs de Tréville, je ne serai pas toujours un enfant», et pour cette raison je pense que nous resterons, à Bordeaux ou à Tarbes, vivant de nos très maigres biens, mais à la disposition de Sa Majesté, à qui nous appartenons et à qui vont notre affection et notre dévouement.

«Je connais la teneur de cette lettre, me dit Francis. Si vous permettez, monsieur, je voudrais retourner chez les Tréville. Je ne parle pas l'anglais et, vous excepté, ici je ne connais personne.

— Mon cher enfant, j'en suis bien aise, car même si vous désiriez rester, dans la situation actuelle, je vous forcerais à vous en aller. Je suis moi-même traqué. Il est inutile que nous soyons deux à nous exposer aux pires ennuis.

— Pourriez-vous me mettre au courant... ?»

À seize ans, Francis Marie Tregian de Troisville ou de Tréville (c'est son nom à la cour de France) est un homme. Il est aussi grand que moi, et fait preuve d'un sérieux qui va de pair avec cette furie primesautière dont il est capable les armes à la main. Il m'est impossible de le considérer comme un fils. C'est un compagnon, un frère cadet. À aucun moment je ne me sens son père. Je lui raconte tout.

«J'espère que lorsque nous n'aurons plus le poids de ces immenses possessions, dis-je en conclusion, lorsque les équivoques seront dissipées, nous pourrons vivre en paix. Dieu nous a fait la grâce de ne pas tout nous prendre, nous restons privilégiés.

— C'est ainsi que je vois les choses, monsieur. Faites-moi visiter Londres. C'est peut-être la seule fois que je le verrai en votre compagnie. Et ensuite, je rentre à Bordeaux.»

Je chasse cette douleur qu'évoque toujours en moi le rappel de Bordeaux. Pendant quelques jours nous explorons Londres.

Il repart, et c'est le cœur lourd que je suis du regard son cheval qui disparaît dans la campagne au-delà de Aldgate. Le reverrai-je jamais?

Le Londres de 1611 est bien différent de celui de mon enfance. La Cour n'y est plus le creuset de la pensée, et si on y pratique la culture c'est avec une frivolité toute courtisane. Les divertissements s'y succèdent. Un seul très grand compositeur me semble prendre la relève des Morley, des Bull et des Byrd: c'est Orlando Gibbons, que je ne connais pas, mais dont j'admire les mélodies.

C'est comme si le caractère du roi déteignait sur la grande cité tout entière. La ville est à la fois moins dure et plus hostile. Je ne sais comment exprimer mon sentiment. On a tant pris de mesures pour éliminer la pauvreté que certains spectacles de la misère, si habituels lorsque j'étais enfant qu'on n'en parlait même pas, ont disparu. Mais la pauvreté est générale. On ne craint plus l'Espagne et si les récusants sont poursuivis, ils ne sont plus aussi persécutés que lorsqu'on voyait en eux l'ennemi de l'intérieur. Et puis, la reine Anne en tête, la Cour est plus indulgente pour les catholiques que pour les puritains. Le Parlement du caniveau, le plus indépendant de tous, ne tarde pas à faire connaître son opinion. Plus le roi écrase les puritains, plus il prive de chaire leurs prédicateurs, plus la population de Londres, de l'Angleterre tout entière, adhère à leurs vues. Et leurs vues sont de la dernière intransigeance envers les catholiques. Je me retrouve par conséquent plus isolé que jamais. On se détourne beaucoup de moi. Il me reste peu d'amis indéfectibles.

Parmi eux, Richard Mulcaster, dont je suis un visiteur assidu; il ne vit plus à Londres depuis un an ou deux, mais à Stanford Rivers, dans l'Essex, où il est très seul depuis la mort de sa femme. J'aime à l'écouter raconter comment il a peu à peu élaboré ses idées sur l'éducation. Nous commentons souvent Montaigne, qu'il connaît parfaitement.

Le maître doit aller sur ses quatre-vingts ans. Il vieillit. Sa haute carcasse se voûte, sa vue baisse, et plus le temps passe, plus il aime que je lise pour lui. Mais ses commentaires ne perdent rien de leur acuité.

«Vous êtes un homme d'un type nouveau, savez-vous, monsieur Francis, me dit-il affectueusement.

— Moi, monsieur? Je suis un homme très ordinaire.

— Que non pas. Je désapprouve votre religion, mais votre idée que chaque homme est seul avec sa conscience, et que le souverain ne peut lui imposer son culte...

— Elle n'est pas de moi, monsieur. Elle est de messire de Montaigne. Et qui plus est, les rois

Henri III et Henri IV de France y croyaient fermement.

— Elle a été exprimée par le sieur de La Boétie, aussi, qui désapprouvait les tyrans autant que les sautes d'humeur religieuses. Vous ne lisez pas monsieur de La Boétie, vous autres, car il a été annexé par les calvinistes et imprimé par eux. Néanmoins, il a écrit dans son *Discours de la Servitude volontaire* une phrase à laquelle, avec votre entêtement à ne pas vous soumettre à la religion de votre roi, vous souscrivez sans doute : *Levons les yeux vers le Ciel, ou bien pour notre honneur, ou pour l'amour de la vertu, à Dieu tout-puissant, assuré témoin de nos faits et juste juge de nos fautes. De ma part je pense bien, et ne suis pas trompé, puisqu'il n'est rien si contraire à Dieu tout libéral et débonnaire que la tyrannie, qu'il réserve bien là-bas aux tyrans et leurs complices, quelque peine particulière.*

— Je sais, monsieur », et j'enchaîne : « *Comment celui qui vous maîtrise a-t-il aucun pouvoir sur vous que par vous autres mêmes ? vous pouvez vous en délivrer, si vous essayez, non pas de vous en délivrer, mais seulement de vouloir le faire. Soyez résolus de ne servir plus, et vous voilà libres.* C'est une liberté qui se paie cher.

— Ah, ah ! Je vous y prends ! Vous lisez La Boétie sans vous soucier de l'Index. Sa démarche, voyez-vous, est à l'inverse de Machiavel, que tout le monde vitupère sans le lire, mais que j'ai étudié, moi. Ne posez pas sur moi cet œil scandalisé.

— Ce n'est pas un œil scandalisé, monsieur, c'est un œil étonné. J'ai toujours admiré votre hardiesse. La nôtre, devrais-je même dire, puisque j'ai, moi aussi, lu messire de La Boétie. Mais vous parliez de Machiavel...

— La Boétie et Machiavel considèrent tous deux que si les tyrans ont une quelconque autorité, c'est parce que leurs sujets acceptent de la leur laisser. Seulement, Machiavel enseigne au prince à forcer leur acquiescement, tandis que La Boétie révèle au peuple la puissance de son refus. Et vous, mon cher garçon, vous et votre admirable frère devrais-je dire, êtes l'incarnation du principe de cette liberté.

— Je vous remercie, monsieur, mais c'est trop d'honneur. Je... »

Il écarte mes objections d'un geste.

« D'où toutes vos difficultés. C'est toujours difficile d'être un précurseur. Les cendres du sieur Giordano Bruno pourraient vous en conter, des histoires. Un homme remarquable, je l'ai rencontré. En avance sur son temps de trois encolures. Il est vrai que du temps de la grande Élisabeth, les choses étaient plus simples. Elle était elle-même remarquable. Toujours hésitante et prudente en politique, mais jamais pour les arts et la science. Dans ces domaines-là, elle a appuyé les démarches les plus hardies. »

En cette triste année 1611, je perds ce maître incomparable, et un jour où j'étais allé lui faire la lecture, j'arrive juste à temps pour ses funérailles.

Robert Cecil aussi est au bout de sa vie. Il est de plus en plus maigre, de plus en plus pâle. On dit qu'il est rongé par une tumeur qui le fait énormément souffrir. Il n'en parle jamais. Mais il est si souvent incommodé que le roi commence à l'écarter. Le royal favori, Lord Howard, convoite son poste et ses honneurs.

Un jour, je suis reçu par une de ses sœurs en pleurs : Salisbury est au plus mal. Je le vois une dernière fois. Autour de lui, il n'y a plus grand monde. Ce pouvoir pour lequel il a tant intrigué lui échappe déjà. D'une voix faible, il me répète les conseils qu'il m'a déjà donnés.

« Et faites vite, avant que le monstre ne vous dévore. »

Au début de l'été, il rend l'âme. Presque au même moment, l'Angleterre perd le prince de Galles, Henri, un jeune homme dont on sentait déjà le poids dans le gouvernement du pays, et qui promettait d'être un roi aussi sage qu'Élisabeth. Il meurt en quelques jours ; son frère Charles, qui lui succède, ne lui ressemble hélas ! en rien. Jacques Ier n'a plus personne pour le modérer. C'est le règne de l'arbitraire qui s'installe. La justice est au plus offrant, et j'ai le tort de ne pas proposer ma marchandise à cet étal-là.

Je constate bientôt combien Cecil avait raison.

Car l'ordre de m'arrêter ne tarde pas à venir.

C'est encore une fois Phillips qui accourt à Londres, où je me suis attardé par hasard. J'avais eu l'intention d'aller en Cornouaille depuis un mois mais, à cause du temps pluvieux, qui transforme les routes en torrents de boue, je renvoyais mon départ de jour en jour.

Il entre, tout botté, crotté, et je m'émerveille que cet homme proche de la soixantaine ne présente pas le moindre signe de fatigue.

« Monsieur, il faut partir. Vite... »

J'ai déjà compris.

« Il a trouvé un moyen de se débarrasser de moi.

— Il ne veut plus le manoir de Rosmondres, monsieur. Il ne se sent plus lié par la promesse faite à Lord Salisbury. Il veut l'argent. C'est aussi simple que cela. Et comme vous ne pouvez pas payer...»

Il me tend un parchemin.

James, par la grâce de Dieu, etc., etc., au shérif de Cornouaille. Comme Francis Tregian, gentilhomme, a reconnu le 14 novembre de la 6ᵉ année du règne qu'il doit à Ezekiel Grosse de Trelodevas à Buryan, gentilhomme, £ 3 000 et n'a toujours pas payé la somme, nous ordonnons l'arrestation dudit Francis Tregian et son emprisonnement jusqu'à ce que la dette soit payée. Ses terres sont mises sous séquestre à cet effet.

Peter Edgecombe, le shérif, a endossé le document et ajouté : *Francis Tregian n'a pas été trouvé dans ma juridiction, mais ses terres ont été saisies.*

En mettant les biens qui me restent sous séquestre, on me prive de mes rentes. Et sans les rentes, je perds un moyen essentiel de rembourser mes dettes.

Consummatum est. La souricière s'est fermée.

«Combien de temps me reste-t-il ?

— Point de temps du tout, monsieur. Les sergents pourraient être au coin de la rue. Pour agir, il faut que vous restiez libre. Il faut vous en aller avant que Grosse ne pousse le shérif à transmettre votre signalement aux ports.»

Pendant que Phillips parle, je rassemble mes partitions les plus précieuses. Jack et Marc préparent nos portemanteaux. Mon livre de morceaux pour virginal est chez ma sœur Élisabeth, qui s'est jetée à corps perdu dans l'apprentissage de l'instrument. Il faudra que je m'en passe. Je ne peux même pas prendre congé de ma famille.

«Empruntons le souterrain», je suggère.

Ce souterrain passe sous les maisons, les rues et les jardins. Il relie la maison des Hutchinson à leur échoppe, à deux rues de là. Personne ou presque n'en connaît l'existence. Il date de temps immémoriaux et Mistress Hutchinson l'utilise souvent lorsqu'elle s'attarde à l'atelier. La nuit, cela lui évite de s'exposer aux dangers de la rue.

Jack et Marc nous précèdent avec les bagages. Lorsque nous débouchons à l'atelier, Mistress Hutchinson a déjà été mise au courant.

«J'aimerais…»

Elle me pose une main sur les lèvres.

«Ne dites rien, mon ami. J'espère vous revoir un jour. Soyez prudent, et que Dieu vous protège.

— Si l'on vous interroge…

— Je sais ce que j'ai à dire. Je ne suis que votre logeuse. M'avez-vous jamais confié le moindre de vos projets? Il va de soi que je suis ignorante de tout.»

Je crois que nous avons tous les yeux embués.

Nous sortons par le couloir: les ouvriers ne nous auront pas vus.

Et avant que les portes de la ville ne soient fermées pour la nuit, nous galopons dans la campagne en direction de la côte.

Le ciel de fin juillet est étoilé. Nous avançons à vive allure, mais arrivons près de Folkestone après la marée de l'aube. Nos chevaux, que nous n'avons changés qu'une fois, sont fourbus.

Jack va voir un patron pêcheur de nos connaissances qui nous a déjà fait faire la traversée discrètement.

«Je vous amènerai jusqu'en Hollande, mais il faut attendre ce soir, l'heure de la pêche. Sinon on me poserait des questions.

— Quoi? Attendre toute une journée?»

D'un geste bonhomme, il agite sa pipe.

«On ne vous distinguera pas de mes marins. Cachez vos bagages à fond de cale, revêtez un bonnet et un gilet. Personne n'aura l'idée de vous chercher ici.

— Je n'ai pas dit qu'on me cherchait.

— Non, mais cela se voit. Allez à bord et empoignez ce filin, là-bas. Cela vous donnera une contenance. Soyez tranquille, vous partirez.»

Et nous partons. Mieux encore, nous arrivons sains et saufs sur une plage non loin de Rotterdam.

Phillips est resté en Angleterre, il ne court pas de danger personnel. Fidèle jusqu'au bout il va, avec maître Treswell, m'aider à régler mes affaires.

Pendant la traversée, j'ai eu tout loisir de méditer sur l'injustice de ce qui m'arrive. Treswell me l'avait dit :

«Nous serions moins exposés si les lois sur les récusants étaient appliquées de manière rigoureuse et uniforme. Nous pourrions nous appuyer sur une jurisprudence, sur une pratique. Malheureusement, leur mise en œuvre est capricieuse, dictée davantage par le zèle et la cupidité des voisins que par la volonté de la Couronne d'éliminer les catholiques. Vous êtes tombé sur un tel voisin, qui a préparé son affaire minutieusement et vous a tendu un piège. Lorsqu'on attire son attention sur un cas comme le vôtre, le roi sévit. Grosse a sans doute payé quelqu'un pour convaincre Sa Majesté que la saisie de vos biens lui rapporterait beaucoup d'argent. Dans de tels cas, le roi signe des décrets qui sont le comble de l'arbitraire en ayant la sensation d'être juste. Et une fois que c'est fait, il s'y tient.»

Treswell m'a aussi dit, la colère dans la voix :

«Votre étrange ami Robert Cecil aurait pu, s'il était vraiment votre ami, vous introduire à la Cour, vous présenter à Sa Majesté. Je n'ai jamais rencontré quelqu'un qui, vous ayant entendu, n'a pas été conquis par votre musique. Le roi est un grand amateur de ces choses-là, il aurait probablement succombé au charme. Dans ces cas-là, il devient très généreux. Sa bienveillance vous aurait protégé.»

Giuliano avait fait des remarques très semblables. Mais le fait est que Robert Cecil ne désirait pas se compromettre, et qu'un Tregian catholique n'était pas présentable à la Cour, le ministre n'a jamais cessé de me le répéter.

Lorsque nous frappons à la porte du comptoir au Stromarkt, je me sens écrasé par un terrible sentiment de défaite. Il me semble que ma vie n'a plus de sens. Plus rien, plus personne ne justifie mon existence.

«Au contraire, dit Jan avec force lorsque je lui fais part de ma douleur, tu es enfin débarrassé du fardeau de l'héritage.

— Je ne suis pas débarrassé de l'idée que ma mère et mes sœurs vivent de rien.

— Vivent de peu, cher frère. Entre les rentes des propriétés qui leur restent dans le Devon et le Dorset et l'aide secourable des Stourton, ces dames sont mieux loties que nous. Combien de serviteurs ont-elles?

— Je ne saurais le dire. Six, sept, huit.

— Et nous avons trois domestiques pour deux familles.

— Je sais. Mais notre mère a cette idée de la grandeur qui...

— ... qui lui fait dire que tant qu'elle n'est pas dans un château avec quarante laquais, elle est pauvre. Dorothée m'a conté cela. Si nos sœurs acceptaient d'épouser des bourgeois, elles auraient de très belles dots. Mais évidemment, si seul un baron ou un duc mérite leur attention... Tu n'as pas à te charger de telles inepties. Je t'interdis de jamais remettre les pieds en Angleterre. »

Pendant deux ou trois années, j'ai suivi ce conseil. J'ai repris ma vie de musicien, occasionnellement doublée de celle de marchand. Je vais à Anvers, et parfois à Bruxelles. J'aime toujours autant l'Italie, j'y vais aussi souvent que je peux. Je fais de longs séjours à Mantoue, où Monteverde ne cesse de donner à son génie de nouvelles formes : des œuvres telles *La Favola di Orfeo*, *L'Arianna*, ravissent autant la vue que l'ouïe, sans parler des *Scherzi musicali* et bien sûr des nouveaux madrigaux. Depuis quelques années, Monteverde est le *maestro della musica* du duc. Puis il devient *maestro di cappella* de Saint-Marc à Venise, où je me mets à aller d'autant plus fréquemment. J'évite autant que possible les milieux jésuites parce que j'imagine qu'ils sont espionnés par l'Angleterre, mais approche néanmoins de vieilles connaissances tels Peter Philips ou les fils Ruckers. Je retrouve également Pierre-Paul Rubens, devenu une célébrité mondiale. Il m'accueille affectueusement dans son grandiose atelier, seule pièce terminée de sa nouvelle maison de la place du Wapper, que toutes sortes de corps de métiers sont occupés à agrandir et à embellir. Il y travaille, reçoit et discute dans un vacarme invraisemblable de marteaux, de scies, de cris et de pas pressés qu'il semble ne pas entendre.

Par Rubens, je fais la connaissance de Jan Bruegel, un peintre aussi sublime que le maître du Wapper, avec qui je me lie d'une amitié spontanée. Nous avons de longues discussions, et je garde un souvenir particulièrement vif de l'une d'entre elles, au sujet d'un tableau allégorique qu'il souhaite peindre sur l'ouïe. Comment représente-t-on l'ouïe en image ?

Par Peter Philips (qui n'a aucun lien de parenté avec mon Phillips), je rencontre John Bull.

Jusque-là, je ne l'avais vu que de loin, et rarement. Nous ne fréquentions pas les mêmes milieux, et j'avoue que je suis surpris d'entendre raconter qu'il s'est réfugié à Anvers pour fuir les persécutions religieuses. Je n'avais jamais entendu dire qu'il fût catholique. Les bruits qui courent sur son compte à Londres, essentiellement dans les boutiques des imprimeurs de musique, sont d'une tout autre nature : il passe pour un homme violent, de mœurs dissolues. Dans l'ombre d'une échoppe du parvis de Saint-Paul je me suis laissé dire qu'il était coutumier de partager le lit de sa femme avec les servantes. J'ai écouté cela avec détachement : je ne connaissais pas l'homme, et force m'était de constater que ses mœurs n'affectaient en rien la qualité de sa musique.

L'homme que je rencontre est de taille moyenne, le cheveu noir, le teint olivâtre, le visage allongé, un regard brûlant, presque démoniaque. Il paraît trente-cinq ans environ, mais on me dit qu'il approche de la cinquantaine. Il n'a pas la corpulence qu'on pourrait associer à son âge et à ses prétendus excès.

On me dit que ses colères sont terribles, et que dans un de ses accès il est capable de tout.

«Même de tuer un homme», déclare Philips.

Je n'en verrai rien. Le souvenir que je garde de lui est celui d'un gai compagnon, et d'un virtuose absolument incomparable.

Je lui dois énormément : nous avons, parfois, joué ensemble des morceaux très complexes, après avoir parié que je ne les exécuterais pas aussi vite que lui. Il a fallu longtemps pour que j'arrive à le rejoindre. L'important, ce n'était pas la vélocité, qui faisait parfois paraître le jeu de Bull trop superficiel : pour aller aussi vite que lui, il a fallu que je revoie toute ma technique, ce qui m'a forcé à sortir de mes routines, à reconsidérer tout mon acquis. En musique, je n'avais pas subi de choc aussi salutaire depuis Claudio da Correggio.

Ce que nous jouons ainsi, ce sont des morceaux que John Bull amène et que je copie. Certains d'entre eux m'étaient déjà familiers, d'autres m'étaient connus mais Bull les a récrits pour y ajouter quelque difficulté qu'il espère insurmontable.

Nous rions beaucoup et nos auditeurs occasionnels aussi.

Bull vit la plupart du temps à Bruxelles. Il est protégé par l'archiduc Albert d'Autriche, qui gouverne les Pays-Bas catholiques.

«Je suis même l'objet d'un incident diplomatique», dit-il avec une certaine complaisance. «Jacques Ier aimerait me jeter dans un donjon pour me punir de m'en être allé. Il me fait l'honneur d'une colère hors de toute proportion avec nos rapports.»

Avec le temps, Jacques Ier obtiendra gain de cause — ou presque. Car l'archiduc Albert cessera d'employer Bull pour ne pas contrarier le roi d'Angleterre, mais continuera à le payer, puis l'aidera à occuper un poste d'organiste à la cathédrale d'Anvers. Ce n'est pas l'intrigue qui lui vaudra cela, mais son immense talent de musicien.

Il a sans doute compris la nécessité de se ranger. Autant il a fait parler de lui en Angleterre, autant à Anvers, hors la musique, il passe inaperçu. Maintenant qu'il a renoncé aux frasques, son tempérament de feu se déverse tout entier dans son interprétation. La cathédrale est plus souvent pleine de mélomanes accourus pour l'entendre que de dévots venus prier le Seigneur.

Sa réputation est telle que le maître Jan Sweelinck me demande un jour si je le connais, et me prie de le lui amener.

C'est ainsi que j'ai l'insigne honneur d'assister à la rencontre de ces deux géants. C'est un des moments lumineux dans cette période noire de ma vie.

Il est encore une chose que je dois à Bull: la facture des orgues.

Avec le temps, j'ai fini par comprendre comment est construit un virginal. Plus d'une fois, contraint et forcé par les circonstances, j'ai fait ou dirigé des réparations. Au moment où j'ai dû fuir Londres Giles Farnaby venait d'y rentrer, et j'avais formé le projet de fréquenter son atelier pour m'initier, sérieusement cette fois, à la facture de l'instrument. À Anvers, je vais volontiers chez les Ruckers, qui gardent malgré notre vieille amitié l'ombre d'une réticence à tout me montrer — les bons artisans sont comme cela.

On dit que je joue bien de l'orgue. Une journée à la Oude Kerk, à écouter les deux maîtres se faisant mutuellement des démonstrations, et mon assurance est réduite à néant.

Un jour, au cours d'une de ces séances, Bull dit :
«Vous entendez ce bruit étrange ? »

Ni Sweelinck ni moi n'avons entendu.

«Si, si, je crois même savoir ce que c'est. La quarte de nasard. »

Il disparaît, comme happé par l'instrument et, sous l'œil inquiet de Sweelinck, commence à démonter. Le bruit attire le bedeau, auquel Bull ne laisse pas placer un mot :

«Faites-moi amener un marteau, mon brave. Il faut que je démonte le nasard pour atteindre le tuyau de quarte, qui doit être fêlé. »

L'œil mi-perplexe mi-soupçonneux, le bedeau s'exécute, pendant que Bull fourrage en sifflotant le jeu d'orgue. Le tuyau, un des plus aigus et des plus insignifiants, est vraiment fêlé.

«Je reviens dans un instant. »

Bull s'éloigne à pas pressés.

«Me laisser ainsi l'orgue en pièces détachées ! Et s'il ne revenait pas ? ronchonne le bedeau.

— Nous lui courrions après. Allons déjeuner, en attendant. »

Quelques heures plus tard Bull est revenu, la fente de la quarte de nasard a disparu et la maussaderie du bedeau fait place au respect en voyant le musicien remonter prestement le tuyau, remettre tout en place puis jouer une série de variations éblouissantes pour s'assurer que l'opération est réussie.

Plus tard, à l'estaminet où nous nous désaltérons, j'observe :

«Vous paraissez un expert de l'orgue.

— Mais oui, cela fait partie de mon métier. Mon maître John Blitheman disait toujours que pour dominer un instrument il faut aussi en connaître la facture, jusque dans les détails. Deux fois il m'a fait démonter l'orgue sur lequel il m'enseignait. Il m'a forcé à fréquenter un atelier de luthier. »

Très flou dans mon souvenir, je revois le marguillier de Saint-Jacques de Reims me laissant réparer l'orgue de son église. Saurais-je encore ?

« Monsieur Tregian, l'envie est peinte sur votre visage, dit John Bull, malicieux.

— J'ai démonté une fois des orgues, je devais avoir quinze ans. J'essayais de me souvenir...

— Si cela peut vous rafraîchir la mémoire, je vais prochainement diriger la construction d'un instrument. Je vous emmène.

— Je vous prends au mot. »

Il m'a enseigné la facture de l'orgue. Je me suis plongé dans les manuels, ai consulté les artisans, ai accompagné Bull, puis d'autres. Je ne serai jamais un maître, mais j'ai compris les principes ; John Bull les a complétés en me confiant quelques tours de main et quelques secrets de sa façon que j'applique aujourd'hui encore.

L'accalmie a été de courte durée.

Un jour, j'ai reçu de mauvaises nouvelles d'Angleterre. Mauvaises pour moi, mais aussi pour d'innombrables Anglais.

Une des plaies de l'Angleterre, ce sont les monopoles. À l'origine, un monopole, c'était conçu pour encourager le développement d'une activité ; il y a belle lurette que c'est devenu un privilège qui s'achète et coûte très cher à l'économie du pays, n'enrichit que des individus auxquels il permet une spéculation effrénée et n'a aucun effet bénéfique sur le Trésor national : il ne lui rapporte presque rien.

Aussi lorsqu'un certain Lord Cokayne est allé proposer au roi de détourner au profit de la Couronne les bénéfices du monopole de l'exportation de drap, une des clefs de voûte du commerce anglais, son idée a aussitôt été adoptée.

Depuis des siècles, l'Angleterre tisse le drap. Si les étoffes produites dans les villes pour les Anglais eux-mêmes sont traditionnellement teintes et finies sur place, les tissus venus des zones rurales, qui ont longtemps constitué presque la totalité de la production, étaient exportés grèges. Ils allaient aux Pays-Bas, où ils étaient teints et terminés, par Ardent et Van Gouden parmi d'autres, puis réexportés vers l'Allemagne et la Baltique. Une corporation se chargeait de l'essentiel du transport : les Marchands Aventuriers. Je les connaissais bien. J'avais passé des accords avec eux pour l'acheminement des laines fines. Ils disposaient de comptoirs dans tous les ports, étaient très organisés, très efficaces et raisonnablement honnêtes.

La teinture et le finissage sont sans conteste les opérations les plus lucratives de la fabrication des étoffes. Lord Cokayne a proposé que l'on teigne et finisse désormais tout le drap anglais en Angleterre, avant de l'exporter. Beaux bénéfices en perspective. Le roi n'a pas balancé une seconde. Les privilèges des Marchands Aventuriers ont été annulés, et on a créé une nouvelle compagnie, les Marchands Aventuriers du Roi, seuls habilités à exporter des tissus finis.

Nous avons appris cela par une lettre de Phillips.

On dit que Lord Cokayne a promis au roi trois cent mille livres par an, et que lui-même, qui contrôle tout, compte faire au moins autant de bénéfice. L'alun et les teintures sont actuellement

plus faciles à trouver qu'autrefois, grâce à l'indigo
importé des Indes orientales. De ce point de vue-là,
l'idée peut sembler bonne. Mais si on entend beau-
coup parler des profits, personne ne semble se pré-
occuper des moyens de mettre ce beau projet en
pratique. Les installations de teinture et de finis-
sage manquent. Les ex-Marchands Aventuriers
font de la résistance par l'inertie. Je crains le pire
pour nos tisserands.

«Toute la profession sera sous le contrôle de ce
roi incapable, s'indigne Giuliano. C'est un coup
terrible pour les campagnes. Même avec suffisamment d'ateliers, il n'y aura jamais assez de
teinturiers.»

Nous allons à une réunion de la Guilde des drapiers et les choses ne traînent pas. En quelques
jours, la Hollande unanime interdit l'importation
de drap anglais, aussi bien teint que grège.

Jan, Giuliano, Wim et moi avons, tous les
quatre, appuyé la mesure. Mais pour nous qui
connaissons le pays d'où venaient nos étoffes,
pour moi qui connais personnellement chacun
des tisserands qui produisent nos lainages, c'est
difficile.

Je n'en dors pas. Dans ces campagnes dont
je me sens responsable, la pauvreté est au détour
du chemin. J'avais promis du travail, de la prospérité à tous ces gens. Ils m'avaient fait confiance.

«Mon frère, vous avez une mine de déterré»,
me dit Dorothée un matin. Elle et Wim se sont
mariés, et elle est grosse d'un enfant qui ne va
sans doute pas tarder à naître.

Je lui explique mes soucis.

Elle soupire.

«C'est notre destin, et plus particulièrement
le vôtre, de vivre toujours entre deux mondes.

Pourquoi avez-vous appuyé l'interdiction d'importer, si cela vous fait tant de peine?

— Parce qu'elle est juste. L'Angleterre est gouvernée par un sot. Il faut le lui dire, et l'interdiction était un moyen. Mais elle ouvre les vannes au torrent d'une misère qui emportera des gens que nous connaissons. Je ne regrette pas d'avoir accepté les mesures de rétorsion de la Guilde, mais j'en redoute les conséquences.

— Depuis dix ans, la flotte anglaise a été laissée à l'abandon, dit Jan. La marine royale est devenue presque inexistante, et les Marchands Aventuriers étaient forcés de faire leur propre police. Les pirates turcs s'aventurent impunément jusque dans la Manche, depuis quelque temps. Les royaux n'arriveront jamais à exporter leurs tissus dans la Baltique. Les Marchands Aventuriers ne veulent rien avoir à faire avec eux, ils le disent à qui veut les entendre, et la nouvelle compagnie n'a ni les forces, ni les moyens, ni l'expérience nécessaires.

— Vous vous rendez compte? Cela signifie que les paysans ne vendront plus rien, et que de nombreuses familles mourront de faim. Tous ces gens que j'ai poussés à construire leur propre métier... Je les ai ruinés.

— Non, mon frère! Ne vous chargez pas toujours de tous les péchés du monde! C'est le roi Jacques qui a fait une folie.»

C'est vrai, et pourtant je n'arrive pas à m'y faire.

J'envoie Jack en Cornouaille.

Le tableau qu'il me peint à son retour dépasse mes craintes. Il me parle de révoltes, de suicides. Certaines familles n'ayant pas pu payer leurs redevances parce qu'elles ne gagnaient plus rien

ont été expulsées de leur cottage. Ezekiel Grosse
se distingue tout particulièrement par sa dureté.

Peu à peu se forme en moi le projet d'y aller
voir moi-même. Qu'on ne me dise pas, tranquillement assis sur le banc de la Croisée d'Echallens,
que c'est du suicide. C'est en effet l'apothéose de
mon suicide. Maintenant, je vois cela moi-même.
Mais à l'époque, mes critères sont autres.

*Est-il plus noble de laisser son âme subir la
volée de pierres et de flèches d'un sort humiliant,
ou de prendre les armes contre un océan de tour-
ments, et de périr en les affrontant?... C'est la
conscience qui fait de nous tous des lâches.*

La réponse à la question de Hamlet me paraît
aller de soi. Il me faut prendre les armes, et peut-
être périr. Je pars un matin à l'aube, sans rien
sinon l'argent dont je dispose, sans avertir personne, accompagné de Jack et de Marc qui ne
savent pas où nous allons. J'ai laissé un bref
message à Jan. Nous voyageons plusieurs jours,
jusqu'en France. Je n'ai pas perdu toute notion
de prudence, et je préfère arriver en Angleterre
par les chemins détournés qu'empruntent les
nombreux catholiques qui entrent en contre-
bande.

Lorsque Jack comprend ce que nous allons
faire, il me supplie de me désister, mais en vain.

«Si tu veux rester, reste, je finis par lui dire,
agacé.

— Moi, monsieur? Vous me faites injure! Il ne
s'agit pas de moi. Je ne risque rien, moi. Il s'agit
de vous. Votre tête est mise à prix. Grosse a promis cinquante livres à celui qui vous dénoncera
au shérif. Vous ne devriez plus mettre les pieds
en Angleterre tant que la situation ne change pas.
Vous courez à la catastrophe, et ce n'est pas le

moment que nous vous quittions. Vous allez avoir besoin de nous. »

Je reste sourd à ses arguments.

Nous débarquons un matin de printemps dans une crique près de Falmouth.

X

I see a mouse catch the cat,
Fie, man, fie:
I see a mouse catch the cat,
Who's the foole now?
I see a mouse catch the cat,
And the cheese to eat the rat,
Thou hast well drunken man,
who's the foole now?

«Martin said to his Man»
Ballade populaire

Je vois la souris prendre le chat,
Fi, l'ami, fi !
Je vois la souris prendre le chat,
Tu es insensé.
Je vois la souris prendre le chat
Et le fromage manger le rat,
Tu es fin saoul l'ami,
Tu es insensé.

Une fois arrivé à Tregarrick, j'envoie Marc chez le révérend Hitch.

« Dis-lui que l'homme à qui il faut un ange gardien veut le voir.

— Repartez tout de suite, me dit Hitch en guise de salutation. Grosse dit partout que tous les malheurs du pays sont la faute des catholiques. Vous ne savez pas qu'il vous accuse d'avoir ruiné les tisserands ? D'être de mèche avec Lord Cokayne ? Vous avez des amis, alors que Grosse n'en a guère. Mais il y a trop de gens au bord de l'anéantissement, et le premier de ceux-là qui vous reconnaît vous fera arrêter pour toucher les cinquante livres. Tout est en place pour que vous disparaissiez. Les anges gardiens ont leurs limites. Je ne peux pas tout. Le mieux serait que vous quittiez l'Angleterre comme vous êtes venu.

— Mais...

— Je parlais de vous avec un gentilhomme de la région, récemment. Quelqu'un qui ne vous aime pas particulièrement mais qui était d'avis qu'on vous vole honteusement. Il pensait qu'un gentilhomme doit toujours se défendre. Alors partez vite avant qu'on ne vous assène un coup de bâton ou de mousqueton qui faciliteraient la vie de Grosse en mettant un terme à la vôtre. Êtes-vous sûr de vos gens ? »

Hugh, qui assiste à l'entretien, a un sursaut.

« Oh, révérend ! Personne ne trahirait Monsieur. Nous n'aurons jamais de meilleur maître. Messire Grosse ne sait même pas que cette propriété lui appartient, nous l'appelons monsieur Tregarrick, ici. »

J'écarte la question de Hitch d'un geste.

« Parlez-moi plutôt des tissages. Que se passe-t-il ?

— Rien qui n'arrive aussi ailleurs en Angleterre. Les moutons sont tondus, la laine est filée, les étoffes sont tissées, et cela s'arrête là. Personne ne les veut plus, car il est interdit de les vendre grèges et personne ne peut les teindre. La région court à la ruine.

— J'ai moi-même entendu messire Grosse, intervient Hugh, dire que si les tisserands n'avaient pas de travail, c'est parce que vous les avez dévoyés.

— Ils chômaient déjà lorsque je les ai convaincus de tisser.

— C'est ce que l'un d'entre eux a répliqué. Messire Grosse est très mal vu à Grampound.

Les gens lui refusent tout service. Un de ses hommes a tenté d'être cassant, récemment, ils l'ont enfermé dans le cul-de-basse-fosse réservé aux criminels. Malheureusement, Grosse tient le shérif bien en main. »

Je n'écoute plus.

« J'aimerais, dis-je à Hitch, que vous remboursiez ceux des tisserands qui ont payé leur métier de leur poche. »

Je lui tends ma bourse. Tout l'argent liquide que je possède.

« Monsieur, personne n'attend cela de vous !

— On m'a beaucoup parlé d'honneur, depuis que je suis né, et de ma parole de gentilhomme, qui est sacrée. Elle est sacrée aussi lorsque cela ne m'arrange pas. J'ai promis à ces gens la prospérité, et voyez ce qui se passe.

— Ce n'est pas votre faute.

— Peut-être bien. Mais allez expliquer cela à Little John au fond de sa chaumière. C'est moi qui lui ai donné ma parole, c'est à moi de faire quelque chose pour réparer le mal. »

Le révérend Hitch prend la bourse sans cesser de me fixer de ses yeux transparents.

« J'ai souvent entendu parler de votre famille, par les vieux paroissiens. On a beaucoup respecté votre grand-père et on considère généralement que son seul tort est d'avoir fait de son fils un damoiseau qui s'est occupé de son âme mais non de ses biens, et a laissé ses métayers à la merci de Carey et de Grosse. On commence à dire que vous êtes le digne successeur de votre grand-père et que vous n'êtes peut-être pas comme votre père.

— Je tiens même beaucoup à être différent, et je suis honoré que les gens de la région me comparent à mon grand-père.

— Je tâcherai de distribuer votre argent, monsieur Tregian. Je crains qu'il ne soit déjà trop tard pour beaucoup de monde. Et je garderai le reste pour vous. Vous allez en avoir besoin.»

J'ai cru avoir encore un peu de temps. Je me suis attardé. Mais on me guettait. Et j'ai été arrêté. Un Kernévote poussé par le désespoir m'a reconnu et a signalé ma présence. L'autorité a été alertée. Mais je n'ai pas été pris en Cornouaille.

Avant de quitter l'Angleterre, j'ai voulu aller une dernière fois à Londres. J'avais l'illusion qu'on m'y trouverait moins facilement. J'ai même accepté de prendre les précautions qu'on me conseille. Le révérend Hitch nous «prête» le fils de sa gouvernante : il connaît tous les *pannier-lanes* de la région, itinéraires abrités empruntés le plus souvent par ceux qui vont à pied, parfois avec une mule, d'un village à l'autre. Rien de bien lourd n'y passant jamais, ces sentiers restent herbeux, et sont moins boueux que la grande route. On ne m'y cherchera guère ; j'y cours moins de risques que sur un des itinéraires tracés tout spécialement pour les cavaliers, les *bridle-paths*. Par les *pannier-lanes* nous sortons de Cornouaille en faisant un crochet vers le nord.

Il nous faut une bonne dizaine de jours pour arriver à Clerkenwell. J'y suis venu pour avertir ma famille et consulter maître Treswell. Ce qui m'attend me prend au dépourvu.

Mon frère Charles est rentré de Belgique, et a décidé que le moment est venu pour lui de reprendre en main les affaires de la famille. Je suis un irresponsable à qui on ne peut se fier, presque un criminel. Il a conquis notre mère, sans doute parce qu'il tient un langage proche des propos paternels.

«Ne connaissez-vous pas la loi kernévote qui veut qu'un aîné ne vende jamais rien sans le consentement de son frère puîné?

— C'est une coutume, et non une loi. Il eût fallu que vous fussiez là, aussi.

— Comment avez-vous pu renoncer à Rosmondres pour éviter la prison?» Il n'a rien perdu de sa verve creuse. «La troupe meurt mais ne se rend pas, c'est ce que nos officiers nous ont toujours dit lorsque nous étions cadets, et ce que nous disons à nos cadets depuis que nous sommes officiers.

— Mais ici, mon frère, nous ne sommes pas dans une caserne, et les choses sont un peu plus complexes.»

Peine perdue. Seule ma sœur Élisabeth me soutient. Ma mère, mes sœurs Catherine et Sibylle, et surtout les Stourton, qui sont nombreux, sont d'accord avec Charles. Les Arundell, consultés, manifestent un intérêt poli sans se mêler de rien, ils ont assez de chats à fouetter; des branches plus éloignées de la famille, tels les Chandos, se contentent d'assurer les Tregian de leur sympathie.

Je ne saurai jamais si j'ai été dénoncé par l'un des miens ou si j'ai été rattrapé par le bras long de Grosse.

J'avoue avoir parfois pensé que mon frère et ma mère en sont venus à me considérer comme un débiteur ordinaire qu'ils ont fait saisir pour recouvrer «leur» bien. Je n'ai jamais eu loisir d'en parler calmement ni avec l'un ni avec l'autre.

Mes premiers souvenirs de prisonnier sont des images déchiquetées. Le hasard veut que lorsqu'on vient me prendre je sois seul dans la maison de Holborn. Je suis surpris, n'oppose aucune résistance. Mon arrestation n'attire l'attention de personne.

Je n'ai pas un *farthing* sur moi, on me jette par conséquent en salle commune, un sort malgré tout moins terrible que si on m'avait donné en pâture aux pauvres hères de la salle des mendiants — une sorte de sixième cercle de l'enfer — ou jeté au donjon et mis aux fers.

Il faut plusieurs jours à mes amis pour me retrouver. Des jours qui bouleversent ma vision du monde et de la vie.

Jusque-là j'avais fait peu de cas de mes nobles origines et n'avais eu aucune peine à déroger. J'avais mené une vie spartiate, ne possédant que l'indispensable, juste ce qu'il fallait de chevaux, et des logements simples. Si j'avais deux épées et deux pistolets, c'était par précaution. Pourtant, j'avais toujours mangé, j'avais toujours été servi.

Pendant ces quelques jours, j'ai été privé de tout. On m'objectera que quelques jours, ce n'est rien. Sur l'instant, c'était une éternité : pendant que je les vivais, je ne savais pas que cela ne durerait guère. Je me suis vu coupé du monde pour toujours. J'ignorais alors que seul le gardien-chef reçoit les prisonniers, et leur attribue un logement. En son absence, on m'a simplement mis là où (si l'on excepte le donjon) il était le plus facile de me surveiller.

Les débiteurs anglais sont moins bien lotis que les Romains. À Rome, le débiteur devenait l'esclave de son créancier ; il avait le devoir de travailler pour lui, mais était protégé contre les abus et la violence et, pendant qu'il travaillait, son maître l'entretenait. Chez nous, un débiteur enfermé à la Fleet est un homme perdu. Si on le relâchait après l'avoir arrêté, cela signifierait ipso facto que sa dette est acquittée. Il est donc essentiel qu'il reste enfermé. Sa présence représente le dernier espoir du créancier, mais c'est un espoir absurde, souvent vain. Car en prison la plupart des débiteurs n'ont plus aucun moyen de se procurer de l'argent. Faire d'un homme un débiteur insolvable qu'on arrête est un excellent moyen de s'en débarrasser sans avoir à l'assassiner.

Entre les mains du gardien-chef, je deviens le représentant de ma dette, et le gardien-chef devient responsable de moi. Si je prenais la poudre d'escampette, on pourrait lui réclamer les sommes que je dois. Il a l'obligation de me produire sur demande, il doit veiller à ce que je réponde en tout temps aux convocations du tribunal.

Pour les pauvres qui n'ont vraiment plus aucun moyen, et qu'on a enfermés dans la salle des mendiants (parfois pour deux, trois shillings), les conditions de détention sont si terribles qu'ils paient le plus souvent ce qu'ils doivent de leur vie. Ils meurent comme des mouches, de faim, de froid, du manque d'air, les uns sur les autres, vautrés dans la crasse. Dans la salle commune c'est un peu mieux, mais moyennant espèces : la pension coûte huit *pence* par jour. C'est là que je me retrouve.

Si on a les moyen de payer davantage, on peut, comme mon père, avoir des appartements, recevoir sa famille.

Les sergents qui m'ont arrêté me poussent dans la grande salle et s'en vont.

Je suis bien vêtu, je n'ai pas l'air d'un pauvre. On m'a ôté mon épée, mais non mes stylets. En entrant, je les serre dans mes poches pendant qu'une meute d'hommes s'approche à pas lents, l'œil torve, et forme un cercle autour de moi. Heureusement que je suis toujours resté un assidu des salles d'armes.

«Monseigneur…» croasse un individu ricanant en ôtant un chapeau imaginaire et en avançant d'un pas.

«La paix!

— Mon petit seigneur, ici la paix se paie.

— Alors, cette bourse, ça vient?

— Oui, cette bourse, elle arrive ou faut-il venir la prendre?»

Il y a bien longtemps que je ne me suis plus trouvé en pareille compagnie. Une ou deux fois, cela m'est arrivé pendant mes voyages. Ma taille, ma souplesse et mon habileté aux armes m'ont toujours permis de garder l'avantage. Ici, j'ai un instant la tentation de laisser faire ces gens. Ils me dépouilleront, me tueront, ce sera fini.

Dormir. Mourir. Dormir… Rêver peut-être, voilà le hic.

«J'étripe le premier qui arrive à ma portée», dis-je d'une voix tranquille, sans bouger un muscle, et en fixant celui qui semble le meneur. Je connais l'effet de cette attitude. Ils se figent.

«Mais c'est qu'on est arrogant! C'est qu'on veut une leçon», braille quelqu'un derrière moi. Je suis proche d'un pilier, je vais m'y appuyer d'un bond. Je n'ai toujours pas sorti les mains de mes poches.

«Je ne sais qui parle ici d'arrogance. S'il le faut, je saurai impartir une leçon.»

Un étrange silence suit cette déclaration que je fais d'une voix égale, sans forfanterie. Une phrase de l'archiduc Albert me trotte par la tête: «*Monsieur Tregian, vous êtes un meneur d'hommes né. Vous avez un ascendant rare sur les êtres, lorsque vous le voulez bien. Vous sauriez, ma foi, dissuader un adversaire d'un simple regard.*»

Allons, Francis Tregian. Ni dormir. Ni rêver.

«Il vaut mieux être mon ami que mon ennemi, car lorsque je frappe, je touche.

— Ah ah! ils disent tous cela, les seigneurs. Mais de là à le prouver...

— Approche, si tu oses.»

Il fait un pas. Je lui envoie un pied dans l'estomac, pas trop fort car je ne tiens pas à lui faire mal. C'est un coup qu'il faut assener d'un mouvement rapide et précis. Lorsque c'est bien fait, l'adversaire ne le voit pas venir. Il a même, parfois, l'impression d'avoir été renversé à distance. L'assistance est dûment impressionnée. Quelqu'un sort un couteau.

Je sors un des miens.

«Tu tiens vraiment à te mesurer à moi?»

J'avance un pied, mais reste à l'abri du pilier. Je ne le quitte pas des yeux.

Ils reculent tous, dans un silence absolu. J'ai gagné. Je n'aurai pas la paix, mais je leur ai fait peur, et ils réfléchiront à deux fois avant de m'approcher.

Vers le soir, des gens commencent à affluer: ce sont les prisonniers à qui on permet de sortir pendant la journée. Parmi eux, un prêtre arrêté parce qu'il est entré illicitement dans le pays. Il a passé la journée à officier dans

Londres. Il m'assure faire cela depuis plusieurs années.

«Un jour, on me traînera à Tower Hill ou à Holborn et on me pendra. En attendant, je me rends utile. Je vois que vous avez réussi à vous faire accepter tout de suite, c'est rare.»

Il partage avec moi une croûte de pain, une gourde d'eau, et m'offre la moitié de sa paillasse, que je refuse. Elle est trop petite, et je n'ai pas envie de dormir.

Le vacarme ne diminue pas avec la tombée de la nuit. Au contraire. Car s'il est difficile de sortir de la Fleet une fois qu'on y a été enfermé, ceux qui viennent voir les prisonniers s'y promènent comme dans un moulin. Dans un coin, on joue aux cartes et aux dés; on en vient aux mains, on blasphème. Ailleurs, des prostituées à tous les stades de la déchéance et de l'ivresse tentent de gagner quelques sous avec ces malheureux. D'immondes accouplements se terminent en injures. Je constate même que des gens viennent à la Fleet pour s'y cacher, c'est le comble du paradoxe. On m'interpelle bien une ou deux fois, pour me défier. J'use de mon regard, quelqu'un tire l'imprudent par la manche, lui murmure quelque chose à l'oreille. L'autre s'en va.

Je suis persuadé que, si je dormais, je me retrouverais nu comme un ver à mon réveil. Mais même si le silence était monacal, j'aurais de la peine à m'assoupir. Il faut vivre. Mais comment? Il faut échapper à cette situation... Je passe des heures à faire des calculs. Les revenus de Tregarrick sont suffisants pour moi, mais minces. Et de toute façon, je ne peux pas retourner en Cornouaille. Je suis trop grand pour passer inaperçu ou me déguiser. Mes biens hollandais sont solides, mais tout est investi. Et mes possessions kernévotes sont sous séquestre. Il y a bien le Devon... Une vague de nausée me submerge. N'ai-je pas compris que je suis là parce qu'on veut se débarrasser de moi? Vendre encore, payer encore, cela ne sert plus à rien.

Quelle ironie! Moi qui ai eu tant de peine à accepter mon père, je finis comme lui. Mais mon père avait eu sa ferveur dévote, l'absolue certitude que ses souffrances lui vaudraient une place de choix au paradis. Je ne dispose pas de ce puissant antidote.

«Vous ne dormez pas?» C'est l'abbé.

«Non. Je contemple l'étendue du désastre.

— Puis-je vous être utile?»

J'ai besoin d'aide, mais n'ai aucune envie de me confier.

«Vous pourriez peut-être aller voir une dame de mes connaissances et lui dire que son claveciniste est ici.»

Je lui donne l'adresse de Mistress Hutchinson en espérant que je ne commets pas une erreur.

Il s'en va au petit matin; je passe la journée sans manger, car les repas s'achètent, et sans boire, car l'eau se paie. On ne me connaît pas encore assez pour me faire crédit. Personne ne vient me chercher, personne ne semble s'inquiéter de moi. Des gardiens, appelés *bastons*, circulent parmi nous. Je ne dis rien, on ne me demande rien.

Je finis par distinguer, près d'une fenêtre grillagée, quelques personnes tranquilles, dont je m'approche. Le coin est plus propre que le reste de l'immense salle, mieux tenu. On y trouve quelques commerçants et quelques récusants; ils se sont alliés par-delà de possibles querelles de religion pour tenter de préserver une certaine dignité. Sur une paillasse, un homme regarde le plafond d'un œil vide. Je m'assieds près de lui.

«Vous êtes malade?

— Non. J'imaginais… Peu importent les détails. C'était une vie sans dettes, en tout cas.

— Vous devez une somme importante?

— Quatorze livres.

— Et vous êtes ici pour quatorze livres?

— Vous êtes un grand seigneur. Pour vous, quatorze livres, ce n'est rien. Moi, je suis un pauvre apprêteur de drap, je mets un an à les gagner, lorsque j'ai la possibilité de travailler. J'espère mourir bientôt, ainsi ma femme pourra se remarier et mes deux fils auront de quoi manger, peut-être de quoi faire un apprentissage. Ils béniront le pauvre Peter Osborne qui a eu la bonne idée de s'en aller discrètement. Et vous, combien devez-vous?»

J'ai presque honte.

«Trois mille livres.»

Il me regarde, esquisse un pâle sourire.

«Dix shillings, quatorze livres, trois mille livres. C'est pareil. Ici vous êtes une dette, comme moi. Mourez. Votre dette sera éteinte.»

L'abbé revient tard. Je suis fébrile.

«Alors?

— J'ai vu Mistress Hutchinson. Elle vous fait dire de patienter.»

Il déploie un carré d'étoffe, et je ne peux m'empêcher de sourire. C'est un lambeau de lainage Ardent.

«Elle vous envoie le dîner.

— Que nous partageons, monsieur l'abbé.

— Que nous partageons, monsieur Tregian.

— Elle vous a dit mon nom.

— Non, je l'ai appris par ailleurs. J'admire votre famille, monsieur Tregian.»

Je ne réponds rien. Que dire à tous ces gens qui supposent d'emblée que je pense comme mon père, que j'agis comme lui et subis les mêmes conséquences que lui pour les mêmes raisons?

Dans les jours qui suivent, je m'organise, grâce à l'abbé, un semblant d'existence dans le coin des récusants. Pour vaincre mon angoisse, je leur apprends quelques madrigaux italiens que nous transposons quelque peu pour nos voix. Ce n'est peut-être pas parfait, mais cela nous distrait de nos soucis.

Mistress Hutchinson vient enfin, un matin tôt. Je ne sais combien de jours ont passé. Je n'ai guère quitté mes vêtements, je ne suis pas rasé, je mange à peine malgré les objurgations de mes compagnons d'infortune. Aussi l'expression épouvantée de Mistress Hutchinson lorsqu'elle finit par me reconnaître ne m'étonne-t-elle pas. Elle s'élance.

«N'approchez pas, je vous en prie, je suis couvert de vermine.»

Elle écarte mon objection d'un geste violent, n'arrête pas son élan et me serre contre elle.

«Qu'est-ce que cela peut faire? Vous êtes en vie, tout le reste est réparable.

— Mes enfants, intervient l'abbé, isolez-vous donc derrière ce pilier, là-bas, vous serez mieux.»

Cette attention, la présence de Mistress Hutchinson m'émeuvent. Dans le coin du pilier, à l'abri des regards, je pleure comme un enfant.

Les rapports entre Mistress Hutchinson et moi sont, même dans l'intimité, toujours restés distants. Aujourd'hui, pour la première fois, elle sort de sa réserve. Elle me couvre de caresses et de baisers, me murmure des mots tendres. J'ai besoin de cela bien plus que de nourriture. Elle le sait. Jamais jusque-là je ne l'avais appelée May. Jamais depuis je ne l'ai appelée autrement.

«Pourquoi avez-vous dit: "Vous êtes en vie, le reste est réparable"?

— Parce que Jack est revenu ce matin à l'aube, ventre à terre, depuis la Cornouaille. Le révérend Hitch avait entendu dire qu'il y avait un complot pour vous assassiner. Le plan était de vous arrêter, de vous faire enfermer à la Fleet puis de vous faire tuer dans une rixe provoquée par un homme soudoyé par Grosse.

— Mais pourquoi?

— Parce que Grosse est persuadé que le roi est en réalité un ami des catholiques, et il a peur qu'on vous rende vos biens avant qu'il ne s'en soit assuré la possession définitive.

— Et où sont Jack et Marc?

— Jack est chez moi, ou plutôt chez vous, et prépare vos bagages. Marc est en route, il escorte Phillips, qui vous prie de ne pas traiter avec le gardien-chef. Il a l'habitude de la Fleet et pense obtenir pour vous de meilleures conditions que vous-même.

— Il a sans doute raison. Je vais l'attendre.»

Il arrive peu après, et un jour on me sort de la salle commune. Je fais la connaissance du haïssable Alexandre Harris, le gardien-chef revenu de voyage, mais je ne discute pas avec lui. Phillips se charge de tout. Lorsque j'arrive dans l'appartement qu'il a négocié pour moi, j'ai l'impression d'entrer dans mon étude: Jack a bien travaillé. Il y a là certains de mes livres et de mes meubles,

mon muselaar, mon luth ; les fenêtres donnent
sur le jardin de la cour intérieure, loin du jeu de
boules et de tennis que l'on n'entend que faible-
ment. Il y a aussi un appartement pour mes serviteurs.

« J'ai préféré vous faire placer dans le quartier réservé aux catholiques, me dit Phillips. Les
appartements sont plus confortables et les chicanes moins fréquentes.

— Mon bon Phillips, que faisons-nous là, quinze
ans après ?

— Les temps ont changé, monsieur, et d'une
façon ou d'une autre vous n'êtes pas ici pour
longtemps. Vous verrez. Mais nous nous sommes
dit que puisqu'il faut en passer par là, mieux vaut
que vous viviez dans le confort. »

Mais Phillips n'a pas compté avec l'inconfort
extrême que me cause Sir John Whitbrooke, un
récusant qui est en prison par entêtement (il
estime ne pas avoir à payer une amende — exor-
bitante, il est vrai) et se trouve être mon voisin
immédiat. Il n'est pas venu seul : il a une pléiade
de serviteurs, aussi bruyants et remuants que lui.
Par principe, Sir John trouve à redire à tout.

« On ne va pas laisser messire Harris penser
que nous sommes ici dans un château. Si nous
manifestons la moindre satisfaction, ou même de
l'indifférence, il va augmenter les prix. Il faut
réclamer jour et nuit. »

C'est exactement ce qu'il fait, soutenu par ses
infatigables valets et amis. Quelques-uns des
autres prisonniers se joignent à lui, tel Nicholas
Rookwood, fils d'un vieil ami de mon père. C'est
avec lui que je me lierai — la prison n'est pas
propice aux amitiés, mais nos rapports sont
particulièrement cordiaux. Nous discutons de

musique, de littérature, de théologie, de droit; il m'intéresse d'autant plus qu'il est le seul membre non catholique d'une famille traditionnellement fidèle à Rome. Il manifeste une foi inébranlable en la liberté de chaque individu de choisir sa religion. Il exprime son credo sans ambiguïté:

«Le pouvoir civil n'a pas et ne peut jamais avoir d'autorité sur la conscience de l'homme. Nos malheurs viennent de ce que le pouvoir ecclésiastique s'est laissé entraîner dans la politique et a fait de nos consciences un champ où sont menées des batailles qui n'ont rien de spirituel. J'ai quitté la religion de ma famille pour la raison même qui vous fait tenir à la vôtre: pour manifester mon indépendance.»

Nicholas Rookwood est une fine lame; entre deux discussions, je passerai avec lui d'innombrables heures à faire de l'escrime. Avec la musique, l'escrime a toujours été une activité qui m'a remis d'aplomb. Les gardiens n'aiment pas cela, mais nous avons fini par les convaincre à l'aide d'arguments sonnants et trébuchants que c'était là un simple passe-temps de gentilshommes désœuvrés.

Phillips propose que Jack retourne en Cornouaille.

«Je crois pouvoir vous être plus utile ici, monsieur. Mais je pense que quelqu'un de sûr doit veiller sur vos intérêts là-bas.

— Je veux bien partir, dit Jack, si ce n'est pas pour longtemps. Loin de vous, monsieur, je me sens en exil.

— Loin de moi et loin de... Comment s'appelle cette charmante jeune femme? Marianne?

— Oui, monsieur.»

Il part. Phillips et Marc vivent entre la prison

et mon logement londonien. Ma mère me rend visite une ou deux fois, généralement escortée par son frère Lord Stourton. Ils me font de longs prêches que je m'efforce de ne pas entendre.

Élisabeth vient presque tous les jours faire de la musique, et réussit parfois à entraîner ses sœurs, qui restent cependant sur leur réserve. Je leur fais chanter des villanelles à trois ; nous passons aux madrigaux à quatre après l'arrivée à la Fleet d'une dame à la voix magnifique, Lady Amy Blunt.

Je préfère évoquer ces moments-là que l'ordinaire de notre vie de prisonniers. Je suis par nature pacifique, et évite de me laisser entraîner dans les querelles que provoquent à tout moment Alexandre Harris, Robert Holmes, l'économe, Henry Cooke, le portier (personnage particulièrement détestable), les *bastons* et sous-*bastons*. Et puis Marc est pour moi comme un chien de garde ; Phillips a donné des assurances suffisantes, il faut croire, car il se passera pas mal de temps avant qu'on ne me réclame de l'argent.

Il faut que je prenne mon mal en patience. Justice ne me sera pas rendue. Treswell est vu d'un mauvais œil du simple fait qu'il défend mes intérêts. Non parce que je suis catholique. À la Cour, les questions de religion ont beaucoup perdu en importance. Les catholiques n'y sont intéressants que parce que leur religion en fait la proie de courtisans voraces dont le protestantisme n'est pas toujours très ferme. Grosse partage sans doute mes dépouilles avec l'un d'eux, qui veille à ce que la sévérité à mon égard ne se démente pas. Mais Treswell ne lâchera jamais prise, et m'a donné sa parole qu'il défendrait les intérêts de ma famille jusqu'au bout.

«Monsieur, me dit un soir Phillips, pourquoi n'attirez-vous pas sur vous l'attention de Sir Gondomar, l'ambassadeur d'Espagne ? Votre père est en odeur de sainteté à Lisbonne. On dit que le roi Jacques ne refuse rien à l'Espagne en ce moment. Il vous laisserait peut-être partir pour Madrid.

— Je suis trop différent de mon père, Phillips. Ma religion à moi, c'est la musique, et je ne saurais faire étalage d'une ferveur pieuse que je n'ai jamais ressentie. En feignant un sentiment que je n'éprouve pas, je serais pris dans un autre piège, pire que celui-ci. Au moins ici, je me sens libre de penser ce que je veux.

— Vous êtes trop honnête, monsieur, dans un monde qui ne l'est guère. Ce que je vous propose est un expédient pour sortir d'ici honorablement.

— Mais ensuite, je devrais jouer le rôle qu'on attend de moi. C'est ce que fait un courtisan. Je n'ai pas la force de vivre dans ce genre de mensonges. Et puis, la fin ne justifie pas tous les moyens.»

À ma surprise, les yeux de Phillips luisent de larmes.

«Je rends grâces à Dieu que vous soyez ce que vous êtes, monsieur. Pardonnez-moi de vous dire une chose qui va peut-être vous déplaire. Mais dans cette inflexible droiture qui est la vôtre, vous êtes le digne fils de votre père.»

Il voit mon expression.

«Oh, certes, à sa place vous auriez composé, vous auriez fait des concessions secondaires pour sauver l'essentiel, vous auriez tenu compte des intérêts matériels de la famille, alors qu'il n'a pas pris la moindre précaution et n'a pensé qu'à lui-même. Mais là où vous ne transigez pas, vous êtes aussi ferme que lui. Permettez-moi de vous donner un conseil, monsieur.

— Dites, mon cher Phillips.

— En attendant que quelque chose se passe, adonnez-vous à une occupation. Votre père a appris dix-sept langues. Faites n'importe quoi, mais ne cédez pas à l'ennui. En prison, les gens qui se brisent sont ceux qui ne savent que faire de leur personne.

— Merci, Phillips. Dites-moi, malgré nos problèmes d'argent, est-ce que nous disposons de quatorze livres ?

— Facilement, monsieur. Nous ne sommes pauvres que pour le gardien-chef. Vous n'êtes pas fortuné, mais vous avez de quoi vivre confortablement.

— Alors, par le détour que vous voudrez, faites payer la dette d'un certain Peter Osborne, un apprêteur de tissu qui est en salle commune. Et une fois qu'il sera sorti, donnez-lui encore vingt livres pour qu'il puisse repartir du bon pied. »

Phillips a ses doutes, ils se lisent dans ses yeux, mais il s'exécute sans commentaire. Osborne sort sans savoir que c'est moi qui l'ai fait libérer. Ce n'est qu'ensuite que Phillips va lui parler de mon « extrême bonté ».

« Dans la profession, on a été très heureux de le revoir, on pense que c'est un artisan sérieux ; c'est fort dommage que le commerce des étoffes soit en si piteux état et que l'absence d'ateliers de finition empêche qu'il exerce son talent.

— On continue donc à ne pas mettre sur pied de tels ateliers ?

— Oui, monsieur. On parle déjà de revenir à l'ancien système. Personne n'a voulu investir dans des activités contrôlées directement par Sa

Majesté. De telles activités sont des gouffres à millions, et certains en ont fait l'amère expérience. Et puis les nouveaux Marchands Aventuriers du Roi sont incapables d'organiser l'exportation comme le faisaient leurs prédécesseurs.

— Même si on revient à l'ancien système, il faudra plus que de bonnes intentions pour que les drapiers hollandais lèvent l'interdiction d'acheter des étoffes anglaises.»

Par les communications que j'ai avec la Hollande, je sais même qu'on a déjà trouvé des solutions de rechange. On tisse davantage sur place, on importe du Nord. Comme tant d'autres, Ardent et Van Gouden ne font plus commerce avec l'Angleterre.

Je me jette à corps perdu dans la musique. Je commence à mettre de l'ordre dans mes partitions, à les classer systématiquement. Il m'arrive d'en adjoindre de nouvelles à ma collection, mais sans voyager il est, hélas! difficile de se tenir au courant. Je suis certain qu'il existe de nouveaux madrigaux de Monteverde, par exemple. J'engage un scribe fort en musique pour m'aider.

Un jour, je fends accidentellement une des parois du virginal. Je demande à Marc d'aller chercher un menuisier. Il est déjà dans le couloir lorsque j'ai une idée.

«Marc!

— Oui, monsieur.

— Essaie de trouver messire Giles Farnaby, si tu le peux, la Guilde des facteurs de virginals ou celle des menuisiers auront son adresse.»

Il revient accompagné d'un grand gaillard d'une vingtaine d'années.

«Mes respects, monsieur Tregian. Je suis Richard Farnaby. Mon père était empêché et me prie de vous transmettre ses regrets. En attendant qu'il puisse venir en personne, il m'a envoyé inspecter le dégât.»

À partir de ce jour-là, la famille Farnaby m'adopte. Giles vient passer à la Fleet d'innombrables soirées, avec des partitions étonnantes. J'en connaissais quelques-unes, dans des versions précédentes. Mais il a fait des progrès prodigieux. Ses ressources techniques sont parfois limitées. Mais du handicap qui lui vient d'avoir passé sa vie à faire des meubles et des instruments et non (comme un Bull ou un Byrd) à étudier quotidiennement la musique, il a fait une qualité : c'est quand il oublie toutes les règles de la composition qu'il atteint des sommets. Curieusement, sa musique me fait penser à Monteverde. Ce qu'il amène est le résultat d'une maîtrise de la mélodie que j'ai rarement rencontrée. C'est un génie d'une spontanéité audacieuse, on sent chez lui une facilité, une générosité que je lui envie. Il vient à une de nos soirées de madrigaux : quelques jours plus tard il m'apporte une fantaisie étourdissante inspirée par cette soirée. Effets d'écho, séquences mélodiques, expérimentations rythmiques, figurations heureusement graduées, un finale en style de toccata et, pour conclure, une cadence avec une magnifique double appoggiatura que je n'aurais, moi, jamais osé envisager. Un chef-d'œuvre, que je copie aussitôt parmi mes partitions et que je m'empresse d'inclure dans mon répertoire. Il a l'art de transformer une mélodie, toujours exquise, en contrepoint

libre, qui de la main gauche passe insensible-
ment à la main droite et domine le morceau. Les
doigts volent d'un bout à l'autre du clavier, et
l'âme s'élève dans des régions inexplorées qui
font oublier les tristes contraintes de la vie.

Je trouve Giles plus attachant que Gibbons,
et parfois plus hardi que Maître Byrd. Richard
compose aussi. J'aime particulièrement sa
manière de traiter le contrepoint. Il est moins
inspiré que son père, mais il est jeune, et à son
âge Giles n'était pas encore aussi accompli.

Les Farnaby seront la dernière découverte
musicale de ma première vie, et une des plus
belles que j'aie jamais faites.

Phillips veille sur moi avec une sollicitude
toute paternelle. Ses cheveux blonds ont pâli
sans vraiment blanchir, les rides se sont creusées
autour de ses yeux mais, comme tous ceux dont
les dents ne se gâtent pas, il a un visage juvénile
accentué encore par un corps resté droit et
svelte : cela m'attendrit parfois de penser que,
il y a quarante ans, il prenait déjà soin de moi.
Je le revois, pendant notre fuite de Cornouaille,
m'aider, petit garçon que j'étais, à sortir du
panier où je voyageais. Je me souviens de son
bras protecteur, quelque part dans le Devon ou le
Dorset, pendant que ma mère accouchait de
Margaret. Je repense à la dévotion dont il a fait
preuve envers mon père. Et il veille encore sur
moi, sans manifester la moindre lassitude. Au
contraire, il est plein de ressources. Il va, il vient.
J'ai toujours proclamé que je ne pourrais pas
vivre sans avoir Jack à mes côtés, et c'est vrai
qu'il me manque parfois. Mais Phillips est, dans

la situation où je me trouve, indispensable. Je me
prends pour lui d'une affection toute filiale.

Il négocie avec Harris un droit de sortie. Ce
droit est aussi vieux que la Fleet elle-même. On
peut s'absenter accompagné d'un gardien expressément affecté à ce service. Certains peuvent
même sortir seuls, à condition de laisser au gardien-chef une caution suffisante.

Phillips en trouve une. Il procure à Harris un
papier sans valeur, mais si habilement rédigé
que le pauvre homme est certain de tenir l'équivalent de trois mille livres.

«Vous ne croyez pas que messire Harris va
s'apercevoir que ce n'est que du vent?

— Je ne crois pas, monsieur, j'ai veillé à ce
que, s'il va aux renseignements, il revienne pleinement satisfait. J'espère que nous ne serons pas
contraints de disparaître sans préparation. Je
vous conseille néanmoins de ne rien garder à la
Fleet à quoi vous tenez, car nous pourrions être
forcés de partir brusquement. L'occasion peut
nous être donnée n'importe quand...

— Mais de quelle occasion me parlez-vous,
mon bon Phillips?

— Que Monsieur me permette de ne pas lui en
dire davantage en ce moment. J'ai mon idée,
mais elle demande du temps, et il faut réunir un
certain nombre de conditions... Non, monsieur,
je vous en prie, ne me posez pas de questions.»

Je m'incline. J'ai en Phillips une confiance
aveugle.

Et ainsi je peux m'absenter, presque à volonté,
à condition de payer l'écot de sortie et de ne pas
quitter la ville.

Je vais souvent chez les Farnaby, où j'apprends
à fabriquer des virginals. Parfois, lorsque Giles

doit aller très loin à la recherche du bois qu'il faut pour l'instrument, je l'accompagne, vêtu en valet (sinon aux portes de Londres on me demanderait mon nom et on m'arrêterait) ; je m'absente pendant des semaines entières. Pendant des jours et des jours, je fabrique patiemment des registres, puis les sautereaux pour ces registres, les plectres pour ces sautereaux. J'apprends à découper les touches, à les recouvrir d'os. Je vais observer l'artisan qui fabrique les cordes, avec une espèce de rouet. C'est un travail compliqué, car il faut que le métal soit «filé» très exactement.

Dans la foulée, Giles et Richard m'apprennent non seulement la facture des virginals, dans leur variante épinettes (clavier à gauche et cordes pincées comme celles du clavecin, au quart de leur longueur) et muselaars (clavier à droite et cordes pincées en leur milieu), mais aussi celle du clavecin. C'est un instrument moins répandu, qui demande un travail plus considérable et des opérations plus complexes. Je puise dans le souvenir des nombreuses heures passées à regarder les facteurs chez les Ruckers, je consulte un traité, je me plonge dans l'architecture des instruments. Lorsque je ne travaille pas avec les Farnaby, lorsque je ne fais pas chanter mes sœurs et les dames de la Fleet, je mets de l'ordre dans mes madrigaux. Je n'ai plus Jack, qui imite mon écriture à la perfection, je copie par conséquent tout moi-même. Entre une chose et l'autre, je travaille parfois dix-huit, vingt heures par jour.

J'ai un cheval, Marc aussi. Je loge toujours chez May, et j'y passe par intervalles plus de nuits qu'à la Fleet.

J'ai cessé de penser à moi, à mes problèmes, à

mes malheurs. Je ne pense plus que musique, instruments de musique, exécution musicale. Je fréquente les boutiques de libraires-imprimeurs de
musique, qui vendent des morceaux que j'ai
recueillis, parfois, quinze ou vingt années auparavant. Il m'arrive de compléter ou de faire compléter ma collection par des extraits de certaines des
leurs.

Parfois, je vais faire chanter mes sœurs dans
des salons catholiques. On parle de nous, de nos
exécutions.

Un musicien m'emprunte des partitions de
Monteverde puis me fait savoir, huit jours plus
tard, qu'elles sont inchantables. Je lui propose de
diriger ses chanteuses et ses chanteurs, et je leur
explique la *seconda pratica* et sa technique singulière. Les madrigaux sont exécutés, le musicien
parle de miracle. Cela se sait, on vient me consulter, on me demande de diriger des *consorts*. Je
retrouve, par la musique, un certain contact avec
le monde. Grâce à elle, j'en oublie mes difficultés.
La Cornouaille finit par s'estomper. L'homme est
ainsi fait qu'il peut purger son cerveau presque à
volonté.

La nouvelle que ma sœur Mary est morte me
parvient en ce temps-là. Sur le moment, elle me
laisse presque indifférent. Ce n'est que peu à peu
que j'éprouverai un chagrin pétri des souvenirs
de notre enfance.

Je ne participe que peu à la vie agitée de la
Fleet. Mais j'accepte de participer à une action
que je trouve juste, et à laquelle adhèrent de
nombreux prisonniers de marque, protestants
et catholiques. Elle m'est proposée par un des
plus remuants parmi les catholiques, Edmond
Chamberlayne. Ce gentilhomme avoue à qui veut

l'entendre que, oui, il est catholique, mais qu'il n'est pas là pour cela : il est là car son frère a quinze mille livres de dettes. Pour que sa famille puisse vaquer à ses affaires malgré ce terrible handicap, un des frères a dû endosser la dette et aller à la Fleet. C'est tombé sur lui.

Il n'accomplit pas ce sacrifice familial discrètement. Il est là avec femme, enfants, serviteurs. Il a un charme étourdissant et a réussi, dans un premier temps, à persuader Harris — Dieu seul sait comment — de céder à sa famille ses propres appartements. Au bout d'un certain temps, le gardien-chef a voulu récupérer son logement. Chamberlayne ne l'entendait pas de cette oreille-là, et s'est accroché aux appartements de Harris pendant au moins une année. Les cris des uns et des autres nous agaçaient ou nous faisaient sourire, mais ils étaient devenus prétexte à plaisanteries partagées par tous.

« Harris passe ses nerfs sur Chamberlayne », commentait-on. Ou : « Chamberlayne est d'humeur belliqueuse aujourd'hui, il attaque Harris. »

On comptait les points comme à un combat de coqs.

C'est Chamberlayne qui a eu l'idée :

« Arrêtons de payer loyer et pension à Harris, il sera ruiné. »

Sir Francis Englefield, un nouveau venu, a aussitôt décrété qu'il se chargeait, lui, de faire apporter de la nourriture d'une auberge, et que nous serions tous invités à sa table.

Je sortais suffisamment souvent pour faire bonne chère si l'envie m'en prenait, et je n'avais rien à redire à la nourriture de la Fleet. Je confesse que je n'ai jamais été sensible à ce que je mange. Tant mieux si c'est bon. Si c'est médiocre, je n'y pense pas. Mais il est vrai que nous payions cher des services, des logements, des libertés fort chichement mesurés. Aucune activité n'était gratuite. Harris avait sous-traité certaines fonctions, et les *bastons* qui les tenaient cherchaient à faire fortune sur notre dos.

Chamberlayne a décrété haut et fort qu'il ne paierait pas. Beaucoup d'entre nous s'y sont pris autrement. Sans cris, nous avons tout simplement dit, oui nous allons payer. Demain. Enfin, le mois prochain. Les ardoises se sont allongées. J'ai fini par avoir dix-huit mois d'arriérés. Deux cents livres. Harris me menaçait de ne plus me laisser sortir, je répliquais qu'ainsi je risquais de ne jamais pouvoir payer, Phillips poussait les soupirs qu'il fallait pour confirmer, et cela continuait.

Harris s'est acharné tout particulièrement sur la table de Sir Francis Englefield; on jouait au chat et à la souris avec les plats fumants — entreront, entreront pas? À entendre le gardien-chef, Sir Francis le volait simplement parce qu'il mangeait une nourriture venant d'ailleurs que des douteuses cuisines de la Fleet. Nous nous prêtions tous à l'aventure, et avons parfois mangé (froid) après des heures d'allées et venues que je trouvais divertissantes, mais qui exaspéraient les affamés jusqu'à la déraison. Dans de tels moments ils parlaient de tuer Harris, lequel prenait aussitôt la menace au sérieux : son sens de la plaisanterie a toujours été nul.

Sir Francis Englefield était aussi bruyant et fort en gueule que Chamberlayne ou Sir John Whitbrooke ou d'autres encore que je n'ai même plus envie d'évoquer. Je crois que si je n'avais pas pu sortir, je n'aurais plus dormi. Ce n'étaient, la nuit comme le jour, que portes que l'on enfonçait, que trompes qu'on sonnait, que tambours qu'on battait, que cris, que querelles interminables.

Qu'on n'imagine pas un instant qu'il était possible de se faire à la vie de la Fleet, même en ayant la liberté de la quitter de temps à autre. La mesquinerie, la coercition, la médiocrité, la petitesse des gens, les factions (nous avions nos puritains et nos anglicans, nos jésuites et nos séculiers, comme en ville), les cancans, la promiscuité, tout cela contribuait à faire de la prison une forme de torture, douce mais bien réelle. Elle s'accrochait à mes vêtements, s'insinuait dans les plis de ma peau, et c'est en vain que j'allais galoper dans la campagne pour m'en débarrasser.

Je dois mon salut à Phillips, à la bonté de May Hutchinson, des Farnaby et de ma sœur Élisabeth, qui travaillait son jeu comme une forcenée, le plus souvent à la Fleet, et à qui j'ai transmis tout ce que je savais. Sans mes diverses occupations, je ne sais trop ce que je serais devenu : fou probablement.

Les quelques fois où je quittais mon monde musical et me retrouvais tout entier plongé dans la réalité de mes problèmes (lorsque mon frère Charles venait me demander compte de telle ou telle transaction, par exemple, ou quand il fallait que j'aille en Cornouaille pour me procurer de l'argent en vendant telle ou telle parcelle dont je disposais encore), je tombais aussitôt dans la plus profonde mélancolie. Plus aucune musique n'y faisait. J'avais envie de tout lâcher, de me coucher, de me tourner contre le mur comme je l'avais vu faire à tant de prisonniers, et de me laisser mourir.

Je n'en suis jamais arrivé là. *Sans l'espérance*

on n'atteint pas l'inespéré, qui est par définition inaccessible et introuvable, dit Héraclite. J'espérais, je ne sais trop quoi.

J'ai vécu ainsi deux, trois ans peut-être — une éternité que je préfère passer sous silence. Pour en venir au jour où, enfin, l'occasion que Phillips guettait s'est présentée.

A better proof I see that you would have
How I am dead. Therefore when ye hear tell,
Believe it not although ye see my grave,
Cruel, unkind! I say, «Farewell, farewell!»

«Heaven and Earth»
Thomas Wyatt/Francis Tregian

Une preuve irréfutable vous exigez,
De mon trépas. Lorsqu'on vous le contera,
Même en voyant ma tombe, n'y croyez pas.
Cruelle indifférente! Je dis, «Adieu, adieu!»

Si je n'ai jamais fait grand cas de l'écriture avant de rédiger ce mémoire, c'est que j'ai toujours trouvé sa mélodie trop linéaire. En musique, on peut faire parler plusieurs voix à la fois. Sous la note haute qui donne le ton, il y a, dans le même temps, d'autres mélodies, qui peuvent signifier tristesse, réflexion, gaieté, dévotion, tels ces *In Nomine* éblouissants de Bull ou de Sweelinck où, sous les variations, les agréments, le babillage et les exaltations de l'âme exprimés par la main droite, on distingue, à la plus basse note de la main gauche, la mélodie grave du plain-chant. Par l'écriture, il est difficile de faire entendre plusieurs voix à la fois; les accords parfaits sont, en littérature, l'œuvre de rarissimes génies, et même chez eux ils ne sont pas constants: messire Shakespeare a réussi cela dans *Hamlet* ou *Lear*, messire Montaigne dans quelques-unes de ses pages, Giovanni Petrarca, Torquato Tasso ou Thomas Wyatt dans certains de leurs poèmes. Mais de telles mélodies complexes offertes au regard ont, pour moi, été rares.

Je comprends mieux la difficulté en écrivant moi-même.

Chaque fois que je couche sur le papier une pensée, une conversation, un événement, j'ai l'impression d'en trahir un autre. Pour longue que soit mon histoire, elle est fragmentaire et incomplète.

J'ai donné les points forts de cette pavane. Mais, parallèlement, il se passait mille autres choses. Sous la mélodie restituée tant bien que mal, il y a d'autres notes qui en parferaient le sens, tant dans les aigus que dans les graves.

Je n'ai pas parlé de mon infinie tristesse en apprenant la mort de messire Shakespeare, advenue quelques mois après mon incarcération, en un moment où j'étais très occupé à obtenir mon droit de sortir de la Fleet sans escorte.

Pendant que Chamberlayne nous rebattait les oreilles avec ses problèmes de logement et de déménagement, pendant que j'apprenais à fabriquer un registre d'épinette, je découvrais avec un bonheur sans mélange *Don Quichotte de la Manche*, que l'on venait de traduire en anglais.

À l'époque où j'organisais les soirées musicales des salons catholiques, le roi faisait de Raleigh l'instrument de son rapprochement honteux avec l'Espagne. Ce grand homme en qui j'aurais pu voir un ennemi (avait-il tempêté contre les papistes!) excitait ma pitié. Le roi l'avait envoyé à l'autre bout du monde conquérir l'or des Espagnols. Aussitôt après que Raleigh eut pris la mer (dans des conditions épouvantables), notre souverain s'était empressé d'en informer l'Espagne, donnant à Philippe III tous les détails de l'expédition projetée. Les Espagnols ont attendu Raleigh aux endroits stratégiques, ont exterminé son armée, tué son fils et, bien sûr, défendu leur or. Raleigh est rentré en Angleterre les mains vides, et pour donner la preuve de sa bonne volonté envers l'Espagne, le roi l'a fait exécuter pour haute trahison. Une ignominie. L'indignation est générale.

«Sa Majesté ne l'emportera pas au paradis, déclare sur un ton sec May Hutchinson.

— Je vois là le signe avant-coureur d'un retour possible de l'Angleterre dans le giron de Rome.»

May est anglicane, et il est rare que nous parlions de religion. Mais ce jour-là, elle réplique.

«Mon ami, vous vous méprenez sur l'âme anglaise. Dans les campagnes il y a peut-être des catholiques par villages entiers. On le dit, en tout cas. Mais dans les villes, toutes les villes, grandes et petites, la Réforme est enracinée profondément. Les gens croient, sur la foi de ce qu'ils ont vu, que seule l'Église protestante garantit le développement de l'intelligence humaine et...

— Ma chère May, n'allez-vous pas un peu loin?

— Oui, je sais, vous m'avez parlé des splendides monuments de Rome. Mais un bâtiment, ce n'est pas une idée, cela ne menace la vie de personne, si c'est bien construit. Avez-vous jamais vu les protestants envoyer un homme au bûcher parce qu'il prétend que la terre tourne, que le sang circule dans le corps, ou que l'Univers pourrait ne pas correspondre aux descriptions d'Aristote? Ne me regardez pas avec de si grands yeux. Vous avez amené dans cette maison des centaines de livres, j'en ai lu quelques-uns, et cela m'a permis de comprendre des discussions que mes clients ont entre eux pendant les essayages. Je ne dis pas grand-chose lorsqu'ils sont là, mais avec vous j'ai pensé pouvoir me permettre…»

Je pourrais parler de Genève et de l'impitoyable sévérité calviniste. À quoi bon? Je me contente de lever la main pour me protéger de ce flot de paroles.

«Pardonnez-moi. Depuis le jour où j'ai vu ma sœur s'escrimer avec une maîtrise de bretteur professionnel je devrais savoir que les femmes sont capables de tout, même de devenir de grandes philosophes.

— Moquez-vous, vous verrez, un jour!

— Je ne me moque pas. Je salue le plaisir de discuter de philosophie avec une dame. Cela ne m'était jamais arrivé.

— Pour revenir à Sir Walter Raleigh, j'espère que son fantôme persécutera le roi, et encore plus son fils, jusqu'à la tombe.»

Voilà, en musique, quelques-uns des événements que j'aurais pu narrer, en mêlant les mélodies et en faisant parler cinq, six, huit voix à la fois. En écrivant, je dois me contenter d'un récit imparfait.

Je m'aperçois que je n'ai mentionné ni les Hollandais ni mon fils. Pourtant, pendant ces quelques années, j'ai été en communication constante avec eux. Marc ou Jack, et une fois même Phillips, sont allés à Amsterdam, à Tarbes. Ils en ont ramené lettres, comptes, argent, encouragements affectueux.

Le roi Louis de France a, vers dix-huit ans, décidé de régner, a fait assassiner Concini, le favori de sa mère, chassé Marie de Médicis du pouvoir et a cherché appui auprès de la noblesse. Il a rappelé auprès de lui ceux qu'il nomme les

frères Tréville et leur père. Mais Charles a préféré rester à Tarbes. Son catholicisme n'est pas
une conviction profonde. Il craint une persécution prochaine des protestants, à laquelle il ne
saurait s'associer. Il préfère rester sur ses terres.
Arnaud est entré chez les mousquetaires, un
corps d'élite aux ordres du roi lui-même. Dans
un premier temps, Francis y est entré avec lui.
Mais un jour, il a fait valoir qu'il parlait couram-
ment le hollandais et qu'il aurait voulu être
envoyé à La Haye. Une occasion s'est bientôt
présentée. Lorsqu'il ne vit pas auprès de l'ambassadeur de France, il habite à Amsterdam la
maison familiale.

«Est-ce qu'on sait que vous avez un fils? me
murmure un jour Phillips, au début de mon
emprisonnement.

— C'est une chose que je ne raconte guère. Ma
mère semble penser qu'il est mort de la peste
avec... avec les autres. Les Tregian n'en parlent
pas et je n'ai jamais insisté. Pourquoi cette question?

— Parce qu'on irait lui chercher noise. On
craindrait qu'il veuille vous remplacer, qu'il ne
réclame vos biens plus efficacement que vous.

— C'est bien pour cela que je ne l'ai jamais
exhibé en Angleterre. Je ne veux pas lui léguer le
boulet que je traîne derrière moi. J'ai dû m'en
charger, mais je veux être le dernier de la lignée.

— Le dernier, ce sera votre frère Charles. Il
clame un peu trop haut qu'il redeviendra un jour
aussi riche et puissant que ses ancêtres. Il piaffe
d'impatience car il pense mieux réussir que vous.
Mais il n'a aucun sens de la diplomatie, et se
retrouvera piégé.»

Je ne peux que soupirer. Phillips a raison. J'ai

tenté de dire tout cela à ma famille. Ils ont préféré ne pas m'entendre.

L'instant où j'ai commencé à me dire que le temps était venu de m'en aller m'échappe. Je ne sais si, entre l'idée et l'acte, le temps passé a été long ou court. Je revois le jour où j'ai réuni Jack, venu tout exprès, Marc et Phillips. Nous sommes, comme chaque fois qu'il faut éviter les oreilles indiscrètes, en rase campagne.

«Je me souviens de ce que m'a dit Peter Osborne le jour où je suis arrivé à la Fleet: "Mourez. Votre dette sera éteinte." Je crois que, pour moi, le temps est venu d'éteindre ma dette. Si quelqu'un persuadait mon frère de ne pas réclamer nos biens, les Tregian seraient libérés et Charles, mes sœurs, ma mère pourraient vivre, modestement peut-être, mais tranquilles.»

Jack et Phillips échangent un regard.

«Quoi? Vous n'êtes pas d'accord?

— Nous sommes à tel point d'accord avec vous, monsieur, que nous préparons la chose depuis belle lurette.

«Ah bon! Sans rien me dire?»

— Nous voulions éviter les indiscrétions et les imprudences.»

Ils m'amusent.

«Vous aviez peur que je ne vous trahisse?

— Non, c'est qu'il a fallu mettre un plan au point.» Le visage de Phillips est pensif. «Mais ce sera dur, monsieur. Il sera impossible de faire les choses à moitié. Vous devrez vraiment disparaître, et en Angleterre vous ne pourrez jamais revoir votre famille. Votre fils, à la rigueur, si son existence n'est pas connue. Anvers et Bruxelles

vous seront interdits, et le séjour qu'il faudra
bien faire à Amsterdam doit être bref et discret.
Ensuite, il s'agira de trouver un lieu où personne
n'a jamais entendu parler de vous. Mais des
villes comme Bordeaux, Rome, Venise sont hors
de question. Malheureusement, votre taille, vos
yeux qui sortent de l'ordinaire vous trahiraient
partout où l'on vous connaît. Dans dix ans, si
Dieu vous donne vie, je ne dis pas. Mais maintenant...

— Je vois. Oui, j'y avais moi-même songé.
Mais comment vais-je mourir ? C'est beaucoup
plus compliqué qu'une évasion.

— Monsieur, permettez-nous de ne rien vous
dire et promettez-nous de suivre nos conseils.

— Vos ordres, vous voulez dire.

— Monsieur, je ne me permettrais pas...

— Jack, je t'en prie. Pas avec moi. Et vous ?
Que ferez-vous lorsque je ne serai plus là ?

— Je vous suis, monsieur, dit Marc sans hésiter. Je ne sais pas encore comment, mais je
vous suis.

— Quant à toi, Jack, je vais te demander de
t'occuper de Tregarrick. "Monsieur Tregarrick"
peut continuer à vivre, lui, n'est-ce pas ? À condition d'être à l'étranger ?

— Certes, monsieur. J'aimerais mieux rester
auprès de vous, même à l'autre bout du monde.

— J'aimerais également cela, Jack, mais
j'ignore où, et comment, je vais vivre ; je ne sais
même pas si j'aurai la possibilité de garder Marc.
Veille sur Tregarrick, ce sera sans doute utile. Si
un jour je vois le moyen de te faire venir, je te
promets de t'avertir. Et maintenant, exposez-moi
votre plan.

Il est à la fois si simple et si complexe qu'il a

toutes les chances de réussir, à la seule condition
de bien garder le secret. C'est du moins ce que
j'aime à me dire, car si l'entreprise échouait, je
me retrouverais aux fers, et non plus à la Fleet,
mais à la Clink, à Marshalsea ou à la Tour. Si en
revanche elle est un succès, plus personne ne
songera à me poursuivre, puisque je serai mort.

Un beau jour, on a vu paraître à la Fleet Long
John, un individu filiforme, hirsute, barbu, le sourire idiot, d'âge indéfinissable, flanqué de Rosy
Bottom (ou «Cul rose», un de ces noms dont les
bouffons aiment à s'affubler), un être à la voix
stridente et aux formes vagues. Long John ne
disait mot, Rosy Bottom parlait à jet continu. Il
racontait avec une verve étourdissante les choses
les plus ordinaires qu'il rendait drôles d'un geste,
d'une mimique. C'était un clown extraordinaire.
Quant au silencieux Long John, son habileté
tenait du diabolique. Ses mains faisaient paraître
et disparaître à volonté cartes, pièces de monnaie,
petits et gros objets, tout cela sans jamais émettre
le moindre son.

Certains jours, ces deux individus étaient
accompagnés d'un certain Spike, personnage
carré, à la voix profonde, aussi large et aussi
grand que l'ours qu'il tenait en laisse. L'animal,
selon son maître dont le boniment arrivait jusqu'à moi, était doté d'une haine implacable pour
les chiens et d'une agilité exceptionnelle pour la
danse.

Ils se tenaient dans la cour, du côté du tennis et du jeu de paume, ou alors dans la salle
commune. Ils divertissaient tout le monde, et les

bastons se sont souvent arrêtés pour rire de leurs inénarrables numéros.

Bientôt, ils ont fait partie de la Fleet. On les connaissait, on lançait quelques piécettes dans le chapeau qu'ils faisaient circuler. Je suis sûr qu'ils ne gagnaient pas grand-chose, mais cela semblait leur être indifférent. Ils sont devenus des figures familières ; personne ne prêtait plus la moindre attention à leurs allées et venues. Parfois, recroquevillés les uns contre les autres, ils passaient la nuit dans un coin de la salle commune ou, par beau temps, dans la cour.

Je les ai vus de loin, on m'en a parlé, mais il a fallu des semaines pour que l'un d'entre eux m'approche. Je n'avais, de mon côté, fait aucun effort pour les connaître. Un matin, Spike jouait avec son ours juste sous ma fenêtre, qui était ouverte, car il faisait chaud. J'étais au virginal. Soudain, la balle que le montreur lançait à l'ours a atterri à mes pieds.

Je me suis levé, l'ai ramassée, me suis approché de la fenêtre... Cette balle me donnait une étrange sensation de déjà vu. Mais où donc... Et soudain je me suis souvenu. Elle ressemblait à s'y méprendre à une balle que j'avais faite un jour pour Guillaume Ardent lorsqu'il était enfant, avec la peau d'un petit animal pris à la chasse. Je l'ai regardée un instant, et j'ai été traversé par un des rares moments de regret que j'ai éprouvés pendant mes années à la Fleet : j'ai revu l'époque insouciante où j'avais presque réussi à oublier que je suis un Tregian.

C'est alors que j'ai aperçu sur la balle les initiales que j'y avais moi-même marquées au fer : un G et un A entrelacés. Je me suis précipité, et mon regard a plongé dans les yeux de Giuliano :

« Mon bon monsieur, ne vous fâchez pas si ma balle n'a pas pu résister à votre musique, a-t-il dit sans me laisser le temps de réagir. Si vous aviez la bonté de jouer une pavane, mon ours la danserait à la perfection.

— A-t-il une préférence ? » Ma voix ne tremble même pas.

« Il adore *The Hunt's Up* (La chasse est finie).

— Voyez-vous cela, la chasse est finie ?

— Oui, monsieur, si vous le voulez bien.

— Je vais vous jouer cela. »

J'ai tiré le virginal près de la fenêtre, et je me suis mis à jouer l'*intavolatura* de cette chanson populaire.

La cour était, à cette heure-là, peu peuplée. Long John, Rosy Bottom et quelques curieux se sont rapprochés et ont aidé le pauvre ours à garder la mesure en frappant dans leurs mains.

« Moi, je vais chanter un air que je défie l'ours de danser », dit Rosy Bottom juste avant de s'étaler au sol pour avoir voulu s'incliner exagérément devant le public.

Tout le monde rit.

« Mais oui, Rosy Bottom, chante-nous quelque chose.

— Que voulez-vous ? Tragédie, comédie, drame historique, pastoral, pastoral-comique, pastoral-historique, historico-tragique, tragi-comico-historico-pastoral, ou...

— Pardieu, jeune homme, donnez-nous du sentimentalo-pastoral.

— Soit. Silence. Ce sera *Love will find a way* (L'amour trouvera son chemin). »

Et il se met à chanter :

« *Over the mountains,*
And over the waves
Under the fountains
And under the graves;
Under floods that are deepest,
Which Neptune obey
Over the rocks that are steepest
Love will find out the way.
Where there is no place
For the glow-worm to lie
Where there is no space
For receipt of a fly
Where the midge dare not venture
Lest herself fast she lay
If Love come he will enter,
And soon find out his way. »

(Sur les monts
Et sur les eaux
Sous les fontaines
Et les tombeaux;
Sous la profondeur des flots
Qui sont de Neptune les vassaux
Par-dessus les rochers escarpés
L'amour saura comment passer
Là où le ver luisant
Cherche en vain son chemin
Là où le moucheron
Ne trouve même un recoin
Où le moustique n'ose s'aventurer
Par crainte d'être coincé
L'amour n'a qu'à paraître
Et il saura par où passer.)

La chanson se déroule avec son cortège de souvenirs. Je ferme les yeux pour ne plus voir l'être hybride qui chante cet air que j'ai répété, dans une autre vie, avec une autre personne... Avec une autre personne ? Francis, Francis, toi qui te vantes d'avoir l'oreille absolue... Je n'ouvre pas les yeux, j'écoute. Et sous la voix éraillée du clown, je perçois, par instants, la voix pure de... Mais oui, qui d'autre ? J'ouvre les yeux, je regarde, et je la reconnais en un éclair : Rosy Bottom, c'est l'intrépide Dorothée. Mais alors, le hère filiforme ne peut être... Et enfin l'évidence s'impose. Long John ne peut être que mon fils.

Je savais que les trois saltimbanques seraient les complices de mon évasion. Mais Jack et Phillips se sont bien gardés de me révéler le secret de leur identité — se doutant que j'y aurais mis le holà.

Ils ont dû voir à mon expression que je les avais reconnus. Ils se sont lancés dans un numéro étourdissant, et c'est eux que tout le monde regarde. Rosy Bottom chante à tue-tête, abominablement faux :

> « *Come live with me and be my love*
> *Thou, in whose groves, by Dis above,*
> *Shall live with me and be my love.* »

> (Viens vivre avec moi, sois mon amoureux
> Toi qui dans les bosquets de Dionysos
> Vivras avec moi étant mon amoureux.)

Je ne peux m'empêcher de rire. Pourquoi le Créateur ne m'a-t-il donné la légèreté, la verve, les talents qu'il a déversés à pleines mains sur ce petit bout de femme ? Entre-temps, elle est la mère de deux enfants. Mais elle est autant à sa place ici à faire le clown que lorsqu'elle reçoit gracieusement un notable, un client ou un voisin au Stromarkt. Ses dons pour la comédie sont stupéfiants. Ils auraient sans doute scandalisé, mais aussi forcé l'admiration de messire Shakespeare ou de Maître Mulcaster.

Le soir de cette révélation, dont bien entendu nous ne parlons pas, Phillips constate, devant une dizaine de détenus et presque autant de *bastons* :

« Vous avez mauvaise mine, monsieur. Êtes-vous incommodé ?

— Je ne sais pas, Phillips. Je ne me porte pas comme à mon ordinaire. »

Et peu à peu, je tombe malade. La seule personne que je ne voudrais pas tromper ainsi est Élisabeth, ma sœur, à qui je suis lié par l'affection, et par la passion partagée de la musique. Mais je suis obligé de lui mentir. Elle ne saurait garder le secret, c'est une personne sans artifices, droite et pure.

Tout ce à quoi je tiens est parti chez Phillips, ma collection de madrigaux, mon Montaigne, mes quelques pièces de Shakespeare, mes éditions de Gibbons, de Dowland, de Byrd, de Morley et j'en passe. Je ne garde que ma collection de morceaux pour virginal, que je tiens à imprimer dans ma mémoire avant de la confier à Élisabeth.

Ma « maladie » se prolonge, des semaines qui n'en finissent pas : je dois rester à la Fleet en permanence, passer beaucoup de temps au lit. Je prends de l'exercice en cachette, il est indispensable que je ne me raidisse pas. Et puis je ne supporterais pas l'immobilité. Mais ni tennis, ni cheval, ni escrime c'est difficile.

Nous allons vers la fin de l'été lorsqu'un jour Phillips me fait savoir qu'il pense «avoir trouvé le remède». C'est le mot de passe.

Au même moment, Rosy Bottom et Long John, qui n'ont jamais été particulièrement sédentaires, sont pris d'une frénésie d'allées et venues. Ils sortent et entrent à la Fleet, avec ou sans montreur d'ours, à toutes les heures. Ils ne viennent jamais me voir.

Mais un jour, en leur absence, je reçois la visite de ma sœur Dorothée.

Elle est vêtue d'une robe éblouissante de soie mauve, recouverte d'un manteau de velours blanc. Ses manches sont en dentelle précieuse des Flandres, son col est exquis de broderies, et elle impressionne Harris à tel point qu'il vient l'annoncer lui-même, non sans lui avoir fait remarquer, Dorothée me le dira plus tard, que je lui dois près de deux cents livres de pension.

Elle ne reste pas longtemps, pleure beaucoup, m'enlace malgré mes exhortations à la prudence.

«Mon cher, cher frère, que m'importe la mort? Vous êtes ce que j'ai de plus cher au monde après mon mari et mes enfants.» Elle se penche pour m'embrasser. «L'homme que nous attendions est enfin là. Très mal en point. Il va sans doute mourir. Ce n'est plus qu'une question d'heures, de jours. Soyez vous-même au plus mal. La prochaine fois que votre sœur Dorothée viendra vous voir, vous ne serez plus là.»

Elle se relève et se remet à pleurer bruyamment. Phillips et Jack, qui l'ont escortée, la soutiennent pour sortir. Elle fait donner dix livres à Harris.

«C'est tout ce que j'ai, soyez assuré que je ferai

ce qui est en mon pouvoir pour que vous receviez le reste au plus vite. »

Elle lui tend la main à baiser et il se confond, conquis. Il faudrait des délires d'imagination pour la reconnaître deux heures plus tard, faisant son numéro avec Long John. Elle n'a même plus l'air d'une femme, et personne, moi compris, n'a jamais imaginé que Rosy Bottom en fût une.

Ma mère vient me rendre visite, elle aussi. Elle pleure.

« Mon pauvre fils, je ne pensais pas que je verrais le jour où vous croupiriez sur le même grabat que votre père. Je suis fière que vous souffriez tout cela pour votre foi. »

Le bruit court, adroitement propagé par Phillips, que ma maladie pourrait être contagieuse. On entre de moins en moins dans mon appartement. Phillips, à mon grand regret, interdit la porte à May Hutchinson. Je ne la reverrai pas. Sir Francis Englefield ou Nicholas Rookwood viennent parfois jusqu'au seuil échanger quelques propos. Mais personne n'approche plus de mon lit, sauf mes serviteurs et ma précieuse Élisabeth. J'aurais dû me douter qu'elle insisterait pour rester au mépris du danger.

Elle a trouvé un mari, un riche marchand d'épices nommé Robert Johnson, qui s'est épris d'elle, et dont elle me parle avec une réelle affection. Que toute la famille, Tregian, Arundell et Stourton conjugués, s'oppose à son union avec un roturier ne la touche pas. Elle hésite à l'épouser uniquement parce qu'elle n'a pas de dot.

« Je ne veux pas être prise par charité. Et puis, ce ne serait pas juste. C'est la coutume, qu'une femme amène une dot. »

Je pourrais lui parler de sa grâce et de sa beauté

mais, telle que je la connais, elle compte cela pour
rien. Je décide que c'est à moi de l'aider.

«Phillips, il faut que nous trouvions de quoi
doter Élisabeth, sinon elle mourra vieille fille.

— Je partage votre avis, monsieur. Il vous
reste dans le Dorset une terre qui ne rapporte
guère, parce qu'il faudrait y aménager les voies
d'eau. Mais elle est assez vaste et bien située, et il
me semble que pour y construire l'habitation
d'un marchand, par exemple...

— Donnez-moi une plume et du papier.»

J'écris le document nécessaire à la cession,
maître Treswell vient me le faire signer devant
témoins et l'enregistrer. Seacombe, une propriété située à la frontière du Devon, auquel je
joins le document avec lequel elle peut se procurer l'argent que j'ai placé pour elle, devient la dot
d'Élisabeth. Pour le reste, je ne fais pas de testament. Si je léguais Golden à mon frère, il serait
emprisonné à la Fleet en moins de temps qu'il ne
faut pour le dire. Grosse y pourvoirait. Golden
est perdu, inutile de s'entêter.

Le jour vient où le plan longuement préparé
peut enfin être mis à exécution.

Cela commence, à vrai dire, au milieu de la nuit,
à l'heure, toujours brève, où la Fleet est calme.
Richard Farnaby entre; il porte un homme
inanimé par-dessus l'épaule, tête en bas, bras bal-
lants, enveloppé dans une cape.

«Il est un peu plus petit que vous, mais cela ne
se remarquera pas, car il était tout de même très
grand, le pauvre diable.

— On ne l'a pas tué pour me secourir, au
moins?

— Soyez rassuré, cela faisait des semaines que nous le soignions. Il n'a vraiment pas pu guérir. »

Il le couche sur le lit et je suis saisi d'un frisson. Ce mort va assumer mon identité. D'ici demain, il sera moi. Une sensation étrange m'envahit, je me sens à la fois vivant et trépassé.

« Je vais vous quitter, monsieur, prenez patience. Si tout va bien, avant midi vous serez parti.

— Vous avez fait en sorte qu'Élisabeth ne veuille pas venir voir le corps ?

— Oui, monsieur. Son fiancé va lui faire visiter leur nouvelle maison, et elle y trouvera le clavecin que vous avez fait pour elle. Cela prendra toute la journée, et après-demain l'enterrement sera chose déjà faite. »

Il s'en va. Sur l'instant, je ne m'étonne pas qu'il soit, lui aussi, un des protagonistes du plan de Phillips. Je passe seul, en tête à tête avec mon alter ego, des moments difficiles. La mécanique est en route, je ne peux plus l'arrêter. Je suis encore parmi des objets familiers, mais Francis Tregian n'existe plus. J'ouvre la cape ; comme convenu, le cadavre a déjà été dévêtu.

Je le revêts de mes nippes. J'ai pris grand soin de blanchir mes cheveux depuis quelques semaines. J'espère qu'ils ressemblent suffisamment à ceux du pauvre hère couché là. Une fois l'opération terminée, je ferme soigneusement les rideaux du lit. Je taille ma barbe pour lui donner une forme différente. Je brosse mes cheveux pour en ôter un peu de talc. Puis je m'assieds et j'attends.

Le ciel pâlit, les églises tintent une à une. Mon dernier matin à Londres, peut-être. Malgré moi, les images remontent.

Notre arrivée aux Marchands Tailleurs. Monsieur Francis et monsieur Adrian. Les extrêmes se touchent. Maître Morley et son luth. Vous me suivez, monsieur Harrington ? La reine me serrant le poignet à me le rompre. Vous direz à votre père...

Lorsque la porte s'ouvre, je sursaute.

C'est Rosy Bottom, un paquet sous le bras. Sans un mot, je revêts les hardes de Long John, son chapeau. Je me barbouille le visage. J'ai beaucoup répété ses tours d'adresse les plus simples, ces derniers temps. J'espère qu'en cas de besoin je saurai donner le change.

Nous sortons sans bruit. Juste à temps. Les *bastons* prennent leur service. Au lieu d'un seul, facile à éviter, il y en aura, dans quelques instants, une demi-douzaine qui feront les cent pas, entre autres devant ma chambre. Personne ne pensera à pousser ma porte. Monsieur Tregian est malade et dort tard.

Nous allons nous accroupir dans le coin de la cour où se trouve déjà Spike avec son ours. Il ne bronche pas, et si je ne le connaissais pas par cœur, je penserais qu'il est assoupi. Seul l'ours pousse un grognement, vite apaisé.

Lady Amy Blunt sort pour sa promenade matinale. Comme elle le fait souvent lorsque les clowns sont là, elle leur apporte du gâteau. Rosy Bottom accepte, distribue. Lady Amy nous regarde à peine. Elle ne voit dans notre groupe rien d'extraordinaire.

Les moments les plus délicats de l'opération sont encore à venir.

Le premier, c'est ma sortie.

La présence du montreur d'ours et des clowns est devenue si familière que nous passons sans même que Henry Cooke, le portier, lève la tête. Le moment a été choisi avec soin. Il vient de prendre son service, il est encore tout bouffi de bière et de sommeil. Rosy Bottom dit la phrase rituelle :

«Nous sommes trois et demandons la permission de sortir, messire Cooke.»

Il acquiesce, tend la main dans laquelle Dorothy pose le shilling réglementaire. Les sorties se paient toujours. Même si Cooke avait levé les yeux, il lui aurait fallu un regard autrement perçant pour me reconnaître sous les hardes de Long John : même taille, même nez, même barbe et même crasse — mon fils et moi passons, dans de telles conditions, facilement l'un pour l'autre. Une fois dehors, nous nous dirigeons vers les escaliers de Blackfriars, où m'attend Richard Farnaby avec une barque. Je me suis changé dans la barque, et suis transformé en brave marchand courbé par les ans dans sa casaque brune et son balandran noir. Les deux autres ont fait demi-tour. J'ai le cœur serré. Mon fils est à la Fleet. Ma sœur bien-aimée et Giuliano sont exposés à tous les dangers. Et si Phillips...

Nous remontons la rivière jusqu'aux environs de Richmond et abordons à Twickenham Park. La rive est déserte. Comme nous l'avons tous ardemment souhaité, le ciel s'est couvert et il commence à pleuvoir.

Nous attendons longtemps dans un cottage vide, propriété de madame Farnaby.

«Comment se fait-il que vous soyez mêlé à tout cela, messire Richard ?

— Messire Phillips a su convaincre mon père : il lui fallait un menuisier pour le jour où il se serait agi de faire un cercueil. Il était indispensable que ce fût un homme de confiance. Nos familles se connaissent de longue date, messire

Phillips connaissait mon grand-père Thomas; et vous êtes un des amateurs les plus passionnés des compositions de mon père...

— Et des vôtres, messire Richard.

— Vous êtes très bon, mais je connais ma médiocrité. Dans tous les cas, mon père n'a pas hésité. Il vous est tout dévoué. J'ai été chargé de m'occuper de... de la personne qui vous remplacerait parce que j'étais peu connu à la Fleet.

— Qui était-ce?

— Un tisserand du Lancashire. Il avait tout perdu dans la crise, et il était venu à Londres dans l'espoir de se refaire. Il a vécu à crédit dans une auberge jusqu'au jour où il est tombé malade, l'aubergiste s'en est débarrassé en le faisant arrêter.»

Un long silence.

«Pendant ses derniers jours, il m'a un peu raconté sa vie. J'ai eu la sensation de perdre un ami. Et franchement, monsieur, même en sachant que vous attendiez, si j'avais pu lui rendre la santé, je l'aurais fait.

— J'aurais fait comme vous. Je n'aimerais pas me retrouver libre au prix d'un assassinat.»

La nuit tombe déjà lorsqu'ils arrivent. L'ours a disparu. Giuliano est resplendissant en riche marchand hollandais. Francis s'est habillé en gentilhomme français, Dorothée en cadet, avec épée au côté et chapeau insolent. Ils sont servis par Jack et Marc. Phillips seul est resté exposé au danger.

Nous nous regardons dans la grisaille du crépuscule. Francis s'élance et me serre contre lui. Personne n'arrive à articuler le moindre mot tant nous sommes émus.

«Alors?» je hasarde enfin d'une voix étranglée.

Dorothée retrouve un filet de voix.

«Je suis retournée à la Fleet avec Giuliano. Je suis entrée dans la loge de Cooke et lui ai dit: "Qu'avez-vous fait de Long John? — Comment, qu'ai-je fait de Long John? Il est sorti avec vous. — Que non pas! Il a bien fallu que vous l'ayez retenu, car il était là, à mon coude, lorsque je vous ai donné le bonjour, et plus là lorsque j'ai tourné le coin de la rue. — Allons bon. Je ne suis tout de même pas le gardien de tous les clowns qui s'avisent de vouloir passer la nuit à la Fleet, j'ai autre chose à faire. C'est l'ours qui l'aura mangé. — Mon ours ne mange personne! a dit Giuliano, Messire Long John aura peut-être changé d'avis à la dernière seconde. — *Messire* Long John, comme vous dites, traîne sans doute dans un coin. Débarrassez-moi l'entrée, vous ne voyez pas qu'on veut passer? Allez chercher votre idiot vous-mêmes et ne m'embêtez plus." Aussi simple que cela. Nous avons rejoint Francis. Quelques instants plus tard nous avons repassé devant la loge, Cooke y est allé de son: "Et cette fois, tâchez de ne pas vous perdre." Nous étions sains et saufs.

— Sait-on si...

— On sait. Giuliano est resté avec son ours. Il ne s'est rien passé. Je suis revenue une ou deux heures plus tard, dans mes atours, avec Phillips. Nous venions prendre congé de mon frère, avant que je retourne auprès de mon époux. Nous sommes entrés, et avons découvert votre mort, mon pauvre ami.»

Elle pouffe de rire, mais cela ne me déride pas. Je le savais et je m'y étais préparé, mais les choses prennent toujours davantage de force lorsqu'elles sont réelles que lorsque nous les imaginions: ce qu'elle a trouvé là, c'est vraiment une part de moi que j'ai abandonnée pour toujours. J'en viens même à me demander, soudain : à quoi bon ? Qu'est-ce que j'attends d'une nouvelle vie ? J'ai quarante-cinq ans. Nombreux sont les hommes et les femmes nés en même temps que moi qui sont morts depuis longtemps. Je ne sais pas quelle est cette main dans ma nuque qui me pousse à espérer, à vivre. Mais elle est là. *Sans l'espérance on n'atteint pas l'inespéré, qui est par définition inaccessible et introuvable.*

« Pardon, mon frère, dit Dorothée d'une voix soudain douce. Je conçois que, pour vous, c'est difficile.

— Racontez-moi plutôt. Vous êtes entrés et vous m'avez trouvé.

— Nous avons ameuté la maison. J'ai pleuré toutes les larmes de mon corps. Harris était absent, mais ce n'était pas une surprise. Nous savions qu'il ne serait pas là. Le mercredi il va toujours passer la soirée en galante compagnie, et ne revient que rarement avant le jeudi à midi. Il y a eu un petit attroupement. Seul Phillips s'est approché, mais il a déconseillé à quiconque de faire de même. L'épidémie, n'est-ce pas. Il a enveloppé le corps dans un drap et il a fallu que nous le rachetions à Robert Holmes, l'économe — votre corps appartient à Harris, le saviez-vous ? Lorsque vous êtes à la Fleet, même votre personne n'est plus à vous !

— Cela s'est bien passé ?

— Sans accroc. Il n'y a eu qu'un imprévu : soudain, j'ai remarqué votre collection de pièces pour clavier posée sur votre virginal.

— Ventre-saint-gris ! Nous l'avions oubliée !

— Je l'ai réclamée. Robert Holmes a refusé de

me la donner sans l'accord de Harris. Je l'ai prise
résolument et l'ai serrée contre moi. Holmes a
voulu me la reprendre. Phillips lui a dit : "Fi, monsieur, vous porteriez la main sur une dame en
présence d'un mort ! Le Ciel ne vous le pardonne-
rait pas." Sir Francis Englefield a décrété que ce
livre m'appartenait, que c'était un souvenir de
mon frère, et qu'il en restait bien assez. "Mais
messire Tregian doit plus de deux cents livres de
pension. — Vous vous paierez avec ce qui reste,
vous dis-je. Un seul livre ne fera pas de différence." Vous connaissez l'arrogance de Sir Francis. Holmes n'a pas insisté. J'ai payé dix livres
pour le rachat du corps, on a envoyé chercher
messire Farnaby, il est venu avec deux ouvriers,
ils ont pris les mesures du cercueil, et peu après le
corps de Francis Tregian quittait la Fleet.

— Personne n'a vérifié que c'était vraiment un
cadavre, ni que c'était vraiment moi ?

— Que si. Holmes est prudent. Phillips l'a laissé
faire après avoir enveloppé le corps dans le drap.
Mais il n'a jeté qu'un coup d'œil. Il voulait s'assurer que ce fût bien un cadavre. L'idée que cela
puisse être un autre que vous ne l'a pas effleuré. À
première vue, elle n'a effleuré personne.

— Est-ce que quelqu'un a averti les Tregian ?

— Oui, monsieur, moi.» C'est Jack. «Je suis
allé à Clerkenwell lorsque tout a été fini, j'ai
déconseillé à Madame votre mère d'aller à la
Fleet par peur d'une éventuelle épidémie, ces
dames ont pleuré sur place et monsieur Charles
voulait savoir si vous aviez laissé un testament.
"Il va falloir que j'en fasse un tout de suite", a-t-il
dit. Mademoiselle Élisabeth n'était pas rentrée.

— Ce qui me stupéfie, Giuliano, c'est que vous
ayez pu vous absenter d'Amsterdam si longtemps.

— Mon cher Francis, lorsque Phillips est venu nous exposer son plan et nous dire qu'il n'avait confiance qu'en nous, j'ai eu toutes les peines du monde à empêcher Wim et Jan de partir sur-le-champ. Il a fallu discuter ferme pour savoir lequel de nous serait le plus efficace. Ils se sont pliés à mes arguments : Wim ne connaît pas l'Angleterre, et Jan ne la connaît plus. On m'a donc laissé m'en aller, mais en me disant bien de ne revenir qu'avec vous. Si je ne vous ramène pas, ma femme me jettera à la rue, où mes associés s'empresseront de venir m'égorger. Au départ, je ne voulais pas mêler Dorothée à tout cela, et je craignais pour Francis, qui ne sait pas assez d'anglais...

— Mais nous avons mis au point ce numéro que nous a conseillé messire Phillips.

— Il faut bien dire que moi, j'ai commandé la troupe sur le terrain, observe Giuliano, mais le stratège, c'est lui. L'idée des clowns, de l'ours, les semaines de préparation minutieuse, l'organisation de la substitution, l'idée d'exploiter la parfaite ressemblance entre votre fils et vous, tout cela vient de Phillips. Et en dehors de la famille, personne n'est dans le secret, sauf messires Giles et Richard.

— Mais le corps de mon... de mon sosie n'est pas sorti de la Fleet. Personne n'a remarqué cela ?

— Qui aurait pris la peine de s'en soucier ? C'était un mendiant. Messire Richard a payé son rachat, quitté les lieux, et il faudrait que par extraordinaire le *baston* qui a reçu les deux livres du rachat interroge le portier pour qu'on s'aperçoive que le cadavre est resté à la Fleet. Mais deux livres, c'est une bonne affaire ; nous avons parié que le *baston* ne voudrait la partager avec personne. À l'heure qu'il est, tout est terminé. Phillips a veillé à ce que cela aille vite. Nous guettions depuis des mois un tel homme, grand, maigre, malade.

— Et si on ne revoit plus les clowns ?

— Il me semble impossible qu'on fasse le rapprochement entre eux et vous. Il n'y a pas de raison. À la Fleet, il meurt des gens tous les jours.

— Il est vrai que messire Harris aurait intérêt à se taire même s'il comprenait la vérité. Si j'étais un évadé vivant, il serait responsable de ma dette. »

Mais on a enterré Francis Tregian sans commentaire. Ma mort est acceptée par tous. Ma famille fait dire des messes ; seule Élisabeth manifeste un réel chagrin. À ma demande, Phillips lui confie mes morceaux de musique :

« Je les garderai aussi précieusement que le clavecin qu'il a fait pour moi ; je les jouerai toute ma vie, ce sera comme si la voix de mon frère résonnait encore à mes oreilles. »

Elle n'a pas fait mine de retourner à la Fleet ; elle seule dans son innocence, aurait pu éventer un de nos mensonges (en s'étonnant de la présence de sa sœur, par exemple). La date de son mariage est fixée.

Hélas, mon frère Charles a fait ce testament auquel il accordait une si grande importance. J'espère pour lui que mes sombres prédictions ne se réaliseront pas.

Une fois toutes ces choses apprises, je me sens libre. Maintenant, il faut quitter Londres.

Je prends congé des Farnaby avec émotion. Ce sont des artistes que j'admire, des artisans à qui je dois tout, des amis dévoués. Je sais que je ne les reverrai pas.

Nous nous rendons dans le Kent, dans la maison de la famille Phillips, où personne ne me connaît et ne me reconnaît. Pour la première fois, je rencontre madame Phillips, avec qui les ans ont été moins cléments qu'avec son mari : c'est une vieille dame. Je m'aperçois vite qu'elle ne le cède en rien à son conjoint en générosité. Elle reçoit somptueusement monsieur de Troisville, gentilhomme français venu avec sa suite rendre visite à monsieur Tregian et arrivé trop tard.

Il ne nous reste plus qu'à sortir d'Angleterre. Mais là, Giuliano et moi sommes des experts.

J'ai pris congé de Phillips, sans doute pour la dernière fois.

«Mes deux fils sont morts en mer, me dit-il d'une voix tremblante. Vous les avez remplacés, monsieur, et m'avez donné de grands bonheurs, pendant les douze années que j'ai passées à votre service.»

Je suis pris de court, et j'ai même un peu honte d'avoir ainsi ignoré la vie personnelle de Phillips. J'aimerais le remercier de ses bontés de père, et d'avoir si parfaitement organisé mon évasion. Mais rien ne vient. Je le serre contre moi. La voix de Francis Tregian est tarie, ma nouvelle voix n'a pas encore surgi.

Jack retourne à Tregarrick ; avant son départ, nous mettons au point une possibilité de communiquer. J'ai encore la médaille de sainte Crida qui m'accompagne depuis le soir lointain de mon enfance où j'ai été chassé de Golden. Je la lui confie.

«Je garde l'anneau. Si quelqu'un amène un jour un message scellé avec cette bague, tu pourras lui faire confiance, et je ferai confiance à celui qui aura la médaille. Si je le peux, je te ferai savoir où je suis.

— Monsieur, je...» Sa voix se casse. «Monsieur, sans vous...

— Sans moi, tu vivras une vie tranquille de bourgeois kernévote, tu verras...»

L'automne et ses tempêtes ont commencé, mais nous traversons tout de même par un jour glauque de novembre et débarquons en Bretagne, près de Concarneau.

Il s'agit maintenant de m'inventer une autre vie.

XII

Belle qui tiens ma vie
Captive dans tes yeux,
Qui m'as l'âme ravie
D'un sourire gracieux,
Viens tôt me secourir
Ou me faudra mourir.

Pourquoi fuis-tu mignarde,
Si je suis près de toi
Quand tes yeux je regarde
Je me perds dedans moi,
Car tes perfections
Changent mes actions.

«Pavane courante»
Thoinot Arbeau/
William Byrd

La prison assiège son homme, même lorsqu'il y est aussi libre d'aller et de venir que je l'ai été. Une part importante de son énergie est mobilisée pour tenter d'échapper aux chicanes, aux discussions infinies sur des objets auxquels, avant d'être arrêté, un individu ordinaire n'aurait accordé qu'une pensée en passant. J'ai ainsi rencontré quelques officiers qui, à force de harceler leurs hommes, les mobilisaient au point de leur faire oublier tout sinon l'armée qu'ils servaient. Harris était maître en la matière, d'autant plus qu'il avait étudié le droit et disposait toujours d'un paragraphe à vous jeter à la tête. Il aurait pu prendre pour devise cette réplique de Hamlet qui, à l'apostrophe: «*Un mot, monsieur, s'il vous plaît*», répondait: «*Toute une histoire, si vous voulez.*»

Ce déploiement de chicanes avait assourdi les

échos du monde extérieur. J'avais vite mis à la
porte, poliment mais fermement, le jésuite envoyé
par ma mère au début de mon emprisonnement ;
je lui avais préféré un confesseur séculier. Ce
choix m'avait coupé d'une source d'information
qui eût sans doute été partisane mais bien dotée.
Je savais un peu ce qui se passait à Londres, mais
le reste du monde avait pour ainsi dire disparu.

Je me réveille d'un seul coup à Amsterdam.

Je m'aperçois que toute l'Europe retentit du
bruit des armes. Que les Provinces-Unies sont en
émoi. Pour un Néerlandais, l'Espagne a toujours
été une épée de Damoclès, et les escarmouches,
ou même les batailles, les conquêtes et les contre-
conquêtes de territoire ont toujours fait partie de
notre vie. C'était à tel point quotidien qu'on n'en
parlait guère. Je savais que Frédéric, seigneur du
Palatinat, avait été invité par la Bohême à être
son roi : il était devenu Frédéric V. Cela avait fait
grand bruit à Londres pour la bonne raison qu'il
était le mari de «notre» princesse Élisabeth, la
fille du roi Jacques.

Mais je me rends compte une fois arrivé sur le
continent que l'enjeu est, cette fois, universel.
Les intérêts du roi d'Espagne, de l'empereur, des
princes allemands, du roi du Danemark, de la
Suède viennent compliquer, dénaturer, même,
le conflit entre les religions. Et les religions ne
sont pas monolithiques : chez les protestants, il y
a les luthériens (en Hollande on les appelle les
«remontrants»), qui sont modérés, et les calvinistes (ou «gomaristes» en Hollande), le plus
souvent fanatiques ; chez les catholiques, les
«politiques» — au nombre desquels je me range
— font passer l'État avant la religion, et les
jésuites placent la religion avant toute chose. Ils

se battent entre eux autant que contre les tenants de l'autre religion. Quant au pape, ses intérêts de souverain de l'Église sont souvent en conflit avec ses nécessités de prince temporel.

La Hollande, toutes les Provinces-Unies protestantes sont directement touchées par l'agitation. La trêve de douze ans qu'elles ont signée avec l'Espagne tire à sa fin, et Spinola, l'homme du roi Philippe II, manœuvre pour reconquérir ce qu'on appelle déjà, à Madrid, «nos Provinces». Les Néerlandais n'ont que trop vu à Anvers, et plus récemment à Prague dont quelques rescapés sont arrivés jusqu'à Amsterdam ou La Haye avec leur roi, la cruauté avec laquelle les Espagnols rétablissent la religion catholique. Dans le pays, il n'est question que de défense. Il faut tenir le Rhin.

La vie est devenue moins primesautière. Le débat fait rage entre le parti du grand pensionnaire de Hollande Oldenbarnevelt, qui est remontrant et plaide pour une paix durable avec l'Espagne, et le prince Maurice d'Orange qui, avec les gomaristes, veut reprendre les hostilités à la fin de la trêve de douze ans. Ce qui complique le débat, c'est que la discussion politique au sujet de l'Espagne prend les couleurs d'un conflit de religion. Au lieu de parler en termes de guerre ou de paix, on se bat pour savoir si ce sont les remontrants qui ont raison de mettre en doute la prédestination de l'homme, ou si ce sont les gomaristes qui y croient avec toute la ferveur de leur foi calviniste.

Les catholiques finissent par être entraînés dans la dispute malgré eux: un ouvrage du cardinal Bellarmine attaquant la prédestination fait son apparition en Hollande juste au moment où le prince Maurice a le dessus, et met le feu aux poudres. Oldenbarnevelt est arrêté, et finira par être exécuté. Le prince Maurice ordonne une purge. Il s'agit d'écarter des postes importants les remontrants, auxquels des fonctionnaires zélés assimilent les catholiques puisqu'ils combattent la prédestination. Mais le peuple hollandais est naturellement peu enclin à l'intolérance. Si la purge ne touche guère Ardent et Van Gouden, qui n'ont pourtant jamais fait mystère de leur religion, c'est qu'amis, voisins, clients, fournisseurs viennent les encourager à tenir bon et leur recommander de baisser la tête, d'être discrets et de laisser passer l'orage. Depuis la Réforme, jamais avant le prince Maurice on n'avait persécuté les catholiques s'ils ne se mêlaient pas de comploter. Cela ne peut être qu'une lubie passagère.

Dans un premier temps, je me cache dans la maison du Stromarkt. La période que j'y passe est comme une convalescence : je reprends des forces, autant morales que physiques, avant de me lancer.

Mais je risque trop d'être repéré, ce qui réduirait à néant l'effort de résoudre les problèmes des Tregian par ma mort. Aussi, dans la perspective d'un prochain départ, Jane m'entoure-t-elle d'attentions redoublées. Dorothée ne me quitte guère ; nous parlons des heures entières, pendant que ses enfants s'ébrouent autour de nous. Nous faisons beaucoup de musique. Je m'intéresse une dernière fois à la marche des affaires, que Giuliano mène toujours avec un égal bonheur. Ardent et Van Gouden ont désormais atteint un seuil d'opulence qui leur permettrait de faire face à un coup dur sans risquer, comme lors de la peste, de sombrer. Nous sommes des gens qui ont du bien. En d'autres circonstances, je pourrais mener une paisible vie de bourgeois.

Parfois, nous allons dans les caves de la maison : Wim y a aménagé une salle d'armes pour sa femme, où toute la famille, de Giuliano, toujours redoutable, à Wim junior, l'aîné de Dorothée, va exercer ses talents.

Le jeune Thomas, l'enfant du miracle, étudie à l'Université de Leyde : on me dit que c'est un brillant rhéteur et un passionné de sciences naturelles.

«Il ne sera pas seulement marchand de drap, mais aussi érudit», dit-on fièrement au Stromarkt.

Je ne le reverrai pas.

Je vais avec Jan faire un voyage chez les tisserands du Nord.

Le projet Cokayne du roi d'Angleterre a fait définitivement faillite, les Marchands Aventuriers du Roi ont été dissous et les anciens Marchands Aventuriers ont retrouvé leurs privilèges. Mais les Provinces-Unies ne sont pas pressées de lever leur interdiction d'importer des tissus grèges anglais. Et puis, quatre ou cinq ans ont passé. Une éternité, pour un marchand ou pour un tisserand sans travail. Les Hollandais ont trouvé d'autres sources d'approvisionnement et d'autres débouchés, l'industrie anglaise du drap est en ruine.

Pendant cet ultime voyage commun, Jan et moi parlons beaucoup, comme pour prendre de l'avance sur notre inéluctable séparation. Pour la première fois, nous évoquons notre enfance, nous nous entretenons des motifs profonds qui nous ont poussés à agir comme nous l'avons fait.

J'ai gardé, forte, l'image d'un soir où nous

étions dans une auberge de Groningue. Dehors, les rafales de vent secouaient les carreaux. Assis à la table, Jan écrivait. Il a posé la plume, pris le sablier, saupoudré sa feuille et soufflé. Et soudain, par-delà cet homme carré et grisonnant, j'ai vu resurgir le petit Adrian chétif de Clerkenwell séchant gravement les feuilles de mes thèmes latins.

Il lève la tête.

«Francis, qu'y a-t-il? Tu pleures?

— Je me disais que j'ai aimé peu d'êtres autant que toi.»

Il ne bouge pas, me regarde intensément.

«Même si nous devions ne jamais nous revoir, ce sentiment est indestructible.» Sa voix est rauque.

Je quitte le Stromarkt, mais pas encore Amsterdam. Je ne veux pas partir à l'aventure. Il me faut un but.

La ville est devenue une véritable ruche: le projet dont on parlait depuis des décennies se réalise, elle double de volume. Au-delà de l'ancien mur d'enceinte, on creuse une nouvelle ceinture de trois grands canaux, le Herengracht, le Keizersgracht et le Prinsengracht. Le Brouwersgracht, qui finissait en rase campagne lorsque j'y vivais, est maintenant au centre de la cité. Le long de ces canaux naissent des quartiers entiers. Je vais m'installer dans l'un d'entre eux, un véritable chantier encore, nommé Lc Jardin par les huguenots, qui y vivent très nombreux et ne cessent d'affluer par crainte que le nouveau roi de France n'abroge l'Édit de Nantes. Dans la rue, dans les boutiques, on parle français; on se croirait dans une ville brabançonne ou poitevine. La confusion y est grande, les contrôles malaisés, et dans le grouillement je passe inaperçu.

J'ai adopté le premier patronyme qui s'est offert à moi : Roqueville. Il m'a été pour ainsi dire légué par un vieil huguenot venu à Amsterdam pour y rejoindre une famille qui n'y était, en fait, jamais arrivée. Il la cherchait en vain. Nous avons vécu dans deux chambres contiguës et avons même échangé des souvenirs : il était à la bataille d'Arques. Un matin, il a soudain été pris d'étouffements et il est mort.

« Vous ne m'oublierez pas... Vous leur direz... Roqueville... » sont ses dernières paroles.

Je considère cela comme un encouragement à porter son nom, et j'y adjoins un prénom par lequel je tiens à marquer mon ouverture aux deux religions. Mon rêve de tolérance est peut-être une chimère. Mais je ne peux y renoncer. Je sais que je ne suis pas seul : les Farnaby, des puritains très pieux, May Hutchinson, maître Treswell, le révérend Hitch même, m'ont honoré de leur affection, m'ont aidé sans se soucier de ma religion, tout comme je serais prêt à les aider demain. Nous sommes tous chrétiens. L'étendard de la religion est levé haut pour justifier les massacres et les abus. Mais je suis convaincu que cela changera — demain ou dans un siècle, qu'importe — et puisque la vie m'en offre la possibilité, je décide que mon prénom sera mon étendard : je m'appellerai Chrétien Roqueville.

Hors de la maison familiale, deux personnes seulement connaissent mon secret : les Sweelinck père et fils. J'ai rencontré Dirk Sweelinck dans une ruelle du *Jordaan* (c'est ainsi que les Hollandais déforment le « Jardin » français) et j'ai joué un étonnement qui m'a, jusque-là, toujours réussi avec ceux qui ont cru me reconnaître:

«Vous devez faire erreur, monsieur...»

Je me suis rasé, ne porte qu'une moustache et une barbichette à la française. J'ai changé ma coupe de cheveux, m'habille en officier. En un mot, mon allure s'est passablement transformée, cela a suffi à intimider mes relations moins intimes. Mais Dirk Sweelinck est sûr de son fait.

«Erreur? Je ne crois pas, monsieur, car il ne peut y avoir deux hommes avec des mains d'organiste comme les vôtres.

— Vous êtes vous-même organiste, monsieur?»

Visiblement je l'amuse mais, bon prince, il accepte d'entrer dans mon jeu.

«Parfaitement, monsieur. Pas vous?

— Mon Dieu, disons que je touche l'orgue, mais maladroitement.

— Cela vous plairait-il de venir jouer sur celui de l'Oude Kerk?»

Cette offre dit bien qu'il maintient son identification. Les Sweelinck sont très jaloux de leurs orgues, et je suis un des rares élus pour qui ils ont fait une exception.

«Cela m'enchanterait, cher monsieur.»

Nous nous mettons en route.

«Master Dirk?

— Monsieur... euh?

— Chrétien Roqueville, pour vous servir.

— Monsieur Roqueville, je vous écoute.

— À Amsterdam, Monsieur votre père et vous-même serez les seuls, hors ma famille, à savoir ce qui m'est arrivé. Mais je ne raconterai rien et n'admettrai rien si vous ne jurez devant Dieu le secret absolu.

— Sur mon honneur et sur mon âme, monsieur. »

Nous arrivons à la maison sur l'esplanade, nous y engouffrons. Le maître a blanchi et s'est courbé. Seuls ses doigts ont gardé l'agilité de la jeunesse. Il quitte son clavecin, écoute avec bienveillance et me remercie de ma confiance.

« Qu'allez-vous faire, maintenant ?

— Si vraiment les Provinces-Unies sont en danger, je vais m'enrôler pour les défendre. »

Après cet incident, qui démontre combien ma situation est fragile, je cherche une bonne occasion pour m'éclipser.

Je m'adonne, avec l'ardeur d'un homme longtemps sevré, aux arts martiaux. Comme je l'ai espéré dès le début, un des officiers néerlandais qui fréquentent la même salle d'armes que moi m'offre de m'enrôler.

« Les Provinces-Unies ont besoin d'épées comme la vôtre. »

Je lui promets d'être prêt le jour où il faudra partir. Et ce jour ne tarde pas à venir.

La nouvelle arrive que le roi protestant de Bohême, Frédéric V, a été défait par le très catholique empereur Ferdinand de Habsbourg à la bataille de la Colline-Blanche, près de Prague.

Jusque-là, la guerre avait été confinée à la lointaine Bohême. Mais Frédéric est aussi le souverain du Palatinat sur le Rhin, et l'empereur, c'est couru, va profiter de sa victoire pour le dépouiller. La guerre se rapproche des Provinces-Unies, qui ne peuvent se permettre sans réagir de voir l'empereur s'installer à leur porte.

Une troupe est constituée, j'en fais partie.

Je suis accepté comme Chrétien Roqueville et, parce que je viens du Jordaan, on a supposé d'emblée que j'étais huguenot. Le commandant, avec qui j'ai croisé le fer, a reconnu en moi le gentilhomme malgré mes dénégations, écartées d'un geste, et m'a bombardé lieutenant. Comme dans toutes les armées, la barrière religieuse est floue : il y a passablement de catholiques parmi mes hommes. Les mercenaires ne s'enrôlent généralement pas pour satisfaire à un idéal, mais pour assurer une subsistance aux leurs. Une des maximes qui ont cours dans leurs armées, dure à avaler pour un homme de principes, est : *Peu importe le maître que nous servons, pourvu que nous le servions honnêtement.* Les Néerlandais s'engagent d'autant plus facilement que s'ils sont estropiés ils toucheront une pension à vie, et s'ils sont tués la pension sera versée à leur famille. Et puis, entre drainer les polders, planter des pieux dans le sable pour les fondations des nouveaux quartiers et partir à l'aventure, pour un certain type d'hommes le choix est vite fait.

Pendant quelques semaines, nous nous sommes entraînés et préparés au départ. Le danger devient de plus en plus pressant, et finalement le prince d'Orange envoie notre troupe dans le Palatinat rejoindre un contingent arrivé d'Angleterre et commandé par Sir Horace Vere.

Avant de partir, j'ai pris congé de la famille. Marc est allé à La Haye prévenir mon fils, qui est arrivé ventre à terre. On s'est aperçu au Louvre que, parce qu'il a un pied dans chaque culture, il peut rendre des services inestimables : il a embrassé avec ardeur la carrière diplomatique.

« La France va défendre le roi Frédéric de Bohême, m'assure-t-il. Le roi Louis est profondément catholique et il hésite. Mais nous l'aurons bientôt convaincu que ce n'est pas dans son inté-

rêt que de laisser l'empereur s'emparer de trop
de territoires. Avec une Allemagne trop forte, la
France est perdue.

— Je m'étonne qu'on accepte ainsi la défaite
du roi Frédéric, tout de même. Je sais bien que
les princes protestants ont cru qu'en le sacrifiant
ils mettaient un terme à la guerre. Mais les ambi-
tions de l'empereur sont démesurées, et cela ne
s'arrêtera pas là.

— Nous le savons. Si Frédéric était catholique,
la France aurait volé à son secours. Malheureusement il est protestant, et le roi de France a des
scrupules. Nous travaillons à le convaincre, mais
je le connais bien : il faut qu'il se persuade par lui-
même que c'est la chose à faire. J'ai bon espoir,
car même le pape renâcle à l'idée d'une Allemagne trop puissante.

— Je peux par conséquent caresser l'espoir de
vous revoir un jour sur un champ de bataille,
mon fils.

— Oui, mon père, mais je souhaite que ce soit
plutôt dans un salon.

— Moi aussi, croyez-moi. Je sais faire la guerre
autant qu'un autre, mais je préfère l'épinette au
mousquet. »

Avant de m'embarquer, je passe une dernière
nuit au Stromarkt. Personne ne se couche. Les
yeux sont secs, les cœurs lourds et les bouches
closes. C'est à peine si Jane pousse quelques
soupirs.

Je quitte la maison aux premières lueurs du
jour, accompagné du seul Marc. Nous longeons
la digue jusqu'à notre point d'embarquement. Je
me retourne pour un dernier regard, mais la
brume matinale a englouti la façade et voile les
visages qui se pressent aux fenêtres.

Nous remontons le Rhin jusqu'à Worms. Sir Horace Vere y a pris garnison avec le contingent anglais, à peine deux mille hommes, bien préparés à la guerre, bien armés. Mais que peuvent-ils, en fin de compte, face aux vingt-quatre mille hommes de Spinola?

Égal à lui-même, le roi d'Angleterre a fait de belles phrases, mais les actes ne suivent pas. Sir Horace Vere, un vrai soldat, le clame à voix très haute. Je me suis souvent demandé si les Anglais seraient restés là dans de telles conditions, face à une mort somme toute prévisible, avec tout autre que Sir Horace, adoré par la troupe, et respecté pour ses hauts faits d'armes. On disait de lui qu'il intimidait jusqu'à Spinola.

La situation est à tel point préoccupante que j'en oublie d'avoir peur qu'on me reconnaisse. Je sers de messager auprès de Vere, que je n'avais heureusement jamais vu, bien qu'il eût beaucoup résidé en Hollande; je me présente comme un Lorrain qui a longtemps vécu à Plymouth, où l'accent n'est pas trop différent de celui de la Cornouaille. Il accepte cela sans discuter, il n'a aucune raison de ne pas me croire. Une fois, alors que nous parlons de religion, il me cite l'exemple de mon père, même, pour illustrer l'entêtement religieux. Je l'écoute sans sourciller; aucun soupçon ne l'effleure.

Les nouvelles sont inquiétantes. On dit que l'Union des princes protestants est sur le point de se défaire. On dit aussi que les Provinces-Unies demandent à se retirer du conflit. À Heidelberg où nous nous tenons, nous savons que l'armée de Spinola avance sur nous et nous préparons à la bataille.

L'empereur veut le Palatinat, et le Palatinat n'a que de médiocres moyens de défense. Nous sommes trop peu nombreux, et notre seul espoir, c'est Ernst von Mansfeld, un général de métier, seul capable de s'opposer efficacement aux impériaux : sa puissante armée campe à Heilbronn. Mais il tarde à venir. Nous l'attendons pendant plusieurs semaines, de plus en plus inquiets, préparons le siège.

Sir Horace Vere divise ses troupes en trois afin d'occuper les points clés du Palatinat : Heidelberg, Mannheim et Frankenthal, de l'autre côté du Rhin. Si nous avions suffisamment de forces nous pourrions ainsi nous vanter de tenir les deux rives. Mais comme nous sommes faibles, nous sommes aussitôt coupés des Anglais, ce qui complique encore notre tâche. Nous nous usons en escarmouches, en sorties, en coups de main. C'est à celui qui effraiera l'autre pour lui faire lâcher prise.

Le Palatinat regorge de soldats. La population ne fait pas de différence entre amis et ennemis car, avec elle, tous se comportent en conquérants. L'armée amie de Mansfeld est particulièrement gourmande : elle est immense, et pour se sustenter elle pille, vole, tue, incendie, sans faire de quartier. Lorsque je suis arrivé, il était rare de voir, depuis le fleuve, des villages brûlés. Quelques mois plus tard, les ruines se sont multipliées. Je le constate le jour où le général hollandais décide de consulter le commandant John Burroughs, qui tient Frankenthal. Huit hommes m'accompagnent, nous traversons le Rhin en barque.

Avec ma petite troupe, j'accoste non loin de Spire.

Nous chevauchons pendant une bonne lieue. Personne ne parle, nous sommes tous aux aguets.

«Mon lieutenant!»

C'est un paysan du sud de la Hollande dont j'ai déjà pu apprécier les talents d'observateur. Il est descendu de cheval et a collé son oreille au sol. Nous sommes à proximité d'une maison.

«Qu'y a-t-il?

— Une chevauchée qui approche de l'ouest.

— Combien?

— Entre trente et cinquante.»

Nous ne sommes que neuf.

«Mettons-nous à l'abri, là, et...»

C'est trop tard. Ils sont une bonne trentaine, arborant la cocarde rouge des Espagnols, ils nous ont repérés et foncent sur nous.

Je me bats comme un forcené, à cheval d'abord, à terre ensuite. Je vois mes hommes tomber un à un. Ils ont fait des miracles, mais face à ce grand nombre de vétérans, ils ne font pas le poids. J'ai beau toucher adversaire après adversaire, les Espagnols continuent à affluer. Je finis par entendre une clameur, et je me dis que ce sont peut-être des secours. Avant que j'aie le temps de vérifier, un grand coup s'abat sur ma tête. Je tombe dans un trou noir.

Mon âme est bercée sur un nuage, ce doit être le paradis. Le Seigneur a été clément, Il m'a épargné le purgatoire, Il a peut-être pensé que quelques années à la Fleet en avaient fait office. Je caresse longtemps, paresseusement, des pensées comme celle-là. Et puis je fais un mouvement, et je sens mon corps. Suis-je donc encore matière?

J'ouvre les yeux. Le ciel défile devant moi. Ou est-ce moi qui défile devant le ciel? J'essaie de me relever.

«*Ruhe, Ruhe!*»

Péniblement, je tourne la tête en direction de la voix.

Une paysanne. Une embarcation chargée à ras bord. Un homme est à l'avant, deux adolescents s'occupent de la voile, un troisième de deux chevaux qui halent.

J'essaie de parler, mais nous ne nous comprenons pas.

Plus tard, le père de famille me racontera dans un français mâtiné d'allemand qu'il s'était procuré cette barge pour fuir les combats en emmenant ses biens, qu'au moment de partir il était revenu chercher un dernier objet. Pendant son absence, nous nous étions battus aux abords de sa maison, où j'avais été laissé pour mort. Lorsqu'il est arrivé, il n'y avait plus que des cadavres. Et moi, qui me suis mis à gémir. J'en conclus que les nouveaux arrivants étaient sans doute des amis, qui ont mis les Espagnols en fuite et les ont poursuivis, sinon j'aurais été achevé et dépouillé.

«Vous n'aviez pas de blessure, je me suis dit que, une fois remis, vous pourriez nous aider. Vous vous battiez pour la religion catholique ou protestante, monsieur?

— Je me battais pour le Rhin, pour les libertés des Provinces-Unies.

— Merci, monsieur. Si vous le désirez, vous pouvez rester avec nous. Si Dieu le veut, nous allons à Rheinfelden, chez mon frère.

— Avais-je encore mes effets, lorsque vous m'avez trouvé?

— Oui. Votre escarmouche a dû être rapide,

car nous n'étions pas partis depuis bien longtemps. Lorsque je suis revenu, les bêtes éventrées
fumaient encore. Si je n'avais pas eu mon cheval,
nous ne vous aurions pas emmené, pour ne pas
perdre de temps, car les pilleurs ne pouvaient
manquer de venir.

— Vous m'avez porté ?

— Non, monsieur. D'abord vous avez marché,
puis vous avez chevauché avec moi. Mais il a
fallu que je vous empêche de tomber de selle.

— Moi, j'ai chevauché ? Moi, tomber de cheval ? »

Il part d'un grand rire.

« Vous étiez tout étourdi. Vous ne saviez même
plus votre nom. Vous nous en avez offert plusieurs au choix, si bien que je ne sais pas si vous
vous appelez Franz ou Christian, et si le nom de
votre famille est Tréville, Troisjean ou Roqueville... ou autre chose, pendant qu'on y est.

— Je m'appelle Chrétien Roqueville. Christian, si vous préférez. J'ai tout oublié.

— Je l'ai bien dit au fils. Je suis Hans Schulz.
Voilà ma femme Frieda, et nos fils Hans, Karl et
Joseph. » Il soulève ma tunique et le fourreau de
mon épée. « Voilà votre vêtement ; quant à l'épée,
j'en ai pris une, la plus proche. Je ne suis pas certain que ce soit la vôtre. »

Je tends la main, tente de me soulever, mais
tout tourne et je suis pris de nausée. La femme
exhale un flot de paroles.

« Mon épouse dit qu'il vous faut rester couché,
car vous avez reçu un méchant coup sur la tête.
Il faut rester sept jours sans bouger, sinon le
diable s'installe et ne part plus.

— Est-elle sûre qu'il n'est pas déjà installé ? La
douleur me fend le crâne.

— C'est qu'il essaie, le Malin. Aussi faut-il rester immobile, pour qu'il ne trouve pas l'entrée. »

Je n'ai rien à objecter à d'aussi théologiques considérations.

« Avais-je de l'argent ?

— Oui, monsieur. Six talers d'argent. C'est avec cela que nous mangeons et payons les péages. Cela accélère notre voyage. Nous sommes désolés. Nous ne sommes pas des pilleurs, mais nous avons pensé que...

— Je vous en prie, vous payez aussi mes péages. Je devrais aller vers le nord et non vers le sud, mais qu'importe ! »

Je suis épuisé, je sombre dans le sommeil, ou l'inconscience. Pendant les fatidiques sept jours, je serais bien en peine de me lever. Sur ma tête, le diable danse la sarabande, et il me faut faire appel à toute ma foi pour ne pas croire qu'il est déjà entré. Pour m'aider, la *Mutter* me bande les yeux. La lumière du jour provoque des douleurs qui s'étirent jusque dans mes pieds.

Il en va de la maladie comme de la prison : elle vous assiège. Je pense de temps à autre — paresseusement — à Marc qui, tel que je le connais, doit m'avoir cherché au mépris de sa vie. À l'heure qu'il est, il me croit sans doute mort pour de bon. Nous sommes convenus que, si je disparaissais sans qu'il retrouve mon corps, il irait m'attendre au Stromarkt et de là, s'il préférait, à Tregarrick auprès de son frère. Si rien ne m'arrive, je sais donc où le trouver. Mais ce « si »-là est gros d'incertitudes. Le contingent hollandais et le contingent anglais sont peut-être anéantis, et Marc avec eux.

Je m'étonne d'ailleurs que personne ne nous moleste, ne cherche à nous voler. C'est à Bâle que je comprendrai pourquoi. Par peur d'être envahies, les Provinces-Unies ont fait une paix séparée avec l'empereur à condition que les belligérants reconnaissent leur statut de neutralité. De leur côté, les princes allemands ont lâché, du moins temporairement, le Palatinat. Nous avons passé pendant un moment creux des hostilités. Et puis nous sommes partis vers le sud alors que les armées se massaient au nord : nous avons échappé autant aux Espagnols qu'aux hommes de Mansfeld.

Aux alentours de Strasbourg, le diable abandonne la partie. Je m'endors un soir pendant qu'il tambourine joyeusement dans mes cheveux, et je me réveille un matin frais, dispos, toute douleur disparue.

«Vous avez dormi presque deux jours», me dit Karl dans ce langage chantant que je commence à entendre, car il n'est pas si différent du néerlandais.

«Vous pouvez vous lever un peu, mais soyez prudent, ne LE tentez pas!»

Je fais quelques pas incertains. Il me faut plusieurs jours pour reprendre des forces.

«Dire que vous m'avez emmené pour que je vous aide. Sans vous je serais mort!

— Vous nous avez beaucoup aidés, grâce à votre argent. Nous vous avions emmené pour le cas où nous rencontrerions des soldats. Mais la Providence a veillé sur nous. Vous nous avez sauvés autant que nous vous avons sauvé.

— Vous m'en voyez ravi.»

Pendant les quelques jours où je reprends mes forces, je considère ma situation. Me voici vraiment seul, cette fois, arraché aux derniers vestiges de mon monde. Redescendre le Rhin maintenant, on nous le dit partout où nous nous arrêtons, ce serait trop risqué. Je n'ai pas un sou, je vais sans doute être forcé de vendre ma belle épée, soit en la mettant au service de quelqu'un, soit en l'échangeant contre de l'argent. Je sais me battre, certes, mais je ne suis pas un foudre de guerre. Mon domaine, c'est la musique. Et qui se soucie de musique ?

Pour me distraire, pour exercer ma mémoire, je passe en revue mon recueil de morceaux pour clavier. Je les ai numérotés (longuement, me forçant à tracer les chiffres en caractères gras) d'après un système qui m'est propre. Pour évoquer un morceau, il faut que je me remémore son numéro. Je pianote sur la rambarde en chantonnant, sous l'œil intrigué des adolescents, qui finissent par ne plus y tenir.

« Mais que faites-vous, messire Christian ?

— Je m'exerce à jouer du clavier. Je suis musicien.

— Musicien ? Vous n'êtes pas gentilhomme ? Officier ?

— Je suis, ou plutôt j'étais lieutenant, mais avant cela, j'étais musicien.

— Nous avons une vielle et une épinette.

— Une épinette ? Ici ? Vous rêvez ! »

Pour toute réponse, Hans disparaît dans les profondeurs de la barge, dont il ressort bientôt en traînant une boîte oblongue d'un pied sur deux. Je n'ai pas besoin de l'ouvrir pour savoir ce qu'elle contient : une épinette de voyage, le plus petit de tous les virginals.

« Vous savez jouer ?

— Un peu. C'est surtout notre père qui joue, pour accompagner les hymnes. »

L'instrument a souffert du transport hâtif, de

l'humidité, et il me faut une bonne journée pour
le faire parler. Mais ensuite, j'en joue pendant les
dernières heures de notre voyage. Les Schulz me
regardent faire, m'écoutent sans rien dire.

Le miracle de l'épinette me remet d'aplomb.
Lorsque nous arrivons à Bâle, j'ai retrouvé mes
esprits et, presque, la santé.

Nous n'avons plus un sou. Nous avons encore
au moins deux péages à franchir, et rien pour les
payer. Rien non plus pour acheter à manger.
J'hésite à vendre mon épée. Elle pourrait servir.

Je déambule au bord du Rhin. Que faire ?

Au-delà de mes incertitudes, un sentiment se
fait jour, discret d'abord, puis de plus en plus
fort : certes, je suis l'obligé des Schulz. Mais c'est
une obligation que je peux choisir d'oublier. Il
suffit de tourner le coin d'une rue, de ne plus
retourner au port. Le fantôme sévère de mon
père, la voix stridente de ma mère, les œillades
insolentes de mon frère, les soupirs de mes
sœurs ne sont plus là pour me contraindre.

Je me dis soudain que Phillips, en organisant
ma mort, a accouché un homme nouveau, m'a
donné cette parcelle de liberté à laquelle je rêvais
sans trop le savoir et que je n'ai exprimée (un
peu) qu'au travers de la musique.

Mes incertitudes s'envolent.

Commençons par parer au plus pressé.

Je retourne à notre embarcation. Je demande à
la *Mutter* de remettre mes vêtements en état et,
suivi du jeune Joseph, je vais frapper à la cure du
Münster.

« Je suis un organiste hollandais de passage, je
me demandais si vous voudriez entendre de la

musique du maître Jan Sweelinck d'Amsterdam, du maître Bull d'Anvers et d'autres.»

Le ministre me regarde avec des yeux gris protubérants qui lui donnent un air perpétuellement étonné.

«Mon Dieu, vous êtes l'envoyé de la Providence, monsieur. Notre organiste a la fièvre, et nous avons envoyé quérir celui des Clarisses, mais il fera des difficultés, nous le connaissons.»

Il demande à m'entendre. Vingt mesures lui suffisent.

«C'est parfait, parfait. Voici les partitions.»

Je joue pendant quelques jours, ou quelques semaines, et je gagne ce qu'il faut pour repartir.

À Rheinfelden, la famille Schulz nous accueille sans enthousiasme, mais avec bonté. On ne renvoie pas un frère en détresse.

Je ne m'attarde pas. Les Schulz m'offrent de rester, parlent de ma musique. Un organiste comme moi... Rheinfelden serait honoré... Mais, je le sens, il faut que je m'en aille.

La *Mutter* a réussi à rassembler les six talers que j'avais au départ. Elle ne veut pas que je sois démuni. Je me mets en route avec l'intention d'atteindre la côte atlantique. Je partirai pour le Nouveau Monde. Une fois aux Amériques, je me ferai envoyer ma part du capital hollandais et m'installerai dans une de ces colonies, au Massachusetts ou dans la baie de l'Hudson, où l'on ne pose pas de questions.

À Bâle où je retourne dans l'idée d'aller jusqu'à Rotterdam, on me déconseille le Rhin. Les Bâlois sont dans tous leurs états. Depuis quelque temps, ils ont fort à faire pour empêcher les armées des uns et des autres de passer sur leur territoire : la ville fait l'objet de pressions de toutes parts. C'est miracle que personne ne l'ait encore prise d'assaut. Je crois que cela tient uniquement à ce qu'elle fait partie de cette Confédération de cantons helvétiques dont les deux côtés espèrent obtenir des mercenaires.

La nouvelle vient d'arriver, avec un flot de réfugiés : le général catholique Tilly occupe Heidelberg, et une garnison espagnole occupe Frankenthal. Les récits des fuyards font dresser les cheveux sur la tête. Tortures, brutalités, viols, mutilations atroces, c'est à désespérer de la chrétienté.

« Il n'y a plus rien. Les gens se rassasient avec des orties et autres herbes qu'ils font bouillir. Ils les mangent sans sel, sans graisse, sans pain même. C'est juste pour essayer de se remplir l'estomac, pour ne pas sentir la faim. »

Personne ne semble savoir ce que sont devenus les soldats anglais et hollandais. Je ne doute pas que, s'ils n'étaient déjà partis, ils se soient fait massacrer.

Aucun convoi n'accepte de traverser le Palatinat, ni par voie d'eau, ni par voie de terre.

« Il y a des convois de marchandises qui passent par le Jura, vont en France par la route du sel, et de là, d'une manière ou une autre, arrivent à la côte. Ils emmènent souvent des voyageurs. » L'homme qui me renseigne effleure mon épée du regard. « Surtout s'ils savent se battre. »

Je trouve un tel convoi.

« Mon but, c'est Nantes. Mais je n'y vais pas en ligne directe, me dit le convoyeur-chef. Il faut que je livre des marchandises à Cossonay en Vaud, dans le pays de Berne. Si vous voulez nous accompagner et savez vous défendre, c'est avec plaisir.

— Mon épée est à votre service. »

Nous partons. Une vingtaine de mulets, quelques chars, quatre convoyeurs à cheval et moi.

Nous arrivons à Cossonay. Les convoyeurs vont livrer la marchandise et nous repartons pour Vallorbe.

Je n'y arriverai jamais.

Notre dernière étape avant le péage de Jougne est le Relais des Trois-Chasseurs, sur les hauteurs. Au milieu de la nuit, l'auberge est prise d'assaut. Les malandrins pensaient sans aucun doute que le convoyeur-chef avait touché de l'argent pour les marchandises livrées et ont voulu le voler. Ils l'ont égorgé dans son lit, mais il a poussé de si grands cris qu'aucun de nous n'a été pris au dépourvu. L'épée à la main, je me fraie un chemin dans l'escalier. Mon coup de Spire m'affaiblit encore. Mais si je ne me bats pas, je suis mort. Certains des assaillants ont des sabres, d'autres des couteaux, d'autres encore des bâtons, ce sont les plus difficiles à parer.

Je me retrouve dehors sans savoir comment. Je suis en manches de chemise, mais Dieu merci je suis chaussé. Dans la confusion de la nuit, je transperce deux, trois adversaires, impossible de savoir qui, comment. Autour de moi ce ne sont que halètements, gémissements, imprécations. Puis un cri s'élève :

« Le feu ! »

Une grande flamme bondit par-dessus le toit de l'auberge, éclaire la scène.

Quelques hommes ont enfourché nos chevaux et poussent devant eux nos mulets. Ils ne vont pas vite, il me semble reconnaître l'un d'eux. La surprise me distrait un instant, mon adversaire en profite pour me donner un coup d'épée.

Je vacille, me laisse tomber par-dessus mon arme. J'attends qu'il approche. S'il essaie de me donner le coup de grâce, je l'embroche. Un truc appris dès ma prime jeunesse, et qui m'a déjà servi. Mais mon assaillant connaît peut-être la feinte, ou alors il ne tient pas à être abandonné par ses congénères, qui s'éloignent déjà.

Il s'en va à toutes jambes.

Je me relève, péniblement.

J'essaie d'approcher, mais la maison brûle comme une torche ; les flammes dévorent tout. On n'entend même plus de gémissements. Le replat autour de la maison est désert. Partout des cadavres. La femme de l'aubergiste, la fille de cuisine, quelques bandits, un des hommes de l'escorte… tous morts.

Si on me trouvait là, seul être vivant au milieu de ce carnage, qui croirait que le criminel, ce n'est pas moi ? Il faut partir. D'un geste machinal, je veux rengainer mon épée. Elle vient de Tolède, je l'ai achetée (très cher) dans une des échoppes de l'Exchange, à Londres.

Non. Il faut partir sans rien. Comme je suis J'ai un stylet dans ma poche, un autre est passé dans ma ceinture, un troisième dans ma botte. Il faut que cela suffise. Je jette l'épée.

Je m'enfonce dans le sous-bois, marche à l'aventure jusqu'à l'aube. J'ignore où je suis. Ma blessure est douloureuse et c'est comme si une main me serrait progressivement la gorge pour m'empêcher de respirer, de penser. Ma tête se remet à me faire aussi mal que lorsque le diable y faisait ses quatre volontés. Combien de temps ai-je erré ainsi ? Mille soleils me dardent, mille frissons m'agitent. Je ne peux plus… Mais je vais encore. Des heures ? Des jours ? Un ruisseau

vaguement perçu dans la chaleur de midi, je bois
à perdre haleine, puis je vomis. Je ne peux plus...
Harris vient à ma rencontre, menaçant, brandit
mon épée de Tolède tu as voulu fuir mais la mort
ne lâche pas sa proie Françoise Jane ma Jane
aux cheveux roux d'automne et aux yeux bleus
de lac je ne peux plus Dieu de miséricorde secou-
rez-moi...

«Allons, bois! Bois, je te dis. Non, cela ne sert
à rien de recracher. On recommence.»
Une voix d'homme, ferme et ronde. Une main
sûre qui me tient la tête. La douleur me transperce, je ne peux arrêter de grelotter, je ne peux
arrêter d'avoir mal.
«Tiens, prends mon manteau.»
J'essaie, péniblement, d'ouvrir les yeux. Un
effort immense. Un visage dans la trentaine, des
yeux gris, compatissants.
«Mon pauvre ami, on t'a drôlement arrangé.
Qu'est-il arrivé?
— Je... J'accompagnais un convoi. Au Relais
des Trois-Chasseurs...
— Du calme, du calme. D'où veniez-vous?
— De Bâle. Nous avons déposé de la marchandise à Cossonay. Je crois que c'est un de nos
convoyeurs qui a arrangé le coup. Ils ont voulu
voler l'argent. J'ai essayé...»
Les larmes coulent malgré moi lorsque je
repense à la servante, gorge béante dans l'herbe.
«S'ils savaient que je ne suis pas mort, que je
peux les reconnaître, ils me poursuivraient, me
tueraient... Ils me...
— Mais ne t'agite pas comme cela, voyons.
Nous sommes loin des Trois-Chasseurs, ici. Tout

le monde me connaît et je connais tout le monde. »

J'entends à peine. Le diable m'étreint, non seulement la tête, mais tout le corps. Je ne peux plus répondre. La chandelle qui brûle sous mon crâne s'éteint d'un coup.

Les secousses de la charrette me ramènent à moi.

« Eh, l'ami ? Où m'emmènes-tu ?

— Ah, nous voilà réveillé ! Hue, Mignonne, hue. » Il tire sur les rênes, je l'entends bloquer le frein. Il saute à terre et vient près de moi. Il me tend une gourde.

« Bois, mais à petites gorgées. Lentement. Voilà. Ça va ?

— Ça va.

— Dis-moi, d'où viens-tu, exactement ?

— De Vénétie.

— Comment t'appelles-tu ?

Le premier nom qui me passe par la tête.

« Pietro Ricordi. »

Il ne fait pas de commentaire. Mais il a dû voir que je ne lui disais pas la vérité, je n'ai jamais fait un très bon menteur.

« Es-tu catholique ou protestant ? »

J'hésite à répondre. Et si cet inconnu était un fanatique de l'autre bord ? Mais il est tout en rondeurs, avec de tranquilles yeux gris, mon instinct me souffle que c'est un homme pondéré.

« Catholique, ai-je articulé.

— Bon, dans ce cas-là, je t'emmène chez moi. Nous aussi sommes catholiques. Dans nos campagnes, ce n'est pas comme à Genève. Si tu te contentes d'aller à la messe et de prier tranquillement, personne ne t'ennuie. Je ne dis pas qu'il n'y a pas de fanatiques. Il y en a. Il y a deux

ou trois ans, on a même failli avoir une guerre
ouverte entre Berne et Fribourg mais, grâces en
soient rendues à Dieu, cela s'est calmé. On n'y
regarde pas de si près. Moi, je trouve absurde
qu'on s'entre-tue pour la religion alors que
nous sommes tous de bons chrétiens, pieux et
croyants. Ces bagarres sans fin pour savoir si la
table du culte serait en pierre ou en bois, si on la
placerait plutôt ici que là... Et le curé d'Echallens qui au beau milieu d'un enterrement protestant raconte à la famille éplorée que tous ceux de
la religion réformée seraient damnés... Et le pasteur qui court se plaindre à Berne pour un oui et
pour un non... Parfois, on dirait des enfants sans
entendement. Si encore on était des sans-Dieu, je
comprendrais...»

Il me jette un coup d'œil, comme s'il avait soudain réalisé qu'il vaut mieux ne pas confier ses
pensées les plus intimes à un inconnu qui pourrait être un espion. Mais je n'ai sans doute pas
plus la tête d'un espion qu'il n'a celle d'un fanatique.

«Si tu avais été protestant, a-t-il encore dit, je
t'aurais confié à un de mes cousins, qui est
réformé. Lui et moi, de temps en temps, on discute de religion, mais on ne se bagarre pas. On se
fréquente, on se croise à l'église...

— Comment faites-vous, pour vous croiser à
l'église?

— C'est que, vois-tu, dans les villages du bailliage d'Echallens, on n'en a qu'une. Le dimanche,
ce sont d'abord les catholiques qui y vont pour la
messe, et ensuite les protestants pour le *presche*.»

Il m'a semblé, en entendant cette voix placide
parler d'une seule église pour catholiques et
réformés comme si cela allait de soi, être arrivé à

bon port. Je me laisse aller, m'endors profondément. Je suis en sécurité.

Nous voyageons longtemps avant qu'il ne me
pose une nouvelle question :

« Quelle est ta profession ?

— J'ai été homme de cour, marchand, j'ai fait
la guerre. Et j'ai fait de la musique.

— Quel genre de musique ?

— Je joue de l'orgue et du virginal.

— Je n'ai jamais entendu parler du virginal.

— En Angleterre, on appelle ainsi les instruments à clavier, l'épinette, le muselaar, le clavecin. Ce sont des instruments très populaires. J'ai
aussi appris à les fabriquer.

— Tu saurais remettre un orgue en état ?

— Je crois.

— Bien entendu, tu sais lire et écrire ?

— Oui.

— Alors voilà une bonne raison de t'emmener
à Echallens. Je t'engage pour réparer notre
orgue. Histoire de faire enrager les protestants,
hé, hé… Tu sais copier de la musique ? »

Un instant, j'ai la sensation qu'il lit dans mon
passé.

« Parfaitement, ai-je fini par admettre. J'ai toujours copié mes partitions préférées.

— Alors, à Echallens, il y aura du travail pour
toi. Et maintenant, avant que je ne t'emmène
chez moi, que je ne t'accueille en frère sous le
toit où vivent ma femme et mes enfants, je veux
savoir ce que tu crains, ce que tu fuis. Et je veux
la vérité. Tu ne t'appelles pas Pietro Ricordi, tu
n'es pas italien. »

Il perçoit mon hésitation.

« Je te jure devant Dieu que je ne répéterai rien
à personne. Même pas à ma famille. »

Cet homme m'a recueilli, m'a fait confiance, il s'est occupé de moi sans chercher à savoir qui je suis — par simple générosité. Je n'ai plus hésité.

Je lui ai tout raconté.

À part quelques claquements de langue aux moments les plus intenses, il n'a pas commenté.

Il m'a offert l'hospitalité.

«Prends un nom de chez nous et garde ton prénom. Je connais des Tréhan à Rances. Tu pourrais t'appeler François Tréhan.

— Non, cela ressemble trop à mon véritable nom.

— C'est vrai. Alors, tu pourrais être François Cousin, un lointain parent qui a vécu en Italie. Ma femme est une Cousin.»

Dans l'immédiat, il n'y a pas d'autre choix.

«À propos, je m'appelle Benoît Dallinges, d'Echallens. J'ai une femme, Madeleine, et trois beaux enfants. Je suis cultivateur et tonnelier.

— Je m'appelle François Cousin. Si Dieu me rend la santé, je tâcherai de me rendre utile.»

Je n'ai plus envie de voyager, plus envie de fuir, de me battre. Et je suis saisi d'une soudaine certitude. Je ne suis pas arrivé par hasard dans cette campagne qui me fait irrésistiblement penser à la région de Truro, de St. Austell, de Golden. Si Dieu me rend la santé, c'est ici que je resterai. Que je tenterai de vivre, non par procuration, par famille interposée, mais pour moi. Je brûle de fièvre, mille douleurs me transpercent, mais une fois encore je suis saisi du même sentiment d'allégresse qu'à Bâle : je suis enfin débarrassé de mon épée de Tolède, je ne suis plus un gentilhomme avec un code d'honneur imposé du dehors. Je suis libre.

Par deux fois, je me suis retrouvé dans les bras de Madame la Mort. La belle maîtresse n'a pas voulu de moi. Son message est clair : à moi, maintenant, de saisir ma chance, de mettre le temps à profit en attendant le jour où elle reviendra.

XIII

Yonder thou seest the sun
Shine in the sky so bright,
And when this day is done,
And cometh the dark night,
No sooner night is not
But he returns always,
And shines as bright and hot
As on this gladsome day.
He is no older now
Than when he first was born;
Age cannot make him bow,
He laughs old time to scorn.

«All in a Garden Green»
Ballade populaire

Là-haut, vois le soleil
Qui nous darde de ses feux.
Après l'heure du sommeil
Noire comme le corbeau
L'aube point et bientôt
Il resurgit au ciel
Aussi brillant et chaud
Que hier, ou que tantôt.
Aussi jeune aujourd'hui
Qu'à son premier instant;
L'âge ne l'a pas vieilli
Il fait la nique au temps.

Une fois que j'ai recouvré la santé, c'est allé
tout seul.

Mais il m'a fallu longtemps pour me remettre.
Mon corps s'est vite relevé, ma cicatrice n'a vite
été qu'une strie rouge sur ma peau. Les Dallinges
m'ont entouré d'une telle sollicitude que je ne
pouvais que guérir. C'est à ma tête, qu'il a fallu
du temps.

Le plus souvent, j'étais un homme raisonnable,

qui parlait, qui agissait raisonnablement. Moi-même avais l'impression de maîtriser mes actes. Mais j'avais des trous dans le tissu de la mémoire.

Cela commençait presque toujours par un rêve. J'étais devant la maison des Schulz près de Spire ; arrivait Ezekiel Grosse vêtu en convoyeur. Il me donnait un grand coup de massue qui me fendait la tête. J'y puisais mon sang avec mes mains et allais l'offrir à une femme voilée qui se tenait au bord de la rivière. Elle me repoussait, mes mains s'ouvraient, et mon sang disparaissait dans un puits sans fond. Je me réveillais alors ne sachant plus qui j'étais, mais conscient de ma terrible ignorance. Par de tels jours, toute musique me fuyait. Je ne connaissais plus une note, plus un morceau, mes doigts étaient paralysés, je me sentais flotter ; j'arpentais les champs, allais m'asseoir à la Croisée, sous le tilleul où je n'avais pas encore fabriqué de banc. On me dit que je me parlais à voix haute, que je gesticulais.

« Il est possédé, votre parent, il faut l'interner.

— Mais non, répondaient patiemment Benoît et Madeleine Dallinges. Il a été blessé à la guerre. Il faut lui laisser le temps, cela passera. »

Et cela a passé. Le rêve s'est fait de moins en moins fréquent, puis a cessé. Mes morceaux de musique se sont remis à habiter ma tête, la virtuosité et la lutherie me sont revenues au bout des doigts. Un beau jour, je suis allé emprunter des outils à la tonnellerie de Benoît Dallinges, et je me suis mis à construire mon premier virginal, patiemment, me trompant beaucoup. Je n'avais jamais fait cela absolument seul. Plus tard, je me suis procuré, à Bâle, à Lausanne, à Genève, le tourniquet, la presse, la lissoire, le languetoir, le trace-sautereaux, la voie de sautereau, le longuet, le frontal, l'accordoir qui sont indispensables au facteur d'instruments à clavier.

J'ai réparé les orgues, fort modestes, de l'église d'Echallens, et ai failli provoquer encore une guerre de religion : les réformés ne voulaient pas de ce sacrilège, et il a fallu que j'aille au château, rendre compte au bailli qui, cette année-là, était bernois. Il s'appelait Jacques Bickardt.

« On me dit que vous êtes fou, aboie-t-il lorsque j'entre.

— À Bâle, où l'on est aussi calviniste que vous, les temples ont leurs orgues et leurs organistes. Pourquoi pas vous ? Je suis prêt à jouer pour tout le monde.

— Ah ah ! un libertin ! Un de ceux à qui la religion indiffère ! »

L'accusation est plus grave que celle d'hérésie.

« Non. Je suis catholique, et pour ma foi j'ai beaucoup enduré. Mais, dans ce bourg-ci, il n'y a qu'une église pour tous, aussi tous devraient pouvoir profiter de ce qu'elle contient, ce n'est que justice.

— Vous avez la prétention de résoudre les conflits religieux avec un peu de musique, monsieur l'orgueilleux ! »

Je le regarde sans rien dire. Cela le calme. Et comme il est plutôt petit, il me fait asseoir, pour qu'il n'y paraisse pas.

« Il faut être fou pour aller toucher aux orgues. » Sa voix a perdu du mordant. « L'église crée bien assez de conflits comme cela. Ne savez-vous pas que nous avons été à deux doigts d'une guerre entre Confédérés, pour l'église d'Echallens ?

— Monseigneur, ma folie, comme vous dites, c'est l'amour de la musique. Je ne supporte pas de voir un instrument laissé à l'abandon. » Il est si surpris que j'en profite pour continuer. «Tenez, cette épinette, là-bas, que vous n'avez probablement pas touchée depuis longtemps, si vous permettez, j'aimerais lui prodiguer quelques soins.»

J'espérais qu'il serait pris de court, et je ne suis pas déçu. Il finit par rire. C'est le début d'une amitié discrète mais réelle, qui durera au-delà de son départ. Pour lui faire un clavecin, il me fera venir jusqu'à Berne. Ce sont aussi mes débuts de facteur d'instruments, car après cela toute la contrée sait que j'ai restauré les orgues d'Echallens (dont à vrai dire personne ne joue, sauf moi à de rarissimes occasions qui ont, à chaque fois, fait l'objet de longues négociations), et surtout tout le monde se murmure que j'ai fait de la vieille épinette du château un instrument neuf.

Dallinges a parlé à Bickardt de mes qualités de scribe, et j'ai bientôt été employé aux écritures un ou deux jours par semaine. Le reste du temps, je l'ai passé à instruire les enfants Dallinges et, de plus en plus, à fabriquer des épinettes, parfois des muselaars et rarement des clavecins, ou à réparer des instruments que les gens m'amènent de loin. Depuis ce temps-là, j'occupe une vaste chambre sous le toit de la tonnellerie Dallinges, située à faible distance de leur maison. J'y ai aménagé un poêle pour l'hiver; il y a là mon écritoire, mon établi, mes instruments, ma paillasse.

Très vite j'ai parlé patois, et français avec l'accent du terroir. Pour toute la contrée, je suis François Cousin, facteur d'instruments et scribe, originaire de Grandson. C'est ainsi que m'ont enregistré tant ces Messieurs de Berne que ceux de Fribourg. C'est sous ce nom-là que Dallinges m'a présenté au curé, au pasteur, aux paroissiens de la contrée. Les enfants Dallinges m'ont appelé oncle François dès le premier jour, j'ai eu avec eux une intimité immédiate. Lorsque je suis arrivé, l'aîné — Benoît — avait une dizaine d'années, la seconde, Marguerite, sept ou huit ans ; Claude n'était qu'un poupon, Germain et Marie n'étaient pas nés. Aussitôt que j'ai retrouvé la raison, j'ai profité de leur curiosité naturelle pour leur enseigner tout ce que je savais. Dans ces campagnes, l'instruction des enfants est des plus médiocres. J'ai commencé par le latin, puis ai fouillé mon cerveau pour retrouver tout ce que Mulcaster nous avait inculqué, tout ce que Morley, Byrd et tous les autres m'avaient appris.

Je revois ces jours d'hiver où, les doigts bleus sortant des mitaines, Benoît et Marguerite sont assis dans mon atelier, et finissent les sautereaux, y mettent le cuir, taillent le plectre, passent la corde en reniflant et en répétant après moi :

> *« Mignonne, allons voir si la rose*
> *Qui ce matin avait déclose*
> *Sa robe de pourpre au soleil,*
> *A point perdu, cette vêprée,*
> *Les plis de sa robe pourprée*
> *Et son teint au vôtre pareil… »*

Ou :

« Un muselaar est un virginal dont le clavier est situé à droite et les cordes sont pincées en leur milieu, tandis que dans une épinette le clavier est situé à gauche, et les cordes sont pincées près de lui, au quart de leur longueur. »

« Combien y a-t-il d'accidents ?

— En musique, il y a douze accidents, à savoir la lettre, le chant, la clef, l'ut, la voix, le ton, la muance, la note, la mesure, la pause, le signe et le point.

— Parlez-moi… voyons… de la muance !

— La muance est double, parfaite et imparfaite. La parfaite est quand on prend le *ré* de la muance pour monter, et le *la* pour descendre en un même lieu ; l'imparfaite est quand on prend le *ré* de la muance pour monter, et le *la* pour descendre en divers lieux… »

À vrai dire, il faudra attendre David pour qu'un des enfants Dallinges se jette corps et âme dans la musique ; de ce point de vue là David, par ailleurs garçonnet fort ordinaire, sera exceptionnel dès le premier jour. À quatre ans il lit une partition, à huit ans il joue merveilleusement et lorsqu'à dix-sept ans il a abandonné son apprentissage de menuisier pour se consacrer aux instruments, il les fait à la perfection presque aussitôt. Il met à m'imiter en tout un tel empressement qu'il a même fini par me ressembler. Mais dès qu'il quitte son établi ou ses claviers, c'est un homme qui a deux mains gauches : il est incapable de tenir une épée correctement, et il n'y en a pas deux comme lui pour boire de travers ou se renverser de la nourriture sur les vêtements. Il restera toujours, bien que je tâche de ne pas le montrer, mon préféré, et je me soupçonne d'avoir une affection particulière pour Élie simplement parce qu'il me le rappelle.

Dans mes activités pédagogiques, j'applique les principes de mon maître Mulcaster, et enseigne autant la langue vulgaire que la latine ou la grecque. Je ne fais pas de différence entre garçons et filles. Cela m'a valu des remarques acerbes de la part de Madeleine Dallinges. Mais c'est peut-être un peu à cela que Marguerite devra d'attirer l'attention, puis l'amour du noble Fribourgeois qu'elle a épousé depuis, et dont je ne suis pas sûr qu'il l'ait comblée autant qu'elle le mériterait.

Ma vie a été, pendant toutes ces années, aussi calme qu'un étang. Au début, j'ai eu peur de me trouver nez à nez avec les bandits des Trois-Chasseurs : et s'ils avaient voulu se débarrasser d'un témoin gênant ? Mais le bailli les a fait rechercher en vain. De plus, le secret de ma mort anglaise n'étant pas impénétrable, j'ai voulu mettre une défense entre un improbable mais non impossible émissaire de Grosse et moi. Pour ces raisons, je me suis lié avec la bande à Aristide, j'ai cultivé ces douteux, mais chaleureux et utiles rapports, qui m'ont valu et me valent, ainsi qu'aux Dallinges et à tout Echallens, de pouvoir voyager seul et en toute sécurité à travers la région.

À force de me voir travailler à l'église, au greffe, de me croiser sur la route et de me rencontrer chez les Dallinges, les gens ont oublié qu'il y avait une époque où je n'étais pas des leurs.

Peu à peu, j'ai pris l'habitude d'aller tous les jours à midi jusqu'à la Croisée, pour me dégourdir les jambes. Comme la Croisée, avec son tilleul centenaire aux branches fortes et chenues, est légèrement surélevée, il suffit de regarder de ce côté-là pour voir si j'y suis. Au bout d'un an ou deux, j'ai fabriqué un banc et depuis, lorsque le temps le permet, je vais y lire, ou méditer. Je ne saurais dire comment cela s'est fait, mais les gens ont commencé à venir à la Croisée pour se confier, pour demander conseil, pour se faire lire ou écrire des lettres confidentielles. On me parle comme si j'étais au-dessus des religions, des passions, on me demande d'arbitrer des conflits qui souvent me dépassent, entre propriétaires, entre maris et femmes, entre catholiques et réformés, comme si j'avais la science infuse. Et il y a parfois des gens qui viennent d'aussi loin que Poliez-

le-Grand, Goumoens-le-Jux ou Villars-le-Terroir.
C'est peut-être parce qu'on se rappelle malgré
tout confusément que je viens d'ailleurs, ou parce
que je suis en paix avec moi-même, et que cela se
sent d'instinct, qu'on se confesse si aisément à
moi. Je vais souvent chercher les réponses aux
questions dans Montaigne, qui conseille mieux
que moi. J'aurais pu avoir des ennuis avec
l'autorité ecclésiastique, mais j'ai toujours pris
soin d'éviter les jalousies en encourageant les
quémandeurs à aller trouver, selon le cas, le curé
ou le pasteur ou en allant moi-même les voir
pour eux.

Depuis que je suis arrivé, nous en sommes au
deuxième curé, l'abbé Bécherra, avec qui j'ai des
rapports aussi excellents qu'avec François Clavin, son prédécesseur. Je connais moins bien les
pasteurs : ils sont nommés par Berne, viennent
en pays mixte de mauvaise grâce, et pour cette
raison, ils restent moins longtemps. Ce n'est pas
commode d'être sans cesse confronté à ceux de
l'autre religion et de devoir vivre avec eux en
bonne entente. À cela s'ajoute que ces Messieurs
de Berne voient d'un mauvais œil les rapports
amicaux entre pasteurs et curés. Sous prétexte
d'éviter les discordes, les jeunes pasteurs sont
exhortés à ne fréquenter aucunement les prêtres,
pour ne pas se disputer avec eux. En réalité, la
classe des pasteurs craint que trop d'amitié entre
prédicateurs concurrents n'enlève des fidèles aux
protestants.

Secrètement, l'Église réformée rêve sans aucun
doute de refaire un jour le Plus, vote des paroissiens pour savoir si Echallens passera ou non à la
Réforme. Le dernier Plus en date est celui qui a
failli provoquer la guerre et faire s'embraser la

Suisse entière : les deux religions y étaient pratiquement à égalité, mais comme les protestants avaient une voix de majorité, Berne avait voulu en profiter pour interdire le culte catholique à Echallens. Il avait fallu deux ans, l'intervention de la Diète de Baden et même celle du roi de France, à ce qu'on m'assure, pour trouver un compromis. Depuis, il ne s'agit pas de laisser les catholiques devenir majoritaires. On raconte encore, trente ans plus tard, qu'après le dernier Plus Fribourg avait envoyé deux prédicateurs jésuites pour tenter d'asseoir une majorité catholique : ils n'avaient pas fait long feu, non seulement à cause des récriminations bernoises, mais aussi parce que la population ne les aimait pas. Les jésuites, en pays de Berne comme en Angleterre, manquent souvent de doigté avec les petites gens.

Les choses s'étaient calmées grâce à l'abbé Clavin, que les paroissiens de tout bord avaient reconnu comme un des leurs. L'indignation a été d'autant plus grande et l'émoi général lorsque Leurs Excellences ont, un jour, mis à l'amende le pasteur Samuel Thorel, homme débonnaire qui, pour tenter de combler le fossé, avait partagé un repas de fête avec l'abbé. Le pauvre Thorel avait été vertement tancé et avait dû verser une amende de vingt-cinq *batz* dans la caisse des pauvres.

Ces tempêtes dans un verre d'eau sont les pâles échos de la grande guerre qui, au nom de la religion, secoue le monde. Le fracas des armes, qui assourdit le continent depuis bientôt trente ans, n'arrive ici que très atténué. Tous les belligérants ont besoin de Suisses pour leurs armées, et ainsi, ils se tiennent tous à la promesse de ne pas traverser les Treize Cantons et s'emploient avec zèle à les faire rester neutres.

Au bout de trois ou quatre ans, j'ai fait un voyage jusqu'à Bâle où j'espérais trouver des cordes de métal pour les virginals. Je fabrique tout le reste moi-même, mais les cordes, c'est trop compliqué. Elles doivent avoir un diamètre précis, être régulières, cela demande du savoir-faire, toute une installation, une forge, un four-neau, presque autant de place que la tonnellerie de Dallinges. Je suis un peu inquiet, mais le voyage, que je fais avec un convoi armé jus-qu'aux dents (l'affaire des Trois-Chasseurs a fait grand bruit, et les voyageurs, depuis, redoublent de précautions), se déroule sans histoire.

Dans l'auberge bâloise où je loge, je rencontre un Hollandais qui me fait part de sa grande inquiétude : il doit se rendre à Amsterdam mais, maintenant que le roi du Danemark s'y est mis, la guerre a repris de plus belle et il craint ce qui pourrait lui arriver. Il est en pourparlers avec l'ambassadeur du roi d'Angleterre, qui est à Bâle et doit aller à La Haye, et qui acceptera peut-être de l'emmener avec sa suite. J'apprends à cette occasion que Jacques Ier est mort, que son fils Charles lui a succédé et que, à ce qu'on dit, rien n'a changé en Angleterre.

«Dites-moi, je propose après maints pichets, si vous allez à Amsterdam, je pourrais vous confier un message ?

— Quel genre de message ?

— Une feuille de papier avec quelques mots que vous êtes libre de lire, mais que j'aimerais que vous délivriez à une adresse que je vous don-nerai.

— Ce n'est pas un complot, au moins ? »

Je ris de bon cœur.

«Non, c'est une affaire sentimentale.»

Je lui donne ma feuille (que je cachette avec la bague de Jane Wolvedon pour en confirmer l'authenticité) comme on confie une bouteille à la mer. Je n'y ai tracé qu'une phrase : *Jan, mon frère, les extrêmes se touchent.*

Je ne saurai jamais si elle est arrivée, mais cela me soulage d'un poids. La Hollande est très lointaine, désormais, mais je tiens à profiter de cette occasion, peut-être unique, pour faire savoir que je suis vivant, afin de ne pas faire à mon fils, à Jane, à Dorothée, à Jan, à Giuliano, à tous les autres, plus de peine que nécessaire.

«Et qu'est-ce que je dis, si on me demande d'où je tiens cette lettre ? s'enquiert le Hollandais.

— D'abord, il suffit que vous la remettiez à la personne qui viendra ouvrir et que vous partiez, tout simplement. Mais si vraiment on insiste, vous direz la vérité : vous avez croisé messire Chrétien sur votre route, et il vous a prié d'amener ce message.»

Il m'a juré sur son âme qu'il s'exécuterait, et il avait un faciès d'honnête homme.

On s'étonnera peut-être que je n'aie pas été tenté de faire le voyage moi-même. Certes, aller à Amsterdam c'était, au milieu de la guerre qui faisait rage, une aventure. À la vérité, l'idée ne m'a, sur le moment, même pas effleuré. C'était à Echallens que je m'étais, pour la première fois de ma vie, fait la place indépendante à laquelle j'avais toujours aspiré, et à Echallens je resterais. Si une telle place avait été possible à Golden, si j'avais pu éviter toutes les vicissitudes de mon existence, cela aurait été encore mieux. Mais Dieu ne l'a pas voulu, et je me suis plié à Sa

volonté. Quitter le lieu dont il me semblait qu'Il
l'avait choisi pour moi, cela m'aurait paru un
impardonnable péché.

J'ai eu peu de regrets : mon fils, les Van Gouden, les Ardent m'ont parfois manqué d'une
façon féroce. Mais en acceptant de disparaître de
la Fleet, j'avais aussi accepté de me séparer
d'eux, et je me suis souvent dit que même de loin,
même sans savoir où j'étais, ils sentiraient mon
affection comme je sentais la leur. J'ai malgré
tout failli partir le jour où un groupe de voyageurs m'a appris que l'armée espagnole avait
pris Bois-le-Duc, puis Amersfoort à dix lieues
d'Amsterdam. Je ne savais trop ce que j'aurais
fait si Amsterdam avait été attaqué. C'était un
instinct profond : si les miens étaient en danger,
je voulais mourir près d'eux, avec eux. Avant que
je ne me sois mis en route, un autre groupe de
voyageurs me racontait que les Provinces-Unies
avaient chassé les impériaux, repris Bois-le-
Duc et paré au danger. Je me suis remis à mes
instruments.

Entre-temps, je suis devenu bourgeois d'Echallens. Il a fallu attendre quelques années. Les deux
parties craignent un afflux de nouveaux venus
de l'autre confession. Aussi n'agrée-t-on que peu
de candidats, et selon un strict principe d'alter-
nance : un catholique pour un protestant, un protestant pour un catholique.

C'est peut-être à cause de la musique qu'on
vient me parler comme à un ami, qu'on accepte
que, moi qui suis catholique, je fréquente aussi
bien le pasteur que le curé et je fasse chanter les
enfants des deux confessions. Avant mon arrivée,
on pratiquait un peu les fifres, on chantait d'une
voix incertaine quelques psaumes. Aujourd'hui,

les gens se sont mis ou remis nombreux à l'épinette, au clavecin, au luth, à la viole. J'ai dû arrêter d'être scribe, pour avoir plus de temps.
J'arrive tout juste à fabriquer deux instruments
par an, car hormis les cordes je travaille seul,
n'ai pas de compagnon autre que, parfois, les
enfants. Pendant trois ou quatre ans, j'ai eu
David. Mais il a voulu partir et je ne l'ai pas
retenu. Pourtant, à l'heure actuelle, si je voulais,
je pourrais construire au moins quatre instruments par année.

C'est le miracle de la musique. Il a suffi de leur
faire entendre quelques notes pour que les popu-
lations de ce plateau verdoyant souscrivent aux
vues que messire Shakespeare exprimait dans *Le
Marchand de Venise* :

« Le plus sauvage des regards s'apprivoise
Par le doux pouvoir de la musique ;
... personne n'est insensible, dur ou enragé
Au point que la musique ne puisse changer sa
[*nature.*
L'homme qui ne porte en soi de musique
Est susceptible de trahison, de stratagèmes, de
[*brigandage,*
Les mouvements de son esprit sont aussi sombres
[*que la nuit*
Et ses affections aussi ténébreuses qu'Erèbe :
Méfions-nous d'un tel homme : cherchons la
[*musique !* »

Certains calvinistes intransigeants trouveraient
cette opinion presque sacrilège. Heureusement,
personne d'important ne s'est jamais penché de
trop près sur mon activité : pourvu que je ne joue
pas de l'orgue sans permission, on m'a toujours
laissé vivre en paix. Certains baillis ont été plus
amicaux que d'autres. L'un d'entre eux, le Fri-

bourgeois Gaspard Gady, m'a prié, une fois, d'organiser une danse chez lui pour le Mardi gras : mais les récriminations du pasteur ont été telles que cela aurait pu mal finir. J'ai raisonné Gady, et nous avons fini par nous rabattre sur un concert, au cours duquel un chœur que j'ai longuement fait répéter a chanté (plus ou moins parfaitement) un répertoire qui allait des psaumes de Clément Marot aux madrigaux de Monteverde et aux chansons de Lassus.

Il m'est difficile, je le constate, de parler de ces vingt-cinq années. J'ai vécu la vie de tout un chacun. Je ne suis entré en conflit grave avec personne ; des gens de toute sorte m'honorent de leur amitié et de leur confiance. J'ai pu être moi, ne représenter que moi, sans autre devoir que d'être un bon chrétien et un honnête homme.

Je me suis lié aux musiciens de la région, et notamment à Jacques Yssauraud, le chantre de Lausanne, à François Simon, puis à Jean de Billaud, chantres à Yverdon. Pour certains d'entre eux, j'ai fabriqué une épinette. Il y a une quinzaine d'années, lorsque Jacques Yssauraud est mort, on est même venu me chercher, sur la suggestion de sa veuve, pour que je le remplace, en attendant qu'on trouve un autre chantre. J'ai fait cela pendant un an ou deux, m'amusant de voir comment tout le monde feignait d'ignorer que je n'étais pas réformé. C'est que, au bout d'un siècle d'anathème, il n'est pas facile de faire resurgir la musique et les musiciens.

L'étude des principes musicaux est, dans la région, réduite à sa plus simple expression. On est loin de l'Angleterre, où tous jusqu'à mon barbier et à mon valet pratiquaient un instrument, lisaient des partitions avec aisance et connaissaient les grands principes de l'art musical. Ici, les publications sont rarissimes, et ne contiennent le plus souvent que des psaumes. La musique profane circule de la main à la main, de copiste en copiste, mais il serait très mal vu de l'imprimer. J'ai cherché longtemps un traité musical. J'ai fini par mettre la main sur une brochure parue à Morges, la *Brève Instruction de Musique* écrite par un certain Colony, un Français, et je m'en suis servi pour inculquer les rudiments de l'art aux collégiens de l'Académie : *La musique est la science de bien chanter*, proclame ce petit ouvrage. *La musique est double, théorique et pratique. La théorique est l'art de proportionner divers sons par engin et par raison. La pratique est la manière assurée de chanter.* Morley a dû se retourner dans sa tombe en voyant simplifier aussi outrageusement les principes qu'il a énoncés si clairement et si complètement.

La seule chose qui m'a réconcilié avec le sieur Colony, c'est la conclusion de son ouvrage : ... *au commencement, j'avais fait la gamme et l'échelle de musique de onze lignes et de douze espaces comprenant les vingt-trois lettres de l'alphabet, mais craignant que ce ne fût pas monnaie recevable, je laisse la dite gamme sous les sept premières lettres, recommandant de l'arroser par le moyen de la quatrième clef de musique, qui est celle de la cave du bon vin,*

Vu que la clef de la cave
Rend la voix douce et suave.

Cela dit, j'ai béni une fois de plus ma mémoire, et j'ai puisé à pleines mains dans ce que m'ont enseigné Byrd, Morley, Palestrina, Monteverde et tant d'autres.

À ce jour la place de chantre de Lausanne n'a plus, depuis Jacques Yssauraud, été occupée sinon sporadiquement. Je n'y suis pas resté car je n'avais pas envie de résider à Lausanne de façon permanente ; on aurait sans doute bientôt fait pression sur moi pour que je me convertisse. Il aurait fallu tenir ma place dans la société de la ville. Echallens m'aurait manqué. Et Lausanne est trop loin pour quelqu'un qui n'y va qu'en visite. Aussitôt qu'il pleut pendant plus de deux ou trois jours, les routes s'embourbent, deviennent impraticables, et Echallens est alors aussi inaccessible que Londres.

L'événement qui m'a le plus bouleversé, il y a trois ou quatre ans, c'est la mort de Benoît Dallinges, que je m'étais mis à considérer comme un frère. Il a été emporté en quelques jours par une fièvre.

Actuellement, j'ai soixante-quinze ou soixante-seize ans. Dieu m'a donné une vie bien remplie : je sais qu'elle est sur le point d'atteindre son terme. Depuis que j'ai été malade, l'hiver dernier, je pense souvent que c'était un signe, que la Faucheuse s'est rappelée à moi. C'est comme si elle m'avait dit :

« Je t'ai donné une seconde vie, mais maintenant, c'est fini. »

Ces derniers temps, je me suis demandé si, avant de mourir, je ne devrais pas fondre ces deux vies qui, ensemble, ont fait de moi un être comblé. Si j'étais né ici, jamais je n'aurais vécu les bonheurs indicibles de la musique, jamais je n'aurais rencontré Françoise, Jan, Jane, Giuliano, et j'en passe, jamais je n'aurais connu le vaste monde. Mais si j'étais resté là-bas, jamais je n'aurais eu le bonheur d'être pleinement moi-même, en dehors de toutes les obligations imposées. J'ai eu beaucoup de chance.

Je regarde la montagne de feuilles sur ma table et je m'étonne : j'ai tant écrit, depuis une année. Sur le frêle esquif de ma plume d'oie, j'ai parcouru le long trajet entre Golden et Echallens. De plus en plus fréquemment, je me demande si je ne devrais pas profiter de ce que Dieu me donne force et vie pour, en une sorte de pèlerinage, le parcourir en sens inverse.

Dans quelques jours, j'aurai terminé un clavecin. La saison est belle, l'été s'annonce sec. Le moment est peut-être venu de partir, de remonter la rivière de la vie jusqu'à la source.

De Élie Dallinges
présentement à Amsterdam
à Madame Madeleine Dallinges
à Echallens en pays de Vaud

Je tiens la promesse que je vous ai faite, Madame et chère Grand-Mère, et vous envoie des nouvelles détaillées de mon voyage. J'ai beaucoup de choses à vous raconter. Je ne sais si ma lettre précédente, avec la triste nouvelle, vous est parvenue, car je vous l'ai envoyée depuis Paris, par un gentilhomme qui m'a promis de la donner à un autre gentilhomme qui avait formé le projet de se rendre à Genève.

Nous avons quitté Echallens, vous vous en souvenez, le 3 juin dernier avec une caravane de passage qui retournait en France après avoir amené du vin à Berne.

À Echandens, nous avons été rejoints par le nommé Petit-Claude, l'homme dont Grand-Père François vous avait parlé. Je vous rassure tout de suite. Cet homme était (ou plutôt était devenu) un brigand parce que dans un accès de rage il avait tué son officier. Mais ces excès lui ont passé. À Genève, Grand-Père a amené Petit-Claude chez un tailleur, puis chez le barbier, et c'est un beau chevalier, messire Claudius des Fontaines, qui nous a accompagnés pendant tout notre voyage. Nous avons eu à nous défendre quelquefois. Je dois dire que messire Claudius est rapide comme l'éclair.

Je ne vous raconte pas le voyage de Morges

jusqu'à Genève, car je n'ai rien de particulier à
en dire. Les lieux où nous avons passé ne diffèrent de notre village que par deux traits : tout
d'abord on y voit moins de vaches et de champs
labourés, et davantage de vignes, et puis ils n'ont
pas d'église catholique. Cependant le dimanche
Grand-Père nous a amenés dans une famille où
on nous a accueillis avec beaucoup de sympathie. Nous avons entendu la messe. Grand-Père a
joué une musique merveilleuse sur l'orgue positif, un instrument construit par lui-même.

À Genève, nous ne sommes restés que le temps
de transformer messire des Fontaines. Nous
sommes partis pour Dijon ; de Dijon à Paris nous
avons voyagé avec un groupe de marchands.
Nous avions le choix entre leurs chars et le cheval. Personnellement, au bout d'un jour ou deux,
le cheval me fait mal au siège et au dos, et j'ai
profité souvent des chars. Mais messire François
était toujours à cheval, il appelait cela « une
vieille habitude ».

En voyage, messire François dormait encore
moins qu'à l'accoutumée. Quant au chevalier des
Fontaines, il disait dormir sur le fil de l'épée, et
la nuit le moindre bruit le réveillait. Au début
j'avais peur dans les auberges, car dans la paille
nous étions serrés contre des gens que nous
ne connaissions pas. Mais au bout de quelques
nuits, j'ai dormi comme si j'étais dans notre
grange car je crois qu'il aurait été impossible de
surprendre messires Claudius et François. Il y a
très peu de place pour les voyageurs dans les
auberges françaises. Les chevaux sont mieux lotis.
Nous avons été logés le plus souvent au-dessus
d'eux, dans des pièces sans fenêtres. Il y avait
parfois des dames. Elles allaient se coucher avant

nous et nous attendions qu'elles se soient mises à l'aise pour entrer. Dans certaines auberges, nous avons reçu d'excellents repas. Dans d'autres, il n'y avait rien, et je me souviens d'un soir où nous avons partagé une pomme à trois.

Nous sommes enfin arrivés à Paris après avoir traversé d'abord une région de vignobles, puis une région de champs. «Quand je pense à la fois où j'ai passé par ici il y a un demi-siècle... a dit Grand-Père. Jamais on n'aurait cru revoir ce paysage verdoyer un jour tant c'était désolé.» Nos compagnons de voyage riaient toujours lorsque Grand-Père disait: «Il y a quarante, cinquante, soixante ans, j'ai fait ceci ou cela.» On le prenait pour un menteur ou un original. Mais on ne le lui montrait pas car, vous le savez bien, Grand-Père a toujours eu une manière bien à lui d'inspirer le respect.

Lorsque nous sommes arrivés à Paris, nous sommes d'abord allés chez un cabaretier de la rue Saint-Denis connu de messire Claudius, à l'enseigne de Notre-Dame. Il nous a donné un appartement pour la nuit. Messire François s'est levé encore plus matin que d'habitude, est allé prendre un bain de vapeur puis s'est habillé avec grand soin et nous a demandé de l'accompagner. Nous sommes allés jusqu'au guichet du Louvre, gardé par un Suisse. À son uniforme, c'était un Bernois, en tout cas il parlait français comme eux.

«Je voudrais parler à monsieur de Tréville.

— Monsieur de Tréfille n'est bas au Loufre. Che ne zais même bas z'il est à Parris. Allez foir à zon hôtel, on fous renseignera mieux que moi.»

Messire François était tout ému. Il a fallu que messire Claudius se fasse indiquer le chemin. Nous sommes allés au bord de la Seine, en un lieu où l'on trouve les très beaux hôtels des princes et autres nobles. Nous avons demandé à un portefaix de nous indiquer l'hôtel de Tréville. Un peu avant la porte, messire François m'a envoyé en éclaireur. Sa voix tremblait, je ne l'avais jamais vu comme cela. Il m'a donné sa bague, vous savez, celle qu'il n'a jamais quittée, et m'a prié de demander messire Francis Tregian de Tréville, ou en son absence messire Arnaud. Je n'ai jamais vu messire François aussi ému que ce matin-là.

Après de longues négociations dont je vous fais grâce, j'ai été admis dans le cabinet d'un seigneur sobrement vêtu et c'est moi qui pour un peu me serais mis à bredouiller : il ressemblait à messire François comme un crachat à un autre. Il m'a déclaré sur un ton brusque qu'il rentrait de voyage, qu'il s'était couché très tard et qu'il me priait d'être expéditif. Je lui ai tendu la bague en disant que le seigneur qui la possédait demandait à être reçu. Il a regardé cette bague sans un mot, puis il m'a regardé, puis il est revenu à la bague, et il était si pâle que j'ai craint qu'il ne se trouve mal.

« Où est-il ? Vite, monsieur, où est-il ?

— Il attend sur le quai de la Seine, monseigneur. »

Il est sorti comme la foudre, il criait des ordres en descendant l'escalier, j'ai couru derrière lui car il avait emmené la bague à laquelle Grand-Père tenait tant. Sur le quai de la Seine, lorsqu'il a vu messire François, monsieur de Tréville est resté cloué sur place, et lorsque Grand-Père a aperçu ce monsieur, il s'est arrêté à son tour. Puis monsieur de Tréville a crié : « Père ! » Grand-Père a ouvert les bras et il s'y est jeté. Nous avions toujours dit n'avoir jamais vu quelqu'un d'aussi grand que Grand-Père, mais son fils est d'une taille tout aussi imposante, maigre comme lui, et avec des cheveux roux. À vrai dire ils n'avaient pas l'air d'être père et fils, mais frères. Ils sont partis ensemble et je ne puis vous rapporter ce qu'ils se sont dit.

De mon côté j'ai fait la connaissance d'un Anglais, le sieur Marc, qui est le premier valet de messire de Tréville. Il m'a raconté qu'il avait été le valet de monsieur Francis, c'est le vrai nom de Grand-Père, qu'il l'avait perdu dans une bataille près de Spire dans le Palatinat, et que tout le monde l'avait cru mort, mais que lui, messire Marc, avait battu la campagne sans trouver son corps et avait décidé de ne pas croire à cette mort. Il s'était rendu à Amsterdam où Grand-Père a de la famille, puis à La Haye auprès de monsieur de Tréville qui, à ce temps-là, y était ambassadeur. Depuis, il attendait.

« Quelques années après, la famille a reçu un message. Tout le monde était sceptique, sauf messire Jan, le frère de Monsieur, qui a dit : "Il aurait dû faire cela il y a longtemps. S'il était mort, je le saurais." Et voilà pourquoi depuis lors lui et moi attendons, et supplions le Seigneur dans nos prières de ne pas nous rappeler à Lui tant que Monsieur ne serait pas revenu. »

Le soir il y a eu une réception. Il y avait beaucoup de grands seigneurs. Sa Majesté Louis le Treizième est mort il y a quelques années. Son fils, le roi Louis le Quatorzième, n'est qu'un enfant, sa mère est régente, et dans les conversations on disait : « Le gouvernement est aux mains d'un étranger, d'un misérable. » Le nom de ce monsieur est cardinal de Mazarin, c'est un Italien. Je ne l'ai vu que de loin.

Monsieur de Tréville a envoyé un message à Tarbes où résident son cousin Arnaud de Tréville, qui a été capitaine des mousquetaires du roi Louis le Treizième, ainsi que madame Marguerite de Tréville, sa tante, qui est la sœur de messire de... enfin, je ne sais plus comment appeler notre Grand-Père, et Grand-Père Benoît avait raison de dire que c'est un prince. En le voyant à Paris on avait peine à se remémorer qu'il y a peu il insistait pour aller puiser l'eau du bétail.

Paris est si grand que l'on ne peut imaginer depuis Echallens, et même depuis Lausanne ou Genève, qu'une ville puisse avoir de telles dimensions. Le sieur Marc m'a promené dans la Cité, et jusque dans les Faubourgs, qui sont comme autant de villes autour de Paris, qu'ils font paraître encore plus grand. Je n'ai jamais vu tant de boutiques, de cabarets, de voitures, de gens. Les rues sont si pleines qu'on imagine que toute la population est dehors. Mais dans le même temps, les cabarets fourmillent de monde, et les maisons en regorgent.

On m'assure qu'il se consomme à Paris, journellement, trois mille bœufs, deux mille moutons, plus de mille veaux et, je ne sais s'il faut le croire, près de cent mille poulets et pigeons. Les jours maigres on y mange de telles quantités de poissons de mer et d'eau douce qu'on ne pourrait les compter. On m'a assuré qu'il s'y buvait plus de cinq cent mille pots de vin, sans compter la bière et le cidre. Il y a des milliers de marchands ambulants qui viennent vous vendre leur marchandise sur le pas de leur porte. Mais il y a aussi des marchés, pour le bois, les peaux, les étoffes. Ils sont au bord de la Seine. On va choisir, puis des crocheteurs vous apportent tout cela chez vous. Ces portefaix sont plus de cinq mille. Il y en a qui deviennent très riches. Ils se sont organisés de façon à ne pas se faire tort mutuellement. Ils sont également porteurs d'eau, car les points d'eau ne sont pas nombreux, et ceux qui tiennent à avoir une maison propre demandent à un de ces hommes de leur amener chaque jour, à l'heure voulue, l'eau potable en quantité suffisante, de sorte qu'à toutes les heures du jour et de la nuit il y a des portefaix qui puisent aux fontaines. On veille avec beaucoup de soin à ce que chacun puisse avoir la quantité d'eau qu'il lui faut. Je pourrais vous raconter encore mille choses de Paris, je les garde pour le jour où je vous reverrai.

Pour l'instant, je reviens à Grand-Père François, car je devine que cela vous intéresse davantage.

Messire Marc m'a dit que monsieur de Tréville était le seul des enfants de Grand-Père qui eût survécu à une épidémie de peste dans laquelle avait également péri sa mère (la femme de Grand-Père).

Monsieur de Tréville a deux fils et deux filles. Sa femme est morte il y a un an. Les filles sont mariées, nous leur avons rendu visite. Un des fils était à Münster où l'on négociait la fin du conflit qu'on nomme à Paris la «guerre de trente ans». L'autre était en garnison, je ne sais où.

Nous avons quitté Paris avec monsieur de Tréville, qui retournait à Münster où il participait aux négociations. Il nous a fait faire des passeports pour voyager plus commodément, jusquelà le fait que le chevalier Claudius n'en eût point nous avait passablement retardés. Nous avons voyagé avec monsieur de Tréville jusqu'à Wesel, d'abord par voie de terre, puis sur le fleuve Rhin. En passant, Grand-Père nous a montré de loin l'endroit où il a reçu ce si grand coup qui l'a laissé pour mort, et que vous avez soigné encore longtemps, comme vous nous l'avez souvent raconté. À Wesel, monsieur de Tréville et Grand-Père se sont fait leurs adieux, ils avaient peine à se séparer.

Lorsque nous avons longé les rives des diverses principautés allemandes, j'ai vu des destructions inouïes. Toutes les maisons étaient brûlées et il n'en restait que des pans de mur. Il n'y avait pas de champs labourés ni de vignes taillées. On voyait beaucoup de gens affamés sur les rives, qui nous suppliaient de leur donner quelque chose. Je ne comprenais pas leur langage, mais leurs gestes étaient éloquents. «Dire que j'ai échappé à tout cela», disait messire François. «Remercie le Seigneur à deux genoux de t'avoir fait naître dans un pays qui a su rester à l'écart, Élie. Prie-le pour qu'Il pardonne à ces gens-là, ils ont tant souffert qu'ils ne croient même plus en Lui.»

Une fois que nous sommes entrés dans les Provinces-Unies, qu'on appelle aussi les Pays-Bas, le contraste était frappant. Tout était vert, on voyait beaucoup de bétail, les moulins tournaient gaiement. Grand-Père était de très bonne humeur, il a dit plusieurs fois qu'il n'avait jamais remarqué jusque-là combien ce pays lui avait manqué. Partout où nous passions, Grand-Père avait déjà passé autrefois. Il nous a toujours conduits à de très bonnes auberges, et a commencé à nous raconter des histoires de sa vie.

À Amsterdam, nous sommes arrivés par barque, et Grand-Père m'a, comme à Paris, envoyé en éclaireur avec sa bague, pour ne pas trop surprendre, a-t-il dit. Je me suis trouvé face à un monsieur aux cheveux blancs, presque aussi grand que Grand-Père, et j'ai tout de suite été sûr que c'était encore un parent. Il m'a souri lorsqu'il a vu la bague.

«Vous m'apportez de ses nouvelles?

— Monsieur, c'est monsieur François Cousin d'Echallens qui m'envoie vous demander la faveur d'un entretien.»

Ce seigneur était vêtu aussi richement qu'un prince, je n'avais jamais vu une telle étoffe. Mais ce qui m'a le plus frappé, c'est son sourire. C'est un vieux monsieur; il lui manque quelques dents sur le côté, mais son sourire est si doux qu'il fait penser à un ange. J'ai appris par la suite que ce seigneur Jan, ou Adrian comme Grand-Père l'appelait, est son frère, bien qu'il porte un autre nom de famille.

Dans cette grande maison, j'ai vu un magasin où l'on tient les plus belles étoffes qui se puissent imaginer. J'aurai l'occasion de vous reparler de tout cela, et aussi de la ville d'Amsterdam, dont presque toutes les rues sont au bord d'un canal.

Grand-Père François a commencé par être très content de revoir son frère, mais plus tard il a pleuré car *Mijnheer* Jan (on dit ainsi) lui a appris que madame Jane et messire Giuliano étaient morts. On m'a expliqué que Jane était la nourrice de Grand-Père, et Giuliano, le mari de Jane, avait été le valet de Grand-Père lorsqu'il était un jeune seigneur, et aussi son maître d'armes. Il paraît que c'est à lui que je dois mes bottes les plus redoutables. «Je savais bien qu'ils seraient morts, a dit Grand-Père, mais de revoir les lieux où nous avons été heureux ensemble, c'est comme si cela était arrivé hier. Ils ont été comme des parents pour moi, et je suis aussi triste que tu le serais en apprenant la mort de ton père. » Ces deux personnes ont laissé un fils, il s'appelle Wim, ce qui signifie Guillaume, et une fille, Jane, qui est mariée et habite à proximité. Tous leurs autres enfants ont été tués par la même peste qui a décimé la famille de Grand-Père. Messire Wim est marié à une dame toute petite et toujours gaie, et j'ai eu la surprise d'apprendre que c'est la sœur de Grand-Père et de messire Jan. Elle a plutôt l'air d'être leur fille. Elle est la dix-huitième enfant de la même mère, et Grand-Père et messire Jan étaient les premiers.

Madame Dorothée, c'est son nom, a cinq enfants, trois fils et deux filles. Un des fils et une des filles sont de mon âge, les autres sont plus âgés. Tous s'occupent de tissus d'une manière ou d'une autre. Le fils aîné, prénommé Adrian, étudie à Leyde la science des couleurs, pour en inventer de nouvelles. « C'est par les teintes que notre maison a fait fortune, notre oncle Jan dit qu'il ne s'agit pas de s'endormir sur ses éprouvettes. » Messire Jan questionne constamment tout le monde. Il appelle cela développer la curiosité. « Il faut veiller à l'agilité de notre esprit. Il ne s'agit pas de le laisser devenir ventripotent. » Messire Jan a un fils, Thomas, qui est professeur à l'université de Leyde. Il paraît que c'est un célèbre savant. J'aime messire Jan presque autant que Grand-Père François.

La famille aurait voulu que Grand-Père reste à Amsterdam, mais il a dit : « Vous savez bien que ce n'est pas mon destin. »

Il a promis qu'ils auraient bientôt de ses nouvelles cependant, et messire Wim a accepté de me prendre chez lui après la fin de notre voyage

pour parfaire mon éducation. Pour mon jeu,
j'irai le perfectionner chez Maître Dirk Sweelinck. Nous sommes allés l'écouter à l'église, il
joue divinement. C'est un ami de Grand-Père. Si
je touche un jour de l'orgue deux fois moins bien
que le maître Sweelinck ou que Grand-Père (lui
aussi, je l'ai entendu dans cette église, c'était tout
autre chose qu'à Echallens), je me considérerai
comme très heureux.

Nous avons quitté Amsterdam et sommes allés
sur la côte; nous avons traversé la Manche, les
Anglais l'appellent aussi la mer Étroite, et avons
débarqué en Angleterre. Je n'avais jamais imaginé que la mer serait ainsi. J'avais vu une tempête sur le lac pendant que nous allions de
Morges à Genève, mais ce n'était rien en comparaison. Lorsque nous sommes arrivés sur la
plage dont nous aurions dû partir, les vagues
étaient plus hautes que les maisons. J'étais mort
de frayeur et le chevalier des Fontaines manquait
de son assurance ordinaire. Mais Grand-Père
riait, il avait le regard étincelant. «Si vous n'étiez
pas là, mes amis, je partirais tout de même.» La
tempête a fini par se calmer un peu et nous avons
embarqué sur un navire hollandais large et plat
qu'on appelle une flûte. La mer était encore
assez agitée. La traversée a duré sept ou huit
heures, pendant lesquelles j'ai été sans cesse
malade, le chevalier aussi, tandis que Grand-
Père discourait avec le capitaine comme s'il était
sous le tilleul à la Croisée.

C'est pendant cette traversée que j'ai vu les
premiers fils blancs dans ses cheveux et, à partir
de ce jour-là, il m'a semblé que chaque fois que
je regardais j'en voyais davantage.

Nous avons évité Londres. Grand-Père a dit

qu'il ne fallait jamais tenter le diable, il l'avait fait une fois et cela lui avait coûté trop cher. Nous avons voyagé une dizaine de jours, je crois, peut-être douze. Nous avons traversé de très belles régions appelées Kent, Middlesex, Dorset, Devon.

Grand-Père m'a dit que nous allions revoir l'endroit où il était né. J'avoue qu'il commençait à m'inquiéter. Il était d'excellente humeur : «Lorsqu'un Kernévote revient au pays, la Cornouaille a une manière bien à elle de lui tendre les bras.» Il nous racontait de très belles histoires, parfois c'étaient des aventures qui lui étaient arrivées, parfois des légendes. Comme vous me l'avez conseillé, j'ai pris note de tout cela au jour le jour.

Ce qui était inquiétant, c'était que Grand-Père ne dormait presque plus, et ne mangeait rien. Il maigrissait de jour en jour et ses cheveux ont bientôt été presque blancs. Il voulait que nous avancions au plus vite et à six heures du matin il était déjà à cheval, nous poussant à poursuivre. Le chevalier ne disait rien, mais je voyais bien qu'il était inquiet, lui aussi, d'autant plus que Grand-Père ne prenait même plus le temps de faire son escrime matinale.

À côté de cela, il faut dire que je souffrais passablement, car en Angleterre les selles sont petites, couvertes seulement de cuir ou de tissu, et par conséquent très dures, elles vous cassent leur homme.

Malheureusement, je ne comprenais pas la langue du pays, et je n'entendais pas ce que les gens racontaient à Grand-Père le soir dans les auberges. Les discussions étaient très vives. Grand-Père nous les rapportait, mais je ne suis

pas certain de pouvoir vous raconter cela : le Parlement et une partie du pays refusaient de continuer à reconnaître l'autorité du roi Charles Ier
Stuart, ils le considéraient comme «incapable de
mener la barque de l'État», disait Grand-Père. Et
de plus ils l'accusaient de priver les Anglais de
leurs libertés traditionnelles. Mais le roi avait ses
partisans, et ils se faisaient la guerre depuis des
années.

«Et tu sais quoi ? Après tout ce que les Tudors
et les Stuarts ont dit des catholiques, après toutes
les persécutions dont nous avons eu à souffrir,
les sujets les plus fidèles de ce malheureux roi, ce
sont ceux de notre religion, et Sa Majesté trouve
pour les remercier les mots qu'il aurait fallu prononcer il y a cinquante ans.» Vous auriez dû voir
Grand-Père dire cela : il avait une voix terrible, et
une expression sur le visage... à vous faire peur.
«Tu vois, mon fils, messire Montaigne a raison.
On ne peut confier son âme aux princes, ils en
usent comme d'une balle au jeu de paume.»

Nous sommes arrivés dans une région où les
traces de la guerre étaient bien visibles. Grand-
Père nous a fait prendre des sentiers cachés.
«Nous y sommes en plus grande sécurité, a-t-il
dit, car seuls les gens du pays les empruntent.
Les étrangers les ignorent.» Ainsi, malgré cette
«guerre civile» comme ils disent, nous avons
avancé assez rapidement. Mais la dernière nuit,
nous avons évité les lieux habités. D'ailleurs en
Cornouaille les gîtes ne méritaient guère le nom
d'auberge. Grand-Père nous a dit que mieux
valait dormir sous nos chevaux pour ne pas attirer l'attention. Heureusement, il faisait beau.

Enfin, le lendemain, nous sommes arrivés à
un village dont Grand-Père m'a expliqué qu'il

s'appelle Grampound, ce qui est une mauvaise prononciation pour Grand Pont, car ce lieu porte vraiment un nom français. J'ai vu le pont, mais il n'est pas si grand et, dessous, la rivière n'est qu'un filet d'eau. Qu'importe, a dit Grand-Père, autrefois, lorsque le monde était plus étriqué, ce pont et cette rivière paraissaient grands.» Nous étions dans le pays où a vécu le roi Arthur avec ses chevaliers, dont Grand-Père nous a tant parlé et tant raconté les glorieuses histoires lorsque nous étions enfants. C'est un pays qui ressemble un peu au nôtre. Nous ne nous sommes pas arrêtés à Grampound, mais avons poursuivi notre route pendant quelques heures encore, en direction de la mer. Nous sommes finalement arrivés devant une maison cachée par un bosquet d'arbres et à laquelle on accède par une allée.

Une fois encore j'ai dû aller frapper et présenter la bague de Grand-Père. Je ne voulais pas, à cause de la langue, mais il a dit : «Si la personne qui peut te comprendre n'est plus là, j'irai moi-même, cela n'aura plus d'importance.» J'ai donc frappé et ai demandé messire Jack en mon pauvre anglais. Ce messire Jack est un homme de soixante-dix ans environ, tout blanc, petit et sec, droit comme un I, très affable.

«Un voyageur français?» a-t-il demandé dans notre langue qu'il parle fort bien.

— Pas vraiment. Je suis suisse, vaudois.

— Qu'importe, soyez le bienvenu. Que puis-je pour vous ?

— Vous pourriez accueillir mes amis, qui sont dehors.

— Comment, vous laissez les gens dehors ? En voilà des façons. Faites-les entrer, faites-les entrer.

« — C'est que... voilà, on vous prie de voir cette bague avant de...»

C'était comme si la foudre l'avait frappé. Il est tombé à genoux.

«Monsieur!»

J'étais très embarrassé.

«D'où tenez-vous cette bague?

— Du gentilhomme qui m'a envoyé vous prévenir et qui attend dehors que...»

Il s'est relevé avec une agilité de jeune homme.

«Monsieur est dehors et vous ne me dites rien?

— Mais je vous le...»

Il ne m'écoutait plus. Il a posé la bague sur la table et il est parti comme une flèche. Je suis parti sur ses talons. Lorsqu'il a ouvert la porte, Grand-Père s'est avancé, le chevalier tenait nos chevaux.

«Mon bon Jack!

— «Ah, monsieur!»

Après, ils n'ont plus rien dit, ils pleuraient tous les deux en se serrant les mains.

La maison appartient à Grand-Père, et messire Jack la garde avec quelques paysans depuis que Grand-Père est parti. Messire Jack a dit avoir décidé que tant qu'il vivrait on garderait la chambre de Monsieur prête pour lui et, en effet, tout dans cette pièce était frais et ciré, le lit sentait bon la lessive propre.

«Malgré tout, monsieur, je ne m'attendais plus à ce que vous reveniez un jour.

— Tu n'as pas appris que j'avais fait tenir un message à mon frère?

— Mais oui. Master Jan et Master Francis ont envoyé Marc une ou deux fois, pour voir où en étaient les choses, et Marc m'a bien dit... Mais c'est un tel exalté que...»

Plus tard, ils se sont mis à parler anglais, ils nous ont oubliés. Le chevalier a demandé comment il était possible qu'un homme qui possède un si beau domaine aille se cacher chez un tonnelier d'Echallens. Grand-Père a répondu que, au moment où il l'a fait, sa vie ne valait pas un denier, et si on l'avait retrouvé on l'aurait tué ou pour le moins mis aux fers.

Grand-Père nous a amenés faire une longue chevauchée, il nous a montré de loin la maison où il est né et nous a conduits sur une colline. «Tout ce que vous voyez, à perte de vue, depuis ici, appartenait à mon grand-père. Mon père a tout perdu à cause de la religion, et moi qui ai tenté de reprendre ce qui me serait revenu de droit ai tout perdu pour rester fidèle à une idée. Mon frère et ma mère ont absolument voulu faire une dernière tentative, les pauvres, ils n'avaient pas compris la leçon, et ils ont fini dans la même prison que moi, où ils sont morts. Pour mon père, rendre Golden à notre famille représentait une sorte de quête du Graal. Ce n'est pas pour rien que la forêt du roi Marc faisait partie de ses domaines. J'apprends que les enfants de mes sœurs ont réussi à se faire restituer une partie de ces immenses domaines. Tant mieux pour eux!»

Il faut vous dire que la propriété qui reste à Grand-Père rapporte sans doute dix fois notre tonnellerie. Grand-Père a dit plusieurs fois que maintenant elle serait à Master Jack, à sa femme, madame Marianne, ainsi qu'à leur fils Jonathan, dont nous avons fait la connaissance au bout de quelques jours. Messire Jack a été le valet personnel de Grand-Père pendant trente années. À Tregarrick, il faisait tout pour lui, et Grand-Père n'avait même pas le temps de suer que maître

Jack lui avait déjà tendu un mouchoir pour qu'il s'essuie le front.

Il régnait dans toute la région une grande fébrilité, car à Londres on parlait de pendre le roi comme un vulgaire criminel, et d'abolir la monarchie. Jonathan est à peine plus âgé que moi, mais il fait la guerre civile depuis deux ans déjà. Il a raconté ses exploits pendant toute une soirée, malheureusement le chevalier et moi n'avons pas compris grand-chose, et n'avons pas voulu incommoder ces messieurs en demandant des explications. La guerre a passé non loin de la maison où nous étions, et c'est miracle qu'elle n'ait pas été occupée ou mise à sac par l'une ou l'autre armée.

Je commençais à me faire un sang d'encre pour Grand-Père. Il participait aux discussions, allait rendre des visites, se promener seul dans la campagne, et débordait d'énergie ; mais il était toujours plus pâle, plus maigre, et on a fini par voir son squelette à travers sa peau. Un médecin est venu le voir et a secoué la tête. Messire Jack aurait voulu en faire venir un second, mais Grand-Père a refusé. Peu à peu, son énergie s'est tarie, presque sans qu'on s'en aperçoive. Il parlait de moins en moins, passait des journées entières à son épinette, dont il jouait mieux que jamais. «Mon Graal à moi, c'est peut-être le cœur de cet instrument, disait-il, j'ai même appris à le fabriquer pour le capter, mais je continue à avoir la sensation que la découverte est au bout de la prochaine mesure.»

Parfois, il passait des journées entières au lit.

Un matin, le 14 octobre, il m'a fait demander de venir l'aider à s'habiller. Sa fenêtre était grande ouverte et il fixait la campagne et la mer, qu'on entrevoyait au loin. «J'ai eu une visite, à l'aube. Un rouge-gorge est entré. — Un rouge-gorge, c'est joli. — Oui, c'est joli. Dans ce pays, on croit dur comme fer qu'il annonce la venue de la Dame en noir. Le grand rendez-vous est peut-être pour aujourd'hui.»

Après le déjeuner il a fait seller les chevaux. Il a voulu que je l'accompagne. Nous avons parcouru la campagne au trot, et il m'a amené jusqu'à la maison où il est né. Il y avait un peu de soleil entre les nuages, il tirait un grand vent, je crois que jamais je n'oublierai un seul détail de cette journée.

En passant, Grand-Père m'a raconté plusieurs histoires de son enfance. Par exemple, nous nous sommes arrêtés près d'une haie et il m'a dit comment il y avait vu son premier renard pointer le museau et disparaître aussitôt; un peu plus tard, son père est revenu de la chasse avec des amis et ils ont ramené un renard qu'ils avaient tué. Grand-Père était persuadé que c'était le sien, et il a pleuré si longtemps qu'on a fini par le fouetter. «Et tout cela pour un renard qui n'était peut-être même pas mon ami de la haie.» Il m'a dit qu'il haïssait la chasse au faucon, mais il ne m'a pas expliqué pourquoi. Je ne vous raconte pas d'autres histoires, mais il y en aurait, je les ai écrites dans mon cahier. Nous avons erré ainsi toute la matinée. Dans cette région, les routes so₁ parmi les plus mauvaises que j'aie vues, mais heureusement cela faisait plusieurs jours qu'il n'avait pas plu.

Nous sommes allés jusqu'à une église au bord de la rivière, elle se nomme Creed, elle est construite en grosses pierres grises, et Grand-Père m'a appris qu'elle était là depuis des temps qu'il a appelés immémoriaux. Nous sommes entrés, on voit que c'est une très vieille église, mais elle est protestante. Je l'ai fait remarquer à Grand-Père.

«Regarde, mon fils, tu vois ce vitrail?

— Oui, Grand-Père.

— Tu vois ces armoiries? Celle-là, avec le champ denchetté sable et les trois geais or?

— Oui, Grand-Père.

— Ce sont les armoiries de ma famille, elles ont été placées là par mon grand-père John, qui a payé la restauration de l'église et donné les cloches. Un jour, les hommes ont décidé qu'on n'y dirait plus la messe, mais qu'on y prêcherait le culte. Crois-tu que le Seigneur S'est soucié de comment on Le remerciait de Ses bienfaits? L'essentiel est qu'on Le remercie.»

Grand-Père m'avait déjà dit cela à Echallens, une fois, et aussi à Amsterdam, lorsqu'il a joué à l'Oude Kerk, qui est calviniste. Nous avons prié, et Grand-Père a fait un long discours, mais en anglais. Puis nous sommes remontés à cheval, mais j'ai bien vu que Grand-Père peinait beaucoup. Je lui ai proposé d'entrer dans une maison, mais il m'a dit: «Non, je dois continuer pour arriver à l'heure à mon rendez-vous.»

Nous avons parcouru au trot la courte distance le long de la rivière, jusqu'au pont de Golden Mill, que nous avons franchi. La rivière n'est plus qu'un filet d'eau, et Grand-Père a répété combien c'était incroyable. «Lorsque j'étais enfant, ici, c'était un port.» Maintenant, il ne reste pas la moindre barque. «J'ai vraiment fait mon temps», a dit encore Grand-Père. Nous sommes montés le long de ce qu'il a appelé le Warren, c'est le mot anglais pour garenne. On arrive à un replat, depuis lequel on aperçoit entre les arbres les deux maisons que Grand-Père appelait le manoir neuf et le manoir vieux. Il était si pâle que je lui ai, une fois encore, proposé que nous nous arrêtions.

«Nous sommes arrivés, on va prendre à main droite.»

À main droite, il n'y avait qu'un champ de forme presque ronde, bordé ici et là de murs bas en ruine. Nous sommes allés jusqu'au point le plus haut. Grand-Père a arrêté son cheval, j'ai fait comme lui. Depuis là-haut, on voit très loin dans les collines, de tous les côtés ; les champs étaient verts ou jaunes, les arbres verts, jaunes ou rouges, le ciel bleu était sillonné de gros nuages.

«Je crois que j'ai besoin de toi pour descendre de selle, mon cher Élie.»

Je l'ai aidé, il était lourd comme du plomb. C'est là que j'ai commencé à avoir vraiment peur. Je ne l'avais jamais vu ainsi. Son visage était lisse, et son regard pervenche avait cette intensité qu'on lui a vue parfois lorsqu'il jouait un morceau qui lui plaisait particulièrement. Ses cheveux blancs parsemés de fils roux l'auréolaient comme un soleil. Il était comme une apparition de l'autre monde.

«Tu entends, mon petit ?»

On entendait les cris des oiseaux.

«Oui, Grand-Père.

— Tu les entends chanter ?

— Chanter, Grand-Père ?

— Oui. *We hav'et, we hav'et, we hav'et. What hav'ee, what hav'ee, what hav'ee. A neck, a neck, a neck.*»

Et il chantait de sa belle voix ronde.

«Tu entends, ils répondent. *We yen, we yen, we yen.*»

Même les oiseaux ne gazouillaient plus.

«Tu entends, petit?» Il me serrait la main à la briser. «C'est Jane, ma Jane tant aimée. *Regardez bien votre royaume. Gravez-le en vous. Les géants se battent dans le ciel, mais le vent les emporte. La terre, elle, sera toujours là. Votre terre, où que vous soyez.* J'ai fait ce qu'elle a dit. J'ai toujours aimé Jane plus que tous les autres, peut-être même plus que Françoise. Ma terre, où que je sois.»

Il a ouvert les bras et il est resté là sans rien dire, je ne sais combien de temps. Soudain, un petit oiseau, un rouge-gorge m'a-t-il semblé, s'est levé du champ où il était caché et a voleté autour de nous, puis s'est posé et s'est mis à chanter. Grand-Père l'a regardé fixement. «Tu es venu me prendre, enfin», a-t-il dit. Puis il est tombé tout droit, comme une masse, à la renverse.

«Élie!»

Sa voix n'était qu'un souffle.

«Oui... Grand-Père.

— Élie, donne-moi tes mains.»

Il a glissé sa bague à mon doigt puis il a entrelacé ses doigts aux miens.

«Élie, je vais partir, et c'est un voyage que je suis forcé d'entamer seul. N'aie pas peur. Ce ne sera qu'un instant, le temps que je me détache. Je ne te quitte pas. Je reviendrai aussitôt auprès de toi», et il me serrait les doigts avec une force inouïe. «Tout ce que j'ai su faire de mes doigts est à David et à toi, je vous le donne. Je serai toujours avec vous, là, dans vos doigts.»

Et puis il s'est raidi, il m'a lâché une main, a regardé vers le ciel et a crié de sa voix la plus forte:

«Seigneur, pardonnez-moi d'avoir tant douté, ouvrez-moi les bras. Je suis Votre serviteur.» Il a fait une pause. «Mon frère, les extrêmes se touchent. Les extrêmes… se…»

Sa crispation a cessé et il est resté là. Je n'ai pas compris tout de suite qu'il était mort. Il regardait le ciel, et il avait retrouvé cette allure de jeune homme qui faisait dire aux commères d'Echallens qu'il devait être amoureux.

Le soir commençait à tomber et je savais qu'il fallait prévenir les autres, mais je ne pouvais me résoudre à le laisser. Il a fallu que je craigne de me perdre dans le noir pour me résigner à partir. Je lui ai baisé les mains, je lui ai baisé le front, je lui ai fermé les yeux et alors, je vous l'avoue, je n'ai pas pu retenir mes larmes. Je l'ai recouvert de ma houppelande pour le protéger des animaux sauvages, j'ai sauté à cheval et ventre à terre je suis rentré. Nous sommes revenus aussi vite que nous l'avons pu avec des torches, messire Jack pleurait, le chevalier avait la voix rauque, Hugh, le paysan, était tout pâle.

Nous avons fait une litière et nous avons ramené Grand-Père à Tregarrick. Les femmes l'ont lavé, vêtu de ses plus beaux habits. J'ai amené son muselaar, un splendide instrument flamand, dans la chambre où il reposait, et j'ai joué pour lui le reste de la nuit.

Hugh est parti chercher un prêtre, mais ici les prêtres se cachent, et il n'en a ramené un que le lendemain matin. Il a donné l'absolution *post mortem*. Le lendemain, nous l'avons enterré comme il l'avait souhaité à côté d'un certain Thomas Tregarrick qui était, je crois, son grand-père à lui.

Grand-Père avait laissé une lettre pour dire

que Jack puis son fils garderaient la maison. Elle demandait au chevalier de me ramener à Amsterdam pour que je puisse faire ma virtuosité avec maître Dirk Sweelinck. Nous nous sommes mis en route le lendemain, sommes allés à Douvres. Les officiers du port nous ont posé mille questions, nous avons dû expliquer dix fois les raisons de notre départ. Il se passait des choses graves en Angleterre, à Londres. J'ai appris depuis que le roi Charles Ier avait été décapité. On nous a demandé si nous étions papistes, nous avons dû dire que non, que nous étions de Berne (c'était écrit dans nos passe-ports), et comme il était mentionné que j'étais musicien, j'ai dû jouer pour prouver que c'était vrai. Enfin, nous avons pu prendre un bateau anglais qui allait à Calais. Ce n'était pas notre destination, mais nous nous sommes estimés heureux de pouvoir partir, et en France tout a été plus facile à cause du sceau que monsieur de Tréville avait apposé sur nos passeports.

Nous sommes allés à Paris, messire de Tréville n'y était pas, mais j'ai tout raconté à messire Marc. Puis nous nous sommes joints à un groupe de voyageurs qui allait vers le nord, et en quelques jours nous sommes arrivés à Amster-dam. Messire Jan est venu lui-même ouvrir la porte comme s'il nous attendait. «Il est mort, n'est-ce pas? Je l'ai senti.» J'ai voulu lui donner la bague, mais il ne l'a pas acceptée.

Maintenant, je vis chez lui. Mes journées sont bien remplies. Le matin je vais chez maître Sweelinck et l'après-midi je vais de temps à autre chez maître Willem. J'ai aussi trouvé un facteur de clavecins qui a accepté de me prendre tempo-rairement chez lui lorsqu'il a vu que je possédais déjà l'art de produire un sautereau et un registre passables. Messire Jan me donne des livres à étudier, et je fais de l'escrime avec les fils Ardent. Je commence également à comprendre comment fonctionne le commerce des étoffes. Je parle déjà un peu d'anglais et un peu de néerlandais. Messire Jan dit que je finirai par être un homme complet.

Le chevalier a été engagé, comme Grand-Père l'avait voulu, pour faire en sorte que les convois de tissus voyagent en sécurité. «Rien de tel qu'un brigand pour faire échec aux bandits», dit-il toujours. Il part pendant de longues semaines, et lorsqu'il revient il a toujours mille histoires à raconter. Il s'intéresse de près à mes progrès à l'orgue, et surtout au clavecin: «C'est la voix que vous a léguée messire François, veillez à ce qu'elle continue à chanter et à exprimer la beauté de son âme.» Il y a ici bon nombre de partitions de la main de Grand-Père, je les joue souvent.

Voilà, Madame, ce que je tenais à vous raconter. Je vous prie de transmettre mes sentiments d'affection filiale à mes parents et je vous supplie de ne pas être trop triste. Grand-Père est parti, mais je travaillerai dur pour que sa voix soit belle.

Je vous embrasse respectueusement.

Votre petit-fils,

Élie Dallinges

Fait à Amsterdam, à Pâques 1649.

De Madame Madeleine Dallinges
à Echallens
à Monsieur David Dallinges,
à Bâle

Très cher fils,

Les écritures ne sont pas mon fort. Mais je ne voulais laisser à personne le soin de vous apprendre la mort de messire François, dont vous lirez les circonstances dans la lettre d'Élie que j'ai fait copier pour vous.

Je vous envoie également un paquet de partitions que messire François Cousin m'a prié de vous faire tenir au cas où il lui arriverait malheur. J'y joins un long mémoire, auquel messire François a passé le plus clair de son temps pendant la dernière année où il a vécu avec nous. Nous n'avons rien touché à son atelier de lutherie, qui est à votre disposition.

Je pense que tout cela vous revient pour une raison que je vais vous donner. Je ne suis pas votre mère, et mon époux n'était pas votre père. Vous êtes le fils de Jeanne du Moulin et de messire François Cousin. Vous n'avez pas connu votre mère : elle est morte alors que vous n'aviez pas six mois. Étrange à dire, votre père n'a jamais su — même s'il vous a traité comme tel — que vous étiez le fils de sa chair.

Lorsque mon défunt mari a recueilli messire François, il m'a dit : «Dans notre charrette, ma mie, j'ai ramené un prince. Il est blessé, et en ce moment il n'a pas toute sa tête à lui, mais jamais auparavant je n'ai rencontré quelqu'un qui me fasse penser à un fils de roi. J'aimerais que nous puissions le soigner, car il va très mal.»

Ma mère vivait encore à l'époque, c'est elle qui s'est occupée de lui, elle l'a veillé pendant des semaines. Son corps a fini par aller mieux, puis bien. Mais son âme restait malade. Nous nous étions tous pris d'affection pour lui. Il était si doux, si attentif à tous, si conciliant. Il avait toujours une solution à proposer, et tout était pris au sérieux, depuis les bobos des enfants jusqu'aux crises de conscience des aînés. Il a conquis le village entier, protestants et catholiques. La moitié d'Echallens a pris le deuil en apprenant sa mort, et il y a toujours une fleur à la Croisée, ou un fruit, et un cierge brûle en permanence à sa mémoire. Au début, pendant peut-être un an, il y a eu des moments où il perdait l'entendement : cela lui venait du terrible coup qu'il a reçu sur la tête, qui a mis très longtemps à guérir. Dans ces moments-là, qui pouvaient durer quelques instants ou plusieurs semaines, il ne reconnaissait personne ; il disparaissait pendant des jours et des jours. Une fois, il a été si longtemps absent que nous l'avons cru mort. Mais justement cette fois-là, lorsqu'il est revenu, il a demandé à s'installer au-dessus de la tonnellerie, a commencé à fabriquer son premier instrument, et n'a plus eu de crise. Il était guéri.

Un matin au lever, il vous a trouvé sur le pas de porte. Vous veniez de naître, et il a aussitôt décidé de vous adopter. Pour éviter les difficultés que cela aurait créées, monsieur le curé Clavin, à qui nous avons expliqué les choses, a suggéré que nous fassions comme si vous étiez à nous. Ainsi, j'ai été votre nourrice. Vous ressemblez à

votre père, et quelques commérages ont tenté
d'insinuer que j'avais été infidèle à mon mari,
mais personne n'y a prêté foi : la droiture de messire François et celle de messire Benoît, mon
honnêteté, étaient bien connues.

La fois où nous l'avions cru mort, votre père
avait été recueilli par Jeanne du Moulin, votre
mère. Jeanne était la fille du meunier Perret,
toute sa famille était morte de la peste lorsqu'elle avait quatorze ans. Elle a continué à faire
marcher le moulin seule, et très bien. C'était
une grande rouquine, belle fille, et beaucoup
d'hommes l'auraient voulue. Mais une gitane lui
avait prédit qu'elle serait la femme d'un prince,
et elle a toujours refusé tout le monde. Elle devait
avoir trente ans lorsqu'elle a rencontré messire
François, errant dans les champs, ne sachant
plus qui il était : cela a été une certitude immédiate, son prince était arrivé. Elle l'a recueilli, l'a
gardé, soigné. Un jour il a disparu. Sans doute
est-il revenu à lui en pleine campagne. J'ai
assisté à certains de ces retours en soi : il ne gar-
dait jamais la mémoire de rien. Il est rentré chez
nous. Il ne se souvenait pas du moulin, il ne se
souvenait pas de Jeanne, et il ne se souvenait surtout pas de lui avoir fait un enfant.

La Jeanne était une fille simple. Elle était suffisamment bizarre elle-même pour ne pas remarquer que messire François n'était pas dans son
assiette. Il l'appelait Jeanne, «comme s'il me
connaissait de très longue date», disait-elle. Lorsqu'il est parti sans un mot, elle a voulu faire la
fière. Elle ne savait pas où le trouver ; en plus, il
lui avait dit s'appeler Chrétien. Elle n'a découvert
qui il était que peu avant votre naissance. Elle a
accouché seule, elle avait réussi à cacher à tous

qu'elle était grosse, elle a travaillé jusqu'au dernier jour. Elle n'aurait pas pu vous garder, cela l'aurait déshonorée. Elle vous a amené à notre porte. Elle a pensé que messire François saurait. En effet, il avait beau avoir oublié Jeanne, quelque chose en vous l'a conquis tout de suite. Plus tard, la Jeanne est venue me voir, c'est ainsi que j'ai tout appris. Je lui ai proposé qu'on parle à messire François, mais elle me l'a interdit. « Je ne le forcerai pas. Il faut qu'il vienne seul. — Mais il était malade ! Comment voulez-vous qu'il vienne s'il ne se souvient de rien ? — Alors, c'est que le Seigneur ne veut pas, on ne peut pas Lui forcer la main. » Cela me faisait d'autant plus mal que je ne pouvais parler de Jeanne à personne, même pas à monsieur le curé. Avec les filles qui avaient péché il était impitoyable, et je n'ose penser ce qui serait arrivé à la pauvre Jeanne. J'avais fini par décider de m'ouvrir à messire François lui-même malgré l'interdiction de Jeanne. C'était un homme d'honneur, je ne l'ai jamais vu commettre une mauvaise action. Il l'aurait épousée aussitôt. Mais Jeanne a pris une fièvre et elle est morte. Et là, ce n'était plus la peine de parler. À quoi bon ? Cela aurait compliqué la vie de tout le monde. Je me suis tue, je ne me suis même pas confiée à mon mari. Mais je ne voudrais pas emporter avec moi ce secret qui vous appartient. Vous avez le droit de savoir que vous êtes non seulement l'élève, mais aussi le fils d'un prince.

Soyez fier de vos parents, mon fils et — avec Élie — cultivez cette voix que votre père vous a léguée et qui, grâce à vous deux, s'élèvera, j'en suis certainé, droite et pure comme lui, au-delà du temps et de la mort.

Recevez toute l'affection de celle qui vous a

aimé doublement : comme le fils que m'a confié Jeanne du Moulin, et comme l'enfant que j'ai aidé à grandir. Que Dieu vous bénisse. Celle qui reste votre mère,

Madeleine Dallinges

Fait à Echallens à la Pentecôte 1649.

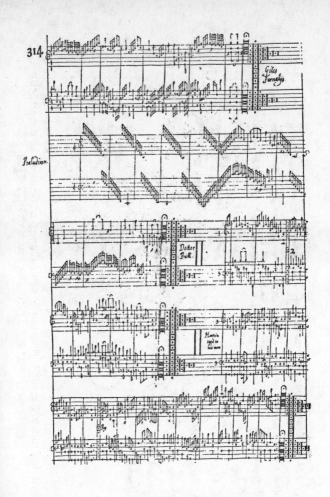

Page manuscrite du «Virginal Book»
de Francis Tregian
(Fitzwilliam Museum, Cambridge)

Notwithstanding the time of two yeares mencioned in
the deede within written of the cutting of Dossowr first wood
graunted by one Jhon Thomas Trigian and his assignes
of for now heereby giue him and his assignes for euery
of the said, and carrying away the same Dossowr firste wood
tyme, firste the graft of Michell The Archangell Whiche
shall be in the yeare of our Lord, for one thousand and
sixhondreth and fourteene. In witnesse whereof I
Dinmouth and fourteene. In witnesse whereof I
subscribe my name

Francis Tregian

Manuscrit de Francis Tregian (promesse de vente d'une part de forêt, 18 mars 1610)
Archives Henderson, Truro, Document n° HC/2/27

Le trajet
vers Francis Tregian

J'ai rencontré Francis Tregian[1] le dimanche 25 mai 1986, à Zurich, au cours d'une garden-party élisabéthaine qui avait lieu à la villa Rietberg. Ce jour-là marquait le début du Juin culturel zurichois. 1986 était consacré à la musique venue de la collection Fitzwilliam de Cambridge, qui comprend des partitions manuscrites par Purcell, Haydn, Mozart, Brahms, et bien d'autres compositeurs, et où se trouve le *Virginal Book* calligraphié par Francis Tregian au début du XVIIe siècle. Pendant tout ce dimanche ensoleillé de mai 1986, solistes et groupes ont chanté, joué, dansé des morceaux venus essentiellement du *Fitzwilliam Virginal Book*. Au détour d'une performance, quelqu'un me l'a dit. J'ignorais jusqu'à l'existence du virginal[2].

Une question s'est imposée à moi après cette inoubliable journée : qui donc est le génial collectionneur qui a recueilli tant de belle musique, qui a constitué un collage aussi parfait ? L'interrogation me paraissait simple, et je ne doutais pas que ma curiosité serait satisfaite dès le lendemain, par une simple visite à un magasin de musique. Je ne me suis pas doutée qu'en posant la question en ces termes-là, je m'embarquais pour un périple qui devait durer sept ans.

Mon illusion a d'abord été confortée par la facilité avec laquelle j'ai pu acquérir le *Fitzwilliam Virginal Book* lui-même. Ce manuscrit contenant de la musique de clavier composée entre 1550 et 1620 environ avait été imprimé une première fois à la fin du siècle dernier, et avait fait sensation. Cette publication a sans doute beaucoup contribué à ce que la musique de la Renaissance anglaise et ses auteurs (Byrd, Bull, Morley, Farnaby, etc.) fassent irruption dans la conscience musicale anglaise, puis européenne, du xxᵉ siècle[3].

Dans les années qui ont suivi sa publication, le Virginal Book allait être analysé deux fois : tout d'abord en 1905 par Edward W. Naylor, professeur de musique à Cambridge, qui lui a consacré son *An Elizabethan Virginal Book*, puis par Charles van den Borren, professeur de musique à l'Université de Bruxelles, en 1912. L'édition originale française de son livre, *Les Origines de la Musique de Clavier en Angleterre*, est tombée pratiquement dans l'oubli au profit de la traduction anglaise (légèrement complétée), *The Sources of Keyboard Music in England*, parue en 1913. La version anglaise est généralement citée comme un original, et reste une des études qui font autorité sur le sujet. Van den Borren va au-delà du *Fitzwilliam Virginal Book*, qu'il analyse cependant de façon quasi exhaustive car, tout comme Edward W. Naylor, il considère que c'est la pierre angulaire de la musique élisabéthaine. *Il est permis d'affirmer que, si tous les autres manuscrits disparaissaient, il serait possible d'écrire l'histoire de la musique entre 1550 et 1620 sur la base du seul* Fitzwilliam Virginal Book. *(...) Il faut le considérer plutôt comme une bibliothèque que comme un simple livre, car il contient plus de témoignages de première main sur la pratique musicale de l'époque Tudor que la plupart d'entre nous n'en possèdent sur la musique de notre siècle*[4].

Ces deux analystes n'ont à aucun moment tenté de comprendre la personnalité de l'homme qui se profilait derrière un aussi remarquable recueil. L'époque n'y invitait pas. Avant l'ère de l'enregistrement, une virtuosité étayée par le choix des partitions et non par des compositions n'intéressait guère. Pendant longtemps personne n'a cherché plus loin.

William Chappell a été le premier, entre 1840 et 1850, à émettre l'hypothèse que la main qui avait copié les deux cent quatre-vingt-dix-sept morceaux du *Fitzwilliam Virginal Book* fût celle d'un Tregian : le nom, abrégé ou en entier, apparaît plusieurs fois dans le manuscrit. Pour Chappell, il est de toute façon évident qu'il doit s'agir de quelqu'un qui a longtemps vécu aux Pays-Bas : il s'appuie notamment sur les morceaux de Peter Philips (Flandres, ou Pays-Bas espagnols) et sur ceux de Jan Sweelinck (Pays-Bas du Nord, protestants), qu'on ne trouve que dans le *Fitzwilliam Virginal Book*[5].

Le nom des Tregian (grande famille catholique de Cornouaille) n'est pourtant pas lié, en Angleterre, à la musique, mais aux conflits politico-religieux de l'époque élisabéthaine, et si quelqu'un a déjà entendu parler de Francis Tregian, il s'agit plutôt du père du musicien : il a le triste privilège d'avoir défié le pouvoir royal à un moment où l'Espagne catholique et la papauté voulaient en finir avec l'Angleterre protestante. Rome avait excommunié la reine Élisabeth d'Angleterre et délié ses sujets catholiques du devoir d'obéissance. Le pouvoir royal anglais a estimé devoir réagir pour survivre. Il fallait faire un exemple, et punir haut et fort pour frapper les esprits. C'est tombé sur Francis Tregian père (1548?-1608): il a été vu comme un allié de l'ennemi, a été emprisonné et privé d'une grande partie de ses biens par une confiscation punitive. Il a passé près de trente ans en prison, dont une vingtaine à la prison londonienne de la Fleet. Francis Tregian père et sa femme Mary ont eu dix-huit enfants. L'aîné de leurs fils s'appelait Francis (1574?-1618?).

Les premiers à avoir publié le *Fitzwilliam Virginal Book* en 1899[6] ont aussi eu le mérite d'avoir fait une recherche, exhaustive pour l'époque, sur Francis Tregian fils. Ils sont arrivés à la conclusion suivante: *Il semblerait que Francis Tregian fils ait été emprisonné entre 1608 et 1619 à cause de ses convictions religieuses, et qu'il soit resté en prison jusqu'à sa mort, vers 1619. Il est vraisemblable que Francis Tregian ait copié son recueil en prison pour passer le temps*[7].

En 1986, j'avais décidé de ne plus écrire de prose. Je me proposais de produire, si je trouvais des thèmes, des textes dramatiques. Dans la présentation faite par Maitland & Squire, il m'a semblé percevoir les ingrédients d'une situation dramatique, dans la phrase: *Francis Tregian [a] copié son recueil en prison pour passer le temps*. Je voyais cet homme enfermé dans un donjon, se remémorant envers et contre tous des morceaux de musique bannis car catholiques, et les notant, les sauvant de l'oubli : un *Fahrenheit 451* élisabéthain, en somme. Je ne me suis posé qu'une question : comment donc fonctionnait une prison élisabéthaine, et plus particulièrement la Fleet ?

Je me suis mise à la recherche de documents sur les prisons de l'époque (ils sont rares), et c'est ainsi que, sans m'en rendre compte, je me suis embarquée pour un récit : *Le trajet d'une rivière*.

Je me suis dit que, pour bien décrire ce personnage dans sa prison, il fallait que je connaisse quelque chose de son passé.

La British Library de Londres détient deux ouvrages entièrement consacrés au père.

Dans l'un, écrit vers 1934, le fils est à peine mentionné[8].

Dans l'autre, il a droit à une dizaine de pages, qui m'ont pourtant laissée sceptique. Ce livre consacré au père Tregian[9] était écrit par des catholiques inconditionnels pour qui les guerres de religion élisabéthaines duraient encore. Ce n'était pas un ouvrage historique, mais un plaidoyer pro domo, au service d'une seule thèse : la persécution des Tregian était une infamie, car tous les catholiques élisabéthains étaient bons et vertueux, et tous les anglicans élisabéthains des bourreaux, des voleurs — bref, mauvais par définition.

L'autre raison qui a éveillé ma défiance venait de ce que, dans la dizaine de pages que Boyan & Lamb consacrent au fils, ils partent d'une certitude que rien ne documente de façon décisive : pour eux, il est entendu que tel père, tel fils[10], surtout en matière de religion.

Il a fallu attendre les années cinquante pour que des faits nouveaux changent les données du problème. On a constaté qu'un manuscrit[11] acquis récemment par la British Library et contenant plus de mille deux cents partitions (madrigaux, villanelles, fantaisies, motets) était de la même facture que le *Fitzwilliam Virginal Book*, et qu'un recueil de quelque trois cent cinquante partitions similaires[12] était conservé à la bibliothèque publique de New York. À cette époque on attribuait la paternité de tout cela à Francis Tregian fils grâce au deuxième événement important : la découverte des papiers de la famille Tregian qui, recueillis par l'historien kernévote Charles Henderson avant 1933 (année de sa mort), étaient restés dans une malle d'où l'on venait de les extraire pour les classer. Pour les experts, l'identité de celui qui avait copié le *Fitzwilliam Virginal Book* semblait désormais établie : l'écriture des textes avait de nombreux points communs avec celle de Francis Tregian fils.

Il est frappant de constater que depuis la mise au jour de ces documents les historiens et musicologues les citent, mais sans pour autant changer leur manière de considérer et Francis Tregian et les collections qu'on lui attribue.

Or ils changent pas mal de choses. Nous passons d'un recueil de partitions qui témoigne d'un intérêt pour la musique de clavier, essentiellement anglaise, à un ensemble de portée musicale universelle, par les auteurs, les genres, l'étendue même du travail.

Quelques recherches confirmaient l'impression que l'ensemble illustrait un goût et une connaissance approfondis de la modernité musicale la plus avancée de son époque. On ne peut

plus parler d'un simple copiste (et les suppositions de Pamela Willetts[13], selon lesquelles Francis Tregian a peut-être copié pour gagner sa vie,
m'apparaissent absurdes): en réalité, on se
trouve confronté à la passion et à la somme de
toute une vie.

Pendant très longtemps, je n'ai pas écrit une
ligne. J'ai déchiffré les deux cent quatre-vingt-
dix-sept morceaux du *Fitzwilliam Virginal Book*,
me demandant sans cesse pourquoi tel morceau
était placé avant ou après tel autre, et ce que la
musique, le genre du morceau, le titre pouvaient
bien exprimer. J'ai même interrogé les fautes que
signalent les éditeurs: les (rares) explications
qu'il m'a été donné de trouver laissent plutôt
soupçonner des critères différents que des erreurs
(encore qu'il y ait de manifestes fautes de copie).
J'ai écouté tous ceux des madrigaux auxquels
Francis Tregian s'est intéressé dont j'ai trouvé les
enregistrements.

Le jour où j'ai décidé de m'attaquer à une bio-
graphie préalable (en vue d'écrire une pièce), il
me semblait entrevoir une silhouette.

Je suis partie de la supposition (aujourd'hui
muée en quasi-certitude) que le *Fitzwilliam Virginal Book* et la *Tregian's Anthology*[14] sont des
recueils constitués par un individu pour son
usage personnel. Ils sont l'équivalent de ce que
serait aujourd'hui une collection de disques. Les
morceaux n'y sont pas placés par ordre chrono-
logique, ni par auteur, malgré une volonté évidente de systématiser (les morceaux de certains
auteurs sont numérotés indépendamment de
l'ensemble, par exemple). Même là où il y a des

blocs consacrés à un auteur (tel Farnaby), il existe
aussi des morceaux épars de ce compositeur. Ici
et là, une partition est attribuée à deux musiciens
différents à cinquante, soixante pages de distance. J'ai donc considéré que le système voulu
par l'auteur avait parfois été troublé au fil des
jours par les hasards de la vie. Il m'a semblé pouvoir estimer que d'une certaine manière je tenais
le journal intime du collectionneur. J'ai également
décidé que si les morceaux étaient là, c'est qu'il
était capable de les jouer ou de les faire chanter.
Or Burney[15] écrit : *Certains morceaux* [*du* Fitzwilliam Virginal Book] *sont si difficiles qu'il ne
serait guère possible de trouver en Europe un virtuose capable de les jouer après un mois de travail.*

D'où un Francis Tregian virtuose, sentimental
face à son pays, au fait de ce qui s'y passait musi-
calement tout en étant plongé jusqu'au cou dans
la musique italienne la plus moderne.

Enfin, à contre-courant de toutes les interprétations, je suis arrivée à la conviction qu'en musique
— et sans doute dans la vie — la religion (c'est-à-
dire, en ce temps-là, la politique) n'était pas la
préoccupation dominante de ces recueils.

Il est illusoire de vouloir prouver que les choix
musicaux étaient « catholiques ». Quelqu'un qui
le voudrait trouverait autant de preuves « protestantes ».

Il est vrai qu'il y a un certain nombre de compositeurs catholiques dans ses collections. Mais on
trouve du Byrd ou du Ferrabosco (par exemple)
dans tous les recueils du temps, catholiques et
réformés. Leur grandeur est telle qu'elle trans-
cende les barrières religieuses. Gibbons ou Tom-
kins sont réformés, pour ne citer qu'eux. Morley
ou Dowland passent pour avoir eu des sympa-

thies catholiques, mais tant pour l'un que pour l'autre la chose reste incertaine. Le catholicisme de Bull n'a jamais été prouvé de façon satisfaisante[16] et il est difficile de suivre Élisabeth Cole[17] lorsqu'elle affirme, par exemple, que le morceau *Tower Hill* (par ailleurs composé par un puritain, Giles Farnaby) est un hommage aux pendus catholiques ou une allusion à Lord Lumley, un catholique qui vivait à proximité. Les pentes de Tower Hill étaient également peuplées d'anglicans. Quant au gibet qui s'y trouvait, on y pendait sans distinction de religion[18].

En revanche on constate que plus on va vers la fin du *Fitzwilliam Virginal Book*, plus il y a de morceaux de Farnaby, qu'on ne trouve ces morceaux que dans le *Fitzwilliam Virginal Book* et qu'il est fort possible que le compilateur ait entretenu des liens d'amitié avec Giles Farnaby le puritain. Peter Philips est catholique, et plusieurs de ses morceaux sont datés, ce qui incite certains à supposer une amitié entre les deux hommes[19]. Mais Jan Sweelinck (dont au moins un morceau est également daté) est l'organiste de l'Oude Kerk protestante d'Amsterdam. On pourrait multiplier les exemples dans les deux sens.

Quant au choix des morceaux, les cent trente-quatre danses et quarante-six arrangements de chansons populaires du *Fitzwilliam Virginal Book* (plus de la moitié du recueil) laissent supposer un être capable de gaieté. L'écriture suggère un homme soigneux, responsable, dévoué, cultivé, une personnalité secrète et passionnée, forte et calme. Un graphologue m'a assuré que sa graphie était celle d'un homme de haute taille. Et tout cela est corroboré par le seul jugement que l'Histoire nous ait laissé de Francis Tregian fils : *Molto*

*nobile (...) di ingegno felicissimo, dotto in filoso-
fia, in musica, et nella lingua latina*[20].

J'ai passé plusieurs jours à feuilleter le manuscrit de la *Tregian's Anthology*. Commentaires en
marge, italien, français, anglais très soignés,
écriture précise : en sortant de cet exercice, j'ai
eu l'impression d'avoir vécu un tête-à-tête avec
son auteur. Il m'a même laissé voir ses fai-
blesses : cet homme-là était sans doute un grand
musicologue et un grand virtuose, mais ce n'était
pas un grand compositeur. Son *Dolcemente pian-
gendo*[21], mis en musique sur un poème qui
exprime l'amour malheureux, est médiocre. Cela
dit, c'est un des moments les plus émouvants de
la lecture. On y voit les corrections, les repense-
ments, la page garde la trace de gouttes où je me
suis plu à voir des larmes.

Après ces lectures, j'ai acquis une conviction :
s'il était à la rigueur possible qu'un homme
enfermé en prison pendant dix ans puisse constituer un *Fitzwilliam Virginal Book*, il était exclu
qu'il puisse avoir rassemblé dans le même temps
une telle masse de madrigaux et de morceaux pour
consort (quelque quinze cent cinquante compositions). La découverte de partitions éparses de
la même facture dans d'autres collections de
musique n'a fait que renforcer mon opinion[22]. Il
m'a paru que seul un homme qui avait la liberté
de chercher et de se déplacer pouvait avoir
accompli un tel travail, même si une partie des
morceaux était relevée dans des anthologies qui
avaient atteint l'Angleterre.

Pour toucher du doigt Francis Tregian tel que
je le pressentais, je suis allée en Cornouaille, à

Golden où il était né et d'où sa famille avait été chassée. J'ai vu sa maison natale, le paysage de son enfance, je suis descendue jusqu'au bord de la rivière Fal, à Golden Mill où sont encore les bâtisses qui servaient d'entrepôts à l'époque du grand-père John Tregian. J'ai suivi la rivière jusqu'à Tregony puis, revenue sur mes pas, jusqu'à Creed. Dans une des fenêtres à carreaux de la petite église (une des plus charmantes de Cornouaille) j'ai découvert, intact — dernier fragment d'un vitrail — un des geais or du blason des Tregian. J'ai ensuite poussé jusqu'à Probus (à pied, toujours, pour «sentir» le pays) où j'ai admiré le clocher le plus haut de Cornouaille, entièrement financé par l'arrière-grand-père John Tregian. Dans l'église de Probus, sous un tapis soulevé par hasard, j'ai découvert la dalle mortuaire de John Wolvedon et de sa femme Cecily, les aïeux, dont la fille Jane épousera le premier John Tregian et lui amènera en dot le domaine de Wolvedon (ou Golden).

À Truro, j'ai découvert la Courtney Library, et la collection constituée par Charles Henderson, jeune historien des années trente qui avait battu la campagne, vidé les galetas et les malles poussiéreuses et avait ainsi retrouvé, entre autres, des documents sur la famille Tregian ignorés de tous. Il en manque encore, c'est certain, et toute la lumière n'est pas faite, mais entre les Archives Henderson et le Record Office (Archives régionales), il y a de quoi éclairer d'un jour nouveau les faits et gestes de Francis Tregian fils entre son retour en Angleterre (1606 environ) et sa disparition (1618).

Ces documents confirment ce qui n'avait été, jusqu'à leur lecture, qu'une intuition: Francis

Tregian fils n'a pas passé dix ans en prison, copiant des partitions de musique par désœuvrement. Tout d'abord, il n'était pas en prison dès 1608 comme on l'a dit. Traduit en français, le mandat d'amener, daté du 27 juillet 1611, dit : *James, par la grâce de Dieu, etc., etc., au shérif de Cornouaille. Comme Francis Tregian, gentilhomme, a reconnu le 14 novembre de la 6e année du règne qu'il doit à Ezekiel Grosse de Trelodevas à Buryan, gentilhomme, £ 3 000 et n'a toujours pas payé la somme, nous ordonnons l'arrestation dudit Francis Tregian et son emprisonnement jusqu'à ce que la dette soit payée. Ses terres sont mises sous séquestre à cet effet.*

Peter Edgecombe, le shérif, a endossé le document et ajouté : *Francis Tregian* N'A PAS ÉTÉ TROUVÉ DANS MA JURIDICTION, *mais ses terres ont été saisies* [23].

Et il y a à Truro un certain nombre de papiers d'affaires et de contrats signés par Francis Tregian fils qui attestent sa présence fréquente, même pendant qu'il est théoriquement à la Fleet en 1613, 1614, 1616. Enfin, en date du 12 octobre 1618, Charles Tregian, le frère cadet, fait un testament de chef de famille [24]. Cela ne peut signifier qu'une chose : son frère a disparu.

L'image que je m'étais faite du prisonnier qui copie sa musique à la lueur d'un soupirail s'est effondrée. Francis Tregian avait vécu en prison, avec des interruptions, cinq ou six ans, peut-être moins. Pendant les quelques jours que j'ai passés à la Courtney Library, les conservateurs, Mme Angela Broome et M.H. Les Douch, m'ont suggéré la lecture de manuscrits et de publications qu'ils ont empilés sur ma table, et c'est ainsi que j'ai appris tout ce que l'on sait actuelle-

ment sur Wolvedon, les Tregian, et que j'ai pris
connaissance de la tradition de la famille, rapportée par écrit un demi-siècle après l'événement :
*Une fois de plus... [Francis Tregian le Jeune] était
privé de la plus grande partie de ses terres ; il a fait
ce qu'il a pu, à mon avis en s'arrangeant à
l'amiable avec la Couronne (cette affaire reste
obscure), et après 1611, il est parti pour l'Espagne,
où l'on dit qu'il a été très bien reçu à cause des
souffrances de son père et fait grand du royaume.
Sa postérité y vit encore et porte le nom de marquis
de san Angelo ; mais j'ignore si cela est vrai ; je le
tiens de la tradition orale*[25]. Et la tradition ajoute
qu'il vivait encore en 1630.

Revenue à Londres, j'ai eu la chance de trouver ce qui doit être le seul texte relatant la vie à
la Fleet entre 1615 et 1620 (et la relatant dans
ses moindres détails), à l'époque même où Francis Tregian fils y était[26]. J'ai ainsi appris qu'à
l'exception de catholiques réputés dangereux
(Francis Tregian père avait été l'un d'eux), la
Fleet était une prison ouverte, à condition de
payer un droit de sortie : entre 1570 et 1666, les
catholiques côtoyaient les débiteurs insolvables
de toutes les religions, et les deux catégories se
mêlaient passablement. *Être à la Fleet lorsqu'on
disposait d'un peu d'argent*, dit A. L. Rowse[27],
*c'était comme avoir un appartement en ville avec
liberté surveillée.* Le droit de visite y était illimité
(certains prisonniers recevaient jusqu'à soixante
personnes par jour[28]), et les « cellules » de ceux
qui pouvaient payer un loyer étaient de véritables
appartements, où les riches endettés vivaient
avec conjoint, enfants et domesticité.

Francis Tregian fils a bien passé du temps en
prison, le document cité plus haut le prouve,

mais pour dettes, et non pour religion, même si une fois en prison il s'est mêlé à ses coreligionnaires.

Les biographes se sont appuyés sur une affirmation du mémoire du gardien-chef Alexander Harris, selon lequel Francis Tregian fils était mort en lui devant plus de £ 200 pour nourriture, boissons et loyer[29], pour prouver son dénuement. Mais les confiscations punitives ne dépassaient pas les deux tiers de la fortune (ce que les historiens catholiques oublient régulièrement de mentionner), et plus d'un a mené grand train sur le «troisième tiers». Par ailleurs, en lisant *The Œconomy of the Fleet* au-delà des deux pages spécifiquement consacrées à Francis Tregian fils, on s'aperçoit que Harris se plaint amèrement, à plusieurs reprises, parce que les prisonniers refusent de façon concertée, en guise de protestation contre la mauvaise nourriture et les vexations, de payer leur pension pendant des mois et des mois. Ils font la grève avant la lettre. Un certain Edmond Chamberlayne doit entre £ 1 300 et 1 400[30]! La dette de Francis Tregian n'est par conséquent pas une indication de l'état de ses finances.

En lisant les détails de la description de la Fleet vers 1615-1620, d'ailleurs, une question s'impose : ne faudrait-il pas renverser les hypothèses ? Était-il possible de s'adonner à un travail d'érudition aussi vaste dans le capharnaüm que semble avoir été la prison ? Et l'essentiel de l'activité du collectionneur ne se serait-il pas plutôt déroulé HORS de la Fleet ? Nous n'avons de preuve concrète ni dans un sens ni dans l'autre. Mais toutes les hypothèses doivent être envisagées.

Les touches finales au tableau sont dues à un texte curieux, une apologie délirante de Francis Tregian père écrite en 1655 par Francis Plunket, le fils de Philippa Plunket née Tregian. Cet ecclésiastique, petit-fils de Francis Tregian père, consigne sans doute par écrit ce qui se disait dans sa famille. Derrière l'outrance ultracatholique du propos, on entrevoit quelques probabilités.

Je crois que Francis Tregian père était, dès le départ, un homme manquant du sens des réalités pratiques. John Tregian, son père, a survécu à trois changements de roi et de religion en faisant prospérer ses affaires. Il meurt vers la fin de 1575, peut-être au début de 1576. Dix-huit mois plus tard, son fils a déjà commis toutes les imprudences qui le désignent à la vindicte royale. Francis Plunket rapporte une histoire d'«avances sexuelles» que la reine Élisabeth aurait faites à Francis père : comme ces avances étaient assorties d'une proposition de le promouvoir vicomte, on peut se demander (en admettant que l'histoire comporte un grain de vérité) si la reine n'a pas plutôt tenté, en lui conférant un titre de noblesse, de le protéger contre des persécutions qu'elle savait imminentes. Après tout, les Tregian étaient ses lointains parents, et Élisabeth savait veiller sur sa famille comme personne[31]. Et les historiens admettent généralement qu'en dehors de la politique, la religion n'était pas sa première préoccupation : elle a protégé des catholiques (par exemple William Byrd, ou Lord Sussex, un de ses généraux les plus illustres, catholique avoué) autant que des protestants. La Cour pullulait de catholiques.

Francis Plunket rapporte un autre fait qui

étonne et qui, dans le contexte de son récit, détonne : [À Lisbonne[32], Francis Tregian père]... *était particulièrement préoccupé par les persécutions en Irlande, et craignait que ses fils et ses petits-enfants ne soient infectés par le poison de l'hérésie*[33].

Si une telle crainte pouvait exister, la foi des fils n'était peut-être pas aussi inébranlable que certains veulent le dire.

Et enfin, Plunket relate avec complaisance comment le père distribuait des sommes considérables[34] au moment même où il avait envoyé son fils aîné s'endetter jusqu'au cou pour tenter de récupérer les domaines familiaux.

Pendant que le père faisait de belles phrases en prison et de beaux gestes en Espagne, sa femme et ses enfants se battaient, eux, aux prises avec les réalités d'un monde hostile.

Que fait un fils dans de telles circonstances ?

Il se dégage de l'examen des faits et gestes connus de Francis Tregian fils qu'il y a eu chez lui une part d'identification à son père (ou du moins à sa famille), alliée à une volonté de vivre une vie indépendante.

Se convertir à l'anglicanisme (la solution de facilité, ses biens lui auraient été restitués quasi automatiquement) semble avoir été hors de question, et disparaître... il y a peut-être songé, comme pourraient le laisser penser tant la légende familiale que le choix du poème *Ciel et Terre* de Thomas Wyatt pour thème d'une de ses rares compositions qu'on lui attribue généralement :

... Une preuve irréfutable vous exigez,
De mon trépas. Lorsqu'on vous le contera,
Même en voyant ma tombe, n'y croyez pas.
Cruelle indifférente ! Je dis : « Adieu, adieu ![35] »

Ce qui est certain, c'est que vers quarante-cinq ans Francis Tregian fils en a eu assez : qu'il soit mort ou qu'il se soit évadé, il a disparu. Disons en passant que sa mort n'est enregistrée nulle part, et qu'à une époque où Interpol et la transmission électronique de données n'existaient pas, il était relativement facile de s'évanouir dans la nature : on trouve plus d'un exemple de cela dans les histoires du temps.

Une étude récente due à la musicologue Ruby Reid Thompson, fondée sur un examen microscopique de l'ensemble des manuscrits attribués à Francis Tregian (papier, filigranes, graphie, encres, marges, ratures, etc.), tente de démontrer qu'il pourrait ne pas être l'auteur des recueils. Ils seraient l'œuvre de plusieurs copistes[36].

Cela ne peut bien sûr pas être exclu, surtout en ce qui concerne la musique, que nous ne pouvons pas comparer avec des partitions qui seraient sans conteste de la main de Tregian. Mais R.R. Thompson me semble aller un peu vite en besogne, et faire à l'envers l'amalgame dont on s'est nourri jusqu'ici. Pendant un siècle, on a dit que le collectionneur était forcément l'unique copiste. Elle proclame aujourd'hui que du moment où elle peut prouver (et nous ne doutons pas que ce soit possible) qu'il n'est pas le seul copiste, il va de soi qu'il ne peut pas être le collectionneur. Il me semble qu'il faille nuancer.

L'écriture des titres, des quelques notes en marge du *Fitzwilliam Virginal Book*, ainsi que celle des paroles des madrigaux, est très semblable aux textes qui ont certainement été écrits par Francis Tregian lui-même[37]. Mettons qu'il ait fallu plusieurs personnes pour mener à bien la confection de ces volumineux recueils. Mais il reste les critères historiques. Quelle que soit la graphie, les liens culturels et musicaux entre les recueils, l'unité de l'ensemble permettent d'entrevoir derrière tout cela un érudit, un connaisseur, un passionné de musique très au fait de ce qui se passait non seulement en Angleterre, mais aussi en Europe, quelqu'un qui a longuement séjourné en Italie, aux Pays-Bas, pas plus tard qu'entre 1606 et 1612 environ — bref quelqu'un qui correspond assez bien à Francis Tregian, dont le nom de famille et les initiales se retrouvent à plusieurs reprises dans les volumes.

R.R. Thompson voudrait le remplacer par *une personne de haut rang* qui *aurait disposé de ressources considérables pour pouvoir constituer ces quatre anthologies*. Pour elle, il ne peut être le collectionneur, car *l'instigateur du projet fait sans doute partie de l'aristocratie anglaise*[38]. On est en droit de se demander : pourquoi l'auteur écarte-t-elle ipso facto Francis Tregian ? Ses ancêtres avaient nom Arundell, Stanley, Grey ; le frère de sa mère, Lord Stourton, siégeait à la Chambre des Lords. Sa pauvreté était toute relative, et montée en épingle par les interprétations catholiques qui voulaient à tout prix faire de lui un martyr. En réalité, un Francis Tregian aurait parfaitement pu être en mesure de commanditer, de superviser et de mettre la main à ses recueils. Il ne lui manque aucune des caractéristiques prêtées à un hypothétique auteur alternatif.

Tout cela n'exclut pas deux, ou même plusieurs copistes (une ou plusieurs mains copiant les notes, par exemple, et Tregian les textes).

En l'état actuel de nos connaissances, il n'y a

pas de certitude absolue quant à l'identité du collectionneur. Mais les caractéristiques communes
de l'écriture, et surtout les nombreuses concor-
dances historico-culturelles ne permettent pas
d'écarter Francis Tregian. Elles m'ont en tout
cas paru suffisantes pour faire du collectionneur
ce Francis dont l'Histoire nous dit qu'il fut *de
haute noblesse, doté d'une intelligence supérieure,
docte en musique et en philosophie...*

J'ai construit la vie de Francis Tregian fils
autour de ces faits et de ces documents, en partant de la prémisse que le collectionneur actif des
recueils, c'est lui (la main qui copiait me semblait
secondaire). Je l'ai placée dans un cadre reconstitué avec soin, en suivant la chronologie personnelle connue de Francis Tregian, ainsi que celle
de l'histoire anglaise et européenne. Il n'est pas
toujours certain que Francis Tregian ait vécu tel
ou tel événement, mais les événements relatés ont
eu lieu. Quelques exemples : Richard Mulcaster a
réellement exprimé les théories sur l'éducation
que je mets dans sa bouche, Thomas Morley a
vraiment dit sur la musique ce que je lui fais dire,
la bataille d'Arques s'est vraiment déroulée dans
les circonstances que je rapporte. Etc. En recons-
tituant, j'ai toujours cherché à être logique, et je
me suis inspirée de Mémoires autobiographiques
du temps de Francis Tregian.
   Qu'on ne pense pas, par exemple, que je fais
de Francis Tregian un enfant précoce pour le
rendre encore plus exceptionnel. Au XVIᵉ siècle,
l'enfance, au sens moderne, n'existait pas, et
l'éducation (que nous appelons «scolaire») d'un
enfant de la haute bourgeoisie et de la noblesse

commençait au berceau. Nous possédons des témoignages divers selon lesquels des enfants de quatre ou cinq ans discouraient en latin de leurs lectures — des lectures qui sembleraient ardues à un lycéen du XXe siècle. Il était courant de travailler dès l'âge de quatorze ans (six, sept, huit ans pour les enfants pauvres), ou de partir à la guerre. Pour la majorité de la population, la vie était courte, il fallait la vivre vite.

Par ailleurs, on sera peut-être tenté de penser que je prête à mon personnage une vie trop aventureuse, ou que je lui fais rencontrer trop de gens aujourd'hui connus. Tout d'abord, s'il est vrai qu'il y a des personnages historiques qu'il rencontre, il y en a bien plus qu'il ne rencontre pas : il ne verra jamais son grand-oncle par alliance, général aussi fameux que Drake (dont il n'est jamais question), ou Leicester, le favori de la reine ; de même il ne rencontre ni les Carey, ni Ben Jonson, ni John Donne, ni Orlando Gibbons, ni... ni...

S'il connaît Monteverde, c'est qu'il manifeste pour lui un intérêt exceptionnel, ses manuscrits le prouvent. À l'époque, le musicien italien avait vingt-sept ou vingt-huit ans, et n'était pas encore un homme important. Il était peu connu hors de sa région, et très contesté par les autorités musicales du temps : pourtant, Francis Tregian (avec ce flair dont il fait si souvent preuve dans ses choix) a copié ses quatre premiers livres de madrigaux.

Si je suppose que Francis Tregian a rencontré Shakespeare, c'est que presque toute la musique dont il est question dans les pièces du grand dramaturge se trouve dans le *Fitzwilliam Virginal Book*. Dans le Londres d'alors, cela rend cette rencontre d'autant plus probable qu'aller au théâtre était une activité répandue dans toutes les classes sociales. Il ne faut pas oublier que Francis Tregian a vécu à un moment exceptionnel de l'histoire européenne et anglaise : jamais plus l'Angleterre ne produira tant de célébrités à la fois. Je renvoie le lecteur à l'autobiographie de Robert Cary, par exemple, contemporain semblable par l'âge et l'éducation à Francis Tregian fils[39]. En comparaison, la vie de Francis Tregian est terne.

Il ne faut par ailleurs pas oublier que la cour des rois n'était pas à l'époque un lieu fermé réservé à quelques élus. Thomas Platter, obscur étudiant en médecine bâlois venu en voyage d'agrément, a vu la reine Élisabeth au cours d'un séjour à Londres de deux à trois semaines[40]. Tout le monde allait parler de ses problèmes à la reine. Et la reine et son entourage recevaient tout le monde : même Mary Tregian au moment où Francis père était le plus cruellement persécuté. Élisabeth, fine politicienne, n'aurait jamais fait aux très nobles comtes de Derby l'affront de ne pas recevoir les Tregian, leurs parents. S'il le voulait, un homme tel Francis fils avait ses entrées presque partout.

Et enfin, le Londres d'alors ne comptait guère que deux cent mille habitants (un peu moins au début de l'histoire, un peu plus à la fin), regroupés sur une surface qui n'était qu'une petite fraction du Londres moderne. Tout le monde se connaissait. Il faut comparer la capitale de la fin du XVIe siècle à une ville comme Lausanne, ou Chartres.

Francis Tregian fils n'a occupé, jusqu'ici, que les musicologues et, marginalement, quelques historiens catholiques. Personne ne s'est intéressé suffisamment à l'homme pour lui consacrer une recherche sérieuse, au cours de laquelle les documents le concernant seraient examinés sur tous les plans : musical, religieux, mais aussi historique, intellectuel, psychologique, humain. La théorie formulée à son sujet au siècle dernier n'a pas été modifiée après la découverte de ce qu'il faut bien considérer comme le résultat de l'activité essentielle du collectionneur, qu'il se soit agi ou non de Francis Tregian : ses recueils de madrigaux. Personne ne s'est donné la peine de corriger les dates de son emprisonnement, alors que deux documents au moins en attestent les limites extrêmes[41].

Dans *Le trajet d'une rivière*, j'ai pris des libertés[42] : mais à la base de mon récit, il y a une recherche historique aussi approfondie que possible, même si elle n'est pas exhaustive. Comme tous les commentateurs qui m'ont précédée, j'ai interrogé les faits. À quatre siècles de distance, il m'est certainement arrivé de me tromper de perspective, mais contrairement à la plupart d'entre eux, je n'ai jamais tenté de mettre les documents au service d'une vérité catholique ou protestante.

Et surtout, je DIS que j'interprète librement sur la base des données rapportées ici : cette franchise fait cruellement défaut à Helen Trudgian, à Boyan & Lamb, ou à Élisabeth Cole, qui ne se privent pas de laisser vagabonder leur imagination au gré de leurs convictions personnelles, tout en prétendant établir des vérités historiques.

En me mettant à l'écoute de ses préférences et

de ses choix, en tenant compte au maximum des données historiques disponibles, en essayant d'évoquer un Francis Tregian de chair et de sang, j'ai tenté (subjectivement, cela va de soi) de lui redonner une voix, de reconstituer cet homme pris entre deux sensibilités, deux cultures, deux religions, deux mondes, comme on reconstruit un monument ancien à partir de son plan et de ses ruines.

L'auteur de ce que l'on pourra peut-être un jour appeler le *Tregian Virginal Book* (un des recueils de musique les plus importants de son époque), le collectionneur passionné, l'amateur éclairé des Anthologies méritait bien, après quatre siècles, qu'on le tire de l'oubli, même si ce n'est QUE pour en faire un personnage littéraire.

Anne Cuneo

NOTES

1. Prononcer *Tradgjan*.

2. La notion de *virginal* (mot anglais d'origine inconnue) recouvre deux instruments à clavier rectangulaires : le muselaar, dont le clavier est placé à droite et les cordes sont pincées au centre, et l'épinette, dont le clavier est placé à gauche et dont les cordes sont pincées au quart de leur longueur. Toute musique pour virginal se joue également au clavecin, instrument de luxe, alors qu'aux XVIe-XVIIe siècles épinette et muselaar, aujourd'hui supplantés par le piano, étaient des instruments populaires qu'on trouvait un peu partout.

3. The *Fitzwilliam Virginal Book*, deux volumes, Leipzig et Londres, 1894-1899. Un reprint broché a paru à New York en 1979 ; il est toujours en vente. Le manuscrit est au Musée Fitzwilliam, Cambridge, cote 32.9.29 Mus MS 168.

4. Edward W. Naylor, *An Elizabethan Virginal Book*, p. 4 et 112.

5. William Chappell, *Ballad Literature and Popular Music of the Olden Time*, Londres, 1859.

6. John-Alexander Fuller Maitland & William Barclay Squire.

7. Maitland & Squire, Introduction, vol. 1, p. VIII. La formulation est très prudente.

8. Helen Trudgian, *Histoire d'une Famille anglaise en Angleterre au XVIᵉ siècle, les Tregian*, Paris 1934. Cette thèse de doctorat très désinvolte parle des travaux d'élucidation de la musique grégorienne de Francis Tregian. Helen Trudgian n'a de toute évidence jamais vu le *Fitzwilliam Virginal Book*. Par ailleurs elle confond à plusieurs reprises Francis Tregian avec son frère cadet Charles.

9. P.A. Boyan et G.R. Lamb, *Francis Tregian, Cornish Recusant*, Londres, 1953.

10. Le chapitre XI, p. 114-123, consacré au fils, porte précisément ce titre.

11. MS Egerton 3665, appelé *Tregian's Anthology*.

12. New York Public Library, coll. Drexel, n° 4302 (*The Sambrooke MS*).

13. *Tregian's Part-Books*, in «*Musical Times*», 1963.

14. Voir notes 3, 11 et 12.

15. *History of Music*, vol. III, p. 14, cité par Maitland et Squire, p. V.

16. Walker Cunningham signale, dans son *The Keyboard Music of John Bull* (Ann Arbour, 1984), des documents officiels d'où il ressort que si John Bull a quitté l'Angleterre, ce n'est pas pour raisons religieuses, mais *pour échapper à la punition de son incontinence, fornication, adultère et autres crimes indignes* (Trumbull, ambassadeur à Bruxelles, dans une lettre à Jacques I). Les frasques de Bull sont confirmées par plusieurs sources. John Bull lui-même écrit : ... *en octobre 1613, j'ai été forcé de me réfugier ici [en Flandres], PARCE QU'ON AVAIT DIT DE MOI que j'étais catholique et que je ne faisais pas acte d'allégeance envers Sa Majesté*... C'est moi qui souligne. La formulation est circonspecte, Bull rapporte ce qu'on dit de lui et non ce qu'il est.

17. Dans *Seven Problems of the Fitzwilliam Virginal Book*, in «*Proceedings of the Royal Musical Association*», LXXIX, 1952-53, p. 51-63.

18. John Stow décrit le lieu en détail à plusieurs reprises dans son *Survey of London*, 1603.

19. Charles van den Borren, *Les Origines de la Musique de Clavier en Angleterre*, Bruxelles 1912, p. 21, note 1.

20. *De haute naissance (...) intelligence exceptionnelle, docte en philosophie, musique et langue latine* (in *Letters and Memorials of Cardinal Allen*, Londres, 1882, p. 374, transcription d'une liste des personnes au service du cardinal Allen en 1594).

21. N°s 435 et 436 de la *Tregian's Anthology*, p. 401-402, signé F.T., peut être consulté dans le fac-similé publié à New York en 1988 (Éd. Frank D'Accone).

22. Pamela Willetts les a décrit dans son article *Tregian's Part-Books*, in «*Musical Times*», 1963, p. 334-335, et précise même: *Hélas, ce qui survit de Francis Tregian, ce sont seulement les pages 97-140 de volumes plus complets.* Il est donc fort probable que nous ne connaissions pas encore toutes les partitions attribuées à Tregian, mais nous en sommes déjà à près de deux mille.

23. Archives Henderson, Truro, n° HC/2/498. C'est moi qui souligne.

24. Archives Henderson, Truro, n° HC/2/142.

25. Davies Gilbert et Thomas Tonkin, *The Parochial History of Cornwall*, 1838, p. 361. Thomas Tonkin, auteur de ces lignes, était un descendant des Tregian: ... *je descends moi-même de la sœur de Francis Tregian père, Jane Tregian, qui a épousé Thomas Tonkin de Trevaunance...* (*ibid.*, p. 358).

26. *The Œconomy of the Fleet*, un mémoire d'Alexander Harris, gardien-chef, rédigé vers 1620, édité avec une introduction et des notes par le révérend Augustus Jessopp, Londres, 1879.

27. Entretien avec l'auteur, 28 mai 1991

28. *The Œconomy of the Fleet*, p. 62.

29. *Ibid.*, p. 140-141.

30. *Ibid.*, p. 120-121.

31. Même si les Tregian étaient en disgrâce, personne n'oubliait que Mme Tregian mère était la nièce et la cousine des Derby, qui comptaient parmi les successeurs légitimes possibles d'Élisabeth. Les Derby et les Stuart partageaient en effet avec la reine un (arrière-) grand-père: le roi Henri VII Tudor.

32. À l'époque, la ville était espagnole. Le père Tregian s'y était établi en 1606 au moment où il a été libéré et y est mort en septembre 1608. Sa femme et le reste de sa famille ne l'ont pas accompagné dans ce dernier périple.

33. Francis Plunket, *Heroum Speculum*, 1655, in «*Catholic Record Society*», vol. 32, 1952, p. 30-31.

34. *Il était très généreux avec les pauvres, et les assistait dans leurs besoins avec une inaltérable charité.* In *Heroum Speculum*, p. 30-31.

35. Thomas Wyatt, *Poems*, 1557-1578/1978 (Éd. R.A. Rebholz), et *Fitzwilliam Virginal Book*, n° CV, *Heaven and Earth*, vol. 1, p. 405.

36. Ruby Reid Thompson, «*The "Tregian" Manuscripts: a Study of their Compilation*», in *British Library Journal*, vol. 18, 1992, p. 202-204; cet article annonce une thèse sur le sujet.

37. Voir à la page 714 le fac-similé de l'un des documents (nᵒ HC/2/27, daté du 18 mars 1610, archives Henderson, Truro) qui ont servi à l'identification de Francis Tregian en 1952. Contrairement à d'autres contrats, Tregian ne s'est pas contenté de le signer : il est entièrement de sa main ; on y retrouve beaucoup des caractéristiques des manuscrits musicaux.

38. Thompson, *ibid.*, p. 203.

39. *Memoirs of Robert Cary, Earl of Monmouth*, Londres, 1903.

40. *Platter's Travels in England*, Londres, 1937, p. 228-229.

41. Le mandat d'amener (archives Henderson, Truro, nᵒ HC/2/498), et le testament du frère cadet Charles (archives Henderson, Truro, nᵒ HC/2/142).

42. Les Vaudois seront prompts à remarquer, par exemple, qu'il n'y avait pas d'orgue à l'église d'Echallens. Mon entorse majeure à l'Histoire est d'avoir fait aller Francis Tregian dans le Gros-de-Vaud. Mais je n'ai pas choisi Echallens arbitrairement : à l'époque on y trouvait une des rares églises en Europe fréquentées officiellement tant par les catholiques que par les réformés.

RÉFÉRENCES

Un livre comme celui-ci ne s'écrit qu'en contractant des dettes de reconnaissance en grand nombre. Dettes envers les personnes, les institutions, dettes aussi envers tous les livres dont les auteurs deviennent des amis, généralement inconnus, lointains dans l'espace et/ou dans le temps, dont les recherches, les travaux, l'érudition facilitent grandement le travail. Il est impossible de les nommer tous, et je demande d'avance de m'excuser à ceux que je ne cite pas.

SOURCES ORALES

Je suis particulièrement reconnaissante à :

l'historienne de Londres Ann Saunders, Londres ;
les historiens kernévotes
— H. Les Douch, Truro, conservateur de la Courtney Library ;
— A.L. Rowse, St. Austell, auteur de nombreux livres sur l'histoire de la Cornouaille et de l'Angleterre élisabéthaine ;
l'historien rémois Patrick De Mouy, Reims ;
le facteur de clavecins et virginals Titus Crijnen, Amsterdam ;
le claveciniste Patrick Ayrton, Amsterdam ;
la claveciniste Martha Cook, professeur au Conservatoire de Metz.

Ils m'ont fourni des renseignements que je n'aurais trouvés dans aucun livre, et n'ont été avares ni de leur temps ni de leurs conseils.

SOURCES MANUSCRITES

Familles Tregian et Wolvedon
Papiers, actes de vente, jugements, expertises, testaments, XVᵉ-XVIIᵉ siècles

Truro : Courtney Library (archives Henderson), County Record
Office
Anonyme
   Brief... against Francis Tregian (père), s.d. (fin XVIe siècle),
   Londres, British Library
Anonyme
   *The great and long sufferings for the catholic faith of
   Mr. Francis
   Tregian* (père), St. Mary's College, Oscott, 1593
Douch H. Les
   The Grosse Family in Norfolk and Cornwall, Truro Courtney
   Library, s.d.
Salisbury's Manuscripts
   Documents des archives de Robert Cecil, Hatfield House.
Stanley, Jane
   The Glory of Golden, manuscrit, Truro Courtney Library,
   vers 1954
State Papers
   Domestic Series, Élisabeth, James I, Public Record Office,
   Londres
Tregian Francis
— *The Fitzwilliam Virginal Book*, manuscrit original, Musée
   Fitzwilliam, Cambridge
— *Tregian's Anthology*, manuscrit original, British Library,
   Londres
— *The Sambrooke MS*, manuscrit original, Public Library,
   New York
— *Tregian's Part Books*, manuscrits originaux, partitions iso-
   lées, Christ Church, Oxford

OUVRAGES IMPRIMÉS

   Liste des principaux ouvrages consultés ; une bibliographie
complète occuperait trop de place et manquerait d'intérêt. J'ai
notamment omis les ouvrages généraux de référence, tel par
ex. le *Dictionnaire de Musique Grove* en 20 volumes, ou l'*Ency-
clopédie du Pays de Vaud*. À l'exception de ceux qui révèlent des
faits essentiels pour Francis Tregian, on ne trouvera pas non
plus ici de référence aux articles tirés de revues ou périodiques
tels *Music and Letters* ou *Recusant History*.
   Une date après la barre oblique / signifie une réimpression
de l'édition originale.

Ackermann, R.
   The History of the Colleges of Winchester, Eton, Westminster,

Charterhouse, St. Paul's, Merchand Taylors', Harrow, Rugby and Free School of Christ Hospital, 1816

Allen, William
The Letters and Memorials of William, Cardinal Allen, 1882

Arbeau, Thoinot
Orchésographie, 1589/1979

Arnold, Denis
Monteverdi, 1975

Ariès, Philippe
L'enfant et la vie familiale sous l'Ancien Régime, 1973

Babaiantz, Christophe
L'organisation bernoise des transports en pays romand, 1961

Bates, E.S.
Touring in 1600, 1911/1987

Besant, Walter
Besant's History of London (vol. 1: The Tudors, vol. 2: The Stuarts) 1903/1990

Boussinesq, Georges et Laurent, Gustave
Histoire de Reims depuis les origines jusqu'à nos jours, 1933

Boyan, P. A. et Lamb, G. R.
Francis Tregian, Cornish Recusant, 1955

Boyce, Charles
Shakespeare A to Z, 1990

Braudel, Fernand
Les structures du quotidien: le possible et l'impossible, 1979

Burdet, Jacques
La Musique dans le Pays de Vaud sous le régime bernois, 1963

Calendars of State Papers (Domestic Series), 1545-1631

Carew, Richard
The Survey of Cornwall, 1602

Carey (ou Cary), Robert
Memoirs of Robert Cary, Earl of Monmouth, 1759/1903

Colony (Jean-François de Cecier)
Brève instruction de musique, 1617

Cecil, David
The Cecil of Hatfield House, 1973

Chappell, William
Ballad Literature and Popular Music of the Olden Time, 1859/1961

Clancy, Thomas
Papist Pamphleteers, The Allen-Parsons Party and the Political Thought of Counter-Reformation in England, 1964

Cole, Élisabeth
— In Search of Francis Tregian (in «Music and Letters», vol. XXXIII), 1952

— *Seven Problems of the Fitzwilliams Virginal Book* (in *Proceedings of the Royal Musical Association*, vol. LXXIX), 1952-1953
— *L'anthologie de madrigaux et de musique instrumentale pour ensembles de Francis Tregian* (in «Musique et Poésie au XVIe siècle», travaux du CNRS), 1955
Collectif
  Echallens et ses églises, 1965
Constant, J.-M.
  Les Guise, 1987
Cunningham, Walker
  The Keyboard Music of John Bull, 1984
Dricot, Michel
  Deux artisans rémois de la musique et du chant religieux, Jehan Pussot et Gérard de la Lobe (in *Mélanges d'histoire rémoise*), 1979
Dumas, Alexandre
  Les Trois Mousquetaires (édition critique Schopp), 1991
Dupraz, E.
  Introduction de la réforme par le Plus dans le bailliage d'Orbe-Echallens, 1915-1916
Edwards, Francis
  Guy Fawkes: The Real Story of the Gunpowder Plot?, 1969
Einstein, Alfred
  The Italian Madrigal, 1949
Erlanger, Philippe
  La vie quotidienne sous Henri IV, 1958
Farnaby, Giles
  Keyboard Music, (in «Musica Britannica», vol. 24), 1965 (Éd. Richard Marlow)
Febvre, Lucien
  Le problème de l'incroyance au XVIe s., 1942
Fellowes, Edmund H.
— *William Byrd*, 1948
— *The English Madrigal Composers*, 1950
Finlay, Roger
  Population and Metropolis, The Demography of London 1580-1650, 1980
Fleay, Frederic Gard
  Chronicle History of the London Stage 1559-1642, 1890
Gilbert, C.S.
  Historical Survey of Cornwall, 1817/1820
Gilbert, Davies et Tonkin, Thomas
  The Parochial History of Cornwall, 1838

Graham, Winston
    The Spanish Armadas, 1972
Hamilton Jenkin A.K.
    Cornwall and its People, 1945/nombreux reprints
Harrison, G.B.
— *The Elizabethan Journals*, 1933
— *The Jacobean Journals*, 1934
Hauser, Henri
    La prépondérance espagnole (1559-1660), 1933/1973
Hawkins, Sir John
    History of Music, 1776
Haynes, Alan
— *Robert Cecil, First Earl of Salisbury*, 1989
— *Invisible Power (The Elizabethan Secret Services)*, 1992
Henderson, Charles
— *A Survey of Cornwall*, 1930
— *Essays in Cornish History*, 1935
Hill, Christopher
    The Century of Revolution 1603-1714, 1961
Hugger, Paul
    Rebelles et hors-la-loi en Suisse, 1977
Jaquemard, André
    Le régime des deux États souverains à Echallens, (in « Revue
    d'Histoire vaudoise »), 1936
Jessopp, Augustus, ed.
    *The Œconomy of the Fleet: an apologeticall answeare of
    Alexander Harris, (late Warden there)...*, 1879
Killiam, Tim et Tulleners, Hans
    Amsterdam Canal Guide, 1978
Knox, Thomas Francis
    Records of the English Catholics, 1878-1882
Kratochvil, Milos
    Hollar's Journey on the Rhine (1636), 1965
La Boétie, Étienne de
    Œuvres politiques, 1578/1963
Le Huray, Peter
    Music and the Reformation in England (1549-1660), 1978
MacElroy, R.A.
    Blessed Cuthbert Mayne, 1929
Marlot, Guillaume
    Histoire de la ville, cité et université de Reims, Reims
    1843
Montaigne, Michel de
— *Journal de Voyage*, 1895/1980
— *Les Essais* (texte Pierre Villey), 1929

Morley, Thomas
   A Plain and Easy Introduction to Practical Music, 1597/1952
Mulcaster, Richard
— *Positions*, 1581/1888 (éd. R.H. Quick)
— *First Part of the Elementaries*, 1582/1925 (éd. E.T. Campagnac)
Naylor, Edward W.
— *Shakespeare and Music*, 1896/1931
— *An Elizabethan Virginal Book*, 1904
— *The Poets and Music*, 1928
Neighbour, Oliver
   The Keyboard and Consort Music of William Byrd, 1978
Newman, Peter R.
   Atlas of the English Civil War, 1985
Norden, John
   Survey of Cornwall (La Cornouaille en 1610), 1728
O'Brian, Grant
   The Ruckers, A Harpsicord and Virginal Building Tradition, 1987
Olivier, Eugène
   Médecine et santé dans le Pays de Vaud, des origines jusqu'à la fin du XVIIᵉ siècle, 1962
Page, William
   Tin Mining (in «The Victoria History of the County of Cornwall»), 1906
Parker, Geoffrey
— *The Thirty Years War*, 1984
— *The Dutch Revolt*, 1985
Paquier, Richard
   Histoire d'un village vaudois, 1972
Pinchbeck, Ivy et Hewitt, Margaret
   Children in English Society, 1969
Platter, Thomas
   Tagebücher, 1984
Plunket, Francis
   Heroum Speculum, 1655 (in «Catholic Record Society», vol. 32, 1952)
Polwhele, Richard
   The Civil and Military History of Cornwall, 1808
Price, David C.
   Patrons and Musicians in Elizabethan England, 1982
Prockter, Adrian et Taylor, Robert
   The A to Z of Elizabethan London, 1979
Pussot, Jehan
   Le Journalier (1564-1625), vers 1850

Rowse, A.L.
— *Richard Grenville of the Revenge*, 1937
— *Tudor Cornwall*, 1941/1990
— *The England of Elizabeth*, 1950
— *William Shakespeare, A Biography*, 1963
— *The Elizabethan Renaissance*, 1971-1972
— *Court and Country*, 1972
— *Eminent Elizabethans*, 1983
— *The Little Land of Cornwall*, 1986/1993
Schama, Simon
    The Embarrassment of Riches, Dutch Culture in the Golden Age, 1987
Schoenhaum, Samuel
    William Shakespeare, A compact documentary life, 1978/1987
Schofield, B. et Dart, R.T.
    Tregian's Anthology (in «Music and Letters», vol. XXXII), 1951
Schofield, John
    The Building of London, 1993
Shakespeare, William
    Complete Works, the Alexander text, 1951
Sidney, Philip
    A History of the Gunpowder Plot, 1904
Simon, Joan
    Education and Society in Tudor England, 1966
Stone, Lawrence
    The Family, Sex and Marriage in England 1500-1800, 1977
Stourton, C.B.J.
    History of the Noble House of Stourton, 1899
Stow, John
— *The Survey of London*, 1603/1972
— *The Chronicles of London*, 1635
Stoye, John
    English Travellers Abroad, 1989
Taylor, M.T.
    Francis Tregian, his family and possessions, (in «Journal of the Royal Institution of Cornwall»), 1910
Thompson, Craig R.
    Schools in Tudor England, 1958
Thompson, Peter
    Shakespeare's Professional Career, 1992
Tregian, Francis
— *The Fitzwilliam Virginal Book* (éd. Maitland & Squire), 1899/1979
— *Tregian's Anthology* (fac-similés des originaux, éd. D'Accone), 1988

Treswell, Ralph et Schofield, John
  The London Surveys of Ralph Treswell (ca. 1600), 1987
Trevelyan, George M.
— *England under the Stuart*, 1904/1946
— *English Social History*, 1944/1986
Trevor-Roper, Hugh
  Catholics, Anglicans and Puritans, 1987
Trudgian, Helen
  Histoire d'une famille anglaise au XVIe siècle, les Tregian, 1934
Underdown, David
— *Revels, riots and Rebellion, popular politics and culture 1603-1660*, 1989
— *Fire from Heaven*, 1992
Van den Borren, Charles
— *Les origines de la musique de clavier aux Pays-Bas*, 1913/1977
— *Les sources de la musique de clavier en Angleterre*, 1912
Vuilleumier, Henri
  Histoire de l'Église réformée, 4 vol., 1927-1933
Wedgwood, C. Veronica
  The Thirty Years War, 1938/1992
Willetts, Pamela
  Tregian's Part-Books (in «Musical Times»), 1963
Wilson, H B.
  History of the Merchant Taylors' School, 1860
Wraight, John
  The Swiss and the British, 1987
Wyatt, Thomas
  The Complete Poems, 1557-1578/1978 (éd. R.A. Rebholz)
Zumthor, Paul
  La vie quotidienne en Hollande au temps de Rembrandt, 1959/1990

AMBIANCE MUSICALE

Il serait vain de vouloir établir une discographie : les enregistrement sont innombrables, fugaces, et toute tentative ne pourrait être qu'arbitraire. Je préfère indiquer, en guise de bande-son, quelques-uns des disques et CD où l'on trouve des interprétations des manuscrits de Francis Tregian que j'ai aimé écouter pendant que j'écrivais.

William Byrd Consort Music — (The Consort of Musicke) Disque L'Oiseau-Lyre/Decca

William Byrd : My Lady Nevelle's Book — (Intégrale par Christopher Hogwood), 3 CD L'Oiseau-Lyre

William Byrd/Orlando Gibbons — (Glenn Gould, au piano) Disque CBS

Dowland The First Book of Songs — (The Consort of Musicke) CD L'Oiseau-Lyre

Draw on Sweet Night, English Madrigals — (The Hillard Ensemble) CD CDC

Elisabethan Songs and Dances — (Colin Tilney) CD Radio Canada

English Harpsichord and Virginal Music — xvith Century, (Trevor Pinnock) Disque crd

English Virginalists — (Zuzana Ruzickova) CD Orfeo

Giles Farnaby — (Pierre Hantaï) CD Adda

Giles Farnaby Virginal Music — (Bradford Tracey) Disque FSM Toccata

From the Fitzwilliam Virginal Book — (Ton Koopman) CD Capriccio

Gesualdo : Principe di Venosa — Madrigali (Collegium Vocale Köln) CD CBS

Lassus : chansons et moresques — (Ensemble Janequin) CD Harmonia Mundi

Claudio Monteverde : Madrigals du 2e livre — (Collegium Vocale Köln) CD CBS

Claudio Monteverde: Terzo Libro dei Madrigali, 1592 — (The Consort of·Musicke) CD L'Oiseau-Lyre

Claudio Monteverde: Quarto Libro dei Madrigali — (The Consort of Musicke) CD L'Oiseau-Lyre

Joyne Hands, The Music of Thomas Morley — (The Musicians of Swanne Alley) CD VC

Music from the Time of Elizabeth I — (The Academy of Ancient Music, Christopher Hogwood) CD L'Oiseau-Lyre

Music for Virginals — (Bradford Tracey) Disque FSM Toccata

O Mistress Mine, English Songs — (Urrey/McFarlayne) CD Dorian

Peter Philips, Consort Music — (The Parley of Instruments) CD Hyperion

Jan P. Sweelinck — Musique pour orgue (Roland Götz) CD FCD

Shakespeare Songs — (Dellert Consort) CD Harmonia Mundi

Francis Tregian's Collection — (Martha Cook) CD Vanguard Classics

Watkins Ale — (The Baltimore consort) CD Dorian

REMERCIEMENTS

Je voudrais remercier ici les personnes qui m'ont aidée et soutenue en m'offrant conseils, gîte, temps, soutien matériel ou moral :

À Londres Mesdames et Messieurs Donald Adamson, Meg Henderson, Robert McCrum, Lady Gwen et Sir Roy Shaw, Michael Walsh, Dusty Wesker ;

à Birmingham, le musicologue Nigel Fortune ;

en Cornouaille Madame et Messieurs Ruth et Norman Jefferies à St. Ewe, A.L. Rowse à St. Austell, et H. Les Douch à Truro ;

à Reims Monsieur et Madame Patrick De Mouy ;

à Maintenon Madame Martha Cook ;

à Amsterdam Mesdames et Messieurs Patrick Ayrton, Titus Crijnen, Joël Katzman, Naomi Rubinstein, Wim Schut et Debra Solomon ;

en Suisse Mesdames et Messieurs Roger Cuneo et Christiane Tornier à Genève, Marianne Kuchler et Tiziana Mona à Zurich, Françoise et René Schnorf à Dommartin près d'Echallens.

Un remerciement chaleureux va enfin à tous ceux qui ont, avec une patience sans faille, cherché et trouvé pour moi ou avec moi des textes introuvables, sans lesquels ce livre n'aurait pas été possible. Je veux parler des bibliothécaires des institutions suivantes :

Bibliothèque cantonale et universitaire, Lausanne

Bibliothèque Carnegie, Reims

Bibliothèque centrale (Zentralbibliothek), Zurich, avec un merci particulier aux départements des cartes et de la musique

British Library, Londres (Salle de lecture et Bibliothèque des manuscrits)

Catholic Central Library, Londres

Courtney Library (Henderson Archive), Truro

Museumgesellschaft, Zurich

et (last but not least) Messieurs Gérald Donnet, libraire à

l'enseigne de la Louve, à Lausanne, et May & May, libraires de musique à Shaftesbury (Angleterre).

Merci aussi aux responsables et au personnel des musées qui se sont prêtés au feu roulant de mes questions :

Collection d'instruments de musique du Conservatoire royal de Bruxelles

Falmouth Art Gallery, Falmouth

Maison Plantin-Moretus, Anvers — Maison Rubens, Anvers — Musée historique, Amsterdam — Musée historique de la Ville de Paris — Musée-Hôtel du Vergeur, Reims — Musée jurassien d'art et d'histoire, Delémont — Musée national suisse, Zurich — Musée Vleeshuis (instruments de musique), Anvers — The London Museum, Londres — Victoria and Albert Museum, Londres.

Merci encore à François Cuneo, Yverdon, pour son irremplaçable assistance informatique. Et merci à Mark Zimmermann, Kensington, Maryland (USA), pour son programme informatique « Shakespeare ou Hypercard » (vol. 1, 2, 3).

Je remercie enfin la Fondation Pro Helvetia dont l'aide financière m'a permis d'entreprendre de nombreux voyages à travers l'Europe sur les traces de Francis Tregian.

Et si j'avais oublié quelqu'un ? J'en demande humblement pardon.

DU MÊME AUTEUR

Récits et romans

GRAVÉ AU DIAMANT, *L'Aire*, Lausanne, 1967

MORTELLE MALADIE, *L'Aire*, Lausanne, 1967

LA VERMINE, *CEDIPS*, Lausanne, 1970

POUSSIÈRE DU RÉVEIL, *Bertil Galland*, Lausanne, 1972

LE PIANO DU PAUVRE, *Bertil Galland*, Lausanne, 1972

LA MACHINE FANTAISIE, *Bertil Galland*, Lausanne, 1976

PASSAGE DES PANORAMAS, *Bertil Galland*, Lausanne, 1978

UNE CUILLERÉE DE BLEU, *Bertil Galland*, Lausanne, 1978, et Éric Losfeld, Paris, 1979

PORTRAIT DE L'AUTEUR EN FEMME ORDINAIRE, *Bertil Galland*, Lausanne, 1980-1982, 2 volumes

HÔTEL VÉNUS, *Favre*, Lausanne, 1984

STATION VICTORIA, *Bernard Campiche*, Yvonand, 1989

PRAGUE AUX DOIGTS DE FEU, *Bernard Campiche*, Yvonand, 1990

LE TRAJET D'UNE RIVIÈRE, *Bernard Campiche*, Yvonand, 1994, et *Denoël*, Paris, 1995 (Prix des Libraires 1995)

AU BAS DE MON RÊVE, *Bernard Campiche*, Yvonand, 1995

OBJETS DE SPLENDEUR (Mr. Shakespeare amou-

reux), *Bernard Campiche*, Yvonand, 1996, et *Denoël*,
1996

Essais

ART, RUPTURE ET RÉSISTANCE, *Éditions de la
Prévôté*, Moutier, 1978

LE MONDE DES FORAINS: FRÈRES HU-
MAINS QUI AVEC NOUS VIVEZ, *3 Continents*,
Lausanne, 1985

BENNO BESSON ET HAMLET, *Favre*, Lausanne,
1987

Films

Cinéjournal au féminin, 1981; Wenn die City kommt,
1982; Les Sept Vies, 1983; Signes de terre, signes de
chair, 1983; Basta, 1986; Durchdringende Welten (Le
peintre Cenek Prazak), 1992; Francis Tregian, gentleman et musicien, 1996; Friedrich Glauser, la dernière
carte, 1996.

Théâtre, radio, télévision

Les bourreaux ordinaires, 1971; Jours du Chat, 1972; Le
piano du pauvre, 1975; Cessez de m'appeler Grand-
père, 1976; Une fenêtre sur le 9 novembre, 1979; Le
Grand jeu de la vie courante, 1980; Le Joueur de flûte
d'Argen, 1980; L'Aigle de la Montagne noire, 1981; Au
sud des nuages, 1981; Lorelay, 1985; Scènes de la vie
d'un pavé, 1986; Ophélie des Bas quartiers, 1986; La
plainte d'Elvira, 1987; Madame Paradis, 1988; Les
Enfants de Saxo, 1991

COLLECTION FOLIO

Dernières parutions

Composition Interligne.
Impression Bussière Camedan Imprimeries
à Saint-Amand (Cher), le 6 mars 2002.
Dépôt légal : mars 2002.
1ᵉʳ dépôt légal dans la collection : décembre 1996.
Numéro d'imprimeur : 021252/1.

ISBN 2-07-040176-6./Imprimé en France.